Buch

Eine Einladung zur Neujahrsnacht 1990 führt sie nach Jahren wieder zusammen: David Bellino, Chef eines amerikanischen Industrie-Imperiums, vier seiner Freunde aus Jugendtagen und Laura, seine attraktive Geliebte. Doch nach Ferien ist keinem zumute. Sie sind gekommen, um mit David abzurechnen, dessen Ehrgeiz und skrupelloser Egoismus ihre Pläne nachhaltig zerstört hat. Doch noch bevor es zu der großen Auseinandersetzung kommt, liegt David erschossen in seinem Arbeitszimmer. In stundenlangen Verhören, in dramatischen Gesprächen untereinander, aus quälenden Erinnerungen entstehen wie in einem bizarren Kaleidoskop sechs Lebensbilder, sechs Schicksale, die die Sehnsucht nach Liebe und Freundschaft verband – und zerstörte. Zwischen dem Berlin des Zweiten Weltkriegs, einem englischen Nobelinternat, den Gossen und Prachtvierteln von New York und London und den romantischen Gassen Wiens spinnt Charlotte Link ein Netz fataler, romantischer und angstvoller Beziehungen. Mit Sensibilität und scharfem Instinkt zeigt sie die Emotionen, die hinter unserem Handeln liegen. So gelang ihr ein spannender Zeitroman, der nicht nur ein Verbrechen, sondern auch die verdrängten Ursachen dafür ans Licht bringt.

Autorin

Charlotte Link, Jahrgang 1963, gehört inzwischen zu den erfolgreichsten deutschen Autorinnen. Ihre hohe Popularität verdankt sie insbesondere ihrer Vielseitigkeit. Sie machte sich mit großen Gesellschaftsromanen (darunter die Bestseller-Trilogie »Sturmzeit«, deren TV-Verfilmung mit überwältigendem Erfolg ausgestrahlt wurde) ebenso einen Namen wie mit psychologischen Spannungsromanen. Auch ihr letztes Buch »Der fremde Gast« steht seit vielen Monaten auf der Bestsellerliste. Charlotte Link lebt bei Wiesbaden.

Bei Goldmann liegen bereits folgende Titel vor:

Die Sterne von Marmalon (9776) · Verbotene Wege (9286) · Sturmzeit (41066) · Wilde Lupinen (42603) · Die Stunde der Erben (43395) · Die Sünde der Engel (43256) · Der Verehrer (44254) · Das Haus der Schwestern (44436) · Die Täuschung (45142) · Die Rosenzüchterin (45283) · Am Ende des Schweigens (geb., Blanvalet) · Der fremde Gast (45769)

Charlotte Link

Schattenspiel

Roman

GOLDMANN

FSC
Mix
Produktgruppe aus vorbildlich
bewirtschafteten Wäldern und
anderen kontrollierten Herkünften

Zert.-Nr. SGS-COC-1940
www.fsc.org
© 1996 Forest Stewardship Council

Verlagsgruppe Random House FSC-DEU-0100
Das FSC-zertifizierte Papier *München Super* für Taschenbücher aus dem
Goldmann Verlag liefert Mochenwangen Papier.

22. Auflage
Taschenbuchausgabe April 1993
Wilhelm Goldmann Verlag, München,
in der Verlagsgruppe Random House GmbH
Copyright © 1991 by Blanvalet Verlag, München,
in der Verlagsgruppe Random House GmbH
Umschlaggestaltung: Design Team München
Umschlagfoto: Superbild/Bernd Ducke
Druck und Bindung: GGP Media GmbH, Pößneck
BH · Herstellung: Heidrun Nawrot
Printed in Germany
ISBN-10: 3-442-42016-4
ISBN-13: 978-3-442-42016-2

www.goldmann-verlag.de

New York, Silvesternacht 1988/89

Das neue Jahr war fünf Minuten alt, und über New York rasten die bunten Feuerwerkskörper in den Himmel, als Andreas Bredow einen stechenden Schmerz in der linken Brust spürte und für Sekunden um Atem rang. Am ganzen Körper brach ihm der Schweiß aus. Dann war es vorbei, so plötzlich, wie es gekommen war, aber kaum hatte er tief Luft geholt und sich wieder in seinen Sessel zurückgelehnt, setzte der Schmerz erneut ein, ein krampfartiger, furchtbarer Schmerz, der ihm die Kehle zuschnürte und ihm ein Zittern durch Arme und Beine jagte. Er preßte beide Hände gegen die Brust, krümmte sich zusammen.

Ein Infarkt. Es konnte nur ein Infarkt sein.

Seit Jahren verfolgte ihn die Angst, ihm könnte so etwas passieren. Er war infarktgefährdet, das hatte ihm sein Arzt immer wieder gesagt. Herztabletten und Kreislaufmittel vervollständigten alle seine Mahlzeiten. Eine gewisse Zuversicht hatte Andreas aus der Tatsache gezogen, daß immer genügend Menschen um ihn sein würden, die ihm helfen könnten. Chauffeur, Butler, Putzfrau, Sekretärin, Dienstmädchen. Und David, der auch nachts in der Wohnung schlief.

Tatsächlich war Andreas Bredow in den letzten Jahren kaum eine Minute allein gewesen, denn wohin hätte ein 61jähriger vollkommen blinder Mann allein auch gehen sollen? Irgend jemand hatte ihn stets an der Hand genommen, immer hinter ihm gestanden. Er brauchte nur zu rufen oder zu klingeln, und ein halbes Dutzend dienstbare Geister stürzte herbei. Immer. Bloß in dieser Nacht nicht. In der Silvesternacht der Jahre 1988/89 war Andreas Bredow, einer der reichsten Männer an der amerikanischen Ostküste, in seinem Nobelappartement hoch über der Fifth Avenue vollkommen allein.

Er mußte sich plötzlich übergeben. Das verschaffte ihm eine kurze Erleichterung, in der er einen klaren Gedanken fassen konnte: Er mußte nur den Telefonhörer abheben und die 1 drükken, dann war er mit dem Portier unten in der Eingangshalle verbunden. Der Portier kannte die Nummer des Arztes, besaß außerdem die Sicherheitsschlüssel zum Penthouse. Er würde Dr. Harper also auch nach oben bringen können, zwanzig Etagen hoch. Ja, der Portier. Er brauchte nur den Portier.

Das Zimmer, Andreas' Arbeitszimmer mit Blick über den ganzen Central Park, war so eingerichtet, daß sich alle Möbel entlang den Wänden aufreihten und sich in der Mitte des Raumes nichts befand. Andreas konnte sich daher rasch und ohne zu stolpern bewegen.

Jetzt schien sich alles um ihn zu drehen. Auf Händen und Füßen kroch er über den Teppich, einen Perser, alt und sehr kostbar. Die Schmerzen waren kaum mehr auszuhalten. Irgendwo mitten im Zimmer brach er zusammen, lag gekrümmt wie ein Embryo, spürte, wie ihm die Tränen in die Augen schossen, griff mit der Hand an den Hals, zerrte die Krawatte herab.

Ich sterbe. Ich sterbe. Ich sterbe.

Die Todesangst trieb ihn, weiterzukriechen. Bis zum Schreibtisch... dort stand das Telefon... wenn er das Telefon erreichte... Krachend und tosend zerbarsten draußen die Silvesterraketen. Es war ihm, als hätten sich die Bilder früherer Neujahrsnächte tief in seine Erinnerungen eingebrannt und als könnte er die roten Blitze, die grünen Sterne, die goldenen Feuer am schwarzen Himmel sehen. Röchelnd, halb besinnungslos vor Schmerz, tastete er nach der Schreibtischkante, zog sich an ihr hoch. Seine Hand griff nach dem Telefonhörer und erstarrte.

Das Telefon stand nicht an seinem Platz!

Natürlich glaubte er sofort, er habe sich getäuscht. Er war an der falschen Seite des Schreibtischs angelangt. Schwindel und Atemnot hatten ihn durcheinandergebracht. Er wußte nicht mehr, wo oben und unten, wo rechts und links war.

Jesus, wenn nur der Schmerz nachließe! Er hätte in sein Herz hineinfassen, es mit beiden Händen umklammern, ihm Platz und

Raum schaffen mögen, damit es wieder frei schlagen konnte. Vor dem Schreibtisch kniend, versuchte er es noch einmal, ließ seine Hand zitternd über die Schreibplatte tasten. Das Diktiergerät… die gerahmte Fotografie seiner Eltern… die Schale mit Bleistiften… aber dann mußte hier das Telefon stehen! Er schluchzte auf und versuchte, die Einrichtung zu rekonstruieren: Hinter ihm lag die Sitzecke, dann war vor ihm das Fenster, dann war rechts die Lampe, dann war links, verdammt noch mal, das Telefon!

Nachdem er ein zweites Mal erbrochen hatte, rutschte er zu Boden. Seine Wange kam auf seiner Hand zu liegen, und der schwere goldene Ring, den er von seinem Vater geerbt hatte, schnitt in seine Haut.

Der Ring rief jäh eine Erinnerung in ihm wach. Obwohl die Ereignisse beinahe ein halbes Jahrhundert zurücklagen, waren die Bilder so scharf und klar, als seien sie erst gestern entstanden.

Berlin 1940. Er war dreizehn gewesen in jenem Kriegssommer, ein warmer Sommer, wie er noch wußte, und eine Zeit, in der überall noch frohgemut vom Endsieg gesprochen wurde, und die deutschen Truppen von allen Fronten berauschende Erfolge vermelden konnten. Andreas saß oft vor dem Radio, dem Volksempfänger, und lauschte Joseph Goebbels' scharfer Stimme, mit der er die Herrschaft der Deutschen über alle Welt propagierte. Andreas mochte Goebbels nicht, und Adolf Hitler auch nicht. Natürlich hatte er das nie laut geäußert, zumal er nicht genau sagen konnte, worauf sich seine Abneigung gründete. Schließlich veranstaltete die Partei tolle Sachen, gerade für die Jugend. Andreas war im Jungvolk, und da gab es an jedem Wochenende Wanderungen und Zelten, Lagerfeuer, spannende Spiele und Kameradschaft und Tapferkeit. Alles in allem wunderbare Dinge für einen dreizehnjährigen Jungen, aber dahinter stand mehr als einfach nur Spiel und Spaß, und das flößte Andreas oft ein leises Grauen ein. Er war ein aufgewecktes und sehr sensibles Kind, und er witterte eine ungreifbare, unnennbare Gefahr. In jenem Sommer also, genauer gesagt, am 25. Mai, ereigneten sich zwei Dinge: Die eine Angelegenheit betraf Christine, Andreas' Spielgefährtin, sie war Andreas' beste Freundin, Kameradin, Vertraute, Mitwisserin aller seiner Seelengeheimnisse. Sie hatten Indianer zusammen gespielt und König und Prinzessin, aber jetzt saßen sie oft auch nur einfach stundenlang zusammen und redeten, besonders dann, wenn Andreas schwermütig und traurig war, wenn kein Mensch ihn verstand außer Christine. Sie war die Stärkere von beiden, aber an diesem Tag erschien sie mit verweinten Augen und aufgelösten Zöpfen. »Sie haben meinen Vater verhaftet, Andreas! Sie haben meinen Vater verhaftet!«

»Wer?«

»Die Gestapo. Heute in aller Frühe. Sie haben unser ganzes Haus verwüstet und ihn dann weggezerrt. Andreas, was soll ich tun?«

»Warum haben sie ihn verhaftet, Christine?«

Christine fing wieder an zu schluchzen. »Weil er gegen Adolf Hitler ist. Er sagt, Hitler ist ein Verbrecher, der uns alle ins Unglück stürzt. Und jemand hat ihn angezeigt deswegen... Andreas, ich habe solche Angst.«

Er legte den Arm um sie. »Ich bin bei dir, Christine. Hab keine Angst.« Aber er konnte ihr nicht helfen, das wußte er. Niemand konnte etwas ausrichten gegen die Gestapo. Sie war allmächtig. Man munkelte von Folterkellern, furchtbaren Gefängnissen, Lagern, von Menschen, die nie wiederkehrten. Er sagte: »Sie werden ihn vielleicht nur kurz verhören und dann wieder gehen lassen.« Aber er glaubte es selber nicht. Und Christine auch nicht. Mit einem herzzerreißenden Ausdruck von Trostlosigkeit in den Augen sagte sie, sie sei überzeugt, ihr Vater werde niemals zurückkommen. Dann schlich sie nach Hause, denn sie mußte sich um ihre Mutter kümmern, die wie erstarrt in ihrer Wohnung saß und nicht faßte, was passiert war.

Wie sich später herausstellte, kam Christines Vater tatsächlich nicht zurück; seine Spur ließ sich in eines der berüchtigten Todeslager verfolgen und verlor sich dort. Und es schien wie ein merkwürdiges Spiel des Schicksals, daß Andreas am selben Tag erfuhr, daß sein Vater in Frankreich gefallen war.

Tante Gudrun sagte es ihm, als er abends nach Hause kam. Sie tat es auf die ihr eigene, unsensible, ungeschickte Art. Erst druckste sie ewig lange herum, wich aus und redete etwas von Tapferkeit und deutschem Heldentum (Tante Gudrun war eine gute Patriotin!), und als Andreas schon ganz aufgelöst war und lauter schreckliche Dinge vermutete, sagte sie unvermittelt: »Ja, also, da ist ein Telegramm gekommen heute. Dein Vater ist gefallen, Andreas. Man kann nichts mehr tun.« Dann drehte sie sich wieder zu ihrem Herd um und rührte verbissen in einem großen Kochtopf, unfähig, das blasse, erschreckte Kind, das fassungslos hinter ihr stand, auch nur anzusehen, geschweige denn es in die Arme zu nehmen oder ihm wenigstens über die Haare zu streichen.

Alles, was Andreas in diesen Minuten denken konnte, war: Nun habe ich niemanden mehr. Niemanden auf der Welt.

Andreas' Mutter war bei seiner Geburt gestorben, und seinen Vater, den Oberstleutnant Bredow, hatte die Situation, allein für ein Baby sorgen zu müssen, vollkommen überfordert. Er war Offizier von altem preußischem Schlag, ernst, korrekt und pflichtbewußt, immer ein wenig streng und unnahbar. Im Innern empfand er sowohl Stolz als auch Liebe für seinen kleinen Sohn, aber er sah sich völlig außerstande, dem Kind das zu vermitteln. Er besorgte eine Kinderschwester, bezahlte sie fürstlich, zog sich erleichtert zurück und ließ sie vergleichsweise unbeaufsichtigt tun, was sie tun wollte.

Natürlich blieb es nicht bei einer; Aufsichtspersonen dieser Art pflegen häufig aus den verschiedensten Gründen zu wechseln, und bis zu seinem achten Lebensjahr hatte Andreas bereits sieben »Fräuleins« um sich gehabt und seinen Vater nur sehr selten gesehen. Er verehrte und bewunderte diesen Mann, der immer eine so schöne Uniform trug und stets würdevoll und ruhig auftrat, und oft weinte er sich abends in den Schlaf, weil er gedacht hatte, sein Vater käme heute und würde ihm gute Nacht sagen, er aber war wieder einmal nicht erschienen.

Von den Kinderschwestern gab es nur eine, die Andreas wirklich mochte, und die blieb nur ein halbes Jahr, dann heiratete sie und ging fort von Berlin. Alle anderen hatten irgendeinen Fehler. Eine war trocken und humorlos und schüchterte das Kind immer nur ein, eine andere lachte ständig überdreht und redete so viel, daß man Kopfweh davon bekam. Eine ließ ihn völlig verwahrlosen und wurde schließlich gefeuert, eine klaute wie ein Rabe. Die letzte hatte einen Freund, der immer im Hause Bredow herumlungerte, wenn der Oberstleutnant nicht da war, und der Andreas sagte, er werde ihn »abmurksen«, wenn er das seinem Vater petzte. Andreas beobachtete die beiden einmal, während sie sich auf dem Wohnzimmerteppich liebten; er reagierte mit einem Schock, bekam nächtliche Alpträume und behielt kein Essen mehr bei sich. Nicht einmal dem fast ständig abwesenden Oberstleutnant konnte das verborgen bleiben, und schließlich brachte er aus dem Sohn heraus, was passiert war. Damit war das Ende der Kindermädchen gekommen, und Tante Gudrun trat auf den Plan.

Bei Tante Gudrun stand jedenfalls nicht zu erwarten, daß sie sich irgendeinem unmoralischen Tun hingeben würde. Sie war des Oberstleutnants ältere Schwester und eine typische alte Jungfer. Sie haßte alle Männer – hauptsächlich deshalb, weil sich nie einer um sie bemüht hatte –, und sie war verbissen darum bemüht, den Makel ihrer Ehelosigkeit durch besonderen Fleiß und unsagbare Tüchtigkeit auszugleichen. Sie zog in das Haus ihres Bruders mit Sack und Pack ein, versäumte es aber von da an keinen einzigen Tag, alle Welt darauf hinzuweisen, welch ungeheures Werk der Nächstenliebe sie damit tat. Der Satz, den Klein-Andreas von nun an am häufigsten zu hören bekam, lautete: »Du weißt überhaupt nicht, wie dankbar du mir sein kannst!«

Als der Krieg begann und der Oberstleutnant an die Front mußte, wurde Andreas' Einsamkeit noch größer. Sein Leben war zwar ausgefüllt mit Schule und Jungvolk und Christine, aber es gab keinen erwachsenen Menschen mehr, dem er Vertrauen und Liebe entgegenbringen, an dem er sich orientieren konnte. Alles, woran er festhielt, war der Gedanke: Bald ist der Krieg vorbei und Vater kommt zurück!

Nun war Vater tot. Für sein ganzes Leben würde ihm die Szene dieses Abends gegenwärtig bleiben. Der blaßblaue Abendhimmel jenseits des Fensters, ein paar rot angestrahlte Wolken, drinnen der Geruch nach Eintopf und Schweiß. Tante Gudrun verausgabte sich immer vollkommen bei der Arbeit. Andreas sah nur ihren breiten Rücken, die dicken, roten Arme, die sich beinahe wütend bewegten. Ohne ihn anzusehen sagte sie: »Die Frage ist, was nun aus dir werden soll!«

Nie würde er das Gefühl völliger Hilflosigkeit vergessen, das ihn in diesem Augenblick befiel.

Eine Woche später erschien ein junger Soldat im Hause Bredow. Er hatte die letzten Minuten des Oberstleutnants miterlebt und berichtete, die Gedanken des Sterbenden hätten dem Sohn gegolten.

»Er war besorgt um dich. Er sagte mir, ich solle dich von ihm grüßen und dir sagen, daß er dich sehr liebt. Und er gab mir das hier für dich.« Der Soldat griff in seine Jackentasche und zog etwas hervor. Es war der goldene Ring, den der Vater immer getragen hatte und der in der Familie Bredow schon seit Generationen vom Vater an den jeweils ältesten Sohn weitergegeben wurde. »Der ist jetzt für dich, hat er gesagt. Und du sollst ihn nie vergessen.«

Nie. Nie würde er ihn vergessen.

Kurz darauf begann Tante Gudrun immer öfter zu jammern, sie sei zu alt und zu müde, um ein Kind allein aufzuziehen, außerdem habe sie viel geleistet in ihrem Leben, und es sei ihr Recht, jetzt endlich auch einmal an sich zu denken.

»Wenn ich nur wüßte, was man mit dir macht!« sagte sie immer wieder zu Andreas, der keine Ahnung hatte, was er darauf erwidern sollte.

Glücklicherweise gab es da noch einen Verwandten, einen Cousin von Tante Gudrun und dem Oberstleutnant. Rudolf Bredow war als ganz junger Mann nach Amerika ausgewandert und hatte es dort innerhalb kurzer Zeit zu einem Vermögen gebracht; er war clever und risikofreudig und verwaltete inzwischen ein Imperium, Bredow Industries, wozu eine Hotelkette, Restaurants, Ölfelder in Texas und eine private Fluggesellschaft gehörten. Andreas hatte den legendären Onkel Rudolf nie gesehen, wußte aber, daß er als schwarzes Schaf galt, denn soviel Geschäftemacherei war in der Familie als ordinär verpönt. Das hinderte Tante Gudrun aber natürlich nicht daran, Kontakt mit ihrem Cousin aufzunehmen und ihm brieflich so lange zuzusetzen, bis er sich bereit erklärte, die Vollwaise bei sich aufzunehmen. Er hatte keine eigenen Kinder, seine Frau Judith wünschte sich jedoch lange schon eines, und so schien das eine vernünftige Lösung. Tante Gudrun war ganz aufgeregt. »Du ziehst das große Los, Andreas, das ist dir hoffentlich klar! Am Ende erbst du einmal alles. Vielleicht denkst du dann mal an deine Tante Gudrun! Du hast ja keine Ahnung, wie dankbar du mir sein kannst!«

Benommen erlebte Andreas die sich überschlagenden Ereignisse. Ehe er es sich versah, war eine Schiffspassage für ihn gebucht, standen seine Koffer gepackt im Hausflur. Er war außer sich vor Kummer, weil er Christine verlassen mußte, um die er sich Sorgen machte und die er am liebsten mitgenommen hätte, anstatt sie im Hitler-Deutschland zurückzulassen. Die Gestapo war noch einmal erschienen und hatte sie und ihre Mutter verhört. Es kam Andreas fast wie ein Verrat vor, sich über den Atlantik hinweg abzusetzen.

Rudolf und Judith Bredow nahmen ihn mit offenen Armen auf, und besonders Judith liebte ihn von der ersten Sekunde an mit aller Zärtlichkeit. Tragischerweise kam diese Liebe zu spät, um Andreas aus seiner Einsamkeit und Verstörtheit zu befreien, um gutzumachen, was er als Kind an Verlassenheitsgefühlen und Kälte hatte durchstehen müssen. Immer häufiger befielen ihn schwermütige Stimmungen. Er bemühte sich, sein Traurigsein nicht zu zeigen, weil er wußte, daß Judith darunter litt, aber es war ihm an den Augen abzulesen. Manchmal dachte er, es wäre vielleicht besser, wenn er Christine bei sich hätte, und dann dachte er an die Nachmittage, die sie miteinander verbracht, an die Geheimnisse, die sie geteilt hatten, und Sehnsucht und Kummer überwältigten ihn. Überdies hörte man immer Schlimmeres aus Deutschland, je mehr die Zeit voranschritt, die Städte wurden bombardiert, Tausende starben bei Luftangriffen. Beklommen fragte er sich immer wieder, ob Christine und ihre Mutter immer noch in Berlin säßen oder ob sie sich auf dem Land in Sicherheit gebracht hätten.

New York bedeutete für Andreas den Eintritt in eine neue Welt, ein Leben hoch über dem Central Park, Ferientage auf Martha's Vineyard oder auf der texanischen Ranch, es bedeutete Private School und später ein wirtschaftswissenschaftliches und juristisches Studium in Harvard, feine Restaurants und Bälle, Chauffeur, eigenes Bad und Tennisstunden. An seinen Geburtstagen durfte er seine Schulfreunde einladen, und für alle gab es Eis und Glückslose, und Judith selbst unterhielt die ganze Gesellschaft mit Spielen. Alles, was sie an Gefühlen zu geben hatte, schenkte sie dem fremden Kind. Andreas dankte es ihr mit Anhänglichkeit und Treue, und das einzige, was er ihr nicht geben konnte, und was sie sich so sehr gewünscht hätte, war die natürliche, unbeschwerte Fröhlichkeit eines heranwachsenden Jungen.

»Du bist zu ernst für dein Alter«, sagte sie oft. »Was macht dich so traurig?«

Er lächelte nur, aber er hätte ihr antworten können: Meine Traurigkeit wird mich begleiten, solange ich lebe.

An seinem achtzehnten Geburtstag – es war im Mai 1945, und Deutschland hatte gerade kapituliert – ließ Rudolf seinen Stiefsohn in sein Arbeitszimmer kommen und reichte ihm einen dicken Briefumschlag. »Für dich, Andreas«, sagte er, »eine Kopie meines Testaments. Ich habe dich zu meinem Alleinerben gemacht. Alles, was mir gehört, sollst du einmal bekommen.«

Alles, was ihm gehörte, waren Millionen. Andreas wollte etwas sagen, aber Rudolf winkte ab. »Ich täte es nicht, wenn ich nicht wüßte, daß du damit umgehen kannst. Du hast immer wieder deinen Verstand und deine Zuverlässigkeit bewiesen. Ich habe großes Vertrauen in dich, Andreas.«

»Glaubst du wirklich, ich bin all dem gewachsen?« fragte Andreas zweifelnd.

»Ich bin felsenfest davon überzeugt«, erwiderte Rudolf.

Andreas war fünfundzwanzig, als Judith an einem Gehirntumor starb. Vier Jahre später kam Rudolf bei einem Hubschrauberabsturz ums Leben. Er lag noch einen Tag lang schwerverletzt in einem texanischen Krankenhaus, und als er, kurz bevor er starb, noch einmal das Bewußtsein erlangte, sah er Andreas, der sofort aus New York gekommen war und nun an seinem Bett saß. »Andreas, du solltest heiraten«, sagte er, »und Kinder haben. Allein sein ist nicht gut.«

Andreas erinnerte sich dieser Worte in den folgenden Jahren immer wieder, wenn ihm die Einsamkeit weh tat und er mit zusammengebissenen Zähnen durch seine Depressionen ging. Er stürzte sich in seine Arbeit, sorgte dafür, daß er auch an den Wochenenden keinen Moment unbeschäftigt war. Seine Sekretärinnen stöhnten, weil er soviel Streß verursachte. Im Sommer 1967, Andreas war gerade vierzig, erlitt er einen Herzinfarkt. »Wenn's geht«, sagte sein Arzt betont, »dann möglichst keinen zweiten, Mr. Bredow. Sie sind zu jung, als daß Ihre Pumpe jetzt schon schlappmachen sollte.«

Seit seinem achtzehnten Geburtstag hatte Andreas immer wieder versucht, etwas über das Schicksal seiner Freundin Christine herauszufinden. Noch immer quälte ihn sein Gewissen, weil er Deutschland ohne sie verlassen hatte. Im Herbst 1969 konnten ihm seine Privatdetektive, die er in Europa beschäftigte, eine erfreuliche Mitteilung machen.

»Wir haben Christine gefunden. Ihr Vater starb 1940. Christine und ihre Mutter schlugen sich mehr schlecht als recht durch und blieben sogar weitgehend unbehelligt. Christine heiratete später den italienischen Kaufmann Giuseppe Bellino, mit dem sie nach London ging. Die beiden bekamen einen Sohn, David. Schon kurz nach der Geburt des Kindes starb Giuseppe Bellino an einer schweren Lungenentzündung. Christine und David blieben allein. Der Junge ist heute neun Jahre alt.«

Nie würde Andreas den Moment vergessen, als er Christine und dem kleinen David zum erstenmal gegenüberstand. Was für ein schöner Junge das Kind war! Schlank und blaß, tiefdunkles Haar – ein Erbe seines italienischen Vaters –, helle Augen, die ein wenig versonnen dreinblickten und dann plötzlich ganz wach sein konnten, wenn das Wort an ihn gerichtet wurde. Er neigte sich zu ihm. »Du bist also David. David Bellino.«

Er nickte. Jeder andere hätte festgestellt, daß David zu ernst war für sein Alter, aber Andreas hatte keinerlei Erfahrung mit Kindern. Er sah nur das unverdorbene, junge Gesicht und hatte das Gefühl, endlich einen Menschen gefunden zu haben, dem er alles schenken konnte, was es an Liebe und Zärtlichkeit in ihm gab.

Andreas und Christine genossen ihr Wiedersehen; sie hatten beide nie aufgehört, in der Vergangenheit zu leben, und miteinander konnten sie all die Erinnerungen auferstehen lassen, in denen sie sich während der vergangenen Jahre allein bewegt hatten. Andreas erfuhr, wie sehr Christine unter dem Tod ihres Vaters und später unter dem ihres Mannes gelitten hatte.

»Mein Vater war alles für mich«, sagte sie, »ich habe ihn vergöttert, und ich werde nie darüber hinwegkommen, daß er so früh in diesem furchtbaren Lager sterben mußte. Giuseppe war ihm ein bißchen ähnlich. Ich habe ihn sehr geliebt. Er war zwanzig Jahre älter als ich, und er gab mir Wärme und Geborgenheit. Ich dachte, ich würde es nicht aushalten, als er plötzlich starb. Ich hätte es auch vielleicht nicht ausgehalten, wenn David nicht gewesen wäre. David ist alles, was mir geblieben ist. Ich liebe dieses Kind so sehr, Andreas, ich kann es dir kaum sagen, was ich für den Jungen empfinde. Ich möchte, daß er einmal ein Mann wird wie es mein Vater war.«

David hörte mit großen Augen zu. Er war auch dabei, als Andreas kurz vor seiner Abreise Christine ins Wohnzimmer bat, sie in einen Sessel drückte, sich ihr gegenübersetzte und ihre beiden Hände nahm. »Christine, ich habe mir etwas überlegt. Ich fände es schön, wenn du meinem Plan zustimmen und ihn nicht aus falschem Stolz ablehnen würdest. Du weißt, ich habe keine Erben. Wenn ich einmal sterbe, muß jemand das Bredow-Imperium übernehmen, und ich habe beschlossen, daß David das sein wird. Nein, unterbrich mich nicht. Ich liebe deinen Sohn. Verstehst du, ich habe kein Kind, und er hat keinen Vater mehr, und deshalb sehe ich ihn ein bißchen… als meinen Sohn an. Er ist ein zauberhafter, kluger, schöner Junge. Für mich verkörpert er die Welt, wie sie sein soll, nachdem der Schrecken vorüber ist. Menschen wie er können uns und alle, die nach uns kommen werden, davor bewahren, je wieder das zu erleben, was wir erlebt haben. Er soll alle Möglichkeiten haben, verstehst du? Ich möchte, daß er die beste Ausbildung bekommt, ich werde das bezahlen. Ich möchte, daß er einmal ein reicher, mächtiger Mann wird, auf dessen Worte man etwas gibt, dem man zuhört und den man respektiert. Christine, ich wünsche es mir so sehr. Ich will an ihm teilhaben, und ich will ihm alles geben, vor allem die Fürsorge, die ich erst zu spät bekommen habe.« Leise fügte er hinzu: »Wir werden so stolz auf ihn sein.«

Er sprach Christine aus der Seele. Sie lächelten einander still an, zwei Menschen, die in den gehegten und gepflegten Bildern ihres Gedächtnisses verwurzelt blieben und ein Kind zum Mittelpunkt ihres Daseins auserkoren hatten.

Sie widmeten sich diesem Kind mit aller Hingabe und einem Übermaß an Liebe.

Andreas lag noch immer auf dem Boden, und draußen zerbarsten die Feuerwerkskörper, und der Ring seines Vaters schnitt ihm in die Wange. Für einen Moment fühlte er sich kräftig genug, noch einen Versuch zu unternehmen, das Telefon zu erreichen, aber seine Finger griffen erneut ins Leere. Während er auf dem Teppich zusammenbrach, überlegte er. Hatte er den Apparat mit sich herumgetragen, so wie früher? Nein, das tat er nie, seitdem er sein Augenlicht verloren hatte. Er bewegte das Telefon nicht mehr vom Fleck, weil er darauf angewiesen war zu wissen, wo es stand. Keine Sekretärin, keine Putzfrau hätte gewagt, es auch nur zu verschieben. Er würde diesen mysteriösen Fall nicht mehr lösen, er wußte es. Er würde sterben.

Wenn Journalisten über ihn schrieben, hatten sie immer sein märchenhaftes Leben, die »Verwirklichung des amerikanischen Traums« beschworen. Danach gefragt, hatte er stets geantwortet: »Es war mein Schicksal. Das ist alles.«

Der Gedanke an das Schicksalhafte im Leben eines Menschen ging ihm auch in seinen letzten Minuten durch den Kopf. Erst jetzt, im nachhinein, verketteten sich einzelne Ereignisse und wurden zu einer Geschichte, deren Ende er gerade erlebte. Ein Attentäter hatte vor sieben Jahren auf ihn geschossen, als er das Plaza verließ; er hatte nicht einmal ihn gemeint, sondern seine Sekretärin, die den Schützen wegen eines anderen Mannes verlassen hatte. Er hatte schlecht gezielt, Andreas stürzte zu Boden, blieb in einer Blutlache liegen. Tagelang kämpften die Ärzte um sein Leben. Er hatte dicke Verbände um den Kopf und konnte nichts sehen, und als sie ihm die Verbände abnahmen, konnte er immer noch nichts sehen. So schonend wie möglich brachte man ihm bei, daß er blind geworden war. Wäre er nicht blind, könnte er jetzt das Telefon sehen.

Und daß er alleine war in jener Neujahrsnacht, hing nur mit dem Flittchen zusammen, das David zu seiner großen Liebe erkoren hatte. Eine blutjunge Beautie aus der Bronx, die sich einen zweifelhaften Ruhm dadurch erworben hatte, daß sie nackt durch den »Hustler« getanzt war. Andreas hatte sie natürlich nicht gesehen, aber er hatte ihre Stimme gehört, ihre Aura gespürt.

»Sie liebt dich nicht, David. Glaub mir das doch. Sie will dein Geld, sie will das gute Leben, das sie an deiner Seite haben kann. Sie nutzt dich nur aus!« Er hätte genausogut Felsen predigen können. Sein letzter Versuch hatte diese Nacht sein sollen. Er schickte das Personal fort, ließ ein kaltes Buffet aus einem Restaurant kommen, stellte den Champagner kalt, bat David, eine Schallplatte aufzulegen. Eine Weile, während des Essens, plauderten sie nur über Nebensächlichkeiten, dann brachte Andreas vorsichtig das Gespräch auf Laura Hart. David ließ ihn kaum ausreden. Er explodierte sofort: »Kein Wort gegen sie, Andreas! Kein einziges Wort!«

»David, wenn du nur begreifen wolltest, daß ich dein Bestes will. Diese Frau ist nichts für dich. Du solltest das erkennen, ehe es zu spät ist!«

»Du lehnst sie nur ab, weil sie kein Geld hat und ihre Mutter am Alkohol gestorben ist!«

»Das ist nicht wahr. Ich lehne sie nicht einmal ab, weil sie diese … Nacktfotos gemacht hat, obwohl ich so etwas nicht mag. Ich lehne sie ab, weil ich ihre Unehrlichkeit spüre. Sie liebt dich nicht, David, und wenn sie es hundertmal am Tag beteuert. Vertrau mir. Wir Blinden entwickeln oft die Fähigkeit, Schwingungen wahrzunehmen, die den Sehenden verborgen bleiben. Es ist fast greifbar für mich, daß sie dir ihre Gefühle nur vorspielt.« Andreas schwieg abwartend. Er konnte hören, daß David aufstand, fühlen, daß er wütend war. »Ich hatte geglaubt, wir machen uns ein gemütliches Silvester, Andreas. Aber wenn du streiten willst, dann tu das für dich allein. Ich werde zu Laura gehen.«

»David! Geh nicht fort! Laß uns reden! Laß uns…«

Die Tür fiel ins Schloß. Andreas blieb allein zurück.

Und so hatten sich die Schicksalsfäden miteinander verwoben: Ein Kind, das Deutschland mit kranker Seele verlassen hatte und nun ein halbes Jahrhundert später, als alter, blinder Mann einsam in seinem Luxusappartement über dem Central Park an einem Herzinfarkt sterben würde – aus keinem anderen Grund als dem, daß ein verdammtes Telefon nicht an seinem Platz stand.

Es war beinahe ein Uhr in der Nacht, als Andreas Bredow seinen letzten Atemzug tat – und David Bellino, ein junger Mann aus England, Erbe eines millionenschweren Vermögens wurde.

I. Buch

New York, November 1989

Obwohl David wie an jedem Abend eine Schlaftablette genommen hatte, wachte er bereits um drei Uhr morgens auf und wälzte sich ruhelos hin und her. Schließlich wurde auch Laura wach.

»Was ist denn? Kannst du wieder nicht schlafen?«

»Nein. Aber kümmere dich nicht um mich. Ich gehe rüber in mein Arbeitszimmer.«

»Du solltest einen Arzt aufsuchen, David. Es gibt ja kaum noch eine Nacht, in der du durchschläfst!«

»Ich war beim Arzt. Er hat mir diese Tabletten verschrieben, aber sie helfen nicht richtig. Wahrscheinlich brauche ich etwas Stärkeres. Aber mach dir keine Sorgen.« Er schob die Bettdecke zurück und stand auf. Im Dunkeln konnte er Lauras Gesicht nicht sehen, daher bemerkte er auch nicht ihre Feindseligkeit.

Ich mache mir bestimmt keine Sorgen, dachte sie.

Er ging in sein Arbeitszimmer, Andreas' einstiges Arbeitszimmer, das er nach dessen Tod vor nunmehr beinahe einem Jahr völlig neu hatte einrichten lassen. Nur der Schreibtisch am Fenster war geblieben. Darauf stand eine gerahmte Fotografie von Andreas.

David setzte sich. Er war müde und er fror. Die Tabletten, die er inzwischen in rauhen Mengen schluckte, hatten eine seltsame Wirkung auf ihn; sie machten ihn schläfrig, nahmen ihm aber nichts von seiner Unruhe, er hätte hundert Jahre schlafen mögen, aber zugleich schlug ihm das Herz bis zum Hals.

»Ein Scheißzeug«, murmelte er, »Tabletten… sie machen einen immer kränker!«

Er war ein gutaussehender Mann, sehr groß, dunkelhaarig, mit schmalen, hellen Augen. Den Frauen fielen zuerst immer seine schönen Hände und seine breiten Schultern auf. Er war ein Mann, der um seine Wirkung auf Frauen wußte und sie gelegentlich nutzte. Jetzt aber, als er da übernächtigt am Schreibtisch kauerte, fühlte er sich eher miserabel. Seine Finger zitterten leicht, als er eine Schublade aufzog und die Pistole herausnahm, die zuoberst auf einem Berg gebündelter Briefe lag. Vorsichtig strich er über das schwarzglänzende Metall. Eine Spur Ruhe kehrte zurück.

Seit Andreas' Tod konnte er nicht mehr schlafen. Seit er an jenem Neujahrsmorgen in die Wohnung zurückgekehrt war und ihn tot vor dem Schreibtisch gefunden hatte, schien ihm sein Leben aus der Bahn geraten zu sein. Beruhigungspillen wurden auf einmal seine ständigen Begleiter, retteten ihn über die Stunden hinweg, in denen ihn Schuldgefühle und Ängste peinigten. In denen er wieder und wieder die letzte Szene der Silvesternacht vor sich sah:

»Ich werde zu Laura gehen!« hatte er gesagt. Sein Blick war gleichzeitig auf den Schreibtisch gefallen, auf den Telefonapparat. Andreas kannte Lauras Telefonnummer; Laura wohnte damals in einem kleinen Appartement über dem Hudson, das David ihr bezahlte.

Und du wirst mich dort nicht stören, dachte David, nicht noch einmal!

Andreas hatte einige Male bei Laura angerufen, wenn er wußte, daß sich David bei ihr aufhielt. Es hatte ein paar unerfreuliche Szenen gegeben. In dieser Nacht wollte David sich nicht stören lassen.

Der Teppich verschluckte seine Schritte, als er zum Schreibtisch ging; außerdem spielte noch immer der Plattenspieler. Ein Handgriff, und er hatte das Telefon fort vom Schreibtisch auf den Aktenwagen in der Ecke gestellt. Nicht ausgeschlossen, daß Andreas es dort fand, aber zumindest würde er eine ganze Weile suchen müssen.

»David, geh nicht fort! Laß uns reden! Laß uns …«

David verließ das Zimmer und warf die Tür hinter sich zu. Draußen atmete er tief durch. Manchmal wünschte er den alten

Mann zum Teufel. Warum nur glaubten Menschen jenseits der Fünfzig immer, sie könnten sich ungefragt in alles einmischen, was sie nichts anging?

Er erinnerte sich, als sei es gestern gewesen: Durch einen ruhigen Morgen voller Kälte und Schnee war er nach Hause gefahren. Er hatte den Wagen selber gesteuert, sich in das Polster zurückgelehnt. Er würde sich bei Andreas entschuldigen, weil er so unbeherrscht reagiert hatte, und dann konnten sie vielleicht in aller Ruhe über das Problem »Laura« reden. Womöglich gab Andreas seine Vorurteile auf – Vorurteile, dachte David heute oft bitter. Mehr und mehr gelangte er inzwischen zu der Ansicht, daß Andreas recht gehabt hatte. Aber damals war er überzeugt gewesen, daß Laura ihn liebte. Es gefiel ihm, wie sie lachte, redete, gestikulierte, wie sie mit geradezu leidenschaftlichem Gesichtsausdruck Champagner trank, wie sie durch ein Zimmer ging oder sich zum Fenster hinauslehnte und Schneeflocken auf ihrem Gesicht zerschmelzen ließ. Er mochte es auch, wenn der Ausdruck ihrer Augen plötzlich von Fröhlichkeit in Melancholie wechselte und eine wehmütige Nachdenklichkeit auf ihren Zügen erschien. Nie konnte sie das kleine, blasse, hungrige Mädchen aus der Bronx verleugnen, das sie einmal gewesen war, auch dann nicht, wenn sie ein Kostüm von Ungaro oder einen Pelz von Fendi trug. In ihrem Gedächtnis existierten Kälte und Armut, Angst und hundertfach erlittene Gewalt. Manchmal schmiegte sie sich an ihn, dann kam es ihm vor, als sei sie ein kleines Tier, das sich im Fell seiner Mutter verkriecht. Den Kopf an seiner Brust vergraben, flüsterte sie: »Ich will nie wieder arm sein, David. Nie wieder. Ich habe solche Angst, daß ich eines Morgens aufwache, und ich bin wieder in dem verfallenen Haus in der Bronx, mein besoffener Vater schnarcht nebenan, und Mutter ist nicht heimgekommen, ich laufe wieder durch die Straßen und suche nach ihr...«

»Keine Angst, Laura. Ich beschütze dich. Du gehörst zu mir.«

»Ich weiß, David. Aber manchmal habe ich so schreckliche Träume, und ich habe Angst, wenn es dunkel wird oder wenn viele Menschen um mich sind...«

»Du sollst dich nicht fürchten, solange ich bei dir bin, Laura.« Er hielt sie gern in den Armen und tröstete sie, und er hatte es auch in der Silvesternacht getan, als plötzlich gegen Morgen ihre Zukunftsangst wieder wie eine hohe, schwarze Mauer vor ihr aufgestiegen war. Er liebte die Rolle des Beschützers, weil sie ihm Macht verlieh, aber er hatte wenig psychologisches Einfühlungsvermögen und merkte nicht, daß er zwiespältige Gefühle in Laura auslöste: Sie hing an ihm, weil er der erste Mann war, der ihr Geborgenheit gab, und sie haßte ihn zugleich, weil er die einzige dünne Wand darstellte, die sie von ihrem früheren Leben trennte, und weil er sie deshalb vollkommen in der Hand hatte. Daß er sie aufgewühlt und elend zurückgelassen hatte, war ihm nicht im mindesten bewußt, als er durch den verschneiten Neujahrsmorgen zu seiner und Andreas' Wohnung zurückfuhr. Er glaubte Laura in derselben guten Stimmung, in der er sich selber befand. Später würde sie einmal über ihn sagen: »Er war auf geradezu sensationelle Weise unsensibel.«

Er begriff sofort, daß Andreas tot war, als er ihn vor dem Schreibtisch liegen sah, und er begriff auch schon in der nächsten Sekunde, wie der Gang der Handlung gewesen sein mußte. Das Telefon! Andreas hatte in seinen letzten Minuten versucht, das Telefon zu erreichen.

David wußte nicht, wie lange er in dem Zimmer gestanden und jeden Gegenstand, jedes Möbelstück in sich aufgenommen hatte. Jede Einzelheit brannte sich für immer in sein Gedächtnis: Der Tisch mit dem kalten Buffet vom Abend, Erbrochenes auf dem Teppich, angeklebte Speisereste auf den Tellern, wenig appetitlich anzusehen im fahlen Wintermorgenlicht, halbvolle Weingläser. Auf dem Plattenspieler lag bewegungslos die Platte, die sie gehört hatten, kalter Zigarettenrauch hing zwischen den Wänden. Auf dem Weg zum Schreibtisch mußte Andreas einen Hausschuh verloren haben; er lag mitten auf dem Teppich. Im beleuchteten Aquarium auf dem Regal jagten sich pfeilschnell ein paar Fische.

David zuckte zusammen, als plötzlich das Telefon schrillte. Mit zitternden Händen nahm er den Hörer ab. »Ja bitte?«

»Mr. Bredow?« Das war der Portier. David räusperte sich.

»Nein. Hier ist David Bellino.«

»Ah, Mr. Bellino! Guten Morgen. Die Leute vom Restaurant sind hier und möchten das Geschirr wieder abholen. Kann ich sie hinaufschicken?«

»Es ist … es ist leider etwas Furchtbares passiert …‹

»Mr. Bellino? Sie klingen ja ganz merkwürdig. Was ist denn los?«

»Als ich eben nach Hause kam, fand ich meinen Onkel vor seinem Schreibtisch liegen. Er … ist tot …«

Diese Worte hingen bis heute im Raum. Und die Erinnerungen. Die Erinnerung vor allem daran, wie er, noch ehe der Arzt und die Polizei eintrafen, das Telefon an seinen alten Platz gestellt hatte. Nachher dachten alle, Andreas habe nicht mehr die Kraft gefunden, den Hörer abzunehmen. Niemand ging der Sache weiter nach. Über Andreas' Tod wurde in allen Zeitungen berichtet, aber dann war alles rasch wieder vergessen. David, der Erbe, rückte in den Mittelpunkt der New Yorker Gesellschaft, er lieferte nun den Stoff für die Gazetten, seine Liaison mit Laura Hart gab den farbigen Hintergrund für Klatsch und Tratsch. Kein Mensch machte ihm einen Vorwurf, obwohl man wußte, daß er in der Silvesternacht Streit mit Andreas gehabt und ihn allein gelassen hatte. Wie hätte er ahnen sollen, daß Bredow gerade in dieser Nacht einen Infarkt erleiden würde?

David dachte viel nach über Andreas, jetzt, wo er tot war, sehr viel mehr als früher. Er hatte den alten Mann gemocht, genauer gesagt: Er hatte keinen Grund gefunden, ihn nicht zu mögen, und er hatte sich immer geschämt, wenn da doch etwas war, was an ihm nagte, was ihn innerlich opponieren ließ. Andreas war nur nett zu ihm gewesen, auch der Streit um Laura Hart war der Besorgnis entsprungen, und er hatte zweifellos darunter gelitten, in Unfrieden mit seinem Schützling zu leben. David erinnerte sich an die vielen Ferien, die er in New York verbracht hatte: Andreas hatte alles für ihn getan. Er sollte es schön haben, er sollte etwas erleben, er sollte gern wiederkommen wollen. Er hatte dem Jungen eine Menge Zeit gewidmet, ihm die ganze

Stadt gezeigt, hatte ihn einmal auch mit nach Los Angeles genommen und einmal nach Colorado zum Skifahren. Daheim hatte David nie gewußt, wo er mit dem Erzählen anfangen sollte. Und dennoch… da war dieses leise Unbehagen. Die Melancholie in Andreas' Augen war dieselbe, die in den Augen von Davids Mutter stand. Diese Entrücktheit, dieses Festhalten an Vergangenem. Es hatte ihn bei Christine bedrückt, und es bedrückte ihn bei Andreas. Manchmal bekam er ein schlechtes Gewissen, weil er sich freute und lustig war und ihre Traurigkeit nicht teilen konnte. Niemals würde er das Gespräch vergessen, das Andreas mit ihm führte, als er gerade sechzehn geworden war. Weihnachten 1976. David war am 25. Dezember nach New York geflogen. In Andreas' Penthouse erwartete ihn ein riesengroßer, über und über mit bunten Kugeln geschmückter Tannenbaum, unter dessen ausladenden Zweigen wahre Berge von Geschenken lagen. Andreas bot ihm ein Glas Champagner an. Der Plattenspieler spielte Weihnachtsmusik, es roch nach Kerzenwachs und Tannennadeln. David saß inmitten seiner Geschenke und fühlte sich wohl. Einfach nur richtig wohl.

Er hielt eine Uhr in der Hand, eine wunderschöne Armbanduhr mit schwarzem Zifferblatt und schmalen, goldenen Zeigern. Ein Geschenk von Andreas. Er schaute auf und lächelte. »Danke, Andreas. Die ist wirklich toll! Woher wußtest du, daß ich mir genau eine solche Uhr gewünscht habe?«

»Deine Mutter hat es mir verraten«, erwiderte Andreas. Er betrachtete den Jungen, und irgendwie wurde es David ungemütlich unter seinem Blick. »Ich freue mich, wenn sie dir gefällt, David. Ich freue mich… wenn es dir überhaupt gefällt, hier bei mir zu sein.«

»Du weißt, daß ich immer gerne nach New York komme«, sagte David vorsichtig.

Andreas nickte. »Wenn du in England mit der Schule fertig bist, wirst du ja für immer in Amerika leben. Ich hatte oft Angst, du könntest es dir anders überlegen und plötzlich feststellen, daß du das Land vielleicht nicht magst. Aber du magst es, nicht wahr? Und du… magst auch mich?«

»Natürlich mag ich dich…«

Andreas nickte langsam. Er blickte nachdenklich in den Flammenschein der Kerzen auf dem Baum. »Weißt du, David, ich bin immer sehr allein gewesen. Schon als Kind. Deine Mutter war der einzige Mensch, der für mich da war. Sonst hatte ich niemanden. Mit dreizehn war ich Vollwaise, aber davor gab es auch niemanden, der sich wirklich um mich gekümmert hätte. Ich habe mich stets danach gesehnt, einmal einen Menschen ganz für mich zu haben. Jemanden, der mich liebt, der mich braucht, der mir vertraut. Jemanden, dem ich etwas bedeute…«

O Gott, dachte David mit leiser Panik.

Andreas schaute ihn an. »Du weißt, du bist für mich wie ein Sohn, David. Ich werde dir alles geben, was ich habe. Ich freue mich so auf die Zeit, wenn du für immer hier lebst.«

»In New York, meinst du?«

»Hier bei mir. Sieh mal, dieses Penthouse ist für mich allein viel zu groß. Warum ziehst du nicht hier ein? Wir wären dann beide nicht mehr länger allein. Ich meine, ich werde dich bestimmt nicht stören. Du bist dann erwachsen, und natürlich willst du dann auch manchmal für dich sein. Aber wir könnten abends zusammensitzen und miteinander sprechen, wir könnten zusammen frühstücken oder uns in die Sonne setzen. Es würde Spaß machen, über alles zu reden, was uns bewegt und beschäftigt. Es gäbe immer jemanden, der zuhört.« Andreas hatte leidenschaftlich gesprochen, und David sah, daß Tränen in seinen Augen blinkten. Überrascht erkannte er, wie einsam der reiche Mann aus New York war. Die Traurigkeit und Sehnsucht im Gesicht des anderen lähmten ihn.

Verdammt, dachte er, hier mit ihm wohnen!

Er hatte fest damit gerechnet, eine eigene Wohnung in New York zu bekommen. Es müßte auch keine furchtbar feine oder komfortable sein, einfach ein Ort, an den er sich zurückziehen und wo er für sich sein konnte. Die Vorstellung, mit Andreas zu leben, der so entsetzlich gütig, so entsetzlich fürsorglich, so entsetzlich erdrückend war, erschreckte ihn. Aber wie schon früher bei seiner Mutter vermochte er sich nicht zu wehren. In Mums

Gegenwart hätte er manchmal schreien mögen, so unerträglich von ihr vereinnahmt hatte er sich oft gefühlt. Als Kind hatte er bei ihr im Bett schlafen müssen, und sie hatte ständig darüber gejammert, daß sie niemanden habe außer ihn, seit sein Vater gestorben sei. Er erinnerte sich gut an das schlechte Gewissen, mit dem er sich gewünscht hatte, er bräuchte nicht immer für Mum dazusein. Wie oft hätte er sonntags mit den anderen Kindern spielen mögen und war statt dessen daheim geblieben, weil er das traurige Gesicht seiner Mutter nicht ertrug.

»Ich werde dann eben allein meinen Kaffee trinken«, sagte sie in solchen Situationen. »Ich hatte mich so auf den Nachmittag mit dir gefreut, David. Aber natürlich, wenn es dir mehr Spaß macht, mit den anderen Kindern zusammenzusein, als mit deiner langweiligen Mutter ...«

»Ich bin viel lieber bei dir, Mum«, sagte er dann, teils wütend, teils resigniert, und schließlich beschämt, weil er sie offenbar nicht genug liebte, um wirklich gern mit ihr zusammenzusein. »Ich bleibe hier!«

Jetzt sah ihn Andreas mit demselben Ausdruck in den Augen an, den Mum immer gehabt hatte, und wieder überkam David das Gefühl von Wehrlosigkeit und hilflosem Ärger. Wenn er jetzt »nein« sagte, wenn er jetzt erklärte, daß er lieber allein sein würde, das wäre ungefähr so, wie wenn man ein unschuldiges Kind schlägt, das es nur gut gemeint hat. Andreas meinte alles nur gut. Er war die verkörperte Güte selbst, und es war die wohlvertraute Scham, die David empfand, weil er jetzt am liebsten hätte schreien mögen.

»Das ist eine gute Idee, Andreas«, sagte er höflich. »Natürlich wohne ich gern bei dir.«

Bei sich dachte er: Verfluchte Scheiße!

Heute, nachdem Andreas tot war, war er froh, daß er nie die Beherrschung verloren hatte. Es hätte den alten Mann bekümmert und verstört, und er hätte es nicht verstanden.

Gedankenverloren drehte David nun an dem breiten, goldenen Ring der Bredows, den Andreas ihm immer versprochen hatte und den er dem Toten damals am Neujahrsmorgen vom

Finger gezogen hatte. Erleichtert ging es ihm durch den Kopf: Wenigstens war ich nicht undankbar. Ich habe ihm nicht weh getan!

Er zog die Schreibtischschublade noch einmal auf und entnahm ihr ein mit einem Gummiband zusammengeschnürtes Bündel Briefe. Sie trugen keinen Absender, waren mit Maschine geschrieben und enthielten wüste Beschimpfungen und Drohungen. Morddrohungen.

»Fühl dich nicht zu sicher, du Schwein. Dein Mörder ist schon ganz nah!« »Du wirst für deine Sünden bezahlen, David Bellino, und der Tag der Rache rückt immer näher.«

David Bellino war zeitlebens ein hochgradiger Hypochonder gewesen. Mußte er niesen, schluckte er sogleich ein schweres Medikament gegen Grippe. Bekam er mehrmals hintereinander Schluckauf, wurde er von der Vorstellung besessen, er habe Speiseröhrenkrebs, und suchte einen Spezialisten auf. Wenn er in der Zeitung auf die Schilderung einer Krankheit stieß, spürte er wenige Minuten später sämtliche Symptome. Der Gedanke an Schmerzen und Siechtum bereitete ihm tiefes Grauen, das Bewußtsein seiner eigenen Sterblichkeit machte ihm schwer zu schaffen. Im wesentlichen beschäftigte er sich damit, einem frühen Tod vorzubeugen.

Mancher hätte die Briefe, die seit einem Vierteljahr in zweiwöchentlichen Abständen eintrafen, als Unsinn abgetan. Ein Mann in Davids Position hatte selbstverständlich immer Feinde, aber keineswegs waren die ständig drauf und dran, tatsächlich zur Waffe zu greifen und das Objekt ihrer Aggression vom Leben zum Tod zu befördern. David hatte die Briefe von einem Psychologen analysieren lassen, und der hatte gemeint, der Schreiber finde eine tiefe Befriedigung im Verfassen solcher Schriften, sei aber keineswegs entschlossen, die Drohungen in die Tat umzusetzen. »Der Schreiber ist intelligent und sensibel. Ich würde ihn nicht als gewalttätig einschätzen.«

David empfand diese Aussage zwar als beruhigend, beschloß aber, sich nicht zu sehr darauf zu verlassen. Er war dabei gewesen, als man auf Andreas geschossen hatte, eine Szene, die sich tief in sein Gedächtnis eingegraben hatte, und jedesmal, wenn er ein Gebäude verließ und auf die Straße trat, erwartete er halb und halb, daß ihm dasselbe widerfuhr. Die Angst wurde zu seinem schlimmsten Feind, sie tyrannisierte ihn, wo er ging und stand. Die Briefe machten ihn fertig, ob sie nun ernst gemeint waren oder nicht. Er mußte herausfinden, wer sie schrieb, er mußte das abstellen, er würde sonst noch verrückt werden.

Natürlich kamen eine Menge Leute in Frage. Geschäftspartner, denen er zuletzt zugesetzt hatte, Angestellte, die entlassen worden waren, politische Gruppierungen, Umweltschützer, die mit irgend etwas, was Bredow Industries tat, nicht einverstanden waren. Er mußte das nach und nach abchecken. Und er würde jetzt damit beginnen. Er nahm einen Bogen Papier und schrieb in ordentlichen Druckbuchstaben vier Namen darauf:

Mary Gordon

Steven Marlowe

Natalie Quint

Gina Artany

Vier Namen, vier Menschen, vier Schicksale. Vier alte Freunde von ihm. Er wußte nicht mehr, wie oft er die Namen notiert, wie oft er an die Personen dahinter gedacht hatte. Aber je öfter er nachdachte, desto wahrscheinlicher schien es ihm, daß es einer von ihnen war, der ihn rachsüchtig zu zerrütten suchte.

Jeder hatte ein Motiv. Jeder konnte es sein.

Er hatte seine Freunde zu sich eingeladen, und zu seiner Überraschung hatten alle zugesagt. Vom 27. 12. 1989 bis zum 1. 1. 1990 sollten sie seine Gäste sein, und das, nachdem sie einander seit Jahren nicht mehr gesehen hatten. Nachdem sie ihn jahrelang nicht hatten sehen wollen.

David stand auf und trat dicht ans Fenster. Noch kein Licht kündigte den Morgen an. November... dieser düstere, graue, kalte Monat. Nebel überall, und hinter dem Nebel unbekannte Gefahren.

»Nebel. Nebel, Nebel, die ganze verdammte Zeit. Man sieht nicht, wohin man geht, nichts«, hieß es in O'Neills »Anna Christie«. Das genau waren David Bellinos Empfindungen.

David Bellino war keineswegs ein glücklicher Mensch, und daher ging er regelmäßig zum Psychotherapeuten, genauer gesagt: Er ging zu sehr vielen Therapeuten, denn seine Geduld war nicht groß, und wenn ihm nicht sofort geholfen wurde, beschloß er, jemand anderen aufzusuchen.

»Es ist eine langwierige, mühevolle Aufgabe, in die Psyche eines Menschen einzutauchen«, hatte ihm einer seiner Ärzte einmal erklärt. »Dinge, die Sie als Kind erlebt und vollkommen verdrängt haben, müssen erforscht und ganz vorsichtig aufgedeckt werden. Wer hier ungeduldig ist, schadet mehr als daß er nützt!«

»Meine Kindheit war in Ordnung, Doktor!«

Der Arzt hatte nachsichtig gelächelt. »Wenn Sie das so felsenfest glauben, ist es der beste Beweis dafür, daß da etwas ganz und gar nicht in Ordnung war.«

David wechselte den Arzt.

Er wußte nicht einmal genau, was er eigentlich wollte. Schließlich war er gesund. Aber dann – wenn er sich gerade entschlossen hatte, auf die Hilfe eines Seelendoktors zu verzichten – passierte wieder irgend etwas: Er wurde hysterisch, weil er sich einbildete, seine Knochen weichten auf. Oder er hatte Träume, in denen sich grauenvolle Gewaltszenen abspielten. Oder seine Migräneanfälle hielten ihn tagelang von der Arbeit ab. Dann saß er doch plötzlich wieder auf einem Sofa.

»Warum heißen Sie David?« fragte der Arzt. »Ein jüdischer Name!«

»Meine Mutter hat das so bestimmt ... sie ist Deutsche, sie war ein Kind während der Nazizeit. Zur Erinnerung an die Millionen ermordeter jüdischer Kinder wollte sie ihrem Sohn einen jüdischen Namen geben.«

»Sie selber ist nicht jüdisch?«

»Nein. Aber ihr Vater starb im KZ.«

Zeitlebens hatte das Bild ihres Vaters einen Ehrenplatz im Wohnzimmer gehabt, daran konnte sich David erinnern – es war vielleicht überhaupt die erste Erinnerung seines Lebens. Eine Art Altar hatte Mum errichtet, Kerzen, Blumen, eine Madonna. Mum war katholisch. In England gab es keine katholischen Kirchen, aber sie hielt an ihrem Glauben fest. David hatte einmal nach der Madonna greifen und mit ihr spielen wollen, er hielt sie für eine schöne Puppe mit einem blauen Kleid und einem roten Schleier auf dem Kopf. Mum hatte sie ihm entrissen und ihm rechts und links auf die Wangen gehauen. »Tu das nie wieder, David!«

Dann, als er brüllend und schreiend auf dem Teppich saß – ihn hatte noch nie jemand geschlagen, und er konnte es nicht fassen – hatte ihn Mum in die Arme genommen. Sie weinte auch.

»David, Liebling, es tut mir leid. Es tut mir so leid. Du mußt verstehen... mein Vater... David, ich will dir von ihm erzählen, und du wirst verstehen...«

»Hat Ihre Mutter oft von ihrem Vater gesprochen?« fragte der Arzt, als könnte er Gedanken lesen.

»Ja.«

»Was hat sie erzählt?«

»Ich... weiß nicht mehr genau...«

»Sie erinnern sich an gar nichts?«

Er erinnerte sich an seine Träume. Sie waren angefüllt mit Geschichten seiner Mutter, aber oftmals hatten sie sich mit Märchen vermischt, die man ihm erzählt hatte, oder mit Bildern, die im Fernsehen zu sehen gewesen waren. Wenn er aufwachte, panisch nach dem Lichtschalter suchte, um sich zu vergewissern, daß er in Sicherheit war, wußte er gar nicht mehr, woraus sich die Schreckensbilder im einzelnen zusammengesetzt hatten.

»Ihre Mutter hat Sie immer sehr geliebt?« fragte der Arzt behutsam.

David nickte. »Ja. Ich war der einzige Mensch, den sie hatte. Sie hatte ihren Vater und ihren Mann verloren, und alles, was sie an Liebe hatte, gab sie mir.«

»Und dann war da noch jener Mann in New York, der Sie zu seinem Erben bestimmt hatte. Verbrachten Sie sehr viel Zeit mit ihm?«

»Ich war in beinahe allen Ferien drüben. Zwischendurch besuchte er uns.«

»Und er hat Sie auch sehr geliebt?«

»Ja, hat er.« David wurde ungeduldig, er sah nicht, worauf das hinauslaufen sollte. »Er hatte ja auch niemanden sonst. Hören Sie, Doktor, ich …«

»Das ist ein durchaus wichtiger Punkt, Mr. Bellino. Hatten Sie manchmal das Gefühl, erdrückt zu werden? Sich wehren zu wollen, ohne zu wissen, wogegen?«

Er hatte eine empfindliche Stelle angekratzt. David verspürte das würgende Gefühl im Hals, das ihn so oft schon gepeinigt hatte.

»Ach … glaubte zu ersticken, Doktor. Ja, das kam immer wieder. Ich war voller Wut, aber ich konnte sie gegen niemanden richten. Sie waren so gut zu mir. Sie wollten nur das Beste. Ich sollte das Beste bekommen und der Beste sein. Manchmal wollte ich schreien, aber ich schrie nie. Ich hatte Angst vor dem Entsetzen, mit dem sie mich anschauen würden.«

»Ihr Problem, Mr. Bellino, beruht meiner Ansicht nach nicht einmal so sehr auf den Dingen, die man Ihnen erzählt hat, auf den Schrecken, mit denen sich Ihre Mutter herumschlug und die sie zweifellos auch auf Sie übertrug. Das ist eher die Ursache, die Wurzel, für eine ganz andere Entwicklung. Ihre Mutter und auch Mr. Bredow haben Sie in Liebe – und in Ansprüchen, die sie an Sie stellten! – förmlich … ja, wie Sie es nannten, erstickt. Sie waren soviel Liebe gegenüber ohnmächtig. Sie haben nicht die Aggressionen ausleben können, die ein junger Mensch gerade in den Entwicklungsjahren ausleben *muß*. Und jetzt kauen Sie so verzweifelt darauf herum.« Der Arzt seufzte. »Wenn Sie an sich als Kind denken, und Sie müßten dieses Kind, das Sie waren, mit ein paar Worten beschreiben – welche Attribute fallen Ihnen da ein?«

»Verwirrt«, sagte David sofort, und fügte dann hinzu: »Ich ängstigte mich oft vor etwas, wovon ich nicht wußte, was es war. Ich war … überempfindlich und ein bißchen hysterisch. Ich hatte schreckliche Träume.«

Er merkte nicht, daß er eine exakte Beschreibung dessen abgegeben hatte, was er *heute* war.

New York, 28. 12. 1989

1

Gina Artany liebte den Luxus. Da sie in den vergangenen Jahren ständig hatte sparen müssen, verfiel sie nun in einem von Davids Gästezimmern in einen wahren Verschwendungsrausch. Sie knipste alle Lichter an, füllte die Badewanne bis zum Rand mit Wasser und kippte so viel von einem teuren Parfum, das sie in einem Badezimmerschrank gefunden hatte, hinein, daß der Duft das ganze Zimmer ausfüllte. Sie öffnete zwei Flaschen Champagner, nur um einmal wieder festzustellen, daß sie wirklich verschieden schmeckten. Dann riß sie weit das Fenster auf und drehte gleichzeitig die Heizung bis zum Anschlag, denn diese Mischung aus frischer Luft und Wärme schien ihr das Höchste an Luxus. Sie konnte Charles, ihren Mann, hören, wie er mit ängstlicher Stimme sagte: »Wenn du das Fenster aufmachst, Liebling, dreh doch bitte die Heizung runter. Das wird sonst zu teuer, du weißt doch…«

Lord Charles Artany. Der Mann, der ihr den Titel »Lady« gegeben hatte. Der Mann, mit dem sie auf einem ungemütlichen, zugigen Landsitz im Norden Englands hauste und mit dem sie in den finanziellen Bankrott gesegelt war. Sie trat, gehüllt in einen flauschigen, weißen Bademantel, vor den Spiegel und musterte ihr Gesicht, das Gesicht einer neunundzwanzigjährigen Frau, die praktisch keinen Pence auf dieser Welt mehr besaß und häufiger mit dem Gerichtsvollzieher kommunizierte als mit irgend jemandem sonst.

»Ich bin die Frau, die John Eastley geliebt und verloren hat«, sagte sie laut und betrachtete genau ihr Mienenspiel, während sie Johns Namen aussprach. Immer wenn Charles in der Nähe gewesen war, waren ihr die Tränen gekommen, sobald sie diesen Satz sagte; nun, da der Atlantik sie trennte, überfiel sie die

Traurigkeit nicht mehr so heftig. Einem anderen Mann Liebe vorspielen zu müssen, wo doch all ihre Liebe nur John gehörte, war vielleicht das Schlimmste. Sie erduldete Charles' Zärtlichkeit nur widerwillig, gab sie noch viel widerwilliger zurück und hatte das Gefühl, als würden ihre Wunden nicht einmal anfangen zu heilen. Zum erstenmal verebbte jetzt der Schmerz ein wenig, vielleicht auch deshalb, weil sie es sich nicht leisten konnte, der Traurigkeit allzu großen Raum einzuräumen. Sie mußte ihre fünf Sinne zusammenhalten.

Sie zog den Bademantel aus, stellte fest, daß ihr keine Zeit mehr zum Baden blieb, schlüpfte in Wäsche und Strümpfe und griff nach dem Kleid, das sie zum Dinner tragen wollte. Es stammte noch aus ihren guten Zeiten mit John, war aus schwarzer Seide und hatte einen tiefen, runden Ausschnitt. Mit größter Mühe hatte Gina den Rock kürzer genäht, um ihn der herrschenden Mode anzupassen. Sie legte ein Smaragdcollier um den Hals und bürstete ihre langen, dunklen Haare. Der Spiegel warf ihr das Bild einer ausgesprochen teuer gekleideten Frau zurück. Eine erheiternde Vorstellung, wenn sie bedachte, wie verzweifelt ihre Lage war: hätte David seiner Einladung nicht gleich ein Flugticket beigelegt, wäre es ihr nicht einmal möglich gewesen, die Reise zu bezahlen.

Sie hatte David in ihrem ganzen Leben nie wiedersehen wollen, denn der Haß auf ihn war so frisch und heftig wie eh und je, aber er war ein verdammt reicher Mann, und sie brauchte so furchtbar dringend Geld. Hunderttausend Dollar würden ihr aus dem Gröbsten heraushelfen, und die hunderttausend Dollar sollte David ihr geben. Nicht zuviel für ein verpfuschtes Leben, im Gegenteil, er kam billig weg, viel zu billig.

Hängen und vierteilen sollte man ihn, dachte Gina, er hätte es weiß Gott verdient!

Sie straffte ihre Schultern. Ihr Selbstvertrauen, von dem sie in der letzten Zeit manchmal geglaubt hatte, sie habe es mit all den anderen Sachen ins Pfandhaus getragen, strömte in sie zurück. Der Lampenschein ließ ihr dunkelbraunes Haar wie Seide glänzen und machte aus ihren Augen hellen Bernstein. Sie war eine attraktive und sehr starke Frau, und sie war schon mit schwierigeren Situationen als dieser fertig geworden.

Ein Blick auf die Uhr zeigte ihr, daß sie noch etwas Zeit hatte bis zum Dinner. Sie beschloß, sich vom Hausmädchen noch eine Flasche Champagner bringen zu lassen. Die dritte heute, und von keiner Flasche hatte sie mehr als ein Glas getrunken. Sie wußte, David würde das unverschämt finden, aber sie wußte auch, daß ihm Unverschämtheit stets imponiert hatte.

Den ganzen Tag über hatte Natalie Quint versucht, eine telefonische Verbindung zu ihrer Wohnung in Paris herzustellen. Am späten Nachmittag erst, 23 Uhr Pariser Zeit, hatte sich ihre Freundin Claudine gemeldet. »Combe«, hatte es fröhlich und ein bißchen abgehetzt aus dem Hörer geklungen.

»Claudine! Endlich! Wo um Himmels willen bist du gewesen? Ich versuche dich seit Stunden zu erreichen!«

»Nat? Die Verbindung ist so schlecht, ich verstehe dich ein bißchen schwer. Wie ist es in New York?«

»Ganz o. k. *Wo warst du?*«

»Erst einkaufen, es war überhaupt nichts Eßbares mehr in der Wohnung. Und dann bei Marguerite Fabré draußen in Versailles. Sie wollte mich unbedingt sprechen, weil sie ein Drehbuch geschrieben hat und meint, nur ich könnte die weibliche Hauptrolle in dem Film spielen. Nach allem, was sie erzählt hat, muß es wirklich eine tolle Geschichte sein.«

»Ich dachte, du wolltest nicht mehr filmen«, sagte Natalie alarmiert. Sie klemmte den Telefonhörer zwischen Kinn und Schulter und zündete sich eine Zigarette an. In den Stunden, in denen sie vergeblich versucht hatte, Claudine zu erreichen, hatte ihre Nervosität einen bedenklichen Grad angenommen. Mit scharfer Stimme wiederholte sie: »Du wolltest doch nicht mehr filmen? Claudine?«

»Natürlich nicht, Liebling.« Das kam rasch und ein wenig ängstlich. »Ich dachte ja nur, es schadet nichts, Marguerite einmal wiederzusehen. Und es freut sie doch so, wenn man sich für ihr Drehbuch interessiert.«

»Und andere Interessenten als dich gibt es nicht?«

»Natürlich… aber ich kenne sie schon so lange. Und was hätte ich denn sagen sollen? Ich kann doch nicht immerzu keine Zeit haben!«

»Du darfst natürlich tun, was du willst«, sagte Natalie steif.

Sofort fing Claudine an, sich zu entschuldigen. »Natalie, ich wollte dich nicht ärgern. Ich habe Marguerite auch gleich gesagt, daß ich eigentlich nicht mehr filmen wollte…«

»Was heißt ›eigentlich‹?«

»Eigentlich… ach, das habe ich nur so gesagt. Ich werde nicht mehr filmen, Nat, das ist doch klar. Sei mir nicht böse, bitte!« Claudines Stimme klang kindlich und hell.

Nat seufzte. »Tut mir leid, Claudine. Ich weiß auch nicht, was mit mir los ist. Das Übliche wahrscheinlich.«

»Hast du deine Tabletten dabei?«

»Natürlich. Jede Menge. Dr. Guillaume hat mir meine tägliche Dosis sogar um fünf Milligramm erhöht, aber heute hilft das alles nichts. Dieses verdammte Essen heute abend! Ich fühle mich miserabel!« Und sehe miserabel aus, fügte sie in Gedanken hinzu. Sie kauerte, während sie telefonierte, mit angezogenen Beinen auf ihrem Bett und konnte sich in der Spiegelglastür des Kleiderschranks beobachten. Sie war blaß und hatte dunkle Ringe unter den Augen. Sie würde eine Menge Make-up brauchen, um das zu vertuschen. Außerdem spürte sie sämtliche Vorboten ihrer Klaustrophobie, und diesmal würde auch das Valium nichts helfen. Die Situation überforderte sie. Es überforderte sie, David wiederzusehen. Und hinzu kam, daß sie sich in der obersten Etage eines zwanzig Stockwerke hohen Hauses aufhalten mußte, aus dessen Fenstern sie im Falle einer Gefahr unmöglich springen könnte. Ihre eigene Wohnung in Paris lag im Erdgeschoß, auch in Hotels achtete sie darauf, daß sie so weit unten wie möglich wohnte. Sie versuchte, sich die Worte ihres Therapeuten ins Gedächtnis zu rufen: »Hören Sie auf, ständig an Flucht zu denken, Natalie. Sie müssen sich vor nichts und niemandem fürchten. Sie führen ein schönes, erfolgreiches, interessantes Leben. Es gibt keinen Grund, Angst zu haben.«

Ein schönes, interessantes, erfolgreiches Leben! Natalie verzog das Gesicht. Im Spiegel konnte sie sehen, daß sich ihre kurzen blonden Stirnhaare zu feuchten Kringeln verklebt hatten. Natalie Quint, die erfolgreiche Fernsehjournalistin. Eine eigene Talkshow in England hatte sie gehabt. Eine in den USA. Und jetzt eine in Frankreich. Und wer, verdammt, ahnte denn schon, wieviel Valium sie täglich brauchte, um das Studio überhaupt betreten zu können? Um zu einer Party oder auch nur in den Supermarkt zu gehen? Der jeweilige Produzent wußte es, der sie kurz vor einer Sendung erlebte, wenn sie mit dem Ausdruck eines gehetzten Tieres in den Augen in ihrer Garderobe kauerte. »Ich kann die Sendung nicht machen. Ich kann nicht, ich kann nicht, ich kann nicht!«

»Natalie! Reiß dich zusammen! Du schaffst es, weil du absolut die Beste bist! Jeder weiß das.«

»Ich werde es nicht durchstehen.«

»Rede dir das nicht ein, Nat!« sagte Claudine von der anderen Seite des Atlantiks her.

Natalie zuckte zusammen. Sie merkte, daß sie laut gesprochen hatte. »Claudine, dieses Dinner... die Freunde von früher... vor allem David... ich habe Angst, daß ich wieder zusammenbreche!«

»Ich hätte dich doch begleiten sollen!«

»Ich muß es doch irgendwann allein versuchen. Claudine, bist du in Gedanken bei mir? Jetzt, die ganze Zeit? Es hilft mir, wenn ich das weiß.«

»Mein Liebling, ich bin immer bei dir. Immer, in jeder Minute. Das weißt du doch!«

Natalie lauschte der sanften, weichen Stimme aus Paris wie ein Kind seinem Wiegenlied. Claudines Liebe und Anhänglichkeit beruhigten sie etwas. Auch jetzt am Abend, zwanzig Minuten bevor das Dinner beginnen sollte, dachte sie: Ich bin nicht allein! Sie überlegte, welches Kleid sie anziehen sollte und gab sich der Vorstellung hin, sie sei eine ganz normale Frau, die zu einem ganz normalen Abendessen geht und sich über nichts Gedanken macht. Sie ging ins Bad und legte ihr Make-up auf, aber wie sie schon befürchtet hatte, half es an diesem Abend nicht viel. Sie sah immer noch elend aus.

Warum bin ich überhaupt hier? fragte sie sich. Zweifelnd starrte sie ihr Gesicht aus dem Spiegel heraus an.

Ist es einfach deshalb, weil ich diesem Schwein David nach neun Jahren noch einmal in die Augen blicken will?

Steven Marlowe war beinahe sicher, daß Gina aus demselben Grund in New York war wie er selber – sie brauchte Geld. Er hatte daheim in England die Presseberichte über sie sehr genau verfolgt – angefangen von der Pleite ihres Mannes, der in ein erfolgloses Musical investiert und alles dabei verloren hatte, bis hin zu dem Tag, an dem man ihnen auch den letzten Weidenzaun ihres hochherrschaftlichen Gutes gepfändet hatte. Wenn die Informationen der Zeitungen stimmten, besaß Gina auf dieser Welt kaum mehr als die Kleider, die sie am Leib trug.

Trotz allem, so schien es, war sie nicht so arm wie er, obwohl er objektiv wahrscheinlich mehr Geld besaß als sie. Gina war immer eine Frau gewesen, die Selbstsicherheit und Unabhängigkeit ausstrahlte, ganz gleich, wie dreckig es ihr ging. Sie hatte etwas Unverwüstliches, das sie über alle Dramen des Lebens triumphieren ließ, auch über den Verlust aller irdischen Güter. Nichts und niemand auf der Welt, so Stevens felsenfeste Überzeugung, konnte Gina Artany jemals wirklich kleinkriegen.

Aber er selbst, er war wieder einmal ganz unten. Von seinem ersten Aufenthalt im Gefängnis hatte er sich nie ganz erholt, seine zweite Gefängniszeit hatte alle seine Neurosen noch gefestigt. Steven wurde von der fixen Idee besessen, er rieche nach Gefängnis, seine Haut habe die Farbe von Gefängnis, alles an ihm sei so beschaffen, daß er das Gefängnis nie würde verleugnen können, daß jeder, der ihn traf, es ihm auf den ersten Blick ansehen konnte.

Seine Erinnerung an diese Zeit war so furchtbar, daß er noch heute oft davon träumte und dann mitten in der Nacht schweißgebadet aufwachte. Sein ständiger Gedanke war: Es darf mir nie, nie wieder passieren. Aber er wußte, es konnte wieder passieren.

Wer einmal in den Strudel geriet, in dem er sich befand, landete irgendwann immer noch einmal vor Gericht. Sein Job als Kassierer in einem Londoner Parkhaus war bedroht; Automaten sollten an seine Stelle treten, und war er erst arbeitslos, dauerte es bestimmt nicht mehr lange, bis er wieder in irgendeine krumme Sache verwickelt war. Einfach um zu ein bißchen Geld zu kommen, um sich mal eine Flasche Wein oder ein gutes Rasierwasser oder einen Kaschmirpullover leisten zu können. In seiner Jugend hatte Steven seidene Hemden und Kaschmirpullover geliebt, er hatte beinahe nichts anderes getragen. Der schöne, gepflegte Steve! Immer teuer, immer elegant, immer die besten Manieren. Der junge Mann, der stundenlang das Bad blockierte. »Steve verbringt die Hälfte seines Lebens im Bad, die andere nutzt er, um sich bei den Leuten anzuschmieren, die ihm etwas nützen könnten!« hatte Gina immer gespottet. Er und Gina hatten einander nie gemocht. Er verachtete ihre Art, Konventionen in Bausch und Bogen abzulehnen und mußte zugleich zugeben, daß er die Furchtlosigkeit, mit der sie Respektspersonen behandelte, widerwillig bewunderte. Gina hingegen nannte ihn einen Opportunisten und Schleimscheißer und prophezeite ihm eine aalglatte Karriere. Dank der Beziehungen seines Vaters hatte Steve schon frühzeitig einen Ausbildungsplatz im renommierten Londoner Bankhaus Wentworth & Davidson an der Angel, und er plante, dort eines Tages zumindest Vizepräsident zu sein.

Alles war anders gekommen. Keine Kaschmirpullover mehr und natürlich keine Bankkarriere. Statt dessen ein Leben als Versager, als ewig Vorbestrafter, als ein Mann, der keine Freunde mehr hatte und dessen Familie keinen Kontakt mehr zu ihm haben wollte.

Sicher würde er heute abend beim Dinner wieder am schlechtesten von allen gekleidet sein. Der Anzug, den er trug, war zehn Jahre alt, und das konnte man ihm auch ansehen. Die Artany, diese Hexe, würde es bestimmt schaffen, so aufzutreten, als kaufte sie noch immer bei Harrod's ein. Ihm selber gelang das nie. Er meinte auch, früher größer und aufrechter gewesen zu sein, breitere Schultern gehabt zu haben. Jetzt stand er wie zusammengesunken da, und alle seine Komplexe und Ängste drückten sich in seiner Gestalt aus.

Steve trat ans Fenster. Zu seinen Füßen lag der Central Park, von Laternen beleuchtet, und ganz langsam und sacht breitete sich ein Schneeteppich über seine Wege und Bäume. Nichts auf der Welt, so fand Steve, konnte bezaubernder sein als das verschneite New York. Sein Lebensmut hob sich wieder. Er war jetzt dreißig, das war nicht zu alt, um noch einmal von vorne anzufangen. Seinen Traum, im fernen Australien ein neues Leben zu beginnen, hatte er nie aufgegeben. Und David mußte ihm das Startkapital dazu geben. Es war seine Pflicht, denn hätte er ihn damals nicht verraten und im Stich gelassen, hätte sein Leben nie diesen schrecklichen Verlauf genommen, und er säße längst bei Wentworth & Davidson in einer der höheren Etagen. Er warf einen Blick auf die Uhr. Zeit, sich in das Eßzimmer zu begeben. Er beschloß, vorher bei Mary anzuklopfen und sie zu fragen, ob sie nicht gleich mitkommen wollte.

Mary Gordon war die einzige von den Freunden, die über alle Jahre hinweg mit Steve Kontakt gehalten hatte. Sie hatte ihn im Gefängnis besucht, regelmäßig mit ihm telefoniert und sich hin und wieder mit ihm getroffen. Zum Teil lag das auch an ihrer beider ähnlichen Situation. David, Gina und Natalie waren losgezogen und hatten jeder auf seine Weise Karriere gemacht, aber Mary und Steve waren in London hängengeblieben und hatten eher die Schattenseiten des Lebens gesehen als seinen Glanz. Mary war verheiratet und hatte eine Tochter, sie lebte in einer winzigen Drei-Zimmer-Wohnung im Londoner Osten, und ihre Nerven verschlissen sich in der Angst vor der nächsten Stromrechnung und vor der Gewalttätigkeit ihres Mannes.

Sie war ein hübsches Mädchen gewesen, aber daran erinnerte heute nur noch ihr dichtes rotes Haar, das ihr in natürlichen, weichen Locken auf die Schultern fiel. Ansonsten hatte sie das Aussehen einer verhärmten Hausfrau, die kurz vor ihrem vierzigsten Lebensjahr steht. Ihre graugrünen Augen schauten immer etwas verschreckt aus dem spitzen, sommersprossigen Gesicht. Stets wirkte sie, als fürchte sie sich vor irgendeiner drohenden Gefahr.

Auch jetzt zuckte sie zusammen, als Steve, nachdem er kurz angeklopft hatte, ihr Zimmer betrat. »Ach… du bist es, Steve!«

»Habe ich dich erschreckt?«

»Nein, ich war nur in Gedanken.« Sie schaute ihn an, und es war wie so oft: Sein Anblick gab ihr einen Stich. Welch traurige Augen er hatte. Und diese schmalen Schultern, das altmodische Jackett, die einstmals so gepflegten Haare, die jetzt schon lange nicht mehr von einem guten Friseur geschnitten worden waren.

Du warst so schön und so jung, Steve, dachte Mary, und eine andere Erinnerung erwachte in ihr, ein süßbitteres Gefühl, eine Sehnsucht, die sie durch alle Jahre hin in ihr bewahrt hatte: Sie hatte diesen Mann einmal geliebt, und alles, was sie vom Leben erhofft und erwünscht hatte, war auf ihn gegründet gewesen. Hatte er es überhaupt je bemerkt? Er war immer freundschaftlich, kameradschaftlich und gleichgültig ihr gegenüber gewesen. Der schöne Steve, der eine große Karriere machen würde. Und die kleine Mary, die mit siebzehn Jahren Mutter eines unehelichen Kindes geworden war. Auf einmal, als sie einander so gegenüberstanden in dem dunklen Zimmer, in dem nur eine einzige Lampe brannte, wurde Mary von dem heftigen Wunsch ergriffen, die Zeit zurückzudrehen und eine zweite Chance zu haben.

Wenn wir doch noch einmal jung wären. Noch ein einziges Mal. Ich würde reden, ihm alles sagen, was ich fühle und empfinde, und selbst, wenn ihm nichts an mir läge, müßte ich wenigstens nicht mit dem Gefühl alt werden, das Beste und Schönste in meinem Leben versäumt zu haben.

»Du hast ein hübsches Kleid an«, sagte Steve. Mary blickte an sich hinunter. Das Kleid war aus moosgrünem Samt, einfach und schmal geschnitten, es betonte ihre immer noch sehr gute Figur. Ihre zierlichen Füße steckten in hochhackigen dunkelgrünen Schuhen.

»Wirklich hübsch«, wiederholte Steve.

»Mein letztes Geld steckt darin. Ich war absolut wahnsinnig, mir so teure Sachen zu kaufen, aber ich wollte einmal…« Sie schwieg.

Steve verstand und nickte. »Man hat es so satt, ewig in denselben billigen Fetzen herumzulaufen«, sagte er bitter, »immer schlecht behandelt zu werden, weil man nicht dazugehört, weil jeder einem ansehen kann, daß man arm ist. In dieser Welt wirst du an deinem Geld gemessen, Mary, an nichts sonst. Es ist ein Scheiß-Dasein!«

Sie berührte sacht seinen Arm. »Wir sind gesund, Stevie. Immerhin. Schau dir Nat an, sie…«

»Was ist mit ihr?«

»Ich glaube, sie ist tablettensüchtig. Kurz nach unserer Ankunft gestern habe ich sie getroffen. Sie schluckte gerade zwei. Ihre Hände zitterten, und sie starrte mich an, als sei ich ein Gespenst. Es geht ihr nicht gut.«

»Sieh an, unsere Nat! Die erfolgreiche Super-Journalistin! Wahrscheinlich schafft sie ihren Job nur mit Hilfe irgendwelcher Tranquilizer.«

»Sie hat Furchtbares erlebt«, meinte Mary. »Dieses schreckliche Verbrechen damals in Crantock…«

Beide schwiegen und dachten an Vergangenes zurück, dann fragte Steve: »Wie ist es mit deinem Mann, Mary? Hat er inzwischen Arbeit?«

»Nein. Immer noch nicht. Er sucht auch gar nicht mehr richtig, läßt sich vollkommen gehen und lebt einfach nur in den Tag hinein. Ich weiß nicht, wie es mit ihm werden soll.«

»Deine Tochter ist jetzt bei ihm?«

»Bei einer Freundin. Ich wollte sie nicht mit ihm allein lassen. Es reicht, wenn er mich tyrannisiert, Cathy braucht nicht auch noch unter ihm zu leiden. Er ist sehr wütend, weil ich Davids Einladung gefolgt bin.«

Steve lachte. »Trotzdem hast du's getan. Ein Fortschritt, Kindchen. Früher hast du gekuscht, wenn der Herr und Meister gesprochen hat. Warum die neuen Sitten? Was war so wichtig an

Davids Einladung, daß du dich deshalb sogar mit deinem Mann anlegst?«

»Ich weiß nicht … es war so ein Gefühl, als ob …«

»Ich weiß genau, was uns hierhergeführt hat, dich und mich. Wir wollen Geld. Du doch auch, nicht wahr, Mary? Dieser Mann hat zuviel gesündigt und zuwenig bezahlt. Es wird Zeit, daß er …«

Mary schaute ihn an, und in ihrem Blick lag Befremden. »Geld? Nein, ich bin doch nicht wegen Geld gekommen! Es ist nur so, daß ich glaube … irgendwie werde ich vielleicht endlich begreifen, warum alles so kommen mußte wie es gekommen ist.«

Laura mußte zum zweitenmal ihr gesamtes Make-up entfernen und wieder erneuern, weil ihr der Eyeliner ausgerutscht war und schwarze Balken auf ihre Oberlider gemalt hatte. Sie fluchte leise und griff nach einem Wattebausch. David, der neben ihr stand und seine Krawatte festzog, sagte: »Du bist aber ziemlich nervös, Laura.«

»Ja. Tut mir leid. Ich weiß auch nicht, was mit mir los ist.«

»Nein? Wirklich nicht?«

Etwas in seinem Tonfall machte sie stutzig. »Nein«, sagte sie trotzig, »wirklich nicht.«

»Du warst ja heute auch tatsächlich einmal den ganzen Tag zu Hause. Ich habe es mit Verwunderung zur Kenntnis genommen. Für gewöhnlich treibst du dich doch den ganzen Nachmittag in der Stadt herum.«

Laura, die sich nach vorne gelehnt hatte, um dichter am Spiegel zu sein, richtete sich auf. »Was meinst du mit ›herumtreiben‹?« fragte sie scharf.

David schaute sie nicht an. »Ich meine es, wie ich es sage. Du verschwindest, und kein Mensch weiß, wo du dich die vielen Stunden über aufhältst. Ich meine, du mußt mir natürlich keine Rechenschaft ablegen, aber ich stelle nur fest, daß ich über deine Schritte nicht im mindesten unterrichtet bin.«

»Wie genau willst du es denn wissen? Soll ich es jedesmal

vorher melden, wenn ich auf die Toilette oder in die Badewanne gehe?«

»Dein Zynismus ist hier ganz unangebracht. Ich mache dir ja nicht einmal Vorwürfe. Ich stelle nur Tatsachen fest.«

»Wozu? Wenn dich die Angelegenheit doch nicht interessiert, brauchst du mich auch nicht mit dummen Fragen nerven.« Gleich darauf schrie sie leise auf, denn David war herumgefahren und hatte ihren Arm gepackt, und sein Griff war so fest, daß er ihr weh tat. »Was ist denn? Laß mich los!«

»Ich will dir nur das eine sagen, Laura!« Sein Gesicht war dicht vor ihrem, sie konnte das zornige Funkeln in seinen Augen sehen. »Ich will dir sagen: Tu, was du willst, geh, wohin du willst, laß mich weiterhin im unklaren darüber, was hinter deiner Stirn vorgeht, aber wenn es da einen anderen Mann gibt, wenn ich dahinterkomme, daß du mich betrügst, dann, das schwöre ich dir, ist es aus. Dann werde ich dafür sorgen, daß du wieder dort landest, wo du hergekommen bist, und daß es dir dreckiger geht als jemals zuvor. Du wirst keinen Cent von mir bekommen, und du wirst merken, was es heißt, wieder ganz tief unten zu sein. Überleg es dir gut, Laura. Ich lasse nicht mit mir spielen!«

Unwillig machte sie sich los. »Laß das. Du tust mir weh. Was ist denn nur plötzlich in dich gefahren? Wie kommst du dazu, hier plötzlich so eine Szene zu machen?«

Davids Gesichtsausdruck veränderte sich. Er versuchte, sich zu entspannen.

»Entschuldige. Mir geht es nicht gut heute.«

»Ist es wegen deiner Freunde? Du wolltest sie doch hierhaben! Du hast sie eingeladen!«

David hatte endlich seine Krawatte gebunden. Er starrte angestrengt in den Spiegel. »Natürlich. Es geht ja auch alles nach Plan. Bloß – sie alle wiederzusehen nach so vielen Jahren, ist eine seltsame Situation. Ich hoffe, es wird nachher beim Dinner überhaupt irgend jemand den Mund aufmachen!«

»Sicher. Die Dunkelhaarige – wie heißt sie? Gina? – redet bestimmt!«

»Ich fürchte, die redet sogar zuviel.«

»Könnte sie unangenehme Wahrheiten ausplaudern?« fragte Laura spitz. David erwiderte nichts. Laura schlüpfte aus ihrem Bademantel. »Natalie ist lesbisch, oder?«

»Wie kommst du darauf?«

»Ich hab ein Gespür dafür. Frag mich nicht warum, aber ich weiß, sie ist es. Stimmt's nicht?«

»Doch«, entgegnete David einsilbig, »du hast recht.« Im Spiegel konnte er sehen, wie sie nackt durchs Zimmer ging und an den Schrank trat, um dort ein Kleid herauszunehmen. Sie hatte eine weiche, helle Haut und den schönsten Körper, den er kannte. Als er an sie herantrat und sie von hinten mit beiden Armen umschloß, zuckte sie zusammen. Sein Kopf lag an ihrem Hals. »Mein Liebling! Komm, wir haben noch etwas Zeit. Laß uns...«

»Dann kann ich mit dem Schminken noch einmal von vorne beginnen.«

Seine Hände strichen von der Taille hinauf zu ihren Brüsten. »Wir haben Zeit, Laura. Sie werden nicht ohne den Gastgeber anfangen. Bitte, laß uns ins Bett gehen. Ich liebe dich.«

Wieder ein anderer Zungenschlag, dachte sie, während sie sich umdrehte und ihn küßte, eben gerade wolltest du mich noch rausschmeißen. Aber o. k., gehen wir statt dessen ins Bett!

Zu Beginn ihrer Beziehung hatte Laura gern mit David geschlafen. Er befriedigte vor allen Dingen ihr Bedürfnis nach Geborgenheit, von dem sie wußte, daß es sie unstillbar und ewig ihr ganzes Leben begleiten würde. Sex bedeutete für sie in erster Linie, daß sie sich an einen Menschen ankuscheln und sich für Augenblicke ganz und gar beschützt fühlen durfte. David gab ihr dieses Gefühl. In seinen Armen träumte sie, sie sei ein kleines Mädchen, das in einer großen, warmen Höhle Zuflucht findet. Manchmal stellte sie sich vor, David sei ein Bär, in dessen weiches Fell sie sich schmiegen konnte. Oft zog sie nachher ihren Pelzmantel an, kauerte sich in eine Ecke und trank langsam und genießerisch eine große Tasse Kakao. Tatsächlich liebte sie Kakao noch mehr als Champagner.

Seit einiger Zeit aber hatte sich etwas geändert. Immer öfter bedeutete es für Laura eine Überwindung, mit David ins Bett zu gehen. Sie konnte nichts dagegen tun, ihr Körper verkrampfte sich, alles an ihr verwandelte sich in geballte Abwehr. Oft dachte sie verzweifelt: Ich will ganz locker sein! Ich will, daß es heute funktioniert. Ich will wieder Lust empfinden! Es gelang ihr nicht, und je mehr sie darum kämpfte, desto schlimmer wurde es. Auch diesmal lag sie wie erstarrt da und hoffte nur, daß David es nicht so genau merkte. Zumindest sagte er nichts. Er stand schließlich auf, ging ins Bad, schaltete den Rasierapparat ein. Gewohnheitsmäßig begann er, vor sich hinzupfeifen. Es klang vertraut und anheimelnd. Ohne daß Laura wußte warum, fing sie plötzlich an zu weinen.

2

Beim Dinner herrschte eine gespannte Atmosphäre. David hatte das Essen aus einem japanischen Restaurant kommen lassen, und es war mit Sicherheit das Vorzüglichste, was jeder von ihnen in den letzten Monaten gegessen hatte, aber auch das vermochte die Stimmung nicht zu lockern. Insgeheim beschäftigte sich jeder nur damit, die anderen verstohlen zu mustern und geheime Betrachtungen anzustellen.

Mary sieht aber wirklich schlecht aus, dachte Gina, und Nat wirkt auch nicht besonders munter. Was für ein putziges kleines Mädchen sich David da aufgegabelt hat! Aber sie paßt überhaupt nicht in dieses mondäne Silberflitterkleid! Sie hat ein viel zu zartes, verletzbares Gesichtchen, und außerdem wette ich, daß sie geweint hat.

Steve überlegte: Lieber Himmel, sieht Gina gut aus! Ich wußte, sie würde es schaffen. So lange sie lebt, wird sie niemals klein beigeben. Ich wünschte, ich wäre wie sie!

Sein Blick glitt zu David. Der schaute gerade auch zu ihm hin, und sekundenlang sahen sie einander direkt an. Steve suchte nach dem Haß, der ihn all die Jahre begleitet und ihn im Gefängnis hatte durchhalten lassen, aber in diesem Moment konnte er ihn nicht finden. Er empfand nur Müdigkeit und Leere.

»Wißt ihr«, fragte Mary, »woran mich dieses Essen erinnert?«

Alle sahen zu ihr, erleichtert, daß jemand das lastende Schweigen brach.

»Woran erinnerst du dich denn?« erkundigte sich Natalie höflich. Mary, die es haßte, im Mittelpunkt der allgemeinen Aufmerksamkeit zu stehen, fühlte plötzlich alle Augen auf sich gerichtet und wurde abwechselnd rot und blaß.

»Es erinnert mich daran, wie wir damals in unserer Schulzeit alle zusammen in London essen gingen, in einem wahnsinnig teuren Restaurant, und…«

»Richtig, ich weiß!« unterbrach Gina lebhaft. »Das war 1978, ich…«

»79«, verbesserte David.

»Stimmt nicht. Es war das Jahr, als wir den Brand in der Schule hatten, bei dem der ganze Westflügel draufging. Ich weiß es noch genau.«

»Nein!« Das war Natalie. Ihre Stimme klang sehr ruhig. »David hat recht. Es war 1979. Denn ein Jahr später fuhren wir beide nach Crantock.« Sie sah David an. Der schaute zur Seite. Auf einmal verstummte alles, auch das Klappern der Teller.

»Du erinnerst dich doch an Crantock, David?« fragte Natalie schließlich.

»Ja, ja«, sagte David hastig.

Mary machte einen schwachen Versuch, auf das ursprüngliche Thema zurückzukommen. »Keiner von uns hatte Geld dabei, unglücklicherweise merkten wir das aber erst beim Dessert. Unsere einzige Hoffnung war…«

»…daß noch irgendein Bekannter ins Restaurant kommen würde und wir ihn anpumpen könnten«, vollendete David, »und Steve und ich rauchten eine Zigarette nach der anderen, um Zeit zu gewinnen.«

»Wie ging die Geschichte aus?« fragte Natalie. »Ich kann mich gar nicht mehr erinnern.«

»Ich glaube, sie ging schlecht aus«, sagte Steve. »Wir mußten zugeben, daß wir kein Geld hatten, und ein Ober bewachte uns, als seien wir eine Bande halbstarker Krimineller, während ein anderer in der Schule anrief. Einer der Lehrer kam und bezahlte die Rechnung, aber natürlich mußten wir das dann von unserem Taschengeld abstottern.«

»In gewisser Weise waren wir eine Bande halbstarker Krimineller«, sagte Gina lustig. Sie hob ihr Glas. »Cheers! Auf unsere lang vergangene Jugend!«

Sie prosteten einander zu. David dachte: Ihr habt überhaupt keine Ahnung, wie wild ich danach war, euer Freund zu sein.

Er empfand es immer noch als bitter, zu bemerken, daß sie es tatsächlich nicht wußten. Sie hatten es nie bemerkt. Er hätte seine Seele dafür gegeben, von ihnen allen geliebt zu werden. Er dachte an den Jungen zurück, der um Aufmerksamkeit, Sympathie und Anerkennung gebettelt hatte, und dem alles schiefgegangen war. Einen Angeber hatten sie ihn genannt, einen Egozentriker, der beständig um seine Wehwehchen kreiste, der entweder von seinem phantastischen Erbe in Amerika oder irgendeiner eingebildeten Krankheit sprach. Es hatte sie einen Dreck geschert, wie es in ihm aussah. Hatten sie je etwas gewußt von seiner Verwirrtheit, von dem Druck, der auf ihm lastete, von den Schreckensgeschichten, die in seinem Gehirn durcheinanderpurzelten? Was wußten sie schon von dem Altar im Wohnzimmer, von der Madonna und dem Bild seines Großvaters in silbernem Rahmen, was wußten sie von einem Altar, auf dem das Kostbarste aufgebahrt lag – die Erinnerung.

Keiner von euch hat versucht, es herauszufinden, dachte er zornig, nicht einmal die neunmalkluge Natalie, die glaubt, eine ganz große Psychologin zu sein.

»Wir hatten eine gute Zeit damals«, sagte Mary ganz arglos.

»Die beste unseres Lebens«, ergänzte Gina. Sie schwiegen, und nun dachten sie alle über die Jahre zurück an vergangene Tage, in denen ihnen alles sehr leicht und einfach vorgekommen war und sie ihrem Leben wie einem verlockenden Abenteuer entgegengeblickt hatten. Sie dachten an Sommerabende in Saint

Clare, dem vornehmen Internat, das sie besucht hatten, an den rötlich gefärbten Sonnenschein, der über windgezausten Gräsern und auf der Baumrinde lag, an die Weichheit der Luft und an das lichte Blau des Himmels. Brombeerhecken wucherten über halbverfallenen steinernen Mauern, und entlang den Wänden des Hauses kletterte uralter Efeu. Saint Clare hatte immer etwas von einem verwunschenen Schloß gehabt; Haus und Park waren aus einer anderen Zeit und hatten die vorübergleitenden Jahrhunderte unberührt überstanden, würden für immer hochmütig in ihrer eigenen Welt verharren. Natalie erinnerte sich, daß sie stets das Gefühl gehabt hatte, die wirkliche Welt bliebe hinter ihr zurück, wenn sie die Pforte passierte und unter der Allee von Eichen dem Portal zuging. Mit den Fingern hatte sie das Moos in den Mauerritzen gestreichelt, und eine friedvolle Stimmung hatte sich über ihr Gemüt gebreitet.

»Wir lebten zu behütet«, sagte sie jetzt, »zu abgeschirmt. Als dann später schließlich jeder irgendwie auf seine Nase fiel, mußte es uns besonders hart vorkommen.«

»Diese vollkommenen Idyllen zahlen sich wirklich nicht aus«, bemerkte Gina.

Komisch, wie viele Erinnerungen wach werden, wenn man die alten Freunde wiedertrifft, dachte Mary. Ihr war eingefallen, was Gina zu ihr gesagt hatte, nach dem schrecklichen Reinfall mit Leonard, dem Vater ihres Kindes: »Solche Männer sind gut für verträumte Mädchen wie uns, Mary. Sie machen uns hart.«

»Was ist gut daran, hart zu werden und die Träume zu verlieren?«

»Wenn du hart bist, überstehst du das Leben besser. Das Leben ist kein Traum.«

Der Butler erschien, räumte lautlos und schnell das Geschirr beiseite und trug das Dessert auf.

»Ich kann schon nicht mehr ›pap‹ sagen«, seufzte Gina.

David musterte Natalie, die gerade zum Fenster hinaussah und ihm ihr feingemeißeltes Profil zuwandte. »Wie ich höre, will deine Freundin Claudine Combe demnächst wieder filmen«, sagte er anzüglich.

Natalie fuhr herum. »Woher hast du denn das?«

»Man hört so manches.«

»Du kannst überhaupt nichts gehört haben, David. Sie will nie wieder filmen, und der einzige Mensch, dem sie erzählt hat, daß sie sich – aus rein freundschaftlichen Gründen – ein Drehbuch angesehen hat, bin ich.« Ihre Augen wurden schmal. »Hörst du mein Telefon ab, David?«

»Das wäre ja ein starkes Stück!« rief Steve. »Wenn er Nat abhört, dann vermutlich uns alle! Hör mal, David, ich …«

David wirkte nicht im mindesten peinlich berührt. Gina hatte sogar den Eindruck, er habe sich absichtlich so plump verraten, um eine Situation wie diese heraufzubeschwören. Er wollte provozieren, dachte sie, er möchte, daß es heute abend zu einem Eklat kommt. Bloß – was hat er davon?

»Freunde, ich bin kein Anfänger«, erklärte er. »Natürlich habe ich Abhöranlagen in allen Gästezimmern. Ich sehe mich eben vor. Man ist umgeben von Feinden.«

»Ach… du leidest nicht vielleicht ein bißchen an Verfolgungswahn?« erkundigte sich Gina spitz. Er erwiderte ihren spöttischen Blick gelassen. »Von Wahn kann gar keine Rede sein, wenn es Tatsachen gibt.«

Gina lachte. »Wie üblich drückt sich unser lieber David sehr geheimnisvoll aus. Im Ernst, mein Schatz: Hörst du uns wirklich ab?«

»Ja.«

Für ein paar Sekunden schwiegen alle, perplex über Davids schamlose Offenheit.

Laura machte erschreckte Augen. »Also David, ich finde …«

Heftig fuhr er sie an: »Du hältst dich da raus, ja? Diese Geschichte geht dich nichts an!«

»Woher soll ich wissen, wann mich die Dinge, die dich betreffen, etwas angehen und wann nicht? Manchmal frage ich mich, ob du mich überhaupt als zu deinem Leben gehörend ansiehst!«

»Ich werde nie verstehen«, sagte David, »warum Frauen aus allem, wirklich aus allem eine Grundsatzdebatte machen müssen, und das dann auch noch im ungeeignetsten Moment!«

»Die Momente, die du dir aussuchst, um mich zurechtzu-weisen, sind auch nicht unbedingt passend«, sagte Laura. Ihre Stimme schwankte, in ihren Augen glänzten Tränen. Brüsk er-hob sie sich. »Ihr entschuldigt mich?« Schon hatte sie das Zim-mer verlassen. Mit einem lauten Schlag fiel die Tür hinter ihr zu.

»Sie ist absolut hysterisch«, sagte David verärgert.

»Ihre Reaktion ist nicht hysterisch, sondern völlig normal«, meinte Natalie, »du kannst sie unmöglich vor uns allen so an-fahren!«

»Das ist meine Sache, Nat, oder?«

Auf einmal war Feindseligkeit im Raum, beinahe greifbar, sie wurde jetzt nicht mehr durch aufgesetzte Fröhlichkeit oder gute Manieren und höfliche Phrasen kaschiert. Die alte Vertrautheit war wieder da – aber nicht freundschaftlich wie früher, sondern unverhohlen aggressiv.

»Also, ich finde das geradezu phantastisch«, sagte Steve. Mit angewidertem Gesichtsausdruck schob er sein Desserttel-lerchen von sich weg. Wie die anderen auch, hatte er von der geleeartigen Creme nichts angerührt. Nur Gina löffelte ihre Schüssel leer und murmelte irgend etwas von »ein wunderbares Zeug«.

»Geradezu phantastisch«, wiederholte Steve. »So ganz neben-bei erfahren wir, daß David Abhörgeräte in unsere Telefone ein-gebaut hat. Man sollte aufstehen, das Zimmer verlassen und überhaupt abreisen.« Er schaute von einem zum anderen, um zu sehen, ob sein Vorschlag Anklang fand. Steve war noch nie in der Lage gewesen, allein zu tun, was er für richtig hielt. Er mußte immer wenigstens einen Gesinnungsgenossen zur Seite haben.

»Ich würde gern wissen, warum du so etwas tust, David«, sagte Natalie. »Was meinst du, wenn du sagst, man ist von Fein-den umgeben? Wen oder was fürchtest du?«

»Ich möchte dich etwas anderes fragen«, schaltete sich Gina ein, die mit ihrem Dessert fertig war. »Warum hast du uns ein-geladen?«

Er lächelte, und dieses Lächeln war nicht ohne Bewunderung.

»Unsere zynische, egoistische Gina! Immer bringt sie die Dinge auf den Punkt. Warum ich euch eingeladen habe! Du hast schon begriffen, daß das die entscheidende Frage ist!«

»Können wir jetzt endlich erfahren, was los ist, oder mußt du dich für den Rest der Nacht in vagen Andeutungen ergehen?« fragte Natalie ungeduldig.

Alle schauten David an. Der erhob sich, musterte seine Freunde der Reihe nach und sagte dann langsam und betont: »Ich habe euch eingeladen, um herauszufinden, wer von euch mich umbringen will!«

In das verblüffte Schweigen hinein erklang das Schlagen einer Standuhr. Es war halb elf. Mit langsamen Schritten ging David aus dem Zimmer.

3

Es war kurz vor elf, als Gina ihr Zimmer verließ. Nach Davids Abgang hatte sich die Tischrunde sehr schnell aufgelöst. Es hatte noch ein paar Bemerkungen gegeben, wie »Mein Gott, ist er übergeschnappt?« und »Er hatte immer schon einen Hang zum Dramatischen, aber jetzt übertrifft er sich selbst!«.

»Ich gehe schlafen«, hatte Gina dann gesagt, und die anderen wollten sich ihr gleich anschließen. Früher wäre keiner von ihnen freiwillig ins Bett gegangen, ehe sie nicht mindestens eine Nacht lang über David und seine seltsamen Worte diskutiert hätten, aber inzwischen lagen zu viele Jahre dazwischen, zu viele Ereignisse, die sie nicht miteinander geteilt hatten. Es war ein Mißtrauen da, das sie nicht zueinanderfinden ließ.

Gina hatte keineswegs vor zu schlafen. Es war ihr klar, daß zumindest Steve vorhatte, David ebenfalls um Geld anzupumpen, und möglicherweise ging dieser Einfall sogar der großäugigen Mary im Kopf herum. In dieser delikaten Angelegenheit hatte auf jeden Fall die besseren Karten, wer als erster kam. Mary würde warten, bis sich zufällig eine Gelegenheit bot und dann vermutlich kein Wort herausbringen. Steve würde zögern und zaudern und schließlich in einem völlig ungeeigneten Augenblick mit der Sprache herausrücken. Aber sie, Gina, würde es jetzt tun. Sofort.

Sie hoffte nur, daß sich David nicht gerade mitten in einer Aussprache mit Laura befand, sondern daß er im Gegenteil wegen des Streites allein war. Aus Erfahrung wußte sie: Männer, die Ärger mit ihren Frauen hatten, zogen sich meist in ihr Arbeitszimmer zurück und vergruben sich hinter ihrem Schreibtisch. Ungefähr wußte sie, wo Davids Arbeitszimmer lag, denn sie hatte gleich nach ihrer Ankunft das Hausmädchen über die Raumaufteilung ausgefragt. Davids Penthouse bestand aus zwei Etagen; in der oberen befanden sich die Wohnzimmer, das Eßzimmer, die Bar und Davids Arbeitszimmer. Schlafräume, Bäder und Gästezimmer lagen im unteren Stockwerk.

Diese Wohnung ist ziemlich groß, aber nicht einen Bruchteil so groß wie unser verschuldetes Schloß, und irgendwo werde ich hier den lieben David schon auftreiben, dachte Gina und schloß lautlos die Tür ihres Zimmers hinter sich. Im Gang brannte immer ein schwaches Licht, warm und gedämpft. Gina erinnerte sich an das bläuliche Licht in den Gängen von Saint Clare, das den Schülern nachts den Weg zu den Toiletten wies. Sie konnte den unangenehmen kalten Steinfußboden unter den nackten Füßen spüren, wenn sie mit flatterndem Nachthemd zum Klo gerannt war und zähneklappernd den Moment herbeigesehnt hatte, wenn sie wieder in ihr warmes Bett kriechen konnte. Hier war es natürlich auch nachts überall warm; weicher, goldfarbener Teppichboden breitete sich zu ihren Füßen aus. Gina hatte sich Parfum hinter die Ohren und in den Ausschnitt ihres Negligés gesprüht, die Haare gebürstet und die Lippen nachgezogen. Sie war noch immer die Schönste von allen, das hatte sie heute abend wieder gemerkt. Nicht einmal dieses junge Ding, diese Laura, konnte mithalten. Sie war frisch wie der Frühling, aber sie, Gina, war von geheimnisvollerer Art. Da sie nie daran gezweifelt hatte, daß sie von einem Mann bekommen konnte, was immer sie wollte, zweifelte sie auch heute nicht.

Der weiche Teppich verschluckte jeden ihrer Schritte, als sie den Gang entlanglief.

Mit müden, kraftlosen Bewegungen kehrte Laura in ihr Schlafzimmer zurück. Eine Weile starrte sie sich im Spiegel an, verfolgte mit den Augen die zarten Linien ihrer Wangenknochen, ihrer zerbrechlichen Nase, ihrer schmalen Lippen. Sie hatte geweint, und die Wimperntusche lief ihr in schwarzen Streifen bis zum Kinn hinab.

»Ein verheultes, kleines Schulmädchen«, murmelte sie.

Gina war in Davids Büro verschwunden. Die schöne, elegante, selbstbewußte Gina. Laura wünschte, sie wäre nicht hinterhergeschlichen und hätte nicht gelauscht.

Aber hatte es irgendeinen Sinn, die Augen vor der Wahrheit zu verschließen?

Das Telefon klingelte. Da die rote Lampe am Apparat aufblitzte, wußte Laura, daß der Portier anrief. Es war kein Dienstbote mehr in der Wohnung. Sie nahm den Hörer ab. »Ja?«

»Miss Hart? Guten Abend. Die Leute vom Restaurant sind da und möchten das Essensgeschirr abholen. Ist es Ihnen recht, oder sollen sie morgen früh wiederkommen?«

»Schicken Sie sie herauf. Ich komme zur Tür.« Sie legte den Hörer wieder auf und schaute noch einmal in den Spiegel. Unvermittelt fiel ihr ein, wie oft ihre Mutter wegen ihres Vaters geweint hatte. Arme Mum, dachte sie zärtlich.

Unten im Flur sah sie Gina, die soeben von David zurückkam, und Steve, der gerade Marys Zimmer verließ. Es war ihm ganz offenbar peinlich, dabei bemerkt zu werden.

»Mary und ich haben nur noch etwas besprochen«, murmelte er.

Gina grinste. »Aber du mußt uns doch nichts erklären, Steve! Wir wissen, daß die Frauen dich lieben. Und du sie – solange sie standesgemäß sind!«

Steve funkelte sie wütend an. »Wenn du schon immer ein so schnelles Mundwerk hast, dann Erzähl doch mal, weshalb du hier mitten in der Nacht durch die Gegend pilgerst, Gina!«

»Ich hatte noch eine Unterredung mit David.«

In diesem Moment langte Laura bei den beiden an, und sie sah so blaß und nervös aus, daß Gina mitleidig dachte: Armes Mädchen, du solltest dir einen netten Mann suchen, der dich nicht so schikaniert wie David, und dessentwegen du nicht immerzu weinen mußt!

Laut sagte sie: »Es ging um eine alte Rechnung. Zwischen David und mir ist noch nicht alles beglichen. Gute Nacht miteinander.« Sie verschwand in ihrem Zimmer.

»Gute Nacht«, murmelten Steve und Laura. Steve hatte es ebenfalls eilig, seine Zimmertür hinter sich zu schließen. Laura betrachtete einen Moment lang die verschlossenen Türen, dann setzte sie ihren Weg fort. Es war fünfzehn Minuten nach elf.

Um halb zwölf hielt es Mary nicht mehr aus und wählte die Nummer ihrer Londoner Wohnung. Vorher hatte sie ein dutzendmal sechs Stunden zurückgerechnet: In Europa mußte es jetzt halb sechs nachmittags sein.

Nervös lauschte sie auf das Läuten. Dabei fragte sie sich, ob sie eben zu abweisend zu dem armen Steve gewesen war. (Mary verbrachte einen großen Teil ihrer Zeit damit, sich mit Gedanken herumzuschlagen, ob sie zu diesem oder jenem Menschen auch wirklich nett genug gewesen war.) Steve hatte sie überreden wollen, gemeinsam zu David zu gehen und das Geld zu fordern, das ihnen seiner Ansicht nach zustand. »Denk daran, was er uns allen angetan hat.«

»Ich kann das nicht tun, Steve. Wenn du es für richtig hältst, mußt du es allein tun. Ich kann so etwas nicht!« Allein der Gedanke ließ sie sich schütteln.

»Bitte, Mary! Für mich hängt so viel davon ab!«

Kannst du nicht *einmal* etwas alleine tun? hatte sie gedacht.

»Es geht nicht, Steve. Es tut mir so leid.« Sie war den Tränen nahe gewesen, als er das Zimmer verließ. Warum konnte sie nicht einmal über ihren Schatten springen? Warum immer diese lähmende Schüchternheit? Oder war es wirklich zuviel, was er verlangte?

Es dauerte eine Ewigkeit, bis auf der anderen Seite des Atlantiks der Telefonhörer abgenommen wurde. Ein Stöhnen war zu hören, dann ein gekrächztes: »Gordon…«. Es klang, als sei Peter aus dem Tiefschlaf gerissen worden.

Wieso, um Himmels willen, schläft er jetzt? fragte sich Mary entsetzt.

»Peter«, piepste sie. Sie wußte, das Schlimmste, was man tun konnte, war, ihn zu wecken.

»Was?«

»Peter, ich bin es, Mary.«

Eine Weile blieb alles ruhig, dann sagte Peter langsam: »Du bist wohl wahnsinnig geworden!«

»Peter, es tut mir leid, wenn ich dich geweckt habe, aber ich konnte nicht damit rechnen, daß du um diese Zeit schläfst. Ich meine, am Nachmittag…«

»Wieso Nachmittag, verdammt noch mal? Es ist halb sechs Uhr morgens!«

Mary erstarrte fast vor Schreck. »Was? Wieso? Ich denke, in Europa ist es sechs Stunden früher als in Amerika…«

Von Peter kam ein langer Seufzer. »Du bist so dumm, Mary. So abgrundtief dumm. Sechs Stunden *später* ist es hier. Kapierst du das? Später!!! Das gibt's doch gar nicht, daß eine einzelne Frau so dumm ist!«

»O Gott, ja, du hast recht. Peter, es tut mir leid. Ich bin so durcheinander…«

Sie stammelte herum und fühlte sich hundeelend.

»Schon gut. Es ist nicht mehr zu ändern, oder? Warum rufst du an?«

Mary wußte, wie banal es klang, aber sie sagte es trotzdem – schließlich blieb ihr ja auch nichts anderes übrig: »Ich… ich wollte eigentlich nur sagen, daß ich… gut angekommen bin…«

»Wie hochinteressant! Da ich nichts von einem Flugzeugunglück gehört habe, hätte ich das beinahe schon vermutet!« Peter hielt Bemerkungen dieser Art für geistvoll und erwartete stets Beifall.

Wie immer lachte Mary denn auch höflich und sagte: »Natürlich, du hast recht! Ich habe wieder mal nicht nachgedacht!«

Aber in Wirklichkeit waren die alten Ängste wieder da, und die tausend Tage erstanden in ihrem Gedächtnis, in denen sie um ein freundliches Wort, um ein Lächeln von ihm gebettelt hatte. In ungezählten Stunden, die sie sich weinend im Bad eingeschlossen hatte, um seinen – früher verbalen, später auch handgreiflichen – Attacken zu entgehen, war ihr wieder und wieder die verzweifelte Beschwörung durch den Kopf gegangen: Wenn ich mich doch von ihm befreien könnte! Hätte ich doch die Kraft, ihn zu verlassen!.

Zum ersten Mal heute fühlte sie einen Anflug von der Kraft in sich, die sie brauchen würde. Statt Angst und Unsicherheit entdeckte sie plötzlich Wut in sich. Verdammt, Peter Gordon, was glaubst du, wer du bist? Du kleiner Versager, der keine Arbeit hat, den ganzen Tag vor dem Fernseher hängt und viel zuviel säuft! Und glaubt, seine Umwelt nach Herzenslust tyrannisieren zu dürfen. Ist dir eigentlich klar, wie viele Stunden meines Lebens du mir gestohlen hast?

»Hast du etwas von Cathy gehört?« erkundigte sie sich kühl.

Etwas am Klang ihrer Stimme schien ihn zu irritieren. Er zögerte einen Moment. »Deine Tochter hat heute früh angerufen«, antwortete er dann. Er betonte gern, daß es sich bei Cathy nicht um sein Kind handelte. »Ich denke, es geht ihr gut. Aber natürlich, sie ist ja auch bei lieben Freunden. Du bist auch bei lieben Freunden. Nur ich bin allein. Aber das braucht euch ja nicht zu kümmern. Hauptsache, ihr fühlt euch wohl!«

»Peter, du weißt, ich würde mir sehr wünschen, daß du dich auch wohl fühlst. Cathy und ich können nichts dafür, daß du keine Freunde hast. Warum mußtest du auch …«

»Warum mußtest du auch, warum mußtest du auch!« äffte er sie wütend nach. »Wenn jetzt wieder die alte Leier kommen sollte, dann schenk sie dir bitte! Ich kann deine Vorwürfe nicht mehr ertragen. Weißt du, worüber ich nur froh bin im Moment? Daß ich deinen gottverdammten selbstgerechten Gesichtsausdruck nicht sehen muß!«

Die letzten Worte schrie er. Mary tat, was sie nie vorher getan hatte: Mit wütendem Schwung knallte sie den Hörer auf die Gabel. Der Apparat schepperte. Mary starrte ihn an. Das Gefühl von Reue, das in ihr aufstieg, ließ sie schwindeln.

Was habe ich getan? Lieber Himmel, wie konnte ich das tun?

Genau in diesem Augenblick ertönte schrill und durchdringend die Alarmanlage.

Sie erschienen alle auf dem Gang, wie sie gerade waren: Mary und Steve noch vollständig angezogen, aber Mary ohne Schuhe; Gina in einem weißen Bademantel, ein Handtuch über der Schulter und einen Spritzer Zahnpasta auf der Nase. Natalie trug ein hochelegantes schwarzes Nachthemd mit passendem Seidenmantel, der wie ein Schleier hinter ihr herwehte. Sie hatte sich bereits abgeschminkt, und den anderen fiel auf, daß sie ohne Make-up sehr elend aussah.

»Einbrecher!« schrie Gina, die die ganze Angelegenheit vorläufig komisch aufzufassen schien, theatralisch.

»Was hat sich David denn jetzt ausgedacht?« fragte Steve genervt.

Natalie war weiß wie die Wand. »Wenn das ein Scherz ist, dann ist er mehr als schlecht, und wenn David dahintersteckt, kann er sicher sein, daß ich morgen früh mit der ersten Maschine nach Paris zurückfliege!«

»Wir sehen jetzt mal, was los ist«, bestimmte Gina.

Nacheinander stiegen sie die weiße Wendeltreppe hinauf. Wie auf eine Verabredung hin teilten sie sich oben: Steve und Mary gingen in die eine Richtung davon, Gina und Natalie in die andere. Sie traten ins Eßzimmer, wo noch immer das Geschirr und die Reste vom Abendessen standen. Auf dem Boden lag Laura mit zusammengebundenen Füßen, die Hände auf den Rücken gefesselt, ein Taschentuch im Mund, das sie am Schreien hinderte. Das Ganze war als Bild so grotesk, daß Gina und Natalie ein paar Sekunden einfach nur verwundert stehenblieben. Erst als Laura ein Stöhnen von sich gab, schüttelten sie ihre Verwirrung ab und eilten dem Mädchen zu Hilfe.

»So stellt man sich Manhattan vor«, sagte Gina, während sie Laura den Knebel aus dem Mund nahm. »Was ist denn um Himmels willen passiert, Laura?«

Laura schnappte nach Luft. »Die Männer, die das Geschirr abholen wollten«, krächzte sie, »die haben mich überfallen!«

Die Alarmanlage schrillte immer noch. »Kann nicht irgend jemand dieses Ding ausschalten?« fragte Natalie entnervt.

»Wo sind die Kerle denn jetzt?« Gina blickte um sich. »Sind sie noch in der Wohnung?«

»Ich nehme an, sie sind abgehauen, und der Pförtner hat den Alarm ausgelöst«, meinte Laura. Mühsam rappelte sie sich auf. »O Gott, ich spüre jeden Knochen! Was für Schweine!«

Im gleichen Moment vernahmen sie vom Gang her einen Schrei, so laut und schrill, daß er sogar die Alarmanlage übertönte.

»Wer wird denn jetzt ermordet?« fragte Gina, und wie eine makabre Antwort auf die Frage hörten sie: »David! David ist tot! Jemand hat David erschossen!«

New York, 29. 12. 1989

Schneeschwere Wolken hingen tief über der Stadt, und der heraufdämmernde Morgen war trüb und grau. Inspektor Kelly saß im Sessel vor dem Kamin im Wohnzimmer und starrte nachdenklich vor sich hin. Sergeant Bride, sein Mitarbeiter, betrachtete ihn müde und verdrossen. Beide Männer hatten sich die vergangene Nacht um die Ohren geschlagen, aber während Kelly gespannt und hellwach wirkte, mußte Bride alle zwei Minuten gähnen, und inzwischen machte er sich auch nicht mehr die Mühe, das zu unterdrücken. Für ihn war der Fall sowieso klar: Die Einbrecher waren in das Arbeitszimmer des nunmehr toten David Bellino eingedrungen, wohl in der Erwartung, um diese Zeit dort niemanden mehr vorzufinden. David, der noch an seinem Schreibtisch saß, hatte blitzschnell seine Pistole zur Hand gehabt (Laura hatte die im Zimmer herumliegende Waffe, die laut Spurensicherung die Tatwaffe war, als Davids Eigentum identifiziert), er war aber nicht mehr zum Schießen gekommen, denn einer der Einbrecher hatte ihm die Waffe entwunden und abgedrückt. Die Kugel hatte David Bellino direkt in die Schläfe getroffen. Er mußte innerhalb einer einzigen Sekunde tot gewesen sein.

Entsetzt – denn ein Mord war nicht geplant gewesen – hatten die Einbrecher Hals über Kopf die Wohnung verlassen. Als sie am Pförtner vorbeistürmten, merkte der, daß mit den vermeintlichen Boten aus dem Restaurant etwas nicht in Ordnung war. Er betätigte den Alarm. Eine Viertelstunde später erschien die Polizei am Tatort.

»Diese Laura Hart hat doch eine recht ordentliche Beschreibung der Täter geliefert«, sagte Bride. »Warum warten wir jetzt nicht einfach in Ruhe ab, ob die Fahndung etwas bringt?«

Kelly hob den Kopf. »Ich begreife nicht, wie für Sie alles sonnenklar sein kann, Bride. Die Einbrecher haben David Bellino erschossen! Na gut, manches spricht dafür. Aber gibt Ihnen der Ausspruch nicht zu denken, den Bellino laut übereinstimmender Zeugenaussage kurz vor seinem gewaltsamen Tod getan hat? ›Ich will herausfinden, wer von euch mich umbringen will!‹ Das richtete sich an seine Gäste. Er verläßt das Zimmer und ist anderthalb Stunden später tatsächlich tot. Eigenartig, nicht?«

»Warum sollte ihn denn einer seiner Gäste umbringen wollen?«

»… die berühmte Frage nach dem Motiv. Auf den ersten Blick zeichnet sich keines ab, aber es scheint eines zu geben, denn Bellino hat offenbar eines gesehen. Suchen wir doch erst einmal nach der Gelegenheit: Jeder der vier hätte sie gehabt.« Kelly lehnte sich nach vorne, nun mit äußerst konzentriertem Gesichtsausdruck. »Das Essen endete um halb elf. Alle Gäste begaben sich in ihre Zimmer. Laura Hart, die während des Dinners von Bellino hart angefahren worden war, saß nach eigenen Angaben weinend im Schlafzimmer. David Bellino hatte sich in sein Arbeitszimmer zurückgezogen. Es kann mit einiger Sicherheit davon ausgegangen werden, daß er um halb elf noch lebte. Sein Tod muß also zwischen halb elf – Ende des Dinners – und Mitternacht – unser Eintreffen – eingetreten sein.«

»Zwischen halb elf und zwanzig vor zwölf«, berichtigte Bride, »da ging der Alarm los.«

Kelly schüttelte den Kopf. »Sie gehen immer davon aus, daß die Einbrecher die Täter waren. Das muß aber nicht sein. Bellino kann auch, nachdem die Einbrecher das Haus verlassen hatten, umgebracht worden sein.«

»Na ja…«, meinte Bride vage.

»Gehen wir einmal die vier Gäste durch«, sagte Kelly. »Keiner hat für die Tatzeit ein vollständiges Alibi. Da ist einmal Lady Gina Artany. Sie suchte Bellino ungefähr um zehn Minuten vor elf in seinem Zimmer auf – nach eigener Aussage, um ihn ›anzupumpen‹. Nach etwa zwanzig Minuten verließ sie ihn wieder. Nachdem sie ihn erschossen hat?«

»Dann hätte sie kaum zugegeben, bei ihm gewesen zu sein!«

»Nun, erstens wurde sie bei ihrer Rückkehr von Miss Hart und Mr. Marlowe gesehen und mußte sich eine Erklärung einfallen lassen. Zweitens ist so eine Flucht nach vorne oft der beste Weg. Die Artany ist ein kaltblütiges Mädchen.«

»Na ja...«, murmelte Bride wieder. Er war so müde.

»Miss Natalie Quint«, fuhr Kelly fort, »zog sich nach dem Dinner sofort in ihr Zimmer zurück. Blieb sie dort tatsächlich, bis der Alarm ertönte? Oder verließ sie es und erschoß David Bellino?«

Bride seufzte. Das erschien ihm alles so weit hergeholt. Er hatte die Quint schließlich während der Verhöre auch kennengelernt. Eine kühle, beherrschte, sehr kultivierte Frau. Nicht eine, die mitten in der Nacht loszieht und einen Mann erschießt.

Als hätte er Brides Gedanken geahnt, fügte Kelly hinzu: »Ich glaube, Miss Quint ist tablettensüchtig.«

»Wie kommen Sie denn darauf?«

»Ich habe einen Blick dafür. Mit der Frau stimmt etwas ganz und gar nicht.«

Bride verkniff sich im letzten Moment, »Na ja« zu sagen.

»Steven Marlowe«, fuhr Kelly fort, »begab sich nach dem Dinner in das Zimmer von Mary Gordon. Die beiden hatten etwas ›Privates‹ zu besprechen. Als er ging, traf er Gina Artany, die von Bellino kam. Es muß also etwa zehn nach elf gewesen sein. Danach hätte er Zeit und Gelegenheit gehabt, einen Mord zu begehen.«

»Er ist nicht der Typ dafür.«

»Nein? Ich halte ihn beinahe für den Prototypen. Eine sehr schwierige Persönlichkeit. Ein Mann, der an Schicksalsschlägen nicht erstarkt, sondern zerbricht. Das Gefühl, sich in einer ausweglosen Situation zu befinden, könnte ihn durchaus zu einem Mord verleiten.«

Bride fand, daß Kelly in diese ganz normalen Menschen viel zuviel hineininterpretierte, aber er behielt seine Ansicht für sich.

»Schließlich Mary Gordon. Marlowe verließ sie um zehn nach elf. Um halb zwölf telefonierte sie mit ihrem Mann – das wäre eventuell nachzuprüfen. Trotzdem liegen zwanzig Minuten dazwischen, in denen sie Bellino hätte umbringen können.«

»Verzeihen Sie«, sagte Bride, »aber Mrs. Gordon halte ich nun wirklich für unfähig, so etwas zu tun. Ein schüchternes, kleines Mädchen, das wahrscheinlich in Geschrei ausbricht, wenn es eine Spinne über den Teppich krabbeln sieht.«

»Wahrscheinlich schreit sie, wenn ihr eine Spinne in den Weg kommt, da mögen Sie recht haben. Aber weshalb sollte sie deshalb nicht zur Waffe greifen und einen Mann über den Haufen schießen? Wir kennen in der Kriminalgeschichte eine ganze Reihe von Mördern, die als außerordentlich schüchterne Menschen bekannt waren. Ein Leben lang fürchten sie sich vor allem und jedem, bekommen den Mund nicht auf, jeder trampelt auf ihnen herum, und irgendwann gehen sie hin und schießen. Nicht ungewöhnlich.«

Bride gähnte verstohlen. »Und was ist mit Miss Laura Hart?«

»Ja, das ist so eine Sache. Als Lady Artany David Bellino verließ und damit – sofern sie ihn nicht selber umbrachte – den Weg für seinen Mörder freimachte, befand sich Miss Hart schon auf dem Weg zur Tür, um den vermeintlichen Angestellten des Restaurants zu öffnen. Sie führte sie ins Eßzimmer, wo das Geschirr stand, wurde dort von ihnen überwältigt und gefesselt. Die anderen fanden sie erst, als bereits die Alarmglocke bimmelte.«

»Die Einbrecher hielten sich ziemlich lange in der Wohnung auf«, sagte Bride. »Trotzdem hat Bellinos Mörder, der ja dann zur gleichen Zeit hier herumgeschlichen sein muß, nichts von ihnen bemerkt?«

»Dieses Penthouse ist verdammt groß. Und sowohl Einbrecher wie Mörder waren bemüht, nicht entdeckt zu werden, bewegten sich also vorsichtig und leise. Sie könnten aneinander vorbeigekommen sein. Sie könnten einander aber auch ignoriert haben.«

»Wie?«

»Stellen Sie sich vor, Sie haben gerade einen Mann erschossen. Schnell und unbemerkt möchten Sie in Ihr Zimmer zurück. Auf halbem Weg entdecken Sie etwas; zum Beispiel sehen Sie, wie drei fremde Männer Miss Hart auf den Boden zwingen und fesseln. Würden Sie hinzuspringen? Um Hilfe rufen? Alarm schlagen? O nein, wenn Sie klug sind, tun Sie das nicht. Denn früher oder später würden Sie erklären müssen, was Sie eigentlich dort zu suchen hatten, und das würde Sie schwer ins Stottern bringen. Leise und still würden Sie weitereilen. «

»Hm. «

»Trotzdem ist Ihre Bemerkung nicht uninteressant, Bride. Der Portier sagte, die Männer seien an ihm vorbeigestürmt, als sei der Teufel hinter ihnen her. Andernfalls hätte er ja gar nicht sofort Alarm ausgelöst. Die ganze Zeit habe ich mir überlegt, welches der Grund für den überstürzten Aufbruch gewesen sein kann. Möglicherweise sind die Einbrecher dem Mörder begegnet. Sie glaubten sich entdeckt und stürmten davon. «

Bride rutschte im Sessel hin und her, in der Hoffnung, eine bequemere Stellung für seine schmerzenden Knochen zu finden. Sein Genick war ganz steif, stöhnend rieb er es mit der Hand. Dieses fahle, häßliche Morgenlicht! Manchmal haßte er seinen Beruf. »Glauben Sie nicht, daß Sie es sich jetzt zu schwer machen, Inspektor?« fragte er und dachte dabei zornig: Vor allem machen Sie es *mir* schwer. »Für mich scheint das alles klar auf der Hand zu liegen.«

»Sie vergessen die Bemerkung, mit der David Bellino die ganze Gesellschaft schockierte, ehe er das Dinner verließ. ›Ich will herausfinden, wer von euch mich umbringen will.‹ Eine bedenkenswerte Bemerkung, finden Sie nicht? Von einem Mann, der anderthalb Stunden später tot aufgefunden wird!«

»Theatralisch«, meinte Bride. »Nehmen Sie das ernst?«

»Sehen Sie, Miss Hart sagte vorhin im Verhör, David Bellino habe unter Verfolgungswahn gelitten. Überall in seinem Arbeitszimmer hatte er Pistolen deponiert, um – wo er sich auch befand – gleich eine Waffe zur Hand zu haben. Ich würde ihr sofort zustimmen und ebenfalls von einem Wahn sprechen, bloß ist der Mann leider tatsächlich erschossen worden – fatalerweise mit einer seiner eigenen Waffen – und man sollte daher mit dem Begriff ›Wahn‹ vorsichtig umgehen. Außerdem haben wir die

Drohbriefe in seinem Schreibtisch gefunden. Bellino hatte echte Todesangst, zu Recht, wie wir wissen. Und aus irgendeinem Grund glaubte er, einer seiner vier Freunde von früher würde der Täter sein.«

»Warum hat er sie dann eingeladen?«

Kelly betrachtete seinen Kollegen ein wenig mitleidig. »Wenn Angst und Spannung unerträglich werden, kommen wir alle leicht in die Versuchung, die Gefahr selbst heraufzubeschwören. Wir sehen den Dingen lieber ins Auge, als zu warten, daß sie uns aus dem Hinterhalt anspringen. Ist es Ihnen nie so gegangen?«

Bride war ein nüchterner und phantasieloser Mensch. Nicht einmal der Beruf als Polizeibeamter in Manhattan konnte ihn aus seiner Trägheit aufschrecken. Kelly erinnerte sich, wie er einmal mit ihm zusammen einen Mafia-Mord aufzuklären gehabt hatte. Ein altes Ehepaar, dessen Zeugenaussage für gewisse Leute aus der Mafia-Szene äußerst belastend gewesen wäre, war in seiner Wohnung grausam hingemetzelt worden, und als Kelly und Bride erschienen, um den Tatort zu besichtigen, hatte es allen Polizisten, einschließlich Kelly, den Magen umgedreht. Nur Bride blieb gelassen, er ärgerte sich bloß, daß durch die Übelkeit der anderen die Ermittlungsarbeiten verzögert wurden, und es länger dauerte, bis er zu seinem Feierabend kam.

»Nein, mir ist es nie so gegangen«, erwiderte er nun auf Kellys Frage. Er gähnte noch einmal und dachte sehnsüchtig an ein schönes, gemütliches Frühstück.

Kelly griff nach dem Ordner, der neben ihm auf einem kleinen Tischchen gelegen hatte. »Und«, sagte er, »wir haben das hier! Fünfhundert Schreibmaschinenseiten, geschrieben von David Bellino. ›Nach meinem Tod zu lesen‹. Die Lebensläufe seiner Freunde, von deren Kindheit an bis heute. Offenbar handelt es sich um Bellinos Lebensbeichte, sehr schonungslos und offen. Danach hätte anscheinend jeder seiner Freunde ein Motiv, ihn zu töten.«

Wir sind hier nicht in einem Hollywoodfilm, dachte Bride mißgelaunt.

»Hier, gleich zu Beginn schreibt er: Es könnte sein, daß einer meiner Freunde die Drohbriefe geschrieben hat. Einer meiner Freunde könnte mich vielleicht umbringen. Jeder hätte einen Grund, und ich halte jeden eines Verbrechens für fähig. Ich bin der Menschheit gegenüber äußerst mißtrauisch, und es gibt niemanden, von dem ich nicht glaube, daß er seinen nächsten Verwandten ermorden würde, wenn es ihm einen Vorteil bringt oder wenn er seine Rachsucht oder irgendeine andere aufgeputschte Emotion damit befriedigen könnte. Jeder ist ein potentieller Verbrecher, und Gott schütze mich vor ihnen allen! Ich habe immer versucht, ihre Freundschaft zu erringen, nun bleibt mir wohl nur noch ihr Haß.«

»Hirngespinste«, murmelte Bride.

»Hirngespinste? Vielleicht. Wir müssen das alles nachprüfen. Ich finde das ganze Drama interessant, das sich hier vor mir aufblättert.« Er erhob sich, den Ordner in der Hand. »Mal sehen, was unsere vier Freunde dazu sagen.«

Der Butler hatte einen Brunch serviert. Zucchinischnitten, Rührei und Baguette, danach einen Schokoladenkuchen und zwei große Kannen Kaffee. Die Gäste saßen im Eßzimmer, das von der Spurensicherung inzwischen freigegeben worden war. Jemand hatte den Fernseher eingeschaltet; die Nachrichten zeigten wie ständig in den letzten Tagen Bilder aus Berlin, das geöffnete Brandenburger Tor, Menschen, die sich auf der berüchtigten Mauer drängelten. Dann Rumänien, noch immer Straßenkämpfe überall, nachdem der Diktator Ceaucescu vor wenigen Tagen hingerichtet worden war. Hier im Zimmer prasselte ein gemütliches Feuer im Kamin; draußen schien ein dämmriger Mittag bereits wieder in einen dämmrigen Abend überzugehen. Ein Tag, an dem es nicht hell wurde. Über Manhattan fiel Schnee.

Laura hatte sich, als das Essen gebracht wurde, zu den anderen gesellt, aber kaum etwas angerührt. Sie trank nur Kaffee, aß ein winziges Stückchen von dem Kuchen und rauchte eine Zigarette. Ungeschminkt, die Haare aus dem Gesicht gekämmt, sah sie noch jünger aus als gestern. Ihre langen Beine steckten in einem Paar uralter Jeans, dazu trug sie einen schwarzen Mohairpullover und an den Füßen schwarze Cowboystiefel. Ihre Hände zitterten leicht.

Natalie hatte gerade wieder eine Valiumtablette geschluckt und kauerte in einer Ecke. Steve starrte in die Flammen, Mary las in einem Buch, aber da sie seit einer Stunde keine Seite mehr umgeblättert hatte, war sie wohl mit ihren Gedanken woanders. Gina, noch immer im Bademantel, lief im Zimmer herum und wurde zunehmend wütend.

»Soll ich hier rumsitzen, bis ich alt und grau bin?« fragte sie zornig. »Wißt ihr, ich glaube auch nicht, daß dieser Kelly oder wie er heißt, das Recht hat, uns hier festzuhalten! Warum auch? Jemand hat David erschossen, okay, das stimmt wahrscheinlich niemanden besonders traurig, aber trotzdem ist es keiner von uns gewesen. Ich verstehe nicht, wie es noch irgendeinen Zweifel darüber geben kann, daß es diese ominösen Einbrecher waren!«

»Keiner von uns hat ein Alibi!« bemerkte Natalie. »Damit sind wir alle verdächtig.«

»Du großer Gott, ich denke doch nicht daran, mir für jeden Moment meines Lebens ein Alibi zu verschaffen, nur weil gerade zufällig ein Bekannter von mir erschossen wird«, fauchte Gina. »Und jetzt werde ich gehen, und ich will sehen, wer mich daran hindert!«

Sie ging zur Tür, wo sie mit Inspektor Kelly zusammenstieß, der soeben das Zimmer betrat. »Hoppla«, sagte er, »wohin so eilig?«

»Ich möchte in mein Zimmer gehen, mich anziehen, meine Sachen packen und dann herausfinden, wann der nächste Flug nach London geht. Bis jetzt hat mir noch kein Mensch einen vernünftigen Grund nennen können, warum ich hier festgehalten werde!«

»Ich kann Ihnen gerne einen Grund nennen, Lady Artany.«

Kellys Stimme klang sanft, aber nicht so, als werde er Widerspruch hinnehmen. Er schaltete den Fernseher aus. »In dieser Wohnung wurde vergangene Nacht ein Mann erschossen. Und ich will wissen, wer der Mörder ist.«

Gina warf den Kopf zurück. »Und wie soll ich Ihnen da helfen?« fragte sie herausfordernd.

Kelly sah sie scharf an, dann glitt sein Blick durchs Zimmer, streifte die bleiche Laura, verweilte nacheinander auf jedem der Gäste. »Sie können mir eine Frage beantworten«, sagte er. »Sie alle könnten das. Ich glaube, Mr. Bellino hat Ihnen diese Frage auch schon gestellt. Wer von Ihnen hat David Bellino umgebracht?«

»Jetzt fangen Sie doch nicht auch noch mit dem Unsinn an«, sagte Natalie entnervt. Sie hatte zwei Tassen Kaffee getrunken, obwohl sie nicht einmal eine vertrug, und nun ging ihr Atem sehr schnell, und ihr Herz hämmerte. Sie ärgerte sich, daß sie den Butler nicht um einen Tee gebeten hatte.

»Halten Sie das wirklich für Unsinn, Miss Quint?« fragte Kelly.

Steve erhob sich. »Halten Sie uns tatsächlich für verdächtig, Inspektor? Da keiner von uns ein vollständiges Alibi für die Tatzeit hat, und Sie darauf offenbar Ihre ungeheuerliche Anschuldigung gründen, sollten wir uns vielleicht alle nach einem Anwalt umsehen.«

»Ich bin mir noch nicht sicher, ob ich Sie für verdächtig halte«, erwiderte Kelly. »Tatsache ist aber, daß Bellino Sie dafür hielt. Die Gründe hat er hier dargelegt.« Er hielt den Ordner in die Höhe. »Ihrer aller Lebensgeschichte. Soweit ihm bekannt.«

»Wie aufschlußreich für Sie!« Gina sah ihn an. »Dann können Sie ja nun in uns lesen wie in aufgeschlagenen Büchern.«

»Noch nicht genug, leider. Aber zu Anfang schreibt David Bellino, daß er glaubt, an jedem von Ihnen, an Miss Quint, Mrs. Gordon, Lady Artany und an Mr. Marlowe schuldig geworden zu sein. Jedem von Ihnen unterstellt er damit ein Motiv. An irgendeiner Biegung des Weges war er der Fallstrick, über den Sie stolperten.«

Niemand sagte etwas. Es herrschte völlige Stille im Raum. Nur die Holzscheite im Kamin knackten.

»Nicht wahr«, sagte Kelly sanft, »das stimmt. Sie haben ihn alle gehaßt. Er war schicksalhaft für jeden von Ihnen.«

Immer noch sprach niemand. Sachlich fuhr Inspektor Kelly fort: »Ich würde sagen, wir gehen Ihre Geschichten einmal durch. Die vielen wesentlichen und unwesentlichen Ereignisse, die Ihren Weg bestimmt haben. Die Ihre Vergangenheit ausmachen und die dazu geführt haben, daß Sie heute hier sind – und in diese äußerst unangenehme Angelegenheit verwickelt.«

»Nur weil wir zufällig…«, begann Steve, aber Inspektor Kelly unterbrach ihn. »Nein. Zufällig ist hier gar nichts. Und warum das so ist, möchte ich herausfinden. Wir werden gemeinsam Ihre Geschichten rekonstruieren. Eine ganze Menge können wir offenbar diesem Ordner entnehmen, vieles hätte ich gern von Ihnen gehört. Ich werde Ihnen Fragen stellen, und ich möchte, daß Sie ehrlich antworten.«

»Sehr faszinierend«, bemerkte Gina. »Kann mir jemand eine Zigarette geben, damit ich nicht einschlafe während Inspektor Kellys Märchenstunde?«

Schweigend reichte Laura ihre Zigarettenschachtel hinüber. Bride schielte zu dem Schokoladenkuchen, wagte aber nichts zu sagen. Ein Holzscheit fiel leise knisternd in sich zusammen. Es schneite noch immer.

Davids Aufzeichnungen würden natürlich nur ein unvollständiges Bild abgeben, denn vieles hatte er nicht wissen, manches nur vermuten, einiges nicht einmal ahnen können. Und die, um die es ging, würden nicht alles preisgeben, würden selber auch immer wieder im dunkeln tappen. Niemand kennt jemals alle Facetten des Schicksals, sei es des fremden oder des eigenen, und es bleiben weite Bereiche mysteriös, geheimnisvoll und unbekannt.

Was aber war tatsächlich geschehen?

II. Buch

Mary

1

Mary Gordon wurde als Mary Janet Brown in Liverpool geboren, in einem schmuddeligen Krankenhaus, das wenig später wegen eines Hygieneskandals in allen Zeitungen stand und geschlossen werden mußte. Die Browns lebten in einer engen, düsteren Dreizimmerwohnung im Osten von Liverpool, denn der junge Lehrer Michael Brown verdiente noch nicht viel, und seine kränkliche Frau konnte nicht dazuverdienen. Vor der Küche gab es eine Art winzigen Balkon, nur dafür gedacht, die Wäsche zum Trocknen aufzuhängen; er war einen Meter lang und einen Meter breit, außerdem immer feucht, weil hier keine Sonne hinkam, aber Mary schleppte trotzdem ihre Puppen und Bauklötze dorthin, weil sie ein bißchen Himmel über sich sehen und mit den Fingern im Moos herumwühlen konnte, das in den Nischen der Hauswand wuchs. Sie hatte eine leidenschaftliche Sehnsucht nach Gras und Blumen, aber vom Balkon aus endete ihr Blick an der rußgeschwärzten Mauer, die dem Haus gegenüberlag und ein Fabrikgelände umschloß. Wie viele kleine Mädchen träumte auch Mary von dem Prinzen, der eines Tages kommen und sie mitnehmen würde; er hatte ein kleines Haus am Meer und einen großen Garten mit Apfelbäumen, Brombeerhecken und wilden, süßen Erdbeeren.

Marys Vater war strenggläubiger Baptist und sein religiöser Fanatismus steigerte sich stetig. Die langen Predigten, die er seiner Familie hielt, bestanden im wesentlichen aus Worten wie Sünde, Unreinheit, Befleckung, Verderbtheit, Versuchung. Die Feinde Gottes witterte er überall, ob es sich um die Frau aus der Wohnung unter ihnen handelte, von der es hieß, sie betrüge ihren Mann, oder um das junge Mädchen von nebenan, das immer in kurzen Röcken und hochhackigen Schuhen herumlief.

»Hure«, sagte Michael Brown, »eine Sünderin, die eines Tages ihre gerechte Strafe finden wird!«

Mary verbrachte ihre Kindheit damit, um Erlösung von Sünden zu beten, die ihr als solche nicht einmal bewußt waren.

»Was habe ich denn getan?« fragte sie ihren Vater eines Tages mit Tränen in den Augen, als er sie wieder zwang, eine Stunde auf der harten Küchenbank zu knien und Gott um Vergebung anzuflehen.

Michael sah sie aus seinen fanatischen dunklen Augen an. »Die Erbsünde. Sie ist in dir wie in uns allen. Du wirst eines Tages eine Frau sein, Mary, und dann wirst du dich der Sünde in ihrem ganzen schrecklichen Ausmaß schuldig machen. In den Frauen steckt das Böse.«

Mary konnte nicht begreifen, was er meinte. »In Mummie auch?« fragte sie. Ihre Mutter lag wie meistens fiebrig und elend im abgedunkelten Schlafzimmer, und es gelang Mary nicht, in dieser abgemagerten, blassen, stillen Frau die Verkörperung des Bösen zu sehen.

»In jeder Frau ist das Böse«, wiederholte ihr Vater, »und du siehst, wie schwer deine Mutter dafür bestraft wird.«

Würde es ihr auch eines Tages so gehen, nur weil sie eine Frau war? Mary begann sich vor ihren eigenen Sünden zu fürchten, denn wenn schon Mummie, die niemandem etwas Böses tat, so leiden mußte, um wie vieles schlimmer mußte es ihr, Mary, dann erst ergehen? Ängstlich durchforschte sie Tag für Tag ihr Gewissen: hatte sie in der Schule auf das Heft ihrer Nachbarin geschielt? Hatte sie wirklich genug gelernt für die nächste Prüfung? Hatte sie der Kassiererin im Supermarkt gesagt, daß sie ihr zuviel Wechselgeld herausgegeben hatte? Jeden Tag gab es so viele Gelegenheiten zu straucheln, es war fast nicht möglich, daran unbeschadet vorbeizugelangen. Mary wurde immer ernster, stiller und blasser, sie zog sich völlig in sich zurück. Kurz nach ihrem zwölften Geburtstag merkte sie, daß ihr Körper sich veränderte, und das stürzte sie in Panik. Jetzt war es wohl bald soweit. Nicht mehr lange, und das, was ihr Vater ihr prophezeit hatte, würde über sie hereinbrechen.

Es war ebenfalls kurz nach Marys zwölftem Geburtstag, als ihre Mutter ins Krankenhaus mußte. Erst viel später erfuhr Mary, daß sie Krebs gehabt hatte und ihr kein Arzt mehr eine Chance gab, aber obwohl man ihr die bittere Wahrheit verschwieg, ahnte sie, daß sie ihre Mutter nicht mehr wiedersehen würde.

Ein Krankenwagen holte Mrs. Brown, die nur noch knappe vierzig Kilo wog, ab. Es war ein trüber, grauer Novembertag, Liverpool versank im Nebel, eine klamme Kälte lag über den Straßen. Mary hielt die Hand ihrer Mutter, das ganze Gesicht tat ihr weh vor Anstrengung, nicht zu weinen. Michael Brown war zur Schule gegangen, aber Mary hatte heute geschwänzt, obwohl sie wußte, daß ihr das einen dicken Minuspunkt beim lieben Gott einbringen würde. Sie konnte Mum jetzt nicht allein lassen. Mrs. Brown bemühte sich, zuversichtlich zu lächeln. »Mary, mein Liebling, schau nicht so traurig, ich komme ja bald wieder. Dann bin ich ganz gesund, und was meinst du, was wir dann alles gemeinsam unternehmen können? Aber geh solange deinem Vater ein bißchen aus dem Weg, ja? Und hör nicht so genau auf das, was er redet. Versprichst du mir das, Mary?«

Mary nickte, denn sie konnte kein Wort hervorbringen, so würgte sie es in der Kehle.

»Wenn du irgendwann später einen netten Mann kennenlernst«, fuhr Mrs. Brown fort, »dann geh mit ihm weg, ganz gleich, was dein Vater dir erzählt von der Strafe des Himmels oder von was auch immer. Dein… dein Vater ist nicht… allwissend…« Nur das Bewußtsein, daß ihr vielleicht nicht mehr viel Zeit blieb, konnte Mrs. Brown diese vermessene Äußerung entreißen. »Ich möchte, daß du eines Tages ein glücklicher Mensch bist, Mary. Es gibt nichts, was ich mir so sehr wünsche.«

Die Krankenpfleger traten heran und hoben Mrs. Brown auf ihre Bahre, wobei sie vor Schmerzen leise stöhnte. Mary wollte den traurigen Transport die Treppe hinunterbegleiten, aber einer der Pfleger winkte ab. »Bleib oben, Kleine. Es ist so kalt draußen, da holst du dir noch was. Du hast deiner Mutter ja nun auf Wiedersehen gesagt.«

Mary stürzte ans Fenster, preßte das Gesicht an die Scheibe und starrte auf die Straße. Nach einer Weile erschienen sie, die beiden Männer, die die Bahre zwischen sich trugen. Wie unsagbar klein Mummie von hier oben aussah. Und wie hilflos. Sie luden sie in den Krankenwagen und schlossen die Türen hinter ihr. Das Auto fuhr an, zurück blieb die neblige Straße, schmutzig, düster und leer. Aus dem Schornstein der Fabrik stieg Rauch, auf der Treppe klapperten die Absätze des jungen Mädchens, das Michael Brown als »Hure« bezeichnete. Mary legte sich auf das Sofa, wickelte sich in eine Wolldecke und flüchtete sich in ihren ewigen Tagtraum: Irgendwann würde der Mann kommen, der sie liebte und ein Leben lang für sie sorgte. Ob es eine Sünde war, darüber nachzudenken?

Eine Woche später kam Mary mittags von der Schule zurück. Es wehte ein kalter Wind, die Luft roch nach Schnee, alle Leute hasteten eilig durch die Straßen. Mary empfand es als angenehm, in eine geheizte Wohnung zu kommen, in der sie sogar der Duft von warmem Essen willkommen hieß. Dad war wohl schon zu Hause und kochte für sie. »Dad! Dad, ich bin da!«

Michael Brown streckte seinen Kopf zur Küchentür hinaus. »Guten Tag, Mary. Warum kommst du so spät?«

»Spät? Ich komme ganz normal!« In seiner Stimme war etwas, das Mary vorsichtig sein ließ. »Es ist ein Uhr!«

»Ich habe aus dem Fenster gesehen, Mary.«

Was wollte er damit sagen? Mary tappte völlig im dunkeln. »Du hast aus dem Fenster gesehen?«

»Ja. Komm doch mal in die Küche.« Etwas zu grob packte er ihren Arm. »Jetzt schau mal aus dem Fenster!«

Sie tat, was er ihr sagte, aber beim besten Willen konnte sie nichts anderes entdecken als die Straße, die genauso aussah wie immer. »Was soll denn da sein?«

»Die Ecke«, sagte Michael Brown, »die Straßenecke, an der sich der Fish-and-Chips-Laden befindet!«

»Ja und?« War Daddy übergeschnappt? Das Geschäft gab es dort schon, solange Mary denken konnte.

»Ich habe *dich* dort gesehen!« sagte Michael leise und langsam.

»Mich?«

»Tu nicht so unschuldig, Mary. Und vor allem, lüg mich nicht an. Ich habe dich eben dort gesehen – mit diesem Mann zusammen!«

Vor Überraschung schnappte sie nach Luft. *Das* meinte er. Ach, du lieber Himmel! »Dad, das war ein Klassenkamerad von mir. Kein Mann. Er ist zwölf oder dreizehn. Er hatte etwas nicht verstanden, was wir heute in der Schule durchgenommen haben und wollte es von mir erklärt haben. Das ist alles. Wir haben vielleicht fünf Minuten geredet.«

»Meine Tochter! Meine Tochter treibt sich mit fremden Männern an dunklen Straßenecken herum!«

»Dad!«

»Dad! Dad!« äffte er sie nach. »Weißt du nicht, was diese Kerle von dir wollen? Bist du wirklich so blöd, oder macht es dir Spaß? Macht es dir Spaß, wenn sie dich gierig anschauen und wenn sie dich anfassen?«

»Aber es faßt mich keiner an, wirklich nicht!«

»So? Nun, auf jeden Fall sollst du ein für allemal lernen, was du davon hast, wenn du dich mit einem Mann einläßt! Ich werde doch wohl noch in der Lage sein, meiner eigenen Tochter beizubringen, was Recht und Unrecht ist!« Er öffnete die Tür, die auf den kleinen Balkon hinausführte. »Da draußen bleibst du jetzt. Solange, bis du bereust.«

»Dad! Es wird jeden Moment anfangen zu schneien! Das kannst du nicht tun! Ich habe nicht mal einen Mantel an …«

Er zerrte sie hinaus. »Das ist die gerechte Strafe!« Die Tür fiel zu. Mary starrte auf die Glasscheibe. Er ist wahnsinnig, ging es ihr durch den Kopf, mein Vater ist wahnsinnig!

Die Kälte fiel über sie her. Irgendwo hatte sie es mal gelesen: »… wie tausend Nadelstiche.« Genauso war es. Die Kälte stach und brannte, sie tat weh, lähmte den Körper mit ihren eisigen Händen. Schon nach wenigen Minuten klapperte Mary mit den Zähnen, sie krümmte sich zusammen, und Tränen der Verzweiflung schossen aus ihren Augen. Ich werde erfrieren. Ich werde sterben! Sie schlug mit beiden Händen gegen die Glasscheibe. »Aufmachen! Laß mich rein! Aufmachen!«

In der Wohnung rührte sich nichts. Nur ein Stockwerk über ihr ging ein Fenster auf, und eine dicke Frau lehnte sich hinaus.

»Was ist los?« rief sie mißmutig. »Mußt du so einen Krach machen?«

Mary schaute nach oben. »Bitte helfen Sie mir. Mein Vater hat mich ausgesperrt, und es ist wahnsinnig kalt!«

»Das wirst du schon verdient haben«, meinte die Frau ungerührt und schloß das Fenster wieder.

Mary kauerte sich zusammen, hielt beide Arme fest um ihren Körper geschlungen. Angstvoll betrachtete sie den Himmel. Hoffentlich fing es nicht auch noch an zu schneien.

Nach einer Stunde – Mary hatte kein Gefühl mehr in den Gliedern, und es war ihr übel vor Schmerzen – öffnete ihr Vater die Tür.

»Komm herein. Ich hoffe, es tut dir leid, was du getan hast!«

Sie stolperte in die Küche, sank auf einen Stuhl und spürte leise neues Leben in ihren Knochen, aber sie konnte nicht aufhören, mit den Zähnen zu klappern und wie Espenlaub zu zittern. Sie konnte auch zehn Minuten lang kein Wort hervorbringen, und als ihre Lippen ihr endlich wieder gehorchten, murmelte sie: »Mummie…«

Ihr Vater starrte sie an. »Ach so«, sagte er langsam, »du weißt es ja noch nicht…«

Marys Augen wurden groß und dunkel. »Was? Was weiß ich nicht?« Und als er nicht antwortete, schrie sie fast. »Was weiß ich nicht? Was ist passiert?«

Michael Browns Blick heftete sich auf das Kruzifix, das über dem Küchentisch hing. »Deine Mutter ist heute früh erlöst worden.«

Mary war vierzehn, als sie und ihr Vater Liverpool verließen. Michael Brown hatte das Angebot bekommen, eine Lehrstelle in dem exklusiven Internat Saint Clare nahe bei London anzunehmen, und da die Schule als eine der letzten Bastionen gegen die progressive und unmoralische Jugend galt, sah er sich dort am richtigen Platz. In Saint Clare lebten Jungen und Mädchen, aber die Vorschriften waren streng, die Bewachung scharf. Eine beinahe weltabgeschiedene Atmosphäre herrschte hinter den dicken Mauern, die das weitläufige Gebäude umschlossen. Der Saum des dunkelblauen Faltenrocks der Schuluniform von Saint Clare war in den letzten dreißig Jahren um keinen Millimeter höher gerutscht, die abendliche Ausgehzeit bis halb elf um keine Stunde verlängert worden. Man sprach hier weder über Klassenkampf, noch stellte man die Monarchie in Frage, Schwangerschaftsabbruch oder die Pille waren kein Thema. Später dachte Mary oft, ihr Leben wäre anders verlaufen, wenn sie mehr über die Wirklichkeit gelernt hätte, anstatt in verstaubten Schulbüchern zu blättern und von allen Seiten beschützt und behütet zu werden.

Natürlich befand sich Mary in einer Außenseiterrolle: ihre Mitschüler waren die Kinder kräftig zahlender Eltern, sie war die Tochter eines Lehrers. Sie hatte selber eine Art Angestelltenstatus, zumindest bildete sie sich das ein. Ihr Vater schürte ihre Unsicherheit noch, indem er ihr immer wieder sagte, die anderen seien etwas Besseres, und sie solle nie glauben, sie sei ihnen gleich, nur weil sie mit ihnen unter einem Dach lebte.

»Man darf nie den Platz verlassen, der einem zugeteilt ist im Leben. Das bringt nur Unglück!«

Mary verheimlichte ihm, daß sie sich mit einem Mädchen angefreundet hatte, mit Natalie Quint, deren Vater zu den reichsten Männern Englands zählte, die aber in ihrer Freizeit immer nur in Jeans und Turnschuhen herumlief. Ihr kurzgeschnittenes Haar hatte die Farbe von hellem Silber. Sie schrieb die besten Aufsätze, diskutierte jeden Lehrer in Grund und Boden und löste hochkomplizierte Mathematikaufgaben mit derselben Gelassenheit, mit der sie in der Zeichenstunde ein Aquarell von Saint Clare anfertigte oder in der Sportstunde ein Tor nach dem anderen für ihre Handballmannschaft warf. Mary wunderte sich selbst, warum die gescheite Natalie mit dem hochherrschaftlichen Background ihr Zeit und Aufmerksamkeit widmete, und anfangs dachte sie, es geschähe aus Mitleid, in Wahrheit aber mochte Natalie sie wohl tatsächlich. Natalies Freunde – David, Steve und Gina – schüchterten Mary ein, aber zu Natalie hatte sie Vertrauen. Einmal kamen sie beide von einem Spaziergang zurück, müde und schweigend, mit windzerzausten Haaren, und irgendwo im Park, zwischen blühendem Flieder und duftendem Jasmin, blieb Natalie stehen und sagte mit ihrer immer etwas atemlosen Stimme: »Du bist so schön, Mary. Du weißt gar nicht, wie sehr. Du könntest jeden Mann haben.«

Mary sah sie einen Moment lang überrascht an, dann protestierte sie: »Das stimmt nicht. Ich bin nicht einmal hübsch, geschweige denn schön. Ich habe…«

»Du hast manchmal ganz grüne Augen und das schönste kupferrote Haar der Welt. Mary, glaub doch, daß du jemand bist! Du könntest stolz auf dich sein!«

»Nat, hast du ernst gemeint, was du gesagt hast? Daß ich… jeden Mann haben könnte?«

»Natürlich habe ich das ernst gemeint. Vergiß nie, du brauchst dich nicht an irgendeinen Kerl wegzuwerfen, du kannst es dir leisten zu warten, bis der kommt, der es wert ist!«

»Ich möchte heiraten, Natalie, irgendwann. Ich will einen Menschen haben, der mir ganz allein gehört, der mich liebt und bei dem ich mich geborgen fühlen kann. Ich will ein Haus und einen Garten mit Blumen und…« Ihre Stimme schwankte, sie schwieg. Das Gefühl von Kälte und Einsamkeit stieg in ihr auf und umklammerte sie mit harten Armen.

Natalie zog sie an sich. »Keine Angst, Mary. Es wird so werden, wie du es dir wünschst. Du brauchst dich nicht zu fürchten.«

»Ich fürchte mich aber«, erwiderte Mary leise. »Weil ich glaube, daß mein Vater recht hat. Niemand verläßt den ihm angestammten Platz. Ich komme aus einem düsteren, engen Haus, und ich werde dorthin zurückkehren. Eines Tages.«

»Du wirst Steve heiraten, und ihr werdet ein gutes Leben haben«, sagte Natalie leichthin.

»Steve? Wie kommst du denn darauf?«

Natalies Augen waren klar und wissend. »Du bist verliebt in ihn. Warum sprichst du nicht mit ihm?«

»Was soll ich ihm denn sagen? Er würde über mich lachen.«

»Warum?«

»Wir passen nicht zusammen. Er wird eine große Karriere machen, und dafür braucht er eine ganz andere Frau. Nicht ein armes, kleines Mädchen aus Liverpool.«

Durch die Blätter der Eiche über ihnen fielen ein paar flimmernde Lichtstrahlen und malten tanzende Muster auf den Weg.

»Meinst du nicht, du wirst es irgendwann bereuen, wenn du nicht redest?« fragte Natalie leise.

Mary pflückte einen langen Grashalm und zupfte ihn gedankenverloren in Stücke. »Ich würde es bereuen, wenn ich rede«, sagte sie.

2

Es war an einem Herbstabend des Jahres 1978, als Mary neben David im Zug saß und das kleine, schwarze Samttäschchen, das sie von ihrer Mutter geerbt hatte, fest an sich preßte. Etwas Geld war darin, ein Ausweis und ein Päckchen Papiertaschentücher. Außerdem ein Lippenstift und ein Parfum, das Natalie gehörte. Es roch herb und frisch, nach den grünen Hügeln von Somerset, von denen Nat stammte, und Mary fand, daß es zu ihr überhaupt nicht paßte.

Der Zug ratterte durch die frühe, herbstliche Dunkelheit. Mary betrachtete Davids Profil. Eine hohe Stirn, eine herrische Nase, gutgeschnittene Lippen. Wie so oft fragte sich Mary, wer David eigentlich sei. Die Unsicherheit, die sie ihm gegenüber empfand, teilte sie mit vielen Leuten. War er einfach ein Angeber? Ein guter Freund? War er eingebildet oder nett, entgegenkommend oder abweisend, verständnisvoll oder nur auf seine eigenen Angelegenheiten konzentriert? Oder war er alles zugleich? Oft hatte Mary den Eindruck, daß ihm durchaus an der Freundschaft seiner Schulkameraden gelegen war, aber dann wieder tat er plötzlich etwas, was die anderen vor den Kopf stieß oder zumindest ärgerte. Zum Beispiel indem er zum hundertsten Mal von dem reichen Mann in Amerika erzählte, der ihn zu seinem Erben bestimmt hatte. Es konnte schon keiner mehr hören.

»Ich werde so reich sein, wie sich das hier niemand vorstellen kann. Die Häuser, die ich dann habe, werde ich alle gar nicht bewohnen können. Ich werde praktisch nichts anderes zu tun haben, als meine ganzen Konten zu verwalten.« Er schwieg, und dann setzte er die Worte hinzu, die er besonders gern und oft sagte: »Ich werde auf die ganze Welt scheißen können.«

Gina, die schöne Gina, mit den viel zu stark geschminkten Augen und dem taillenlangen dunklen Haar erwiderte dann: »Das schaffst du. Du bist jemand, der über Leichen geht. Du interessierst dich ganz allein für dein Wohlergehen und sonst für einen Dreck, und solche Leute kommen immer dahin, wohin sie wollen.«

»Und was ist mit dir?« gab er zurück, und sie lachte, weil er glaubte, sie seien einander ähnlich. »Ich habe Verantwortungsgefühl«, sagte sie, »leider. Okay, den oder jenen würde ich auch über die Klinge springen lassen, aber dann kommt immer wieder einer, dessen Sorgen ich mir auflade, und das wird mich eines Tages noch mal stolpern lassen.«

Ich wünschte, ich wäre wie Gina, dachte Mary und wußte, daß sie sich vor allem anderen ihr Leben lang wünschen würde, eine andere zu sein. Ich hätte dann nie Angst. Ich hätte auch jetzt keine Angst!

Wieder betrachtete sie Davids Profil, blickte dann an ihm vorbei hinaus, wo sie in der Dunkelheit nur hin und wieder Umrisse der vorübergleitenden Bäume und Büsche sehen konnte. Kahle Felder, aber noch kräftige Blätter an den Bäumen, die am Tag in bunten Farben leuchteten. Jetzt waren sie alle schwarz und schienen zu frieren.

Unwillkürlich hob Mary fröstelnd die Schultern. Unter ihrem

Mantel trug sie ein dünnes rosafarbenes Leinenkleid, dessen Rock ihr gerade über den Po reichte. Das Kleid gehörte Natalie, die zwar sehr schlank, an manchen Stellen aber um einiges voller als Mary war, die noch immer die Figur eines zwölfjährigen Mädchens hatte. Sie hatten in Windeseile zwei Abnäher gemacht, dann war Gina mit einem breiten Ledergürtel gekommen und hatte ihn um Marys kindlich schmale Taille gezerrt. »So! Damit du wenigstens ein bißchen Kurven bekommst. Und dann zieh meine hochhackigen Schuhe an, die dürften dir zwar etwas zu groß sein, aber du kannst unmöglich in diesen flachen Schnürschuhen gehen, die du sonst immer trägst!«

Eine fremde Puppe blickte sie an, als sie in den Spiegel sah. Schwarze Wimpern, rote Lippen, Rouge auf den Wangen. Nat hatte ihr die Haare eingedreht und kämmte sie nun zu großen, weichen Locken. Straßperlen glitzerten an den Ohren. Dazwischen ein blasses, verschrecktes Gesicht.

»He«, sagte Gina, »guck ein bißchen fröhlicher! Heute ist dein siebzehnter Geburtstag!«

Sie fühlte sich, als wäre sie höchstens zehn, und das wäre ihr auch lieber gewesen. Dann hätte sie niemand in eine Bar schicken können. Aber die Freunde meinten es gut, sie hatten ihr den Abend zum Geburtstag geschenkt. Mary hatte sich mit Händen und Füßen gesträubt. »Mein Vater! Wenn mein Vater es herausbekommt, kann ich mich erschießen!«

»Er wird's nicht merken.«

»Er kann es ganz leicht merken.«

»Mein Gott, er kontrolliert ja nicht jeden Abend, ob du im Bett liegst oder nicht. Und morgen ist Sonntag. Bis hier alle aufwachen, bist du längst zurück!«

»Außerdem begleitet dich David. Dir kann überhaupt nichts passieren!«

Sie stand vor dem Spiegel, musterte verzagt ihre Beine unter dem kurzen Rock. Viel zuviel Haut. Die Stimme ihres Vaters dröhnte in ihren Ohren: »Die Sünde der Menschen kommt auf sie zurück! Alle Sünde verlangt ihre Sühne! Eines Tages…«

»Woran denkst du?« Davids Stimme riß sie aus ihren Gedanken. Der Zug ratterte noch immer, und draußen war es nun kohlpechschwarze Nacht. Mary rang sich ein Lächeln ab. Sie fragte sich, ob es David gefiel, mit ihr in eine Bar zu gehen oder ob er sich dem Druck der anderen gebeugt hatte. Sie konnte sich die Gespräche vorstellen:»Die arme, kleine Mary! Sie muß auch einmal rauskommen und etwas Nettes erleben. Sie versauert hier sonst noch völlig!«

Vielleicht hatte das Los zwischen Steve und David entschieden, und David hatte es getroffen. »Du weichst nicht eine Sekunde von Marys Seite«, hatte ihm Gina eingeschärft, und er hatte schließlich ungeduldig geantwortet:»Natürlich nicht. Ich bringe sie euch wohlbehalten zurück!«

Sie passierten die ersten Vororte Londons. Plötzlich spritzte Regen gegen die Scheiben. Lichter blitzten aus der Dunkelheit. Mary sehnte sich in ihr Bett.

Leonard Barry hatte an diesem Abend seine langjährige Lebensgefährtin verloren. Carol war ausgezogen, mit all ihren Kleidern, Schuhen, ihrem Schmuck, und sie hatte nur die große gerahmte Fotografie zurückgelassen, die sie Leonard zu seinem letzten Geburtstag geschenkt hatte, und die eine sehr schöne Carol im grünen Abendkleid zeigte. »Du kannst es behalten. Als Erinnerung an die Frau, die ich nie gewesen bin. Jahrelang war ich, wie du mich wolltest, aber nun reicht es mir. Du bist unerträglich vulgär, und nicht einmal besonders klug. Und inzwischen zu fett, um noch gut auszusehen!«

Sie hatte die Türen hinter sich zugeworfen und einen Koffer nach dem anderen hinunter auf die Straße getragen, wo das Taxi wartete. Leonard war überhaupt nicht dazu gekommen, etwas zu erwidern. Er kam sich wenig intelligent vor, wie er dastand und der tobenden Carol nachsah. Als die Wohnungstür zum letzten Mal ins Schloß fiel, erwachte er aus seiner Betäubung und trat an die Bar, um sich erst einmal einen Wodka einzuschenken. Nachdem er ihn getrunken hatte, betrachtete er sich in dem Spiegel, der den Hintergrund der Bar bestimmte: ein großer, schwammiger, reichlich verlebter Mann von fünfundfünfzig

Jahren, der ein Faible hatte für schnelle Sportwagen, Seidenhemden und schöne Frauen. Man nannte ihn einen Immobilienhai; man nannte ihn überdies gewissenlos, aber das störte ihn nicht weiter, solange sich nur das Geld auf seinen Konten häufte. Nach dem zweiten Wodka überlegte er, was er mit dem Abend anfangen sollte. Er hatte den Fernseher laufen, aber er fand in keinem Programm einen Film, der ihn interessierte. Schließlich legte er eine Schallplatte auf, aber die Musik konnte ihn auch nicht ablenken. Offenbar ging ihm die Trennung von Carol doch näher, als er anfangs gedacht hatte. Vier Jahre … und sie war eine schöne Frau, weiß Gott! Auf der anderen Seite gab es eine Menge schöner Frauen in London. Kurz entschlossen griff er nach seinem Mantel und verließ die Wohnung.

Bars waren Leonard Barrys zweite Heimat; von den besseren gab es in London keine, die er nicht gekannt hätte. Nach einigem Überlegen beschloß er, ins »Paradise lost« zu gehen, ein heruntergekommener Schuppen im Osten, der aber augenblicklich groß in Mode war – und der Polizei ein Dorn im Auge, nachdem bei einer Razzia fünfhundert Gramm Heroin sichergestellt worden waren. Leonard hatte einen Hang zur schrägen Gesellschaft. Es war kurz nach 23 Uhr, als er das »Paradise lost« betrat.

Er trank zwei Wodka Martini, dann ließ er seinen Blick schweifen. Zwei blonde Mädchen in engen Lederröcken lehnten auf der anderen Seite der Bar und lächelten ihm auffordernd zu. Er hob gelangweilt die Augenbrauen und wandte sich ab. Er mochte es nicht, wenn sich Frauen allzu unverhohlen anboten.

Eine hübsche Brünette da drüben, aber sie redete bereits mit einem anderen Mann, zu intensiv, als daß man sie hätte ablenken können. Die Schwarze da hinten … guter Gott, Beine so hoch wie der Himmel, aber er mochte keine farbigen Frauen.

Recht niedlich, die Rothaarige da drüben. Aber warum, du lieber Gott, sah sie so ängstlich aus? Sicher ein hochkompliziertes Wesen, dachte Leonard, das dauernd über die Enttäuschungen mit Männern reden will. Und wenn man, statt ihr zuzuhören, lieber mit ihr ins Bett will, kriegt sie einen hysterischen Anfall und behauptet, man sei ein Sexist.

Er bestellte einen dritten Wodka Martini. Die Rothaarige, die übrigens ein sehr schickes und teures Kleid trug, wie sein geübter Blick sofort erkannte, hatte einen Begleiter bei sich, einen dunkelhaarigen jungen Mann, der ihr keinen Blick schenkte. Ihr Freund ist das nicht, dachte Leonard, und wenn doch, kann einem das arme Mäuschen leid tun. Sieht so aus, als habe er ihre Anwesenheit längst vergessen.

Langsam begann alles vor seinen Augen ein wenig zu verschwimmen. Verdammte Carol, dachte er erschöpft, warum zum Teufel, ist sie gegangen. Traurigkeit und Selbstmitleid überfielen ihn, und ihm war klar, daß er nicht ohne eine Frau nach Hause gehen konnte. Die Vorstellung, allein in die dunkle, leere Wohnung zu kommen, entsetzte ihn. Er brauchte einen Menschen... eine Frau. Er hatte gerade Lilian entdeckt, eine blonde Stewardeß von British Airways, mit der er früher manchmal durch Monte Carlo gezogen war, aber ehe er sich durch die Menge zu ihr hatte durchdrängen können, ertönte von der Treppe her ein Schrei: »Polizei! Vorsicht, Polizei!«

Im Nu herrschte das vollkommene Chaos. Die Musik brach ab, die Tanzpaare stoben auseinander, Stühle fielen um, Lichter verloschen. Eine Frau brüllte hysterisch, zwei Männer warfen mit Weingläsern um sich. Die meisten Gäste versuchten, die Treppe hinauf zum Ausgang zu gelangen, aber oben erschien bereits ein Polizeibeamter, und schreiend machten alle kehrt. Einige drängten sich durch die kleinen Fenster, doch auch da kam gleich von draußen die Warnung: »Zurück! Zurück! Hier ist alles voll von Polizei!«

Ein Tisch fiel um, irgend jemand heulte schmerzerfüllt auf. Leonard spürte etwas Feuchtes auf seinem Arm; jemand mußte ihm Wein oder Champagner über den Anzug gekippt haben. Es kümmerte ihn nicht. Vor allen Dingen wollte er jetzt hier hinaus.

Leonard Barry liebte das Risiko, aber er hatte auch etwas übrig für Absicherungen, und er hätte einen zwielichtigen Club wie das »Paradise lost« nicht betreten, ohne sich beim erstenmal über einen Fluchtweg zu informieren. Von Ken, dem Besitzer, der ein guter Freund von ihm war, wußte er, daß man aus dem Badezimmerfenster der im ersten Stock gelegenen Wohnung des Barkeepers auf ein Schuppendach, und von dort durch einen Hof zur Straße gelangen konnte. Genau das hatte er jetzt vor. Er lief den Gang entlang, in dem sich die Toiletten befanden, und plötzlich sah er das verängstigte rothaarige Mädchen, noch um ein paar Schattierungen blasser als vorhin, und es wollte gerade in der Tür mit dem Schild »Ladies« verschwinden.

»Halt!« sagte er. »Nicht! Da suchen die zuerst.«

Sie starrte ihn an wie ein Kaninchen den Fuchs. jetzt erst merkte er, daß sie weinte. »Ich habe David verloren!«

»David?«

»Ja, er war mit mir hier. Als das mit der Polizei losging, war er plötzlich verschwunden. Ich habe solche Angst…« Sie zitterte.

»Okay, kommen Sie mit mir«, sagte Leonard ungeduldig. »Ich weiß, wie wir hier rauskommen.«

»Ich muß auf David warten!«

»Kind, Ihr David bringt sich schon alleine in Sicherheit, keine Sorge. Es wäre sehr dumm, seinetwegen hier stehenzubleiben und auf die Polizei zu warten. Sie bekommen eine Menge Scherereien, das kann ich Ihnen sagen.«

Als er einfach weiterging, kam sie nachgelaufen. »Warten Sie! Ich komme mit!«

Über eine finstere Stiege gelangten sie nach oben, durch eine schmale, baufällige Tür ins Innere einer heruntergekommenen Wohnung. Es roch nach Zwiebeln und Kohl, kalter Zigarettenrauch hing in der Luft. In einem vergoldeten Käfig flatterte ein aufgeregter Wellensittich.

Leonard kannte den Weg. Ohne Licht zu machen, fand er das Badezimmer, schwang sich auf den Rand der Badewanne und stieß das kleine Fenster auf. Feuchter Nebel schlug ihnen entgegen. Leonard betrachtete das Fenster skeptisch. »Sie kommen da leicht durch, Miss… Wie heißen Sie eigentlich?«

»Mary. Mary Brown.«

»Gut, Mary. Dann versuchen Sie es mal zuerst. Ich hoffe, ich kann mich hinterherquetschen.«

Sie zauderte immer noch, und Leonard dachte: Ein Schaf! Ein richtiges kleines Schaf!

Laut sagte er: »Nun machen Sie schon! Sie stürzen nicht ab auf der anderen Seite, da kommt gleich ein Schuppendach. Keine Angst!«

Endlich bequemte sie sich, ihren Kopf durch das Fenster zu stecken, schien dann offenbar auch bereit, den Körper nachzuziehen.

Sie hat eine ziemlich gute Figur, dachte Leonard. Aber keinen Mumm in den Knochen. Ob die überhaupt schon je was mit einem Mann hatte?

Mary war in der Dunkelheit verschwunden. Leonard konnte nur noch ihre piepsige Stimme hören. »Ich bin jetzt hier draußen!«

»Okay. Ich komme.« Zweifelnd betrachtete er das Fenster. Ich bin so verdammt fett, dachte er.

Mit viel Geächze und Gestöhne hatte er sich schließlich hinausgewunden und stand neben Mary auf dem Wellblechdach. Geduckt lief er vor ihr her; ohne weiter zu fragen, eilte sie ihm nach. Es war sehr kalt; beide hatten sie keinen Mantel.

Das Schuppendach verlief in einer sanften Schräge nach unten und lag am Ende nur noch einen Meter über dem Erdboden. Dann standen sie in einem kleinen Hinterhof, dessen Tor zu einer engen, stillen Straße hinführte. Stimmen, Geschrei und das Geheule der Polizeisirenen klangen von fern. Leonard kramte ein Päckchen Zigaretten hervor. »Möchten Sie auch, Mary?« Sie schüttelte den Kopf und blickte verzweifelt um sich. Irgendwie erinnerte sie ihn an einen herrenlosen Hund, der durch die Straßen streunt und sich danach sehnt, von irgend jemandem aufgesammelt zu werden.

»Wo wohnen Sie?« fragte er. Ihre Augen waren groß und dunkel vor Angst.

»Ich wohne nicht in London. Ich wohne ein ganzes Stück weit weg. Der nächste Zug geht erst gegen Morgen. Und außerdem muß ich unbedingt David finden!«

»Tja, das dürfte im Moment schwierig sein. Wo haben Sie ihn zuletzt gesehen?«

»Er saß neben mir an der Bar, und als das Geschrei plötzlich losging, war er von einem Moment zum anderen verschwunden. Ich hab' das alles ja gar nicht so schnell begriffen!«

Leonard blies die Rauchkringel in die Luft. Langsam wurde ihm sehr kalt, und er hatte absolut keine Lust, hier noch lange herumzustehen und sich womöglich zu erkälten. »Wissen Sie, ich finde das Benehmen Ihres Freundes schon etwas seltsam. Es scheint ihm ja völlig gleichgültig zu sein, was aus Ihnen wird.«

»Er ist nicht mein Freund. Nur ein… Bekannter.«

»Auch ein Bekannter sollte sich ein bißchen besser um Sie kümmern, finde ich. Wenn ich mit einer Frau irgendwohin gehe, sehe ich zu, daß ich mit ihr auch wieder fortgehe. Besonders, wenn sie so attraktiv ist wie Sie – Mary«, fügte er sanft hinzu.

Mary sah ihn verwirrt an. »Was tu ich denn jetzt?«

»Also – Sie können jetzt nicht in die Nähe des ›Paradise lost‹ gehen, sonst verhaftet man Sie. Sie hätten dann zwar einen Platz für die Nacht, nämlich eine schöne, warme Gefängniszelle, aber ich weiß nicht, ob…«

»Nein! Nein, um Gottes willen! Ich muß morgen früh rechtzeitig zu Hause sein, sonst bringt mich mein Vater um!«

O Gott, dachte Leonard, eine behütete Tochter!

Er warf seine Zigarette auf den Boden und trat sie aus. »Auf jeden Fall können wir hier nicht stehenbleiben. Mir wird allmählich ziemlich kalt, und Sie haben auch schon ganz blaue Lippen. Ich schlage vor, Sie kommen mit zu mir.« Der Gedanke spukte schon die ganze Zeit in seinem Kopf herum, denn er war inzwischen ganz und gar davon überzeugt, er werde unter keinen Umständen allein in die Wohnung zurückgehen können. Möglicherweise würde dieses Mädchen zwar vollkommen hysterisch reagieren, wenn er es anrührte, andererseits aber schien es für heute nacht niemand anderes zu geben.

Abwartend sah er sie an. »Nun, was ist? Kommen Sie jetzt?«

Mary sah aus wie ein gehetztes Tier, während sie zwischen den Möglichkeiten, die ihr blieben, abwog: War es schlimmer, bei der Polizei zu landen, oder die Nacht hier auf der Straße zu verbringen, oder mit einem fremden Mann in dessen Wohnung zu gehen? Ihr ging auf, daß ihr im Grunde keine Wahl blieb, und während sie bereits in Tränen ausbrach, sagte sie: »Ja, gut. Ich komme mit.«

Mary hatte nie zuvor eine so luxuriöse Wohnung gesehen. Kristallene Leuchter schwangen von der Decke, Champagnerkübel, gefüllt mit wahren Büschen von Rosen, standen überall herum, gedämpfte Musik klang aus verborgenen Lautsprechern. Man schritt über weiche, goldfarbene Teppiche und fühlte sich wie in einem Museum, das Kunst und Kitsch auf einzigartige, unverfrorene Weise mischte. Obwohl Leonard gesagt hatte, sie solle es »sich gemütlich machen«, während er sich umzöge, blieb sie in der Mitte des Zimmers stehen und rührte sich nicht. Sie fühlte sich wie in einem fremden, wirren Traum. Die Razzia, die Flucht über das Dach, die Fahrt in Leonards Auto durch das dunkle London und jetzt diese Wohnung vermischten sich zu einer seltsamen, unwirklichen Geschichte. Im Auto hatte Leonard einmal seine Hand auf ihr Knie gelegt, aber als er sah, daß sie erst zusammenzuckte und dann ganz starr wurde, zog er sie wieder fort und lachte. »Nun machen Sie nicht so ein Gesicht, Mary. Ich will Sie ja nicht fressen!«

Ja, aber vielleicht willst du Schlimmeres, dachte sie verzagt.

Leonard trat wieder ins Zimmer, er trug jetzt einen weißen Bademantel und roch nach einem aufdringlichen After Shave. Er brachte eine Flasche Champagner und zwei Gläser mit.

»Meine Güte, Mary, nun setzen Sie sich doch! Fühlen Sie sich ganz wie zu Hause. Und machen Sie nicht ein Gesicht, als sei die Welt dabei unterzugehen. Ich verspreche Ihnen, morgen früh sitzen Sie rechtzeitig im richtigen Zug, der Sie wieder in die Arme Ihres Vaters führt. Aber bis dahin – bitte! – entspannen Sie sich ein bißchen!«

Mary lächelte schwach und sagte: »Ja, natürlich!«, setzte sich aufs Sofa und fühlte sich alles andere als entspannt. Leonard nahm den Platz neben ihr. Er schenkte Champagner ein, dann hob er sein Glas und prostete Mary zu. »Auf Ihr Wohl, Mary!«

Sie lächelte wieder und dachte gleichzeitig: Ich kann doch

nicht immerzu nur lächeln! Gina würde jetzt etwas zu reden wissen, etwas Lustiges, Unterhaltsames. Selbst Nat in ihrer herben, spröden Art würde den Mund aufbekommen – und wenn es wäre, um diesen Leonard Barry in eine politische Diskussion zu verwickeln.

»Erzählen Sie mir von sich, Mary. Wo kommen Sie her? Wer sind Sie? Ist Ihr zauberhaftes rotes Haar echt?«

»Ja, natürlich... und ich... komme aus Liverpool...« Irgendwie hörte sich das alles schrecklich an – so, als werde sie von einem Lehrer examiniert und leiere brav ihre Antworten herunter.

Sie nahm einen großen Schluck Champagner und spürte sanfte Wärme durch ihren Körper rinnen.

Einmal, einmal werde ich tun, was jedes andere, normale Mädchen an meiner Stelle tun würde...

Sie fragte sich, was Gina täte, und sie mußte nicht lange überlegen, um eine Antwort auf diese Frage zu finden. Sie schauderte; hastig trank sie ihr Glas aus.

Mary hatte so wenig Erfahrung mit Männern, daß es sie bereits völlig durcheinanderbrachte, als Leonard sie küßte. Ihr Herz schlug wild; sie versuchte ihn wegzuschieben, hauptsächlich, um Zeit zu gewinnen.

»Nicht, Leonard. Tu das nicht!«

»Macht es dir keinen Spaß, Liebling? Sei nicht dumm! Natürlich magst du es, wenn ich dich küsse!« Wieder neigte er sich über sie. Dieser kleine, knochige Körper, die flackernde Angst in den grünen Augen – weiß Gott, alles nicht sein Geschmack, aber er mußte sie jetzt haben, unter allen Umständen. Allerdings war es besser, vorsichtig zu sein. Ein übereilter Schritt, und das Mädchen lief schreiend davon. Er küßte sie behutsam. »Du bist sehr schön, Mary«, flüsterte er. »Und ich liebe dich!«

Der Champagner hatte Mary benommen gemacht, aber nicht so sehr, als daß sie sich nicht noch über die Situation im klaren gewesen wäre. Sie registrierte, daß sie in einer völlig verkrampften und verdrehten Haltung auf dem Sofa lag und daß ihr Rock bis zur Taille hinaufgerutscht war. Leonard hatte ihre Strumpfhose hinuntergezogen, sie knäulte sich um ihre Knie herum. Ihre Schuhe hatte sie längst verloren, außerdem hatte sie den Eindruck, ihr Make-up müsse völlig verschmiert sein, ihre Haare scheußlich zerwühlt.

Billig, das alles, dachte sie, so furchtbar billig!

Noch einmal versuchte sie ihn wegzuschieben, aber er lag über ihr und drückte so auf ihre Muskeln und Gelenke, daß sie nicht genug Kraft gegen ihn sammeln konnte. Er war zu schwer und zu stark.

»Bitte, Leonard«, sagte sie ängstlich, »laß mich gehen!«

»Ich verspreche dir, es wird dir gefallen«, erwiderte Leonard. Er keuchte, und mit den Händen fummelte er beharrlich zwischen ihren Beinen herum.

Es wird mir nicht gefallen! Es gefällt mir jetzt auch nicht. Ich finde es widerlich, und außerdem ist es eine Sünde!

Aber es war nur die eine Mary, die so dachte. Die andere drängte sich ebenso energisch in den Vordergrund und sagte: Du mußt es tun. Was immer er will, tu es! Sei kein Feigling, Mary, lauf nicht immer vor dem Leben davon! Das hier ist ein Stück Leben, begegne ihm so furchtlos und unerschrocken wie Gina und Nat es täten! Denk nicht an Daddy und sein Gerede! Sei einmal frei, zu tun, was du willst!

So lag sie starr zwischen den seidenen Kissen und ließ es über sich ergehen: den warmen, alkoholgetränkten Atem über ihrem Gesicht, die feuchte, drängende Zunge zwischen ihren Lippen, Hände, die ihren Körper streichelten, Finger, die sich tief in ihr Fleisch gruben. Als er in sie eindrang, jammerte sie auf, aber er hielt ihr sofort seine Hand auf den Mund: »Sei still!« Es kam Mary vor, als sei ihr Körper eine einzige geballte Abwehr gegen diesen Mann. Jede Faser sträubte sich gegen ihn. Er bewegte sich immer schneller in ihr, aber es kam kein Laut mehr über ihre Lippen. Endlich stöhnte Leonard, schauderte und brach über Mary zusammen. Es dauerte keine halbe Minute, und er schnarchte friedlich.

Mary wagte nicht, sich zu bewegen. Es frustrierte sie, daß Leonard einfach schlief, während sie hellwach war. Sie sehnte sich danach, von seinen Armen umfaßt zu werden, danach, seine Stimme dicht an ihrem Ohr zärtliche Worte flüstern zu hören. Sie selber spürte ein tiefes Gefühl von Wärme und Liebe. Endlich war es geschehen, sie hatte durchgehalten und sich nicht versteckt. Und Leonard war der Mann, mit dem es passiert war – ihr erster Mann. Es schien ihr ausgeschlossen, mit einem Mann zu schlafen, den sie nicht liebte, und ihr Gemüt besaß genügend Wendigkeit, blitzschnell die Tatsache zu verdrängen, daß sie ihn keineswegs *vorher* geliebt hatte.

Fatalerweise beschloß sie, ihn von jetzt an zu lieben.

3

Natalie war außer sich vor Wut, als sie erfuhr, was geschehen war. »David, verdammt noch mal!« schrie sie. »Es war ausgemacht, daß du Mary keine Sekunde lang allein läßt! Wie konntest du…«

Wie immer, wenn David angegriffen wurde, tat er so, als berühre ihn das überhaupt nicht, und selbstverständlich wies er alle Schuld weit von sich. »Bei einer Razzia sieht jeder zu, daß er sich schnell in Sicherheit bringt. Was hätte es genutzt, wenn wir beide verhaftet worden wären?«

»Wärt ihr nicht. Denn offenbar warst du clever genug, der Polizei zu entwischen. Du hättest Mary mitnehmen müssen!«

Ja, dachte er, das hätte ich tun müssen. Er versuchte sich zu erinnern, was in ihm vorgegangen war, als die Polizei die Bar stürmte und alle schreiend durcheinanderzulaufen begannen. Da war Panik in ihm gewesen, jenes Gefühl von Entsetzen, das ihn schon in seiner Kindheit immer befallen hatte, wenn irgendeine Gefahr zu drohen schien. Behütet und verzärtelt wie er war, hatten seine Nerven immer extrem schnell verrückt gespielt. Sowie ihn etwas bedrohte, brannten seine Sicherungen durch. Wenn er Angst hatte, wollte er fort.

Nat gegenüber jedoch gab er sich cool. »Meine liebe Nat, ich verstehe nicht, weshalb du dich so aufregst. Mary hat ja selber genügend Geschicklichkeit bewiesen. Sie ist keineswegs im Gefängnis gelandet, sondern sicher und wohlbehalten hier angekommen. Wozu das Theater?«

»Sicher und wohlbehalten!« höhnte Natalie. »Schau sie dir an, wie verstört sie ist seit der Nacht mit diesem Mann. Ich weiß nicht genau, was da alles passiert ist, aber möglicherweise manches, worüber man sich Gedanken machen sollte!«

»O Gott, tu nicht so, als nehme hier ein unheilvolles Schicksal seinen Lauf! Gut, sie hat eine Nacht mit einem fremden Mann verbracht, und vielleicht ist etwas passiert, vielleicht aber auch nicht! Sie wird ihn nicht wiedersehen, und damit ist die Angelegenheit vergessen. Vorbei, Ende! Warum malst du Gespenster an die Wand?«

»Wie kannst du so sicher sein, daß Mary diesen Mann nicht wiedersieht?‹:

»Warum sollte sie das?«

»Ich fürchte, sie hat sich in ihn verliebt«, entgegnete Natalie.

Leonard Barry rief weder am Sonntag noch am Montag noch am Dienstag in Saint Clare an, obwohl Mary ihm ihre Telefonnummer gegeben hatte. Sie überlegte hin und her: Was hinderte ihn, sich bei ihr zu melden? Er konnte sie doch nicht vergessen haben? Hatte er womöglich den Zettel mit der Telefonnummer verloren? Oder fürchtete er, an ihren Vater zu geraten? Am Mittwoch früh war sie, nach einer schlaflosen Nacht, entschlossen, nach London zu fahren und ihn zu besuchen. Sie besprach sich mit Gina, die jetzt oft in die Stadt fuhr, um einen jungen Mann zu treffen. Sie hatte ihn in einem Kino kennengelernt, er hieß Lord Charles Artany, war ebenso arm wie adelig und derzeit in einem Londoner Orchester als zweiter Geiger beschäftigt. Sie sagte, es sei sterbenslangweilig mit ihm, und nur in Ermangelung einer besseren Möglichkeit gäbe sie sich mit ihm ab. »Er redet über nichts anderes als das Musical, das er eines Tages komponieren will. Es soll das phantastischste Werk aller Zeiten werden, aber ich kann mir beim besten Willen nicht vorstellen, wie ein so fader Mensch etwas komponieren will, das nachher andere wirklich mitreißt!«

Mary hatte stockend gefragt: »Hast du schon mit ihm ... habt ihr ...«

»Gütiger Himmel, Charles Artany ist ein Mann mit Prinzipien! Er hat mir erklärt, mit einer Frau geht er erst ins Bett, wenn er sie geheiratet hat, und da er noch nie verheiratet war, fürchte ich, ist es mit seinen sexuellen Erfahrungen nicht weit her. Mit meinen auch nicht, daher denke ich, mit ihm sollte ich es nicht unbedingt ausprobieren.«

Am Donnerstag wollte Gina wieder nach London fahren; sie wollte Charles von seiner Orchesterprobe abholen und danach einen Einkaufsbummel mit ihm machen. Piepsig erkundigte sich Mary, ob sie mitkommen dürfte. »Natürlich möchte ich euch nicht stören. Ich werde allein durch die Stadt streifen, während ihr zusammen seid. Nur meinem Vater müssen wir erzählen, wir hätten uns keinen Moment lang getrennt!«

»Oh, ich bin nicht scharf darauf, mit Charles allein zu sein«, entgegnete Gina sofort, »du kannst ruhig mit uns kommen!«

»Nein ... ich wäre lieber allein ...« Es war ein fiebriger Glanz in Marys Augen, der Gina in ungewohnter Rücksichtnahme schweigen ließ. Sie schluckte eine spöttische Bemerkung hinunter und sagte statt dessen nur: »In Ordnung. Wie du möchtest. Werde ich eben einen Tag meines Lebens mehr an den öden Charles Artany verschwenden!«

Leonard Barry warf erschöpft den Telefonhörer auf die Gabel. Die Diskussionen mit Carol machten ihn fertig. Immer und immer wieder dasselbe. »Was will sie?« murmelte er. »Daß ich auf den Knien um Verzeihung bitte? Wofür? Habe ich ihr nicht alles gegeben?«

Als es klingelte, verspürte er nicht die geringste Lust zu öffnen, aber nachdem es beharrlich ein zweites und drittes Mal läutete, ging er schließlich doch zur Tür. Ein rothaariges Mädchen stand vor ihm und lächelte – guter Gott, konnte die penetrant lächeln.

»Ja?« fragte er.

»Leonard... ich mußte dich einfach sehen. Warum hast du nicht angerufen? Ich habe so gewartet...«

»Ich... nun...« Er stotterte herum, um Zeit zu gewinnen. Dann fiel es ihm wieder ein – natürlich, die Rothaarige aus dem »Paradise lost«, die er mit nach Hause genommen hatte. Wie, verdammt noch mal, hieß sie doch gleich?

»Ich wußte nicht sicher, ob es dir recht wäre, wenn ich anrufe«, murmelte er schließlich und kam sich dabei etwas blöd vor. Aber das Mädchen nickte verständnisvoll. »Es war vielleicht auch besser. Mein Vater...«

»Eben.« Er hoffte immer noch, darum herumzukommen, sie hereinbitten zu müssen, aber sie starrte ihn blaß und verfroren an – und vollkommen verzückt, das war das Schlimmste. Halbherzig trat er einen Schritt zurück. »Wenn du hereinkommen möchtest...«

Sie war drin wie der Blitz, ihre Augen leuchteten sanft und zärtlich, und Leonard hatte das Gefühl, eine Falle schnappe zu. Er half ihr aus dem Mantel (resigniert hatte er sich damit abgefunden, daß sie länger bleiben würde) und wies auf die Tür. »Bitte schön!«

Sie betrat das Wohnzimmer, und der Blick, mit dem sie das Sofa betrachtete, war so verklärt, daß es Leonard die Sprache verschlug. Auf dem Sofa hatten sie miteinander geschlafen, natürlich, und offenbar hing ihr Herz an dieser Erinnerung.

Gütiger Himmel, sie hat sich tatsächlich in mich verliebt!

»Setz dich doch, Meggie«, sagte er, und sie sah ihn verletzt an. »Mary. Ich heiße Mary.«

»Richtig. Natürlich. Ich habe mich nur versprochen – Mary.« Leonard trat an die Bar, holte zwei Gläser und eine Flasche Eierlikör und stellte alles auf den Tisch.

»Nun, Mary, wie ist es dir ergangen inzwischen?« fragte er munter. Unter keinen Umständen durfte eine romantische Stimmung aufkommen. Mary nahm einen Schluck Eierlikör. Sie sah Leonard nicht an, als sie sagte: »Ich habe immer an dich gedacht. Die ganze Zeit.«

»Das finde ich schön von dir, Mary«, erwiderte Leonard sanft.

Er fand, daß sie aussah wie ein krankes Kaninchen. Nur ihr Haar, leuchtend rot und lockig, besaß einen gewissen verführerischen Zauber, aber in Ermangelung jeglicher sonstiger Raffinesse konnte auch das ihn nicht reizen. Wer hatte ihr nur geraten, hier im dunkelblauen Faltenrock, mit flachen Schnürschuhen und grauem Wollpullover aufzukreuzen?

»Mary«, sagte er, »es war unheimlich schön mit dir neulich ...«

»Ja?«

»Klar. Du bist ein prima Mädchen, und ich werde dich auch bestimmt nie vergessen ...«

In ihren grünen Augen flatterte Panik. »Wie meinst du das – du wirst mich nie vergessen?«

»Na, wie soll ich das meinen? Wie ich es sage ... du bist sehr süß, Mary ...«

Das Telefon klingelte. Leonard sprang auf und stürzte an den Apparat. »Barry hier.«

»Ich bin es noch einmal, Carol.« Die Stimme klang kühl und jagte ihm heiße Schauer über den Rücken. »Ich brauche ein bißchen Erholung, Leonard. Und da ich zufällig noch die Schlüssel zu Monti bei mir habe ...« Sie machte eine Pause.

»Ja?« fragte Leonard gespannt. Monti hatte sie immer die Villa in Monte Carlo genannt, die er ihr zu ihrem vierzigsten Geburtstag geschenkt hatte. Ein Haus in den Bergen hoch über dem Meer.

»Ich würde gern ein paar Wochen dort verbringen.«

»Du mußt mich nicht fragen. Monti gehört dir.«

»Woher soll ich das so sicher wissen? Vielleicht hättest du es jetzt gerne zurück?«

»Red keinen Unsinn, Carol. Monti gehört dir, du kannst damit tun, was du möchtest. Du kannst es auch verkaufen, wenn du jede Erinnerung an mich aus deinem Leben streichen möchtest!«

Ihr Lachen klang amüsiert. »Ganz der alte Leonard. Immer ein bißchen kokettieren. Von Verkaufen war nicht die Rede, oder? Ich habe nur gesagt, ich will ein paar Wochen dort wohnen!« Damit legte sie auf. Leonard starrte den Apparat an und hätte am liebsten einen Triumphschrei ausgestoßen. Sie ging nach Monte Carlo. Und sie teilte ihm das vorher mit. Keine Frage, wohin er nun reisen würde!

Auf einmal sah er wieder zuversichtlich in die Zukunft. London, besonders im Herbst, war nicht der Ort für Versöhnungen, aber das Mittelmeer…

Er drehte sich um und sah das blasse Kind auf dem Sofa sitzen. Seufzend griff er nach einer Flasche Schnaps, schenkte sich ein Glas voll und kippte es mit Schwung hinunter. Diese Sache mußte nun überstanden werden.

»Also, Meggie, paß mal auf…«

»Mary.« Sie sagte es tränenerstickt.

»Ach so, ja, Mary. Entschuldige bitte. Mary, ich muß dir sagen…«

Gina war mit Charles Artany in einer Pizzeria in der Nähe von St. Pauls gelandet. Sie schob eine Peperoni nach der anderen in den Mund, während Charles zum hunderttausendsten Mal von seinem Musical schwärmte.

»Ich werde es ›Rain‹ nennen. Wie findest du das? Die Musik soll an Regentropfen erinnern!«

»Wie originell«, sagte sie höhnisch, und als sie merkte, daß sie ihn damit verletzt hatte, fügte sie versöhnlich hinzu: »Tut mir leid. Hab' ich nicht böse gemeint. Komm, iß eine Peperoni!« Sie zupfte eine von ihrer Pizza, aber er hob abwehrend die Hände. »Nein. Du weißt doch, die sind mir zu scharf.«

Das ganze Leben ist dir zu scharf, mein Junge, dachte sie und winkte dem Kellner. »Noch ein Viertel Rotwein, bitte!«

Charles musterte sie besorgt. »Es ist erst fünf Uhr. Meinst du nicht, um die Zeit sollte man noch nicht so viel trinken?«

»Meinst du nicht, daß du ein Spießer bist?« äffte sie seinen Tonfall nach. »Zum Teufel, ich habe nie die Leute verstanden, die ihren Alkoholkonsum von der Tageszeit abhängig machen. ich meine, ob ich mich jetzt besaufe oder später, wo ist da der Unterschied?«

»Es ist nicht gesund, Gina. Ich mache mir Sorgen um dich. Du wirkst so abgespannt und gereizt...«

»Das sind die Prüfungen im November. Die machen uns alle nervös.«

»Willst du nicht doch in den Ferien zu mir nach Artany Manor kommen? Es ist wirklich ein schönes, altes Anwesen, und du hättest dort bestimmt Ruhe zum Arbeiten. Und zwischendurch könnten wir im Park spazierengehen oder ausreiten, oder vor dem Kamin sitzen...« Seine Stimme war warm, sehnsüchtig und bettelnd. Ich will dich, sagten seine Augen, ich liebe dich, ich brauche dich!

Müde erwiderte sie: »Du weißt doch, mit alten, englischen Gütern kann ich nichts anfangen. Mir ist es zu kalt dort. Ich will in ein warmes Land.«

»Wenn du dich einmal überwinden könntest, einen warmen Pullover anzuziehen...«

»Darum geht es nicht. Außerdem hasse ich Wolle.« Vor ihren Augen stiegen Nebel auf, rauhreifbedeckte Wiesen, Regenschauer prasselten gegen Fensterscheiben, der Sturm heulte um die Schornsteine. In langen Hosen, Gummistiefeln und Pullover stapfte sie mit Charles Artany über das Land seiner Vorfahren. Mit einem Ruck erhob sie sich. »Ich muß meinen Zug erwischen. Außerdem wartet Mary am Bahnhof.«

Auf den ersten Blick erkannte sie, daß Mary geweint hatte, genauer gesagt: sie sah aus, als wolle sie sich am liebsten vor den Zug werfen. Charles zog schließlich los, ihre Fahrkarte zu kaufen, denn dazu schien sie nicht mehr in der Lage. Gina packte ihren Arm. »Mary, reiß dich zusammen! Was ist denn passiert?«

Mary wollte etwas erwidern, aber schon kamen ihr wieder die Tränen. Sie schluchzte so heftig, daß einige Passanten stehenblieben und unschlüssig schienen, ob sie eingreifen sollten.

»Das kann nur die Liebe sein«, sagte Gina. »Ich hab's ja gleich geahnt. Mary, Schäfchen, jetzt trockne dir die Tränen, und erzähl mir, mit welchem Lumpen du dich eingelassen hast!«

Verzweifelt schüttelte Mary den Kopf. »Nein. Nein, es geht nicht. Es tut so weh, so furchtbar weh!«

»Mary, ich will dir ja helfen…«

»O Gina, kennst du es? Weißt du, wie weh es tut?«

Gina sah über den Bahnhof hin, und ihr Blick fiel auf Charles Artany, der treu und zuverlässig mit der Fahrkarte in der Hand daherkam. Charles und die anderen vor ihm, mehr oder weniger intensive Flirts mit mehr oder weniger interessanten Männern, denen eines gemeinsam war: Sie beteten Gina an. Und waren ihr Spielzeug, das sie aus dem Regal nahm, wenn ihr der Sinn danach stand, und das sie irgendwann später gelangweilt zurückstellte.

»Nein«, sagte sie, »ich weiß nicht, wie weh es tut. Aber manchmal denke ich, daß der Schmerz dazugehört, und dann wünsche ich mir… ich wünsche mir, daß ich es auch einmal bin, die so liebt, daß Glück und Schmerz sie bis ins Innerste treffen.«

Menschen, die einander irgendwann an einem zufälligen Tag, an einem zufälligen Ort begegnen, haben jeder ihre eigene Geschichte, die es im nachhinein konsequent erscheinen läßt, daß sie einander über den Weg laufen mußten. An jenem kalten Oktoberabend, als Mary tränenüberströmt im Zug von London nach Hause zurückfuhr, saß ihr zukünftiger Mann, der von ihrer Existenz nicht die geringste Ahnung hatte, in seiner kleinen Mietswohnung im Osten Londons am Küchentisch und wußte nicht, fühlte er sich so beschissen, weil er zuviel getrunken hatte oder weil das Leben als solches ein Dreck war. Ihn jedenfalls hatte es zu keiner Zeit gut behandelt. Erst eine miese Kindheit, nichts als Pech in der Schule, später keine anständige Ausbildung, und Glück in der Liebe schon überhaupt nicht. Mit den Frauen war immer alles schiefgegangen.

Vor zwei Wochen hatte er seinen Job als Kassierer im Supermarkt verloren – er hatte sich ein paarmal mit Kunden angelegt, war grob und ausfallend geworden –, und das Arbeitsamt hatte ihm darauf eine Stelle als Gärtner in einem Internat besorgt. In einem Internat, ausgerechnet! Er nahm nur an, weil er in einem Anflug von ehrlicher Selbsteinschätzung begriff, daß er im Falle einer wochenlangen Arbeitslosigkeit in einen Sumpf geraten würde, aus dem er vielleicht nie wieder herausfände. Dann schon besser in so ein gottverdammtes Internat gehen, Hecken kleinschneiden und Laub zusammenkehren. Wenigstens würde er dort umsonst wohnen können, so daß er die Wohnung hier nicht aufzugeben brauchte. Es war natürlich ein kaum verzeihbarer Luxus, eine Wohnung in London zu halten, die man höchstens an jedem zweiten Wochenende aufsuchte, aber es schien ihm undenkbar, keine Bleibe mehr in der Stadt zu haben. Dieses Internat – Saint Clare oder so ähnlich hieß es – lag am Ende der Welt, Felder und Wiesen ringsum und sonst nichts.

Er setzte die Bierflasche an den Mund und trank sie mit einem Zug leer, dann stand er auf und trottete schwankend zur Wohnungstür. Er würde in seine Kneipe gehen und den Kumpels einen ausgeben. Vielleicht gab es ein paar hübsche Mädels in Saint Clare, und darauf konnte man schließlich trinken.

4

Mary fühlte sich krank und wund in ihrer Seele, und auf Schlaflosigkeit und Appetitmangel reagierte schließlich auch ihr Körper. Sie bekam eine Erkältung, mit der sie zwei Wochen lang herumkämpfte, und als sie endlich blaß und mager ihr Bett wieder verließ, waren ihr Medikamente und Kummer so auf die Nieren geschlagen, daß sie sich mit einer Nierenentzündung gleich wieder hinlegen mußte. Sie hatte hohes Fieber und redete manchmal wirres Zeug, so undeutlich zum Glück, daß ihr Vater daraus nicht klug werden konnte.

Der Arzt meinte dazu: »Sehr überspannte Nerven, die junge Dame. Kommt bei Mädchen in dem Alter häufig vor. Wissen Sie, ob sie Liebeskummer hat?«

Michael Brown fuhr herum. »Nein! Natürlich hat sie den nicht! Meine Tochter läßt sich nicht mit Männern ein!«

Der Arzt erwiderte darauf nichts. Seiner Ansicht nach kannten die meisten Väter ihre Töchter nicht einmal halb so gut wie sie glaubten, und bei diesem jungen Mädchen sah es ganz so aus, als stecke ein Mann dahinter. Als er einmal mit Mary allein gewesen war, hatte er sie darauf angesprochen, aber sie hatte nur den Kopf zur Seite gewandt, während sich ihre Augen mit Tränen füllten.

»Geht alles vorüber«, murmelte er, »keine Sorge, da müssen wir alle durch, und Jahre später erkennt man, daß alles gar nicht so schlimm war.«

Anfang Dezember war Mary so weit wiederhergestellt, daß sie nach London fahren konnte, angeblich, um Weihnachtsein-käufe zu erledigen, in Wahrheit, um Leonard Barry noch einmal aufzusuchen. Es war ein seltsamer Tag, schneeschwer der Himmel, rauhreifbedeckt die Wiesen, ein kalter Wind fegte über die Felder. Mary saß benommen in ihrem Zugabteil und dachte über ihren Traum aus der letzten Nacht nach. Sie hatte ein Schwert gesehen – oder war es ein langes Messer gewesen? –, das sich in einem hellen Weiß leuchtend an die Decke des Zimmers zeichnete. Irgendwann, während sie das unheimliche Ding anstarrte, wurde ihr klar, daß sie nicht träumte, sondern wach lag, und daß es Wirklichkeit war, was sie sah. Unbeweglich, mit laut hämmerndem Herzen, blieb sie liegen, bis sich schließlich ihre Gedanken verwirrten und sie einschlief. Als sie am Morgen erwachte, war das Schwert verschwunden. Sie erzählte Steve davon und fügte hinzu: »Das war bestimmt ein böses Vorzeichen. Irgendeine Art Warnung. Meinst du nicht?«

Steve war gerade wieder einmal dabei, verschiedene Cremes in seinem Gesicht zu verteilen. Er stellte die Dosen weg, schlang einen grauen Schal lässig um seinen Hals und folgte Mary in ihr Zimmer, wo er sofort das Fensterkreuz als Urheber des Schreckens ausmachte. »Da hat sich ein langgezogener Schatten an der Decke abgebildet. Nichts weiter.«

»Ein Schatten ist dunkel, oder? Das Schwert aber war hell! Und außerdem hätte ich es dann öfter sehen müssen, nicht erst heute!«

»Dann hat eben der Mond in einem besonderen Winkel gestanden, oder du bist sonst um diese Zeit nicht aufgewacht. Was weiß ich. Jedenfalls steckt nichts Geheimnisvolles dahinter.«

Die Ahnung eines drohenden Unheils verlor sich, als Mary in London aus dem Zug stieg. Es herrschte eine feuchte Kälte, die alle Glieder klamm werden ließ. Mary zog ihren Schal vor das Gesicht, vergrub ihre Hände tief in den Manteltaschen und ging mit großen Schritten die Straße hinunter.

Inzwischen kannte sie den Weg und wußte, daß sie eine Abkürzung durch eine Ecke des St. James Parks nehmen konnte. Ein schmaler, kiesbestreuter Weg empfing sie, rechts und links davon kahles Gestrüpp. Nebel schlang sich um struppige Äste, Feuchtigkeit lag über dem niedrigen Gehölz. Ein Vogel flatterte auf, verschwand im Dunst. Ein müder Tag, der nicht hell wurde. Schon verdichtete sich die Dämmerung wieder.

Mary lief noch schneller. Sie befand sich ganz alleine im Park, weit und breit war kein Mensch zu sehen. Auf einmal wünschte sie, sie wäre außen herum gegangen, durch die belebten Straßen. Ihr fiel das Schwert wieder ein, und nun rannte sie beinahe. Der Weg wurde schmaler und dunkler, aber zurück war es jetzt genau so weit, deshalb hätte es keinen Sinn, umzukehren. Sei nicht albern, befahl sie sich, niemand will dir etwas tun. Du bist verrückt – nur wegen eines Traums.

Sie bog um eine Ecke und verlangsamte ihren Schritt, denn auf der Bank, die dort stand, saß eine Frau. Soweit Mary im matten Licht erkennen konnte, war sie nicht mehr ganz jung, etwa zwischen vierzig und fünfzig. Sie trug einen abgeschabten Mantel, dessen Saum weit heraushing. Ihre fahlgelben Haare lagen in zusammengeklebten Strähnen um ihren merkwürdig hochgezogenen, eiförmigen Kopf. Sie schielte; ihr Gesicht war von Narben bedeckt, und ihr fehlten die beiden oberen Schneidezähne.

Eigentümlich lauernd sah sie Mary an, die ihr unsicher zulächelte. Die Frau erwiderte das Lächeln nicht, ihr Blick saugte sich statt dessen an Mary fest. Als sie an ihr vorüber war, lief sie wieder schneller. Hörte der Park denn nie auf? Und warum begegnete ihr niemand?

Neben ihr knackte es im Gebüsch. Mary zuckte zusammen, als die Frau von der Bank plötzlich auftauchte. Sie hatte die Abkürzung durch das Gehölz genommen und stand nun wie aus dem

Boden gewachsen neben Mary. Ihre schielenden Augen flackerten. »Wieviel Uhr?« fragte sie.

»Oh... es ist... es ist...« Mary schob umständlich ihren Mantelärmel zurück. »Es ist halb fünf!«

»Wieviel Uhr?« wiederholte die Frau.

Mary sagte: »Halb fünf«, und ging schneller. Die Frau paßte sich sofort ihrem Tempo an.

»Wohin gehst du?« Eine seltsam singende Stimme. Und dieser flackernde Blick...

Eine Verrückte, dachte Mary und spürte Panik in sich aufsteigen.

So ruhig wie möglich antwortete sie: »Ich besuche einen Freund.«

»Wohin gehst du?«

»Ich besuche jemand. Es ist schon spät, ich muß mich beeilen.«

»Nimmst du mich mit?«

Warum muß mir so etwas passieren? fragte sich Mary verzweifelt. Nicht auszudenken, wenn sie mit dieser Vogelscheuche bei Leonard aufkreuzte.

»Wissen Sie, ich fürchte, es geht nicht, daß Sie mitkommen. Wir haben ein paar wichtige Dinge zu besprechen...«

Die Frau starrte sie an; in ihrem Blick war zu lesen, daß sie nicht verstand, was Mary sagte. Sie schielte so heftig, daß Mary einen Moment lang glaubte, sie schaue sie gar nicht an, sondern blicke an ihr vorbei nach etwas, das hinter ihr passierte. Sie drehte sich ebenfalls um, und gleich darauf schrie sie voller Entsetzen, denn die Sekunde der Unaufmerksamkeit hatte die andere genutzt, um sie am Arm zu packen und mit unerwarteter Kraft zu Boden zu werfen. Mary lag auf der Seite, das Gesicht halb im Schlamm, den einen Fuß schmerzhaft umgeknickt, aber sie bemerkte das Stechen in ihrem Knöchel kaum. Ein rasender Schmerz durchfuhr ihren Arm, dann ihre Schulter, gleich darauf ihre Rippen. Schmerz um Schmerz, und auf eine seltsam analysierende Art fragte sie sich: Woher kommen diese furchtbaren Schmerzen?

Dann erst begriff sie, daß diese Irre über ihr lag, sie mit ihrem Gewicht in die nasse Erde preßte und unbarmherzig mit einem

Messer auf sie einstach. Helles Metall blitzte; wieder und wieder hob sie den Arm und ließ ihn niedersausen, sie schrie etwas – oder waren es ihre eigenen Schreie, die Mary hörte? Sie spürte etwas Warmes, Feuchtes über ihre Hände und an den Beinen entlanglaufen, und immer noch erneuerte sich wieder und wieder der Schmerz, und es schien ihr, als seien Stunden vergangen, bis sie endlich die Besinnung verlor.

Als sie aufwachte, war ihr schlecht, und sie mußte sich übergeben. Jemand stützte ihren Kopf und hielt ihr eine flache Schale vor den Mund. Sie saß in einem weißen Bett, um sie herum roch es nach Bohnerwachs und Desinfektionsmittel, und auf einem Tischchen drängelten sich ein paar lila gefärbte Tulpen in einem Zahnputzbecher.

Mary spuckte ein wenig Galle, dann sah sie auf. Eine Krankenschwester und ein Arzt beugten sich über sie und musterten sie besorgt.

»Na endlich«, sagte der Arzt, »wir dachten schon, Sie wachen überhaupt nicht mehr auf!«

Mary sah ihn aus großen, verwirrten Augen an. »Was ist denn passiert?«

»Sie waren ganz schön am Ende, junge Frau, als man Sie hierherbrachte. Blutüberströmt, mit achtzehn Messerstichen am ganzen Körper. Es ist ein absolutes Wunder, daß kein lebenswichtiges Organ verletzt wurde. Nur die Milz war zerfetzt, die haben wir herausgenommen.«

»Was war denn …« Nur langsam dämmerte die Erinnerung in Mary herauf.

»Sie sind im St. James Park überfallen worden«, erklärte die Schwester. »Von einer geistesgestörten Frau, die vor zwei Tagen aus einer geschlossenen Anstalt ausgebrochen ist und nach der fieberhaft gefahndet wurde, da sie als außerordentlich gefährlich gilt. Glücklicherweise kamen zwei Männer vorbei und sahen Sie bewußtlos und schwerverletzt auf der Erde liegen. Die Täterin saß nur wenige Schritte entfernt auf einer Bank, das Messer noch neben sich.«

»O Gott!« Der Nebel in Marys Kopf lichtete sich. Bruchstück-hafte Bilderfetzen setzten sich zu einem Ganzen zusammen. Sie wußte wieder, was geschehen war. Und nun merkte sie erst, daß sie am ganzen Körper Verbände trug, an Armen, Beinen, Schul-tern und um die Rippen.

»O Gott, ich weiß! Diese Verrückte, die mich nicht in Ruhe ge-lassen hat … die furchtbaren Schmerzen …«

»Es ist vorüber!« Väterlich tätschelte der Arzt ihren Arm. »Denken Sie nicht mehr daran. Ihre Freunde waren schon alle hier, aber Sie schliefen, und wir konnten sie nicht zu Ihnen las-sen. Sie haben die Tulpen für Sie abgegeben.«

Mary nickte, dann brach sie in Tränen aus, weil ihr das ganze Elend wieder in den Sinn kam, weil sie Schmerzen hatte, und weil ihr alles so hoffnungslos erschien.

Der Arzt sah sie freundlich an. »Aber, aber! Sie haben wirklich großes Glück gehabt, und es grenzt an ein Wunder: Ich kann Ihnen versichern, daß dem Kind nichts passiert ist!«

Sie schluchzte eine Weile weiter, dann erst drangen seine Worte durch den Nebel. »Was?«

»Das Kind hat keinen Schaden genommen. Sie müssen sich nicht fürchten. «

»Welches Kind?«

»Haben Sie das nicht gewußt? Meine Liebe, Sie sind im zwei-ten Monat schwanger!«

Michael Brown lag nächtelang wach und haderte mit seinem Schicksal. Weiß Gott, das hatte er nicht verdient – *diesen* Schick-salsschlag nicht! War er nicht regelmäßig zur Kirche gegangen, hatte er nicht ein gottesfürchtiges Leben geführt? Nie einen Tropfen Alkohol, seit dem Tod von Marys Mutter keine Frau mehr. Und nun so etwas! Seine siebzehnjährige Tochter, die er behütet hatte wie seinen Augapfel, war schwanger. Er hätte auf sie einschlagen mögen, um den Namen des Dreckskerls heraus-zubekommen, der sie geschwängert hatte, aber sie preßte nur die Lippen zusammen, in eigene Gedanken versunken, das Toben und Schreien ihres Vaters gar nicht wahrzunehmen.

»Was gedenkst du zu tun? *Was gedenkst du zu tun?*«

In ihren Augen lag ein weltferner Ausdruck, als sie den Kopf hob und ihn ansah. »Nichts. Ich werde nichts tun. Ich denke, es gibt nichts zu tun.«

»So. Das gnädige Fräulein gedenkt, die Hände in den Schoß zu legen und die Dinge geschehen zu lassen. Aber nicht mit mir, verstehst du? Du hast mein Leben ruiniert, Mary. Ich werde Saint Clare verlassen müssen!«

Sie erwiderte nichts. Zornig fuhr er fort: »Das bedeutet, für dich ist die Zeit hier ebenfalls vorbei. Jede Art von Ausbildung ist vorbei. Werdende Mütter gehen nicht zur Schule, das ist dir ja wohl klar!«

Wieder gab sie keine Antwort, aber in ihrem Schweigen lag Ergebenheit, nicht Trotz. Sie hatte niemanden, mit dem sie reden konnte, daher flüchtete sie sich in sich selber. Es war kurz vor Weihnachten, und die Freunde waren alle nach Hause gereist. Zweimal hatte Natalie und einmal hatte Steve angerufen, aber Mary hatte ihnen von ihrem Kummer nichts erzählt. Nat hatte gefragt: »Ist was? Hast du noch Schmerzen?«

Aber Mary hatte nur erwidert: »Nein. Es ist alles in Ordnung. Wirklich!« Nichts war in Ordnung, gar nichts. Sie hatte immer gewußt, daß es kein guter Stern war, der über ihr stand, und wieder einmal hatte sich diese Ahnung als richtig erwiesen. Sie hatte Leonard verloren, sie verlor Saint Clare und damit ihre Freunde, und sie würde ein Kind haben, ein kleines Kind, das all ihre Zeit und Kraft brauchte. Als seien es Jahre her, so erinnerte sie sich an den Abend ihres siebzehnten Geburtstages, an das »Paradise lost« und an Leonards Wohnung, wo sie auf dem Sofa lag und ihn tun ließ, was er tun wollte, weil sie einmal, nur ein einziges Mal nicht hatte vor dem Leben davonlaufen wollen. Sie verzog den Mund zu einem schiefen Lächeln, was ihren Vater noch wütender machte. »Dir wird das Lachen vergehen, Mary, das kann ich dir schwören. Ich lasse es nicht zu, daß mein Enkelkind unehelich geboren wird, nachdem es nun schon in Sünde gezeugt wurde. Du heiratest!«

»Wen, Dad?«

»Ich werde etwas arrangieren«, versprach Michael Brown finster.

Peter Gordon, der Gärtner, hatte das Gefühl, er verstehe nicht recht. Über den wuchtigen, sorgfältig aufgeräumten Schreibtisch hinweg starrte er Michael Brown tief erstaunt an. »Was meinen Sie? Ich soll Ihre Tochter heiraten?«

»Das habe ich ja wohl klar und deutlich gesagt, oder?« Michael hatte Schweiß auf der Stirn, seine Hände krampften sich ineinander. »Und ich habe Ihnen reinen Wein eingeschenkt. Also – wollen Sie oder nicht?«

»Wissen Sie, das kommt ein bißchen überraschend für mich. Abgesehen davon, begreife ich nicht ... also, ich meine, wenn wir im letzten Jahrhundert lebten ... aber so? Muß Ihre Tochter denn unbedingt heiraten?«

»Das ist keine Frage! Glauben Sie, ich möchte einen Bastard in der Familie haben?«

»Na ja ...« Peter Gordon überlegte. Er sah das Problem nicht, aber dieser Mr. Brown führte sich in einer Weise auf, daß er sich wohl besser nicht erst auf eine Diskussion einließ. Wie der Erzengel selber ... Er rief sich die kleine Brown ins Gedächtnis. Kein häßliches Ding, ein bißchen mager, etwas blaß, für seinen Geschmack alles in allem etwas zu farblos. Er bevorzugte dunkelhaarige, dunkeläugige Frauen. Aber bitte – ein Mann sollte da ein bißchen flexibel sein.

»Wie kommen Sie gerade auf mich?« fragte er.

Michael stand auf. Er trat ans Fenster und schaute Peter nicht mehr an, während er sprach. »Sie sind im richtigen Alter. Nicht zu alt, nicht zu jung. Ich habe Sie beobachtet, und ich glaube, es macht Ihnen nichts aus, eine Frau zu heiraten, die ein Kind von einem anderen Mann bekommt. Für mich wäre so etwas undenkbar«, fügte er rasch hinzu.

Davon war Peter überzeugt. »Ich bin aber nicht unbedingt eine gute Partie«, meinte er. »Sie haben sich ja bestimmt über mich erkundigt, und dann wissen Sie sicher, daß ich immer wieder arbeitslos war, daß ich nie viel Geld hatte und daß ich immer etwas… na ja… locker lebte, ich meine, auch was Frauen betrifft…«

Er konnte nicht sehen, daß Michaels Mund ein einziger, dünner Strich war. Du bist ein mieser Lump, Peter Gordon, dachte er, und glaube nicht, ich wüßte das nicht einzuschätzen. Aber Mary muß bezahlen… du wirst ihre gerechte Strafe sein…

Durch das Fenster konnte er Mary sehen, die, in einen dicken Mantel gehüllt, langsam durch den Park ging. Eine einsame, kleine Gestalt auf weiter Wiese, zwischen blätterlosen Bäumen. Sie hat es verdient. Sie hat diesen Lumpen, diesen Gordon verdient!

Er drehte sich um, und sein Gesicht war kalkweiß, als er sagte: »Sie werden wissen wollen, was bei der Sache für Sie herausspringt, Mr. Gordon, nicht wahr?«

»Das wüßte ich zu gern«, erwiderte Peter frech. Ihm machte die Angelegenheit Spaß. Zum einen fühlte er sich endlich einmal wichtig genommen – was äußerst selten vorkam – und zum anderen fand er diesen Michael Brown herrlich komisch. Ein Puritaner erster Ordnung, er hätte direkt Oliver Cromwells Reihen oder der Mayflower entstiegen sein können. Er müßte nur noch einen langen, schwarzen Mantel tragen, eine Bibel in der Hand halten und ein flammendes Kreuz auf dem Kopf balancieren. Es war schon ein Witz, jemandem wie ihm im Jahre 1978 mitten in England zu begegnen. Ein echter Witz. Er grinste vergnügt vor sich hin.

»Da Sie, nach allem, was passiert ist, nicht mit meiner Tochter hier leben können, werden Sie woanders eine Bleibe suchen müssen«, sagte Michael. »Ich nehme an, Sie gehen nach London zurück. Ich werde tun, was ich kann, damit Sie dort eine Arbeit finden.«

»Hm«, machte Peter. London war schon ganz gut, aber seine Miene ließ keinen Zweifel daran, daß ihm das als Preis noch nicht ausreichte.

Michael begriff. »Ich verdiene als Lehrer nicht viel, aber glücklicherweise sind meine Ansprüche gering. Ich biete Ihnen für die nächsten fünf Jahre monatlich 200 Pfund an. Was ein nicht ganz unansehnlicher Nebenverdienst für Sie wäre.«

Peter überlegte blitzschnell, dann sagte er: »Für die nächsten zehn Jahre, und wir sind im Geschäft!«

Der Mann ist Unkraut! Gift! Für den Bruchteil einer Sekunde kamen Michael Zweifel, ob es richtig gewesen war, ihn für Mary auszusuchen, doch in seiner ganzen Selbstgerechtigkeit schob er sie sofort wieder von sich.

»Gut«, sagte er, »für die nächsten zehn Jahre. Wie Sie möchten, Mr. Gordon!«

Peter stand auf. Er fragte sich, was für Gesichter seine Kumpels machen würden, wenn er ihnen diese Story erzählte. Blieb aber noch ein Punkt. »Glauben Sie, Ihre Tochter macht das mit?« fragte er.

Michael sah noch einmal hinaus. Am westlichen Horizont färbte sich der Winterhimmel rot, schwarz hoben sich die Bäume vor diesem Hintergrund ab. Das Licht warf einen rötlichen Schein auch auf Mary. Sie hielt beide Hände in die Taschen gestemmt, stand ganz still. »Mary weiß genau wie ich, daß alles kommt, wie es kommen soll. Und sie weiß, daß es keinen anderen Weg für sie gibt.«

5

Sie heirateten im Januar, in einer kleinen Kirche nahe Saint Clare, und natürlich gab es keine Gäste, keine Feier. Michael Brown blieb der Trauung fern. Natalie und Steve fungierten als Trauzeugen, beide verwirrt, ungläubig, und schließlich auch zornig, weil sich die Braut ihren Entschluß nicht hatte ausreden lassen. Mary hatte einen etwas weiblicheren Körper bekommen, aber ansonsten war von ihrer Schwangerschaft nichts zu sehen. Sie hätte sich selbst kein Kleid für diesen Tag kaufen können, aber Nat hatte ihr Geld geliehen und sich auch nicht abweisen lassen. »Du wirst ein schönes Kleid tragen, Mary, das gehört sich einfach so. Geh nicht so kleinlich und geringschätzig mit dir um, sonst tun das die anderen Menschen auch.«

Mary hatte schließlich ein dunkelblaues Kostüm mit passendem Hut gekauft und sah überraschend hübsch und elegant aus. Peter kam im dunklen Anzug und machte ebenfalls eine gute Figur; trotzdem paßten die beiden so wenig zusammen, daß es selbst den Pfarrer irritierte. Als er ihnen Glück für den gemeinsamen Lebensweg wünschte, sah er nicht so aus, als glaubte er daran.

Es waren rotgeklinkerte oder graue Häuser, aus denen sich die Wohnblocks des Londoner Ostens zusammensetzten, rußgeschwärzt vom Rauch aus den Fabrikschornsteinen, eines dicht an das andere gebaut. Enge, schmutzige Höfe dazwischen, auf denen überquellende Mülltonnen standen, verdreckte Planen herumflogen, Autoreifen aufeinandergestapelt lagen und ärmlich gekleidete Kinder spielten. Ölige Pfützen standen in den Straßen. Es gab keinen Baum und keinen Strauch, nur vor ein paar Fenstern waren Blumenkästen aus Plastik angebracht, aber natürlich wuchs jetzt im Januar auch darin nichts. Irgendwo ratterte ein Zug vorbei.

Peter schloß die Wohnungstür auf. Sechster Stock, vierte Tür rechts, in einem häßlichen grauen Kasten. »Hier sind wir. Tritt ein!«

Gleich gegenüber dem Eingang hing ein Spiegel, so daß Mary sich sehen konnte, wie sie in ihrem schönen Kostüm zwischen großgeblümten Tapeten und Kitschpostern von Sonnenuntergängen stand; eine fremde Blume in einer billigen, vergammelten Umgebung. Sie wußte, daß sie nicht lange fremd bleiben würde. Das Häßliche, Graue, Kalte würde sie aufsaugen und zu einem Teil seiner selbst machen. Sie spürte, daß keine Kraft in ihr war, sich dagegen zu behaupten.

Sie nahm ihren Hut vom Kopf und strich über die zerdrückten Locken. Dann folgte sie Peter in die Küche, die so eng war, daß sich zwei Leute nur zur Not dort aufhalten konnten. Der Kühlschrank summte; da Peter an den Wochenenden meist hier gewesen war, hatte er alles in Betrieb gehalten. Gerade öffnete er eine Flasche Bier, setzte sie an den Mund und trank ein paar tiefe Schlucke. Er streckte sie Mary hin. »Möchtest du auch?«

Sie schüttelte den Kopf, verließ die Küche und ging ins Wohnzimmer. Die Geschmacklosigkeit, mit der es eingerichtet war, raubte ihr fast den Atem. Ein grünlicher, verfilzter Teppichboden, rot-blau gestreifte Tapeten, ein schwarzes Ledersofa, davor ein flacher, hölzerner Tisch, zwei Küchenstühle. Ein großer Fernseher stand gefährlich wackelig auf einem kleinen dreibeinigen Hocker, und es schien nur noch eine Frage der Zeit, wann er das Übergewicht bekommen und hinunterstürzen würde. Vor den Fenstern hingen gelbe Vorhänge mit schwarzen Dreiecken darauf. Es roch muffig. Mary fröstelte. Sie trat ans Fenster und blickte auf eine Schwebebrücke, die auf gleicher Höhe mit dem Fenster in etwa fünf Metern Abstand vorbeiführte. Mit Donnergetöse kam gerade ein Zug angebraust und ratterte vorbei. Die Scheiben klirrten. Mary hielt sich die Ohren zu.

O Gott, wo bin ich hier hingeraten? *Wo bin ich hier hingeraten?*

»Ich habe Hunger«, sagte Peter von der Tür her.

Sie fuhr herum. »Hunger?«

»Ja, Hunger«, wiederholte er ungeduldig. »Ist es so ungewöhnlich, wenn ein Mann dann und wann Hunger hat?«

»Natürlich nicht.« Etwas unschlüssig ging sie in die Küche hinüber und sah sich nach Vorräten um. Ein Becher saure Sahne, ein etwas welker Kopfsalat, zwei Tomaten, Blumenkohl und ein Glas Würstchen. Reichlich Bier und eine Dose Ananas.

»Ich könnte einen gemischten Salat machen. Und dann Blumenkohl mit Würstchen. Zum Nachtisch Ananas. Das ist doch gut, oder?« Sie bemühte sich um einen munteren Ton, wünschte sich verzweifelt, Peter möge etwas Nettes sagen oder lächeln. Sie wußte, es konnte nicht mehr lange dauern und sie würde anfangen zu weinen.

Peter verzog das Gesicht. »Toll!« knurrte er. »Ein richtiges Festessen! So hab' ich mir meine Hochzeit immer vorgestellt!«

»Wir könnten auch einkaufen gehen. Vielleicht ... vielleicht auch eine kleine Flasche Sekt, zur Feier des Tages ...«

»Sekt! Madame möchten Sekt! Sonst noch einen Wunsch etwa?«

»Ich dachte nur…«

»Du dachtest! Dann erzähle ich dir jetzt mal, wie die Dinge liegen! Du hast einen Arbeitslosen geheiratet, und das bedeutet, daß dir magere Zeiten bevorstehen. Wir müssen uns einschränken. Mag sein, daß sie in den feinen Kreisen, aus denen deine Natalie oder dieser Steve stammen, Sekt trinken, wenn sie heiraten, aber wir gehören einer anderen Schicht an, und je eher du das begreifst, desto besser. Wir sind ganz unten, Mary, verstehst du?«

Sie antwortete nicht. Zornig wiederholte er: »Ob du mich verstanden hast?«

»Ja«, flüsterte sie mit erstickter Stimme. Peter drehte sich um und verschwand. Mit zitternden Händen suchte Mary Töpfe und Schüsseln zusammen, wusch den Salat, schnitt die Tomaten in Viertel und legte die Würstchen in heißes Wasser. Gerade stellte sie Teller und Gläser auf ein Tablett, als Peter wieder in der Tür erschien. Er hatte Jackett und Hemd ausgezogen und trug nur noch seine Hose. Mary erschrak vor dem muskulösen, dichtbehaarten Oberkörper. Er erinnerte sie an einen ebenso starken wie gefährlichen Gorilla.

So heiter wie möglich sagte sie: »Deckst du schon mal den Tisch, Peter? Wir können gleich essen!«

Er trat näher an sie heran, nahm ihr das Geschirr aus der Hand, stellte es auf den Tisch und legte beide Arme um sie: »Wer denkt denn jetzt an Essen! Wir sind gewissermaßen in den Flitterwochen, und da hat man ganz andere Dinge im Sinn!«

»Es ist gerade alles warm…«

Er grinste. »Richtig. Vor allem ich! Komm, Schätzchen, wir suchen uns einen gemütlicheren Ort. Zum Beispiel das Schlafzimmer!«

Vor diesem Moment hatte ihr die ganze Zeit über gegraut. Sie hatte sich schließlich an der Hoffnung festgeklammert, er werde womöglich keine Lust haben, mit einer Frau ins Bett zu gehen, die schwanger war. Nun begriff sie, daß ihn das offenbar keineswegs störte.

»Es ist hellichter Tag«, meinte sie, »laß uns warten bis…«

»Also, ich hätte nicht gedacht, daß du prüde bist – du kannst es auch nicht immer gewesen sein, stimmt's? Oder hast du dich auch so angestellt, als du mit dem Kerl zusammen warst, der dir das Kind gemacht hat?«

Mary schwieg verletzt. Peter packte sie am Handgelenk und zog sie eine Spur zu grob über den Gang ins Schlafzimmer. Er hatte bereits die Jalousie heruntergelassen und den Kassettenrecorder eingeschaltet. Irgendein sentimentales Liebeslied erklang, etwas zittrig allerdings, da sich die Batterien des Gerätes dem Ende zuneigten. Die Bettdecke war zurückgeschlagen.

»Los, Mary, zieh dich aus! Ich habe nicht geheiratet, um von nun an als Mönch zu leben!«

Du kannst ja gerne zu einer anderen Frau gehen, dachte sie, aber laß mich in Ruhe!

Zögernd schlüpfte sie aus ihrer Jacke. Peter legte sich ins Bett, die Hände unter dem Kopf verschränkt und betrachtete sie angelegentlich. »Weiter, Mary!«

Solange sie lebte, hatte sie sich nicht so gedemütigt gefühlt wie in diesen Augenblicken. Sie wußte nicht, daß es weniger darum ging, daß sie sich hier vor seinen Augen auszog, als darum, daß sie es auf seinen Befehl hin tat. Er hätte ihr genausogut sagen können, sie solle Rad schlagen oder Kopfstand machen. Es demütigte sie, daß sie etwas tat, was sie eigentlich unter keinen Umständen tun wollte. Als sie sich neben Peter legte, nur noch mit Slip und BH bekleidet, hatte sie kalte, schweißfeuchte Hände und verspürte würgende Übelkeit. Wieder raste draußen ein Zug vorüber, wieder klirrten leise die Fensterscheiben. Aus der Küche roch es penetrant nach angebranntem Blumenkohl.

War eine Stunde vergangen? Zwei? Oder nur Minuten? Sie hatte keine Ahnung; es hätten auch Jahre sein können. Mit langsamen, müden Schritten ging sie in die Küche, betrachtete das Essen – die welken Salatblätter, die traurig in der Sahnesoße herumschwammen, die aufgeplatzten Würstchen, den schwarzen Blumenkohl. Sie konnte Peter hören, der sich gerade fröhlich singend unter die Dusche stellte. Seine Laune war sprunghaft gestiegen.

»Wenn das Essen verbrannt ist«, hatte er gesagt, »dann mach doch einfach ein paar Brote. Müßte noch Käse da sein. Und ein paar Scheiben Wurst.« Dann hatte er sie aufmunternd in die Wange gekniffen. »War nett mit dir, Mary. Ich freue mich schon auf heute nacht!«

Mary hatte den alten blauen Morgenmantel von ihrer Mutter angezogen, in dem noch ganz zart der Duft ihres Kölnisch Wassers hing. Vielleicht war er auch längst verflogen, und sie bildete sich nur ein, ihn zu riechen. Möglicherweise deshalb, weil sie sich ihrer toten Mutter auf einmal so nah fühlte wie nie sonst in den vergangenen Jahren. Das blasse, von Krankheit und Kummer zerquälte Gesicht tauchte vor ihren Augen auf. Dad war es gewesen, der sie so kaputtgemacht hatte. Er hatte sie schikaniert, Jahr um Jahr, mit seinen Launen, seiner Bigotterie, seinen Wutausbrüchen, Verboten, Befehlen. Sie hatte stillgehalten und war langsam vor sich hingewelkt, und irgendwann war sie gestorben.

Und mir wird es genauso gehen, dachte Mary.

Sie entdeckte, daß die Küche eine Tür hatte, die ins Freie führte, und als sie sie öffnete, stand sie auf einem handtuchschmalen, eisenvergitterten Balkon. Zwischen den Steinen der Hauswand wuchs Moos. Aus den Küchenfenstern ringsum roch es nach Zwiebeln und Fisch, und über die Kisten, die sich im Hof stapelten, krabbelten ein paar Kinder. Das Rad hatte sich gedreht und war wieder in seiner alten Position angelangt. Mary stand abermals auf einem kleinen Balkon hoch über schmuddeligen Hinterhöfen, und bald würde wieder ein Kind hier das Moos aus der Wand bohren und seine Puppen auf dem Geländer reiten lassen. Zum ersten Mal, seit ihr Leben durch Leonard Barry in Unordnung geraten war, überfiel Mary eine heftige, gnadenlose Wut; kurz nur, aber dafür um so wilder. Sie erinnerte sich des Abends im »Paradise lost«, an den schrecklichen Moment, als die Polizei die Bar stürmte und sie, Mary, plötzlich feststellte, daß David verschwunden war. Sie hörte wieder Leonards verwunderte Stimme: »Es scheint Ihrem Freund völlig gleichgültig zu sein, was aus Ihnen wird!«

Es war ihm auch gleichgültig gewesen. Er hatte versprochen, nicht von ihrer Seite zu weichen, und er hatte es doch getan, verdammter Lump, der er war, und nun stand sie hier, und jeder einzelne Traum, den sie je vom Leben gehabt hatte, war zerschlagen.

»Ich könnte dich umbringen, David Bellino«, murmelte sie, »ich könnte…« Ihre Stimme ging unter im Höllenlärm des vorüberdonnernden Zuges, und wieder klirrten die Fensterscheiben.

Steve

1

Es war der 5. Juli 1979. Liz O'Brian wurde acht Jahre alt. Sie hatte neue Rollschuhe geschenkt bekommen, eine Schultasche aus rotem Leder, zwei Sommerkleider mit passenden Haarschleifen und alle Bücher, die sie sich gewünscht hatte. Am Morgen, beim Geburtstagsfrühstück, hatte es trotzdem Tränen gegeben, denn Liz' heißester Wunsch, ein richtiger kleiner Hund, war nicht in Erfüllung gegangen. Weil sie sich überhaupt nicht beruhigen konnte, sagte ihr Vater Ed schließlich: »Okay, Madame, dafür werde ich heute schon um fünf die Kneipe schließen, du holst mich ab, wir gehen irgendwo ein Eis essen und abends ins Kino, wenn du magst. Einverstanden?«

Liz, die ihren Vater abgöttisch liebte, trocknete augenblicklich ihre Tränen. Das war fast noch besser als ein Hund.

Die O'Brians waren irische Katholiken aus Belfast. Vor fünf Jahren hatte Ed in Plymouth an der Südküste Englands eine Hafenkneipe eröffnet, die hauptsächlich von Soldaten der britischen Marine besucht wurde. Das »Black Friars« machte Ed nicht reich, aber es ermöglichte ihm und seiner Familie ein sorgenfreies Leben.

Liz machte sich fünfzehn Minuten vor fünf auf den Weg, die letzten mütterlichen Ermahnungen noch im Ohr, die neuen Haarschleifen im Haar. Es war ein wolkenloser Sommertag, brütend heiß, und selbst der frische Wind, der sonst immer vom Meer her in die Straßen der Küstenstadt hineinblies, war heute verstummt.

Fast genau um fünf Uhr betrat Liz mit vor Hitze und Vorfreude glühenden Wangen das »Black Friars«. An verregneten Tagen war es hier meistens auch schon am Nachmittag sehr voll, aber wenn die Sonne schien, blieb es bis acht Uhr abends still. Im

Moment waren fünf junge Männer, alle Angehörige der Marine, da. Sie lehnten am Tresen, und als sie Liz erblickten, drehten sie sich wie auf Kommando zu ihr um und sangen ihr ein gröhlendes »Happy Birthday«. Als sie fertig waren, sagte Ed: »Prima, Jungs, das habt ihr gut gemacht. Und jetzt müssen wir hier schließen, weil ich der jungen Dame versprochen habe, mit ihr auszugehen!«

»Also, eine Runde kannst du schon noch ausgeben auf den Geburtstag deiner Tochter«, rief einer der Soldaten.

Die anderen stimmten lautstark zu. Ed schenkte tatsächlich noch jedem ein Bier aus, Liz bekam einen Apfelsaft und man ließ sie noch einmal hochleben.

Dann mußte Liz aufs Klo.

»Okay«, sagte Ed, »aber beeil dich. Ich spüle hier noch schnell die Gläser aus!«

Obwohl sehr selten Frauen ins »Black Friars« kamen, gab es eine eigene Damentoilette. Als Liz den winzigen, weißgekachelten Raum mit dem Katzenposter an der Wand betrat, dachte sie erstaunt: Komisch! Was soll der schwarze Kasten da in der Ecke?

Es war neunzehn Minuten nach fünf. Um zwanzig nach fünf explodierte die Bombe.

Liz erwischte es voll. Sie war im Bruchteil einer Sekunde tot, zerfetzt und verbrannt, als Mensch kaum noch zu erkennen.

Ed, drüben im Schankraum, wurde von der Wucht der Detonation zu Boden geworfen. Er erstickte unter der heranwogenden Hitze, noch ehe die Flammen vom »Black Friars« Besitz ergriffen und es bis auf die Grundmauern niederbrannten.

Von den fünf Soldaten, die seine Gäste gewesen waren, hatte einer die Kneipe bereits verlassen. Er mußte entsetzt beobachten, was hinter ihm passierte: Von seinen vier Kameraden waren zwei, so wie Ed, auf der Stelle tot. Zwei erreichten den Ausgang; der eine als lebende Fackel, der andere kriechend, mit zerschmetterten Beinen, auf die ihm Teile von Wänden und Decken gefallen waren. Der eine erlag noch im Krankenhaus seinen schweren Verbrennungen, der andere kam durch, aber die Ärzte mußten ihm seine Beine abnehmen. Der Lärm der Explosion hatte ihm außerdem das Trommelfell zerstört.

Wenige Minuten nach sechs Uhr meldete sich ein anonymer Anrufer bei der Polizei in Plymouth und teilte mit, der Anschlag auf das »Black Friars« gehe auf das Konto der IRA.

Um sieben Uhr meldete sich ein zweiter anonymer Anrufer. Dieser nannte den Namen Alan Marlowe und sagte, der habe am Abend zuvor die Bombe in der Damentoilette des ›Black Friars‹ installiert.

Alan Marlowe war der Polizei bekannt. Er tauchte immer wieder im Dunstkreis terroristischer Vereinigungen auf. Innerhalb weniger Minuten tickerte die Fahndungsmeldung durch alle Polizeistationen des Landes. Auch an allen Häfen, von denen Linienschiffe zum Festland hinüber abgingen, wurden die Grenzbeamten verständigt.

»Obwohl«, so der Chefinspektor der Polizei Plymouth brummig zu einem Kollegen, »obwohl der Kerl jede Menge Zeit gehabt hat, England zu verlassen, wenn er das wollte!«

Zur selben Zeit – es war jetzt ungefähr halb acht Uhr abends – stand ein junger Mann in einer Telefonzelle der französischen Stadt Nantes und wählte mit zitternden Fingern eine Nummer. Nervös lauschte er auf den Klingelton im Apparat. Es mußte doch jemand zu Hause sein, bitte, es mußte jemand dasein…

Es schien ihm eine Ewigkeit zu dauern, bis jemand den Hörer abnahm.

»Hallo?«

»Hallo? Steve? Bist du es, Steve?«

»Ja, hier ist Steve Marlowe. Wer spricht dort – doch nicht Alan?«

»Ja, Alan. Steve, hör gut zu, ich kann dir am Telefon nichts erklären, aber ich bin in großen Schwierigkeiten, und ich muß dich unbedingt sofort treffen.«

»Wo bist du denn?«

»In Frankreich. In Nantes. Steve, hast du ein Auto?«

»Ja, aber…«

»Setz dich rein und komm zum Bahnhof in Nantes. Es ist ja nicht so weit von St. Brevin oder wie dein Ferienort heißt! Erzähl den anderen meinetwegen, du machst noch eine Rundfahrt durch den schönen Abend, oder etwas Ähnliches. Aber bitte komm sofort!«

»Alan, ich verstehe nicht ...«

»Ich werde dir alles sagen. Aber bis dahin, wenn dich jemand fragt, mußt du jedem schwören, daß ich gestern bereits den ganzen Tag in Frankreich war und daß wir ständig zusammen waren. Steve, versprichst du mir das? Ich brauche unter allen Umständen ein bombensicheres Alibi!«

2

Sie waren immer ungleiche Brüder gewesen, Alan und Steve Marlowe, Söhne eines einstmals beinahe mittellosen Werbetexters aus Norwich, Norfolk, der irgendwann das Glück gehabt hatte, einen attraktiven Slogan für einen Automobilhersteller zu finden, der seinen Namen weltweit bekannt und ihn zum reichen Mann machte. Die Familie verließ Norwich und ging nach London, wo sie eine komfortable Zehn-Zimmer-Wohnung unweit des Buckingham Palastes bezog. George Marlowe, dem auf einmal viel mehr Möglichkeiten offenstanden als er sich je erträumt hatte, wollte vor allem eines: eine blendende Zukunft für seine Söhne.

Steve, zwei Jahre jünger als Alan, zeigte sich für alle Pläne seines Vaters sehr empfänglich. Er war ein weicher, zarter Junge, immer etwas ängstlich und nicht im geringsten an den wilden Spielen der anderen Jungs interessiert. Seine Mutter, Grace Marlowe, glaubte, ihn in Watte packen und vor dem rauhen Leben beschützen zu müssen.

Steve wurde zu einem schönen, blassen jungen Mann, der einen Großteil seiner Zeit der Pflege seines Äußeren und dem Einkaufen der neuesten Mode widmete, und im übrigen durch mustergültiges Benehmen auffiel. Es gab bei ihm keine Phase der Rebellion, ebensowenig eine, in der er verwegene, verrückte Pläne für seine Zukunft schmiedete. Da er alles fürchtete, was rechts und links von dem geraden, überschaubaren Weg lag, den er für sich geplant hatte, tat er nie einen Schritt zur Seite. Er wußte nicht, daß viele Leute ihn für unerträglich opportunistisch hielten und daß er sich keineswegs so großer Beliebtheit erfreute, wie er immer annahm. Als er nach Saint Clare kam, um eine exklusive Schulbildung zu erhalten, war es bloß die freche Gina, die ihm immer wieder sagte, was sie von ihm hielt (und was insgeheim alle von ihm hielten), aber er schüttelte das ab, indem er Gina im Geiste als ordinär und grob einstufte und zu der Ansicht gelangte, daß der Neid ihre Zunge schärfte. Sein Vater, auf bestem Fuße mit den führenden Banken Londons, hatte für ihn bereits eine Ausbildung bei Wentworth & Davidson arrangiert, und Mr. Wentworth ließ keinen Zweifel daran, daß Steve eine große Karriere machen könnte.

Alan, groß und robust wie er war, wurde weder verwöhnt noch verzärtelt, wahrscheinlich auch nicht besonders geliebt, und er rächte sich für diese Zurücksetzung, indem er eine grundsätzlich oppositionelle Haltung seinen Eltern gegenüber einnahm. Mit dreizehn wurde er dann bei einem Kaufhausdiebstahl erwischt; er hatte wahllos in seiner Tasche verschwinden lassen, was ihm gerade zwischen die Finger kam. Mit fünfzehn gründete er gemeinsam mit Freunden eine radikale Gruppe, die es sich zum Ziel gesetzt hatte, den Kapitalismus zu vernichten und die bestehenden Machtverhältnisse zu stürzen. Die Aktivitäten dieser Gruppe blieben innerhalb eines bescheidenen Rahmens; die Jungen beschäftigten sich im wesentlichen mit Sitzstreiks, Demonstrationen und dem Herstellen von Flugblättern. Dann solidarisierten sie sich mit der IRA und fingen an, Schaufensterscheiben einzuschlagen. Alans Vater bekam dicke Schadensersatzrechnungen präsentiert.

Natürlich ging Alan kaum noch zur Schule, George Marlowe zahlte ein Vermögen an viele Privatschulen des Landes, in der Hoffnung, Alan doch noch irgendwie durchzubringen, aber das

Ende vom Lied war, daß der Sohn ohne Abschluß dastand und auch keine Absicht zeigte, irgendeine Ausbildung zu beginnen.

Bis zu diesem Zeitpunkt hatten sich seine Eltern zwar wegen seines Lebenswandels gegrämt, aber immer noch gehofft, dies sei bloß vorübergehend und werde nach der Pubertät von selbst verschwinden. Mit achtzehn aber ging Alan von daheim fort, über Nacht, und keiner wußte, wohin. Zwei Jahre lang hörten sie nichts von ihm. Dann stand er eines Tages wieder vor der Tür, langhaarig, abgemagert, mit tief eingesunkenen Augen und fahler Gesichtsfarbe.

»Himmel, Alan, wo warst du?« schrie Grace, die in einem grünseidenen Negligé aus dem Schlafzimmer gestürzt kam, wo sie im Bett gefrühstückt und grübelnd Alans gerahmte Fotografie betrachtet hatte.

Alan stellte seine Tasche ab und starrte in den Garderobenspiegel, als sähe er einen Fremden. »In Dublin, Mutter«, antwortete er kurz.

»In Dublin? Was hast du denn zwei Jahre in Dublin gemacht?«

»Ich habe Irland kennengelernt. Ein Land, das nicht frei sein darf, das seit Jahrhunderten nur Unterdrückung und Fremdherrschaft kennt. Durch uns, seine englischen Nachbarn.«

In Grace' blauen Puppenaugen flackerte Panik. »Du hast doch nichts mit der IRA zu tun? Junge, tu uns das nicht an! Bitte nicht!«

Mitleidig betrachtete Alan das weiche, blasse Gesicht seiner Mutter, die gepflegten blonden Haare, das zarte Stupsnäschen. Das Leben dieser Frau spielte sich zwischen Friseur und Kosmetikerin, Einkaufsbummel und Theaterbesuchen ab, und die einzige kleine Flamme, die in ihr brannte, war ihre abgöttische Liebe zu Steve. Aber von dem wirklichen Feuer wußte sie nichts, von dem Feuer des Kampfes, in dem man verbrannte, starb, zu Asche wurde. Ahnte sie etwas von der fanatischen, verzehrenden Kraft, die einen Menschen durchströmt, wenn er sich ganz und gar einer *Idee* hingibt? Nein, Grace Marlowe ahnte nichts, und sie würde es nie ahnen.

Kurz nach Alans Rückkehr explodierte im Auto eines englischen Politikers eine Bombe; durch einen glücklichen Zufall saß der Mann, dem der Anschlag gegolten hatte, nicht im Wagen, und es wurde niemand verletzt. Zu dem Attentat bekannte sich die IRA, und Alan gehörte zu den Verdächtigen, die man festgenommen, aufgrund mangelnder Beweise aber bald wieder freigelassen hatte. Grace Marlowe erinnerte sich, als sie davon hörte, des harten, fiebrigen Glanzes in den Augen ihres Sohnes, und wußte, daß er beteiligt gewesen war, daß er es eines Tages wieder tun und irgendwann einmal geschnappt werden würde.

Seltsamerweise gab es zwischen Alan und Steve, so unterschiedlich sie waren, eine tiefe Verbundenheit, die stark genug schien, die Wirbelstürme zu überstehen, die Alans komplizierter Charakter immer wieder verursachte. Alan nahm es Steve nie übel, daß er der Liebling der Eltern war, und Steve sagte kein Wort gegen Alans politische Aktivitäten, so beängstigend er sie fand. Er war überzeugt, allen Schwierigkeiten, die Alan erwachsen mochten, aus dem Weg gehen zu können – so, wie er immer allen Schwierigkeiten aus dem Weg gegangen war.

Er wußte noch nicht, daß man im Leben nicht immer ausweichen kann, aber an jenem strahlend schönen Sommerabend, als Alan ihn von Nantes aus anrief, begann er es zu ahnen.

Steve, David, Gina und Natalie hatten das Abschlußexamen bestanden, und es war Ginas Idee gewesen, zusammen nach Frankreich zu fahren. Über Freunde hatte sie ein Ferienhäuschen an der bretonischen Küste, in dem kleinen Ort St. Brevin Les Pins nahe Nantes angeboten bekommen. Es gab ein langes Hin und Her, weil David gerne nach Deutschland gegangen wäre und Natalie von Schottland geträumt hatte, aber schließlich einigte man sich, St. Brevin eine Chance zu geben und machte sich mit zwei Autos und wahren Bergen von Gepäck auf den Weg. »Wer weiß, in welche Himmelsrichtungen es uns alle verweht«, sagte Gina überschwenglich. »Vielleicht werden wir nie wieder so zusammensein!«

Natürlich hatten sie auch Mary pflichtschuldig gefragt, ob sie mitkommen wolle, aber Mary hatte erklärt, das gehe nicht, sie müsse für Peter und das Baby sorgen. Ihre Tochter Cathy war gerade eine Woche alt.

St. Brevin Les Pins lag an der Stelle, wo die Loire in den Atlantik mündet und bestand aus einer Menge kleiner weißer Häuser mit idyllischen Gärten. Das Dorf hatte eine sehr schöne Kirche, ein paar Cafes, Eisdielen, Kneipen, ein Kino. Wer hierher kam, tat es nicht, um sich in Trubel und Gesellschaft zu stürzen, sondern um sich Frieden und Beschaulichkeit hinzugeben. In St. Brevin konnte man baden und in der Sonne liegen, Eis essen und Boccia spielen, und abends in einem Bistro sitzen und sich unterhalten. Ruhe und Harmonie... fernab der Welt.

So fern nicht, dachte Steve an diesem Abend, als Alans Anruf ihn erreicht hatte. Langsam legte er den Hörer wieder auf die Gabel. Er stand im Wohnzimmer des Ferienhäuschens, und draußen, hinter den hohen Bäumen am Ende des Gartens, flammte rotglühend die Abendsonne. Über dem Verandageländer hingen nasse Badeanzüge. Durch die geöffnete Tür konnte er den Geruch von Sonnenöl wahrnehmen, der aus den Handtüchern auf den Liegestühlen stieg. Ein Turnschuh lag auf der Treppe, die in den Garten führte. Federballschläger, eine Frisbeescheibe, ein Paar Sandalen und eine Sonnenbrille waren im Gras verstreut. Auf einer Bank lag ein Fotoapparat.

Gina hat schon wieder ihren Fotoapparat draußen gelassen, dachte Steve mechanisch, ich muß ihn reinholen, sonst wird er naß vom Tau. Aus der Küche erklangen lachende Stimmen, Gekichere und Geschrei.

»Schau mal, wie David die Tomaten schneidet! Glaubst du, so kann die nachher noch einer essen?«

»Gina, diese Eier kochen jetzt bestimmt eine halbe Stunde. Mit denen können wir einander ja die Köpfe einschlagen!«

»Nat hat recht! Au! Jetzt hab' ich mir auch noch die Finger verbrannt! Kaltes Wasser schnell!«

Man könnte meinen, da sind hundert Leute beschäftigt, ein Abendessen zu machen, nicht bloß drei, dachte Steve.

Noch vor zehn Minuten hatte er dazugehört, war ebenso ausgelassen gewesen. Jetzt war ihm kalt geworden vor Angst, er hörte sein eigenes Herz schlagen.

Er griff seine Autoschlüssel und verließ leise das Haus. Das Auto war heiß von der Hitze des Tages. Steve kurbelte alle Fensterscheiben herunter, öffnete das Schiebedach und fuhr los.

Die beiden ungleichen Brüder saßen einander im Bahnhofsrestaurant von Nantes an einem Tisch gegenüber. Alan hatte sich ein Bier bestellt, Steve einen Cidre. Sie sprachen nur sehr leise, denn das Restaurant war voll von Menschen.

Auf den ersten Blick hatte Alan eines erkannt: Steve würde die ganze Geschichte nur durchstehen, wenn er die Wahrheit nicht kannte. Wäre ihm erst einmal klar, daß Alan die Bombe tatsächlich gelegt hatte, würde er spätestens im Zeugenstand zusammenbrechen. Inzwischen berichteten alle Radiosender von dem Attentat, und niemand vergaß, das achtjährige Mädchen zu erwähnen. Alan konnte sich bereits die Schlagzeilen der Boulevardpresse vorstellen; und sicher würde man auch Fotos des Kindes auftreiben, mit einem Teddy im Arm oder einem Meerschweinchen.

Schrecklich, das mit dem Kind. Wer hatte damit rechnen können – es kamen nie Kinder ins »Black Friars«. Es kamen auch ganz selten Frauen, deshalb hatte er ja den Einfall gehabt, die Bombe in der Damentoilette zu installieren. Die Wahrscheinlichkeit, daß sie dort zu früh entdeckt wurde, war äußerst gering.

Er hatte Steve eine Geschichte erzählt, die eine Mischung war aus Wahrheit und Lüge. »Und du hast wirklich ganz bestimmt nichts mit der Bombe zu tun?« fragte Steve zum hundertsten Mal.

Alan schüttelte den Kopf. »Nein. Aber Freunde haben mich gewarnt. Ich bin von einem anonymen Anrufer bei der Polizei in Plymouth denunziert worden.«

»Wieso wirst du denunziert, wenn du es nicht warst?«

»Irgend jemand scheint mich nicht leiden zu können.«

Sie schwiegen beide. Schließlich sagte Steve: »Aber du bewegst dich in IRA-Kreisen.«

»Ja«, erwiderte Alan. »Hilfst du mir trotzdem?«

»Natürlich«, sagte Steve, aber bei sich dachte er verzweifelt: Verdammt, Alan, wie konntest du das tun? Wie kannst du mich in solche Schwierigkeiten bringen? Warum?

»Hör zu«, sagte Alan, »ich bin gestern früh bei euch in St. Brevin aufgetaucht. Du warst nicht zufällig allein?«

»Ich war nie völlig allein. Ab zehn Uhr waren Natalie und Gina fort, zum Einkaufen in Nantes. Ich verbrachte den ganzen Tag mit David. Wir haben uns bis mittags im Garten gesonnt, dann sind wir zwei Stunden an den Strand gefahren, an der bretonischen Küste entlang, haben in irgendeinem gottverlassenen Dorf etwas gegessen und sind dann weiter. Wir kamen gegen neun Uhr abends zurück.«

»Wie ist dieser David?«

»David? Er ist... nun, er ist ein bißchen schwierig. Unnahbar manchmal, ein bißchen... überheblich.«

»Wo steht er politisch?«

»Ich weiß es nicht. Aber ich glaube, daß er einen sehr ausgeprägten Gerechtigkeitssinn hat. Seine Mutter ist Deutsche, ihr Vater wurde von den Nazis umgebracht. Verstehst du, David ist mit dem Bewußtsein aufgewachsen, daß da eine furchtbare Tragödie in der Vergangenheit war und daß wir, ich meine, unsere Generation, verpflichtet sind, dafür zu sorgen, daß sie sich nie wiederholt. Ich glaube, daß gerade David es nicht wollen kann, daß ein Unschuldiger ins Gefängnis muß!«

»Ich wollte niemanden in der Sache haben als dich.«

»Aber vielleicht«, meinte Steve zaghaft, »wäre es gar nicht schlecht, einen zweiten Zeugen zu haben. Da ich dein Bruder bin, wird meiner Aussage möglicherweise nicht allzu viel Gewicht gegeben. Aber wenn David dasselbe sagt...«

»Ich verstehe immer noch nicht ganz, warum David das für mich tun sollte!«

»Davids Geschichte unterscheidet sich von der anderer Leute. Deshalb.«

Kann Steve das beurteilen? fragte sich Alan. Er war müde und frustriert. Sein Instinkt, sein Verstand, seine Erfahrung warnten ihn, sich auf die unbekannte Größe »David« einzulassen. Sie warnten ihn sogar, sich von Steve ein Alibi konstruieren zu lassen. Er hatte seinen Bruder nicht so naiv, so unreif in Erinnerung gehabt. Das waren *Kinder*! Sie hatten gerade die Schule abgeschlossen, verbrachten einen unbeschwerten Sommerurlaub in Frankreich. Was verstanden sie von seinem Leben und seiner Welt?

Aber wenn er kein Alibi bekäme, könnte er weder nach England noch nach Nordirland zurückkehren. Wenn überhaupt jemals, dann nur mit falschem Paß und in der ständigen Angst, entdeckt zu werden. Zudem wußte er nicht mehr, wo Freunde saßen und wo Feinde. Irgend jemand hatte ihn verraten. Wer immer es gewesen war, er könnte es wieder tun. Wo durfte er sich noch sicher fühlen?

Nie zuvor hatte er eine solche Müdigkeit verspürt. Sich nie so elend und schwach gefühlt. Einer seiner Genossen hatte ihm das einmal prophezeit: »Du wirst diese Durchhänger haben, sie sind schauderhaft. Du wirst dich so sehr nach einem normalen Leben sehnen, wie du es dir jetzt gar nicht vorstellen kannst. Du wirst dir wünschen, eine Frau zu haben, Kinder, und in einem netten, kleinen Haus zu wohnen. Einer anständigen Arbeit nachzugehen. Du wirst es dir mehr wünschen als alles andere auf der Welt.«

Er wünschte es sich. Er wünschte es sich tatsächlich mehr als alles auf der Welt. Und er schwor sich, er würde aufhören, wenn er aus dieser Sache heil herauskäme. Nicht, weil sich an seinen Ideen etwas geändert hatte, sondern weil er sich psychisch und physisch am Ende fühlte.

Als er sein Bierglas wieder an den Mund führte, zitterten seine Hände. »Wenn du meinst, es ist richtig, David einzuweihen, Steve, dann tu es«, sagte er.

3

Steve sprach den Eid mit klarer Stimme. »Ich schwöre, daß ich die Wahrheit sagen werde, die reine Wahrheit und nichts als die Wahrheit.« Nach einer Sekunde des Zögerns setzte er hinzu: »So wahr mir Gott helfe!«

Die Verhandlung gegen Alan Marlowe fand im Londoner Old Baily unter strengsten Sicherheitsvorkehrungen statt, und es befanden sich nur wenige zugelassene Zuschauer im Raum. Steve vermied es, den Blicken seiner Eltern zu begegnen, die in der letzten Reihe saßen und aussahen, als begriffen sie noch immer nicht recht, was seit jenem schrecklichen 5. Juli geschehen war. Ihr Sohn des mehrfachen Mordes angeklagt! Sein Foto hatte ihnen aus jeder Zeitung entgegengeblickt, sie hatten anonyme Anrufe bekommen, in denen man sie als »Mördereltern« beschimpfte, Drohbriefe, in denen von Rache und Vergeltung die Rede war. Grace hatte erlebt, wie man beim Friseur über sie tuschelte, und ihr Mann hatte auf der Party eines Geschäftsfreundes einen ganzen Abend lang allein gestanden.

»Alan ist unschuldig«, sagte Grace jedem, ob er es hören wollte oder nicht. »Er war zum Zeitpunkt des Attentats überhaupt nicht in England.«

Die wenigsten glaubten ihr – weil sie ihr nicht glauben *wollten*. Ein unschuldiger Alan Marlowe nutzte niemandem etwas, man wollte ihn schuldig. Die Stimmung im Volk verlangte einen überführten Täter, der allgemeine Zorn ein Ventil. Wie zu erwarten gewesen war, hatten die Zeitungen des Landes die Emotionen noch weiter aufgeheizt, indem sie die Geschichte der Liz O'Brian detailliert und reich mit Fotos bestückt aufzeigten. Liz mit Puppenwagen. Liz auf einem Pony. Liz mit ihren Eltern am Frühstückstisch. Liz auf der Schaukel. Auf allen Bildern trug Liz helle Sommerkleider und Schleifen im Haar und lachte strahlend.

Eine Story, die bei den Leuten ankommt, hatte Steve gedacht.

Er hatte Liz' Mutter unter den Zuschauern entdeckt, denn die Frau, die »auf tragische Weise Mann und Kind verloren hat und durch eine Hölle von Einsamkeit und Schmerz geht« (Sunday Times), war ebenfalls oft genug in den Illustrierten abgebildet gewesen, um erkannt zu werden, auch wenn sie nun eine große, schwarze Sonnenbrille trug und ihren Hut tief ins Gesicht gezogen hatte. Die arme Frau, dachte Steve, wie gut, daß Alan nicht für die furchtbare Geschichte verantwortlich ist! Ihm war bewußt, daß er jetzt einen Meineid leisten würde. Der Staatsanwalt hatte ihn aufgeklärt, was das bedeutete: »Sie stehen jetzt unter Eid, Mr. Marlowe. Für eine falsche Aussage können Sie ins Gefängnis kommen.«

Er nickte und blickte zu David hinüber. Zu David, den man nachher ebenfalls vereidigen würde, der genauso wie er einen Meineid ablegen würde. Aber es konnte nichts passieren, sie hatten die Geschichte hundertmal durchgesprochen. Alan war an jenem verhängnisvollen 4. Juli, dem Tag vor der Bombenexplosion, in St. Brevin gewesen, und zu dritt hatten sie jede einzelne Minute des Tages rückwirkend festgelegt, so lange, bis die perfekte Übereinstimmung bestand. Steve, dessen größte Schwäche es war, nichts allein tun zu können (»Eines Tages«, spottete Gina, »wird er noch einen von uns bitten, ihn aufs Klo zu begleiten!«), entsann sich noch gut der tiefen Erleichterung, die er empfunden hatte, als David alles wußte, ihm die Hand auf den Arm legte und sagte: »Ich helfe euch, Steve, klar. Wir stehen das schon durch!«

»Mr. Marlowe, schildern Sie uns, was sich an jenem 4. Juli bei Ihnen in St. Brevin zugetragen hat!« Das war Staatsanwalt Marsh. Ich mag diesen Marsh nicht, dachte Steve, er ist verschlagen und sehr ehrgeizig. Konservativ bis hinein in seine wenigen letzten Haarspitzen. Ein Mann, für den jeder Freispruch einen Faustschlag bedeutet! Er merkte, wie ihm der Schweiß am ganzen Körper ausbrach. Trotzdem zitterte seine Stimme nicht, als er antwortete: »David Bellino und ich waren am Morgen des 4. Juli allein in dem Haus in St. Brevin. Die beiden Mädchen, mit denen wir Urlaub machten, waren schon in aller Frühe nach Nantes zum Einkaufen gefahren. Wir erwarteten sie erst am Abend zurück.«

»Warum haben Sie sie nicht begleitet?«

»Es war sehr heiß, und wir hatten nicht die geringste Lust, in einer Stadt herumzulaufen. Wir wollten baden und in der Sonne liegen.«

»Mr. Marlowe, Sie haben ausgesagt, daß gegen elf Uhr Ihr Bruder, der hier angeklagte Alan Marlowe, unerwartet bei Ihnen erschienen sei. Ist das richtig?«

»Ja. Wir lagen im Garten, als es an der Haustür klingelte. Ich ging hin und öffnete, und da stand Alan vor mir.«

»Waren Sie sehr überrascht?«

»Ich hatte ihn nicht erwartet. Natürlich war ich überrascht.«

»Woher wußte Ihr Bruder, daß Sie sich in St. Brevin, in diesem Haus aufhielten?«

»Ich hatte es ihm vor meiner Abreise gesagt. Ich hatte ihm Adresse und Telefonnummer gegeben.«

»Tatsächlich? Das wundert mich ein wenig, Mr. Marlowe. Den Aussagen Ihrer Eltern hatte ich entnommen, daß Ihr Bruder eigentlich schon lange kaum noch Umgang mit der Familie hatte!«

»Das ist richtig. Aber wenige Tage nach meinem Abschlußexamen hat er mich angerufen. Er wollte mir wohl... gratulieren. Ich fragte ihn, ob er nicht mit uns nach Frankreich wolle.«

»Warum fragten Sie das?«

»Ich hatte ihn lange nicht gesehen. Es hätte mir Spaß gemacht, ihn dabeizuhaben.« Steve sprach jetzt sehr sicher, denn zumindest dieser Teil der Geschichte stimmte. Er hatte mit Alan telefoniert, er hatte ihn auch gefragt, ob er ihn nach St. Brevin begleiten wollte. Er entsann sich noch gut Alans Antwort.

»Nein, Steve, tu das dir und deinen Freunden nicht an. Ich gehöre nicht zu euch. Ich komme aus einem dunkleren Teil der Welt, und ich fürchte, ich würde euch alles verderben!«

Irgendwie hatte Steve diese Antwort erleichtert. Er war nicht sicher gewesen, wie die ewig spottende Gina mit dem idealistischen Alan auskommen würde. »Aber, Alan, falls du es dir anders überlegst – notier doch mal Adresse und Telefonnummer!«

Er sagte das alles dem Staatsanwalt, der ihn durch dicke Brillengläser hindurch scharf fixierte. »Was meinte Ihr Bruder, wenn er von einer ›dunkleren Welt‹ sprach?«

»Ich glaube, er meinte, daß er die Welt anders sieht als wir, daß er sie dunkler sieht. Er konnte... unseren Jugendfrohsinn nicht teilen. Ich erinnere mich nicht, Alan jemals unbeschwert lachen gehört zu haben. Er glaubt nicht, daß wir auf der Welt sind, um unseren Spaß zu haben, sondern um uns mit aller Kraft dafür einzusetzen, daß sie besser und gerechter wird.«

»Und da hält er Bombenattentate für geeignet?«

Alans Anwalt sprang auf. »Einspruch! Für solche Vermutungen des Herrn Staatsanwalt gibt es keinerlei Anhaltspunkte.«

»Einspruch abgelehnt«, sagte der Richter träge und ohne weitere Erklärungen. Der Anwalt nahm wieder Platz, und Marsh meinte gelassen. »Nun?«

»Alan«, antwortete Steve, »hat jede Form von Gewalt immer abgelehnt.« Er sagte es mit Überzeugung.

Marsh musterte ihn spöttisch. »Wie schön! Das rührt uns alle sehr. Aber wir brauchen das ja vorläufig nicht zu vertiefen. Ihrer Aussage nach hat es sich Alan Marlowe jedenfalls plötzlich anders überlegt und ist – ungeachtet der Düsternis der Welt – nach St. Brevin gekommen. Um elf Uhr morgens. Fahren Sie fort, Mr. Marlowe.«

»Da David und ich gerade beschlossen hatten, an den Strand zu gehen, fragten wir Alan, ob er nicht mitwollte. Nun, er wollte, und so gingen wir los. Besser gesagt: Wir fuhren. Mit meinem Auto.«

»So. Waren viele Leute am Strand?«

»Wir hatten eine Bucht ausfindig gemacht, in der wir fast immer ungestört waren. An diesem Tag waren wir völlig alleine dort.«

»Welch glücklicher Umstand! Keine Zeugen! Wie lange blieben Sie?«

»So gegen ein Uhr wurde es uns zu heiß. Aber nach Hause mochten wir auch nicht. Also stiegen wir wieder ins Auto und fuhren ein wenig an der Küste entlang. Wir hatten uns ein paar belegte Brote und drei Flaschen Bier mitgenommen. Wir hielten irgendwo, picknickten, blieben dann in der Sonne liegen, schliefen, lasen, unterhielten uns. Es war ein wirklich friedlicher, vollkommen ereignisloser Nachmittag.«

»Ja. Was Sie da erzählen, klingt wie eine Passage aus dem Schulaufsatz ›Mein schönstes Ferienerlebnis‹. Dennoch, lieber Mr. Marlowe, hat an diesem friedlichen, vollkommen ereignislosen Nachmittag irgend jemand in Plymouth eine Bombe in der Damentoilette des ›Black Friars‹ installiert. Eine Bombe, die am frühen Abend des 5. Juli explodierte und fünf Menschen das Leben kostete. Unter ihnen ein achtjähriges Mädchen. Können Sie sich vorstellen, wie das ist, wenn ein achtjähriges Mädchen von einer Bombe in Fetzen gerissen wird?«

Mrs. O'Brian, Liz' Mutter, stand auf und verließ den Saal.

Leise sagte Steve: »Ich kann es mir kaum vorstellen. Es muß furchtbar sein.«

»Finden Sie, daß ein Mensch, der so etwas tut, bestraft werden muß?«

»Ja.«

»Fein. Dann sind wir uns ja einig. Also, Mr. Marlowe, nachdem Sie genug in der Sonne gelegen und die bretonische Einsamkeit genossen hatten, fuhren Sie da nach Hause?«

»Ja. Wir kamen gegen acht Uhr an. Natalie und Gina waren noch nicht zurück.«

»Ein recht ausgedehnter Einkaufsbummel, finden Sie nicht?«

»Die beiden waren noch in einem Kino und beim Essen.«

»So. Jedenfalls – als sie dann schließlich kamen, war Alan Marlowe schon wieder verschwunden. Ich finde das ein bißchen seltsam. Warum hat er nicht bei Ihnen übernachtet? Es hätte sich doch bestimmt eine Schlafgelegenheit gefunden?«

Steve schluckte. Dies war in der Tat ein kritischer Punkt in der Geschichte. Lange hatten sie überlegt, was sie sagen sollten. Wie sie es drehten und wendeten, es warf nicht das beste Licht auf den Wahrheitsgehalt ihrer Darstellung.

»Alan verließ uns aus genau demselben Grund, aus dem er ursprünglich überhaupt abgelehnt hatte, mich nach St. Brevin zu begleiten«, sagte Steve. »Er mochte nicht unter Menschen sein, die sich amüsieren, die fröhlich sind, die herumalbern und über Belanglosigkeiten plaudern. Da er Natalie und Gina aus meinen Erzählungen kennt, war ihm klar, daß es einen Affenzirkus geben würde, wenn sie heimkämen. Von einem Moment zum anderen beschloß er zu gehen. So war es immer mit ihm. Er kam und ging, und er war nicht gern in Gesellschaft anderer Menschen.« Noch während er sprach, merkte Steve, daß Marsh ihm nicht glaubte. Er hörte ihm zwar geduldig zu, aber er hatte einen spöttischen Zug um den Mund, so, als wolle er sagen: Hübsch zu sehen, wie du Purzelbäume schlägst und redest und redest, um dich aus der Sache herauszuwinden, aber ich bin ein alter Fuchs, und es ist völlig zwecklos, mich hereinlegen zu wollen! Dabei, dachte Steve, ist gerade das, was ich jetzt gesagt habe, *wahr*! Wäre Alan in St. Brevin gewesen, dann hätte er so und nicht anders gehandelt. Er wäre verschwunden gewesen, ehe Gina und Natalie zurückkamen. Darauf könnte ich nun wirklich jeden Eid leisten.

»Seiner Aussage zufolge verbrachte Ihr Bruder die Nacht in einem Bootshaus am Rande von St. Brevin«, sagte Marsh mit hochgezogenen Augenbrauen. »Auch wenn vorausgesetzt wird, daß die Nacht warm war, stelle ich mir diese Art von Übernachtung ziemlich spartanisch vor, im Gegensatz zu einem weichen Bett!«

»In diesen Bootshäusern gibt es ja meistens Liegestühle und Decken...«

»Ich glaube«, sagte der Staatsanwalt, »daß Sie diese ganze Geschichte selber recht unwahrscheinlich finden. Wissen Sie, obwohl Sie sich seit einer Viertelstunde bemühen, Ihren Bruder als verschrobenen Sonderling darzustellen, der ständig seltsame, absurde, eigenartige Dinge tut, will es mir noch nicht in den Kopf, weshalb er dann zwei Tage später nach England zurückgekehrt ist. Lassen Sie mich die Geschichte noch einmal nachzeichnen, dann müßten Sie eigentlich zugeben, daß sie befremdlich klingt: Alan Marlowe kommt in den ersten Morgenstunden des 4. Juli mit der Fähre in Calais an. Ein Ticket hat er nicht, hat es angeblich noch im Hafen weggeschmissen. Er nimmt den Zug nach Nantes, fährt dann per Autostop weiter nach St. Brevin, wo er Ihnen und Mr. Bellino einen Besuch abstattet. Sie verbringen den Tag zu dritt, machen Ausflüge in die Umgebung – immer schön unter Ausschluß der Öffentlichkeit, versteht sich – und kehren dann abends nach Hause zurück. Hier beschließt Alan Marlowe plötzlich, die Nacht alleine und woanders zu verbringen. Nach eigenen Angaben begibt er sich in ein Bootshaus, schläft dort, bleibt auch am nächsten Tag, dem 5. Juli, in St. Brevin, allein wohlgemerkt, ohne sich noch einmal bei seinem Bruder zu melden. Er badet und sonnt sich, kauft dann eine Baguette und etwas Käse in einem Geschäft – selbstverständlich erinnert sich der Ladeninhaber nicht, wie sollte er auch, bei der Menge an Feriengästen, die täglich bei ihm einkaufen. Er kehrt in sein Bootshaus zurück, übernachtet dort zum zweitenmal, fährt in aller Frühe am nächsten Morgen, dem 6. Juli, nach Calais und besteigt die Fähre nach Dover. In Dover angekommen, wird er sofort verhaftet und präsentiert unverzüglich ein Alibi für jenen verhängnisvollen 4. Juli. Seinen Bruder Steve Marlowe nämlich, und dessen Freund David Bellino. Und damit glaubt er, sich aus der Affäre ziehen zu können. Ich nehme aber an, sowohl das Gericht als auch die Geschworenen sind gleich mir ein wenig verwundert über diesen Zwei-Tages-Ausflug nach St. Brevin. Auch in England war es in dieser Zeit heiß genug, um sich in die Sonne legen zu können, dafür mußte niemand auf den Kontinent reisen. Zumal die Überfahrten auch nicht ganz billig sind. Ich denke, daß nicht einmal ein völlig unkonventionell lebender Mensch etwas so Unsinniges tun würde!«

»Alan«, sagte Steve, »war nie vernünftig nach den Maßstäben der Gesellschaft.«

Marsh neigte sich vor, sein Gesichtsausdruck war jetzt mild und freundlich, ein wenig so, als rede er mit einem kleinen, bockigen Kind. »Mr. Marlowe, war es nicht vielmehr so, daß Ihr Bruder erst am 5. Juli nach Frankreich kam, einen Tag, nachdem die Bombe im ›Black Friars‹ installiert worden war, und daß Sie gemeinsam beschlossen...«

»Einspruch!« Alans Anwalt sprang erneut auf. »Der Herr Staatsanwalt unterstellt dem Zeugen, soeben einen Meineid geleistet zu haben. Ich muß das entschieden zurückweisen!«

»Stattgegeben« sagte der Richter, der aussah, als kämpfe er mit dem Schlaf. »Wählen Sie eine andere Formulierung, Herr Staatsanwalt.«

»Verzeihung, ich wollte dem Zeugen nichts unterstellen. Ich wollte ihn nur noch einmal darauf aufmerksam machen, daß er nach Ablegen des Eides unter allen Umständen zur Wahrheit verpflichtet ist…«

»Ich protestiere«, unterbrach Alans Anwalt, »auf sehr subtile Weise unterstellen Sie dem Zeugen damit erneut, er sage nicht die Wahrheit. Mr. Marlowe ist auf die Bedeutung der Vereidigung zu Beginn der Verhandlung aufmerksam gemacht worden, und es gibt keinen Anhaltspunkt dafür, daß er nicht begriffen hat, worum es geht. Ich würde den Herrn Staatsanwalt bitten, seine Einschüchterungsversuche zu unterlassen.«

»Ich ziehe meine letzte Bemerkung zurück«, sagte Marsh entgegenkommend, denn nachdem seine Worte einmal im Raum standen, brauchte er nicht auf ihnen zu beharren.

Alan hat einen guten Anwalt, dachte Steve. Sein Vater hatte dafür gesorgt. Trotzdem stand jetzt schon fest: Ohne das konstruierte Alibi hätte Alan schlechte Karten gehabt. Alles schien für seine Schuld zu sprechen.

Steve fragte sich, ob er wohl die Geschworenen wenigstens weitgehend überzeugt hatte und riskierte einen kurzen Seitenblick. Pokerface, jeder einzelne von ihnen. So rasch konnte er nicht erkunden, was hinter den Stirnen vor sich ging. Er wußte, er würde nun noch Alans Anwalt Rede und Antwort stehen müssen, was er als Heimspiel betrachten konnte, denn mit dem war alles erprobt. Aber der entscheidende Trumpf kam noch: David Bellino. Kein Bruder des Angeklagten, sondern ein Fremder. Und einer, der Eindruck machte. Steve sah ihn an, das ruhige, schmale Gesicht, der gelassene, selbstsichere Ausdruck in seinen Augen. Konzentriert wirkte er, aber völlig unverkrampft.

Oh, wartet nur alle, bis David Bellino vorne sitzt! Dann steht Alans Unschuld fest. David macht das schon!

Fast unmerklich ging eine Veränderung in Davids Gesicht vor, als er vereidigt wurde. Es nahm einen gehetzten Ausdruck an, die Haut war plötzlich um ein paar Schattierungen blasser. Möglicherweise bemerkte das kaum jemand im Gerichtssaal, aber Steve, der David unablässig fixierte, sah es sofort, und sein eigener Puls beschleunigte sich. Vielleicht bilde ich es mir nur ein, versuchte er sich zu beruhigen, David verliert nicht die Nerven, nicht in einer so wichtigen Situation wie dieser.

Staatsanwalt Marsh zeigte eine joviale Miene, als er sich vor David aufbaute; er blickte fast freundlich, und es schien, als strecke er diesem Zeugen die Hand hin und baue eine unsichtbare Brücke. Sie können mir vertrauen, sagte sein Lächeln.

»Nun, Mr. Bellino, erzählen Sie uns von jenem denkwürdigen 4. Juli in St. Brevin. Von diesem schönen Sommertag, als plötzlich ein unerwarteter Besucher vor der Haustür stand!«

Auf Davids Stirn erschienen Schweißperlen.

»Ich ... nun ...«, begann er.

Marsh neigte sich vor. »Erzählen Sie in aller Ruhe, Mr. Bellino. Niemand drängt Sie. Wir haben Zeit. Und Sie sollten sich auch Zeit lassen, denn Sie stehen unter Eid, und ein falsches Wort könnte verhängnisvoll sein. Aber das wissen Sie.«

»Ja«, sagte David leise. Es klang krächzend. Unter den Geschworenen entstand eine erste Unruhe. Man hatte sich zunächst entspannt und etwas gelangweilt zurückgelehnt, in der Erwartung, nun dieselbe Geschichte noch einmal zu hören, aber auf einmal schien das nicht mehr so klar. Dieser Zeuge wackelte. Er hatte Angst. Wovor? Sogar der Richter nahm eine aufrechte Haltung ein. Zum erstenmal widmete er dem Prozeß einige Aufmerksamkeit.

»Berichten Sie uns«, sagte Marsh. David wurde noch blasser. Jeder konnte sehen, daß seine Hände zitterten.

»Am vierten Juli ... gingen Natalie und Gina schon früh fort. Ich meine, sie fuhren fort. Nach Nantes.«

»Sie und Mr. Marlowe blieben daheim?«

»Ja. Es versprach ein sehr heißer Tag zu werden, und wir fanden die beiden Mädchen verrückt, daß sie sich ins Verkehrs- und Menschengewühl einer Großstadt stürzen wollten – aber es konnte natürlich jeder tun, was er wollte.«

»Natürlich. Und Sie und Mr. Marlowe beschlossen vernünftigerweise, daheim zu bleiben. Sehr zum Glück von Mr. Alan Marlowe. Denn der hätte ja sonst kein Alibi.«

David schwieg. Im ganzen Saal war kein Laut zu hören. Steve hatte das Gefühl, man müsse seinen Atem hören, denn er war in jenes asthmatische Schnaufen verfallen, das er leicht bekam, wenn er sich aufregte. Was war mit David los? Warum redete er nicht? Hundertmal hatten sie alles durchgespielt. Es hätte keine Schwierigkeiten mehr geben dürfen. Er sah zu Alan hin, der seine Hände verkrampft hielt, und er sah den Anwalt, der unruhig in seinen Papieren wühlte und den Eindruck vermittelte, als wolle er am liebsten »Einspruch« rufen, und er sah wieder David, der drauf und dran war, die Nerven zu verlieren.

In diesem Moment begriff Steve, daß es ein Fehler gewesen war, David zu seinem Komplizen zu machen. Glasklar sah er das auf einmal, und eine höhnische innere Stimme rief ihm die Worte zu, die er über David gesagt hatte: »Er läßt niemanden so recht an sich heran. Wer weiß, was hinter seiner Stirn vorgeht?« Lächerlich. Und naiv. Als Alan ihn nach David fragte, hätte er sagen sollen: »Er liebt einzig sich selber. Für nichts und niemanden sonst auf der Welt würde er je ein Risiko eingehen.«

Wie hatte er so blind sein können? Wie hatte es so lange dauern können, bis er die Wahrheit erkannte? Warum mußte er erst mit der Nase im Dreck liegen, ehe er klug wurde? Denn er begriff auch, daß in diesem Augenblick, wenn nicht noch ein Wunder geschah, seine Zukunft zerbrach.

»Mr. Bellino, Sie wollten uns vom 4. Juli erzählen«, sagte Marsh sanft.

David war aschfahl, seine Lippen hatten einen beinahe grauen Schimmer angenommen. Er suchte nach Worten. »Am vierten Juli waren… waren Steve und ich…« Er brach ab. Er sah Steve nicht an, als er nun aufstand. »Herr Staatsanwalt, ich möchte von der Aussage, die ich gegenüber der Polizei abgegeben habe, zurücktreten.«

Geraune im Saal. Überall wurden Stimmen laut. Alans Verteidiger erhob sich. »Ich bitte um eine Unterbrechung der Verhandlung.«

»Die Verhandlung wird in einer Stunde fortgesetzt«, sagte der Richter müde. Er haßte Komplikationen.

Gina rief an diesem Abend Natalie an. Natalie war nach Hause gefahren, während Gina in London geblieben war, um den Prozeß verfolgen zu können. Sie hatte erst Mary gefragt, ob sie bei ihr wohnen dürfte, aber Mary hatte ängstlich abgelehnt. »Du weißt, mir alleine wärst du immer willkommen. Ich würde mich freuen, dich zu sehen. Aber es ist so schwierig mit Peter...«

»Ich will dich wirklich nicht bedrängen, Mary, aber glaubst du, es ist gut, daß du immer nachgibst und tust, was er will?«

»»Ich muß mit ihm leben.«

»Okay. War ja nur eine Frage.«

Sie kam in einem kleinen Hotel nahe Madame Tussaud unter. Die Wirtin hatte ein zahmes Huhn, das den Gästen in die Füße pickte, und zum Frühstück gab es nur Tee, keinen Kaffee, aber Gina hatte in St. Brevin ihr Konto überzogen und konnte sich keine feinere Unterkunft leisten. Leider befanden sich in den Zimmern keine Telefone, so daß sie Natalie vom Flur aus anrufen mußte. Wie üblich dauerte es eine ganze Weile, bis man Natalie in dem riesigen Landhaus ihres Vaters gefunden hatte. Gina stand wartend in dem engen dunklen Gang, hörte die Münzen im Apparat durchfallen und roch den modrigen Duft, der den staubigen, weinroten Samtvorhängen an den Fenstern entströmte. Während sie hinunter auf den tosenden Londoner Nachmittagsverkehr blickte und mit den Fingern ein Herz in die schmutzstarrenden Fensterscheiben zeichnete, fragte sie sich, ob es nicht besser wäre, England zu verlassen und nach Amerika zu gehen. In einiger Entfernung knarrte leise eine Diele. Wahrscheinlich lauschte die Wirtin.

Endlich war Natalie am Apparat. »Gina? Tut mir leid, ich war draußen. Was gibt es Neues? Warst du beim Prozeß?«

»Sie haben mich nicht zugelassen. Aber ich habe nachher mit Stevens Eltern gesprochen. Du wirst nicht glauben, was passiert ist – David ist umgekippt!«

»Was?« schrie Natalie so laut, daß Gina beinahe der Telefonhörer aus der Hand gefallen wäre.

»Sie hatten ihn gerade vereidigt, und der Staatsanwalt begann ihn zu fragen, da stand er auf und nahm seine Aussage, die er vor der Polizei gemacht hatte, zurück. Er behauptete, er sei mit Steve an diesem vierten Juli die ganze Zeit allein gewesen.«

Diesmal kam eine ganze Weile Schweigen aus dem Apparat. Dann fragte Natalie leise: »Und wem glaubst du?«

»Beiden. Denn jetzt kommt es: Steve hat vollkommen die Nerven verloren und zugegeben, einen Meineid geleistet zu haben.«

»Das ist nicht wahr!«

»Doch. Und du kannst dir denken, daß er jetzt in höllische Schwierigkeiten kommt. Auf Meineid steht Gefängnis.«

»Um Gottes willen! Dann war Alan Marlowe an dem Tag, als wir in Nantes waren, tatsächlich nicht in St. Brevin?«

»Jedenfalls nicht mit David und Steve. Steve hat ihn erst einen Tag später in Nantes getroffen.«

»Ach, deshalb! Deshalb war er an dem Abend plötzlich verschwunden, erinnerst du dich? Ich verstehe wirklich nicht, warum er uns nicht reinen Wein eingeschenkt hat, wir wären ihm doch nicht in den Rücken gefallen.«

»Wahrscheinlich glaubte er, unsere Aussagen bei der Polizei seien überzeugender, wenn wir nichts von dem Schwindel wüßten«, meinte Gina und suchte in ihrem Geldbeutel nach weiteren Münzen. Susi, das Huhn, trippelte auf sie zu und pickte sie heftig in den Fuß. Gina fluchte. »Dieses verdammte Huhn!«

»Welches Huhn?« erkundigte sich Natalie pikiert.

»Hier läuft ein Huhn herum und hackt jeden in den Fuß«, sagte Gina, »und die Wirtin steht oben an der Treppe und lauscht. Es ist das schlimmste Hotel, das du dir vorstellen kannst!«

Vom oberen Treppenabsatz kam ein ärgerliches Schnaufen. Gina grinste. Wenigstens wußte die Alte jetzt Bescheid.

»Es ist so furchtbar«, sagte Natalie. »Wie konnte David das tun?«

»David ist der größte Egozentriker, den ich kenne. Der hält für niemanden den Kopf hin. Abgesehen davon, daß er eigentlich Steve von der Falschaussage hätte abhalten müssen – vielleicht hatte er wirklich vor, Steve und Alan zu helfen, aber als man ihn vereidigte, wurde ihm klar, welches Risiko er da eingeht – und Risiken sind nichts für David Bellino. jedenfalls nicht, solange er sie für andere auf sich nimmt und für ihn dabei nichts ›raus-springt‹.«

»David ist ein Schwein«, sagte Natalie in jener ehrlichen, un-geschminkten Art, die manchmal dafür sorgte, daß Menschen sich brüskiert von ihr abwandten. »Was er da gemacht hat, ist unmöglich. Er hat Steve in eine furchtbare Sache hineingeritten.«

Die beiden Mädchen unterhielten sich noch eine Weile, ver-stört und bekümmert, dann sagte Natalie: »Ich habe übrigens Glück gehabt. Ich kann am ersten September bei einer Zeitung anfangen. ›Limelight‹. Es ist schlimmste Boulevardpresse, aber man startet ja immer weit unten. Die Redaktion sitzt in King's Lynn. Ich werde endlich allein leben.«

»Genau das möchte ich auch«, entgegnete Gina. »Ich habe mir vorhin überlegt, ob ich nicht vielleicht nach Amerika gehen sollte.«

»Das mußt du tun«, entgegnete Natalie sofort, »es ist ein Land, in das du gehörst, Gina. Und was David betrifft, so sollte man ihm raten, daß er sich am besten auf die abgelegenste Süd-seeinsel der Welt zurückzieht – weil hier inzwischen eine ganze Menge Leute bereitstehen, die ihm den Hals umdrehen wollen.«

Die letzte Münze rutschte durch. Pip-pip-pip machte der Ap-parat. Gina legte den Hörer auf. Nachdenklich betrachtete sie Huhn Susi, aber sie sah es nicht. Es ging ihr durch den Sinn, daß David tatsächlich schon an zweien von ihnen schuldig gewor-den war: an Steve, der nun möglicherweise ins Gefängnis mußte, und in gewisser Weise auch an Mary, die nicht in die Fänge dieses Mannes geraten wäre, hätte David sie nicht in jener Nacht allein gelassen.

Er würde seine eigene Mutter verraten, um seine Haut zu retten, dachte Gina, und dann, während sie die knarrende Holztreppe zu ihrem Zimmer hinaufstieg, fügte sie für sich hinzu: Wenn er so weitermacht, wird ihn wirklich noch mal irgend jemand umbringen.

4

Im Gefängnis träumte Steve von daheim. Es waren kleine, fast unbedeutende Szenen, die er vor sich sah, Bilder einer vergangenen Idylle. Er dachte an die Sommer auf den Scillyinseln, an das Häuschen, das sein Vater dort gekauft hatte; ein weißes Haus mit einer blaulackierten Tür und roten Rosen, die sich um die Fenster rankten. Morgens frühstückten sie auf der Terrasse im Garten, und Steve roch den Duft nach frischem Kaffee, er hörte seinen Vater vor sich hinpfeifen, während er sich rasierte, und sah seine schöne Mutter in einem spitzenbesetzten Seidengewand durch den Garten gehen. Vom Meer her wehte ein salziger Wind. Oder London, die schöne, große Wohnung mit den hohen Fenstern. Wann immer er von Saint Clare zurückkam und die Wohnung betrat, Grace' sanfte Arme um sich spürte und ihren Duft nach Lavendelöl roch, begriff er den Frieden und die Ruhe, die über seinem Leben lagen. Er fühlte sich davon eingehüllt wie von den weichen Kaschmirpullovern, die er trug, und von dem Gleichmaß der Tage und Stunden, die kamen und gingen und ihn streichelnd berührten. Es hatte ihn nie nach Aufregungen verlangt, und er hatte keinen Moment daran gezweifelt, daß sein Leben für immer schön und ruhig sein würde – bis zu jenem Abend, als Alan ihn von Nantes aus anrief und jene Geschichte begann, die ihren Abschluß und Höhepunkt in einem Londoner Gerichtssaal fand – und in David Bellino, der auf einmal totenblaß wurde, aufstand und vor Gott und der Welt seine

Aussage widerrief. Und die Scillyinseln versanken im Meer, das kleine Haus und die Rosen und der Seewind auch, und die Wirklichkeit bekam ein brutales Gesicht. Das Gesicht von Gefängnismauern.

Abgesehen von der Schande, von dem Entsetzen, von dem Alptraum und dem Unfaßbaren, haßte Steve jede Kleinigkeit des Gefängnisalltags. Alles Kärgliche, Unschöne, allein Praktische war ihm zutiefst zuwider. Das billige Geschirr, das zwar gespült wurde, von dem er aber wußte, daß Hunderte von Menschen davon aßen, ekelte ihn so, daß er in den ersten Wochen kaum in der Lage war, überhaupt Nahrung zu sich zu nehmen. Er war an seidige, duftige Bettwäsche gewöhnt; in den billigen, kratzigen Decken des Gefängnisses konnte er keinen Schlaf finden. Die Gefängniskleidung scheuerte auf seiner Haut, die Kernseife, die sie zum Waschen bekamen, verursachte einen Hautausschlag bei ihm. In den Duschen, wo man nie allein war, überkam ihn beinahe Panik, denn er hatte sich nie nackt vor anderen Menschen präsentiert und andere nie nackt sehen wollen. Aber am Furchtbarsten fand er es, vor seinen Zellengenossen das Klo benutzen zu müssen.

Außer ihm befanden sich noch drei andere Männer im Raum, ausnahmslos kräftige, ziemlich primitive Kerle, die den ganzen Tag schmutzige Witze erzählten und lautstark mit den Delikten prahlten, derentwegen sie hier einsaßen. Miles hatte versucht, eine Bank zu berauben, dann aber die Nerven verloren, als der Kassierer Widerstand leistete, und sich der Polizei gestellt. Er erzählte ständig von dem »ganz großen Ding«, das »laufen wird, wenn ich hier draußen bin!«. Er wollte mindestens eine Million klauen und sich nach Acapulco absetzen. »Wenn du Geld hast, gehören dir die tollsten Weiber«, tönte er, »und in Acapulco gibt's die tollsten, das kann ich euch sagen.«

»Du warst doch nie in Acapulco?« stichelte Georgio, dem zwei Vorderzähne fehlten und der seiner Frau zwei Rippen und das Nasenbein gebrochen, dazu den Kiefer eingeschlagen hatte. »Wie kannst du denn wissen, was da los ist?«

»Nie die Zeitungen gelesen, was? Da steht doch alles drin

über Acapulco! Da gibt's Spielcasinos und Bars, und du kannst tanzen und bumsen den ganzen Tag, so viel du willst, und da gibt's die besten Nutten, die haben Titten so groß wie Fußbälle und wackeln mit den Ärschen, daß dir schwindlig wird und du nicht mehr weißt, wo oben und unten ist. Und warm ist es da in Acapulco … schön warm. Da scheint immer die Sonne, da haben die nicht so ein Pißwetter wie hier!« Miles seufzte sehnsüchtig und vertiefte sich wieder in seinen »Playboy«, in dem der Leser auf Seite fünf unter zehn Mädchen das schönste wählen sollte, und Miles konnte sich nicht zwischen der blonden Jennie mit den vollen Lippen und der rothaarigen Jo mit dem Superbusen entscheiden.

Der dritte war Pete, aus unerfindlichen Gründen »Birdie« genannt. Birdie saß wegen versuchter Vergewaltigung; er hatte eine Spaziergängerin in einem einsamen Waldstück überfallen, aber andere Spaziergänger waren unerwartet dazugekommen, hatten ihn überwältigt und der Polizei übergeben. Birdie war der stärkste (er hatte Muskeln wie ein Preisboxer) und dümmste von allen, aber er war kein grundsätzlich gewalttätiger Mensch wie etwa Georgio. Es ging eine gewisse Gutmütigkeit von ihm aus, weshalb er von seinen Zellengenossen immer wieder für die unangenehmsten Verrichtungen mißbraucht wurde. Er hätte Miles und Georgio leicht packen und mit den Köpfen aneinanderschlagen können, und die wären zersplittert wie rohe Eier, aber er ließ sich von ihnen zwingen, mit dem Arm bis zur Schulter hinauf in das Klo zu fassen und den Unrat herauszuklauben, der das Abflußrohr verstopfte. Wenn Kakerlaken aus dem Wasserbecken krochen, mußte er sie zerquetschen, und wenn sich in der mittäglichen Suppe Fleischstückchen befanden, suchten sie für ihn die fettigsten heraus. Er begriff nie, daß er ausgenutzt wurde, sondern glaubte sich für die anderen unentbehrlich. Die hatten den Kniff längst heraus. »Nur unser Birdie hat so starke Zähne, daß er es mit dem Zahnbürstenstiel aufnehmen kann«, sagte Georgio, nachdem er Birdies neue Zahnbürste konfisziert hatte und Birdie seine alte, die nur noch wenige Borsten besaß, hingelegt hatte. Birdie grunzte vor Stolz. »Klar kann Birdie das! Der

Birdie hat starke Zähne!« Und schon schrubbte er sie dermaßen rabiat, daß das Zahnfleisch zu bluten begann.

Steve fürchtete sich vor Birdie am wenigsten, wenn er ihn auch in seiner Dummheit für unberechenbar hielt, aber er hatte Angst vor den beiden anderen, und er wußte, er hatte sie zurecht. Sie haßten ihn von der ersten Sekunde an – wegen seiner Schönheit, seiner Intelligenz, seiner gepflegten Sprache, seiner Vornehmheit. Steve schmatzte nicht beim Essen, las keine Pornoblätter, und es kam nie ein obszönes Wort über seine Lippen. Seine Empfindsamkeit stand ihm so deutlich ins Gesicht geschrieben, daß er die anderen damit provozieren mußte. Miles und Georgio übertrafen einander darin, sich in Steves Gegenwart noch vulgärer zu benehmen als sonst, und sie versuchten ständig, ihn mit Sticheleien zu quälen.

»Sein Bruder legt Bomben«, sagte Georgio. Er räkelte sich auf einem Stuhl hin und her, und wie immer, wenn er sich langweilte, schoß er auf Steve los. »IRA-Bomben. Von denen Engländer sterben. Schöner Engländer, der so etwas tut, findet ihr nicht?«

Miles löste sich von Jennie und Jo. »Mieser Engländer, so einer«, stimmte er zu.

»Am miesesten ist so eine Sache natürlich, wenn kleine Mädchen dabei sterben«, fuhr Georgio fort. »Obermies finde ich das. Was meinst du, Miles?«

»Einer ist Dreck, der so was macht«, sagte Miles.

»Und einer, der dann nachher versucht, ihn zu schützen?« fragte Georgio lauernd.

»Das ist das größte Schwein!« sagte Miles begeistert. Endlich kam ein bißchen Leben in die Bude.

»Findest du das auch, Birdie?« erkundigte sich Georgio. Birdie saß auf seinem Bett und kritzelte eine nackte Frau auf ein Stück Papier; das war seine Lieblingsbeschäftigung, und er malte sie immer mit übergroßen Brüsten, in denen lange, spitze Pfeile steckten.

»Ein Schwein«, sagte Birdie, allerdings sagte er das gehorsam und ohne Haß, er sagte es mit der Freude eines Musterschülers.

Georgio grinste. »Hast du gehört, Steve? Wir finden alle, daß du ein Schwein bist! Was sagst du dazu?«

Steve lag auf seinem Bett und las in einem Buch, das heißt, er konnte sich schon seit einer Weile nicht mehr konzentrieren und las zum fünften Mal dieselbe Seite, ohne zu begreifen, was dort stand. Er konnte an überhaupt nichts mehr denken als daran, daß er so entsetzlich dringend aufs Klo mußte. Es drängte ihn so sehr, daß sein ganzer Körper schmerzte und ihm der Schweiß ausbrach. Es bedeutete für Steve die schlimmste Folter, vor den anderen die Toilette benutzen zu müssen, weshalb er jedesmal, wenn sich das erste leise Ziehen im Unterleib ankündigte, vor lauter Verzweiflung beinahe in Tränen ausbrach. Um sich der Qual so selten wie möglich aussetzen zu müssen, trank er fast nichts mehr, gerade nur so viel, wie ein Mensch zum Überleben braucht. Er nahm morgens eine Tasse Tee zu sich, versuchte dann, den Tag über ohne etwas auszukommen, und trank abends ein paar Schlucke Wasser. Die Folge davon waren rauhe, aufgesprungene Lippen und ständige leichte Schmerzen in der Nierengegend. Aber die zu ertragen nahm er auf sich, wenn er dafür den entsetzlichen Gang zur Toilette auf ein Minimum reduzieren konnte.

Gerade als die anderen anfingen, gegen ihn zu sticheln, hatte er beschlossen, nun doch zu gehen, weil er die Schmerzen nicht mehr aushielt, aber nun zuckte er zurück, denn er konnte nicht etwas derart Entwürdigendes tun, während sie so über ihn herzogen. Er preßte die Beine zusammen und biß sich auf die Lippe. O Gott, dachte er, warum muß ich solche Schmerzen haben?

»He, Steve, du hast mir keine Antwort gegeben«, sagte Georgio. »Aber wir wollen eine Antwort haben. Findest du nicht auch, daß du ein Schwein bist?«

»Ich hab's nicht getan«, erwiderte Steve gepreßt,

Georgio lachte hellauf. »Er hat's nicht getan! Da liegt er in aller Unschuld, sein Bruder legt Bomben, und er macht ihm Alibis, aber hat nichts getan!«

Was hast du denn getan! dachte Steve bitter, aber er sagte nichts. In dieser Welt, in der er sich jetzt befand, war er verloren.

Nichts und niemand hatte ihn je auf das vorbereitet, was ihn hier erwartete. Er hatte von dieser Seite des Lebens gelesen, aber im Grunde nie ganz begriffen, daß es sie wirklich gab. Bis jetzt begriff er es nicht. Er war unversehens in einen Alptraum geraten; es war ihm, als müsse er jeden Moment aus einem tiefen Schlaf erwachen und helles Licht in Streifen durch die Jalousien fallen sehen und den anheimelnden Duft von frischem Kaffee riechen.

Er jammerte leise. Miles stand auf. »Geht's dir nicht gut?«

»Der stöhnt, weil er so ein Schwein ist!« erklärte Georgio. »Stell dir mal vor, du wärst so ein Schwein, dann würdest du auch stöhnen!«

Die Schmerzen kamen jetzt in Wellen, der Schweiß lief ihm in Strömen über das Gesicht. Er rollte sich zur Seite, die Beine angezogen und fest gegen den Körper gedrückt. Unter seinen Augen lagen Schatten.

»Der sieht aber nicht gut aus«, meinte Miles, »der is' doch krank!«

»Der tut nur so«, tönte Georgio. »He, Stevie, stimmt's, du tust nur so!«

Halb betäubt raffte er sich auf. Wie durch einen Nebel sah er die Gesichter der anderen, als er durch den Raum wankte. Nur fünf Schritte … fünf Schritte bis zur Erlösung.

Er spürte die Ungläubigkeit, mit der ihm die anderen zusahen. Sie hatten wohl erst gedacht, er werde sich erbrechen, aber dann merkten sie, was es wirklich war, und nach einer Sekunde des Schweigens brachen sie in brüllendes Gelächter aus.

»Der is' gar nich' krank! Der mußte mal!«

»Das gibt's doch nicht! So was Blödes wie den gibt's doch einfach gar nicht!«

Sie warfen sich auf die Betten, sie schlugen sich auf die Schenkel, sie schrien vor Lachen.

Auf einmal dachte Steve: Ich werde es nicht aushalten. Keine zwei Jahre lang. Ich werde mich vorher umbringen.

Nachts weinte er oft. In der Zelle standen zwei doppelstöckige Betten, er hatte das unter Birdie bekommen. Von dort blickte er immer zu dem vergitterten Fenster hin. Er beobachtete, wie der schwarze Himmel dahinter gegen Morgen allmählich heller wurde, von einem dunklen Grau in ein fahles Grau überging, und dann, in diesen ersten warmen Septembertagen des Jahres 1979 ein strahlendes Blau annahm. Ob es leichter wäre, wenn es regnen würde? fragte er sich. Aber nein, es wäre nicht leichter. Ob es eine warme Nacht war, in der lockende Stimmen aus dem Dunkel zu flüstern schienen, oder eine regenschwere kühle Dämmerung – es war das Leben, und es ging da draußen an ihm vorüber. Er wußte, daß die Herbstblumen im Park von Saint Clare jetzt wild und leuchtend blühten und daß die Hitze auf den Straßen von London sanfter wurde, aber er bezog seine Gedanken nur aus der Erinnerung, sie bekamen keine neue Nahrung. Für immer würde es von nun an in seinem Leben diesen blassen Fleck geben, der seine Gefängniszeit darstellte, und er ahnte, daß danach nichts mehr sein würde wie es gewesen war.

Es waren Wochen vergangen, und die Nächte wurden länger, die Tage kürzer. Der Dezember kam mit Kälte und Nebel. An einem dieser düsteren Tage, an denen es nie richtig hell wurde und der Himmel schneeschwer über London lastete, kamen Steves Eltern zu Besuch. Sie teilten ihrem Sohn mit, daß sie England verlassen und nach Amerika gehen würden.

Steve konnte es nicht glauben, was er hörte. »Was?«

Grace saß ihm in ihrem neuen Pelz gegenüber, die Beine eng am Körper, die Hände im Schoß verkrampft. Es schien, als wolle sie so wenig wie möglich mit dem in Berührung kommen, was sie hier umgab. Sie wirkte völlig fehl am Platz, sah aber auch in diesem häßlichen, kalten Licht des Besucherraumes wie eine schöne Puppe aus. »Steve, versteh uns bitte. Unsere beiden Söhne im Gefängnis. Wir können uns nirgends mehr blicken lassen. Neulich hat man mich in einer Boutique nicht mal mehr gegrüßt ...« Grace biß sich auf die Lippen, ihre Augen glänzten feucht. »Es ist so schrecklich, von allen nur verachtungsvoll behandelt zu werden. Wir ... wir müssen neu anfangen, weit weg, wo man uns nicht kennt ...«

Bleich wie ein Geist sah Steve seinen Vater an. »Dad ...«

Sein Vater wich seinem Blick aus. »Deine Mutter hat recht. Wir haben hier keine Heimat mehr.«

»Aber … ihr könnt jetzt nicht weg! Nicht solange ich noch hier bin! Ihr könnt mich nicht allein lassen. Ich brauche euch!«

Grace sah gequält aus, aber nicht so, als werde sie nachgeben. Zum erstenmal erkannte Steve – ohne daß er es sich in diesem Moment bewußt machte –, daß in seiner Mutter etwas Stählernes verborgen lag, das nichts mit ihrer sanften Stimme und den verträumten blauen Augen zu tun hatte.

»Steve, du mußt das wirklich verstehen. Du kannst nicht unser Leben zerstören. Du hast uns so viel Schlimmes angetan…«

»Was habe ich denn getan! Ich wollte Alan schützen! Alan ist mein Bruder, er ist euer Sohn! Es war euer Sohn, für den ich das getan habe!«

»Alan«, sagte Grace mit erstickter Stimme, »ist nicht mehr mein Sohn.«

»Mum … du kannst nicht ernst meinen, was du da sagst!«

Grace erhob sich. Ihre kleine, zarte Gestalt stand zur vollen Größe gereckt. »Ich kann für Alan nichts tun. Und für dich kann ich jetzt auch nichts tun. Ich bitte dich, Steve…« Ihre Stimme brach, aber sie fing sich wieder. »Mach nicht alles noch schwerer. Du und Alan, ihr könnt nicht ermessen, was ihr uns angetan habt…«

»Mum…« Auch Steve stand auf. Blaß und mager stand er da, hohlwangig, mit aufgeplatzten Lippen. »Muum sag mir, bin ich auch nicht mehr dein Sohn?«

»Steve!« sagte sein Vater erschöpft.

Grace trat einen Schritt auf den Tisch zu, der sie von Steve trennte, neigte sich hinüber und legte den Arm um ihn.

»Halt!« Der wachhabende Beamte protestierte. »Das ist nicht erlaubt!«

Zum letzten Mal fühlte sich Steve von weichen, starken Armen umfangen, zum letzten Mal roch er den zarten Duft des Lavendelöls, zum letzten Mal flutete das Gefühl der Geborgenheit über ihn hinweg, das ihn durch sein ganzes Leben begleitet und getragen hatte. Zum letzten Mal klammerte er sich an seiner Mutter fest und spürte schon, wie der Boden unter seinen Füßen zu schwanken begann und die alte Sicherheit dahinging. Er hatte Grace verloren. Sie zog sich von ihm zurück, weil er in ihre Welt aus Zuckerguß und Schönheit nicht mehr paßte. Er war krank und verwundet, aber Grace war es auch, und wenn es darum ging, wer von ihnen beiden an seinen Wunden verbluten würde, so würde Grace es nicht sein. Sie hatte beschlossen, sich zu retten.

»Mum«, sagte er noch einmal, und sie lächelte ihm zu, aber es war das berühmte süße Lächeln der Grace Marlowe, das alles versprach und nichts davon ernst meinte. Er schaute ihr nach, wie sie den Raum verließ, geschmiegt in ihren Mantel, zart, schutzbedürftig und zu empfindsam für diese Welt.

Eine schöne Hülle, in der ein unzerbrechlicher Kern ruhte?

»Wiedersehen, mein Junge«, sagte der Vater und streckte seinem Sohn die Hand hin. »Halt dich tapfer!«

»Dad – was wird sein, wenn es vorbei ist? Wenn ich frei bin?«

»Das ... werden wir sehen ... es ist ja noch so lange hin. Steve, es gibt Dinge im Leben, die tut man und nachher muß man sie verantworten ... und es ergeben sich Konsequenzen ... wir werden sehen, Steve, was später sein wird ...« Er verließ ebenfalls den Raum, ein wenig gebeugt, denn das Leben, so schien es ihm, hatte ihn nicht gut behandelt.

Steve ließ sich in seine Zelle zurückführen, halb betäubt, und so geschlagen, daß sogar Georgio, als er seiner ansichtig wurde, den Mund hielt und sein Opfer für diesen Tag in Ruhe ließ.

Es kam die Nacht, Finsternis senkte sich über die Zelle. Steve lag mit weitoffenen Augen da, lauschte dem ruhigen Atem der Schlafenden. Der Gedanke, daß er seinem Leben ein Ende setzen konnte, wenn er es nicht mehr aushielt, hatte ihn während der letzten Wochen aufrecht erhalten. Immer hatte er gedacht: Gut, ich stehe den Tag heute durch! Vielleicht auch morgen und übermorgen. Aber wenn es dann unerträglich wird, mache ich Schluß.

Er besaß eine Rasierklinge!

Diese Rasierklinge stellte das Wertvollste, Teuerste, Wichtigste dar, was er je besessen hatte. Chris hatte sie ihm geschenkt. Chris war in der Nachbarzelle gewesen, und ein Freund hatte ihm die Klinge ins Gefängnis geschmuggelt, aber er war dann zu feige gewesen, sich das Leben zu nehmen. Seine Haftzeit näherte sich ohnehin ihrem Ende, aber er hatte eine mörderische Angst vor der Zeit danach gehabt, denn er war verurteilt wegen der Verführung einer Minderjährigen, und er wußte, daß man an seinem Arbeitsplatz, daß alle seine Nachbarn davon wußten. Seine Frau hatte die Scheidung eingereicht; daß sie die Kinder bekommen würde, stand fest.

Chris wollte sterben, aber am Tag seiner Entlassung hatte er es immer noch nicht über sich gebracht, und resigniert hatte er Steve die Klinge zugesteckt. »Für dich. Wenn du nicht mehr kannst.«

Die Klinge lag unter Steves Matratze.

Mit einer raschen Bewegung glitt er aus dem Bett, kniete daneben nieder und tastete unter der Matratze herum. Er fand die Klinge und zog sie vorsichtig hervor.

Seine Hände zitterten wie die eines Schwerkranken, er glühte, als habe er Fieber. Kurz kam ihm das Bild seiner Mutter in den Sinn, und der Schmerz wallte erneut auf. Er zögerte eine Sekunde – es würde weh tun, und sein Leben lang hatte er Angst gehabt vor Schmerzen, aber diesmal kam es ihm vor, als könne nichts gegen seinen Kummer und seine Seelenpein ankommen. Mit schnellen, entschlossenen Bewegungen öffnete er sich die Pulsadern; es war die einzige Tat seines Lebens, bei deren Ausführung er weder zögerte, noch die Meinung von mindestens einem Dutzend anderer Menschen einholte.

Später erinnerte er sich dunkel, daß er stöhnend in einer Lache von Blut gelegen hatte, verwundert, weil er keine Schmerzen spürte, geschüttelt vom Fieber, das seine Zähne hörbar aufeinanderschlagen ließ. Das Blut war überall: Er schmeckte es auf den Lippen, fühlte es zwischen den Fingern, spürte, wie es seine Stirnhaare feucht verklebte. Warme Nässe breitete sich unter seinem Bauch aus. Die Jammerlaute, die er ausstieß, entsprangen eher einem Reflex als echtem Elend. Zu seiner Erleichterung war der Tod sanft.

Dann flammte plötzlich ein Licht auf, und von fern, von ganz weit her, erklang Georgios Stimme: »Verfluchte Scheiße, der Kerl hat sich die Pulsadern aufgeschnitten! Das kann doch nicht wahr sein! Schaut euch diese Schweinerei an!«

Dann hämmerte jemand gegen die Tür, Schreie hallten durch die Nacht, eine Glocke schrillte. Auf einmal wimmelte es von Menschen, alle um ihn herum, und er hatte den Eindruck, als zerrten sie alle an ihm, aber er konnte sich nicht wehren, weil er zu schwach war.

Klar registrierte er dann wieder ein einfaches, weißgetünchtes Zimmer, hell und freundlich, aber mit Gittern vor den Fenstern. Er lag in einem hohen Bett, vor ihm auf der Decke ruhten seine Arme. Sie waren von den Fingerwurzeln bis fast zu den Ellbogen mit dickem weißen Mull umwickelt. In den Handgelenken tobte ein stechender Schmerz, im Herzrhythmus pulsierend.

»Da sind Sie ja wieder«, sagte eine weibliche Stimme. Steve sah eine junge, dunkelhaarige Krankenschwester, die ihn besorgt beobachtete, nun aber zu lächeln begann. »Ich dachte schon, Sie schlagen die Augen gar nicht mehr auf. Wie geht es Ihnen?«

»Ich habe Durst. Und Schmerzen.«

»Hier, trinken Sie ein paar Schlucke.« Sie reichte ihm ein Glas. »Was die Schmerzen angeht, so kann ich Ihnen leider im Moment nicht helfen. Warum haben Sie das getan?«

»Ich wollte sterben. Ich will immer noch sterben.«

»Was ist geschehen?«

»Ich will nicht darüber reden.« Er starrte an der jungen Frau vorbei an die Wand. Ich will dir nicht erzählen, daß selbst meine Mutter mich verlassen hat, dachte er feindselig.

»Kommen Sie mit Ihren Zellengenossen nicht zurecht? Möchten Sie in eine neue Zelle verlegt werden?«

Steve nickte ohne Anteilnahme.

»Wissen Sie«, sagte die Schwester, »ich will Ihnen wirklich nicht mit Banalitäten auf die Nerven gehen, aber Sie sollten bedenken, daß Sie noch jung sind und daß noch viele Jahre auf Sie warten, wenn Sie aus dem Gefängnis kommen. Es lohnt sich nicht, das Leben jetzt wegzuwerfen. Es steht noch zuviel Schönes für Sie bereit.«

»Es wird nichts mehr schön sein. Das weiß ich.«

»So sollten Sie nicht reden.«

»Ich werde für alle Zeiten das Gefängnis mit mir herumtragen. Es gibt Alpträume, die bleiben für immer lebendig.«

»Aber sie verblassen.«

Was weißt du schon, dachte Steve erschöpft.

Er fing an zu weinen. Er weinte aus Entsetzen, aus Furcht und Verzweiflung, und dann dachte er an David, und schließlich weinte er auch aus Haß.

Natalie

1

Als Natalie bereits eine erfolgreiche Journalistin und in mehreren Ländern Europas sowie den USA bekannt war, wurde sie von dem Chefredakteur einer großen amerikanischen Zeitschrift gebeten, über sich selbst einen Text zu verfassen.

»Wissen Sie«, sagte er, »so nach dem Motto: Wie ich mich selber sehe.«

Natalie wußte, daß er auf pikante Enthüllungen hoffte, denn allgemein war bekannt, daß sie lesbisch war, und von der Lebensbeichte einer Lesbierin erwartete man Prickelndes. Sie setzte sich an ihren Schreibtisch und schrieb:

»Ich bin Natalie Quint. Geboren 1960 in Somerset, England. Ich wuchs auf dem Landsitz auf, der sich seit Generationen im Besitz unserer Familie befindet; es handelt sich um eines jener elisabethanischen Herrenhäuser, die von Touristen glühend bestaunt werden und in Wahrheit entsetzlich unpraktisch sind, riesengroß, zugig und schlecht zu heizen. Das Land ringsum liebte ich, auch die Pferde und Hunde, die meines Vaters Stolz waren. Meine Mutter konnte sich weder besonderer Schönheit, noch einer herausragenden Intelligenz rühmen, was sie durch beharrliche Pflege ihres Äußeren und durch unverblümtes Protzen mit ihrem Reichtum auszugleichen suchte. Ich glaube nicht, daß es einen Menschen auf der Welt gibt, der sie jemals ohne komplettes Make-up gesehen hat, auch nicht mein Vater, der das zu ihrem Leidwesen jedoch nicht einmal zu schätzen wußte, da er jeder Kuh auf dem Gut intensiver ins Gesicht schaute als seiner Frau. Ihre Zeit und ihr Denken widmete Mum der komplizierten Tätigkeit, modisch stets auf dem laufenden zu sein und mit ihrem Schmuck den Glanz aller anderen Frauen zu überstrahlen; unglücklicherweise hatte sie dabei einen Hang zur Geschmacklosigkeit, der sie mehr als einmal zur komischen Figur machte, und es wird ihr ein lebenslanges Rätsel bleiben, warum die Leute eher über sie kicherten als ihr zu Füßen lagen.

Aus irgendeinem Grund hätte sie es viel eleganter gefunden, einen Sohn zu bekommen als eine Tochter, und die Tatsache, daß ich als weibliches Geschöpf zur Welt gekommen bin, wird sie mir nie verzeihen. Ich war kein niedliches Kind, keines zum Angeben. Schon mit zwölf Jahren war ich ziemlich hoch aufgeschossen, ich hatte einen hellen Teint und etwas zu starke Oberschenkel. Zu allem Überfluß liebte ich Bücher und komplizierte Mathematikaufgaben und Diskussionen mit Menschen, die eine andere politische Meinung hatten als ich. Meine Eltern schickten mich in ein exklusives Internat, und es fiel mir nicht schwer, ihnen mit guten Leistungen eine Freude zu machen. Ich trottete sogar jeden Sommer anstandslos mit nach Ascot, aber nur, weil mich das Gehabe amüsierte, mit dem meine Mutter ihren Schmuck und ihren neuen Hut vorführte, und ihr hysterisches Kichern, wenn unerwarteterweise die Herzogin von Kent oder Prinzessin Margaret das Wort an sie richteten.

Ich wurde hübsch, nachdem ich meine ersten gräßlichen Teenagerjahre überstanden hatte, und wie durch ein Wunder bekam ich schlanke Beine und – ja, vielleicht hätte ich doch eine Traumtochter sein können, aber dann machte ich Liebe mit Frauen und wurde Journalistin und jagte nach beruflicher Anerkennung, und dann passierte das entsetzliche Verbrechen in Crantock, und seit jener Nacht ist meine Psyche ein Dreckhaufen, und das verfluchte Valium tut sein Übriges...«

An der Stelle brach Natalie ab und zerriß, was sie geschrieben hatte, denn ihr ging auf, daß das alles keinen Menschen etwas anging. Sie beschloß, einen zweiten, wohlüberlegten Text zu verfassen, und das einzige, was sie von dem ersten übrigbehielt, war der Anfang: »Ich bin Natalie Quint.« Sie stellte sich immer auf diese Weise vor, nie sagte sie einfach nur ihren Nachnamen oder: »Ich heiße Natalie Quint.« Sie sagte: »Ich bin Natalie Quint«, was ihrem jeweiligen Gegenüber das Gefühl gab, man müsse sie eigentlich kennen. Der Effekt war, daß man sie tatsächlich kannte. Es hieß von ihr, sie sei eine ebenso schöne wie intelligente Frau, aber sie galt auch als schwierig und launisch. Sie schluckte zuviel Valium.

2

Als junges Mädchen hatte sich Natalie nie für Jungs interessiert, aber sie hatte nicht daran gedacht, daß sie lesbisch sein könnte. Diese Möglichkeit lag außerhalb ihrer Welt. Natürlich hatte sie davon gehört und gelesen, es aber für sich nie in Erwägung gezogen. Sie konnte auch keine Symptome bei sich entdecken. Einmal in Saint Clare, sie war siebzehn, saß sie beinahe eine Nacht lang in Ginas Bett, und die beiden Mädchen redeten über all die Dinge, die sie bewegten, in einer Atmosphäre von Intimität und Vertrauen, wie sie nur in seltenen, kostbaren Stunden entsteht. Irgendwann nach Mitternacht hatte Natalie das Gefühl, sie würde gern Ginas Hand halten, aber sie tat es dann nicht, und später sagte sie sich, es sei nur eine Gefühlsaufwallung gewesen, die sich aus der Situation ergeben habe.

Als sie alle das Abschlußexamen bestanden hatten, fuhren sie nach Frankreich, in zwei völlig überladenen, gefährlich schaukelnden Autos. Sie waren erschöpft vom Lernen, gestreßt von der Examensangst, und auf der ganzen Fahrt träumten sie davon, wie herrlich es sein müßte, am Strand zu liegen und im Meer zu baden, sie träumten von Sonne und blauem Himmel, aber als sie schließlich in St. Brevin eintrafen – um ein Uhr mittags, sie hatten Hunger und waren müde –, begann es zu regnen, die Küste versank im Nebel, und die Feuchtigkeit drang auf geheimnisvolle Weise durch die Wände des Häuschens, so daß abends die Betten kalt und klamm waren und ein heftiger Wettstreit um die einzige vorhandene Wärmflasche einsetzte. Die ganze erste Woche verbrachte man damit, in erbitterten Streitgesprächen herauszufinden, wer für die Wahl von St. Brevin letztendlich verantwortlich zu machen war.

David und Steve vertrieben sich die Zeit, indem sie mit dem Auto in der Gegend herumfuhren und Ausschau nach hübschen Mädchen hielten, ohne jedoch fündig zu werden, wie man aus den frustrierten Mienen, mit denen sie abends zurückkehrten, schließen konnte. Natalie verzog sich an den Heizofen im Wohnzimmer; sie hatte beschlossen, für eine Zeitschrift eine Kurzgeschichte zu schreiben und arbeitete mit großer Energie daran. Sie deckte sich mit Schokoladenkeksen ein, die sie selbstvergessen vor sich hinknabberte, ihr Tagesverbrauch entsprach etwa dem einer fünfköpfigen Familie.

Wie üblich zeigte sich Gina ihrer eigenen Unruhe wehrlos ausgeliefert. Sie blieb bis mittags im Bett, allerdings ohne zu schlafen; sie holte sich nur eine Tasse Kaffee nach der anderen aus der Küche, schlürfte sie langsam vor sich hin und starrte dabei trübsinnig hinaus in den Nebel, auf die Mündung der Loire in den Atlantik und auf die schattenhaften Umrisse der Brücke von St. Nazaire. Wenn sie sich schließlich aufgerafft hatte, das Bett zu verlassen, sah sie sich mit einem anderen Problem konfrontiert: der Kälte. Da sie weder Wolle auf ihrer Haut noch irgendwelche schweren Kleidungsstücke am Körper ertrug, hatte sie auch diesmal wieder nur ein paar Seidenfähnchen und luftige Sandalen mitgenommen. Sie zitterte vor Kälte und lief meistens mit einer Decke um die Schultern herum, was ihr das Aussehen einer Squaw verlieh. In der nebelfeuchten Luft kräuselten sich ihre Haare zu einer Unzahl kleiner Locken, die bis zur Taille hinabfielen und manchmal aussahen, als habe die Trägerin es aufgegeben, sie zu kämmen.

»Es wird Kälte sein, woran ich eines Tages sterbe«, murmelte Gina, und Natalie gab in Gedanken versunken zurück: »Ich möchte wissen, warum es so verdammt schwer ist, eine anständige Geschichte zu schreiben!« Sie fuhr sich mit fünf Fingern durch ihr kurzgeschnittenes blondes Haar, so daß es wirr in alle Himmelsrichtungen von ihrem Kopf wegstand. Dann kroch sie näher an das Feuer, kuschelte sich gegen die grünen Kacheln des Kamins wie eine Katze in eine Sofaecke und vertiefte sich in die bekritzelten Seiten ihres Notizblocks.

Als das Wetter umschlug, atmeten sie alle auf. Beinahe von einem Moment zum anderen blies ein kräftiger Wind vom Atlantik die Wolken auseinander; auf einmal leuchtete der Himmel blau und die Sonne schien, und dann wurde es so heiß, daß man es überhaupt nur noch im Wasser oder im Schatten aushielt. Unter den blühenden Zweigen eines Jasminbusches beendete Natalie ihre Kurzgeschichte, und Gina verließ endgültig ihr Bett, schlüpfte in ein hauchfeines Seidenhemdchen mit Spaghettiträgern und ein Paar Shorts aus weicher Baumwolle und fühlte sich endlich zu neuen Taten bereit.

Sie trat auf die Terrasse, wo Natalie soeben einen Brief an ihre Mutter geschrieben hatte und ihn ebenso erschöpft wie frustriert adressierte.

»Nat, ich finde, wir haben hier lange genug herumgesessen. Irgendwo in diesem gräßlichen Ort gibt es eine Bushaltestelle, und wir sollten sehen, ob wir einen Bus nach Nantes finden. Ich werde verrückt, wenn ich immerzu nur Ferienhäuser und dickbäuchige Sommerfrischler sehe!«

Natürlich ging an diesem Tag kein Bus mehr, und so fuhren sie am nächsten Morgen, in einem vorsintflutlichen Gefährt, eingeklemmt zwischen einer ganzen Horde einheimischer Frauen, die die beiden Mädchen mißtrauisch musterten.

Es war der 4. Juli, jener Tag, an dem Alan Marlowe in den frühen Abendstunden eine Bombe in der Damentoilette des »Black Friars« in Plymouth legen würde. Weder Gina noch Natalie ahnten, daß ihr Entschluß, den Tag in Nantes zu verbringen, die Voraussetzung dafür schuf, ein Alibi für Alan zu konstruieren.

»Ich möchte«, sagte Gina plötzlich, »meine neue Jeans anziehen.« Sie gingen durch eine unterirdische Einkaufspassage, beladen mit Tüten und Taschen, in denen sich hauptsächlich unnötiges Zeug befand, von dem sie später in England nicht mehr wissen würden, warum sie es hatten haben müssen. Gina hatte sich neue Jeans gekauft, so eng, daß es ihr im Laden selbst unter der tatkräftigsten Hilfe von Natalie und zwei Verkäuferinnen nur schwer gelungen war, sich hineinzuzwängen.

»Vielleicht sollten Sie doch eine Nummer größer nehmen«, hatte die eine Verkäuferin schließlich erschöpft gesagt und dabei trübsinnig ihren zersplitterten Fingernagel betrachtet. Aber Gina beharrte auf ihrer einmal getroffenen Entscheidung. »Ich nehme sie. Könnten Sie mir jetzt bitte wieder heraushelfen?«

»Aber wo willst du das furchtbare Ding anziehen«, fragte Natalie nun in der unterirdischen Einkaufspassage.

Gina blickte sich um. »Dort drüben. In der Toilette.«

Es handelte sich um die schmuddeligsten Toiletten, die Natalie seit langem gesehen hatte. Sie schüttelte angewidert den Kopf und wartete in sicherem Abstand vor der Tür, hinter der Gina verschwunden war. Sie konnte die Freundin ächzen und stöhnen hören.

»Gina? Klappt es?«

»O Gott, Nat, beim besten Willen nicht! Ich glaube, ich muß mich hinlegen.«

»Was?«

»Ich muß mich hinlegen. Es geht sonst nicht!«

»Gina! Du kannst dich doch in diesem Dreckloch nicht auch noch hinlegen!«

»Ich muß. Oh, es ist gräßlich hier!« Die Geräusche aus der Toilette klangen immer bedrohlicher, und schließlich ertönte Ginas klägliche Stimme erneut. »Ich kann mich nicht ausstrecken. Das ist zu klein hier drinnen. Ich muß die Tür aufmachen!«

»Dann ragen aber doch deine Beine hinaus!«

Die Tür ging auf und eine völlig verkrampfte Gina erschien. Ihre Haare waren zerwühlt, sie hatte keine Schuhe mehr an und steckte in ihren neuen Jeans mit offenem Reißverschluß.

»Meinst du, ich hätte eine Nummer größer nehmen sollen?«

»Oh, Gina!!«

Ginas Beine ragten von den Knien abwärts hinaus in den Gang. Sie lag völlig flach auf dem Boden und hatte den Bauch so weit eingezogen, daß ihre Hüftknochen rechts und links davon wie zwei Schaufeln hervorsahen. Natalie mußte plötzlich kichern. Sie erhaschte den Blick auf das völlig fassungslose und tief entsetzte Gesicht einer biederen Frau, die auf dem Weg zu den Toiletten gewesen war, jedoch hastig umkehrte, als sie die beiden Frauenbeine im Gang sah, das unmenschliche Stöhnen vernahm und Natalie bemerkte, die sich interessiert über das ächzende Etwas neigte.

»Wenn wir Pech haben, läuft die zur Polizei«, murmelte Natalie. »Die denkt doch, ich bringe dich um.«

»Ich hab's gleich«, hechelte Gina, »hilf mir bitte, Nat!«

Natalie überwand ihren Ekel, stellte ihre Einkaufstüten ab und kniete neben Gina nieder. Ihre Hand lag auf Ginas Bauch; er war warm, und sie konnte die zarten, flaumigen Härchen darauf spüren. Sie sah, wie sich Ginas Brust in heftigem Atem hob und senkte. Die Spitzen ihrer Brüste schimmerten durch den dünnen Stoff ihres T-Shirts. Sie war sehr blaß, die Lippen schienen von der Anstrengung beinahe entfärbt. Ihre gewöhnlich mit Unmengen von Kajal umränderten Augen hatte sie heute nicht geschminkt, und unter den zerwühlten Haaren sah sie sehr jung aus. Natalie merkte, daß sie ihre Hand nicht mehr von Ginas Bauch wegnehmen konnte.

»Gina«, sagte sie mit ihrer leisen, rauhen Stimme, »du bist so wunderschön.«

Gina hielt inne und sah Natalie verwirrt an. »Was?«

»Du bist sehr schön, Gina. Es ist kein Wunder, daß ein Mann wie Charles nicht mehr von dir abläßt.« Aber eigentlich hatte sie das nicht sagen wollen, sondern ihre Worte hätten lauten müssen: Ich finde dich schön. Ich finde dich anbetungswürdig schön. Ich fand das immer, aber nie so. Nicht so intensiv und so ... zärtlich.

Sie neigte sich vor und küßte sachte Ginas Mund. »Mäuschen, ich finde es beschissen hier drin, aber du bist schön, selbst an so einem Ort.«

Gina war zu erschöpft, um zu begreifen, was in Natalie vorging. »Letzter Versuch, Natalie. Ich glaube, wir haben es gleich. Meinst du, ich werde jeden Morgen so lange brauchen, um das Scheißding anzuziehen?«

Auch der nächste Tag war wieder heiß. Tiefrot war am Morgen die Sonne hinter den Hügeln aufgestiegen, hell und heiß zog sie nun ihren hohen Bogen über den ungetrübt blauen Himmel. Die Hitze verbot es, sich zu bewegen, sie verbot es zu arbeiten. Im Grunde, dachte Natalie, ist es zu heiß, um zu atmen.

Sie trug einen Bikini und saß im Gras unter dem Jasminstrauch. Sie hatte einen Brief an Mary geschrieben, aber der Kugelschreiber klebte an ihren Händen, die Gedanken bewegten sich zäh. Sie legte sich zurück in das warme, kurzgeschnittene Gras, das sommerlich nach Heu und trockener Erde roch, und dachte, wie herrlich friedlich es hier sei. David und Steve waren ans Meer gefahren, und Gina hatte einen Anruf von Charles bekommen und saß jetzt mit der Miene eines Opferlamms am Telefon im Wohnzimmer. Natalie grinste vor sich hin. Dafür, daß der junge Mann kein Geld hatte, führte er reichlich lange Gespräche.

Die beinahe ländliche Stille des Gartens erinnerte Natalie an daheim, denn auch dort hatte sie die langen, heißen Tage geliebt und sich verschwiegene Plätze im hohen Gras um den See oder unter den schattigen Blättern der Bäume im Wald gesucht. Allerdings war die Idylle immer bald gestört worden, entweder durch die Hunde, die im Gelände herumstreiften und sich freudig bellend auf Natalie stürzten, oder – was schlimmer war – durch ihre Mutter, die irgend etwas Belangloses von ihr wollte und so lange nach ihr rief, bis sie sich wütend erhob und zum Haus zurücktrottete. Mum hat es nie fertiggebracht, Menschen leben zu lassen, dachte Natalie träge, während sie mit den Zehen ein Gänseblümchen pflückte, sie kann Andersdenkende kaum ertragen.

Langsam stand sie auf und schlenderte ins Haus. Gina hatte offenbar aufgehört zu telefonieren und war nirgends zu entdecken, weder im Wohnzimmer noch in der Küche. Natalie summte eine Melodie vor sich hin, während sie die Treppe hinaufstieg, um sich ein T-Shirt zu suchen. Jeder der vier hatte ein eigenes Schlafzimmer, und Natalie hätte direkt in ihr eigenes gehen können, aber als sie an Ginas Tür vorbeikam, vernahm sie von innen ein Geräusch. Das Bett knarrte leise. Hatte sich Gina hingelegt? Sie zögerte eine Sekunde, klopfte dann an und trat ein.

Gina lag auf dem Bett. Sie war vollkommen nackt, und ihr dunkles Haar breitete sich wie ein Teppich über die Kissen. Die Hände mit den dramatisch roten Fingernägeln hingen rechts und links über den Bettrand. Sie wirkte vollkommen entspannt, nur auf Stirn und Nase glänzte ein wenig Schweiß. Wie sie dalag, hatte sie etwas von einem jungen, wilden Tier, das erschöpft von der Hitze und der eigenen grenzenlosen Energie hingegossen schläft, während in ihm bereits sprungbereit neue Kräfte lauern.

Es herrschte eine brütende Hitze in dem kleinen Zimmer mit den schrägen Wänden. Zwar standen beide Fensterflügel weit offen, aber kein Windhauch bewegte die Zweige des Apfelbaumes, der vor dem Haus wuchs. Die Holztäfelung unter dem Dach roch nach warmem Harz. Staub flimmerte in der Sonne, eine Biene surrte gegen die Decke.

»Ist dir nicht gut?« fragte Natalie.

Gina öffnete langsam die Augen. »Nein. Es ist alles in Ordnung. Ich bin nur ein bißchen müde von der Hitze. Und von Charles. Er ist ein schrecklicher Mensch, dabei so lieb und anhänglich, daß man sich ganz gemein vorkommt, wenn man nicht nett zu ihm ist.«

»Ich fürchte, du wirst ihn nie mehr los«, sagte Natalie, aber ihre Worte kamen eher mechanisch, denn sie hatte kaum richtig hingehört. Sie merkte, wie ihre Handflächen feucht wurden, während sie beobachtete, wie sich diese schöne, junge, nackte Frau vor ihr auf dem Bett genießerisch streckte. Diese goldbraune Haut! Die goldfarbenen Augen! Goldflimmernde Strähnen im kastanienbraunen Haar. Natalie kam es vor, als sei die ganze Gina in pures Gold getaucht. Was für schöne Brüste sie hatte. Die Beine, unendlich lang und wunderschön geformt. Alles an ihr war langgestreckt, schlank und feingliedrig. Die Hände, die Arme, der Hals... fasziniert starrte Natalie auf den dunklen Fleck zwischen ihren Beinen, und als sie sich vorstellte, wie es sein müßte, dieses Stück zu berühren, es sanft und zärtlich mit den Fingern zu streicheln, wurde ihr fast schwindlig. Sie wußte, daß Gina noch nie mit einem Mann geschlafen hatte, und es überraschte sie, mit wieviel Angst und Entsetzen sie auf den plötzlichen Gedanken an einen Geliebten für Gina reagierte. Sie schloß die Tür. Mit einer raschen, anmutigen Bewegung glitt sie neben Gina auf das Bett. »Stört es dich, wenn ich mich einen Moment zu dir lege?« fragte sie. »Ich bin auch sehr müde.«

»Natürlich stört es mich nicht«, erwiderte Gina. Aber instinktiv hatte sie etwas gespürt. Ihre Stimme klang gespannt, aus ihrem Blick, ihrer Haltung war die schläfrige Trägheit verschwunden. Hellwach registrierte sie Natalies Nähe.

In der Hitze wurde die Haut der beiden Mädchen naß, kaum daß sie einander berührten. Beide empfanden es als schön zu spüren, wie sich ihr Schweiß vermischte, wie ihrer beider Atem ineinander überging. Zum ersten Mal erlebten sie das Gefühl streichelnder Hände auf ihren Körpern.

Das Laken bekam feuchte Flecken, Decken und Kissen lagen längst auf dem Boden. Die Mädchen fingen an, sich freier zu bewegen, sie flüsterten einander zärtliche Worte zu, nannten sich mit neuen, frivolen Namen, lachten leise, spielten mit den Händen in den Haaren der anderen. Gina rollte sich auf den Bauch, und Natalies Hände glitten über ihren Rücken, still und langsam, und kein Laut war im Raum zu hören. Dann wieder kicherten sie, kugelten übereinander wie junge Hunde, berührten sich tapsig und grob, aber immer voller Begierde. Sie schienen eins zu sein, vollkommen in ihrer Übereinstimmung und Harmonie, aber in Wahrheit gingen jeder von ihnen andere Gedanken durch den Kopf.

Gina dachte: Es muß so phantastisch sein, das mit einem Mann zu erleben!

Und Natalie dachte: Ich werde immer nur Frauen haben. Wie grauenhaft muß es mit einem Mann sein!

Jede für sich trafen sie in dieser Stunde eine Entscheidung.

David ging die Treppe hinunter. Er ging langsam und bedächtig, nachdenklich. Unten traf er Steve, der noch ein paar

Sachen aus dem Auto brachte: Zutaten für das geplante Spa-
ghettiessen am Abend.

»Und«, fragte Steve, »sind sie oben?«

»Ja ... ja, sie sind oben.«

»Wenn sie uns mit dem Essen helfen wollen, sollen sie jetzt
kommen. Ich werde ...« Steve wollte die Treppe hinauf, aber
David hielt ihn zurück. »Laß nur. Sie kommen gleich.«

Steve brauchte nicht zu sehen, was er gesehen hatte. Die Mädchen hatten sein Klopfen nicht gehört, ihn nicht gesehen, als er
die Tür öffnete. Verstört und erschrocken hatte er sich zurückgezogen.

3

Mrs. Quint stand in der eichenholzgetäfelten Eingangshalle von
Graythorne und streifte sehr langsam jeden einzelnen Finger
ihrer weißen Handschuhe über. Es war Ende August und eigentlich zu heiß für Handschuhe, aber zu einem Poloturnier konnte
man unmöglich ohne Handschuhe gehen. Sir Frederic Laughcastle, der nächste Nachbar – eine halbe Stunde zu Fuß entfernt
von Graythorne –, züchtete Poloponies und veranstaltete das
Turnier, aber es würde zugleich ein großes Gartenfest sein, zu
dem nur Abkömmlinge der besten Familien aus der Grafschaft
eingeladen waren. Unter anderem eine Menge heiratsfähiger
junger Männer. Mrs. Quint hatte sich deshalb, um Geld und Vornehmheit der eigenen Familie wirkungsvoll repräsentieren zu
können, ein Kleid von Laura Ashley gekauft, himmelblaue Seide
mit eingewebten kleinen Rosen, und für Natalie eines aus rosa-
farbenem, leichten Baumwollstoff, schulterfrei und mit breiter
Schärpe um die Taille. Mrs. Quint fand, es sei höchste Zeit, daß
Natalie anfinge, sich für junge Männer zu interessieren – und die
Männer für sie. Warum verhielt sie sich nur immer so kühl und
abweisend? Die wenigen Männer, die versucht hatten sich ihr
zu nähern, waren immer sehr rasch und ein wenig erschrocken

zurückgewichen. Sie gab sich nicht die geringste Mühe, ihre Scharfzüngigkeit ein wenig zu zügeln – und wenn sie doch nur einmal, *einmal* mit einem Mann über etwas anderes sprechen würde als über Politik! Mrs. Quint seufzte tief und blickte durch eines der Bogenfenster hinaus in den Park, der hochsommerlich blühend in der Sonne lag, sich aber bereits leise herbstlich färbte: Die Spitzen der Blätter an den Apfelbäumen röteten sich, Spinnweben glitzerten entlang der Sträucher, weithin duftete es nach gemähtem Heu.

Wie schön könnte mein Leben sein, dachte Mrs. Quint, wie hübsch und geordnet, wenn Natalie mir nur ein klein wenig Wärme und Entgegenkommen zeigen würde.

Es machte ihr schwer zu schaffen, daß Natalie den jungen Mann kannte, der in London soeben zu zwei Jahren Haft verurteilt worden war, weil er für seinen Bruder, der im Auftrag der IRA eine Bombe gelegt hatte, unter Eid eine falsche Aussage gemacht hatte. Der Fall war in aller Ausführlichkeit durch die englische Presse gegangen, und irgendwo wurde auch Saint Clare als die Schule erwähnt, die der Angeklagte früher besucht hatte.

Kein Bekannter und Verwandter, der Natalie nicht fragte: »Du warst doch auch in Saint Clare. Kanntest du ihn?«

Mrs. Quint hatte ihre Tochter geradezu angefleht, ihre Bekanntschaft mit diesem Marlowe so weit wie möglich herunterzuspielen. »Sag, du kanntest ihn flüchtig. Du hast ihn ein- oder zweimal gesehen. Glaub mir, Natalie, es ist nicht gut für dich, wenn du so jemanden kennst!«

Natalie hatte ihre Mutter kühl angesehen und erwidert: »Steve gehört zu meinen engsten Freunden. Das kann jeder wissen.«

Mrs. Quint seufzte noch einmal tief und rückte ihren Hut zum hundertsten Mal zurecht. Wo blieben nur ihr Mann und Natalie? Mr. Quint war vor zwei Stunden hinüber zu den Pferdeställen gelaufen, weil eine Stute fohlte, aber er hatte versprochen, er werde rechtzeitig wieder auftauchen. Warum, um alles in der Welt, mußte er dabeisein, wenn ein Fohlen kam? Sie hatten genug Stallburschen, außerdem war der Tierarzt gekommen. Aber das gleiche Theater machte er ja auch mit seinen Hunden, und Mrs. Quint dachte noch immer mit Ekel daran, wie Melissa, die geliebte Bassetthündin, ihre Jungen im Schlafzimmer auf einer Seidenbluse von ihr zur Welt gebracht hatte.

Auf der Treppe erklangen Schritte. Mrs. Quint wandte hoffnungsvoll den Kopf und sah Natalie, die langsam und aufreizend lässig die Stufen herunterkam. Ihre langen, braungebrannten Beine steckten in schmuddeligen Shorts, sie lief barfuß und trug ein weißes T-Shirt. Um ihr rechtes Handgelenk klimperten ein paar schmale silberne Armreifen. Sie sah sehr jung und irgendwie zäh und gesund aus, sie schien das verkörperte Gegenteil ihrer fülligen, seidengewandeten Mutter.

»Natalie! Es ist höchste Zeit, daß du dich umziehst! Ich habe dir doch dein Kleid aufs Bett gelegt!«

»Ja«, sagte Natalie. In ihrer Stimme war der gleichgültige Ton, den sie immer bekam, wenn sie mit ihrer Mutter sprach. »Ja, es liegt auf meinem Bett. Aber ich habe mir überlegt, daß ich doch nicht mitkomme. Fahrt ohne mich!«

»Was?«

»Ich habe keine Lust. Es ist ein wunderschöner Tag, ich möchte mich in den Garten legen und ein Buch lesen. Ich bleibe hier.«

»Das ist ausgeschlossen«, sagte Mrs. Quint scharf. »Ich habe bereits angekündigt, daß du mitkommst!«

»Mum, bei diesem verdammten Polospiel sind mehr als hundert Leute, und es interessiert keinen Menschen, ob einer mehr oder weniger kommt. Und du weißt, wie ich das blöde Gerede bei diesen Parties hasse!« Natalie fuchtelte mit den Armen. »›Sie haben aber einen bezaubernden Hut, Mrs. Quint! Sagen Sie, Lady Laughcastle, glauben Sie, es stimmt, daß Prinzessin Anne ihren Mann betrügt?‹ Mum, wirklich, das ist mehr, als du einem halbwegs intelligenten Menschen zumuten kannst!«

»Es ist die Welt, in der wir leben, Natalie.« Wie immer, wenn sie sich aufregte, wurde Mrs. Quint etwas schrill. »Es ist auch deine Welt. Es sind deine Kreise. Du mußt dich zumindest ein klein wenig anpassen, sonst wirst du dich nie behaupten.«

»In diesen Kreisen will ich mich nicht behaupten. Ich will meinen eigenen Weg gehen. Ich... es wird...« Natalie stockte, sie wußte, daß sie ihre Mutter mit allem, was sie jetzt sagte, verletzte, aber sie mußte darüber sprechen. »Mein Weg wird mit Sicherheit in ein anderes Leben führen als es das ist, in dem du dich bewegst, Mum.«

»Hochinteressant!« Nervös wühlte Mrs. Quint in ihrer Handtasche, zog endlich eine Schachtel Zigaretten hervor und zündete sich eine an. Ihre sorgfältig manikürten Finger zitterten leicht. »Darf man fragen, welche Art von Leben du dir vorstellst?«

»Zum einen... ich werde bestimmt nicht heiraten. Ich möchte nicht Repräsentationsfigur eines Mannes sein, der...«

Mrs. Quint musterte ihre langbeinige, naturbelassene Tochter spöttisch und meinte. »Das wäre wahrscheinlich auch keinem Mann unbedingt zu wünschen.«

Einen Moment lang schwieg Natalie verletzt, dann sagte sie sachlich: »Du weißt, ich habe immer vorgehabt, Journalistin zu werden. Ich möchte das jetzt tun.«

Mrs. Quint drückte ihre Zigarette in einer mit Erde gefüllten Tonschale aus, in der ein dunkelgrünes Schlingengewächs wucherte. »Darüber müssen wir doch jetzt nicht diskutieren. Außerdem ist das kein Grund, nicht zu der Party zu gehen. Zieh dich bitte um, es reicht mir, daß ich schon wieder auf deinen Vater warten muß.«

»Ist das Fohlen schon da?«

»Ich weiß es nicht. Und es interessiert mich auch nicht. Ich hatte gesagt, wie wollen um drei Uhr weg, und nun ist es zehn nach drei...« Vor Hitze und Aufregung begann das Make-up auf Mrs. Quints Gesicht zu verlaufen. Natalie betrachtete ihre Mutter mit einem leisen Anflug von Mitgefühl. Arme Mum, sie verschliß sich im Kampf um Vornehmheit und Prestige, zerrüttete ihre Nerven in wochenlangen Fastenkuren, mit denen sie dem unaufhaltsam zunehmenden Umfang ihrer Taille zu begegnen versuchte, und würde es nie verwinden, ein Kind zur Welt gebracht zu haben, das ein Mädchen und überdies widerspenstig und eigenwillig war. Durch ein Seitenfenster fiel ein hell flimmernder Sonnenstrahl und beleuchtete das teigige Gesicht unter den kurzen blonden Locken. Warum mußte sie sich immer mit dieser rosafarbenen Pampe zukleistern? Warum so verzweifelt um die Anerkennung ihrer Nachbarn werben? Es bedeutete ihr alles, ›dazuzugehören‹, und eines Tages würde sie vor Erschöpfung tot umfallen, weil sie ein Leben lang diesem Quatsch hinterhergerannt war.

»Mum, ich werde nicht mit zu den Laughcastles gehen. Und ich möchte dir noch etwas sagen: Ab dem ersten September habe ich eine Stelle bei einer Zeitung in King's Lynn. Das heißt, ich werde in zehn Tagen von hier fortgehen.«

Mrs. Quint öffnete den Mund, aber es dauerte eine Weile, bis sie einen Ton hervorbringen konnte. »Das ist nicht wahr«, sagte sie schließlich.

»Tut mir leid. Ich hätte es dir eher gesagt, wenn ich nicht Angst gehabt hätte, du würdest versuchen es zu verhindern. Ich habe mir über einen Makler eine Wohnung besorgen lassen. Sie ist einfach und billig, ich werde sie mir gerade leisten können.«

Mrs. Quint zerrte die zweite Zigarette hervor und zündete sie hastig an. Ihre Hände zitterten noch stärker, auf ihrer Nase glitzerte Schweiß. »Ich muß sagen … ich muß sagen, du verstehst es, andere zu schockieren. Das alles hast du also heimlich hinter unserem Rücken eingefädelt, und nun kommst du, und … oder …«, sie unterbrach sich und starrte ihre Tochter an. »Oder hast du es etwa nur hinter meinem Rücken getan? Weiß dein Vater davon?«

»Nein, er weiß es nicht. Mum, ich wollte niemanden hintergehen, aber es hätte nur Streit und endlose Diskussionen gegeben, wenn ich es früher besprochen hätte. Du hättest es nicht zugelassen. Dir hat immer ein anderes Leben für mich vorgeschwebt – ich sollte einen gutaussehenden Mann aus einer reichen und angesehenen Familie heiraten, schöne Kleider tragen, eine charmante Gastgeberin sein und zwei Kinder bekommen, die in einer vornehmen Schule erzogen werden. Aber verstehst du nicht, ich habe doch auch nur das eine Leben, und ich werde krank und unglücklich, wenn ich es damit verbringe, deine

Wünsche zu erfüllen anstatt meine. Ich will eine gute Journalistin sein, ich will schreiben und die Welt sehen – aber nicht als Ehefrau im Reinseidenen, die mit den Scheckkarten ihres Mannes in der Handtasche herumläuft, sondern als selbständige Frau, die völlig allein über das entscheidet, was sie tut. Kannst du nicht begreifen, daß ...« Natalies Stimme brach.

»Was ich vor allem begreife, ist deine Undankbarkeit«, erwiderte Mrs. Quint, deren Stimme nun auch schwankte. Mit der einen Hand hielt sie ihre Zigarette, mit der anderen fingerte sie nach einem Taschentuch. Um Gottes willen, dachte Natalie entsetzt, jetzt stehen wir gleich beide da und weinen!

In diese gespannte Situation hinein polterte Mr. Quint, dick, laut und ohne das geringste Gespür dafür, daß hier etwas nicht in Ordnung war. Er brachte eine Wolke von Pferdegeruch mit sich und fünf große Hunde, die ihn bellend umsprangen.

»Ein Hengstfohlen«, rief er. »Ein prächtiger, gesunder, kleiner Kerl! Und die Mutter steht schon wieder auf den Beinen.«

»Ach«, sagte Mrs. Quint und wandte sich ab. Natalie blieb stumm. Mr. Quint blickte von einer zur anderen. »Ich ziehe mich gleich um, wir kommen schon noch rechtzeitig«, meinte er unbehaglich.

»Wir werden nicht zu dem Fest gehen«, sagte Mrs. Quint und putzte sich die Nase. »Ich lege mich jetzt in mein Bett. Bitte stört mich nicht in den nächsten zwei Stunden.« Langsam stieg sie die Treppe hinauf, wobei sie sich auf das Geländer stützte wie eine alte Frau. Natalie wußte, daß ihre Mutter theatralische Auftritte liebte und sich gern in ihr Bett zurückzog, wenn ihr etwas gegen den Strich ging, aber sie wußte auch, daß sie ihr diesmal wirklich etwas antat.

»Es tut mir leid«, sagte sie.

Mr. Quint, im Innern frohlockend, daß er nicht zu der Party mußte, fragte leise: »Was ist denn passiert?«

»Dad, ich ...«, setzte Natalie an, aber Mrs. Quint blieb stehen, wandte sich um und sagte: »Du sollst nur wissen, Kind, daß du jetzt einen Fehler begehst, den du möglicherweise nie mehr gutmachen kannst. Du bist in einem Alter, in dem du dich nicht mehr darauf verlassen solltest, daß deine Eltern ständig bereitstehen, um dir auf die Beine zu helfen, wenn du gestolpert bist.«

Dann ging sie weiter, ihr blaues Seidenkleid leuchtete hell in der einfallenden Sonne, und Natalie, die ihre breite, selbstgerechte Figur betrachtete, dachte in plötzlich überraschend heftigem Zorn: Du hast mir ja sowieso nie geholfen! Und solange ich lebe, wirst du's auch nicht tun.

4

Mr. Bush drückte die Taste der Wechselsprechanlage, die ihn mit seiner Sekretärin verband. »Schicken Sie mir die Quint!«

Er betrachtete das Manuskript, das vor ihm lag. Über das Wochenende hatte er es gelesen, nachdem Natalie es ihm am Freitag abgeliefert hatte. Eine zehnteilige Serie über das Leben des Aristoteles Onassis. Außerordentlich gut geschrieben. Lebendig, mitreißend, originell. Zu gut im Grunde für sein Blatt.

Mr. Bush war der Chefredakteur von »Limelight«, dem wöchentlich erscheinenden farbigen Magazin, das sich im wesentlichen mit den neuesten Klatschgeschichten aus Europas Königshäusern und dem internationalen Geldadel befaßte, Das Blatt lebte von einer Menge bunter Bilder, von ein paar reißerischen, nicht unbedingt wahrheitsgetreuen Schlagzeilen, romantischen Liebesgeschichten und einem unterschwellig erhobenen moralischen Zeigefinger, der gegen Abtreibung, Drogen und alle Unmoral schlechthin zu Felde zog. Es war ein ganz einfaches Konzept, das hier glänzend aufging, und Mr. Bush wußte, daß er viel Geld damit verdiente, daß er die Leute mit dem fütterte, wonach sie verlangten, ohne dabei ihren Intellekt zu beanspruchen oder sie mit unbequemen Gedankengängen zu behelligen. Er machte sich keine Illusionen über das Niveau seiner Zeitung, aber sein Geld tröstete ihn über gelegentliche Anflüge von Frustration hinweg. Solange die Kasse stimmte, konnte er sich arrangieren. Aber dieses Mädchen, die Quint, die würde irgendwann weiterflattern. Ein wirkliches Talent.

Die Tür ging auf und Natalie trat ein. Mr. Bush betrachtete sie wohlwollend. Er mochte ihre Art, sich zurückhaltend und elegant zu kleiden, er fand ihr klares, gutgeschnittenes, intelligentes Gesicht anziehend, und er hatte ihre vernünftige, sachliche Art gern. Sie schien stets sehr ruhig, sprach immer mit großer Konzentration, und irgendwo in ihr schien eine unerschöpfliche Kraft zu sein.

»Miss Quint, ich habe Sie kommen lassen, um Ihnen ein Kompliment auszusprechen«, sagte er und wies einladend auf den Stuhl, der seinem Schreibtisch gegenüberstand. »Ich habe über das Wochenende Ihre Serie gelesen, und ich muß sagen, ich empfand es nicht als Arbeit, sondern als Vergnügen. Packend geschrieben bis zum letzten Wort. Sie sind Ihrer Aufgabe in jeder Weise gerecht geworden.«

»Vielen Dank, Mr. Bush.«

»Es ist ja gefährlich, so etwas zu sagen, Natalie, aber ich fürchte, Sie werden nicht mehr lange bei uns bleiben. Sie sind zu gut. Sie werden klettern und klettern – und eines Tages haben Sie Ihre eigene Zeitung. Das sehe ich, und in diesen Dingen irre ich mich selten.«

Damit hatte er Natalies eigene Pläne in Worte gefaßt, und sie freute sich, daß ihr Boss so viel von ihr hielt.

»Ich hoffe, daß ich es schaffe«, sagte sie ruhig.

Mr. Bush nickte. »Glauben Sie an sich. Und lassen Sie sich durch nichts aus der Bahn werfen. Das ist das Gefährlichste an dem bezaubernden Alter, in dem Sie sich befinden. Es gibt so viele ehrgeizige, begabte, zielbewußte junge Menschen, die den besten Start haben und einen phantastischen Weg gehen könnten, und dann passiert irgend etwas – es mag eine dumme, kleine Sache sein oder eine durchaus bedeutungsvolle –, aber sie ist in jedem Fall für die jungen Leute Himmel oder Hölle –, und es fehlt ihnen die Erfahrung, die Dinge in Relation zu ihrem ganzen Leben zu sehen. Und schon gibt es einen Knacks, der vielleicht nie mehr ganz verheilt.«

Natalie hatte ihm aufmerksam zugehört. »Ich wüßte nicht, was bei mir passieren sollte«, sagte sie.

Mr. Bush lächelte. »Es muß nichts passieren. Es wäre Ihnen zu wünschen. Auf jeden Fall denken Sie immer daran, daß Sie Ihr Leben ganz allein in der Hand haben und daß Sie zwar von anderen Menschen in einen Abgrund gestoßen werden können, aber daß Sie immer die Möglichkeit haben, sich aus eigener Kraft wieder hinauszuretten.«

»Ich denke daran«, antwortete Natalie und strich sich mit der Hand durch ihr dichtes, blondes Haar.

Was für ein netter, älterer Herr er doch ist, dachte sie, er lächelt einen an und erklärt einfach, wie das Leben funktioniert, und man fühlt sich irgendwie warm und geborgen dabei.

»Nun aber weiter«, sagte Mr. Bush. »Weshalb ich Sie außerdem habe kommen lassen: Ich brauche jemanden für eine Reisereportage, genauer gesagt, ich brauche Sie. Unter der Überschrift »Romantisches Cornwall« sollen Sie ein paar Dinge über Sehenswürdigkeiten, Geschichte, Menschen, Sagen Cornwalls zusammentragen. In zwei oder drei Folgen möchte ich das bringen. Ich weiß, daß Sie anders zu schreiben gewohnt sind und daß unsere immer etwas kitschigen Reiseberichte Ihnen nicht besonders zusagen, aber es wäre ein bißchen wie Urlaub, und ich glaube, den könnten Sie im Moment gut brauchen. Was halten Sie von meinem Plan?«

»Ehrlich gesagt, ich hätte schon Lust auf eine Reise. Besonders nach Cornwall.«

»Gut. Dann geht das in Ordnung?«

»Sicher. Wann soll ich fahren?«

»Wie immer in unserem Job: Sofort. Das heißt, wenn Sie Donnerstag aufbrechen könnten, wäre das großartig. Heute ist Montag, es bleiben Ihnen also noch zwei Tage für die Reisevorbereitungen. Einverstanden?«

»Ja. Donnerstag ist kein Problem.« Sie stand auf und wandte sich zum Gehen.

»Sie müßten natürlich noch einen Fotografen mitnehmen«, sagte Mr. Bush leichthin.

»Ja, natürlich…« Nur ein feiner Beobachter hätte gemerkt, daß plötzlich ein anderer Klang in Natalies Stimme war. Sie haßte Fotografen. Genauer gesagt, sie haßte es, mit ihnen zu verreisen. Zweimal hatte sie das tun müssen, und beide Male war es am zweiten Abend zu jener unangenehmen Szene vor der Tür des Hotelzimmers gekommen, wohin der Fotograf sie nach dem gemeinsamen Abendessen begleitet hatte und wo er nun beginnen wollte, seine höchst konkreten Vorstellungen die Nacht betreffend zu verwirklichen. Natalie hatte jedesmal so getan, als begreife sie nicht, worauf die Männer hinauswollten, aber sie waren dann um so deutlicher geworden.

»Sie sind ein richtiges prüdes kleines Mädchen vom Lande«, hatte der eine gesagt, »und Sie verderben sich damit eine Menge Spaß. Machen Sie nur so weiter, dann sind Sie eines Tages eine verstaubte alte Jungfer!«

Sie war in ihr Zimmer geflohen, hatte die Tür zugeschlagen und sich von innen dagegen gelehnt. Warum begriffen diese Kerle nicht, daß sie nichts von ihnen wollte? Warum konnten sie nicht aufhören, sie zu bedrängen?

»Sie können einen Fotografen von uns mitnehmen«, sagte Mr. Bush, »oder, wenn Sie einen anderen kennen, der Ihnen lieber ist, wäre mir das genauso recht.«

»Einen…« Der Gedanke kam ihr ganz plötzlich, wie von einem rettenden Engel gesandt, und rasch erwiderte sie: »Ein Freund von mir ist ein sehr guter Fotograf. Außerdem könnte er ein bißchen Geld brauchen.«

»In Ordnung.« Mr. Bush lächelte. Und Natalie lächelte. Wie nett alle zu mir sind, dachte sie und atmete entspannter, und es ist ein so schöner Sommerabend. Und Mr. Bush hat mir eine große Karriere prophezeit!

Sie war jetzt fast ein Jahr lang in King's Lynn, und nachdem sie zuerst in einer kleinen Wohnung über dem Marktplatz gewohnt hatte, war sie vor drei Monaten hinaus nach Gaywood gezogen. Sie hatte eine Wohnung im ersten Stock eines Zweifamilienhauses, und sie verdiente inzwischen genug, um sich schön und elegant einzurichten. Natürlich hatte sie Bekannte, aber es gab weder einen Mann noch eine Frau in ihrem Leben; dafür stürzte sie von Zeit zu Zeit in wahre Abgründe von rabenschwarzer Einsamkeit, in der ihr dann nichts half als die Zähne zusammenzubeißen und sich in ihre Arbeit zu vergraben.

Heute aber würde sie sich einen schönen Abend machen. Sie fuhr mit dem Bus nach Gaywood – meistens ging sie zu Fuß, ihrer Figur wegen – aber heute hatte sie es eilig, weil sie noch nach Hunstanton fahren und ein bißchen am Meer entlangbummeln wollte. Außerdem wollte sie David anrufen.

Er hatte wirklich immer ganz gerne fotografiert und besaß eine hochkarätige Kamera, daher war sie darauf gekommen, ihn mit nach Cornwall zu nehmen. Im Nachhinein wurde ihr allerdings unbehaglich zumute. Seit der Sache mit Steve hatte keiner mehr Kontakt zu David, darüber herrschte unter den Freunden eine stillschweigende Übereinkunft. David hatte ihnen allen seine Adresse und Telefonnummer aus Southampton geschickt, wo er Wirtschaftswissenschaften studierte, aber keiner hatte reagiert. Natalie wollte ungern die Erste sein, die ausbrach, aber mit der ihr eigenen Vernunft sagte sie sich schließlich, daß man David nicht ewig wie einen Geächteten behandeln konnte. Wenigstens dann nicht, wenn man ihn brauchte.

Sie duschte, trank einen Sherry und zündete sich eine Zigarette an, dann setzte sie sich neben das Telefon und wählte Davids Nummer.

Vielleicht, dachte sie, ist er nicht da.

Er war da. »Bellino«, sagte er mit seiner schönen, klangvollen Stimme.

»David? Hier ist Natalie.«

Nach einer Sekunde überraschten Schweigens schrie David auf. »Nat! Gibt es dich noch?« Seine Freude wirkte nicht gespielt, und schuldbewußt begriff Natalie, daß er wahrscheinlich sehr darunter gelitten hatte, von seinen Freunden geschnitten zu werden. Sie plauderten eine Weile über belangloses Zeug, Natalie erzählte von ihrem Job und David von seinem Studium. Schließlich kam Natalie auf den Grund ihres Anrufs zu sprechen.

»Ich mache eine Reisereportage über Cornwall. Und ich brauche einen Fotografen. Ich dachte, wenn du Zeit hättest, könntest du mich begleiten.«

»Ich bin aber kein Fotograf!«

»Du hast eine phantastische Kamera, und du hast immer traumhafte Bilder gemacht!«

»Ich weiß nicht…«

»David!«

»Wann? Und wie lange?«

»Wir müßten schon am Donnerstag aufbrechen. Für fünf Tage.«

»Hm… ich müßte sagen, ich sei krank… das ginge vielleicht.«

»David, es wäre wunderbar, wenn du das tun würdest! Ich möchte viel lieber mit dir fahren als mit irgendeinem Fremden!« Natalie merkte jetzt, wie wichtig es ihr war. Sie fühlte, wie vertraut ihr Davids Stimme war, die sie an eine Zeit erinnerte, die schön und sorglos gewesen war.

»Komm, David. Sag ja!«

David, der es wegen seiner komplizierten Art auf der Uni nicht leicht hatte, Kontakte zu schließen, war so ausgehungert nach Freundschaft, daß er in Windeseile »Ja« sagte.

Das Wetter war wunderbar. Sie fuhren über schmale Landstraßen, die rechts und links von Mauern umgrenzt, von Hecken und Bäumen überwuchert und beschattet waren. Sie kamen durch idyllische kleine Dörfer, die noch so aussahen wir vor hundert Jahren, in denen magere Katzen herumhuschten und mißtrauische, cornische Fischer aus ihren Häusern sahen. Uralte Kirchen, grau und moosbewachsen, beherrschten grüne Hügel und schattige Friedhofsgärten. Eine vergangene Zeit lebte in diesem Land, die Gegenwart schien irgendwo hinter den Felsen am Meer versunken, und David und Natalie stellten übereinstimmend fest, daß es sie beide nicht wundern würde, wenn plötzlich ein schwarzer Ritter auf einem schwarzen Pferd seitlich aus den Büschen geprescht käme.

David fuhr meistens, zum einen, weil es sich um sein Auto

handelte, zum anderen, weil sich Natalie so beim Fahren Notizen machen konnte. Sie wollte nach Tintagel, um König Artus' Burg zu sehen, durch das Bodmin-Moor, wo das berühmte »Jamaica Inn« steht, hinunter in das Fischerstädtchen St. Ives, nach Land's End und zum St. Michaels Mount, tief in das Dartmoor hinein und nach Plymouth. Sie hatte alles über Cornwall gelesen, und in ihrem Kopf schwirrte es von Piratengeschichten und Sagen, von greulichen Bluttaten und romantischen Märchen. Sie schrieb einen Notizblock nach dem anderen voll und hatte sich selten so gut gefühlt. Schaudernd erinnerte sie sich der Fahrten mit den anderen Fotografen; sie hatte völlig verkrampft neben ihnen gesessen und immer wieder verstohlen an ihrem Rocksaum gezupft, damit er bis zum Knie reichte und bloß keinen Blick auf ihre Oberschenkel erlaubte. Sie hatte ihre Beine zusammengepreßt und immer die begehrlichen Augen auf sich gespürt.

Mit David konnte sie reden, lachen, schweigen. Sie konnte neben ihm im Auto einschlafen oder einfach plötzlich ihre Strumpfhose ausziehen, weil die Sonne gar so heiß brannte. Sie fühlte sich frei; wieder einmal dachte sie, wie gut es gewesen war, daß sie die Sicherheit ihres beschützten Daseins aufgegeben und sich gegen ihre Eltern durchgesetzt hatte.

Sie und David gingen immer vertrauter miteinander um, so daß sie schließlich aufhören konnten, unangenehme Themen zu vermeiden. Sie redeten sogar über die Freunde, eines Abends, als sie in Tintagel im King Arthur's Castle saßen, einer nostalgisch zurechtgeputzten Touristenkneipe, in der die Luft erfüllt war vom Schreien der Gäste und dem Qualm ungezählter Zigaretten. Vorher waren sie über die Felsen am Meer gelaufen, die König Artus' Schloß getragen haben sollten, sie hatten zugesehen, wie die Brandung gegen die Klippen schlug und die Strandhöhlen überflutete, wie die Sonne unterging und Abendrot sich über die Hügel legte. Später, beim Wein, fing Natalie an, ganz unbefangen über Gina zu reden.

»Sie ist wirklich nach Amerika gegangen, wie sie es immer vorhatte. Sie lebt irgendwo mitten in Manhattan und verdient ihren kärglichen Lebensunterhalt damit, daß sie die goldgerahmten Kitschgemälde irgendeines vergammelten Malers im Central Park herumschleppt und zu verkaufen versucht. Ihre Briefe sind eine Mischung aus Verzweiflung und Komik.«

»Und Mary? Hast du etwas von Mary gehört?«

»Es geht ihr nicht gut. Dieser Kerl, den sie geheiratet hat, behandelt sie miserabel. Sie fürchtet sich, den Mund aufzumachen. Sie wird immer mehr zu einem grauen Schatten.«

David nahm einen tiefen Schluck Wein. »Und... weißt du etwas von Steve?«

Natalie sah ihn nicht an. »Er schreibt mir hin und wieder. Es geht ihm nicht gut, David. Er muß jetzt noch ein Jahr im Gefängnis bleiben. Wußtest du, daß er im Dezember versucht hat, sich das Leben zu nehmen?«

»Nein, das wußte ich nicht. Es tut mir leid«, sagte David schwerfällig. Er schob sein Glas von sich. »Nat, ich bereue, was damals geschehen ist, glaub mir bitte. Ich weiß nicht, was plötzlich los war. Mir wurde erst im Gerichtssaal klar, worauf ich mich da eingelassen hatte. Ein Meineid... du mußt verstehen... ich meine, du bist so ein ehrlicher, gerader Mensch, und du würdest wahrscheinlich, um einem Freund zu helfen, alle deine Interessen zurückstellen, aber ich bekam plötzlich Angst um meine Zukunft. Mein Leben ist ganz genau und sorgfältig geplant worden, von meiner Mutter und von Andreas, und ich war drauf und dran, alles aufs Spiel zu setzen. Der Erbe der Bredow Industries leistet Meineid für die IRA. Das ist unmöglich!«

»Klar. Und keiner hat von dir erwartet, daß du ein solches Risiko auf dich nimmst. Aber du hättest es gleich sagen müssen. So hast du Steve ins Messer laufen lassen!« Sie sah ihn aufmerksam an. »Weshalb hast du dich überhaupt erst auf diese riskante Geschichte eingelassen?«

»Ich dachte...« Er zögerte, denn er war sich nicht sicher, ob sie ihm glauben würde, wenn er erklärte, daß er darin die Chance gesehen hatte, in Steve einen wirklichen Freund zu gewinnen. Er hatte sich immer solche Mühe gegeben zu verbergen, wie heftig es ihn nach Freundschaft verlangte, daß Nat es wahrscheinlich für eine dumme Ausrede halten würde, wenn er jetzt damit käme. Aber er sah in ihre klugen, konzentrierten Augen und sagte leise: »Na ja… Steve wäre für alle Zeiten mein Freund gewesen. Ich schätze, das war der Grund!« Er bemühte sich um einen möglichst schnoddrigen Tonfall, um nachher, falls sie ihn auslachte, unbefangen in ihr Lachen einstimmen zu können. Aber sie lachte nicht. Sie schaute ihn nur nachdenklich an.

Hastig fuhr er fort: »Das mit Mary damals im ›Paradise lost‹ tut mir genauso leid. Ich habe die Nerven verloren. Ich sah die Polizei, ich hörte das Geschrei der Leute, und ich hatte irgendwie keine Kontrolle mehr über die Situation!« Noch während er sprach, war ihm klar, es war nur die halbe Wahrheit. Er hatte schlechte Nerven, das stimmte. Aber seine Gefühle in der entscheidenden Situation hatten sich aus den verschiedensten Empfindungen zusammengesetzt: Angst. Berechnung. Der Bredow-Erbe bei einer Rauschgift-Razzia in einer berüchtigten Londoner Spelunke festgenommen. Und Trotz: Ich bin nicht dein guter Junge, Mum! Und wenn du es noch so sehr willst! Ich sollte nicht weglaufen, ich, dein tapferer, wunderbarer Sohn. Aber ich werde weglaufen, denn ich werde meinen Kopf in Sicherheit bringen, und wenn du und der Alte in Amerika die Wände hochgehen! Rasch verließ er den gefährlichen Boden und sagte: »Mary und Steve. Irgendwie bin ich ein Stolperstein in beider Leben, nicht wahr? Du siehst, es ist nicht ganz ungefährlich, mit mir gemeinsame Sache zu machen. Du hättest vielleicht doch einen anderen Fotografen mitnehmen sollen.«

»Ich fürchte mich nicht«, erwiderte Natalie gelassen. Sie schaute David an und dachte, daß er wirklich ein schöner Mann sei mit seinen dunklen Haaren, den schmalen Augen. Schlank war er und groß, sein Körper steckte in engen verwaschenen Jeans und einem weißen Hemd. Lange Wimpern hatte er, stellte sie fest, und einen empfindsamen Mund. Ein bißchen rätselhaft war er, dieser David Bellino, er gab nicht viel von sich preis. Und sie dachte: Du bereust schon, was passiert ist, aber du würdest um nichts anders handeln, wenn du dich wieder in derselben Situation befändest. Wahrscheinlich kannst du gar nicht anders.

Es wird immer so sein, daß du erst deine Schäfchen ins Trockene bringst, ehe du dich um die Belange anderer kümmerst.

»Woran denkst du?« fragte David.

Sie lächelte. »An nichts Bestimmtes. Ich habe ein bißchen über das Leben nachgedacht.«

Nun betrachtete David sie. Er fand, sie sei eine andere, seitdem sie sich selbständig durchs Leben schlug. In ihrer Ruhe hatte immer eine träge Melancholie gelegen, eine Abkehr vom Leben, aber nun erwachte sie, verlor ihre katzenhafte Schläfrigkeit, und es war, als seien ihre Augen größer, ihr Lachen lauter, als leuchte ihre Haut in einem seidigen Glanz. David kam die Szene in den Sinn, die er unfreiwillig in St. Brevin beobachtet hatte, Natalie und Gina im Bett – er erinnerte sich der fiebrig-erotischen Atmosphäre, die ihm aus der brütendheißen Dachkammer entgegengeschlagen war. Instinktiv ahnte er, vielleicht weil er beide Mädchen lange genug kannte, daß St. Brevin für Gina ein Abenteuer, für Natalie aber ein wichtiges Erlebnis gewesen sein mußte.

»Und worüber denkst du jetzt nach?« fragte Natalie.

»Darüber, wie schön du bist«, erwiderte David.

Natalies Augen wurden groß. Die ganze Schulzeit hindurch hatte sie im Schatten von Ginas phantastischer Schönheit gestanden und sich dadurch gerettet, daß sie intelligenter war als jeder andere in Saint Clare; zum erstenmal wünschte sie sich in diesem Moment, schön zu sein, wirklich und wunderbar schön.

»Wie schön ich bin?« fragte sie mit leiser Stimme. David überlegte, dann sagte er: »Du bist schön wie die Liebe.«

Er neigte sich über den Tisch und küßte sie sanft. Zu ihrer Überraschung empfand sie keinen Widerwillen.

Der nächste Tag war ein Sonntag, und während Natalie und David auf der Trewarmett Farm, wo sie für die vergangene Nacht untergekommen waren, frühstückten, saß Mary in ihrer Londoner Wohnung vor einem liebevoll gedeckten Tisch – allein. Cathy schlief noch, und Peter hatte die Wohnung verlassen, um sich mit seinen Kumpels zu treffen. Sie wollten irgendwo zusammen ein Bier trinken.

Mary hatte verschüchtert im Wohnzimmer gestanden, gehüllt in den alten blauen Morgenmantel ihrer Mutter. Sie hatte weiche Eier auf den Tisch gestellt, Kaffee, Orangensaft, Toast, Marmelade, Käse und Schinken und ein Glas saure Gurken.

»Möchtest du nicht wenigstens erst frühstücken, Peter? Es ist nicht gut, gleich auf nüchternen Magen …«

»Verdammt noch mal!« Peters Faust sauste krachend auf den Tisch. »Ich habe nicht geheiratet, um für immer einen leibhaftigen Polizisten im Haus zu haben, der mir vorschreibt, was ich zu tun und zu lassen habe! Ich bin so blöd und geb' meinen guten Namen für dich und deinen Bastard und …«

»Peter, bitte nicht so laut!« Warum mußte er immer gleich brüllen? Im ganzen Haus bekamen die Leute ihre Streitereien mit. Mary haßte die mitleidigen Blicke, die man ihr draußen im Flur häufig zuwarf. An diesem Morgen kam sie sich wieder vor wie in einem bösen Traum.

»Ich schreie, so laut ich will«, schrie Peter. »Und ich gehe in die Kneipe, so viel ich will! Ich will dir nur sagen, mit jedem einzelnen von meinen Kumpels macht mir der Sonntag mehr Spaß als mit einer grauen Maus wie dir, die kreischt, wenn ich sie nur anfasse!« Er stürmte hinaus, wobei er alle Türen mit Wucht hinter sich zuschmetterte. Mary sank langsam auf das Sofa, starrte mit ausdruckslosem Gesicht vor sich hin und schenkte sich schließlich mit mechanischen Bewegungen eine Tasse Kaffee ein. Draußen regnete es in Strömen. Ein warmer, heftiger Juli-Regen. Sie wußte nicht, sollte sie erleichtert sein oder traurig. Wenn Peter sonntags daheim blieb und es wurde nicht zufällig ein Fußballspiel im Fernsehen übertragen, dann wollte er nichts anderes als mit Mary ins Bett, und das war das Schlimmste.

Aber die einsamen Sonntage deprimierten sie ebenfalls, besonders, wenn sie nicht einmal mit Cathy spazierengehen konnte, weil es regnete.

Es war neun Uhr, im Radio brachten sie Nachrichten. Da gerade wieder der Zug vorbeiratterte, bekam Mary den Anfang nicht mit, aber dann horchte sie rasch auf.

»...tappt im Dunkeln. Das Verbrechen ereignete sich in der letzten Nacht, und wurde nach Aussage der Überlebenden des Massakers von mindestens vier Männern, alle maskiert, verübt. Die Verbrecher konnten allem Anschein nach durch ein offenstehendes Kellerfenster in das Haus eindringen, dessen Gästebetten voll belegt waren. Es müssen sich in den folgenden Stunden unvorstellbare Szenen dort abgespielt haben. Ein Polizeisprecher erklärte, niemals zuvor ein solches Blutbad gesehen zu haben. Weder Geld noch Schmuck fehlen; es ist also anzunehmen, daß die Täter politisch oder religiös motiviert waren. Die Bevölkerung von Cornwall wurde unterdessen zur äußersten Vorsicht ermahnt.«

»Wie grauenhaft«, murmelte Mary, »das klingt ja nach einem Verbrechen wie damals bei Sharon Tate.« Sie starrte in den Regen hinaus, auf rotgeklinkerte Wände mit leblosen Fensterscheiben darin.

»Cornwall... hoffentlich sind Nat und David vorsichtig...«

5

David und Natalie fuhren an diesem verregneten Sonntagmorgen durch das Bodmin-Moor und langten gegen Mittag beim »Jamaica Inn« an. Der Regen rauschte wie eine graue Wand herunter, und als sie in das Auto zurückkrochen, waren sie durchweicht bis auf die Knochen und fühlten sich elend. In einem der kleinen Dörfer, durch die sie gekommen waren, hatten sie in einem Lebensmittelgeschäft Brot, Käse, Joghurt und ein paar Dosen Cola gekauft. Mit Davids Taschenmesser schnitten sie Brot und Käse in Scheiben und aßen alles bis zum letzten Krümel auf. Danach fühlten sie sich bereits besser. Es hatte aufgehört zu regnen, ein warmer Wind wehte und zerteilte rasch alle Wolken. Auf einmal schien die Sonne. Natalie erklärte, sie habe für heute nicht die geringste Lust mehr, auch nur eine Minute zu arbeiten, sie wolle in ein kleines, romantisches Dorf am Meer und dann den Rest des Tages am Strand in der Sonne liegen.

»Okay«, sagte David und fuhr an. »Suchen wir das kleine Dorf am Meer.«

Crantock war das idyllischste Dorf, das sie je gesehen hatten. Es schien nur aus verträumten, winzigen Häusern zu bestehen, aus verwunschenen Gärten, aus moosbewachsenen Mauern und wild blühenden Hecken. Den Dorfkern bildeten ein altmodischer Gemischtwarenladen, eine leuchtend rote Telefonzelle und ein gewaltiges Blumenrondell. Das Dorf wurde umgrenzt von grünen Hügeln, dahinter lag das Meer.

Die Hochsaison hatte noch nicht begonnen, weshalb David und Natalie bis dahin immer leicht und sofort eine Unterkunft gefunden hatten – mit getrennten Zimmern. In Crantock standen sie jetzt zum erstenmal vor einem Problem. Jede einzelne Kammer war besetzt. Erst nach einer Dreiviertelstunde kamen sie zu einem Haus, dessen Eigentümerin ihnen mitteilte, sie habe ein Zimmer frei. Das Haus stand oben auf den Hügeln, mit Blick zum Meer, und die Besitzerin war eine junge, magere Frau mit etwas struppigem Haar. Sie stellte sich als Maxine Winter vor. Ihr Mann Duncan erwies sich als ernst und still, etwas wortkarg, aber nicht unfreundlich. Das Problem lag darin, daß es tatsächlich nur dieses eine Zimmer gab.

»Das andere, das wir haben, ist vermietet«, erklärte Maxine. Sie wirkte etwas verwundert über die Unschlüssigkeit der beiden jungen Leute. Bemerkenswert verliebt schienen sie jedenfalls nicht zu sein, wenn sie ein solches Theater wegen eines gemeinsamen Zimmers machten.

David sah Natalie an. »Du mußt das entscheiden. Wir können das Zimmer hier nehmen, wir können aber auch weitersuchen.«

Später fragte sich Natalie oft, ob es in diesem Moment nicht irgendeine Stimme in ihr gegeben hatte, die sie warnte. Eine Stimme, die sie leichtsinnig überhört hatte. Sie sah nur das entzückende kleine Haus mit der rosenumrankten Eingangstür, sah die Hügel und Dünen und das blau glitzernde Meer, erinnerte sich an alles, was sie von den goldenen Stränden der cornischen Westküste gehört hatte.

»Laß uns hier bleiben. Sonst ist der Tag vorbei, und wir haben nicht mal den großen Zeh ins Meer gesteckt. Es ist schon in Ordnung so.«

Das Zimmer lag im Erdgeschoß, durch das Fenster blickte man aufs Meer. Das Bett schien zu quietschen, wenn man es nur anschaute, und aus dem Wasserhahn kam das warme Wasser bloß als dünnes Rinnsal, aber sie hatten einen eigenen Teekocher und blütenreine, duftende Wäsche und Handtücher.

»Baden kostet extra«, sagte Maxine, die in der Tür lehnte, »und Frühstück gibt es um neun Uhr. Es wäre schön, wenn Sie pünktlich sind.«

»Natürlich«, erwiderte David höflich.

Maxine wandte sich zum Gehen, drehte sich aber noch einmal um. »Der Haustürschlüssel liegt auf dem Regal im Flur. Sie können ihn benutzen, denn die alte Lehrerin aus Seven Seas, die das andere Zimmer bewohnt, hat ihren eigenen. Bitte schließen Sie die Haustür ab, wenn Sie abends spät kommen.«

»Natürlich«, sagte David wieder.

Sie packten ihre Sachen erst gar nicht aus, kramten nur Handtücher, Sonnenöl und Badeanzüge hervor, schlüpften in Shorts und T-Shirts und gingen dann zum Strand. Der Weg führte noch ein kleines Stück asphaltierte Straße hinauf, aber es kamen keine Häuser mehr. Dann ging es entlang am Rande eines Weizenfeldes, das im leichten Wind wogte wie die Wellen eines Sees, und schließlich durch sanft geschwungene, mit Gras und Büschen bewachsene Dünen, die immer sandiger wurden, je näher sie dem Meer kamen.

»Crantock ist die perfekte Idylle«, sagte David.

»Fast zu perfekt«, fand Natalie. Es war nun doch spät geworden. Die Sonne färbte den Himmel im Westen rötlich und warf einen kupferfarbenen Schimmer über die Hügel. »Zu sehr außerhalb der Wirklichkeit. An Orten wie diesem sind Schönheit und Frieden nicht real, aber genauso könnte es mit dem Entsetzen sein.« Dann aber fegte sie den Anflug einer düsteren

Ahnung beiseite. »Komm, wir sehen mal, wie kalt das Wasser ist.«

Sie blieben zwei Stunden am Strand, schwammen in den reichlich kühlen Wellen des Atlantik und lagen im warmen Sand. Es waren eine Menge Menschen da, aber auf dem großen Strand verliefen sie sich. Bald gingen die meisten auch nach Hause. In der Ferne hoben sich ein paar weiße Häuser gegen den dunkelblauen Himmel ab.

»Wie in Italien«, sagte Natalie verträumt.

»Wir sollten«, meinte David, »jetzt irgendwohin zum Essen fahren. Ich habe einen wahnsinnigen Hunger.«

Sie gingen zum Haus zurück, duschten und zogen sich um. Natalie wählte ein grüngeblümtes Sommerkleid, das sie noch nie getragen hatte, und schminkte sich stärker als sonst. Im Spiegel stellte sie fest, daß ihr Teint bereits eine leicht goldbraune Farbe annahm. Sie fand, sie habe ein gutes Leben, ein Gedanke, den sie ihre ganze Kindheit und Jugend hindurch nie gehabt hatte, und er hatte etwas sehr Beglückendes.

Als sie im Auto saßen und durch die Dämmerung fuhren – sie wollten in die nächstgrößere Stadt – sagte David: »Hoffentlich ist das Wetter morgen immer noch so schön, dann könnte ich hier ein paar tolle Aufnahmen machen. Vom Strand und von den Häusern und Gärten.«

»Und diese Bilder würden dann bei mir unter den Teil ›Cornwall, das Urlaubsparadies‹ fallen«, ergänzte Natalie. »Paradies ist auch genau der Ausdruck, der auf Crantock zutrifft.«

Kurz nach Mitternacht kamen sie zurück. Es war eine warme, windstille Nacht; dem Mond fehlte nur ein kleines Stückchen noch zur vollen Größe. Er warf ein silbernes Licht über die Dünen. Die Luft duftete schwer nach Jasmin und Rosen.

Im Haus brannte kein Licht mehr, es rührte sich auch nichts, als David und Natalie die Tür aufschlossen und eintraten. Sie hatten in einem italienischen Lokal jeder eine gewaltige Portion Lasagne, einen Teller Salat und zum Nachtisch Cassata gegessen, dazu eine große Karaffe Rotwein getrunken. Sie waren satt und müde und spürten eine wohltuende Schwere in den Gliedern.

Natalie kleidete sich höchst umständlich aus. Sie behielt Slip und BH an, zog ihr längstes Nachthemd über den Kopf und entledigte sich des BHs dann mit den komplizierten Bewegungen einer Schlangentänzerin. Den Slip ließ sie, wo er war. Sie putzte sich die Zähne, bürstete zweimal kurz über die Haare und schlüpfte ins Bett, wo sie die Decke bis zum Kinn zog. David schlief nackt, wie sie mit einem unauffälligen Seitenblick feststellte. Als er sich neben sie legte, war die alte Furcht plötzlich wieder da. Den ganzen Tag über waren sie sehr vertraut miteinander gewesen – wie, wenn er das mißverstanden hätte?

Das Zimmer lag im Dunkeln. Er löschte das Licht. »Natalie?« erklang es leise.

Sie lag wie erstarrt. »Ja?«

»Ich habe dir noch nicht gesagt, daß ich im Herbst Southampton verlassen und nach New York gehen werde. Andreas möchte, daß ich mein Studium an der Columbia University beende.«

»Freust du dich?«

»Ich weiß nicht … es ist eine Chance, nicht?«

»Dein ganzes Leben ist eine einzige große Chance, David. Zu diesem gigantischen Erbe da drüben kommst du doch gewissermaßen wie die Jungfrau zum Kind. Unter einer Million von Menschen passiert so etwas höchstens einem.«

»Ich weiß.« Das klang zögernd.

»Du warst doch immer glücklich darüber«, sagte Natalie. »In Saint Clare hast du ständig von deiner phantastischen Zukunft gesprochen. Man konnte es ja kaum mehr hören!«

»Ihr habt mich für einen ziemlich großen Angeber gehalten, nicht wahr?«

»Manchmal schon«, erwiderte Natalie ehrlich. »Es ist uns hin und wieder ein bißchen auf die Nerven gegangen.«

David schwieg eine Weile. Natalie glaubte schon, er sei eingeschlafen. Aber dann sagte er plötzlich. »Das Verrückte ist, ich weiß überhaupt nicht mehr, ob ich das alles noch will. Bredow

Industries, New York, Reichtum ... Die ganze Zeit über habe ich daran gedacht, und ich wollte es unbedingt haben, verstehst du, ich hätte alles dafür getan ...«

Ja, dachte Natalie, auch Steve verraten und Mary im Stich gelassen. Um Gottes willen, nichts riskieren!

»Aber es ist alles so verfahren ... Ihr wißt ja nicht ...«

»Was wissen wir nicht?«

»Ihr wißt nicht, wie ich aufgewachsen bin. Meine Mutter wurde nie mit dem Tod ihres Vaters fertig. Hitlers Leute haben ihn damals ermordet.«

»Oh ...«

»Bei uns im Wohnzimmer war eine Art Altar errichtet, mit seinem Bild, Blumen, Kerzen ... und unser ganzes Leben war der Erinnerung an diesen Toten geweiht. Sie hat mir furchtbare Dinge erzählt, und ich hatte schreckliche Träume. Sie wollte immer, daß ich ihren Kummer teile, sie wollte mich zu ihrem Vertrauten und Kameraden machen, und sie hat mich geliebt und vergöttert. Und dann kam Andreas, und der ist irgendwie genauso wie sie, er klammerte sich an mich, Tag und Nacht hätte er mich am liebsten um sich, und manchmal denke ich, ich werde noch verrückt darüber. Immerzu sagen sie mir, wie sehr sie mich brauchen, und ich weiß, sie werden nie damit aufhören. Aber ich will das nicht!« Seine Stimme wurde laut. Heftig sagte er: »Ich weiß nicht, ob du mich verstehen kannst, Natalie, aber ich habe das Gefühl, überhaupt nicht zu wissen, wer ich bin. Wer ist David in Wahrheit? Wo liegt meine Zukunft? Sie haben mir so lange eingehämmert, was sie alles von mir erwarten, daß ich jetzt keine Ahnung mehr habe, was *ich* überhaupt will!«

Natalie langte hinüber in seine Betthälfte und nahm seine Hand. »David, warum hast du nie früher darüber gesprochen?«

»Weil ich ...« Er lachte hilflos und trotzig. »Weil ich ja nicht mal wußte, wo mein Problem lag! Da war nur ein wahnsinniger Druck, und da waren wahnsinnige Schuldgefühle, weil sie ja alle so nett zu mir waren und ich trotzdem das Gefühl hatte, ich müßte schreien!«

»Hör zu«, sagte Natalie ruhig. »Hör zu, ich glaube schon, daß du weißt, was du willst. Du traust dich nur nicht, es frei und unverkrampft zu wollen. Was sagtest du früher immer? ›Ich will so reich sein, daß ich auf die ganze Welt scheißen kann!‹ So! Ist das nicht genau das, was du willst?«

»Ja!« Er schien erleichtert, weil sie nicht versuchte, die Wahrheit schmeichelhafter zu formulieren. »Ja! Ich will Geld! Ich will ein tolles Leben! Ich will Autos und Segelyachten und meinen eigenen Jet und das phantastische Appartement hoch über dem Central Park. Ich will durch die ganze Welt reisen, und ich will, daß Geld für mich nie eine Rolle spielt. Es soll einfach dasein! Und ich will nicht nachdenken über das, was war, denn ich habe nichts damit zu tun! Ich kenne meinen toten Großvater nicht, und ich kann auch nicht ewig für meine Mutter dasein und mit ihr gemeinsam darüber jammern, wie gemein das Schicksal mit ihr umgegangen ist. Es war ja alles nicht meine Schuld!«

»Natürlich war es nicht deine Schuld. Es ist schon okay, David. Du darfst dir das alles ja wünschen!«

Er atmete tief.

»Mir wurde irgendwann in den letzten Tagen klar, wenn ich mit einem Menschen reden kann, dann mit dir. Du bist klug, Natalie, du bist unabhängig und ganz und gar echt. Bei dir ist nichts gekünstelt oder aufgesetzt.« Mit einer vorsichtigen Bewegung zog er Natalie zu sich heran. »Bitte, Nat, Leg dich zu mir. Ich würde dich gern in meinen Armen halten. Bitte!«

»David, ich kann das nicht. Ich kann nicht mit dir …«

»Ich tu ja nichts, Natalie. Ich will wirklich nur, daß du bei mir liegst.«

Zögernd gab sie nach. Es war überraschend angenehm, einen anderen warmen Körper neben sich im Bett zu spüren. Ihr Kopf lag an Davids Schulter, mit dem Arm hielt er sie umfaßt.

Sie redeten noch eine Weile, flüsterten, hielten einander dabei fest. Natalie war jetzt völlig ruhig und entspannt. Sie atmete gleichmäßig, und auf einmal mußte sie eingeschlafen sein, denn später war es ihr, als habe sie plötzlich ein Geräusch gehört und sei aus einem konfusen Traum aufgewacht. Da draußen der Mond vom wolkenlosen Nachthimmel schien, zeichneten sich auf den blassen Vorhängen die Schatten leise sich wiegender Blätter ab; sie gehörten zu dem Kirschbaum, der im Vorgarten stand. Dann schob sich ein großer, dunkler Schatten davor, einen Moment nur, dann war er bereits wieder verschwunden.

Natalie richtete sich verwirrt auf und angelte über den schlafenden David hinweg dessen Armbanduhr vom Nachttisch. Das Leuchtzifferblatt zeigte kurz nach zwei Uhr an. Sie mußten eine ganze Weile geschlafen haben.

»David!« Sie konnte seinen ruhigen Atem hören. Vorsichtig rüttelte sie ihn an den Schultern. »David! Wach auf!«

Er gab ein leises, verschlafenes Brummen von sich. »Was ist denn?«

»David, hast du die Haustür abgeschlossen?«

»Was?«

»Ob du die Haustür abgeschlossen hast?«

»Die Haustür?« David fand nur äußerst schwerfällig in die Wirklichkeit.

»Ja, die Haustür! Hast du sie abgeschlossen?«

»Nein. Ja. Ich weiß nicht…«

»Was heißt das, du weißt es nicht? Ich habe mich darauf verlassen, daß du abschließt!« Jetzt erst wurde Natalie richtig klar, daß sie einen Schatten vor dem Fenster gesehen hatte. »David, dann ist die Haustür womöglich noch offen!«

David wollte nichts anderes als schlafen. »Bitte, Nat, mach doch nicht so einen Zirkus! Wir sind hier auf dem Land, da ist es üblich, daß man die Türen nicht abschließt.«

»Es ist aber jemand draußen!«

»Du hast schlecht geträumt«, sagte David und gähnte.

Natalie stieg aus dem Bett und griff ihren Bademantel. »Ich schließe ab. Ich habe sonst kein gutes Gefühl.«

Der Mond schien hell genug, so daß sie kein Licht brauchten. Sie trat in die Halle, ging zur Haustür und rüttelte an der Türklinke. Sie gab nicht nach. Also hatte David doch abgeschlossen. Und überhaupt habe ich wahrscheinlich wirklich geträumt, dachte sie müde.

Die Tür des anderen Gästezimmers, das ebenfalls im Erdgeschoß lag, ging auf. Mit einer Taschenlampe in der Hand erschien die alte Lehrerin auf der Schwelle, eine magere Person im bodenlangen Morgenmantel, der die aufgelösten grauen Haare den Rücken hinunterhingen.

»Ist da jemand?« Sie hatte eine hohe, etwas durchdringende Fistelstimme.

»Ich bin es nur.« Der Lichtstrahl der Taschenlampe blendete Natalie, abwehrend hob sie die Arme. »Ich bin Natalie Quint. Wir wohnen seit gestern mittag hier. Ich wollte nur nachsehen, ob die Tür verschlossen ist.«

»Haben Sie auch diese merkwürdigen Geräusche im Haus gehört?«

»Nein. Was für Geräusche?«

»Ich dachte, eine Fensterscheibe sei kaputtgegangen. Es hörte sich an wie klirrendes Glas.«

»Ich habe nichts gehört«, sagte Natalie, »ich dachte nur, ich hätte einen Schatten draußen gesehen.« Sie kicherte. »Wahrscheinlich sind wir beide etwas hysterisch.«

Die Lehrerin kam schließlich auf den Gedanken, die Taschenlampe sinken zu lassen, so daß Natalie nicht mehr geblendet wurde. Einen Moment lang standen beide Frauen einander unschlüssig gegenüber, dann sagte die Lehrerin: »Es ist nur wegen der Geschichte, die heute früh im Radio…«

Sie kam nicht weiter. Völlig unerwartet, scheinbar aus dem Nichts, tauchte eine schattenhafte Gestalt hinter ihr auf. Mehr verwundert als entsetzt, so, als verfolge sie einen Film, der vor ihren Augen ablief, beobachtete Natalie, wie der Mann, den sie jetzt deutlicher erkennen konnte, der alten Frau ein Messer in den Bauch stieß. Mit einem gurgelnden Laut klappte sie nach vorne und brach in die Knie. Die Taschenlampe fiel krachend auf den Boden und verlosch. Natalie brauchte ein paar Sekunden, um ihre Augen wieder an die Nacht zu gewöhnen. Der dunklen Gestalt am Ende der Halle ging es nicht anders. Einen Moment lang standen sie da, ohne sich orientieren zu können. Dann spürte Natalie, daß der andere sich bewegte, er kam auf sie zu. Sie schrie auf, schrie wie ein Tier in der Falle, und nun endlich konnte sie etwas sehen. So schnell sie konnte, rannte sie die Treppe hinauf, ohne später genau zu wissen, weshalb sie diesen Weg genommen hatte. Ihr Bademantel war etwas zu lang, und auf der obersten Stufe stolperte sie über den Saum und fiel hin. Plötzlich strahlte helles Licht auf, offenbar hatte der Mann den elektrischen Schalter gefunden. Aus den Augenwinkeln konnte Natalie sehen, daß zwei weitere schwarzgekleidete Männer in der Halle waren und daß der Dritte pfeilschnell hinter ihr her die Treppe hinaufkam. Auf allen vieren krabbelte sie ins Bad, warf in letzter Sekunde die Tür hinter sich zu und drehte den Schlüssel um. Von draußen schlug jemand dagegen, das dünne Holz ächzte bedenklich. Natalie rutschte zu Boden, am ganzen Körper wie Espenlaub zitternd. Langsam wurde ihr klar, was sie gesehen hatte – eine alte Frau war vor ihren Augen ermordet worden, fremde Männer liefen im Haus herum, einer von ihnen hatte versucht sie festzuhalten, und Gott mochte wissen, was er mit ihr getan hätte, wenn sie nicht rechtzeitig ins Bad gelangt wäre. Die Fliesen, auf denen sie lag, fühlten sich kalt und feucht an. Natalie raffte sich schwerfällig auf, zog sich am Türgriff in die Höhe und geriet dabei an den Lichtschalter. Es wurde hell. Panik erfaßte sie, als sie merkte, daß irgend etwas sie festhielt, aber dann wurde ihr klar, daß sich bloß der Gürtel ihres Bademantels in der Tür verklemmt hatte. Sie zerrte ihn aus den Schlaufen, ließ ihn fallen und wankte zur gegenüberliegenden Wand. Im Spiegel über dem Wasserbecken konnte sie ihr totenblasses Gesicht erkennen. Zwei weit aufgerissene Augen starrten sie entsetzt an.

»O Gott, es ist ein Alptraum«, jammerte sie leise. »Es kann ja nicht wahr sein. Lieber Gott, es ist nicht wahr.«

Sie spritzte ein wenig Wasser in ihr Gesicht, so als glaubte sie, sie werde davon erwachen. Es konnte nicht Wirklichkeit sein, daß sie hier mitten in der Nacht in einem Badezimmer stand, die Tür hinter sich fest verriegelt, und im Haus waren schwarzgekleidete Männer, von denen sie nicht wußte, was sie wollten, aber sie hatten bereits einen Menschen ermordet und wahrscheinlich würden sie nicht davor zurückschrecken, weitere umzubringen. Sie sah sich im Bad um. Es gab ein Fenster, aber sie befand sich im ersten Stock, und wenn sie sich beim Sprung in den Garten den Fuß verstauchte, würde sie sich nicht vom Fleck rühren können und wäre eine leichte Beute. Das Haus stand so weit abseits, daß sie nicht darauf hoffen konnte, durch Hilferufe den nächsten Nachbarn zu alarmieren. Sie kletterte auf den Rand der Badewanne und spähte zum Fenster hinaus. Zu ihrer Überraschung entdeckte sie, daß der Balkon, der sich auf der Rückseite des Hauses befand, auch unter diesem Fenster verlief. Mit etwas Geschicklichkeit könnte sie ihn erreichen. Genau in diesem Moment fiel ein Schuß. Natalie wäre fast vom Badewannenrand gerutscht, sie hielt sich krampfhaft am Fenstergriff fest. Sie lauschte in die Stille, die auf den Schuß folgte, und auf einmal dachte sie: David! Sie preßte die Hand auf den Mund, um nicht laut zu schreien. Sie hatten David erschossen, sie war ganz sicher, eben gerade hatten sie David erschossen.

Geduckt schlich sie sich über den Balkon. Jeder Muskel in ihrem Körper war angespannt, jede Faser lauschte und lauerte. Vielleicht war es ein Fehler gewesen, das sichere Bad zu verlassen, aber sie hatte das Gefühl gehabt, in einer Falle zu sitzen, aus der es kein Entkommen gab, wenn es erst jemandem gelang, die Tür zu durchbrechen. Sie mußte fort, zum Meer hinunter vielleicht, oder in die Dünen. Sie wußte bloß nicht, wie sie von diesem verdammten Balkon hinunterkommen sollte. Sie bog um die Ecke – der Balkon erstreckte sich ja über zwei Seiten des Hauses, die Süd- wie die Westseite – und zuckte zurück. Ein breiter Lichtstrahl fiel aus einem Fenster hinaus in die Nacht.

Im ersten Moment wäre Natalie am liebsten umgekehrt, doch dann riß sie sich zusammen und überlegte. Sie hätte sich wie ein kleines Kind in eine dunkle Ecke kauern und hilflos weinen mögen, aber unvermittelt fiel ihr etwas ein, was Gina immer gesagt hatte: »Du mußt nur auf die Dinge zugehen, vor denen du Angst hast. Das ist wie mit den Haien. Sie kehren um, wenn du ihnen entgegenschwimmst.«

Sie trat einen Schritt nach vorne und spähte durch das erleuchtete Fenster. Was sie sah, ließ ihr den Schweiß am ganzen Körper ausbrechen, sie würgte und schmeckte bittere Galle im Mund.

Sie vergewaltigten Maxine.

Es handelte sich offenbar um Maxines und Duncans Schlafzimmer, denn der ganze Raum war nahezu ausgefüllt von einem gewaltigen, breiten Doppelbett. Die Laken waren zerwühlt, die Decke hinuntergerutscht, ein Stuhl, über dem offenbar ein Stapel Kleider gelegen hatte, umgefallen. Maxine lag auf dem Rücken auf dem Bett, das Nachthemd über die Taille hinaufgeschoben. Einer der maskierten Männer kniete auf dem Bett und hielt Maxines Kopf wie in einem Schraubstock zwischen seinen Beinen. Er hatte ein Messer in der Hand, das an Maxines Kehle lag. Ein anderer hockte auf Maxines Leib, er bewegte sich unbeherrscht und brutal. Maxine rührte sich nicht, sie gab auch nicht den geringsten Laut von sich. Sie lag völlig starr, mit weit aufgerissenen Augen. Sekundenlang fragte sich Natalie, ob man hier eine Tote vergewaltigte, aber dann sah sie, wie sich die Finger von Maxines rechter Hand bewegten, sich zusammenkrampften, bis die Knöchel wie Spieße hervorsahen. Natalie konnte nicht länger hinsehen. Ihre Blicke glitten durch das Zimmer, und sie entdeckte Duncan, der bäuchlings unter dem Waschbecken lag, Arme und Beine in absurden Verrenkungen von sich gespreizt. Sein Kopf ruhte in einer Blutlache. Er war zweifellos tot.

Bei allem Entsetzen weckte dieser Anblick eine Spur von Hoffnung in Natalie. Sie hatte nur einen Schuß gehört, und wenn sie Duncan erschossen hatten, dann lebte David vielleicht noch. Sie mußte von diesem verdammten Balkon hinunter. An Maxine konnte sie sehen, was sie erwartete, wenn sie blieb. Sie schaute noch einmal zu ihr hin, und nie vorher war es ihr so deutlich bewußt gewesen, daß das Leben seine Alpträume stets mit sich herumtrug und jederzeit bereit war, sie ans Tageslicht zu holen. Sie wollte sich abwenden, da sah sie, wie der Vergewaltiger von Maxine herabrutschte. Das nun folgende geschah so rasch, daß sie es kaum fassen konnte: Während der eine Mann neben Maxine liegenblieb, schnell atmend und zunächst einmal außer Gefecht, griff der andere unter Maxines Kinn, hob es an und zu sich hin und schnitt ihr mit einer einzigen, sachlich wirkenden Bewegung die Kehle durch.

Natalie hielt sich an der Hauswand fest und erbrach ihr Abendessen, dann kletterte sie über die Balkonbrüstung und sprang in den Abgrund. Zwischen den Fingern spürte sie taufeuchtes Gras, ihre nackten Knie lagen in frischgeharkter Erde. Sie mußte sich ein zweites Mal übergeben.

Als sie aufstand, wurde ihr schwarz vor den Augen, aber sie wehrte sich energisch gegen die aufkommende Ohnmacht. Trotz des Grauens gab es noch irgendeinen wachen Instinkt in ihr, der ihr befahl, sich auf den Füßen zu halten und um ihr Leben zu laufen. Sie wankte um das Haus herum nach vorne in den Hof, und dort wäre sie beinahe in Tränen ausgebrochen vor Erleichterung, denn sie sah David, der aus dem Haus kam; er sah aus, als sei er betrunken, aber später erfuhr sie, daß er einen Faustschlag gegen die Schläfe bekommen hatte. In jenem seitenlangen Brief, den er ihr – ebenfalls später – schrieb, und in dem er ihr alles zu erklären, sich zu rechtfertigen suchte, sagte er, er sei halb besinnungslos gewesen und habe nicht begriffen, wer da aus dem dunklen Garten auf ihn zugekommen war. Er habe geglaubt, einen Verbrecher vor sich zu haben. Aber Natalie, die immer und immer wieder jene Sekunden in ihrem Gedächtnis rekonstruierte, war völlig sicher, daß der Blick, mit dem er sie angeschaut hatte, klar war, und daß er sie in dem Moment, da er sie sah, auch erkannte. Sie beobachtete, wie er mit zitternden Fingern die Autotür aufschloß und sich auf den Fahrersitz fallen ließ. Jetzt unbekümmert darum, ob man sie vom Haus aus sehen konnte oder nicht, rannte Natalie zum Auto hin. Sie wollte die Beifahrertür aufreißen, aber sie war noch verriegelt. Sie hämmerte mit den Fäusten gegen die Fensterscheibe. »David! Mach auf, David! Laß mich 'rein, schnell!«

Der Mond schien genau auf sein Gesicht, als er es ihr jetzt zuwandte, und sie konnte seine weit aufgerissenen, verstörten Augen sehen. Er war so bleich, wie es ein Mensch nur sein konnte.

»David!« War es wirklich ihre Stimme, die da schrill durch die Nacht klang und sich beinahe überschlug? »David, in Gottes Namen, mach die Tür auf!« Sie schlug wieder gegen die Scheibe, und diesmal schoß ein scharfer Schmerz durch ihre Hand und den ganzen Arm hinauf. Später stellte sich heraus, daß sie den kleinen Finger gebrochen hatte, aber im Moment ließ es ihre Angst nicht zu, daß sie sich dem Schmerz auch nur einen Augenblick lang hingab. Sie schrie Davids Namen so laut sie nur konnte, während sie fassungslos zusah, wie er das Auto startete und auf die Einfahrt zuschoß. Sie hörte die Reifen quietschen, als er um die Ecke auf die Straße schleuderte, und dann preßte ihr auch schon jemand die Hand auf den Mund und zerrte sie ins Haus.

Natalie war immer überzeugt gewesen, sie werde es nicht überstehen, wenn man sie vergewaltigte. Es war zwischen ihr, Gina und Mary früher in Saint Clare ein beliebtes Gesprächsthema gewesen, einander auszumalen, was für jede von ihnen das Schlimmste im Leben wäre. Gina hatte zu dieser Zeit allnächtlich unter dem Alptraum gelitten, an einem ominösen, großen Gegenstand in ihrem Mund zu ersticken, und war davon aufgewacht, daß sie um Atem rang. Sie erklärte, das Furchtbarste, was sie sich denken könne, sei, lebendig begraben zu werden und zu spüren, wie die Erde ihren Mund füllen und ihr die Luft nehmen würde. Mary hingegen, die niemals schwimmen gelernt hatte, hegte eine tiefe Furcht vor dem Wasser, und sie wurde blaß bei dem bloßen Gedanken an ein Schiffsunglück.

Natalie als Einzige hatte nicht an Sterben gedacht, wenn sie sich das vollkommene Grauen vorstellte. »Lieber sterben als vergewaltigt werden. Alles, alles könnte ich eher ertragen als das!«

Es waren drei Männer bei ihr im Wohnzimmer und sie wechselten sich ab. Natalie lag auf dem Teppich, einer hielt ihre Hände über dem Kopf zusammen, der andere drückte ihre gespreizten Beine fest auf den Boden, der dritte vergewaltigte sie. Es tat höllisch weh, aber es gelang Natalie immer wieder, die Schreie, die sich in ihrer Kehle ballten, zu unterdrücken. Immer dachte sie: Wenn sie es jetzt noch einmal tun, werde ich schreien. Ich schreie später. Beim nächsten Mal schreie ich!

Aber sie schrie kein einziges Mal, sie lag so starr und stumm wie vorher Maxine. An der gegenüberliegenden Wand konnte sie ein eingerahmtes Bild sehen, das Maxine und Duncan an ihrem Hochzeitstag zeigte. Duncan trug einen etwas zu eng sitzenden Anzug und lächelte verlegen, und Maxine hatte eine hochaufgetürmte Frisur und einen langen flatternden Tüllschleier. Sie sah sehr glücklich und verliebt aus. Das Bild prägte sich so nachdrücklich in Natalies Gedächtnis, daß sie noch Jahre danach in der Lage gewesen wäre, jedes einzelne Detail genau zu beschreiben. Warum hatten die beiden sterben müssen? Warum lagen sie jetzt oben im Schlafzimmer in ihrem Blut? Was geschah hier, wo war der Sinn? Weshalb mußte sie dieses Grauen erleben? Flüchtig fragte sie sich, ob sich wohl auch Ginas und Marys Alpträume erfüllen würden. Vielleicht ertrank Mary eines Tages, vielleicht wurde Gina lebendig begraben. Es gibt nichts, was so grauenhaft ist, daß Menschen es nicht tun.

Als die Sirenen der Polizeiautos ertönten und die Männer von ihr abließen, zog sich Natalie sofort in eine Ecke zwischen zwei Sessel zurück und sah daraus lauernd hervor wie ein sprungbereites Tier. Sie hatte keine Ahnung, daß sie sich die Lippen blutig gebissen hatte und daß ihr Blut über das Kinn lief. Sie hörte nachher, sie habe einen grauenhaften Anblick geboten, als man sie fand, und sie habe sich aus Leibeskräften gegen die Polizeibeamten gewehrt, die ihr auf die Beine helfen wollten. Sie bekam nicht mit, daß es einen Schußwechsel zwischen Polizisten und Einbrechern gab und daß einer der Täter dabei ums Leben kam. Später erklärte ein Polizeibeamter Natalie: »Diese Männer gehören einer kleinen fanatischen Gruppe an, die sich mit Teufelsaustreibungen und schwarzen Messen befaßt. Sie wissen schon – diese seltsamen Rituale in mondhellen Nächten an irgendwelchen alten Kirchenmauern... blutige Schafsherzen werden an die Pforte genagelt, die noch zuckenden Eingeweide der Opfertiere zusammen mit schrecklichen Kräutergebräuen verzehrt. Was unsere Verbrecher hier angeht, so behaupten sie, eine

Weisung empfangen zu haben, das Sündhafte dieser Welt zu vernichten, und die Verkörperung der Sünde sehen sie in der Weiblichkeit. Sie sind besessen von dem Gedanken, Frauen zu schänden und töten zu müssen. Verstehen Sie?«

»Warum«, fragte Natalie müde, »haben sie Duncan umgebracht?«

»Weil er sich ihnen in den Weg gestellt hat. Aber sie haben ihn einfach erschossen. Eine Frau würden sie nie erschießen, das wäre weder feierlich noch grausam genug.« Er sah Natalie eindringlich an. »Verstehen Sie?« fragte er wieder.

»Ja«, sagte sie, aber seine Worte drangen nur wie durch einen dichten Schleier zu ihr. Selbst die Gerichtsverhandlung, zu der sie als Zeugin erscheinen mußte, glitt wie ein fremder, ferner Traum an ihr vorüber. Einer ihrer Vergewaltiger spuckte ihr ins Gesicht, als sie an ihm vorüberging, aber auch das registrierte sie kaum. Es waren vier Wochen seit den Ereignissen in Crantock vergangen, und erst hier vor Gericht sah Natalie David wieder. Sie hatte seine Briefe – bis auf einen – ungeöffnet zurückgehen lassen, denn sie wollte seine Erklärungen, Entschuldigungen, Selbstvorwürfe nicht mehr lesen. Jedesmal, wenn er anrief, legte sie sofort den Telefonhörer auf. Er war nach King's Lynn gekommen, um sie zu sehen, aber sie hatte die Tür nicht aufgemacht. Jetzt, im Gerichtssaal, griff er nach ihrem Arm. »Natalie! Bitte, laß dir erklären...«

Sie machte sich los. Für einen Augenblick erwachte in ihr die Bereitschaft, mit ihm zu reden und ihm vielleicht zu verzeihen, aber dann auf einmal zerriß der Nebel, der die ganze Zeit über ihr gelastet hatte, und Bild um Bild aus jener Nacht stieg in ihrer Erinnerung glasklar auf, und Angst und Schmerzen wurden gegenwärtig. Sie konnte ihm nicht verzeihen, nicht jetzt und womöglich nie.

Sie verließ den Gerichtssaal, die letzten Schritte hinaus rannte sie, und sie drehte sich kein einziges Mal mehr um.

6

Natalie betete, die Lichter möchten nicht verlöschen. Sie war nicht sicher, ob sie die Dunkelheit würde aushalten können. Es wird ja nicht richtig dunkel, sagte sie sich, die Lichtorgel ist ja noch da und die Scheinwerfer.

Es war drückend heiß in der Halle. Eine stillgelegte Fabrik am Stadtrand von Norwich, in der sich mehr als tausend Menschen versammelt hatten. Draußen ging ein Septembertag in glühenden Farben zu Ende, im Inneren der Halle stieg die Temperatur unterdessen auf vierzig Grad. Die Menschen, zumeist Jugendliche, standen aneinandergepreßt wie die Heringe, einer benetzt von dem Schweiß des anderen. Helles Neonlicht brannte entlang der Decke. Aber gleich würde es verlöschen, würden sich die Spots auf die Bühne richten, und dann sollte Billie Crime auftauchen, der neue Rockstar aus den USA und neues Idol der Jugend. Natalie konnte erwartungsvolles Entzücken auf den Gesichtern der meisten Mädchen entdecken. Sie fieberten »ihrem« Billie entgegen. Zweifellos hatten sie seit Wochen auf diesen Abend hingelebt.

Und zweifellos, dachte Natalie, sind sie freiwillig hier.

Sie selber war im Auftrag von Mr. Bush gekommen, um für »Limelight« einen Bericht über das Konzert zu schreiben. Da sie seit Crantock vor den meisten Dingen Angst hatte – vor Dunkelheit zum Beispiel, Menschenansammlungen und geschlossenen Räumen –, war ihr der Gedanke, hierher gehen zu müssen, schon Tage vorher ein Alptraum gewesen. Sie hatte autogenes Training gemacht und jeden Tag ihre neue Kassette gehört, auf der ihr eine tiefe, sanfte Männerstimme einzureden versuchte, sie sei ruhig, stark und zuversichtlich. Als sie in Norwich ankam, war sie so nervös, daß sie bei Rot auf eine Kreuzung fuhr und beinahe einen Unfall verursacht hätte. Im Hotel nahm sie ein Bad, aber eine Migräneattacke kündigte sich trotzdem an. Sie hatte früher nie Kopfschmerzen gehabt! Sie trocknete sich ab, föhnte ihre Haare und schlüpfte in ihre Jeans. Dazu trug sie ein weißes Männerhemd, einen silbergefärbten Ledergürtel und ein paar Silberketten. Gegen Abend fühlte sie sich so miserabel, daß sie beschloß, das Konzert ausfallen zu lassen und eine Phantasiegeschichte zu schreiben – sie kannte die Musik von Billie Crime sowieso, und Veranstaltungen dieser Art liefen erfahrungsgemäß immer gleich ab. Es begann ihr bei dieser Idee gerade etwas besser zu gehen, da klingelte das Telefon. Es war Mr. Bush. Seine Stimme klang ganz fremd vor Aufregung. »Wir haben ein Interview mit Billie Crime! Natalie, ob Sie es glauben oder nicht, ich habe das tatsächlich arrangieren können. Gleich nach der Vorstellung sollen Sie in die Garderobe kommen. Aber seien Sie um Himmels willen pünktlich, eine halbe Minute Verspätung kann bei Billie Crime schon bedeuten, daß er es sich anders überlegt!« Mr. Bush kicherte nervös. »Wenn Sie das verpatzen, Natalie, können Sie sich den Strick nehmen, das ist Ihnen ja wohl klar.«

Natalie lachte gezwungen und brach in Tränen aus, kaum hatte sie den Hörer aufgelegt. Nun mußte sie hingehen, das war klar, denn sie konnte es nicht riskieren, den Ausgang des Konzerts und ihre Chance bei Billie Crime zu verpassen. Sie nahm zwei Aspirin, wusch sich die tuschegefärbten Tränenspuren vom Gesicht und machte sich mit bleischweren Gliedern auf den Weg.

Es kam genauso, wie sie es befürchtet hatte: Kaum ging das Licht aus, kaum zuckten die Spots von irgendwoher aus der Finsternis zur Bühne hinüber, wurde ihr schon schwindlig, und ihr einziger Gedanke war: Flucht! Als die Musik krachend einsetzte und ein silberglitzernder Billie Crime über die Bühne fetzte, meinte sie, ihr Kopf müsse in tausend Stücke zerspringen. Vor ihren Augen flimmerte es. Im Saal hob ein gewaltiger Schrei aus tausend Kehlen an, ohrenbetäubend laut, durchdringend und anhaltend. Die Zuschauer fingen an zu toben, rissen die Arme hoch, klatschten und trampelten. Natalie hatte den Eindruck, als klettere innerhalb weniger Sekunden die Temperatur in der Halle um noch einmal zehn Grad. Am ganzen Körper brach ihr der Schweiß aus. Ihre Klaustrophobie wurde hier bestens genährt, und verzweifelt – aber vergeblich – versuchte sie das Wissen zu verdrängen, daß sie hier nicht hinaus konnte. Eher wäre es möglich, den Mount Everest zu übersteigen, als durch die Menschenmenge zu dringen. Natalie sah die vollkommen aufgelösten Gesichtszüge eines Teenagers neben sich. Das Mädchen trug ein Billie-Crime-T-Shirt, einen Minirock, der mit Billie-Crime-Buttons bestückt war, und hatte eine Kette um den Hals, an der silberne Buchstaben baumelten, die den Satz: »I love Billie« bildeten. Sie strahlte Natalie an, wobei sie ungeniert ihr gewaltiges Pferdegebiß bleckte. »Ist er nicht geil?« schrie sie.

Natalie nickte schwach und wünschte, es gebe hier etwas, woran sie sich festhalten könnte. Sie spürte ganz deutlich, wie sich die Hysterie in ihr zu einer unberechenbaren Größe zusammenballte und langsam aufstieg. Es war die Hysterie, die sie befiel, wenn sie durch einen dunklen Tunnel fahren mußte, sich auf einem Marktplatz plötzlich im Gedränge eingekeilt sah, wenn es Abend wurde und die Dunkelheit hereinbrach oder sie mit dem Auto in einem Stau steckte und weder vorwärts noch rückwärts kam. Meistens fing sie dann an zu weinen und fühlte sich nahe an einem Kreislaufkollaps. Aber das durfte jetzt nicht geschehen, denn sie mußte unter allen Umständen fit bleiben für das Interview. Sie konzentrierte sich auf ein junges Mädchen, das vor ihr stand, hielt sich gewissermaßen visuell an ihr fest, um nicht den Boden unter den Füßen zu verlieren. Sie versuchte in Gedanken eine Beschreibung von ihr anzufertigen, um irgendeine Ordnung in ihre durcheinandergewirbelten Sinne zu bringen. Dieses Mädchen hat dunkelblondes Haar, ist sehr schlank, trägt ein schwarzes T-Shirt-Kleid mit breitem Gürtel… ihre Haare reichen bis zum Po… ich habe mir immer so lange Haare gewünscht… ihre Gedanken schweiften in die andere Richtung, es gelang ihr nicht, sie festzuhalten. Crantock bei Nacht, und sie schnitten Maxine die Kehle durch, David fuhr davon, und sie fielen über sie her… Ihr Atem ging keuchend. Sie konnte es nicht mehr aushalten, zum Teufel mit Billie Crime, sie würde keine Sekunde länger bleiben. Sie stieß den Teenie mit dem Pferdegebiß neben sich an. »Kannst du mich bitte vorbeilassen?«

»Was?«

»Mir ist nicht gut… läßt du mich bitte vorbei…« Sie mußte schreien, um sich zu verständigen. Das Pferdegebiß sah sie an, als spreche sie chinesisch. Natalie umklammerte ihr grobes Handgelenk, ohne zu bemerken, daß sie der anderen dabei ihre Fingernägel in die Hand grub. »Bitte… ich muß raus…« In ihrer Stimme schwang bereits ein schriller Unterton. Stumpfe, blaßblaue Augen glotzten sie an. Aber selbst wenn das Pferdegebiß über eine raschere Denkungsart verfügt hätte, es wäre ihm nicht möglich gewesen, auch nur einen Schritt zur Seite zu tun. Es stand ebenso eingekeilt wie Natalie. Und als sie begriff, daß es tatsächlich keinen Weg gab zu entkommen, begann sie zu schreien. Sie schrie und schrie, aber niemand bemerkte es, denn sie schrien alle. Erst als alle Menschen und Geräusche schon ganz weit weg waren, und die Glitzersteine auf Billie Crimes Kostüm zu einem ganzen Himmel voller Sterne wurden, als ihre Knie einknickten, da schien jemand zu bemerken, was mit ihr los war, denn zwischen Musik und Gekreische vernahm sie den Ruf. »Sanitäter! Schnell einen Sanitäter!«

Das letzte, woran sie dachte, ehe sie das Bewußtsein verlor, war, daß Mr. Bush ihr zweifellos kündigen würde.

Gina

1

Gina stand in der geöffneten Gartentür ihres Schlafzimmers und schaute nach draußen in den Garten. Die weiße Marmorbalustrade der Terrasse schimmerte, die warme Luft roch süß und schwer nach Rosen und Glycinien und ein wenig auch nach wildem Salbei. Irgendwo schrie hell ein Vogel. Über die Wände des Zimmers tanzten Schatten. Der Schein der Sonne beleuchtete zart die kleinen Orangenbäume, die in Messingkübeln entlang den Säulen der Veranda standen.

John hatte seine Krawatte abgebunden, er lag auf dem Bett, die Hände unter dem Kopf verschränkt. Der Tag war lang gewesen, John sah müde aus. Gina betrachtete sein Gesicht: Die eckigen, stark ausgeprägten Wangenknochen, der hart gezeichnete Kiefer, der schmale Mund. Johns Gesicht war so ebenmäßig, daß sich Gina neben ihm ganz plump vorkam. Alles bei ihm schien sich im Einklang zu befinden – die Nase, das Kinn, die Stirn, nichts störte das Gleichgewicht. Das dunkle Haar trug er seitlich gescheitelt und zurückgekämmt. Unter geraden Brauen lagen dunkelbraune Augen mit tiefen Ringen darunter. Die Ringe traten am frühen Morgen deutlich hervor, verloren etwas von ihrer Schärfe im Laufe des Tages und wurden gegen Abend, wenn sich John abgespannt fühlte, wieder stärker. Sie und die Falten rechts und links des Mundes unterbrachen die Ebenmäßigkeit des Gesichtes. Gina war überzeugt, daß John heute mit seinen vierzig Jahren besser aussah als jemals in seiner Jugend.

Sie wandte ihren Blick von ihm ab und sah sich im Zimmer um. Von Anfang an hatte sie diesen Raum wie eine Oase empfunden. Die Wände mit den blaßgelben Seidentapeten, die weichen Sessel aus eierschalenfarbenem Samt, der flauschige,

cremeweiße Teppichboden und die champagnerfarbenen Samt-
vorhänge an der breiten Glasfront zum Garten hin waren warm
und voller Licht. Kristallene Leuchter trugen goldfarbene Kerzen. Aschenbecher, Vasen, Obstschalen im Raum waren aus
massivem Gold. Luxus, Schönheit und verschwenderische Üp-
pigkeit waren hier versammelt. Und draußen das blühende Paradies von Kalifornien, ein Garten in Beverly Hills, fernab von
Smog und Lärm, eine duftende, bunte, gepflegte Wildnis.

»Du siehst bedrückt aus«, sagte John vom Bett her, »ist irgend
etwas nicht in Ordnung, Liebling?«

Ihr schossen die Tränen in die Augen, weil er »Liebling« sagte.
Seine Zärtlichkeit hatte sie immer aufgewühlt. Von Beginn ihrer
Beziehung an hatte es John amüsiert, daß man Gina durch alles,
was schön und romantisch war, zum Weinen bringen konnte,
wohingegen es völlig unmöglich war, ihr eine einzige Träne zu
entlocken, indem man sie attackierte. Im Streit konnte sie regel-
recht kaltschnäuzig sein, die ganze Palette ihrer Ironie und Bis-
sigkeit, ihrer Angriffslust entfalten, man konnte ihr eine Krän-
kung nach der anderen an den Kopf werfen, ohne einen anderen
Ausdruck als den eines höhnischen Lächelns auf ihr Gesicht zu
zaubern. Aber ein einziger großartiger, blutroter und tiefviolet-
ter Sonnenuntergang über dem Pazifik ließ sie völlig die Fassung verlieren. »Du wirst«, sagte John oft, »noch einen Ozean
von Tränen vergießen, wenn du immer über allem Schönen zu
weinen anfängst.«

Nun erhob er sich vom Bett, trat an Gina heran, schlang beide
Arme um sie und legte seinen Kopf auf ihre Schulter. »Was ist
los, Gina?«

»Es ist nichts, John, wirklich: Ich fühle mich einfach nicht so
gut.« Sie strich sich mit der Hand über die Stirn. Sie konnte das
Bild nicht verscheuchen… David, wie er im hellen Sonnenlicht
stand und lachte, und es schwang etwas Grausames in seinem
Lachen… Eine unsinnige Angst hatte Gina gepackt und ließ sie
nicht mehr los.

»Ich gehe hinunter und mixe uns einen Drink«, sagte John,
»kommst du dann auch?«

Sie nickte und sah ihm nach, wie er das Zimmer verließ. Er hatte eine warme Stimme, und sie dachte, es kann nicht gut sein, einen Menschen so zu lieben wie ich ihn liebe.

2

Gina Loret entstammte einer Familie, deren Wurzeln in Marseille an der französischen Küste lagen. »Gina ist zwar keine Seidenhändlerstochter, aber ihr ist trotzdem ein großes Leben vorbestimmt«, hatte ihr Vater oft gesagt. Im achtzehnten Jahrhundert, als die Schreckensherrschaft der Jakobiner gerade am heftigsten tobte, hatte ein Sproß des Clans, der junge Jacques Loret, seinen Kopf nur dadurch in Sicherheit bringen können, daß er in buchstäblich letzter Sekunde seine Heimat verließ und nach England emigrierte. Er begründete den englischen Zweig der Familie – und legte den Grundstein für Ruhm und Reichtum, der mehrere Generationen überdauern sollte: Er kaufte einen kleinen Gemischtwarenhandel im Süden Londons, wirtschaftete ihn mit viel Geschick in die Höhe, machte schließlich ein Kaufhaus daraus. Das Geschäft blühte, schließlich gab es vier Kaufhäuser mit Namen Loret in England, dazu einen berühmten Handel mit Delikatessen. Ginas Großvater, Brian Loret aber, war leider ein berüchtigter Glücksspieler. Im Laufe seines Lebens verspielte er unter den unbestechlichen Augen des Croupiers mehr Geld als er besaß. Als Ginas Vater die Geschäfte übernahm, waren sie bereits tief in den roten Zahlen.

Wie so oft, wenn sehr reiche Familien langsam verarmen, lebten Andrew Loret, seine Frau Jennifer und die gemeinsame Tochter Gina zunächst noch immer in äußerst luxuriösen Verhältnissen, lebten gewissermaßen von Geld, das sie eigentlich nicht besaßen. Andrew war ein stiller, melancholischer Mann, der leicht degeneriert wirkte und nur seidene Unterwäsche trug, dreimal täglich badete, unter rätselhaften chronischen Magenbeschwerden litt und sich in der Hauptsache von rotem Kaviar und Artischockenherzen ernährte. Jennifer hatte ein sprühendes Temperament und neigte zu einer gewissen Weltfremdheit – sie brachte es fertig, beim Einkaufsbummel über einen Fischmarkt Juwelen im Wert von hunderttausend Pfund an Hals und Armen zu tragen, einfach weil sie nach der Party am Abend vorher vergessen hatte, sie abzunehmen. Sie sprach ein wenig häufig dem Alkohol zu. Genauso wie Andrew liebte auch sie die kleine Gina, dieses bildschöne Kind mit den dunklen Haaren und topasfarbenen Augen, abgöttisch.

Das ganze Jahr über unternahmen die drei die großartigsten Reisen. Ob Nizza, Monaco, Marbella, ob Acapulco oder Rio de Janeiro, ob die Wildnis des australischen Busches oder die Steppe von Afrika, ob Melbourne, Tokio, Paris, New York oder San Francisco – es gab nahezu keinen Flecken auf der Erde, wo Gina noch nicht gewesen war. An die meisten Orte erinnerte sie sich allerdings kaum oder gar nicht, weil sie dort nur als Baby im Kinderwagen herumgefahren worden war. Woran sie sich erinnerte: Drei Wochen im Juli verbrachten sie alljährlich in einem kleinen Häuschen im Norden Englands, nahe der schottischen Grenze. Zusammen mit Andrews Bruder Robert, seiner unausstehlichen Frau Margaret, deren vier Töchtern, sowie mit Großmutter Loret. Letzterer gehörte das Haus, und sie war es auch, die an der Tradition hing, die Familie dort zu versammeln. Eigenartigerweise fügten sich alle diesem Wunsch, obwohl der Urlaub dort oben meist verregnet war oder eine Menge Streit brachte. Trotzdem, und obwohl sie Kälte und Regen und ihre Cousinen haßte, blieben diese Familiensommer für Gina zeitlebens mit dem Gefühl von Geborgenheit und Wärme verbunden. Großmutter Loret gehörte zu den zähen alten Damen, die noch mit achtzig auf einem Pferd durch die Gegend galoppieren, ihre Lippenstifte eintrocknen und ihren Schmuck verstauben lassen. Sie lief nur in Jeans und Pullover herum, die weißen Haare mit einer schwarzen Samtschleife zurückgebunden und huldigte dem einfachen Leben. Sie trank frische Kuhmilch und aß Fische, die sie im nahen See selber angelte, sie machte abfällige Bemerkungen über »aufgetakelte Dämchen«, wenn im Fernsehen Modeschauen über die Bühne gingen, und rauchte wie ein Schlot. Gina, die sehr in der Gefahr gestanden hatte, ein verzogenes, snobistisches Püppchen zu werden (denn genau dazu hatte ihre Mutter jede Voraussetzung geschaffen), bekam durch ihre Großmutter etwas mit, was sie ihr Leben lang nicht mehr vergaß. Auch später, als sie mit John in Kalifornien lebte und alles besaß, was sich ein Mensch nur wünschen kann, geriet sie nie in Abhängigkeit von dem Luxus, der sie umgab. Sie freute sich an ihm, bewahrte sich jedoch eine ironische Distanz dazu.

In dem kleinen Haus in Nordengland gab es für alle zusammen nur ein Bad, beheizt durch einen großen, eisernen Ofen, in dem die Großmutter jeden Morgen ein Feuer anzündete. Gina liebte es, dem Knacken der Holzscheite zu lauschen. In der altmodischen Badewanne standen immer Regenschirme zum Abtropfen, im Gang stolperte man über Gummistiefel, Ping-Pong-Schläger und Pferdebücher. Irgendwie hatte das alles etwas von »große, glückliche Familie«, obwohl sie dauernd stritten und Jennifer von ihrer Schwägerin Margaret sagte, sie sei eine aufgeblasene, verspießerte Kuh.

Gina war sechs, als die Idylle zerbrach. Es war Juli, und es regnete, und die Ferien in Nordengland waren zu Ende. Jennifer träumte von der Karibik. Andrew hatte ihr versprochen, daß sie den August dort verbringen würden. Sie fuhren in ihrem großen, alten Bentley zurück, Andrew steuerte selbst, denn er war ein leidenschaftlicher Autofahrer. Weder er noch Jennifer schnallten sich an. Gina saß auf dem Rücksitz, eingeklemmt zwischen Taschen, Mänteln und einem gewaltigen Picknickkorb. Sie blätterte gelangweilt in einem Bilderbuch. Draußen rauschte der Regen wie ein grauer Vorhang zur Erde, die Straße glänzte schwarz; grünes, tropfnasses Laub wiegte sich rechts und links in den Wäldern. Schafe starrten durch den Nebel den Vorüberfahrenden nach.

Jennifer betrachtete sich in ihrem Taschenspiegel. »Ich bin entsetzlich blaß. Es ist ja kein Wunder, daß ich nicht braun werde bei diesem Wetter, aber langsam habe ich das Gefühl, die Ferien da oben entziehen mir das letzte bißchen Farbe, das ich noch habe. Findest du auch, daß ich blaß bin, Andrew?«

Andrew wandte sich ihr zu. Er schaute sie an, zärtlich und verliebt. Er schaute sie einen Moment zu lange an.

Den weißen, amerikanischen Sportwagen, vollbesetzt mit ausgelassenen, jungen Leuten, der ihm entgegengebraust kam, sah er den Bruchteil einer Sekunde zu spät, in einem Moment, da kein Ausweichen mehr möglich war. Beide fuhren sie zu schnell, beide schnitten sie daher die Kurve. Sie begegneten einander in der Mitte und krachten frontal aufeinander. Die Autos verkeilten sich so, daß man kaum noch zwei Wagen erkennen konnte, sondern nur noch einen riesigen, undefinierbaren Haufen Blech. Der Regen rauschte noch immer herunter, als die Polizei und Rettungshubschrauber eintrafen. Von den acht am Unfall Beteiligten bargen sie nur eine Person lebend: Gina.

Gina lag mit einer angebrochenen Wirbelsäule und einem schweren Schock monatelang im Krankenhaus. Als sie entlassen wurde, war sie dünn wie ein Grashalm und bleich wie ein Gespenst, aber sie konnte immerhin laufen, anstatt, wie die Ärzte befürchtet hatten, ein Leben lang querschnittgelähmt zu bleiben. Andrews Bruder Robert hatte erklärt, nichts für Gina tun zu können, daher war Großmutter Loret zur Stelle, als ihre Enkelin aus der Klinik kam.

»Wenn du einverstanden bist«, sagte sie, »lebst du von nun an bei mir.« Zwei Jahre verbrachten die beiden in der idyllischen Wildnis, und ganz langsam und zögernd begannen Ginas seelische Wunden zu vernarben. Das schon lange angefaulte Geschäft ihres toten Vaters ging unterdessen mit einem lauten Krachen zugrunde. Über Nacht gab es die Loret-Kaufhäuser nicht mehr, eine amerikanische Firma hatte sie sich für lächerlich wenig Geld einverleibt. Als die unverwüstliche alte Mrs. Loret plötzlich und unerwartet an einem Schlaganfall starb, stand die inzwischen achtjährige Gina allein da – mit keinem anderen Besitz auf der Welt als einem Treuhandfonds, den ihre Großmutter aus der Konkursmasse gerettet und bei einem Londoner Anwalt hinterlegt hatte. Das Geld war für niemanden frei verfügbar und durfte nur von dem Anwalt genutzt werden, und zwar einzig für die bestmögliche Schulausbildung, die ein Kind in England haben konnte. Mit Ach und Krach würde es dafür gerade reichen.

Joyce Hamilton war eine Cousine der verstorbenen Jennifer, aber sie hatte nicht im entferntesten etwas mit ihr verbunden. Als Mädchen waren die beiden gemeinsam zur Schule gegangen und hatten einander gehaßt. Joyce hatte versucht, Jennifers elegante Kleider zu kopieren, aber da sie klein und dick war, hatte sie es nie geschafft, wie ihre Cousine auszusehen. Sie lebte mit ihrem Mann Fred in einem kleinen Dorf in Kent. Jeden Tag trottete sie die Dorfstraße entlang, um über die verschiedenen Gartenzäune hinweg ihren heißgeliebten Tratsch mit den anderen Frauen des Dorfes zu halten. In ihrem kleinen Häuschen roch es aus unerfindlichen Gründen immer nach Blumenkohl, selbst wenn sie etwas völlig anderes gekocht hatte. (Allerdings gab es bei den Hamiltons meistens Blumenkohl.) Sie achtete streng auf Ordnung und Sauberkeit, sah aber in ihren großgeblümten Kittelkleidern und ausgetretenen Schuhen immer etwas schmuddelig aus. Jeden Samstag kehrte sie stundenlang den Gartenweg, dann wusch sie sich die Haare und drehte sie mit großen Lockenwicklern auf. Am Sonntag dann zog sie eine weiße Rüschenbluse und einen etwas zu engen schwarzen Rock an – man konnte durch den Stoff genau sehen, wo die Linien verliefen, an denen ihre Unterhose ins Fleisch schnitt –, kämmte die Pracht ihrer eiernudelgelben kurzlockigen Haare aus und trottete zur Kirche. Im Laufe der Woche fielen ihre Haare unweigerlich wieder zusammen, bis sie am Freitag nur noch als dünne, fettige Strähnen an ihrem Kopf klebten. Es gab Leute, die behaupteten, es seien die Haare seiner Frau, die Fred Hamilton sooft in die Kneipe trieben.

Joyce liebte es, vor den Augen ihrer Mitmenschen in die Rolle der barmherzigen Samariterin zu schlüpfen. Zudem hatte sie ein ausgeprägtes Machtbedürfnis, und es machte sie glücklich, andere in Abhängigkeit von sich zu wissen. Dies und womöglich der Wunsch nach einer späten Rache an Jennifer hatte sie bewogen, die verwaiste Gina bei sich aufzunehmen.

Das Leben in dem spießbürgerlichen Nest der Tante unterschied sich so vollkommen von dem, was Gina gekannt hatte, daß ein weniger robustes Kind wahrscheinlich an diesen neuen Umständen zerbrochen wäre. Aber irgendwo in sich hatte Gina denselben zähen, harten, widerstandsfähigen Kern, der schon Großmutter Loret ausgezeichnet hatte, und der erwies sich jetzt als außerordentlich wichtig. Ihre Eltern hatten ihre Liebe zu Luxus, Schönheit, fernen Ländern und großzügigem Leben geweckt, die Großmutter hatte sie Selbstironie, Unabhängigkeit und Tatkraft gelehrt. Bei Tante Joyce nun entwickelte sie eine scharfe Zunge und die Fähigkeit, sich zu wehren. Alles in allem wurde sie zu einem interessanten Mädchen, von dem jeder glaubte, es werde seinen Weg machen, ohne im Innern allzu viele Kratzer abzubekommen. Möglicherweise war der arme Charles Artany, ihr langjähriger Verehrer und späterer Ehemann der einzige Mensch, der erkannte, daß sie eine verwundete Seele hatte, und er allein begriff, daß ihre Leidenschaft für warme Länder und ewige Sonne auch mit ihrem frierenden Gemüt zusammenhing. Kurz nachdem sie ihr Abschlußexamen in Saint Clare gemacht hatte, lud er sie eines Abends zu einem Konzert in London ein. Sie kam in einem weißen Spitzenkleid, ohne Schmuck, die taillenlangen dunklen Haare offen, und sie sah so zerbrechlich aus, daß es ihm vor Mitleid die Kehle zuschnürte. Er wußte, daß sie Musik als aufwühlend empfand, aber sie war den Abend über heiter und vergnügt, bis zum Schluß eine deutsche Sängerin auf die Bühne trat und Goethes Mignonlied vortrug. »Kennst du das Land, wo die Zitronen blüh'n, in dunklem Laub die Goldorangen glüh'n…«

Ginas Augen füllten sich mit Tränen, ihre Hände umklammerten ihr Handtäschchen.

Die Sängerin hatte eine rauchige, warme Stimme. »…und Marmorbilder steh'n und seh'n dich an: Was hat man dir, du armes Kind, getan?«

Gina sprang auf und lief aus dem Saal. Charles folgte ihr natürlich, und weltfremd wie er war, eilte er ihr sogar in die Damentoilette nach, wo sie auf einem Stuhl saß und sich vor

Schluchzen krümmte. Die Toilettenfrau beugte sich ratlos über sie: »Aber, Mädchen, das ist doch kein Mann wert, daß man so um ihn weint!« Dann bemerkte sie den verstörten Charles. »Also wirklich, Sir, das geht zu weit! Das hier ist die Damentoilette!«

Charles kümmerte sich nicht um sie. »Gina, was ist los? Warum weinst du? Ist dir nicht gut?«

»Ach verdammt, Charles Artany!« Sie blickte auf. »Begreif doch, ich muß immer weinen, wenn etwas so wahnsinnig schön ist!«

Charles verspürte den beinahe übermächtigen Wunsch, sie an sich zu ziehen, sie zu trösten und ihr zu versprechen, er werde ein Leben lang für sie sorgen und sie beschützen. Aber er wagte es nicht, denn er wußte längst, daß sie ihn nicht wollte. Er war der gute Freund, mit dem sie ins Kino oder ins Konzert ging. Mehr nicht.

Ihre ganze Kindheit hindurch gelang es Gina einigermaßen gut, Tante Joyce zu entkommen. Zwei Jahre lebte sie in dem schauerlichen Nest, dann wurde sie – das Vermächtnis ihrer Großmutter erfüllend – auf das exklusive Internat Saint Clare geschickt, wo sie die Welt wiederfand, die sie verloren hatte. So weit es ging, verbrachte sie die großen Ferien bei Natalie in Somerset, oder sie blieb mit Mary und deren Vater in der Schule. Ein paarmal allerdings pochte Tante Joyce energisch darauf, ihren Schützling zu sehen. Gina rächte sich, indem sie im Minirock und mit Stöckelschuhen angereist kam und sich einen Schmollmund wie die Bardot malte. Sie zog mit Onkel Fred durch die Kneipen und bot ihm geduldig ihre Schulter zum Ausweinen, wenn ihn im volltrunkenen Zustand der Weltschmerz überfiel. Sie mochte den Onkel, er war ein lieber, langweiliger, armer Kerl, der keiner Fliege etwas zuleide tat. Tante Joyce vermutete natürlich sofort, daß sich mehr zwischen den beiden abspielte, denn das war es genau, was sie Jennifers Tochter zutraute. Sie bekam eine schwere Gallenkolik, legte sich sechs Wochen lang ins Bett und zwang die wutentbrannte Gina, ihre Sommerferien als Krankenschwester zu verbringen.

Tante Joyce duldete weder, daß in ihrem Zimmer ein Fenster geöffnet wurde, noch daß die Vorhänge zurückgezogen werden durften. Sie lag in stickiger, heißer Luft und ewigem Dämmerlicht und jammerte ohne Unterlaß. Gina mußte sie jeden Tag am ganzen Körper mit einer widerlich süß riechenden Lotion eincremen, wobei ihr vor Ekel beinahe übel wurde. Wie sie diesen dicken, faltigen, stinkenden Körper haßte! Wie sie die ganze Frau haßte!

Joyce spürte natürlich den Abscheu, der ihr entgegengebracht wurde. »Du wirst nie jemanden finden, der dich liebt«, sagte sie gehässig. »Jedenfalls wird dich niemand lieben, der dich näher kennt. Du tust mir leid! Du bist wie deine Mutter – oberflächlich, vergnügungssüchtig und ohne ein einziges wahres Gefühl! Du hast nur deine schönen Kleider im Kopf und wie du möglichst viele Männer verrückt nach dir machst! Aber Frauen wie du bringen es nicht weit.« Sie nickte selbstzufrieden mit dem Kopf und setzte dann düster hinzu: »Du wirst eines Tages mit dem Gesicht nach unten im Staub liegen – und dann wirst du an meine Worte denken!«

3

Gina blickte Natalie nach, die, ein Handtuch um den nackten Körper geschlungen, das Zimmer verließ, um ins Bad zu gehen. Es war heiß in der Dachkammer wie in einem Backofen. Das Bettlaken klebte. Gina kuschelte sich noch eine Weile hin und her, dann stand sie auf. Sie trat an das geöffnete Fenster und blickte in die Zweige des Apfelbaumes. Noch wehte kein kühler Abendwind. Drückende Schwüle lastete über dem kleinen französischen Küstenort. Aus der Küche, die gleich unter ihr lag, konnte Gina die lebhaften Stimmen von David und Steve hören.

Was für schöne Ferien ich hier habe! Und so nette Freunde! Es ist warm und das Leben ist herrlich!

Sie konnte über das, was eben mit Natalie geschehen war,

weder Entsetzen noch Erschrecken empfinden. Es war schön gewesen, angenehm, wie ein warmes Bad, zärtlich, aufregend – aber es war auch nicht mehr gewesen, jedenfalls nicht für sie. Natalie hatte anders empfunden, das fühlte sie instinktiv. Sie erinnerte sich, wie sie die Freundin auf ihr Bett hatte zukommen sehen und daß sie gedacht hatte, wie erotisch sie auf einmal wirkt, wie elektrisiert, so, als seien alle kleinen, blonden, zarten Härchen auf ihrer Haut hochgerichtet und reckten sich nach dem, was sich ihnen bot. Natalie hatte die Initiative ergriffen, Natalie hatte die ganze Zeit geglüht wie im Fieber.

Natalie war lesbisch.

Gina wandte sich vom Fenster ab. Ein Schuldgefühl erwachte in ihr, Angst davor, in einem anderen Menschen eine Hoffnung geweckt zu haben, die sie nicht erfüllen würde. Das einzige, was sie einen Moment lang unruhig kichern ließ, war die Vorstellung, Tante Joyce würde davon erfahren und wahrscheinlich vor Schreck eine neue Gallenkolik bekommen.

Da sie Natalie im Augenblick nicht begegnen wollte, zog sie schnell ihren Bademantel an, bürstete sich die Haare, trug ein wenig Lippenstift auf und verließ das Zimmer. Am Fuße der Treppe stieß sie auf David. Er starrte sie an.

»Hallo, David«, sagte sie munter, »du schaust, als hättest du mich noch nie im Leben gesehen. Stimmt 'was nicht?«

»Nein, alles in Ordnung«, erwiderte David. Es klang etwas gepreßt. Sie schlenderte an ihm vorbei in die Küche. »Was ist, habt ihr eingekauft? Oh, Spaghetti! Tomaten, Käse, Zwiebeln! Ihr seid ja toll! Wir können gleich anfangen zu kochen!«

»Okay«, entgegnete David. Er starrte sie noch immer an.

Dann passierte die Sache mit Steve und seinem Bruder, die Ereignisse überschlugen sich, und die sonnigen Ferientage von St. Brevin tauchten in einen Nebel, der Vergangenem oft anhaftet. Die Zeit des leichten Lebens schien unwiderruflich vorbei. Kein Tee mehr bei Kerzenschein im Kreis der Freunde, keine durchflüsterten Nächte, keine Parties, auf denen ein paar Haschischzigaretten die Runde machten. Ein eigenartiger Zauber hatte über dieser Zeit gelegen; sie hatten sich einander zugehörig gefühlt, nie wieder würden sie sich so unverbrüchlich verschwören. Jetzt wehte der Wind sie auseinander, das Band zerriß, plötzlich standen sie allein und mußten sich durchs Leben schlagen, von dem sie zu ahnen begannen, daß es unerwartet feindselig sein konnte.

Was Gina anging, so stand sie vor dem Problem, kaum noch Geld zu besitzen. Alles, was Großmutter Loret hinterlassen hatte, war für die Schule draufgegangen – und für Tennisstunden, Fahrunterricht, schicke Kleider, Konzertkarten und Ferienreisen. Gina hatte im Stil von Saint Clare gelebt, das bedeutete, sie hatte im Monat mehr als tausend Pfund ausgegeben. Nun teilte der Anwalt ihr mit, daß sich auf dem Konto noch genau 500 Pfund befänden.

»Am besten wirst du Sekretärin«, sagte Tante Joyce. »Ich habe schon mit Mr. Richard gesprochen.« Mr. Richard besaß einen Gemischtwarenladen im Dorf. »Er braucht jemanden, der die Schreibarbeit für ihn erledigt. Er hat sich bereit erklärt, dich anzustellen und dir beizubringen, was du noch nicht weißt. Zahlen wird er nicht schlecht. Mr. Richard ist ein großzügiger Mann.« Tante Joyce machte ein Gesicht, als sei das ihr Verdienst. Edelmütig fügte sie hinzu: »Du kannst weiterhin hier wohnen, wenn du mir ein wenig zur Hand gehst.«

Gina starrte die Tante einen Moment lang entgeistert an, dann brach sie in lautes Lachen aus. »Tante Joyce, das ist ja wohl nicht dein Ernst! Du bist wirklich die reizendste Person, die ich kenne! Glaubst du, ich bin jahrelang auf eine Schule wie Saint Clare gegangen und habe mich durch sämtliche Examina gekämpft, um jetzt im Gemischtwarenladen dieses Mr. Richard zu versauern?«

»Ein Universitätsstudium kannst du dir nicht leisten, das weißt du genau!«

»Vielleicht nicht. Aber die Welt ist groß. In diesem gräßlichen Nest brauche ich jedenfalls nicht zu bleiben.«

Tante Joyce verfärbte sich gelb, seit ihrer Gallengeschichte tat sie das immer, wenn sie sich erregte. »Ich habe noch nie einen so undankbaren Menschen wie dich erlebt, Gina. Nach allem, was ich für dich …«

»Was du für mich getan hast?« Gina verzog höhnisch das Gesicht. »Gelebt habe ich vom Geld meiner Großmutter. Und meine Zeit in deinem Haus habe ich damit verbracht, dir eine kostenlose Putzfrau und Krankenschwester zu sein. So liegen die Dinge!«

Joyce setzte an und suchte nach einer passenden Erwiderung. Schließlich fragte sie langsam: »Und wo gedenken die junge Dame ihr Glück zu suchen?« In diesem Augenblick stand für Gina fest, daß sie den Plan, der ihr lange schon im Kopf herumspukte, verwirklichen würde.

»Ich gehe nach New York«, sagte sie gelassen.

Nun war es Joyce, die höhnisch lachte. »Ausgerechnet! Nach New York! Dir ist wohl klar, daß du da drüben untergehen wirst, ein junges, unerfahrenes Ding wie du! Das ist so sicher wie nichts sonst auf der Welt!« Und dann fügte sie hinzu, was sie immer so gern sagte: »Glaub nicht, daß ich dir auf die Beine helfen werde, wenn du im Dreck liegst!«

»Das hätte ich von dir sowieso nie erwartet«, erwiderte Gina, und das waren die letzten Worte, die zwischen ihr und Joyce gesprochen wurden, denn als Gina viele Jahre später aus Amerika zurückkehrte, war Joyce an einem vereiterten Blinddarm gestorben, und Onkel Fred saß in einer Trinkerheilanstalt und kämpfte sich durch seinen dritten Entzug.

Gina hob die letzten 500 Pfund ab, kaufte ein Flugticket und steckte die restlichen Scheine zuunterst in ihre Handtasche. Schließlich rief sie Charles an, um ihn von ihren Plänen zu unterrichten. Erwartungsgemäß reagierte er entsetzt. »Gina, Manhattan ist das gefährlichste Pflaster der Welt! Du hast keine Ahnung, was dich erwartet!«

»Ich war schon mit einem Jahr in New York«, gab Gina schnippisch zurück und dachte an ein Foto, das sie in Jennifers Armen vor dem Empire State Building zeigte.

Charles' Stimme klang leise und verzweifelt. »Ich habe Angst um dich, Gina, wirklich. Du gehst da hin ohne einen Job, ohne jemanden zu kennen, mit lächerlichen 300 Pfund in der Tasche. Was machst du, wenn du krank wirst? Oder wenn dich jemand bestiehlt? Oder…«

»Charles, du kannst keine Versicherung für jede Lebenslage abschließen. Mir kann hier genausogut etwas zustoßen wie drüben. Man fällt auf die Füße oder man tut's nicht, und dann sieht man weiter.«

»Wenn du hier fällst«, sagte Charles, »stehe ich neben dir und fange dich auf.«

Gina war versucht zu erwidern »Du brauchst selber jemanden, der dich auffängt, Charles«, aber sie verschluckte es. Statt dessen sagte sie: »Ich weiß das. Und auch wenn ich drüben bin, wird es mir guttun zu wissen, daß ich hier einen Freund habe.«

»Ich wäre gern mehr als ein Freund für dich, Gina. Und ich werde mein Leben lang auf dich warten.«

Als sie den Telefonhörer aufgelegt hatte, spürte Gina für ein paar Sekunden den Anflug eines schlechten Gewissens, aber dann sagte sie sich, daß sie ihm schließlich nie Hoffnung gemacht habe und nichts dafür konnte, daß sie seine Gefühle nicht erwiderte. Sie schüttelte jeden Gedanken an Charles Artany ab und konzentrierte sich auf das, was vor ihr lag.

New York nahm sie mit den langen Armen eines gewaltigen Kraken auf, hielt sie fest umschlossen und drohte sie im ersten Moment zu ersticken. Gina sah die Obdachlosen in der Subway und am Straßenrand, sah sie die Abfalleimer durchwühlen und von eiligen Passanten beiseite gestoßen werden, und sie begriff, daß der Graben, der sie von ihnen trennte, schmal war. Sie hatte sich in einem billigen Hotel in der 22. Straße ein Zimmer gemietet, und sie probierte während ihrer ersten Wochen sämtliche spottbilligen Kneipen in Soho und Chinatown aus, wo man für einen Dollar ein halbwegs genießbares Essen bekam. Ihr Kampf in den ersten sieben Tagen bestand darin, sich einigermaßen anständig zu ernähren und mit dem Gefühl grenzenloser Verlassenheit fertig zu werden, das sie jeden Morgen unweigerlich befiel, sobald sie die Augen aufschlug, und das sie abends erst wieder verließ,

wenn sie irgendwann spät und mit knurrendem Magen einschlief. Sie hastete die Fifth Avenue hinauf und hinunter,
schwindelig vom Anblick der unzähligen Menschen und Autos,
halb taub vom Hupen und Schreien überall. Sie wurde in der
Subway fast zu Tode gequetscht und mußte sich in Chinatown
übergeben, weil der Gestank aus einem der Restaurants ihr den
Magen hob. Sie fuhr durch ganz Manhattan hinauf zu den Cloi-
sters des John D. Rockefeller, fühlte sich für Augenblicke nach
Europa zurückversetzt, wanderte allein am Ufer des Hudson
entlang, träumte den amerikanischen Traum und fragte sich, wo
sein Herz schlug, wo sie es suchen sollte. Sie stand auf dem Dach
des World Trade Center, inmitten fotografierender Touristen,
spürte gnadenlose Einsamkeit, blickte auf Manhattan und stieß
dabei leise zwischen den Zähnen hervor: »Ich hasse dich! Ich
hasse dich so!«

Vierzehn Tage lang war es, als schlage New York sie langsam
k. o. Aber Gina kam Tag für Tag wieder auf die Füße, und dann
gab die Stadt es auf, nach ihr zu beißen und öffnete die Arme.
Gina ging durch den Central Park in der Nachmittagsdäm-
merung, es war noch einmal beinahe spätsommerlich warm geworden, sie war müde und hungrig, und aus irgendeinem
Grund schienen alle Leute um sie herum zu lächeln. Manche
joggten, Jugendliche spielten Baseball, andere kickten laut
scheppernd Cola-Dosen herum oder schauten einem Jongleur
zu, der Kunststücke mit Bällen und Kugeln vorführte. Lautes
Hundegebell mischte sich mit den vielen hundert Stimmen.
Ringsum zeichnete sich die Skyline der Wolkenkratzer scharf
gegen den blauen Abendhimmel ab. Es roch nach gebratenen
Würstchen, Pommes frites und welkem Laub. Gina trottete auf
schmerzenden Füßen am Rande des Footballfeldes entlang, als
plötzlich eine dicke, alte Negerin ihr in den Weg trat und »Hello«
sagte. Gina stockte, dann erinnerte sie sich, woher sie die Frau
kannte. Sie hatten sich drei Tage zuvor in einem vollkommen
überfüllten Restaurant im Village einen Tisch geteilt, und der
Alten war die Ketchup-Flasche umgefallen. Gina hatte ihr mit
Taschentüchern ausgeholfen, darüber waren sie ins Gespräch

gekommen. Die Alte hieß Peggy, hatte einen Sohn und arbeitete als Putzfrau. Sie war ganz fasziniert, als sie hörte, daß Gina aus England kam.

Sie konnten es als einen grandiosen Zufall betrachten, sich in dieser Stadt plötzlich wiedergetroffen zu haben, aber für Gina war es mehr. Während sie in Pegs dunkles, freundliches Gesicht blickte, legte sich Balsam auf ihr heimwehkrankes Gemüt, und auf einmal verlor das brutale Bild, das sie sich von New York gemacht hatte, seine harten Konturen, und sie sah den klaren Himmel, die Menschen, die Wolkenkratzer, und sie nahm den stürmischen Atem der Stadt wahr. Ich bin in Amerika, dachte sie, ich bin dort, wo ich mein Leben lang sein wollte!

Peggy, der das Aufleuchten in Ginas Gesicht nicht entging, sagte: »Das ist ein schöner Tag, finden Sie nicht?«

»Wirklich«, erwiderte Gina. Dann beschloß sie, sich und Peggy zu einer Portion Pommes frites einzuladen.

Peggy war eine einfache Frau und ganz sicher nicht als Herzensfreundin für Gina geeignet, aber in mancher Hinsicht erwies sie sich als recht nützlich. Kurz nach Silvester – die achtziger Jahre hatten begonnen, und Gina hatte die festlichen Tage besser überstanden als gedacht – vermittelte sie Gina an ein älteres Ehepaar, das in der 32. Straße East lebte und ein Zimmer untervermietete, was sich als immer noch billiger herausstellte als das Hotel. Und im Februar verschaffte sie Gina einen Job, der zwar seltsam war, ihr aber immerhin regelmäßig ein paar Dollar brachte: Sie half einem Maler, der im Schnellverfahren kitschige Kolossalgemälde von alten Burgen und Sonnenuntergängen herstellte, seine Werke zu verkaufen, und kassierte pro Bild eine Provision von fünfzehn Prozent. Erstaunlicherweise fanden sich immer wieder Käufer, die weder von den goldverschnörkelten Rahmen noch von den posauneblasenden Engeln in allen vier Ecken abgestoßen wurden, so daß Gina von den Einnahmen ihre Miete bestreiten und sich halbwegs vernünftig ernähren konnte. Peggy fand zur gleichen Zeit einen Job bei McDonalds und konnte Gina ab und zu einen Cheeseburger oder ein paar Pommes frites zustecken.

Was die Unterkunft anbetraf, so war sie alles andere als luxuriös, aber Gina fühlte sich dort geborgener als in dem schäbigen
Hotelzimmer. Ed und Rosy, ihre Vermieter, hatten ein Leben lang
wenig besessen, nun im Alter besaßen sie noch weniger, und sie
waren so blind, daß sie nicht bemerkten, wie in allen Ritzen der
Dreck klebte, und überall die Kakerlaken herumkrochen. Gina
wußte, daß ganz New York kakerlakenverseucht war, aber sie
war überzeugt, daß andere Familien besser mit dem Problem
fertig wurden. Sie versuchte in ihrem Zimmer jeden Spalt, jedes
kleinste Loch in der Wand abzudichten, aber ihr mußte nur ein
Brotkrümel herunterfallen, schon hatte sich Minuten später das
lästige Ungeziefer wieder auf geheimnisvolle Weise eingeschlichen. Da es sich ohnehin nur um eine winzige, finstere Kammer
handelte, deren Fenster auf einen Schacht hinausging, an dessen
weit entferntem oberen Ende ein Fetzen Himmel schimmerte,
fand sie sich resigniert mit den übrigen unangenehmen Begleit-
erscheinungen auch noch ab. Wie viele Leute, die reich geboren
werden, hatte Armut für sie etwas Unreales, und sie hielt sie für
eine so vorübergehende Krankheit wie einen Schnupfen. Im Inneren glaubte sie an ihr günstiges Schicksal und hatte das Gefühl, die neue Welt schon fast bezwungen zu haben.

4

John Eastley stammte aus San Francisco, aus einer Familie, die
seit den Tagen der ersten Pioniere dort ansässig war. Seine Vorfahren waren zu Pferd und mit Planwagen über die Rocky
Mountains und durch die Salzwüsten in den Westen gekommen,
und Johns Vater, der eine politische Karriere angestrebt hatte,
versäumte es nie, darauf hinzuweisen, daß es gewissermaßen
seine Ahnen gewesen waren, die Kalifornien urbar gemacht hatten. In den USA, und ganz besonders im Westen, galt das etwas.
Johns Vater hatte seinen Weg in der Republikanischen Partei
gesucht, aber ein Schlaganfall kurz vor seinem dreißigsten Ge-

burtstag hatte seine Träume beendet, ehe er mit ihrer Verwirklichung hatte beginnen können. Seine Trauer, seine Frustration, seinen brennenden Schmerz, den ihm das Bewußtsein seiner Niederlage jeden Tag von neuem zufügte, setzte er um in Hoffnung. Hoffnung, daß sein Sohn erreichen würde, was dem Vater versagt geblieben war.

In jeder Hinsicht, immer und überall mußte John der Erste sein, der Beste und Größte. Die besten Schulen des Landes waren gerade gut genug für ihn. Er glänzte in allen Fächern, war natürlich Jahrgangssprecher, Captain der Footballmannschaft und ein hervorragender Tennisspieler. Er legte phantastische Examina ab und bekam einen Studienplatz an der Pariser Sorbonne und später einen in Tokio. Er studierte Politologie, Geschichte und Jura und beendete sein Studium an der Columbia Universität in New York. jedesmal, wenn er mit der Nachricht eines neuen Triumphes nach Hause kam, schien es wie ein Stromstoß durch den alten Eastley zu gehen, und er fand wieder Kraft, sein Leben, das im wesentlichen aus Klinik- und Kuraufenthalten bestand, zu ertragen. Er war ein starker, stolzer Mann gewesen, der seiner schönen Frau lieber ein ewiger Verführer gewesen wäre, als sie frühzeitig zu seiner Krankenschwester zu machen.

»Aber du«, sagte er zu John, »du schaffst es. Du tust alles, was ich tun wollte und nicht konnte. John, eines Tages werde ich stolz auf dich sein!«

Manches Kind wäre unter diesem Druck zerbrochen, aber er hatte von seiner Mutter, die aus Savannah stammte und durch und durch Südstaatlerin war, ein stählernes Rückgrat geerbt und die Fähigkeit, seine Kräfte nicht mit Jammern zu verschleißen, sondern das Beste aus den Umständen zu machen. Sein Vater wollte, er sollte ein Sieger sein, und er sah die Vorteile ein, die sich daraus für sein Leben ergeben würden.

Mit siebenundzwanzig Jahren lernte er Veronique Lasalle kennen, Tochter einer französischen Familie aus Louisiana. Es hatte vorher ein paar Geschichten gegeben, nichts Ernstes, aber der alte Eastley fand, sein Sohn müsse nun dringend heiraten, um nicht in den Ruf eines Playboys zu kommen.

»Ich habe da ein Mädchen kennengelernt«, sagte John vorsichtig. »Sie heißt Veronique. Veronique Lasalle.«

»Lade sie für das nächste Wochenende zu uns ein. Ich schaue sie mir an, John, und zwar nicht, um dich zu bevormunden, sondern weil die Wahl deiner Frau für deine Karriere äußerst wichtig ist. Deine Frau muß hübsch sein, aber nicht zu sexy. Sie muß elegant sein, darf sich aber nicht so teuer und extravagant kleiden, daß andere Frauen neidisch werden. Ihre Intelligenz sollte nicht penetrant sein, und sie muß mit allen Armen der Welt fühlen, aber darf auf keinen Fall mit irgendwelchen revolutionären Ideen daherkommen. Und sie muß von Anfang an gewillt sein, dich ganz und gar zu unterstützen.«

Veronique schien alle Voraussetzungen zu erfüllen. Da sie und John außerdem sehr verliebt ineinander waren, wurde eine glanzvolle Hochzeit gefeiert.

Die Ehe bestand genau zehn Jahre, sie war ein Martyrium für beide, und sie wurde von Veronique schließlich dadurch beendet, daß sie sich – zu diesem Zeitpunkt 33 Jahre alt – mit einer Überdosis Schlaftabletten das Leben nahm. Sie hatte bereits zwei Selbstmordversuche hinter sich, litt unter einer beginnenden Leberzirrhose und hätte am nächsten Tag zum siebten Mal in ein Sanatorium gehen sollen, um einen Alkoholentzug zu machen. In ihrem Abschiedsbrief bat sie John um Verständnis dafür, daß sie nicht mehr leben wollte. Sie hatte dem Druck der Familie nicht standgehalten. Der alte Eastley hatte ihr so lange eingehämmert, daß ihr unter keinen Umständen jemals ein Fehler widerfahren dürfte, daß ihr auf sämtlichen Parties und Empfängen tatsächlich ein Mißgeschick nach dem anderen unterlief: Entweder warf sie bei Tisch ihr Weinglas um, oder sie verwechselte die Frau eines Senators mit einem der Serviermädchen und drückte ihr den überquellenden Aschenbecher in die Hand. Mit jedem Malheur wuchs ihre Unsicherheit. Schließlich konnte sie ihre Nervosität nur dadurch noch einigermaßen überspielen, daß sie vor jedem offiziellen Anlaß eine kleine Flasche Champagner trank. Später folgten größere Mengen und schließlich härtere Getränke. Sie hatte ihre gute Phase, wenn sie soviel getrunken hatte, daß sie vor Charme und Witz sprühte, nicht jedoch so betrunken war, daß sie sich lächerlich machte. Aber sie bewegte sich dicht am Abgrund, und schließlich passierte es natürlich, daß sie zur Geburtstagsfeier des Gouverneurs von Kalifornien im Vollrausch erschien und sich mit John eine sehr häßliche und peinliche Szene lieferte. Keine Zeitung, die nicht am nächsten Morgen hämisch über Mrs. Eastleys Auftritt berichtete. Der alte Eastley tobte. »Diese Frau ruiniert dich!« schrie er seinen Sohn an. »Kannst du nicht dafür sorgen, daß sie keinen Whisky mehr anrührt? Und außerdem, warum, verdammt noch mal, wird sie nicht schwanger?«

»Der Arzt sagt, sie ist gesund«, erwiderte der Sohn, »aber Frauen werden nun mal nicht auf Befehl schwanger, Vater.«

Was er verschwieg, war die Tatsache, daß Veronique und er längst getrennte Schlafzimmer hatten und daß es nächtliche Besuche bei seiner Frau für ihn praktisch nicht mehr gab. Vor ihrer Ehe waren sie sehr gern miteinander ins Bett gegangen, aber seit Veronique unter dem Druck stand, unbedingt ein Kind kriegen zu müssen, verkrampfte sie sich so, daß Sex für sie und John jedesmal in einem Fiasko endete. John verzichtete schließlich ganz darauf, sie in ihrem Zimmer aufzusuchen. Am Abend vor ihrem Selbstmord waren sie auf einer Gartenparty in Santa Monica; sie wollten die Nacht in einem Hotel verbringen und am nächsten Tag zurück nach San Francisco fliegen. Veronique hatte kaum etwas getrunken, war bleich und apathisch, und ihre Augen hatten einen fiebrigen Glanz. Das Hotel war voll belegt, so daß ihnen nichts anderes übrig blieb, als ein Doppelzimmer zu nehmen. Veronique kauerte sich sofort in einen tiefen Sessel, zog die Beine eng an ihren Körper und schlang die Arme darum. Sie trug ein Kleid aus weißer Spitze, im Dekolleté nichts als eine zarte Goldkette, und rechts und links von den Schläfen hatte sie jeweils eine weiße Rose befestigt. Sie sah aus wie eine Zwanzigjährige, bis auf die Melancholie in ihren Augen, an die John sich beinahe gewöhnt hatte, die ihm heute jedoch plötzlich auffiel und ihm weh tat. Er kniete neben ihr nieder und berührte sacht ihre nackten Beine, und sie zuckte sofort zurück und starrte ihn an.

»Veronique«, sagte er leise, »es tut mir leid.«

»Was denn?« fragte sie teilnahmslos.

Daß ich dein Leben zerstört habe, wollte er antworten, doch er sprach es nicht aus. Statt dessen sagte er: »Ich würde gern mit dir schlafen, Veronique.«

»Ach, John…«

»Du mochtest es einmal genauso gern wie ich, weißt du das nicht mehr?«

»Das ist lange her. Das war in einer anderen Zeit.« Ihr Blick verlor sich irgendwo an der gegenüberliegenden Wand, und wahrscheinlich entstand vor ihren Augen ein Bild aus der vergangenen Zeit; ein junges Mädchen in New Orleans, das sich in einen Mann aus Kalifornien verliebte und glaubte, von nun an das Glück gepachtet zu haben. Das ganze Ausmaß ihrer Täuschung mußte ihr an diesem Abend aufgegangen sein, und nun sah sie vor sich eine endlose Reihe grauer, kalter Jahre, die sie in Entzugskliniken und unter dem unausgesetzten Terror ihres Schwiegervaters verbringen würde.

Am nächsten Abend, in ihrem Schlafzimmer in San Francisco, setzte sie ihrem Leben ein Ende.

Es gelang dem alten Eastley, die Angelegenheit weitgehend zu vertuschen und den Tod seiner Schwiegertochter mit einer Fehlgeburt zu erklären, aber die Gerüchteküche brodelte dennoch, und mancher Journalist kam in seinen Vermutungen der Wahrheit gefährlich nahe.

»Das wirft dich zurück, John«, sagte Eastley grimmig, »das wirft dich zurück, aber – es erledigt dich nicht. Nur, du darfst jetzt keinen Fehler mehr machen. Du bist siebenunddreißig, das ist nicht mehr allzu jung. Wenn du – nach einer angemessenen Zeit natürlich – ein zweites Mal heiratest, muß es diesmal die Richtige sein.«

Gina schleppte noch immer Tag für Tag die Kitschbilder des
Billie Hawkins in den Central Park, um sie dann an irgendeiner
Ecke aufzubauen und den Vorübergehenden anzubieten. Nach
jeweils drei Stunden wechselte sie ihren Standort. Zum Glück
wogen die Gemälde in den leichten Holzrahmen nicht zu
schwer, aber sie waren groß und sperrig, und insgesamt war es
kein leichter Job. Gina wurde immer dünner und bekam kräftige
Arme. Sie war jetzt seit über einem Jahr in New York und dachte,
allmählich müßte sich irgend etwas in ihrem Leben ändern.

Es war am letzten Sonntag vor Weihnachten, als sie, ohne es
eigentlich zu wollen, in einer Kirche landete und sich, da sie nun
schon mitten in die Predigt geplatzt war, in eine der hintersten
Bänke setzte und den Worten des Pfarrers lauschte. Es war mörderisch kalt draußen, ein eisiger Wind tobte vom East River her
in die Stadt, und Gina, die seit dem frühen Morgen Bilder verkaufte, hatte sich eigentlich nur einen Moment lang ausruhen
und aufwärmen wollen. Später, wenn sie an diesen Sonntag
zurückdachte, hatte sie den Eindruck, daß ihr Schicksal sie ziel-
strebig und unvermeidlich in jene Kirche geführt hatte.

Es war der Tag, an dem sie John Eastley traf.

Aus zwei Gründen fiel er ihr auf: Er wirkte ungewöhnlich nervös, seine Hände, die das Gesangbuch hielten, zitterten leicht,
und seine Füße standen kaum einen Moment lang still. Und zum
anderen fesselte sie sein Gesicht. Er hatte eines der ebenmäßig-
sten Profile, das sie je gesehen hatte. Er sprach die Gebete nicht
mit, und da Gina das auch nicht tat, trafen sich plötzlich ihre
Blicke. Er muß ungefähr vierzig sein, dachte Gina. John erzählte
ihr später, er habe gedacht: Sicher eine Europäerin. Sie haben so
unheimlich schöne Frauen drüben in Europa.

Nach dem Gottesdienst folgte sie ihm. Sie ging ihm nach, als
sei sie magisch von ihm angezogen. Er trug einen dicken, an-
thrazitgrauen Wintermantel und einen gleichfarbigen Schal um
den Hals. Zielsicheren Schrittes ging er die Park Avenue hinauf,

und Gina, mit ihrem Stapel Bilder unter dem Arm, trottete in einigem Abstand hinter ihm her. Glücklicherweise hatte sie nicht ihre abgewetzten Jeans und den alten Parka an wie sonst, sondern ein enges, dunkelgrünes Strickkleid, grüne Wildlederstiefel und ihren braunen Wildledermantel. Die Sachen stammten noch aus ihren Saint-Clare-Zeiten und waren hochelegant. Gina fror erbärmlich.

Der Mann steuerte ein kleines Frühstückslokal in der 95. Straße an. Es bestand aus einem kleinen Raum, dessen Tapete, Vorhänge, Decken und Kissen alle im selben Blumenmuster gehalten waren, und es gab braune oder weiße Tische und Stühle, alles entzückend altertümlich und verschnörkelt. Die Ober, zwei bildschöne, junge Männer, ganz in Weiß gekleidet, bewegten sich voller Eleganz und trugen Körbe mit duftenden Baguettes vor sich her. Der Mann setzte sich so, daß er die Tür im Auge behielt, und Gina setzte sich so, daß sie ihn im Auge behielt. Sie bestellte sich Pancakes und einen Kaffee, was den Rahmen ihres Budgets weit überstieg, aber immerhin eine schmackhafte Abwechslung zu ihrem üblichen Fast Food bedeutete. Sie schüttete Unmengen von Sirup über die Pancakes und begann mit gutem Appetit zu essen.

Der Fremde schien nach und nach ruhiger zu werden. Hin und wieder richteten sich seine Augen auf Gina. Schließlich stand er auf und trat an ihren Tisch. »Verzeihen Sie«, sagte er, »es ist wahrscheinlich keine sehr originelle Idee, um mit Ihnen ins Gespräch zu kommen, aber ich habe mich tatsächlich schon vorhin in der Kirche gefragt, was sich in dem Paket befindet, das Sie ständig mit sich herumtragen.« Er wies auf die Bilder.

Gina lauschte fasziniert seiner Stimme; sie war warm und tief, eine Stimme, wie Katzen sie lieben, und Gina kam es vor, als sei sie in den letzten Wochen zu einer streunenden Katze geworden. Sie verfiel seiner Stimme, noch ehe irgend etwas zwischen ihnen geschehen war.

»Bilder«, antwortete sie auf seine Frage und wußte nicht, daß ihre Augen in dieser Sekunde anfingen, ihm die schönsten Versprechungen zu machen.

»Bilder? Sind Sie Malerin?«

»Oh, nein. Ich habe in meinem ganzen Leben noch keinen Pinsel in der Hand gehabt. Ich verkaufe diese Bilder nur.«

»Aha – eine Händlerin!«

»Eine Straßenhändlerin. Ich drehe die Dinger den Spaziergängern im Central Park an und von der Provision lebe ich. Mehr schlecht als recht, aber immerhin.«

An ihrer Aussprache hatte er sie inzwischen als Engländerin identifiziert, und es war ihm auch längst klar, daß er kein einfaches Mädchen vor sich hatte. Eine Studentin, vermutete er, die nebenher jobbte.

»Darf ich die Bilder einmal sehen?« fragte er. »Vielleicht kaufe ich dann auch eines.«

Gina musterte ihn spöttisch, seinen eleganten Anzug und seine gutgeschnittenen Haare, und sie nahm sein After Shave wahr, das zweifellos teuer gewesen sein mußte. »Ich glaube nicht«, meinte sie, »Sie haben Geschmack.«

Sie wickelte das oberste Bild aus, eine Burgruine auf einem herbstlich bewaldeten Berg. Hinter den Zinnen ging rotglühend die Sonne unter, und über dem Turm flatterte ein schwarzer Vogel. John Eastley schnappte nach Luft. »Ach...«, sagte er überrascht.

Sie starrten beide auf das Bild, und plötzlich mußte Gina lachen. Sie lachte ihr kräftiges, ausdauerndes, mitreißendes Lachen, und schließlich stimmte John mit ein. »Wer ist der Künstler?« erkundigte er sich.

»Billie Hawkins. Sie werden ihn vermutlich nie im Metropolitan Museum ausstellen, aber er macht durchaus Geld mit seinen Werken. Zwanzig Dollar, dieses Ding.«

John betrachtete es eindringlich, dann griff er nach seiner Brieftasche und wedelte mit ein paar Dollarscheinen herum. »Ich kaufe es. Als Souvenir. Zur Erinnerung an einen sehr kalten Dezembermorgen und an eine sehr schöne junge Frau.«

Sie nahm das Geld und schob ihm Billies Bild zu, und ihre Augen waren sehr golden im weißen Licht des Mittags. »Wenn es Ihnen nichts ausmacht, setze ich mich zu Ihnen, und wir trinken noch einen Kaffee«, sagte er. »Ich heiße übrigens John Eastley.«

»Ich heiße Gina Loret.« Und es kann sein, ich verliebe mich in dich, fügte sie in Gedanken erstaunt hinzu.

Wenn es Zufälle gibt, dann wurde die Liebe zwischen John und Gina aus einem Zufall geboren, am kältesten Tag des Jahres, in einem kleinen Cafe irgendwo in den Straßen von Manhattan. Wann genau war es bei ihm geschehen? John wußte es nie genau zu sagen. Bereits in der Kirche, als sich ihre Blicke trafen? Im Cafe, als Gina völlig ausgehungert ihre Pancakes verschlang und der Sirup an ihren Fingern klebte? Als sie ihm das Bild des Billie Hawkins zeigte und auf einmal laut und hemmungslos zu lachen anfing? Irgendwann war es passiert. Es hatte so kommen sollen, und John, der nach Veronique nur noch vernünftig und vorsichtig hatte sein wollen, begriff, daß er keine Wahl hatte. Gina war die Liebe seines Lebens.

Er zeigte ihr sein New York. Er hatte geschäftlich in der Stadt zu tun gehabt und eigentlich gleich wieder nach Los Angeles, seinem derzeitigen Wohnsitz, fliegen wollen, aber nun blieb er und dachte gar nicht mehr an Kalifornien. Sie aßen im berühmten Rainbow Room des Rockefeller Center zu Abend und tanzten zu Musik von Frank Sinatra. Sie sahen sich im Wintergarden Theatre am Broadway das Musical »Cats« an. Sie saßen in der Bar des Plaza, lauschten dem Pianisten und tranken etwas zuviel Wein. Sie waren Gäste von Donald Trump und bekamen ein phantastisches Mittagessen aus Kaviar, Hummer und Eissalat mit Mandelcreme, und der Champagner schmeckte so gut, daß Gina am liebsten vom Trump Tower hinuntergesprungen wäre, weil sie überzeugt war, fliegen zu können.

Jeden Morgen brachte ihr der Briefträger ein Päckchen von John: Ein besticktes Tuch aus Seide befand sich darin, ein Schal aus weißem Mohair, eine goldene Uhr, Ohrringe mit kleinen, herzförmigen Rubinen. Weihnachten und Silvester mußte er bei seiner Familie in Kalifornien verbringen, und da er beide Feste nicht als geeignete Gelegenheit ansah, die neue Frau in seinem Leben vorzustellen, blieb Gina in New York. Sie hatte Angst gehabt, sie werde sich einsam fühlen, aber dann kamen am Weihnachtsmorgen hundert rote Rosen von John, und an Silvester telefonierte er die halbe Nacht mit ihr. Um Mitternacht New Yorker Zeit tranken sie jeder an seinem Ende der Leitung ein Glas Champagner. »Schatz, du verpulverst ein Vermögen«, sagte Gina nach drei Stunden, aber John erwiderte: »Das interessiert mich nicht. Hör zu, Liebling, ich komme am 2. Januar abends in New York an, und dann möchte ich dich sofort sehen, ja?«

Gina und John aßen an diesem ersten Abend nach ihrer Trennung im »Nirwana«, einem Restaurant am Central Park South, wo man in einer Glasveranda hoch über allen Dächern sitzt und einen herrlichen Blick über den Park und die Fifth Avenue hat. Die paar Tage, die sie nicht beieinander gewesen waren, hatten ihnen gezeigt, wie süchtig sie nacheinander waren und daß sie sich auf etwas Ernstes eingelassen hatten; vielleicht würde es nichts Ernsteres jemals wieder in ihrem Leben geben.

Im verschneiten Central Park leuchteten Lampen, die Lichter in den Hochhäusern entlang der Fifth Avenue malten helle Flecken in die dunkle Nacht. Unablässig rauschte dort unten der Verkehr. John trug einen dunklen Anzug, und Gina entdeckte zum ersten Mal, daß sich seine Haare über der Stirn schon etwas grau färbten. Sie versank in seinem Gesicht, in seinen Augen, während er von Kalifornien erzählte, dem Märchenland, von dem sie niemals genug hören konnte. Sie trank sehr viel Wein und lauschte der leisen orientalischen Musik, die den Raum erfüllte.

Vielleicht werde ich heute nacht mit dir schlafen, dachte sie.

Sie kannten einander zwei Wochen und hatten viel unternommen in dieser Zeit, aber sie waren nicht miteinander im Bett gewesen. Beide hatten eine gewisse Scheu davor; John, weil er zwanzig Jahre älter war als Gina, und Gina, weil sie Angst hatte, einem erfahrenen Mann wie ihm ihre eigene Unerfahrenheit zu präsentieren. Während der Zeit in Saint Clare hatte sie sich mit einer Menge Jungs oberflächlich vergnügt, aber mit keinem geschlafen. Sie wünschte, sie hätte es mit Charles Artany wenigstens einmal ausprobiert, aber das hatte sie versäumt, und nun mußte es eben so gehen.

John fuhr sie mit seinem Leihwagen nach Hause. Im Radio sang Barbra Streisand, Gina summte leise mit. Ihr war ein bißchen schwindelig. Als sie vor dem Haus in der 32. Straße hielten, fragte sie mit gleichmütiger Stimme: »Kommst du noch mit rauf?«

Das Herz schlug ihr bis zum Hals, aber sie hatte das Gefühl, als wirke sie sehr gelassen.

John sah sie an. »Wirklich?«

»Natürlich.« Sie stieg aus und schloß die Haustür auf, knipste das Licht an. Die nackte, elektrische Birne brannte hell und weiß von der mit Wasserflecken verzierten Decke. Während Gina die knarrende Treppe hinaufstieg und sich sehr bewußt war, daß John ihr folgte, fragte sie sich beklommen, wie er wohl auf die Armut, in der sie lebte, reagieren würde. Aus einer instinktiven Angst heraus hatte sie es bislang vermieden, ihn damit zu konfrontieren. Da sie noch genügend teure und elegante Kleider von früher besaß, war es nie ein Problem gewesen, mit ihm auszugehen und sich im Theater, in der Met oder in einem feinen Restaurant blicken zu lassen. John wußte, daß sie kaum Geld hatte, aber sie bezweifelte, daß er Armut je wirklich gesehen hatte. Hoffentlich ließ sich wenigstens keine dieser verfluchten Kakerlaken blicken. Zum Glück gingen Ed und Rosy immer schon um sechs Uhr schlafen, und taub wie sie waren, würden sie von dem nächtlichen Besucher bestimmt nichts merken. Sie atmete tief durch, ehe sie die Wohnungstür aufschloß. »Psst!« machte sie. »Ed und Rosy…«

Er nickte und betrat ihr Zimmer. Sie schaltete nur die kleine Nachttischlampe ein, aber leider warf sie sofort einen Schein über zwei Käfer, die unter dem Waschbecken saßen. John schaute irritiert, und auf einmal wurde Gina wütend. »Ja, es ist ein Loch, in dem ich lebe«, fauchte sie. »Eng und dunkel, und nun auch noch Ungeziefer. Ich kann dir nur sagen, mein Vater war ein sehr reicher Mann, und als Kind habe ich in den besten Hotels der Welt gewohnt, aber leider ist er zu früh gestorben und sein Vermögen mit ihm, und von Billies verdammten Bildern kann ich mir leider nichts anderes leisten als das hier!«

»Gina, ich habe doch gar nichts gesagt!«

»Dein Blick war sprechend genug!«

John setzte sich aufs Bett und zog Gina neben sich. »Liebling, du bildest dir das jetzt wirklich ein. Es ist mir im Moment absolut gleichgültig, ob wir uns in einer Rumpelkammer, im Weißen Haus oder auf dem Mond befinden!« Er hatte einen Ausdruck in den Augen, den sie nie vorher an ihm gesehen hatte, und sie dachte: Es ist ihm tatsächlich gleichgültig.

Auf einmal unruhig geworden, stand sie auf. »Ich hole uns etwas zu trinken.«

John lächelte. »Okay.«

Sie ging hinüber in die Küche und stellte erbittert fest, daß sich Rosy wieder einmal über ihre Vorräte hergemacht hatte. Außer einer angesäuerten Milch befand sich nichts im Kühlschrank. »Scheiße«, murmelte sie. Sie ging ins Zimmer zurück, wo John am Fenster stand und in den finsteren Schacht spähte. Als sie ihn sah, dachte sie plötzlich: Um keinen Preis darf ich dich jemals verlieren!

Sie sagte: »Wir haben nichts zu trinken. Ich könnte höchstens einen Tee machen.«

Er wandte sich zu ihr um. »Wir müssen doch jetzt nichts trinken. Warum bist du so nervös?«

»Weil ich…« Sie wußte nicht, wohin mit ihren Händen, während sie sprach. »Weil ich nicht weiß, was jetzt passieren wird.«

John kam auf sie zu, und seine Arme legten sich um ihren Körper, genau auf die Art, die sie gern hatte: Nicht zu fest, aber trotzdem mit einem sanften Druck. Sie roch den Duft von Davidoff und hörte das Schlagen seines Herzens.

»Ich möchte, daß du mit mir nach Kalifornien kommst, Gina«, sagte er. »Nach Los Angeles.« Seine Hände strichen sacht über ihren Rücken und blieben auf ihren Hüften liegen. Sie merkte, wie ihr Körper schwer wurde, erfüllt von Wärme. John streifte ihr das Kleid über den Kopf, und sie stand in ihrer cremeweißen Unterwäsche vor ihm. Sie zitterte kaum merklich, während sie zusah, wie er sich auszog. Schließlich lagen sie nebeneinander auf dem Bett. Es war ganz dunkel im Zimmer, nur durch den Schacht sickerte ein wenig Mondlicht und malte den Umriß des Fensters als Schatten auf die gegenüberliegende Wand. Johns Haut fühlte sich angenehm warm an. Gina lag neben ihm auf dem Bauch, eingehüllt von ihren langen Haaren. Sie war ganz entspannt und ließ sich von John streicheln wie eine Katze, sie dehnte sich und gab einen wohligen Laut des Behagens von sich. John lag auf der Seite, mit einem Arm aufgestützt. Leise sagte er: »Ich habe noch nie einen so schönen Menschen wie dich gesehen.«

Sie hob den Kopf und schaute ihn an. Ihre Augen hatten sich an die Dunkelheit gewöhnt, so daß sie schwach sein Gesicht erkennen konnte, und der Ausdruck von Zärtlichkeit darin überwältigte sie. Sie rollte sich auf den Rücken und zog ihn über sich. Die Spitzen ihrer Brüste berührten seine Haut, und sie hatte das Gefühl, als öffne sie sich zum ersten Mal in ihrem Leben einem anderen Menschen ganz und gar. Wie wird es sein? Wie wird es sein? jagte es ihr durch den Kopf. Sie hörte John flüstern: »Mein Liebling…«, aber sie erwiderte nichts, sondern konzentrierte sich ganz auf das Gefühl, ihn in sich aufzunehmen. Verdammte Romantikerin, sagte sie spöttisch zu sich, und gleichzeitig überschwemmte sie ein so starkes Gefühl von Liebe, daß ihr die Tränen in die Augen schossen. Als sie ein heiseres Schluchzen von sich gab, war Johns Gesicht sofort dicht über ihrem. »Nicht weinen, bitte, nicht weinen…« Aber sie weinte, wie sie bei schöner Musik weinte und bei allem, was überirdisch war, und sie wußte, daß sie John von jetzt an für immer lieben würde. Bis zu meiner letzten Sekunde, dachte sie, bis zu meiner letzten Sekunde werde ich mich nach dir sehnen, und ich werde mich erinnern, wie wundervoll es war.

6

»Sie ist sehr schön«, sagte der alte Eastley zu seinem Sohn. Er saß im Rollstuhl am Fenster seines Arbeitszimmers. John hatte ihm Gina vorgestellt – eine nervöse, durch und durch verliebte Gina, die ihn sofort um den Finger wickelte. »Sie ist schöner als meine Maybelle in diesem Alter war, und sie war das schönste Mädchen in den Vereinigten Staaten.« Eastley blickte zur Tür, durch die Gina verschwunden war. Wahrscheinlich wußte sie, daß man jetzt über sie sprach, aber es kümmerte sie nicht, weil sie wußte, daß sie es sich leisten konnte.

Diese langen Beine, dachte Eastley. Es gefiel ihm, daß sie ausgreifende Schritte machte. Gräßlich, diese Miezen, die herumtrippelten und mit den Wimpern klimperten. Koketterie lag Gina nicht, ihr Charme war von herber, spröder Art.

»Sie liebt dich leidenschaftlich, John. Sie würde sich für dich in Stücke reißen lassen. Allerdings…«

»Was denn?«

»Was weißt du über ihr Vorleben?«

»Keine Affären. Jedenfalls keine ernsten, wenn du das meinst, Vater.«

»Soso. Aber das sagt noch nichts. Sie ist exzentrisch, tiefgründig, schwierig. Keineswegs das nette, unkomplizierte Mädchen, als das sie hier eben aufzutreten versuchte. Sie ist genau der Mensch, der nicht ohne ein paar dunkle Punkte durchs Leben geht.«

»Vater…«

»Sei ein bißchen vorsichtig, John. Du kannst dir keinen zweiten Fehler leisten. Du willst eines Tages Gouverneur von Kalifornien sein, nicht?«

»Ja.«

»Dann…« Eastley dachte nach, schien in sein Inneres zu horchen. Wie aus einem plötzlichen Instinkt heraus sagte er: »Heirate sie noch nicht, John. Warte ein Jahr, dann kannst du dich verloben, und dann warte noch ein Jahr, ehe du sie heiratest. Tu nichts Überstürztes. Ehrgeiz schließt Leichtsinn aus.« Mit seinen gichtigen Fingern umklammerte er die Armlehnen seines Rollstuhls, und John wußte, daß ihn jetzt die Erinnerung an seinen eigenen glühenden Ehrgeiz aus lang vergangenen Tagen gepackt hatte. Seine alte, rauhe Stimme, einst in Rhetorikkursen geschult, klang tief und mitreißend. »Ich will es erleben, John, ich will es erleben, wie du vor dem Capitol in Washington stehst und den Eid sprichst, der dich zum mächtigsten Mann der westlichen Welt macht. Zum Präsidenten der Vereinigten Staaten von Amerika.«

Sie blieben drei Tage bei Johns Familie in San Francisco, und unter Johns Führung entdeckte Gina die »Stadt der goldenen Hügel«. Sie fuhren über die zwölfhundert Meter lange Golden Gate Bridge nach Sausalito, sie schauten von Twin Peaks auf die Stadt hinunter und besichtigten die City Hall, die Louise M. Davis Hall und das Museum of Modern Art. Sie drängten sich durch das Gewühl der hektischen Grand Street in China Town, dem größten ausländischen Chinesenviertel der Welt, und abends aßen sie zwanzig Stockwerke hoch im »Top of the Mark«, von wo man einen wunderbaren Blick auf die lichterglänzende Stadt hatte. Gina konnte sich kaum vorstellen, daß diese gewaltige Metropole 1906 durch ein Erdbeben und Feuer fast völlig zerstört gewesen sein sollte, aber John sagte, man rechne sogar mit ähnlich katastrophalen Beben in diesem Jahrhundert. Es machte Spaß, mit einem Cable Car über den Nob Hill zur Fisherman's Wharf zu rattern und dort an den Tischen und Ständen der Hippies entlangzuschlendern, übriggebliebene Blumenkinder, die Schmuck und Lederarbeiten ausstellten.

»Verlieb dich nur nicht zu sehr in San Francisco«, mahnte John, als er Ginas begeistertes Gesicht sah, »du weißt, wir wohnen in Los Angeles!« Sie hätten nach Los Angeles fliegen können, aber da Gina noch nie in Kalifornien gewesen war, meinte John, sie sollten ein Auto mieten und den Highway am Pazifik entlang in Richtung Süden fahren. Den ersten Zwischenaufenthalt machten sie in Monterey; Gina hatte Steinbeck immer geliebt und wollte unbedingt die berühmte »Straße der Ölsardinen«, die »Cannery Row« sehen. Sie besichtigten das »Hearst Castle«, das monströse, wie ein griechischer Tempel anmutende Schloß, das sich der Zeitungskönig hatte errichten lassen und das Orson Welles zu »Citizen Cane« inspiriert hatte. Und sie übernachteten im »Madonna Inn«, das selbst ausufernde Phantasien übertraf. Der hier zusammengetragene und aufgetürmte Kitsch war so schaurig, daß er fast schon wieder Stil hatte.

»Wahnsinn!« sagte Gina und setzte sich auf einen Stuhl, dessen Rückenlehne als Herz geformt war. »Man bekommt solche Dinge über Amerika erzählt, aber man glaubt nie, daß es das wirklich gibt!«

John grinste. »Warte, bis wir Disneyland sehen! Ich sage dir, du wirst nicht enttäuscht sein.« Er nahm ihre Hände und zog sie von ihrem Stuhl mit der herzförmigen Lehne hoch. »Und ich werde dich auch nie enttäuschen«, fügte er leise hinzu. »Ich schwöre es dir, Gina, du sollst nie traurig sein meinetwegen. Ich will dir nie Kummer machen.«

7

Sie lehnte in der Verandatür und lauschte auf Johns verklingende Schritte. Das Licht, das von draußen in das Zimmer flutete, hatte die warme Farbe des Abends. Dunkles Gold, das sanfte Feuer, das sich in einem Bernstein fing. Es hüllte den Raum in einen rötlichen Schein. Plötzlich schien alles intensiver geworden zu sein: Farben, Klänge, Gerüche. Die Vögel draußen schrien triumphierend, der Duft der Rosen wurde süßer und wilder. Gina konnte die feinen, flimmernden Wassertropfen der Rasensprenganlage erkennen, die einen hohen Bogen durch die Luft beschrieben. Ein Jahr. Ein Jahr mit John in Kalifornien. Eine Zeit, die sie hatte verdrängen lassen, was an Schlimmem gewesen war: der Autounfall. Großmutters Tod. Tante Joyce und das Haus, in dem es immer nach Blumenkohl roch. Die langen Nächte mit Onkel Fred in der Kneipe, wo er soviel trank, daß er seine Depressionen ertragen konnte. Alles gehörte einem anderen Leben an; unter der Sonne waren die dunklen Tage dahingeschmolzen, aber Gina begriff, daß es sie trotzdem gab. Wie aus weiter Ferne winkten sie ihr zu, Gespenster, die sich selber überlebten. Ein Gedanke kam ihr, den sie schon einmal gehabt hatte, in einer kalten Januarnacht in New York, und der sie damals wie heute mit demselben Schrecken erfüllte: Ich darf John nie verlieren! Sie starrte auf das Bett. Heute morgen war sie darin erwacht, so sorglos und glücklich wie an all den Tagen zuvor. Sie und John wachten immer gleichzeitig auf, so als spüre es der eine bis in den Schlaf, wenn die Atemzüge des anderen einen neuen Rhythmus annahmen. Johns Gesicht sah blaß und verletzbar aus, wenn er die Augen aufschlug. Gina liebte es, wenn seine Hand unter die Decke glitt und sich zärtlich auf ihren Körper legte. Mir kann nie mehr etwas geschehen, nie mehr, dachte sie dann.

Idiotin, die ich bin! Kein Mensch ist jemals unverwundbar.

Sie fischte eine Zigarette aus ihrer Rocktasche und zündete sie an. Der Morgen glitt durch ihr Gedächtnis – ein Morgen zuerst wie immer. Sie hatte mit John draußen im Garten gefrühstückt und über einen Film gesprochen, den sie im Kino sehen wollte, dann war John in die Kanzlei gefahren. Gina zog Shorts und T-Shirt an und machte einen langen Spaziergang mit Lord, Johns eisgrauem Husky, der die blauesten Augen hatte, mit denen je ein Hund herumgelaufen war.

Während sie durch die stillen Straßen von Beverly Hills ging, entlang der blühenden Gärten, die hinter hohen Mauern träumten und jeder für sich ein eigenes kleines Paradies darstellte, dachte sie, wie sehr sich ihr Leben verändert hatte. Es schien ihr eine Ewigkeit herzusein, seit sie mit halberfrorenen Händen im Central Park in New York gestanden und Billie Hawkins' schreckliche Bilder verkauft hatte, seit sie Abend für Abend in ihre ärmliche Kammer mit dem unausrottbaren Ungeziefer zurückgekehrt war. Und jetzt lebte sie in Beverly Hills! Sie hatte es Tante Joyce geschrieben, aber keine Antwort bekommen. Wahrscheinlich platzte die vor Neid.

Als sie zurückkam, beschloß sie, sich an den Schreibtisch zu setzen und eine Geschichte zu schreiben. Sie schrieb regelmäßig für verschiedene Zeitungen, Kurzgeschichten und Kolumnen, manchmal auch Krimiserien. Auf den Einfall war sie gekommen, als sie sich daran erinnerte, daß Natalie sich noch während der Schulzeit auf diese Weise Geld verdient hatte, und sie dachte, es könnte nicht schaden, es ebenfalls zu probieren. Zu ihrer Überraschung kamen ihre Sachen gut an. Sie duschte, schlüpfte in ein bequemes Baumwollkleid und wollte gerade auf die Jagd nach ihrem silbernen Kugelschreiber gehen – Lord trug ihn immer weg –, als das Telefon klingelte.

»Loret.«

»Bellino. David Bellino. Erinnerst du dich, Gina?«

Ob sie sich erinnerte? Sie schnappte nach Luft. »David? Wo steckst du? Du klingst so nah!«

»Richtig, mein Herz.« Er schien bester Laune. »Ich bin nicht nur in Amerika, nicht nur in Kalifornien – ich bin sogar in Los Angeles. Genauer gesagt: Im Bel Air Hotel. Kennst du das?«

»Ja.«

»Gina, ich könnte mich in ein Taxi werfen und zu dir kommen. Wenn es dir recht ist?«

Mir ist es ganz und gar nicht recht, hätte Gina am liebsten geantwortet. Ihre erste instinktive Reaktion war Abwehr. Ich will dich nicht, David. Du gehörst in ein anderes Leben, und außerdem habe ich dich nie gemocht. Du bist einer, der über Leichen geht, und du scherst dich einen Dreck um andere Menschen. Du hast Steve in einen Scheißschlamassel hineingeritten, du bist in gewisser Weise auch an Marys Schicksal schuld, und was Nat betrifft, so kannst du niemals gutmachen, was ihr angetan wurde. Ich sollte dich zum Teufel jagen!

Sie wußte nicht, war es Höflichkeit, war es eine gewisse Neugier – jedenfalls entgegnete sie: »Natürlich, David. Wenn du in Los Angeles bist, solltest du vorbeikommen.«

»Dann bis gleich«, sagte er und hängte ein. Fluchend räumte

sie ihre Papiere beiseite, rauchte drei Zigaretten gegen die Nervosität und ging im Zimmer auf und ab, während sie wartete.

»Weißt du, wie viele Millionen Dollar das Bredow Imperium bewegt?« fragte David. Er sah sehr gut aus, die Haare kürzer als früher, weiße Jeans, weißes Hemd, eine Rolex am Handgelenk. Er gab sich um noch ein paar Grade selbstsicherer als früher.

Was Geld ausmacht, dachte Gina, es verändert wirklich den Menschen.

»Andreas besitzt ein Riesenvermögen. Und mich macht er wirklich zu seinem Erben. Ich denke immer noch, ich träume!«

»Was genau macht denn Andreas Bredow?«

»Alles, was Geld bringt. Hotels, Kaufhäuser, Anteile an Verlagen, an Fernsehsendern, an Fluggesellschaften… Ich versuche gerade mühsam, mir einen ungefähren Überblick zu verschaffen. Im Augenblick bin ich Andreas' Bote, den er quer durch die Welt hetzt, damit er überall einmal die Nase hineinsteckt. Ich nehme an, das ist eine Art Test.« Er lachte nervös. »Kann ich noch eine Zigarette rauchen?«

Gina schob ihm die Schachtel über den Tisch. Sie saßen auf der Veranda, im Schatten des großen Limonenbaums. Kate, das Hausmädchen, hatte David einen Wodka Martini und Gina einen Orangensaft gebracht. Es herrschte eine drückende Hitze.

»Und was tust du nun in Los Angeles?« fragte Gina.

»Ich bin nur bis heute abend hier, dann fliege ich schon wieder nach New York. Andreas plant, hier ein Ferienzentrum am Meer zu bauen. Ich soll an den entsprechenden Konferenzen teilnehmen und ihm dann berichten. Heute nachmittag findet die letzte statt, Gott sei Dank. Mir schwirrt schon der Kopf!« Er lachte wieder. »Da werden Gelder über den Tisch hin- und hergeschoben, das ist der reinste Wahnsinn!«

»An diesen Wahnsinn wirst du dich gewöhnen müssen. Wenn du das alles tatsächlich erbst, wirst du nur noch im Privatjet durch die Welt fliegen und dein Vermögen kontrollieren.«

»Weißt du, ich hatte tatsächlich Angst davor, ich dachte, so ein Leben würde mich völlig überfordern. Aber Natalie meinte auch…« Er brach ab und biß sich auf die Lippen.

Gina zog die Augenbrauen hoch. »Jetzt bist du auf Glatteis geraten, wie?«

»Bist du mir böse?«

»Hätte ich Grund?«

»Ich weiß nicht... ja, wahrscheinlich schon. Ich habe Natalie damals vor einem Jahr nicht absichtlich im Stich gelassen, aber...«

»Du warst immer ein Feigling«, sagte Gina erbarmungslos.

David zuckte zusammen. »Wenn du jetzt auf die Sache mit Steve anspielst...«

»Auf die Sache mit Steve. Auf die Sache mit Mary. Und vor allem auf die Sache mit Natalie. Da kommt schon eine Menge zusammen. Bald hast du alle durch, genaugenommen fehle nur noch ich. Weißt du, was ich vorhin dachte, als du anriefst?« Sie sah ihn aus funkelnden Augen an. »Ich dachte: Ich sollte ihn zum Teufel jagen! Woher wußtest du, daß ich in L. A. lebe?«

»Von Mary. Sie läßt sich wenigstens nicht am Telefon verleugnen, wenn ich anrufe. Im Gegensatz zu euch anderen beantwortet sie sogar meine Briefe.«

»Was erwartest du? Steve ist im Gefängnis die Lust am Briefeschreiben wahrscheinlich vergangen, und Natalie hat, soviel ich weiß, ihren Job verloren und rennt von einem Nervenarzt zum anderen.«

»Und du?«

»Und ich?« Sie nahm einen tiefen Zug aus ihrer Zigarette. »Ich bin nach alldem nicht scharf darauf, noch viel mit dir zu tun zu haben, David Bellino, um es ehrlich zu sagen.«

Wenn sie David damit getroffen hatte, so zeigte er es nicht. »Deine Ehrlichkeit war immer deine starke Seite, Gina. Aber ich hielt uns für Freunde.«

Sie lachte ihr ironisches Lachen, mit dem sie Menschen mehr weh tun konnte als mit bösen Worten. »Wir waren nie Freunde, David, wir beide ganz gewiß nie.«

»Schade. Ich meine: Schade, daß du es so empfunden hast. Ich dachte eigentlich, daß...«

»Was denn?«

»Schau uns an, Gina. Wir sind die beiden Sieger im Team. Wir leben in Amerika, wir haben Erfolg, Geld …«

»Du vielleicht«, sagte Gina, »du hast vielleicht Geld. Ich nicht. Das alles hier gehört John.«

»Mein Gott, laß doch die Haarspalterei. Du oder John, was besagt das? Über kurz oder lang seid ihr verheiratet, dann bist du Mrs. Eastley und kannst dich für den Rest deines Lebens auf einem dickgepolsterten Bankkonto ausruhen. Vielleicht bist du ja auch eines Tages unsere First Lady in Washington. Man sagt, John Eastley möchte dahin, wo heute Ronald Reagan sitzt!«

»So weit ist es noch nicht. Zwischen Präsident Ronald Reagan und einem möglichen Präsidenten Eastley liegen Jahre. Aber womöglich wird er eines nicht so fernen Tages Gouverneur von Kalifornien sein, und natürlich werde ich alles tun, um ihn zu unterstützen. Aber geliebt habe ich ihn, noch bevor ich wußte, was er ist und wer er ist. Falls das hier«, sie machte eine fast abfällige Bewegung zum Haus hin, »falls das hier nur ein schöner Traum ist und so flüchtig wie Nebel, dann ändert das nichts. Nie.«

»Große Worte. Okay, es ist Zufall, daß du im Reichtum lebst. Es ist ebenso Zufall bei mir. Aber glaubst du an Zufälle?«

»Ich glaube an Bestimmung«, sagte Gina.

Eine ganze Weile schwiegen sie beide. David trank sein Glas leer, lehnte den Kopf zurück und blinzelte in die Sonne, die zwischen den Zweigen hindurchfiel. »Bestimmung«, murmelte er, »ja, vielleicht ist das ganze Leben nur Bestimmung.« Er bemerkte Ginas Nervosität und stand unvermittelt auf. »Du möchtest, daß ich gehe, nicht wahr? Es war dir von Anfang an unangenehm, mich zu sehen. Wahrscheinlich fühlst du dich bereits als Verräterin an unseren Freunden, weil ich hier bei dir im Garten gesessen und mich mit dir unterhalten habe.«

»Natürlich nicht«, erwiderte Gina unbehaglich.

David grinste, aber in seinen Augen lag ein Ausdruck, den Gina verwirrt als traurig und einsam erkannte. »Ob du es glaubst oder nicht, ich wäre gern euer aller Freund gewesen. Ich wollte immer echte Freunde. Ich wollte irrsinnig gern geliebt werden.

Na ja«, er zuckte mit den Schultern. »Man kann die Dinge nicht ändern, nicht wahr?«

»Du hättest dich manches Mal vielleicht anders verhalten müssen.«

»Sehr weise. Übrigens, auch wenn's dir unangenehm ist, wir beide werden uns häufiger begegnen von jetzt an. Weißt du, ein Mann, der in der Politik vorankommen will, kann nicht an der Wirtschaft vorbei. Bredow Industries könnte auch für John Eastley sehr wichtig sein. Möglich, daß er mal eine Finanzspritze für einen Wahlkampf braucht.«

»Falls das ein Angebot sein soll«, sagte Gina, »werde ich es ihm gern übermitteln.«

David nickte und ging über die breite kiesbestreute Auffahrt dem Gartentor zu. Gina folgte ihm. Es war jetzt fast Mittag und die Sonne schien heiß. Lord sprang bellend über den Rasen. Leise plätscherte der Springbrunnen, der Besucher gleich am Beginn der Auffahrt willkommen hieß. Die vollkommene Idylle... alles ganz normal. Eine junge Frau begleitete einen Freund, den sie lange nicht gesehen hat, zum Gartentor. Man hat zusammen etwas getrunken und ein wenig geplaudert, über vergangene Zeiten und die Dinge, die sich seither geändert haben. Was an dieser Situation, an diesem Tag war schon bedrohlich?

Aber etwas lag in der Luft. Gina blieb auf der Hut.

David drehte sich zu ihr um. Die Sonne fiel auf sein hübsches, gebräuntes Gesicht. In seinen Augen lag Lebenslust – und ein bißchen Grausamkeit.

»Bestimmungen«, sagte er, »folgen ihrem eigenen Gesetz. Und es geschieht oft ganz anders als wir denken. Es gab eine Zeit, da hätte ich deinen Lebensweg mit dem von Natalie vereint gesehen.«

Stille folgte seinen Worten. Dann schoß ein Vogel laut kreischend durch die Luft. Leise und scharf fragte Gina: »Wie meinst du denn das?«

Jetzt sah er sie nicht mehr an, sondern blickte gleichgültig und gelassen in den Garten. »Damals... in St. Brevin...«

»Ja? Was war da?«

»Hör zu, Gina, ich hätte nicht davon anfangen sollen. Ich weiß auch nicht, warum ich ... Wahrscheinlich, weil wir dauernd über Bestimmungen und solches Zeug gesprochen haben. Vergiß es!«

»Du hast es nicht vergessen. *Was war in St. Brevin?*«

»Ich habe dich mit Natalie gesehen. An diesem heißen Abend, als Steve und ich vom Einkaufen zurückkamen. Ihr wart oben in Nats Zimmer, und ... lieber Himmel, nun sieh mich nicht so an! Ich wollte euch ja nicht nachspionieren, ich wollte euch eigentlich nur sagen, daß wir wieder da sind. Natürlich habe ich angeklopft, aber ihr habt es nicht gehört, und da ich nicht erwartete, euch in ... einer verfänglichen Situation anzutreffen, bin ich einfach so reingekommen. Ihr habt auch das nicht bemerkt.«

Wenn es ein Anflug von Bosheit gewesen war, was ihn bewogen hatte, von St. Brevin zu sprechen, so bereute er es inzwischen. Seine Stimme klang aufrichtig bekümmert, als er hinzufügte: »Verdammt, ich hätte es nicht sagen sollen. Ich habe nicht nachgedacht. Gina, laß das nicht von nun an zwischen uns stehen, ich bitte dich darum!«

Mitwisser, dachte sie zornig, dürfen nicht auf Sympathie hoffen. Noch immer lehnte sie in der Tür und blickte hinaus in den leuchtenden Abend. »Hast du irgend etwas?« hatte John gefragt. Sie hätte ihm so gern geantwortet. Aber sie konnte nicht, sie konnte es ihm nicht sagen. Was war schon geschehen? Zwei junge Mädchen und die Versuchung eines Augenblicks. Was bedeutete das schon?

Für mich nichts. Für mich überhaupt nichts. Aber die anderen hatten ein Wort dafür: lesbische Liebe nannten sie es, und Toleranz dem gegenüber gab es bei vielen nur theoretisch. Und hier in Amerika nur bei wenigen. Die Frau eines Politikers hatte makellos zu sein, in der Neuen Welt mehr als irgendwo sonst. Die perfekte Frau für John Eastley ... mit lesbischer Vergangenheit ... unmöglich!

David – der berühmte Schatten auf dem Paradies.

Auf einmal bereitete ihr das Blühen und Duften ringsum

Kopfweh. Das alte Leben hatte sie eingeholt und stellte alles in Frage.

Sie dachte daran, was John gestern abend gesagt hatte, was er in der letzten Zeit immer öfter sagte: »Ich möchte, daß wir bald heiraten, Gina.«

Noch nicht, ging es ihr nun nervös durch den Kopf, noch nicht. Du könntest es bereuen, John.

Sie schloß die Verandatür – noch nie hatte sie das im Sommer getan, immer blieb sie die ganze Nacht hindurch offenstehen – und ging ins Zimmer zurück. Als sie am Spiegel vorbeikam, erschrak sie: Es war ihr, als blicke die kleine Gina Loret sie aus großen, erschrockenen Kinderaugen an.

New York, 29. 12. 1989

Der Abend war längst hereingebrochen, es schneite noch immer. Inspektor Kelly hatte sich in das Arbeitszimmer des toten David Bellino zurückgezogen und den Ordner mit den Aufzeichnungen vor sich auf den Tisch gelegt. Er hatte ein paar ganz interessante Dinge daraus erfahren, und auch Gina, Nat und die anderen hatten ihm, zögernd zwar und widerwillig, einige Informationen gegeben. Inspektor Kelly kannte weder alle Gedanken noch die Gefühle der an den Geschichten Beteiligten, außerdem hatte er natürlich von verschiedenen intimen Details keine Ahnung. Aber er hatte Kenntnis von einer ganzen Reihe Fakten, und zusammen ergaben sie bereits recht klare Bilder. In Gedanken faßte er noch einmal zusammen: Die arme, kleine Mary Brown mit dem spitzen Gesicht und dem Gebaren einer furchtsamen Maus. Sie hatte es schwer gehabt als Kind, früh die Mutter verloren, war dann ganz unter der Fuchtel ihres tyrannischen und bigotten Vaters aufgewachsen. Als David Bellino sie damals im »Paradise lost« im Stich ließ, hatte er natürlich keine Ahnung, was er damit auslöste, aber die Kette von Ereignissen, die sich dann anschloß, hatte Mary in eine ausweglose Situation manövriert. Mit siebzehn Jahren schwanger von einem charmanten und leichtsinnigen Lebemann, in einer Ehe gelandet, die vom Vater arrangiert worden war, hatte sie es inzwischen aufgegeben, auf eine glückliche Wendung der Dinge zu hoffen. Unglücklicherweise war sie eben auch genau der Typ, der sich so ausweglos verstrickte. Hundert anderen Mädchen wären aus der Geschichte in dem Londoner Nachtclub überhaupt keine Schwierigkeiten erwachsen, aber Mary hätte es nicht passieren dürfen. Das kleine Mädchen, das von einem Garten voller Blumen geträumt hatte ... Kelly seufzte.

Steve Marlowe. Der Mann mit der verkrachten Existenz. Sohn reicher Eltern, verzärteltes Kind seiner schönen, eleganten Mutter. Die Karriere in einem der renommiertesten Bankhäuser Londons war ihm sicher. Wäre da nicht der Bruder, der für die IRA mordet. Wäre da nicht jener 5. Juli 1979, an dem Alan Marlowe Steve in Nantes trifft und um ein Alibi bittet. Und dann, als sei die Situation nicht ohnehin brenzlig genug, kommt auch noch David Bellino, sagt zu, das Alibi zu untermauern und bricht kurz darauf im Zeugenstand zusammen, hypernervös, wie er nun einmal ist, voller Angst, ein wirkliches Risiko auf sich zu nehmen. Was trotz allem möglicherweise gut hätte ausgehen können für Steve und seinen Bruder, wird nun zur Katastrophe. Steve Marlowe wird des Meineids beschuldigt, gesteht und erhält zwei Jahre Gefängnis. Unbarmherzig wird das für alle Zeiten in seinen Papieren vermerkt sein, das Aus für die Karriere. Und Steve Marlowe, dieser weiche, sensible junge Mann ist nicht der Mensch, der den Kampf gegen das Schicksal aufnimmt. Er geht darin unter.

Natalie Quint. Kelly mochte ihr Gesicht. Intelligent, aufmerksam, konzentriert. Zweifellos eine hochbegabte, sehr interessante Frau. Aber mit dem Valium (sie hatte eingeräumt, eine ganze Menge davon zu schlucken) würde sie sich zugrunde richten. Sie hatte seit dem Blutbad von Crantock ihre Nerven nicht mehr unter Kontrolle und schaffte es nur mit Hilfe der Tabletten, ihrer Phobien Herr zu werden. Er stellte sie sich als Kind vor: geistig frühreif und ständig im Kampf mit ihrer oberflächlichen, vergnügungssüchtigen Mutter. Daneben der freundliche Vater, der sich aber nur für Hunde und Pferde interessierte. Ein mit den besten Fähigkeiten ausgestattetes kleines Mädchen auf einem abgelegenen Landsitz mit hohen, zugigen Räumen, kalten Kaminen und endlosen Reihen von Ahnenbildern an den Wänden. Hatte sie sich einsam gefühlt, unverstanden? Nun, wie auch immer, eine Natalie Quint zerbrach nicht daran. Sie machte ihren Weg, unbeirrt und selbstsicher. Erst als sie in die Hölle blickte, als sie das Grauen am eigenen Leib erfuhr, ging sie in die Knie. Sie stand wieder auf, aber nur mit Hilfe des Teufelszeugs, das sie vermutlich in immer höheren Dosen schluckte. Was hatte sie empfunden in jener Nacht, als David davonfuhr und sie zurückließ? Konnte eine Frau wie sie das verzeihen?

Ja, und dann war da noch Gina Loret, die heutige Lady Artany. Die schönste von allen, eine stolze, mutige, willensstarke Frau. Trotzdem war die Angst in ihr Leben getreten. Sie liebte einen Mann, der ehrgeizig und entschlossen seine Karriere plante, und sie wußte, daß sie ihren Teil dazu beitragen mußte. John Eastley hatte das höchste Amt angestrebt, das die Vereinigten Staaten von Amerika zu vergeben hatten. Der gutaussehende Anwalt aus Los Angeles mit den zahlreichen Verbindungen zu einfluß-reichen Bereichen der Wirtschaft in aller Welt wollte ins Weiße Haus. Ohne Zweifel, er hatte Gina geliebt. Aber wie sicher konnte sie sein, was er im Zweifelsfall geopfert hätte? Seine Kar-riere oder seine Frau?

»Er hat ihr Angst eingejagt, dieser David Bellino«, murmelte Kelly, »sie wußte, wenn er den Mund nicht hält über das Zwi-schenspiel in St. Brevin, würde der alte Eastley mit aller Gewalt die Trennung von John betreiben. Sich dem auszuliefern, war sie zu stolz. Deshalb beschloß sie, vorläufig freiwillig auf eine Hei-rat zu verzichten – um im Katastrophenfall nicht durch den schmutzigen Wirbel einer Scheidung gehen zu müssen. Wahr-scheinlich ganz typisch für diese unabhängige junge Frau.«

Er sah die Bilder ihres Lebens wie in einem Reigen vor sei-nen Augen vorüberziehen: Das dunkelhaarige Kind, das mit seinen reichlich exaltierten Eltern durch die ganze Welt reiste, von einem Tummelplatz des Jet-Set zum nächsten. Der aufsäs-sige Teenager im Haus seiner kleinbürgerlichen Tante Joyce. Das bildschöne Mädchen im Elite-Internat, zwischen Tennisstunden, Konzertbesuchen und dem ungeliebten Verehrer Charles Ar-tany. Die zähe, lebenshungrige junge Frau, die in einer primi-tiven Absteige in Manhattan hauste und Bilder eines drittklas-sigen Malers verkaufte. Gina in Los Angeles – Reichtum und Luxus. Wahrhaftig ein Leben, das abwechslungsreich war in sei-nem ewigen Auf und Ab. Vielleicht wäre sie eines Tages wirklich im Weißen Haus gelandet. Wer wußte es bei dieser Frau?

Es wurde an die Tür geklopft, und als Inspektor Kelly »Herein« rief, trat Laura Hart ins Zimmer. Sie hatte sich umgezogen und sah in dem knöchellangen, weinroten Hauskleid aus Samt, eine eindrucksvolle Sammlung von Rubinen an Hals und Armen, sehr luxuriös aus – wohingegen sie vorhin in den alten Jeans, mit ungekämmtem Haar und ungeschminktem Gesicht ein ganz normales junges Mädchen gewesen war. Diesmal tritt sie in Verkleidung auf, dachte Kelly bei sich. »Warum sind Sie nicht bei den anderen?« fragte er. Laura verzog das Gesicht. »Das sind nicht meine Freunde, ich gehöre nicht zu ihnen. Außerdem ist gerade das Abendessen serviert worden, und ich habe weiß Gott keinen Hunger.« Sie trat an die Bar und schenkte sich einen Schnaps ein. »Möchten Sie auch einen, Herr Inspektor?«

Kelly schüttelte den Kopf. »Nein danke. Was führt Sie zu mir, Miss Hart?«

»Ich fand das eben alles recht interessant. Eigenartige Menschen, die Freunde von David. Das heißt, er hatte ja gar nicht mehr viel mit ihnen zu tun. Was glauben Sie, wer von denen hat ihm umgebracht?«

»Sind Sie so sicher, daß es einer von ihnen war?«

Sie trank ihren Schnaps in einem Zug aus, blieb mitten im Zimmer stehen. »Sie nicht?«

»Bis jetzt habe ich noch keinen Beweis entdeckt. Aber vielleicht haben Sie etwas herausgefunden?« Er sah Laura abwartend an. Sie setzte sich ihm gegenüber an den Schreibtisch, schlug die Beine übereinander. Im Schein der Lampe blitzte ihr Schmuck. Wahrscheinlich hat sie ungefähr hunderttausend Dollar an sich hängen, dachte Kelly. »Wie sehen Sie denn Davids Freunde?« fragte er.

Lauras Antwort kam schnell und ohne Zögern. »Diese Mary Gordon ist eine richtige graue Maus. Kein Pepp, kein Mut. Eine, die sich ihr Leben von anderen diktieren läßt und nachher jämmerlich weint, wenn die Dinge anders aussehen, als sie sich das vorstellt. Jahrelang angestaute Aggressionen können solch einen Menschen leicht zum Mord treiben.«

Sie redet, als durchschaue sie alles ganz genau, dachte Kelly amüsiert, aber sie ist ein ganz gescheites kleines Ding.

»Steve Marlowe ist ein Waschlappen«, fuhr Laura fort, »absolut unfähig, sich und sein Leben in den Griff zu kriegen. Und sein Gesichtsausdruck – Himmel, wie ein geprügelter Hund sieht er einen ständig an. Ich, der arme Steve! Wie ist doch das Leben gemein zu mir gewesen! Was hat mir das Schicksal alles angetan! Er badet im Selbstmitleid, und ich finde das einfach unerträglich.«

»Sie sind ziemlich erbarmungslos, Miss Hart.«

»Ich kann Menschen nicht ausstehen, die sich ständig beklagen. Sie wissen, ich komme aus der Bronx, und wenn ich Ihnen von meiner Kindheit erzählen würde, könnten Sie sehen, daß ich auch verdammt gute Gründe hätte, mich zu bedauern. Mehr Gründe als die anderen alle zusammen. Aber wenn ich meine Zeit damit vergeudet hätte, wäre ich heute wahrscheinlich immer noch da unten im Dreck. Statt dessen…« Sie lächelte, ein seltsam verletzliches Lächeln, und ihr Schmuck glitzerte.

Kelly nickte. »Verstehe. Fahren Sie fort.«

»Diese Natalie Quint ist eine kluge Frau. Eine sehr, sehr kluge Frau. Ich bewundere sie, weil ich Intelligenz immer mehr bewundert habe als alles andere. Aber sie nimmt irgendein Zeug, irgendein starkes Beruhigungsmittel, und meiner Ansicht nach ist sie vollkommen abhängig davon. Schade um sie. Aber wenigstens jammert sie nicht.«

»Und was halten Sie von Gina Artany?«

»Sie ist schön. Und stark. Sie ist nicht so… so intellektuell wie Natalie, aber sie hat eine Menge Verstand, und ich glaube, einen ganz gesunden Realitätssinn. Sie gehört zu den Menschen, die stets irgendwie auf die Füße fallen.« Nachdenklich fügte sie hinzu: »Eigentlich mag ich sie ganz gern. Ich denke, sie spielt mit hohem Einsatz und riskiert hohe Verluste. Sie drückt sich nicht.«

Kelly nickte langsam. »So sehen Sie das also. Dann verraten Sie mir auch noch: Wer ist Ihrer Ansicht nach David Bellinos Mörder?«

Laura stand auf, nahm sich noch einen Schnaps. Als sie sich

wieder setzte, drückte ihr Gesicht vollkommene Ratlosigkeit aus. »Ich weiß es nicht. Ich weiß es wirklich nicht. Ich weiß nur: Zutrauen würde ich es jedem von ihnen.«

»Es besteht ja immer noch die Möglichkeit, daß die Einbrecher Bellino erschossen haben, nicht wahr?«

»Nein!« erwiderte Laura scharf.

Kelly zog die Augenbrauen hoch. »Nein? Weshalb schließen Sie das mit solcher Entschiedenheit aus?«

»Nun… weil… warum sollten sie das tun? Und wo ist das Motiv?«

»Ganz einfach: Bellino hat sie überrascht.«

»Das waren halbe Kinder«, sagte Laura. »Ich habe ihnen ja die Tür aufgemacht. Blutjunge Kerle. Keine Mörder.«

»Diese blutjungen Kerle haben Sie blitzschnell überwältigt und gefesselt. Und zwar so geschickt – und vermutlich routiniert –, daß Sie nicht einmal schreien konnten. Ganz schön clever, diese halben Kinder, finden Sie nicht?«

»Ich denke…«

»Sie kommen aus der Bronx, Miss Hart. Sie kennen die düsteren Seiten von Manhattan. Sie wissen genausogut wie ich, daß schon zwölfjährige Kinder morden.«

»Na ja…«, murmelte Laura unbestimmt. Sie wirkte unruhig, kippte ihren Schnaps hinunter und bewegte nervös die Finger.

Kelly beobachtete sie genau. Er stand auf. »Eines«, sagte er, »hätte ich gern noch gewußt, nachdem Sie mir so klare Charakteranalysen unserer vier Verdächtigen geliefert haben. Wie war David Bellino? *Wer* war er?«

Laura verzog kaum merklich das Gesicht. »Er war bemerkenswert unsensibel. Und durch und durch ein Egozentriker.«

»Ist das alles? Ich meine, mehr haben Sie nicht über ihn zu sagen?«

»Das ist vielleicht das Wesentlichste an ihm.«

»So.« Er sah sie scharf an. »Ich glaube aber, daß Sie mehr von ihm wissen, Miss Hart. Sie sind nicht die Frau, die zwei Jahre lang mit einem Mann lebt und dabei nicht ein bißchen tiefer sieht. Wie war beispielsweise sein Verhältnis zu Ihnen?«

»Er hat mich geliebt.«

»Sind Sie sicher?«

»Ja. So, wie David Bellino lieben konnte, hat er mich geliebt. Aber er hat alles falsch gemacht. Er hat mich so behandelt, daß ich eigentlich nur noch weg wollte.«

»Wie hat er sie behandelt?«

Laura seufzte und lehnte sich zurück. »Ich fürchte, das ist alles ziemlich kompliziert, Inspektor. Sehen Sie, David Bellino hat im Grunde sein ganzes Leben lang danach gehungert, geliebt zu werden. Nicht auf diese närrische, ungesunde, neurotische Art, mit der ihn seine Mutter und Andreas Bredow vergötterten. Er wollte einfach als der David geliebt werden, der er war – der snobistische David mit seiner Leidenschaft für schnelle Autos und elegante Anzüge und eine Menge Pomp und Prunk. Sie haben ihn als Kind so fertiggemacht mit den ungeheuren Ansprüchen, die sie an ihn stellten, daß er zu einem völlig unsicheren Menschen voller Selbstzweifel wurde – meiner Ansicht nach auch voller Selbsthaß.«

»Selbsthaß?«

»Ja. Er hat sich dafür gehaßt, daß er nicht das war, was sie wollten. Er hat alle seine Schwächen gehaßt. Und je mehr er sie gehaßt hat, desto verzweifelter hat er an ihnen festgehalten. Er wollte so wahnsinnig gerne er selber sein.«

Kelly nickte. »Und er brauchte Liebe als Selbstbestätigung.«

»Ja. Aber das hat nie funktioniert. Bevor er mich traf, hat er die Frauen wochenweise gewechselt.«

»Woran lag das?«

»Eine Frau war für David nicht eine Partnerin, ein freier, eigener Mensch, der neben ihm existiert. Eine Frau war sein Besitz. Ganz und gar. Entsprechend hat er sich verhalten – er bot ihnen den Himmel auf Erden und machte sie dabei zu Sklavinnen, und das ging eben nicht.«

»Und wie war das bei Ihnen?«

»Ich glaube, ich erschien ihm als Lösung seiner Probleme. Ich war das, was er immer gesucht hatte: Ein sehr junges, ziemlich verstörtes, schüchternes und unsicheres Mädchen. Hinter mir lag alles Grauen, das Armut und eine kaputte Familie für ein Kind bereithalten können. Ich gehörte nicht zu den schicken, selbstbewußten Dämchen, die er bis dahin hatte, diese forschen Mädels, die nicht im Traum daran denken, sich auch nur im mindesten den Wünschen eines Mannes zu unterwerfen. Ich war ausgehungert nach Geborgenheit, Zärtlichkeit, danach, gehegt und gepflegt zu werden, mich an jemandem festhalten zu können. Alle seine Wärme sog ich in mich auf, und er fing an, mich wie verrückt zu lieben, weil ich nicht gegen ihn aufbegehrte. Er war zu unsicher, um eine emanzipierte Frau ertragen zu können. Aber schließlich...«

»Ja?«

»Ich habe nie eine gute Schule besucht, Inspektor, und ich komme wirklich aus der Gosse, aber ich bin eine vergleichsweise intelligente Person. Es konnte einfach nicht gutgehen. Letztlich eignete auch ich mich nicht für die Rolle einer Eliza Doolittle.«

Kelly nickte. Sie war nicht nur eine vergleichsweise, sie war sogar eine sehr intelligente Person. Sie hatte sich in äußerst kurzer Zeit relativ viel Bildung angeeignet und von Anfang an hatten ihn ihre wachen, klugen Augen fasziniert.

»Zum Schluß«, fuhr sie fort, »zum Schluß hatten wir uns in eine unerträgliche Situation manövriert: Er hatte begriffen, daß ich drauf und dran war, mich seinem Einfluß zu entziehen, aber er wußte, wo er mich kriegen konnte: Bei meiner Angst vor der Armut. Er sagte, ohne ihn würde ich dahin zurückkehren müssen, wo ich hergekommen bin, und mit dieser Drohung quälte er mich und hielt mich bei der Stange. Ich zitterte vor Angst und blieb still. Er tyrannisierte mich aus Liebe, und ich ließ mich tyrannisieren aus Angst. Es war alles so verfahren.«

»Haßten Sie ihn?«

Sie sah ihn sehr offen an. »Ja. Und gleichzeitig hatte ich das größte Mitleid der Welt mit ihm.«

»Und er? Hat er Sie auch gehaßt?«

»Oh, ja. Als ihm klar wurde, daß ich irgendwann gehen würde, fing er an, mich zu hassen. Was aber, so verrückt das klingt, letztlich nichts an seiner Liebe änderte.« Sie machte eine

Pause und sagte dann nachdenklich. »Er war ein Mensch, der einfach mit seinem Leben nicht zurechtkommen konnte.«

Nun schwiegen sie beide, hingen jeder ihren Gedanken nach. Kelly blickte zum Fenster hinaus. Mit dem Schnee hatte sich eine seltsame Stille über die Stadt gesenkt.

»Nun«, sagte er schließlich, »ich denke, wir sollten jetzt zu den anderen zurückkehren. Vielleicht ist ja noch etwas zu essen da, und Sie bekommen auch ein bißchen Appetit. Außerdem geht die Geschichte weiter.«

Sie erhob sich, rauschte am Inspektor vorbei zur Tür. Eine Woge »Chanel No. 5« hüllte sie ein. Laura trug, wovon sie gelesen hatte...

»Wirklich?« fragte sie mißmutig. »Diese Lebensgeschichten gehen noch weiter?«

Kelly nickte. »Ich denke, es wird jetzt erst richtig dramatisch«, sagte er.

III. Buch

August 1981

»Wissen Sie«, sagte Dr. Parker, während er Natalie sehr eindringlich ansah, »es wäre natürlich besser, wenn wir Ihre Probleme lösen könnten, anstatt sie mit Medikamenten zuzuschütten.« Er hatte freundliche Augen, ein vertrauenerweckendes, sehr faltiges, altes Gesicht.

Natalie, im strengen weißen Kostüm, dezent geschminkt und krampfhaft bemüht, ihre Hände ruhig zu halten, lächelte nervös. »Sicher, Doktor. Nur sind Sie jetzt schon der dritte Therapeut, den ich konsultiere, und auch Sie sagen mir, daß es lange dauern wird, bis ich... wieder... nun, wieder normal bin...«

»Sie *sind* normal, Natalie. Sie sind krank im Moment, aber auch wenn Sie einen Schnupfen haben, bezeichnen Sie sich ja nicht als anomal!«

»Aber wir wissen doch beide, daß man das nicht mit einem Schnupfen vergleichen kann, Dr. Parker. Vor allem dauert es länger. Und ich habe keine Zeit. Ich muß arbeiten, und ich kann es mir nicht leisten, immer wieder in meinem Beruf zu versagen. Mir ist bei zwei Zeitungen gekündigt worden, weil ich in entscheidenden Momenten versagt habe – genauer: Meine Nerven haben versagt. In einem Fall wurde ich während eines Rockkonzerts, dem ein sehr wichtiges Interview folgen sollte, bewußtlos und fand mich auf dem Behandlungstisch eines Arztes wieder. Im anderen Fall war ich im Foyer des Savoy Hotels mit Joan Collins zu einem Interview verabredet, aber während ich dort auf sie wartete, drängte eine Gruppe wild gestikulierender, laut durcheinanderschreiender japanischer Touristen hinein, und irgendwie empfand ich die Situation als bedrohlich. Ich bekam wieder Panik... diese Platzangst, verstehen Sie... und ich lief aus dem Hotel, rannte durch die Straßen, rannte, als sei alles

Verderben der Welt hinter mir her, ich rannte und rannte, und in irgendeinem Cafe fiel ich auf einen Stuhl, und da begriff ich erst, was passiert war. In beiden Fällen kostete ich die betreffenden Zeitungen sehr viel Geld. Das Problem ist…« Natalie kramte in ihrer Handtasche nach einer Zigarette. Dr. Parker gab ihr Feuer, sie nahm einen tiefen Zug und lehnte sich in ihrem Stuhl zurück. »Das Problem ist, ich habe mich in diesen Momenten nicht unter Kontrolle. Ich kann mich nicht mehr steuern.«

»Das gehört zum Wesen einer Phobie, Natalie.«

»Sicher. Aber es ist etwas, das ich von mir vorher nicht kannte. Solange ich lebe, habe ich mich immer in der Gewalt gehabt. Immer.«

Er nickte, betrachtete das schmale, kühle Gesicht mit den gescheiten Augen. Natürlich. Eine Frau wie Natalie Quint ließ sich in keiner Lebenslage gehen.

»Ich kann das Zittern meiner Hände nicht unterdrücken«, fuhr Natalie fort. »Ich habe Schweißausbrüche am ganzen Körper, mir wird schwarz vor den Augen. Meine Knie werden weich, ich bin dicht daran, ohnmächtig zu werden. Ich kann nichts dagegen tun.«

Dr. Parker, der den verzweifelten Unterton in ihrer Stimme vernahm, sagte eindringlich: »Nach allem, was Sie erlebt haben, Natalie, ist das nicht ungewöhnlich. Sie dürfen sich nicht zuviele Sorgen machen und schon gar keine Schuldgefühle entwickeln. Sie sind…«

»Doktor, ich weiß das. Ich weiß das alles. Ich weiß auch, daß Sie mir wahrscheinlich auf lange Sicht helfen können. Aber das nützt mir im Moment nichts. Sehen Sie«, sie nahm wieder einen sehr tiefen Zug aus ihrer Zigarette, »man hat mir einen Job beim Fernsehen angeboten. Die BBC will mich als Moderatorin für eine Talk-Show. Es ist eine große Chance für mich, möglicherweise meine letzte nach allem, was ich mir geleistet habe. Es darf nichts schiefgehen!«

Dr. Parker sagte ernst: »Ein Fernsehstudio ist natürlich nicht unbedingt das Richtige für Sie, das wissen Sie sicher selber. Es ist heiß und eng dort, viele Menschen, Kameras, meist keine Fenster. Sie sollten sich sehr genau überlegen, ob Sie…«

»Mein Beruf war mein Leben, Dr. Parker. Das heißt, er ist es noch. Ich lebe für meine Karriere als Journalistin. Wenn ich je von etwas geträumt habe, dann davon. Ich kann und will das nicht aufgeben, nur weil ich das Pech hatte, verrückten Sektierern in die Hände zu fallen. Dr. Parker«, ihre Stimme klang wie Glas, »wenn Sie mir das Valium nicht verschreiben, gehe ich zu einem anderen Arzt. Irgendeinen werde ich finden, der mir ein Rezept ausstellt!«

»Es geht ja nicht darum, daß ich es Ihnen grundsätzlich verweigern will. Das wissen Sie auch. Ich lasse Sie seit zwölf Monaten täglich zehn Milligramm Valium nehmen. Aber ich will diese Dosis nicht steigern, weil sich das Risiko, daß Sie abhängig werden, damit erhöht.«

»Ich brauche aber mehr.«

»Guter Gott! Wissen Sie, daß Sie dann kaum mehr runterkommen davon?« Dr. Parker raufte sich die Haare. Er sah in das harte, entschlossene Gesicht auf der anderen Seite des Tisches und begriff, Natalie würde nicht nachgeben. »Okay. Okay, dann verschreibe ich Ihnen etwas mehr. Aber nicht zuviel, und versuchen Sie nicht, mich zu überreden. Und außerdem nehmen Sie jede Woche drei Stunden bei mir!«

»Zwei. Mehr Zeit habe ich nicht.«

Sie sahen einander an. Mit einer unbeherrschten Bewegung riß der Arzt einen Zettel von seinem Rezeptblock. »Gut. Zwei Stunden. Aber die regelmäßig.«

»Natürlich«, sagte Natalie. Sie verstaute das Rezept in ihrer Handtasche und stand auf. »Danke, Doktor. Ich glaube, so kann ich es schaffen.«

Dr. Parker reichte ihr die Hand zum Abschied. Er dachte bei sich, sie wird es schaffen, aber sie wird einen ziemlich hohen Preis dafür zu zahlen haben.

Als Steve aus dem Gefängnis kam, hatte er das Gefühl, um Jahrzehnte älter geworden zu sein, und fast wunderte es ihn, London unverändert vorzufinden und festzustellen, daß es noch immer einen Himmel, Blumen und Bäume gab. In den Parks blühten die Rosen, es war ein heißer Hochsommertag.

Steve war auf dem Weg zur Wentworth & Davidson Bank in der Fleet Street. Er trug seinen besten Anzug von früher, eine dunkelblaue Krawatte, und er war am Tag zuvor noch beim Friseur gewesen. Er sah so adrett aus, daß ihn ein paar Skinheads, die seinen Weg kreuzten, grob anrempelten und ihm obszöne Worte nachriefen. Steve merkte, wie ihm der Schweiß ausbrach, er lockerte seine Krawatte und betupfte mit einem Taschentuch seine Stirn. Diese verdammte Unsicherheit, die ihn nicht mehr verließ. Direkt nach seiner Entlassung war er in ein Hotel gegangen und hatte Schaumbäder genommen, geduscht und seinen Körper mit wohlriechenden Essenzen eingerieben. Es half nichts. Er fühlte sich nachher genauso schmutzig wie vorher, schmeckte noch immer den verkochten Gefängnisfraß auf der Zunge, hatte die obszönen Schmierereien über den Toiletten vor Augen und hörte in der Nacht das Gestöhne aus der Nachbarzelle, wo es zwei Männer miteinander trieben. Er dachte verzweifelt: Ich werde es für immer mit mir herumtragen.

Die Sekretärin von Jack Wentworth hatte ihm nur widerwillig den Termin für ein Vorstellungsgespräch gegeben. Steve mußte betteln, aber im Gefängnis hatte er so oft um den kleinsten Vorteil betteln müssen, daß er fast schon eine gewisse Routine darin besaß. »Ich war ja schon so gut wie eingestellt, vor… vor zwei Jahren. Man wollte mir den Ausbildungsvertrag bereits zusenden. Bitte, geben Sie mir eine Chance. Es… hat sich bei mir ja nichts geändert.«

»Mr. Marlowe…« Die Sekretärin war eine taktvolle Person. Sie mochte nicht aussprechen, *was* sich in seinem Leben geändert hatte, aber zweifellos lag es ihr auf der Zunge. Sie wand sich vor Verlegenheit, und nur ihrem Unbehagen war es wohl zu verdanken, daß sie ihm schließlich einen Termin gab. Sie sah es als die einzige Möglichkeit an, das Gespräch zu beenden. »Na ja, dann in Gottes Namen, morgen um vier Uhr ist Mr. Wentworth noch frei.«

Es war ein altehrwürdiges Institut, die Wentworth & Davidson Bank. Trat man durch die mit schweren goldenen Griffen versehene Drehtür, wehte einem sofort ein etwas staubiger, aber äußerst gediegener, vertrauenerweckender und respektgebietender Duft entgegen. Wentworth & Davidson waren wie Großbritannien, konservativ, stolz, traditionsbewußt und unbestechlich. Steve fühlte sich wie ein Gammler, der den Buckingham Palast betritt: ganz und gar fehl am Platz.

Mr. Wentworths' Sekretärin, eine energische, ältliche Blondine im türkisfarbenen Baumwollkleid, lächelte verbindlich, als sich Steve vorstellte, und wies ihn an, noch einen Moment Platz zu nehmen. Steve merkte, wie seine Kehle eng wurde. Unauffällig zupfte er an den Ärmeln seines Jacketts, zog sie hinunter bis halb über die Hände. Auf keinen Fall durfte jemand die Narben auf seinen Handgelenken sehen.

Im Nebenzimmer klapperte eine Schreibmaschine, gedämpft klangen Stimmen vom Gang her. Eine Atmosphäre der Wohlanständigkeit... früher hatte ihn das nicht erschreckt, im Gegenteil. Genau hierhin hätte er gepaßt. Aber jetzt war dies nicht mehr seine Welt, und er fragte sich, ob man aus dem Gefängnis nie wirklich zurückkehren könnte.

Nach einer Stunde erschien die Sekretärin und teilte Steve kühl mit, Mr. Wentworth sei jetzt bereit, ihn zu empfangen. Steve wußte, daß seine Stirn vor Schweiß glänzen mußte, aber er wagte nicht, sein Taschentuch vorzuziehen. Es war ihm nie passiert, daß er nicht wußte, wohin mit seinen Händen, aber als er jetzt das Allerheiligste des Jack Wentworth betrat, war er sich seiner Arme und Beine nur allzu bewußt. Er hatte den Eindruck, als bewege er sich wie eine ungelenke Marionette, die von einem schlechten Spieler geführt wird. Sein erster Blick fiel auf das lebensgroße Porträt des Benjamin Wentworth, Urgroßvater des heutigen Mr. Wentworth und Gründer der Bank. Seine Miene sagte, daß es leichter sein mußte, einen Felsen zu erweichen als ihn.

Mit dem zweiten Blick nahm er den Nachfahren wahr, der unter dem Bild stand, und er begriff sofort: Mr. Jack Wentworth gab sich mit Gewinnern ab, nicht mit Verlierern. Daß er ihn heute empfing, hing mit einem letzten Rest von Höflichkeit zusammen, den er dem Steve von einst und dessen Vater zollte.

Er erhob sich, streckte seinem Besucher aber nicht die Hand hin. »Nehmen Sie doch bitte Platz, Mr. Marlowe. Ich habe leider nicht viel Zeit, aber ...«Der Satz blieb in der Luft hängen. Steve setzte sich; er merkte, daß er zu schnell atmete und einen ungünstigen Eindruck machen mußte. »Mr. Wentworth, ich will Ihnen wirklich nicht zuviel Zeit stehlen ...«

Wie stickig es hier war!

In Mr. Wentworths Gesicht war kein Lächeln. »Wissen Sie, Mr. Marlowe, ich fürchte, ich werde nichts für Sie tun können.«

Mit zitternden Fingern kramte Steve sein Taschentuch hervor, tupfte sich die schweißnasse Stirn ab. Das Gespräch, er wußte es, war entschieden, noch ehe es begonnen hatte.

Peter Gordon hatte zwei Leidenschaften: Er sah sich für sein Leben gern Fußballspiele und Pferderennen im Fernsehen an. Und er saß stundenlang in seiner Stammkneipe, nur wenige Schritte von seiner Wohnung entfernt, mit seinen Kumpels zusammen, trank ein Bier nach dem anderen und schimpfte auf die Politiker. Seine ehemals dritte Leidenschaft, mit Mary ins Bett zu gehen, war abgekühlt. Meistens war er einfach zu faul oder zu betrunken, außerdem fand er sie wirklich nicht reizvoll. Er mochte vollbusige Blondinen mit einem ordinären Touch, die zarte, kleine rothaarige Mary war überhaupt nicht sein Fall. Da kaufte er sich lieber irgendein Pornomagazin und schloß sich damit im Bad ein. Ohnehin führte sich Mary immer so zickig auf, weil er angeblich nicht zärtlich, nicht sanft und rücksichtsvoll genug war. Wollte immer mit Samthandschuhen angefaßt werden, hatte keinen blassen Schimmer davon, daß ein Mann auch einmal richtig zupacken will.

Was Mary anging, so registrierte sie die Veränderung zunächst mit Erleichterung. Es hatte ihr nie Spaß gemacht, mit Peter ins Bett zu gehen. Aber dann wurde es Sommer, der Sommer, in dem die kleine Cathy zwei Jahre alt wurde und mehr und mehr ins Freie drängte, und die Situation war noch grauer, noch trostloser als sonst. Es war ein heißer Sommer, heißer und trockener als die Sommer für gewöhnlich in England sind, und auf einmal erschien ihr alles noch unerträglicher. Stickig und dumpf lastete die Luft in der kleinen Wohnung, der Zug dröhnte vorbei, wirbelte den Staub auf und pustete ihn durch das schräggestellte Wohnzimmerfenster auf den ausgeblichenen Teppich. Die Tassen im Küchenschrank schepperten. Mary preßte beide Hände auf die Ohren. Ich halte es nicht mehr aus, dachte sie erschöpft, ich halte es nicht mehr aus! Sie hatte Peter angefleht, in eine andere Wohnung zu ziehen. Seit einiger Zeit arbeitete er als Hausmeister an einer Schule, und Mary servierte an vier Abenden in der Woche in einem Schnellimbiß. Sie hatten nicht viel Geld, aber es hätte gereicht, um ein bißchen anständiger zu wohnen.

»Wenigstens einen Balkon, Peter. Und in der Nähe etwas Grünes, damit Cathy nicht in diesem schmutzigen Hinterhof spielen muß. Und vielleicht etwas, wo es ...«, sie mußte schreien, weil der nächste Zug kam. »Etwas, wo es nicht so laut ist!«

»Kommt nicht in Frage. So billig wie hier kriegen wir es nirgends. Überall sonst muß man fast die doppelte Miete bezahlen!«

»Aber wir könnten es uns leisten. Wozu willst du das Geld denn sparen? Immer nur für Pferdewetten ...« Mary kamen beinahe die Tränen. Das ganze schöne Geld trug er auf die Rennbahn, und nie, nicht einmal, gewann er etwas. Es schien ihn nicht im geringsten zu stören, daß Cathy zwischen Mülltonnen und alten Autoreifen spielte. Aber natürlich, Cathy war nicht sein Kind. Er hatte keinen Grund, sich für sie zu interessieren. Und dann war ihr der Einfall gekommen: ein zweites Kind. Ein Kind von Peter. Das würde ihn an die Familie binden, würde in ihm vielleicht das Verantwortungsgefühl wecken, das sie bislang so schmerzlich an ihm vermißte. Keine Pferdewetten mehr, keine Kneipenbesuche. Und eine hübsche Wohnung, vielleicht sogar im Erdgeschoß, mit einem winzigen Garten davor, in dem sie dann ihre geliebten Blumen pflanzen konnte. Ein Kind, das war es.

Sie überredete Peter, mit ihr und Cathy für zwei Wochen ans Meer zu fahren. »Wir könnten ganz billig wohnen, Bed & Breakfast, und tagsüber gehen wir an den Strand. Es täte uns allen so gut, Peter. Jeder Mensch braucht hin und wieder eine Luftveränderung. Dir würde es auch gefallen, das weiß ich!«

Peter sträubte sich mit Händen und Füßen. Wozu eine Luftveränderung, wozu wegfahren? Hier hatte er alles, was er brauchte – seine Kneipe, seine Freunde, seinen Fernseher. Verreisen fand er unbequem und langweilig.

Er gab schließlich doch nach, vor allem deshalb, weil Mary diesmal nicht lockerließ und ihr ewiges Bohren ihn auf die Dauer nervte. Außerdem verreisten einige seiner Kumpels auch, und es war nicht mehr so lustig in der Kneipe. Murrend und widerwillig packte er seine Koffer. Mary hatte in Wellsnext-the-sea, einem kleinen Ferienort in Norfolk, bei einer Familie zwei Zimmer gemietet; ein kleines für Cathy und ein größeres für sich und Peter.

»Verschwendung«, knurrte Peter, nachdem sie angekommen waren und ihre Wirtin ihnen die Unterkünfte gezeigt hatte, »wir hätten hier für Cathy noch ein Bett hineinstellen können, dann hätten wir weniger bezahlen müssen. Aber du willst ja offenbar nicht begreifen, daß wir kein Geld haben!«

»Peter, ich dachte, wir…« Sie drehte sich zu ihm. Im Schein der einfallenden Sonne glänzte ihr Haar dunkelrot. »Ich dachte, wir nehmen uns in diesem Urlaub auch etwas Zeit für uns.« Sie blickte zum Bett hin, ihre blassen Wangen bekamen Farbe.

Peter grinste. »Ach! Das sind ja ganz neue Töne! Ich dachte immer, du kannst es nicht leiden, wenn ich dich anfasse!«

»Ich war noch sehr jung, als wir heirateten, Peter. Und ich hatte eine schwierige Zeit hinter mir…« Sie sprach ganz sanft. In Wahrheit hätte sie ihn anfauchen wollen: Ja, ganz recht, ich kann es nicht leiden, wenn du mich anfaßt! Was heißt, nicht leiden! Ich kann es kaum ertragen! Du bist entsetzlich grob, und meine Gefühle sind dir vollkommen gleichgültig. Für dich ist eine Frau nur ein Mittel zur Befriedigung – etwas wie Essen, Trinken und Pferdewetten. Nicht mehr.

»Ich habe es vermißt, mit dir zu schlafen, Peter.« Sie trat ans Bett, streifte ihr Kleid über den Kopf. Darunter trug sie neue, spitzenbesetzte Wäsche. Peter starrte auf die Stelle, wo die Strümpfe aufhörten und die Haut begann. »Neu?« fragte er.

Sie lächelte, während die unverhohlene Gier, mit der er sie anschaute, ihr fast körperlichen Schmerz bereitete. Dreckschwein, dachte sie voller Haß. »Ja. Neu. Für dich.«

Es war heiß, die Zugfahrt hatte lange gedauert, und eigentlich hatte Peter keine Lust. Unten im Haus gab es einen Raum, in dem man fernsehen konnte, das hatte er gleich als erstes herausgefunden. Er hatte eigentlich sehen wollen, ob sie vielleicht das Rennen aus Ascot übertrugen... Aber Mary sah schon ganz niedlich aus mit ihren Strumpfhaltern... ein gutes Parfum hatte sie auch, wie er jetzt bemerkte.

»Soviel Geld für Wäsche auszugeben«, brummte er, aber er war nicht wirklich ärgerlich. Langsam bekam er Lust auf Mary. Bestimmt ein Jahr war es her, seit sie zuletzt zusammen im Bett gewesen waren. Seit er überhaupt eine Frau gehabt hatte. Er grinste wieder. »Wenn die Kleine jetzt 'rüberkommt...«

»Die hab ich ins Bett gebracht, sie war todmüde. Sie schläft mindestens eine Stunde.« Mary zog ihren Slip aus. Oh Gott, wie ich es hasse, mich auszuziehen! Wie ich es hasse, wenn er mich so anschaut. Aber ich kriege ihn heute. Er kann jetzt schon nicht mehr zurück.

Viel zu hastig, um auch nur den Anflug einer romantischen Stimmung aufkommen zu lassen, zog Peter seine Hose aus, streifte das Hemd ab. Er kam auf Mary zu mit Bewegungen wie... ja, so nähert sich ein Gorilla einer Banane, die er unbedingt verspeisen will. Er roch nach Schweiß und Bier, als er sich neben Mary legte, seine Haut fühlte sich feucht an, aber sein Körper hatte immer noch etwas Kraftvolles, und seine Muskeln waren hart und gespannt. Möglicherweise, dachte Mary, gab es Frauen, die ihn anziehend fanden. Wäre er nicht so phlegmatisch, hätte er sie wahrscheinlich ständig betrogen.

Wie immer behandelte er sie grob, weniger brutal als ungeschickt und gleichgültig, aber glücklicherweise war alles schnell vorbei. Während er aufstöhnte, schloß Mary ihre Beine um seine Hüften, zwang ihn tiefer in sich hinein und dachte, wild und wütend zugleich: Mach mir ein Baby! Oh Gott, bitte mach mir ein Baby!

Sie spürte ein gewisses Gefühl der Befriedigung. Keine Ahnung hatte er, was passieren konnte. Verließ sich felsenfest darauf, daß sie die Pille nahm. Seit zehn Wochen schon tat sie es nicht mehr. Oh, ja, ich habe alles gut vorbereitet, dachte sie.

Er glitt aus ihr heraus, rollte sich zur Seite und fing an zu schnarchen. Sie wußte, er schlief immer sofort danach ein, aber das dauerte nur fünf Minuten, dann wachte er auf und hatte Durst. »Kannst du mir ein Bier holen?« brummte er dann. Jedesmal war sie in die Küche gegangen, hatte ein Bier aus dem Kühlschrank genommen, ein sauberes Glas, hatte sich gedemütigt gefühlt. Manchmal überlegte sie, was geschehen wäre, wenn sie sich gegen ihren Vater aufgelehnt hätte. Ich hätte nach Kalifornien gehen sollen, barfuß, die Gitarre im Arm durch die Berge ziehen... Oft mußte sie lachen bei dieser Vorstellung. Es paßte so wenig zu ihr.

Peter schlug die Augen auf. »Himmel, hab' ich einen Durst. Könntest du mir ein Bier holen?«

Mary stand auf und zog ihren Bademantel an. Vielleicht hatte es ja schon geklappt. Vielleicht bekam sie wirklich ein Baby...

Durch das weißgekalkte Treppenhaus tappte sie hinunter in die Küche. Die Wirtin stand am Tisch und rollte einen Kuchenteig aus. Sie war eine mütterliche Frau mit rosigen Wangen, freundlichen blauen Augen und einer großen, weißen Schürze, die um ihre runden Hüften spannte.

»Fühlen Sie sich wohl bei uns?« fragte sie lächelnd.

Mary errötete und erwiderte: »Ja, ich... ich habe gerade geduscht...« Sie hatte das Bedürfnis, der anderen zu erklären, warum sie im Bademantel herumlief; auf keinen Fall sollte sie die Wahrheit erraten.

»Ja, das ist etwas Wunderbares an einem so heißen Tag«, sagte die Frau. Sie begann, den Teig mit Apfelscheiben zu belegen. Aus dem Garten erklang Kindergeschrei. Mary dachte: Was für ein schönes, ruhiges, heimeliges Leben sie hat. Kinder, ein gemütliches Haus, einen Garten. Wahrscheinlich pflanzt sie dort Schnittlauch und Bohnen, und sonntags gehen sie alle zusammen in die Kirche...

»Könnte ich eine Flasche Bier haben?« fragte sie. »Und ein Glas?«

»Natürlich. Steht im Kühlschrank. Schreiben Sie es auf, wir rechnen dann später ab.«

Mary zog mit dem Bier wieder davon. Peter war schon aufgestanden und schlüpfte in seine Kleider. »Gut«, sagte er und nahm Mary die Flasche aus der Hand, »das ist es genau, was ich jetzt brauche!« In großen Schlucken trank er die halbe Flasche leer, stellte sie dann auf den Tisch. »Ich geh 'runter, fernsehen. Vielleicht zeigen die was von dem Rennen in Ascot.«

Mary griff nach seiner Hand. »War es schön für dich?« fragte sie leise. Nach all den Jahren, und trotz der Berechnung, mit der sie ihn in ihr Bett geholt hatte, war da immer noch diese Sehnsucht nach Zärtlichkeit, dieser brennende Hunger. Ihre Augen bettelten. Peter krempelte sich die Ärmel seines Hemds hoch. »Doch. Klar war's schön!« Er zog sie an den Haaren, es tat weh. »Zur Abwechslung mal wieder ganz nett, fandest du auch?«

»Ja«, erwiderte sie und rang sich ein Lächeln ab.

Die Tür fiel hinter Peter zu. Mary huschte ins Bett, rollte sich zusammen wie ein kleines Kind, umfaßte die Beine mit den Armen. Gleich würde sie anfangen zu weinen. Sie versuchte, ihre Gedanken auf etwas anderes zu konzentrieren – auf ein Baby. Ein Baby, davon war sie überzeugt, würde alles ändern.

Dezember 1981

Im Oktober hatte ihr der Arzt bestätigt, daß sie schwanger war. Von plötzlicher Furcht ergriffen, Peter könne darüber womöglich nicht so begeistert sein wie sie, ließ sie die Zeit bis Anfang Dezember verstreichen, ehe sie es ihm sagte. Sie bereitete den Augenblick der Wahrheit sorgfältig vor, beschloß, Peter mit einem Festessen zu überraschen und ihn dann vorsichtig mit den Tatsachen vertraut zu machen. Sie ging ins Delikatessengeschäft und kaufte Lammkoteletts, Bohnen und Kartoffeln und für die Vorspeise einen Waldorfsalat. Peter hatte bei einer Familie, für die er Gartenarbeiten erledigte, einmal einen vorgesetzt bekommen und schwärmte seitdem davon. Dann entschied sie sich noch für eine reif duftende Ananas, für Cocktailkirschen, Kiwis und eine Flasche Sekt. Zu Hause angekommen, saugte sie das Wohnzimmer, legte eine weiße Decke auf den Tisch, deckte das alte Geschirr mit Goldrand, das Peter von seiner Mutter geerbt hatte, und stellte eine honiggelbe Kerze in die Mitte. Rötliches Abendlicht floß in den Raum. Zufrieden betrachtete sie ihr Werk. Sie ging in die Küche und füllte den Salat in zwei hohe Gläser. Sie wollte Peter vorher ein Glas Sherry als Aperitif anbieten, aus den Kartoffeln Pommes Dauphin bereiten, die Ananasfrucht aushöhlen und sie wieder mit in Portwein getränkten Ananaswürfeln, Cocktailkirschen und Kiwis füllen und darüber geschlagene Sahne mit Krokantsplittern geben. Während sie die Sahne schlug, wurde ihr immer mulmiger zumute, immer flauer im Magen. Sie schrak zusammen, als Cathy in die Küche kam. »Was ist? Feierst du ein Fest, Mummie?«

»Daddy und ich feiern ein Fest, Schatz. Macht es dir etwas aus, wenn du heute abend einmal allein in deinem Zimmer ißt? Nur heute! Weil ich Daddy etwas erzählen muß.«

»Was?«

»Das erzähle ich dir später auch. Ich verspreche es dir!«

Cathy maulte eine Weile, erklärte sich aber schließlich bereit, sich in ihr Zimmer zurückzuziehen. Mary hatte inzwischen heftiges Herzklopfen und spürte, daß ihre Handflächen feucht waren. Sie duschte, wusch sich die Haare und zog ein grünes Kleid an, von dem die Verkäuferin behauptet hatte, es passe ausgezeichnet zu ihren Haaren. Großzügig verteilte sie ihr Parfüm aus den Ferien im Ausschnitt und an den Armen. Als sie Peter an der Tür hörte, wurde ihr abwechselnd heiß und kalt.

Sie ging ihm entgegen. »Guten Abend, Peter.«

Er hatte getrunken. Eine Woge von Bierdunst schlug ihr entgegen, als sie näher an ihn herantrat. Sie wollte ihn mit einem Kuß begrüßen, aber er wandte sich ab. »Abend«, erwiderte er mürrisch.

»Bist du müde? Du siehst ein bißchen erschöpft aus!«

»Natürlich bin ich müde. Wärst du nicht auch müde, nach einem so langen Tag?«

»Doch. Aber ich habe auch etwas besonders Gutes für dich zum Essen gemacht.«

Er knurrte etwas und ging an ihr vorbei zum Wohnzimmer. In der Tür blieb er überrascht stehen. »Was, zum Teufel, soll das?«

Das Licht der Kerze beleuchtete flackernd Geschirr und Gläser. Peters Augen waren voller Zorn. »Was soll das?« wiederholte er mit einem gefährlichen Ton in der Stimme.

»Wir haben etwas zu feiern, Peter. Deshalb habe ich ein besonderes Essen vorbereitet. Es ist wirklich etwas Schönes, was ich dir zu sagen habe.«

»Feiern? Du sagst, wir feiern?« Er warf sich aufs Sofa, betrachtete angewidert die Sektgläser. »Hast du kein Bier?«

Sie lief in die Küche, brachte ein Bier. Es ging alles schief, alles ging jetzt schon schief. Er war so furchtbar schlechter Laune, noch schlimmer als sonst, und außerdem hatte er bereits getrunken. Er wurde immer aggressiv, wenn er trank. Aber wann hat er getrunken? überlegte sie. Der Zeit nach ist er direkt von der Arbeit nach Hause gekommen.

Als sie ins Wohnzimmer kam, lief der Fernseher. Sie zeigten gerade »Coronation Street«, die Endlosserie über ein paar Familien, die alle in derselben Straße wohnten. Peter war süchtig nach Serien.

»Möchtest du etwas von dem Salat probieren?« fragte Mary schüchtern.

»Ich hab keinen Hunger.«

Inzwischen hatte sie richtige Angst. Wenn Peter sich nun hintergangen fühlte? Immerhin war er überzeugt gewesen, daß sie die Pille nahm. Schweigend löffelte sie ihren Salat. Er schmeckte ihr nicht, ihre Kehle war wie zugeschnürt, und ihr Magen rebellierte. Sie wünschte, dieses alberne Fernsehstück würde enden, sie fühlte sich wie zerhämmert von den aufgeregten, laut schnatternden Stimmen.

»Geschmackvoll«, murmelte Peter, »wirklich sehr geschmackvoll, deine ganze Inszenierung hier.«

Mary blickte von ihrem Salat auf. »Wie meinst du das?«

»Feiern! Ausgerechnet heute! Ausgerechnet heute denkst du, wir müssen etwas feiern! Das ist wirklich fast wieder gut!«

»Ich verstehe nicht...«

»Nein, Madame versteht nicht! Natürlich nicht. Glaubst du«, er schaute sie lauernd an, »glaubst du, ich bin von der Arbeit direkt nach Hause gekommen?«

»Ja, ich dachte...«

»Du dachtest wieder einmal! Du merkst doch, daß ich getrunken habe! Dann muß ich ja wohl in einer Kneipe gewesen sein, oder nicht?«

Als sie nicht antwortete, schrie er: »Muß ich doch wohl, verdammt!«

»Ja. Das mußt du wohl.«

»Siehst du. Und warum? Ich will es dir sagen. Ich will dir sagen, welchen Grund zum Feiern wir heute haben. Einen phantastischen, wunderbaren Grund!« Er legte den Kopf zurück und lachte brüllend. »Wir feiern meine Freiheit! Die Freiheit des Peter Gordon! Wie findest du es, einen freien Mann zu haben?«

»Einen freien Mann?« Verwirrt und ängstlich schaute sie ihn

an. Krachend setzte er sein Bierglas ab. »Jawohl. Ich bin ein freier Mann. Seit heute mittag. Seit sie mir gekündigt haben.«

»Peter!«

»Peter«, äffte er sie nach. »Ja, damit hat die gnädige Frau nicht gerechnet! Ihr Mann ist arbeitslos, Madam. Die guten Zeiten haben ein Ende!«

Welche guten Zeiten, fragte sie sich halb betäubt vor Schreck. Draußen brauste ein Zug vorbei. Für Sekunden übertönte er die Stimmen im Fernsehen.

»Keine Krabben mehr und kein Sekt«, fuhr Peter fast genießerisch fort, »und natürlich keine Ferienreisen. Das Arbeitslosengeld ist knapp. Wir werden uns ganz schön strecken müssen, um durchzukommen!« Er sagte natürlich nichts von dem Geld, das er nach wie vor von Marys Vater bekam. Es machte ihm Spaß, Mary zu erschrecken.

Sie brachte kein Wort hervor. Peter räkelte sich auf dem Sofa. »So. Jetzt bist du dran. Was wolltest du an diesem beschissenen Tag feiern?«

Sie begriff das alles nur ganz langsam und schwerfällig. Ich muß es ihm sagen, dachte sie, ich kann es nicht länger hinausschieben.

»Was ich feiern wollte? Ich... nun, vielmehr wir...«

»Ich verstehe kein Wort.«

»Wir werden ein Baby bekommen, Peter.«

Jetzt war er sprachlos. Er fand tatsächlich minutenlang keine Worte. Dann schließlich sagte er vollkommen fassungslos: »Das kann nicht wahr sein!«

»Doch. Ich weiß es seit heute mittag. Es ist ganz sicher.«

»Du nimmst doch die Pille! Es ist völlig ausgeschlossen, daß du schwanger bist!«

»Ich habe...«, sie wagte nicht, ihn anzusehen. »Ich habe sie seit einiger Zeit nicht mehr genommen.«

»Was?«

»Bitte, Peter, sei mir nicht böse. Ich habe mir so sehr ein Kind von dir gewünscht. Ich wollte es so gern. Ich will es auch jetzt noch. Versteh doch, daß...«

Peter sprang auf und stellte den Fernseher ab. Dann drehte er sich zu Mary um. Sie hatte ihn noch nie so wütend erlebt.

»Verdammt noch mal«, sagte er sehr leise, »du gehst ein bißchen weit mit deinen Scherzen.«

Sie erwiderte nichts, denn in seinen Augen las sie, daß er genau wußte, sie scherzte nicht. Plötzlich, von einer Sekunde zur anderen, brüllte er los: »Du Kuh! Du dumme Kuh! Du hast mich 'reingelegt! Deshalb die ganze Scheiße, neue Wäsche, Parfum, und ein Zimmer für uns allein! Alles von dir geplant, um mir ein Kind abzuluchsen! Und ich verdammter Narr denke noch, die Seeluft wirkt Wunder, weil meine Frau mich plötzlich wieder in ihrem Bett haben will! Den Teufel wolltest du! Als Zuchthengst war ich dir recht, nichts weiter, du hast…«

»Peter, bitte! Das ganze Haus kann ja zuhören!«

»Und wenn schon! Glaubst du, das interessiert mich? Sie werden es auch alle merken, wenn bei uns plötzlich ein Baby schreit!«

»Ich wußte nicht, daß du…«

»Was? Willst du behaupten, du dachtest, ich freue mich? Lüg mich nicht an! Du konntest nicht sicher sein, sonst hättest du das alles nicht heimlich und hinterlistig machen müssen! Du wolltest mich vor vollendete Tatsachen stellen, und dann glaubtest du, ich würde nichts mehr machen können und würde dich am Ende noch hochbeglückt in die Arme schließen. Aber da hast du dich getäuscht. Ich sage dir, ich will dieses Kind nicht. Auf keinen Fall und um keinen Preis!«

Jetzt liefen Mary die Tränen über die Wangen, gegen die sie die ganze Zeit über so beharrlich gekämpft hatte. »Wie kannst du so etwas sagen? Wie kannst du…«

»Ich kann sagen, was ich will, verstanden? Und ich sage dir jetzt noch etwas: Du gehst natürlich zu einem Arzt. Und läßt dir einen Rat geben, wie du… na ja, verdammt, was du tun kannst, damit dieses Kind nicht zur Welt kommt. Ist das klar?«

Sie starrte ihn an, fast blind vor Tränen und Verzweiflung. »Es ist auch dein Kind, über das du redest, weißt du das eigentlich? Dein Kind, das du zum Tode verurteilen willst!«

Peter konnte seine Wut kaum noch beherrschen. »Was heißt, zum Tode verurteilen? Ich wollte ja nie, daß es lebt! Ich habe ja nicht geahnt, was du tust! In meinen finstersten Träumen wäre ich nicht darauf gekommen, daß du so dumm, so abgrundtief dumm sein kannst! In das kleine Loch willst du noch ein Baby setzen! Kannst du mir verraten, wo wir es unterbringen wollen? Wir treten uns zwar schon selber auf die Füße, aber die gnädige Frau möchte unbedingt, daß hier noch jemand rumläuft, damit es auch richtig ungemütlich wird! Eine hervorragende Idee, wirklich! Besonders jetzt, wo wir von meinem Arbeitslosengeld leben müssen. Aber dir kommt es ja nicht in den Sinn, daß du das vielleicht nicht verantworten kannst. Du gibst jedem noch so idiotischen Einfall nach, der dir gerade durch den Kopf schießt. Aber nicht mit mir. Dieses Kind wird nicht geboren werden.« Er schmetterte seine Bierflasche auf den Tisch, stand auf. »Ach was«, brummte er, »ich geh' wieder in die Kneipe. Hier wird's mir zu dumm!«

Die Tür fiel krachend hinter ihm zu. Cathy kam verschüchtert aus ihrem Zimmer. »Mummie, warum weinst du?«

Mary versuchte ihre Tränen zu trocknen. »Schon gut, Cathy. Es ist nichts passiert. Geh in dein Zimmer, ich komme gleich zu dir. Ich muß nur erst schnell telefonieren.«

Ihre Hände zitterten so, daß sie den Hörer kaum halten konnte. Sie mußte dreimal von vorne anfangen zu wählen, weil sie vor Nervosität in die falschen Zahlen griff. Endlich ertönte ein gleichmäßiges Klingeln, schließlich klickte es. »Hier ist der automatische Anrufbeantworter von Natalie Quint…«

Natalie saß im Schminkraum des Fernsehstudios und versuchte sich zu entspannen. Noch dreißig Minuten bis zu ihrer Talk-Show. Zwei Life-Interviews mit prominenten Persönlichkeiten. Die eine – Claudine Combe – war eine junge, bis vor wenigen Wochen noch völlig unbekannte Schauspielerin aus Frankreich, die im Old Vic die Ophelia gespielt und Kritiker wie Publikum zu Beifallsstürmen hingerissen hatte. Seitdem galt sie als die größte Neuentdeckung der englischen Theatergeschichte in den letzten zwanzig Jahren. Bei dem zweiten Gast handelte es sich um Liza Minelli, die sich zufällig gerade in England aufhielt. Die BBC war ungeheuer stolz, sie für ein Interview gewonnen zu haben.

Die meisten von Natalies Kollegen lasen in der Maske rasch noch einmal in ihrem Konzept oder memorierten die Einführungsworte. Natalie tat das nie. Sie versuchte sich zu entspannen, während ein Make-up-Schwämmchen über ihr Gesicht strich, geschickte Hände sie mit Puder und Rouge bestäubten, während ihre Lippen sorgfältig umrandet und ausgemalt und ihre Wimpern kräftig getuscht wurden. Sie lauschte auf das beruhigende, gleichmäßige Surren des Föhns. Nancy, die Maskenbildnerin, hatte Festiger in ihr Haar gesprüht, zupfte nun die einzelnen Strähnen in Form und nahm den Föhn zu Hilfe, damit sie besser hielten.

»Jetzt müssen Sie wirklich nicht mehr nervös sein, Natalie. Jeder wird Sie bildschön finden.«

Natalie schlug die Augen auf. Mit Hilfe von Make-up, Puder und Rouge sah sie sehr gesund und energiegeladen aus. Sie trug ein elegantes, rostrotes Leinenkostüm mit einer cremefarbenen Seidenbluse darunter, wie immer ein wenig zu streng für ihr Alter, aber sehr passend zu ihrem Gesicht.

»Ich bin ja auch überhaupt nicht nervös, Nancy«, sagte sie.

Das stimmte nicht, und sie wußte es. Sie war so nervös, wie es ein Mensch nur sein konnte, und ohne das Valium wäre sie wohl einfach weggelaufen. Die heutige Sendung war die dritte, die sie moderierte.

»Am Anfang ist es immer am schwersten«, hatte der Produzent tröstend gesagt, als sie vor ihrer ersten Sendung wie ein Häufchen Elend auf ihrem Stuhl gekauert und die Kameras panisch angestarrt hatte. »Aber die ganze Sache wird immer mehr zur Routine, glauben Sie mir. Eines Tages ist es überhaupt kein Problem mehr.«

Überhaupt kein Problem mehr! Manchmal dachte sie wütend: Was wißt ihr denn von meinen Problemen! Es wurde nicht besser, hatte sie den Eindruck, sondern immer schlimmer. Das Valium war ein Teufelszeug, und so sehr sie es brauchte, so sehr haßte sie es auch. Es beruhigte an der Oberfläche, machte benommen und phlegmatisch und legte sich wie eine kühle Hand über die zuckenden Nervenenden. Aber innen kribbelte es weiter, da lag die Angst sprungbereit auf der Lauer, da war noch immer das Gefühl, schreien zu müssen – nur, daß die Valium-Glocke außen jeden Schrei verhinderte.

»Nervosität kann man sich auch wirklich schenken«, sagte Nancy jetzt und legte noch etwas Gloss auf Natalies Lippen. »Ich meine immer, es bringt einem ja nichts. Man muß ja sowieso da durch, und man macht sich nur das Leben schwer, wenn man sich darüber aufregt.« Nancy hatte ihre eigene kleine Philosophie zu jedem Thema und gab sie bereitwillig zum Besten. Es hätte keinen Sinn gehabt, ihr klarmachen zu wollen, das manche Menschen komplizierter strukturiert waren als sie.

Jetzt band sie Natalie den seidenen Umhang ab, den sie ihr vorsorglich um die Schultern gelegt hatte und bürstete noch einmal kurz über das Kleid. »So. Fertig, Natalie!«

»Danke, Nancy. Du hast es großartig gemacht, wie immer.« Natalie stand auf. Ich bin ganz ruhig, sagte sie beschwörend zu sich selbst, es kann mir nichts passieren, ich habe meine Tabletten in der Handtasche, und wenn es mir schlechtgeht, kann ich sie jederzeit nehmen.

Während sie ins Studio hinüberging, hielt sie sich an ihrer Handtasche fest wie die Ertrinkende an dem berühmten Strohhalm.

Claudine Combe, eine zarte, blonde, junge Frau, war noch nervöser als Natalie, und das gab der ein bißchen Ruhe zurück. Vor ihr saß kein internationaler, mit allen Wassern gewaschener Star, den die Tatsache, daß alles, was er sagte, gefilmt wurde, zu Höchstleistungen antrieb. Dieses hochsensible, begabte, zarte Ding brauchte Hilfe, wenn es die nächsten vierzig Minuten überstehen wollte. Freundlich und einfühlsam begann Natalie das Gespräch. Claudine, am Anfang noch völlig verkrampft, entspannte sich sichtlich und wurde immer lockerer. Das machte auch Natalie sicher. Sie wußte, sie war gut.

Wäre gelacht, wenn das Valium mich klein bekäme, dachte sie, während Claudine gerade erzählte, weshalb sie Shakespeare zeitlebens geliebt hatte.

Sie hätte das Wort »Valium« nicht denken dürfen. Die ganze Zeit über waren ihre Gedanken ganz und gar auf Claudine konzentriert gewesen, der sie immer wieder Hilfestellung geben mußte. Jetzt hatte sich das Mädchen freigesprochen, und für eine Sekunde hatte Natalie nicht aufgepaßt, hatte sich gehenlassen.

Sofort schwemmte die Angst in ihr hoch. Sie kam mit all den schon vertrauten Symptomen: Schweißausbruch am ganzen Körper, zitternde Finger, weiche Knie, erhöhter Puls und eine zugeschnürte Kehle. In Natalies Ohren begann es zu rauschen, sie vernahm Claudines Stimme nur noch aus der Ferne. Verzweifelt blickte sie auf die große Studiouhr. Noch zwei Minuten, dann war die erste Runde vorbei. Bis die Minelli an die Reihe kam, würde sieben Minuten lang eine Jazzband aus New Orleans für Musik sorgen. Sieben Minuten... Zeit genug, rasch zur Toilette zu laufen und eine Tablette zu schlucken.

Eine Tablette würde ihr rasch wieder auf die Beine helfen, das war gewiß. Wenn sie nur jetzt gleich... sie hatte ein Glas mit Mineralwasser neben sich stehen. Aber es war zu gefährlich. Wenn genau in diesem Moment die Kamera zu ihr hinüberschwenkte, würde es morgen in der Zeitung entweder heißen, daß die Moderatorin von »Weekly Adventure« Aufputschmittel nahm oder an einer schweren Krankheit litt. Sie schaute wieder zur Uhr. Noch eine Minute.

Die Wände schienen auf sie zuzukommen. Das war das Schlimmste. Das passierte ihr manchmal in geschlossenen Räumen, und dann fing sie an, die Orientierung zu verlieren. Hier war ja auch eine Luft zum Schneiden... Sie fing an, mühsam zu atmen. Warum, verdammt noch mal, hatte sie nur nicht ein tief ausgeschnittenes Kleid angezogen, das ihren Hals freiließ? Die Bluse mit der Schleife schnürte ihr beinahe die Luft ab, aber sie konnte die Schleife doch nicht einfach öffnen.

Ihr Gesicht war feucht. Wahrscheinlich läuft mir der Puder herunter, dachte sie, und Nancy hat mich so schön geschminkt!

Trotz des Nebels, der sie umgab, registrierte sie, daß Claudine aufgehört hatte zu sprechen. Sie mußte jetzt etwas sagen. Worüber hatte Claudine zuletzt geredet? Natalie lächelte, aber – ich kann jetzt nicht die letzten 45 Sekunden nur lächeln, dachte sie.

»Vielen Dank, Madame Combe«, sagte sie mit einer Stimme, die ihr selbst fremd klang, »ich danke Ihnen für das Gespräch.«

Vierzig Sekunden zu früh! Sie übersah die entrüstete Miene des Produzenten und seine fuchtelnden Hände. Er konnte sie mal, sie hätte jetzt bei Gott nichts mehr zu sagen gewußt. Die Jazzband war noch nicht einsatzbereit, und ein paar Sekunden lang wußte niemand, was er tun sollte. Der Kameramann nahm abwechselnd Claudine und Natalie ins Bild, aber da beide nichts sagten, gaben diese Aufnahmen nicht viel her.

Endlich setzte die Kapelle krachend mit dem ersten Ton ein, das rote Licht der Kamera, die für die Musiker zuständig war, leuchtete auf. Natalie erhob sich sofort und strebte unsicheren Schrittes zur Studiotür. Der Produzent eilte ihr entgegen. »Was war denn das?« zischte er. »Haben Sie nicht auf die Uhr geachtet? Sie waren viel zu früh fertig!«

»Tut mir leid.«

»Das darf eigentlich nicht vorkommen. Sie sind auch auf die letzte Äußerung von Claudine Combe überhaupt nicht mehr eingegangen. Ich hatte fast den Eindruck, Sie haben ihr zum Schluß überhaupt nicht mehr richtig zugehört.«

Ohne ihm zu antworten – denn dazu fehlte ihr jetzt die Kraft –, öffnete sie die Tür und trat auf den Flur.

»Miss Quint!« sagte er scharf. Einer der Kameramänner drehte sich um und legte warnend den Finger auf den Mund. Natalie kümmerte sich nicht darum. Sie stolperte den Gang entlang bis hin zu der Tür, mit der Aufschrift »Ladies Room«. Drinnen lehnte sie sich gegen die kühle, gekachelte Wand. Im Spiegel konnte sie ihr Gesicht sehen, sie war totenblaß trotz der Schminke, hatte tiefe, gelbe Ränder unter den Augen; kaputt, sie sah so kaputt aus! Die Worte des Arztes klangen in ihrem Ohr: »Sie können süchtig werden von dem Zeug!«

Sie hatte kaum mehr Kontrolle über ihre Hände, während sie

in ihrer Handtasche nach den Tabletten suchte. Als sie die Schachtel nicht sofort fand, geriet sie in Panik. Ohne eine Tablette würde sie die Minelli nicht schaffen. Sie schmiß alles auf den Boden, was ihr zwischen die Finger kam, Autoschlüssel, Portemonnaie, Lippenstift, ein Päckchen Kaugummi, Kamm, Taschentücher... endlich, zuunterst, die Tabletten. Natalie ließ Wasser in die hohle Hand laufen, schluckte die Tablette und atmete tief durch. Nun würde es ihr gleich bessergehen. Es würde nicht länger in ihren Ohren rauschen, und die Wände würden wieder gerade stehen. Sie würde ins Studio zurückkehren und die Sendung zu Ende bringen können, den Fauxpas von vorhin würde man ihr verzeihen. Im Grunde war sie gut gewesen, das Gespräch mit Claudine hatte Schwung und dennoch Tiefe gehabt.

»Ich bin gut«, sagte sie zu ihrem Gesicht, das ihr ernst und großäugig aus dem Spiegel entgegensah und allmählich wieder etwas Farbe bekam, »ich müßte nur von dem verdammten Zeug 'runter.«

Die Tür ging auf, und Claudine Combe kam herein. Überrascht blickte sie auf Natalie, die sich im Spiegel fixierte, und auf den ringsum verstreuten Inhalt ihrer Handtasche. »Ist alles in Ordnung, Miss Quint?«

Natalie zuckte zusammen. »Oh, Claudine... ja, es... ist alles in Ordnung...« Sie bemerkte, daß Claudines Blick auf der Tablettenschachtel ruhte und ließ sie rasch in ihrer Jackentasche verschwinden.

»Ich habe mir Sorgen um Sie gemacht«, sagte Claudine, »in den letzten Minuten unseres Gespräches ging es Ihnen gar nicht gut. Sie sahen richtig krank aus.«

»Es tut mir leid, wenn ich unaufmerksam war«, entgegnete Natalie etwas steif. »Es ging mir tatsächlich einen Moment lang nicht so gut. Ich hatte den Faden verloren.«

»Sie waren wunderbar«, sagte Claudine warm. »Sie haben es mir so leicht gemacht. Deshalb tat es mir auch so leid, als ich merkte, wie schlecht Ihnen war. Geht es jetzt wirklich besser?«

»Bestimmt«, versicherte Natalie. Sie schaute auf die Uhr. »Ich muß ins Studio zurück, in zwei Minuten ist die Minelli dran.«

Beide Frauen kauerten sich auf den Boden und räumten die Handtasche ein. Natalie blickte hoch. »Sie müssen mir doch nicht helfen, Claudine.« Ihre Augen trafen die der anderen. Es war ihr vorhin nicht aufgefallen, daß Claudine grüne Augen hatte, grasgrün, mit kleinen goldenen Flecken darin.

Wie wunderschön sie ist, dachte Natalie. Sie stand auf. »Ich habe alles, glaube ich«, sagte sie. »Vielen Dank, Claudine. Bleiben Sie eigentlich noch bis zum Ende der Sendung?«

»Natürlich.«

»Dann könnten wir vielleicht nachher noch irgendwo ein Glas Wein zusammen trinken. Wenn Sie Lust haben…«

Claudine sah sie lange an. »Ich würde das sehr gern tun, Natalie.«

»In Ordnung. Jetzt muß ich mich beeilen.« Schon war Natalie zur Tür hinaus. Die Tablette wirkte. Während sie den Gang entlanglief, fühlte sie sich hervorragend und voller Energie.

2

Marys Gesicht war so blaß und spitz, daß Natalie fürchtete, die Freundin werde jeden Moment in Ohnmacht fallen. Sie umklammerte ihre Handtasche so fest, daß die Knöchel an ihren Fingern spitz hervortraten. Ihr Blick wirkte gehetzt und beinahe panisch.

Die beiden Frauen saßen in einem Taxi, das mitten im Londoner Verkehrsgewühl steckte und im Augenblick weder vorwärts noch rückwärts kam. Natalie lehnte sich vor und schob die Scheibe zurück, die sie vom Fahrer des Wagens trennte. »Schaffen wir es, bis um fünf Uhr in der Marylebone Road zu sein?« fragte sie.

»Schwer zu sagen, Mam. Könnte aber noch klappen.«

»Wir hätten doch den Bus nehmen sollen«, piepste Mary. Sie

hatte von Anfang an dafür plädiert, hauptsächlich deshalb, weil sie kein Geld für ein Taxi hatte. Aber Natalie war sehr energisch geworden. »Auf keinen Fall! Bei dem, was du vorhast, brauchst du deine Kraft, und es ist um diese Zeit der absolute Horror, mit dem Bus zu fahren.«

»Aber…«

»Ich bezahle das Taxi. Mach dir darüber bitte keine Sorgen!«

»Wenn wir zu spät kommen«, sagte Mary jetzt, »überlegt es sich Madame LeCastell vielleicht anders.«

»Bei dem Geld, das die kriegt«, erwiderte Natalie voller Überzeugung, »überlegt sie es sich ganz bestimmt nicht anders, da gehe ich jede Wette ein!«

Für den Rest der Fahrt schwiegen beide. Es war ein klarer, trockener Dezembernachmittag, erste Dämmerung senkte sich über die Häuser, in den Fenstern gingen die Lichter an und spiegelten sich im Wasser der Themse. Die Fußgänger am Ufer schoben mit jedem Schritt raschelndes Laub vor sich her. Schon wieder Winter, dachte Natalie, in der Regent's Street funkeln die Christbäume, und Harrod's strahlt wie ein Palast aus Zuckerguß. Was für eine wunderschöne Stadt London doch ist!

An jenem Abend mit Claudine war es spät geworden, erst gegen halb zwei war Natalie in ihre Wohnung zurückgekommen. Mehr aus Gewohnheit denn aus Interesse hatte sie den Anrufbeantworter abgehört. Als erstes meldete sich David. »Natalie, hier ist David. Ich rufe aus New York an, bin aber nächste Woche geschäftlich in London. Ich fände es schön, wenn wir uns zum Essen treffen könnten. Ruf mich doch zurück…« Es folgte eine Nummer.

»Da kannst du lange warten«, sagte Natalie laut. »Gib es auf, David!«

Als nächstes erklang Marys Stimme, panisch und viel höher als sonst. »Nat, bitte ruf mich an, so schnell du kannst! Ich muß unbedingt mit dir reden. Hier noch mal meine Nummer…«

Natalie wagte es nicht, noch in der Nacht anzurufen, denn wahrscheinlich bekäme die arme Mary dann Ärger mit ihrem furchtbaren Mann. Aber am nächsten Morgen, gleich nach dem Frühstück, wählte sie Marys Nummer.

»Natalie, ich muß jemanden finden, der mir mein Kind wegmacht...«

Die Angelegenheit erwies sich als außerordentlich schwierig, denn so sehr sie auch suchten, sie fanden keinen Arzt, der den Eingriff vornehmen wollte. In der für sie typischen weltfremden Art hatte Mary viel zu lange gewartet. Sie stand am Beginn der fünfzehnten Schwangerschaftswoche, und sie fanden niemanden, der nicht vor einem solchen Risiko zurückschreckte.

Auch Nat wurde nervös und versuchte Mary deren Vorhaben auszureden, aber Mary fing nur an zu weinen, schüttelte den Kopf und sah sie so verzweifelt an, daß Natalie den Ernst der Lage begriff. Es gelang ihr, Madame LeCastell ausfindig zu machen, die Schwangerschaftsabbrüche für Frauen wie Mary vermittelte oder für solche, die sicher sein mußten, daß unter keinen Umständen irgend jemand davon erfuhr.

Natalie bot Mary an, sie zu begleiten und den Eingriff zu bezahlen. »Du kannst dich bestimmt irgendwann einmal revanchieren, Mary. Jetzt stell dich nicht an und nimm das Geld!« Aber sie machte sich große Sorgen um Mary. Als sie – um sieben nach fünf – in der Marylebone Road ausstiegen, fragte sie: »Mary, willst du es wirklich? Du kannst es dir immer noch anders überlegen, das weißt du!«

Mary fuhr herum, es war ganz ungewohnt, ihre Augen blitzen zu sehen. »Das kann ich nicht! Peter will das Kind nicht, er wird es nur schikanieren und ihm überhaupt das Leben schwermachen. Und weggehen von ihm kann ich auch nicht, mit zwei Kindern und ohne einen Beruf!«

Fast wütend blickte Natalie in das spitze, bleiche Gesicht und dachte: So müßte keine Frau heute mehr sprechen. Die Zeiten sind vorbei. Wir sind heute unseres eigenen Glückes Schmied, du auch, liebe Mary!

Madame LeCastell wohnte in einem schönen alten Haus, ganz oben unter dem Dach in drei winzigen Zimmern, die wohl früher einmal als Dienstbotenunterkünfte gedient hatten. Die

Wände waren so schräg, daß man nur in der Mitte aufrecht stehen konnte. Überall standen seltsame kleine Skulpturen aus Ton herum, dazwischen lagen Glaskugeln und Muscheln, rotbemalte Glühbirnen hingen von der Decke, Seidentücher in allen Farben waren über Sessel und Stühle gebreitet. Es gab kein Kissen, keinen Vorhang, keine Decke, die nicht mit voluminösen Bommeln oder Quasten verziert gewesen wären. An den Wänden drängelten sich gerahmte Fotografien: Madame LeCastell in allen Lebenslagen und Ländern, zwischen Indianern mit gekreuzten Beinen auf dem Boden hockend, mit Tropenhelm auf dem Kopf durch den Dschungel von Neu Guinea stapfend, zwischen schlitzäugigen Chinesen in den überquellenden Straßen von Hongkong und – als Gipfel des Grotesken – auf dem Rücken eines Kamels vor den ägyptischen Pyramiden. Madame LeCastell wog gut zwei Zentner, und auch die wallenden Seidengewänder, in die sie sich hüllte, konnten das nicht verbergen. Sie trug eine tizianrote Lockenperücke und um den Hals einen Silberreif, der so eng war, daß er sie zu würgen schien. Sie war erbost, daß Mary und Natalie so spät kamen. »Ich habe meine Zeit nicht gestohlen!« schrie sie. »Fünf Uhr war ausgemacht, und wann kommen Sie? Wenn der Doktor jetzt schon wieder weg wäre!«

Wie sich herausstellte, war der Doktor noch nicht einmal da. Mary und Natalie wurden in einem der kleinen Zimmer – sie kann hier seit zehn Jahren nicht mehr gelüftet haben, dachte Natalie – auf ein Sofa gesetzt, das daraufhin mit einem Seufzer bis fast zur Erde sank. Staub stieg aus den modrig riechenden Kissen auf. Mary sah so elend aus, daß Natalie krampfhaft nach einem Gesprächsstoff suchte, der sie ablenken würde. Sollte sie ihr von Claudine erzählen? Nein, besser nicht, Mary war nicht unbedingt die Richtige dafür, und Natalie wollte sie nicht in Verlegenheit bringen.

»David ist übrigens in England«, sagte sie, »er wollte mich treffen, aber ich habe natürlich abgesagt.«

»Natürlich«, entgegnete Mary, und Natalie war erstaunt über den Klang in ihrer Stimme.

Wie sie ihn haßt, dachte sie verwundert.

Um Viertel vor sechs erschien der Arzt, den Madame LeCastell für ihre Kundinnen zu beschaffen pflegte. Er würde zwei Drittel des stattlichen Honorars einstreichen, das die Alte gefordert hatte, sie das restliche Drittel.

»Kommen Sie mit«, sagte Madame LeCastell zu Mary. »Ziehen Sie sich aus, und legen Sie sich auf das Bett.«

Mary erhob sich, sie zitterte wie Espenlaub. Als auch Natalie aufstehen wollte, sagte Madame LeCastell: »Sie bleiben hier.«

»Ich bin mitgekommen, um Mary beizustehen. Ich möchte während des Eingriffs dabeisein.«

»Dann wird der Doktor nicht arbeiten. Er läßt grundsätzlich keine Angehörigen zusehen. Ich bin da und assistiere ihm, und das reicht!«

»Will die Dame nun oder will sie nicht?« erklang die ungeduldige Stimme des Arztes.

»Laß nur, Natalie. Warte hier auf mich.« Mary sah aus wie der Tod, als sie ins Nebenzimmer ging. Sie durfte sich hinter einem Wandschirm entkleiden, dann kletterte sie auf das hohe Bett. Während sie sich ausstreckte, dachte sie, daß sie sich noch nie in ihrem Leben so elend gefühlt hatte. Madame LeCastell schob ihre Füße durch zwei Lederschlaufen und zog die Riemen fest. Entsetzt fuhr Mary auf. »Bitte nicht… bitte, binden Sie mich nicht fest!«

»Keine Extrawurst für Sie, Kleine. Was meinen Sie, nachher tut's Ihnen weh, dann fangen Sie an zu strampeln, und dann passiert noch ein Unglück. Nein, der Doktor besteht darauf, daß seine Patienten angeschnallt werden.«

Sie lag auf dem Rücken, die Beine angewinkelt und gespreizt, ihr Leib schutzlos den kalten, blitzenden Instrumenten des Arztes ausgesetzt. Der Gedanke, daß er nun mit diesen Werkzeugen in sie eindringen und ihr Kind, dieses Kind, das sie sich so sehr gewünscht hatte, aus dem warmen Nest der Gebärmutter herauskratzen würde, trieb ihr die Tränen in die Augen. Außerdem hatte sie eine mörderische Angst.

»Wird es sehr weh tun, Madame LeCastell?« fragte sie leise.

»Es ist kein Zuckerschlecken, aber die Mädels vor Ihnen haben es überstanden, also überstehen Sie es auch.«

Der Arzt hatte sich ausgiebig die Hände gewaschen und trat nun an das Bett heran. »Wie alt sind Sie?« fragte er barsch.

»Ich bin gerade zwanzig geworden.«

»Haben Sie schon einmal geboren?«

»Ja, vor zwei Jahren.«

»Hm…«

Ist das gut oder schlecht, hätte Mary gern gefragt, aber sie traute sich nicht. Sie fühlte kaltes Metall zwischen ihren Beinen und konnte spüren, wie sich ihr Körper zusammenzog.

»Verkrampfen Sie sich nicht!« herrschte der Arzt sie an. »Sie machen es uns beiden nur noch schwerer!«

»Ich versuche es«, sagte Mary gepreßt. Sie versuchte es wirklich. Sie bemühte sich, an etwas Harmloses und Schönes zu denken – Sommer, Ferien am Meer, das hübsche Haus, in dem sie gewohnt hatten. Es hatte ihr Spaß gemacht, jeden Morgen mit Cathy an den Strand zu gehen und Sandburgen zu bauen und sie an den Händen zu halten, wenn sie auf das Wasser zulief und laut quietschte, wenn die Wellen an ihr hochschwappten…

»Oh, nein…« Sie stöhnte laut auf.

Ein Schmerz schoß durch ihren Körper, so heftig und unvermittelt, daß sie einen Aufschrei nicht unterdrücken konnte. Sie fühlte, daß rechts und links von ihren Nasenflügeln Schweiß stand.

»Psst!« zischte Madame LeCastell.

Marys Gedanken glitten fort von den Ferien, zurück zu ihrer Zeit in Saint Clare. Das war auch schön gewesen, dort hatte sie sich manchmal sogar ganz sorglos gefühlt. Bis zu dem Abend in London. Lag es Jahre zurück, Jahrzehnte, ein ganzes Leben? Sie erinnerte sich des schrecklichen Moments, als David verschwunden war, oh, sie hatte Angst gehabt, solche Angst! War dies hier nun das Ende des Weges, der in jener Nacht begonnen hatte? Sie spürte, wie sich Zorn in ihr zusammenballte, wie eine starke, große Faust, die zuschlagen kann und will.

Ich hasse ihn, ich hasse ihn, dachte sie, und sie wunderte sich nicht einmal, daß ihr Haß weder Peter noch ihren Vater meinte, sondern nur David. David ganz allein. Vielleicht würde sie das hier durchstehen, wenn sie ihn mit aller Kraft, die sie nur hatte, haßte. Die Schmerzen wurden nun beinahe unerträglich. Sie strahlten bis in die Fußspitzen hinunter und bis in die Schläfen hinauf. Das Metall in Marys Innerem schien riesengroß und messerscharf, und es war kalt, so kalt! Von weit weg hörte sie den Arzt sagen: »Ich beginne jetzt mit der Ausschabung.«

Erst jetzt merkte Mary, daß sie geweint hatte, ihr Gesicht war naß, sogar ihre Haare hatten sich an den Schläfen feucht verklebt. Sie schmeckte Blut. Hatte sie sich auf die Lippen gebissen? Die Schmerzen fluteten in Wellen über sie hinweg, aber Mary lag nun völlig unbeweglich, zu erschöpft, um sich wehren zu wollen, überzeugt, daß der Schmerz niemals enden würde, und daß es jenseits davon keine Welt mehr gab.

»Fertig«, sagte der Arzt. Es tat noch einmal sehr weh, als er seine Instrumente aus ihr zurückzog, und danach tat es immer noch weh, aber es war nicht mehr so vollkommen unerträglich. Mary konnte sehen, daß Madame LeCastell einen ganzen Haufen blutiger Tücher davontrug und sich auch sonst eifrig zu schaffen machte.

»Wiedersehen«, sagte der Arzt grimmig. Mary, nun nicht mehr auf sein Wohlwollen angewiesen, gab keine Antwort, sondern drehte nur den Kopf zur Seite. Wiedersehen! Nie mehr wiedersehen mochte sie ihn, solange sie lebte nicht.

Madame LeCastell breitete eine Wolldecke über Mary und sagte: »Sie können eine halbe Stunde hier liegenbleiben, dann gehen Sie bitte. Es dürfte eigentlich keine Komplikationen mehr geben. Zu Hause bleiben Sie am besten eine Woche im Bett.«

Auf einmal fühlte sich der Schweiß auf ihrem Körper kühl an, und Mary begann zu frieren. Keine zwei Minuten später schüttelte es sie vor Kälte, und ihre Zähne schlugen aufeinander.

»Wahrscheinlich etwas Fieber«, diagnostizierte Madame LeCastell. »Das ist nicht ungewöhnlich. Wird sich beruhigen.«

Schwach drang der Verkehrslärm von der Straße hinauf. Die Dunkelheit jenseits der Fenster füllte sich mit Gespenstern.

Schon glitt Mary in eine Benommenheit, die sich nicht mehr klar unterscheiden ließ: War sie daheim? Oder war sie in Saint Clare? Nein, sie war daheim, aber wo blieb der Zug, der schon längst am Fenster hätte vorbeibrausen müssen? Die Tränen traten ihr schon wieder in die Augen, weil sie nicht wußte, wo sie war. Dann neigte sich ein Schatten über sie. »Mary! Du hast es überstanden! Ich bin es, Natalie. Ich bin bei dir!« Natalie... dann befand sie sich doch in Saint Clare. Dann war alles gut. Sie griff nach Natalies Hand, ließ den Kopf zur Seite fallen – und schlief ein. Sie träumte von einem silbernen Stab, der sich in ihre Eingeweide bohrte und sich dort wieder und wieder umdrehte.

Zur gleichen Zeit saß Steve Marlowe in einem äußerst nüchtern eingerichteten Büro nahe dem Hyde Park und lauschte den Worten einer mageren, grauhaarigen Frau, die ihn mit strengen Blicken taxierte. »Nun, ich denke, Sie haben jetzt alles begriffen«, sagte sie, »und ich hoffe, daß Sie sich des Vertrauens, daß Mrs. Gray in Sie setzt, würdig erweisen!«

»Ich werde mich bemühen«, erwiderte Steve in jener höflichen, korrekten Art, die ihm eine reibungslose Bankkarriere garantiert hätte, »ich danke Ihnen für das Entgegenkommen.«

»Mrs. Gray sieht es als ihre Pflicht an, denen eine Chance zu geben, die anderswo keine bekommen«, sagte die magere Frau und strich selbstgerecht ihre schlichte, weiße Bluse glatt, die ohnehin nirgends die kleinste Falte aufwies. Sie rückte ein paar Bleistifte gerade, stellte die Vase mit den Tannenzweigen ans Fenster und erhob sich. »Dann, Mr. Marlowe, ist das von heute an Ihr Büro. Wenn Sie noch Fragen haben, können Sie sich jederzeit an mich wenden.«

»Vielen Dank«, sagte Steve, der ebenfalls aufgestanden war. Bei sich dachte er: Verdammte alte Hexe! Hältst dich für die größte Wohltäterin der Menschheit, und deine heilige Mrs. Gray auch, dabei tut ihr nur deshalb Gutes, um euch über die anderen erheben und sie jeden Tag von neuem demütigen zu können.

Mrs. Gray war eine reiche, alte Witwe, die in ihrer Jugend schön genug gewesen war, einen Mann für sich zu interessieren, der ihr ein luxuriöses Leben in Glanz und Glamour ermöglichen konnte. Nicolas Gray war ein Kunsthändler aus London, der auf ominöse Weise zu sehr viel Geld gekommen war und inzwischen seine Finger in allen möglichen Geschäften hatte. Er verliebte sich in die goldlockige, blauäugige Patricia, die es verstand, kokett zu lächeln und ihn anzusehen, als sei er ein Gott, und bis zu seinem Tod ging ihm nicht auf, daß sie nicht ihn, sondern sein Geld meinte. Er hinterließ ihr ein Vermögen von ungefähr zehn Millionen englischen Pfund. Patricia war zu diesem Zeitpunkt 52 Jahre alt.

Bei Patricias Schönheit hatte es sich immer weniger um ein Geschenk der Natur als um das Ergebnis eisenharter Disziplin und der Verwendung aller nur denkbaren kosmetischen Hilfsmittel gehandelt. Den größten Teil ihrer Zeit verbrachte sie bei Kosmetikern, Friseuren, in Fitness-Studios, auf Schönheitsfarmen und unter den Händen ihres Masseurs. Vor allem aber hungerte sie. Ihre Erbanlage oder was zum Teufel auch immer dahinterstecken mochte, hatte sie als üppige, schwere, nach allen Seiten hin ein wenig überquellende Frau gedacht, und entsprechend schlug jeder noch so kleine Bissen, den sie zu sich nahm, sofort bei ihr an. Patricia aber hatte es sich in den Kopf gesetzt, einer leichtfüßigen Gazelle zu gleichen und am ganzen Körper kein Gramm Fett zuviel zu haben. Sie hungerte, sie hungerte sich fast um den Verstand; jahrzehntelang konnte sie nur mit immer größeren Mengen von Schlaftabletten einschlafen, weil sie sonst unweigerlich die ganze Nacht wach lag und Halluzinationen hatte, die von Nudelsalat in Mayonnaise und Vanillepudding mit Schlagsahne handelten.

Irgendwann nahm sie sich vor: Von dem Tag an, da ich Witwe bin, werde ich alles essen, was mir Spaß macht!

Genau das tat sie. Kaum war Nicolas unter der Erde, stürzte sie sich in all die lukullischen Genüsse, von denen sie bisher nur geträumt hatte, und kein halbes Jahr später brachte sie schon dreißig Kilo mehr auf die Waage, verschenkte all die engen, teuren, figurbetonten Kleider und hüllte sich fortan nur noch in fließende Gewänder. Auf einmal war sie eine dicke, fröhliche

Frau, die sich viel wohler fühlte als zu irgendeiner Zeit vorher. Sie lebte auf einem Landgut, das Nicolas ihr hinterlassen hatte, zusammen mit einem Rudel Hunde und der griesgrämigen Miss Hunter, die als ihre Sekretärin arbeitete und ihr in jeder Weise treu ergeben war.

Nun, da ihre Zeit nicht mehr mit der Pflege ihrer Schönheit ausgefüllt war, mußte Pat Gray etwas finden, wohin sie ihre Energie richten konnte, und so entdeckte sie ihre soziale Ader. Sie beschloß, ihr gewaltiges Vermögen Hilfsbedürftigen zukommen zu lassen. Kindern. Sie hatte auf Kinder verzichtet, denn eine Schwangerschaft hätte ihrer Figur zu sehr geschadet, und im nachhinein bereute sie das bitter.

»Wie dumm ich war!« sagte sie zu Miss Hunter. »Aber jetzt werde ich wenigstens etwas für die Kinder anderer tun!«

Sie setzte sich mit dem englischen Kinderschutzbund in Verbindung, und nachdem man dort etwas zähneknirschend akzeptiert hatte, daß sie nicht bloß Geldgeberin sein, sondern aktiv mitarbeiten wollte, wurde sie in den Vorstand gewählt und durfte fortan an jeder Entscheidung maßgeblich mitwirken. Sie richtete sich ein exklusives Büro in London ein und fing an zu arbeiten. Sie lief Sturm gegen die überfüllten englischen Waisenhäuser, engagierte sich aber auch für die hungernden Kinder in der Dritten Welt. Sie reiste persönlich nach Kalkutta, sah Mutter Teresa und ihren Schwestern bei der Arbeit zu und kam tief beeindruckt zurück. »Dort müssen regelmäßig Medikamente und Nahrungsmittel hin«, sagte sie, »wir brauchen Geld, Geld, Geld!«

Ob Indien, Afrika, ob die Slums von Rio oder Hongkong, Pat Gray engagierte sich für alle. Zugleich half sie, Tierasyle in südlichen Ländern zu finanzieren, weil ihr das Elend der hungernden Hunde und Katzen ans Herz griff. Man konnte sie als Rednerin auf einer Demonstration gegen das Abschlachten der Wale oder gegen Tierversuche ebenso erleben, wie als Weihnachtsmann verkleidet in einem englischen Waisenhaus, wo sie Berge von Geschenken verteilte und dabei strahlte, als sei sie es selber, die beschenkt wurde.

»Sie ist ein Engel«, sagten die Leute von ihr, und die Regenbogenpresse jubelte: »Pat Gray – ein modernes Märchen!«

Was Steve anging, so teilte er diese Einschätzung nicht, und wenn es für ihn nur irgendeine Chance gegeben hätte, er wäre aus dem Büro und vor der eingebildeten Miss Hunter geradezu geflohen. Aber nirgends in diesem ganzen verdammten Land schien jemand bereit, ihm eine vernünftige Arbeit zu geben, und die einzige Person, die ihm hilfreich die Hände entgegenstreckte, war Pat Gray.

Wahrscheinlich bin ich für sie genau dasselbe wie ein Waisenkind oder ein herrenloser Hund, dachte er verbittert, etwas, woran sie wieder einmal ihre sozialen Zähne wetzen kann. Ex-Sträfling, der Hilfe braucht. Das hatte sie wahrscheinlich noch nicht.

Mrs. Gray hatte ihn mit den Spendengeldern betraut, das bedeutete, er war für die Buchführung, die Quittungen und die Dankschreiben zuständig. »Sie erzählten, sie wollten früher zur Bank«, hatte Pat gesagt, »dann müßte das doch genau das Richtige sein, nicht wahr?«

Genau das Richtige! Sollte er vor Dankbarkeit mit den Füßen scharren und wiehern wie ein Pferd, das ein Stück Zucker bekommt? Zu denken, daß es auch nur der mindeste Ersatz für seine verlorene Bankkarriere war, daß er hier im Büro bei diesen heiligenscheinumkränzten Betschwestern sitzen und eingehende Spenden registrieren durfte! Wurde er eigentlich auch von Spendengeldern bezahlt? Das wäre ja wirklich der Witz, das mußte er unbedingt noch herausfinden. Dann wäre er wirklich und endgültig ein sozialer Fall und könnte wenigstens nicht noch tiefer sinken.

»So…«, sagte Miss Hunter gedehnt, das hieß soviel wie: Sie können gehen.

Er machte auch brav seine Abschiedsverbeugung, nahm seinen Mantel und verließ den Raum. Als er unten auf die Straße trat, schauderte ihn – wie kalt der Dezemberabend war! Der Verkehr brandete an ihm vorüber, Auto an Auto. Wie eilig sie es alle hatten. Wahrscheinlich wartete irgend etwas Schönes auf sie –

ein gemütliches Haus, ein gutes Essen, eine Familie, Freunde... Was wartete auf ihn? Das winzige Untermietzimmer am Trafalgar Square, wo er durch die dünnen Wände den Fernsehapparat seiner Wirtin und das Schnarchen ihres Mannes hörte. Hatte er überhaupt noch etwas zu essen im Kühlschrank? Ein angebrochenes Glas Gewürzgurken, soweit er sich erinnerte, und einen Räucheraal, der von gestern übriggeblieben war.

Er überquerte die Straße, ging unschlüssig weiter, wußte nicht wohin. Passanten hasteten an ihm vorbei, einer stieß ihm fast den Regenschirm in den Bauch. Er entschuldigte sich nicht.

Wahrscheinlich, dachte Steve, sehe ich schon aus wie einer, bei dem man sich gar nicht mehr entschuldigen muß.

Er kaufte bei einem Straßenverkäufer die »Daily Mail« und schlenderte weiter. Nur noch wenige Schritte und er stand an der Themse. Unergründlich dunkel schillerte das Wasser unter ihm. Ziemlich tief unter ihm. Ob man wohl tot wäre, wenn man hineinspränge? Wahrscheinlich nicht. Wahrscheinlich war das Wasser tief genug, so daß man nicht aufschlug, und er konnte recht gut und ausdauernd schwimmen. Abgesehen davon war er zu feige, es noch einmal zu versuchen. Wer hatte ihn immer feige genannt? Gina, die scharfzüngige Gina, die die Begabung hatte, unangenehmen Wahrheiten auf die Spur zu kommen und sie erbarmungslos auszusprechen. Aber auch Gina irrte. Was hatte sie ihm noch prophezeit – eine aalglatte Karriere? Ja, siehst du, superschlaue Gina, wie anders die Dinge doch manchmal kommen! Der Mann mit der aalglatten Karriere steht an einem kalten Winterabend am Ufer der Themse und überlegt, ob es nicht besser wäre, das ganze beschissene Leben in den dunklen Wellen zu versenken. Aber feige wie er ist, wird er das nicht tun. Er wird sich morgen früh pünktlich um acht Uhr bei Miss Hunter melden und von nun an eifriger Diener zweier geltungssüchtiger Weiber sein, die unbedingt die Welt verbessern wollen. Obwohl hier am Wasser ein besonders kalter Wind wehte, und er in seinem dünnen Mantel erbärmlich fror, begann er unter einer Straßenlaterne in seiner Zeitung zu blättern.

Nichts Besonderes war heute passiert. Erst eine kurze Meldung auf der vorletzten Seite weckte sein Interesse. »New York City. Auf den Chef des weltbekannten Bredow Imperiums, Andreas Bredow, wurde gestern Abend ein Attentat verübt. Noch herrscht Unklarheit über das Motiv des Täters. Er gab drei Schüsse auf Bredow ab, als der in Begleitung seines Erben und Vizepräsidenten von Bredow Industries, David Bellino, das Plaza Hotel in New York verließ, wo er sich mit den Vorstandsmitgliedern der amerikanischen Fluggesellschaften Pan Am und American Airlines zu einem Abendessen getroffen hatte. Der Täter feuerte aus beträchtlicher Entfernung und traf mit einem Schuß sein Opfer in die rechte Schläfe. Seitdem kämpfen die Ärzte um das Leben des vielfachen Millionärs.« Nun folgte Bredows sattsam bekannte Vita, die schöne Geschichte vom deutschen Waisenkind, das zu einem der reichsten Männer der USA wurde.

Steve drehte sich um, schaute über das Wasser. »… kämpfen die Ärzte um das Leben des vielfachen Millionärs…« Wenn Bredow starb, erbte David ein Vermögen. David, der immer nur seinen Vorteil im Auge hatte. Ihm würde ich sogar zutrauen, ein solches Attentat zu arrangieren, nur damit er sein Geld bekommt, dachte Steve haßerfüllt. Aber im Innern wußte er, daß das nicht stimmte und daß er es nicht wirklich glaubte. Nur der tiefe, unauslöschliche Zorn, den er für David empfand, gab ihm diese Gedanken ein.

Er wollte David hassen, und er wollte ihm nicht gerecht werden. In Wahrheit war ihm klar, daß David nie heimtückisch handeln, daß er nie etwas planen würde, was einem Menschen schaden könnte. Er würde nur mit hängenden Armen dastehen, falls es zufällig passierte. Was ja beinahe auf dasselbe hinausläuft, dachte Steve feindselig. David hatte ihm zuviel angetan, als daß er wirklich versucht hätte, ihn zu verstehen. Es gab da Ahnungen in ihm, Ahnungen von Davids eigener Zerrissenheit, von seinen Abgründen, von seiner Hilflosigkeit dem Leben gegenüber. Aber Steve erlaubte seinen Ahnungen nicht, sich zu Gedanken zu formen. Er drängte sie in die unterste Schublade seines Gemüts. Er haßte David – und er würde ihn hassen bis zum Jüngsten Tag.

Steve knäulte die Zeitung zusammen und stopfte sie in einen Papierkorb. Dann schlug er den Mantelkragen hoch und stapfte, die Hände tief in den Taschen vergraben, weiter.

Vor der nächstbesten Kneipe – »Excalibur« hieß sie – blieb er stehen. Er war nie in seinem Leben freiwillig ohne Begleitung in eine Kneipe gegangen; Saufen und Grölen, allein schon die Gesellschaft von so vielen Männern stieß ihn ab. Jetzt trat er ein, setzte sich an einen Tisch und bestellte schnell einen doppelten Whisky.

Er trank die halbe Nacht. Gegen zwölf war er so besoffen, daß er seinen eigenen Namen nur noch mit größter Mühe und nach langem Nachdenken aussprechen konnte.

»Du solltest Schluß machen für heute«, meinte der Wirt gutmütig, als Steve ihn erneut mit lallender Stimme an seinen Tisch beorderte, »wird sonst wirklich zuviel. Soll ich dir ein Taxi bestellen?«

»Ein… ein doppel… doppelter… W… Whisky«, stieß Steve hervor.

»Dir wird's morgen dreckig gehen, Junge, glaub es mir. Es ist wirklich besser, du hörst jetzt auf. Hast du denn einen Grund, dich so zu besaufen?«

Steve starrte ihn aus schwimmenden Augen an. »Alles… Scheiße«, murmelte er.

»Klar«, stimmte der Wirt zu, »alles Scheiße. Wird aber dadurch auch nicht besser!« Er wies auf das Whiskyglas, das Steve in der Hand hielt. Steve schaute in das Glas, als suche er darin nach der Wahrheit.

»K… Kommen Sie«, sagte er zu dem Wirt, »trinken Sie m… m… mit mir!«

»Worauf denn?«

»D… darauf, daß b… bald mal jemand dem verdammten D… David B… B… Bellino eine Ku… Kugel in seinen verd… verdammten Kopf schießt«, sagte Steve und trank den letzten Schluck.

»Okay, ein letztes Glas«, der Wirt gab nach und holte die Flasche. Er kannte das; wenn die Jungs sternhagelvoll waren, wollten sie alle irgend jemanden erschießen oder aufhängen oder vierteilen. Gut, daß sie in diesen Momenten nicht dazu in der Lage waren. Später legte sich das dann schon wieder.

September 1982

Gina beschloß, John von seiner Kanzlei abzuholen. Es war ein warmer Septemberabend, der Wind brachte einen würzigen Duft mit, den herben Geruch von Salbei.

Wie schön dieses Land ist, dachte Gina, während sie zu ihrem Auto ging. Sie hatte diesen Gedanken oft, jeden Tag beinahe, und sie wußte, sie würde nie aufhören, dankbar dafür zu sein, daß sie hier leben durfte.

Ihr Gesicht spiegelte sich in den Fensterscheiben des Autos, als sie die Tür aufschloß. Glück macht schön, hieß es, und inzwischen war Gina überzeugt, daß es stimmte. Seidiges Haar, leuchtende Augen, eine klare, gesunde Haut – manchmal hätte sie ihr eigenes Bild am liebsten umarmt.

Sie hatte sich besonders hübsch gemacht heute, trug ihr neues dunkelgrünes Kostüm und um den Hals einen langen Seidenschal in leuchtenden Herbstfarben. Sie hatte Lust, mit John in irgendeiner Bar einen Drink zu nehmen und danach in einem schönen Restaurant zu essen. Zum erstenmal seit langer Zeit hatten sie einen Abend für sich, ohne Gäste und ohne selbst irgendwo eingeladen zu sein. Nachher würde sie ihm daheim sein geliebtes Popcorn machen – sie hatte extra Mais gekauft –, und dann gab es einen Western mit Gregory Peck. John hatte eine Leidenschaft für Western.

»Nein, Lord, du kannst jetzt nicht mit, aber wenn wir nachher fernsehen, darfst du dich zwischen uns legen.« Sie stieg ins Auto und fuhr die Auffahrt entlang. Als sie auf die Straße bog, überlegte sie, ob sie John gestern sehr verletzt hatte. Sie waren auf einer Party in Santa Monica gewesen – ein Freund von John hatte Geburtstag –, und als sie um Mitternacht alle im Garten standen, um dem Feuerwerk zuzusehen, das unvermeidlicherweise den

Höhepunkt des Festes bildete, nahm John Gina in die Arme und fragte leise: »Könntest du dich nicht entschließen, mich jetzt zu heiraten?«

Im ersten Moment fand sie es unfair, daß er die romantische Stimmung ausnutzte, aber dann sagte sie sich, daß Heiratsanträge meistens in romantischen Situationen gemacht werden. Es wäre so leicht, so schön gewesen, einfach ja zu sagen. Sich an ihn zu schmiegen, in den buntblitzenden Nachthimmel zu blicken und von der Zukunft zu träumen. Warum tat sie es nicht? Warum wich sie immer noch aus? Verhielt sich so, daß er ihr Zögern spüren mußte?

Ich liebe ihn doch, dachte sie, während sie an den stillen Villen und Gärten vorüberfuhr, und ich kann mir eine Zukunft ohne ihn nicht vorstellen. Aber nie konnte sie das leise Unbehagen, die undeutliche Furcht in sich zum Schweigen bringen. Wann hatte sie zum ersten Mal so empfunden? Damals, als David sie hier in Beverly Hills besuchte und ihr lächelnd erzählte, er habe sie beobachtet mit Natalie, in jenem Sommer in St. Brevin. Sie hatte an eine Schlange im Paradies gedacht, wie sie dagestanden hatte in ihrem herrlichen, blühenden Garten, und vor ihr David, den sie plötzlich als Gefahr empfand. Eine unwägbare, heimliche, im Verborgenen lauernde Gefahr. Eine Schlange, die ruhig im Gras liegt und plötzlich auf ihr Opfer zuschießt. David könnte so viel zerstören in ihrem Leben. Und ständig mußte sie sich gegen die dumpfe Ahnung wehren, daß er es tatsächlich tun würde. Sie nannte sich selber überspannt, verrückt, hysterisch, aber sie wurde mit der Angst nicht fertig, die sie erfüllte.

Zum Teufel mit den Vorahnungen! Sie hatte sie immer gehabt, schon als kleines Kind. Großmutter Loret hatte ihr erzählt, sie sei unruhig gewesen in den Wochen, bevor ihre Eltern starben, habe jede Nacht bei ihnen im Bett geschlafen und sie ständig um sich haben wollen. »Geht nicht fort von mir, Mum und Dad…«

Geh nicht fort, John! Sie trat heftig auf die Bremse, weil plötzlich ein Hase auf die Fahrbahn gehoppelt kam. Das Auto stand sofort, Gina hing in den Gurten. »Mistvieh«, murmelte sie. Der Hase verschwand auf der anderen Seite zwischen den Büschen. Gina fuhr weiter.

Ich denke nicht mehr darüber nach, sagte sie sich.

John hatte sein Büro im Penthouse eines Hochhauses mitten in Century City. Im Lift nach oben zog Gina noch einmal ihre Lippen nach und fuhr sich mit dem Kamm durch die Haare. Sie lächelte, freute sich auf den Abend. Der Lift hielt im 18. Stock und Gina stieg aus. Zum Penthouse ging es noch ein paar Stufen hinauf. Als sie das Vorzimmer betrat, stellte sie fest, daß Carol, Johns Sekretärin, schon gegangen war. Das rote Signallämpchen am Telefon auf ihrem Schreibtisch leuchtete, was bedeutete, daß John telefonierte. Gina zögerte. Besser, sie wartete einen Moment; John haßte es, bei wichtigen Gesprächen gestört zu werden. Sie setzte sich in einen der großen Besuchersessel, zündete sich eine Zigarette an und wartete.

Die Tür zu Johns Büro stand einen Spalt offen. Er hatte wohl die ganze Zeit dem anderen Gesprächsteilnehmer gelauscht, denn Gina hatte bisher keinen Laut von ihm gehört. Jetzt erklang seine Stimme, erregt und gedämpft. »Du bist wahnsinnig, Gipsy!«

Gipsy, dachte Gina, Zigeuner. Was für ein eigenartiger Name!

»Und ich werde mir diesen Wahnsinn nicht länger anhören. Ich habe dir im Laufe der letzten zwei Jahre mehr Geld gegeben, als du normalerweise in deinem ganzen Leben verdient hättest!«

Ein paar Sekunden lang herrschte Schweigen. Dann wieder John: »Eine Million Dollar! Glaubst du, die kann ich aus dem Boden stampfen? Du warst schon immer verrückt, Gipsy, aber so verrückt wie jetzt noch nie. Ich kann das nur auf deine Krankheit schieben.«

Gina runzelte die Stirn. Die Asche ihrer Zigarette fiel auf den Teppich, aber sie merkte es nicht. Was redete John da?

Wieder schwieg er eine ganze Weile, und als er dann sprach, klang seine Stimme vernünftig und ruhig. »Und wenn du damit an die Öffentlichkeit gingest? Glaubst du nicht, ich könnte jedem erklären, wie das damals gelaufen ist? Vietnam war eine Ausnahmesituation, für jeden von uns. Und die Leute wissen das auch!«

Gina stand auf. Sie starrte zu dem Telefonapparat auf Carols Schreibtisch. Ob sie von dort das Gespräch vollständig mithören könnte? Wie magisch angezogen ging sie auf den Apparat zu. Leise, lautlos nahm sie den Hörer ab. Zögernd drückte sie die Durchstelltaste zu Johns Apparat. Sie war im Gespräch!

Die Stimme dieses Gipsy klang häßlich. Röhrend, röchelnd beinahe. Jeder Atemzug kam mit einem lauten Rasseln.

»Wenn du es riskieren willst, John, bitte, tu es. Ich werde mich an irgendeine kalifornische Zeitung wenden, und ich bin absolut sicher, die werden mir meine Story geradezu aus den Händen reißen. Das Volk liebt es, von den Vietnam-Abenteuern seiner Politiker zu hören!« Er lachte, laut und anhaltend, und bezahlte das gleich darauf mit einem heftigen Hustenanfall. Als er wieder sprechen konnte, fuhr er fort: »Es ist ja auch alles zu schön, nicht wahr? Der Anwalt John Eastley verhilft dem Volk zu seinem Recht. Der künftige Gouverneur Eastley verspricht, sich für die Belange derer einzusetzen, die ein nicht allzu großes Stück vom Kuchen des amerikanischen Traums abbekommen haben. Und als junger Mann hat dieser Eastley auch noch mit Tausenden von anderen amerikanischen Jungs für sein Land gekämpft, im grünen Dschungel von Vietnam. Wenn da nur nicht diese eine kleine, schmutzige Geschichte wäre, nicht wahr? Diese eine gar zu schmutzige Geschichte!« Er lachte wieder.

»Gipsy, wir waren Kameraden, damals. Du weißt, daß...«

»Werd jetzt nicht sentimental, John. Fang nicht an mit Kameradschaft und solchem Scheiß. Die Jahre sind vergangen, und jeder muß selber sehen, wie er weiterkommt. Du hattest mich ja sowieso vergessen, es hat dich doch immer einen Dreck gekümmert, wie es mir geht!«

»Laß uns reden, Gipsy. Laß uns über alles reden.«

Wieder dieses häßliche, asthmatische Kichern. »Jetzt will er reden. Gut, wir reden. Aber am Ende will ich meine Million haben, John, und da wird es dann kein Gerede mehr geben. Ich hoffe, du hast das verstanden.«

»Ich komme zu dir nach New York und...«

»Nein. Diesmal besuche ich dich. Wollte mir das Märchenland Kalifornien immer schon mal ansehen. Den Flug bezahlst du mir, aus alter Freundschaft!«

»Ich würde wirklich lieber...«

»Ich bestimme die Spielregeln, o. k.?«

»Gut. Ich rufe dich wieder an.« Beide Männer legten die Hörer auf. Im gleichen Moment stieß Gina einen leisen Schmerzenslaut aus: die Zigarette war abgebrannt und hatte ihre Finger erreicht. Sie ließ sie auf Carols sauber aufgeräumten Schreibtisch fallen.

John trat ins Zimmer, er war sehr blaß und starrte Gina überrascht an. »Du hier? Was...« Dann begriff er, was der Telefonhörer in ihrer Hand bedeutete und wurde um noch eine Schattierung blasser. »Du hast mitgehört!«

Gina leugnete nicht. »Ja. Es tut mir leid, John, es war nicht richtig. Ich kam hierher, weil ich dich zum Essen abholen wollte, aber als ich merkte, daß du telefonierst, wollte ich dich nicht stören und setzte mich hin, um zu warten: Ich konnte es wirklich nicht vermeiden mitzubekommen, was du sagtest. Es klang so verwirrend und erschreckend, daß ich schließlich an Carols Telefon ging und mithörte. Bitte entschuldige.«

John sank in einen Sessel. Müde strich er sich über die Haare. »Dann weißt du ja nun alles.«

»Nichts weiß ich! Gar nichts!« Sie lief zu John hin, nahm seine Hand. »Ich verstehe das alles überhaupt nicht! Wer ist Gipsy? Warum will er Geld von dir? Er erpreßt dich, nicht? Was ist das für eine häßliche Geschichte, von der er dauernd spricht?«

»Das alles«, sagte John leise, »liegt sehr lange zurück. Ich will dich damit nicht belasten, Liebling.«

»Ich will es aber wissen. Ich habe ein Recht darauf. Ich lebe mit dir, John!«

»Ja...« Er wirkte völlig benommen.

Entschlossen griff Gina nach ihrer Handtasche. »Komm, John. Wir gehen irgendwohin etwas essen, du erzählst mir schön ruhig und ausführlich, was los ist, und dann versuchen wir einen Ausweg zu finden.«

»Gipsy und ich«, sagte John, »waren einmal Freunde. '67 in Vietnam. Wir mochten uns und wir verließen uns aufeinander.«

Sie saßen in einem mexikanischen Restaurant in Pacific Palisades, in einer Nische am Fenster, mit Blick auf den Pazific. Die Sonne versank gerade im Meer und malte wilde Farben an den Horizont. Leise erklang die Musik; Gläser klirrten, lautlos eilten die Ober hin und her, rötlich angeleuchtet auch sie von dem prächtigen Naturschauspiel, das da draußen über den Wellen stattfand. Sie nippten am Wein und warteten auf ihr Essen.

»Du hast mir nie erzählt, daß du in Vietnam warst«, sagte Gina.

»Nein. Ich wußte, früher oder später würdest du es erfahren, denn in einem Wahlkampf müßte ich das auch ausschlachten, da es ja hierzulande etwas gilt, dabeigewesen zu sein. Aber ich dachte mir, daß du es mir nicht unbedingt als Ruhmestat anrechnen würdest.«

»Erzähl weiter.«

»Ich war 26 Jahre alt, Oberstleutnant, und wie alle zog ich in diesen Krieg, ohne zu wissen, worauf ich mich einließ. Gipsy war Leutnant in derselben Kompanie wie ich. Er heißt eigentlich ganz bürgerlich George, aber alle nannten ihn Gipsy, weil er schwarzes Haar hatte und schwarze Augen und überhaupt so wild wirkte, aber so war er gar nicht, ich meine, wild und ungebärdig. Er war ein sehr sensibler Junge, der gerade frisch aus Westpoint kam.«

»Westpoint?« Gina schnappte nach Luft. »Dieser Mann war in Westpoint?«

John sah an ihr vorbei hinaus aufs Meer. »Der Mann, den du am Telefon gehört hast, war nicht der Gipsy von früher«, sagte er. »Das war der todkranke Mann, der in Vietnam zerbrochen ist.«

»Oh…«

»Nun, um es kurz zu machen, wir waren schon eine ganze Zeit drüben, und wir hatten genug erlebt, um eigentlich nicht mehr jung sein zu können, wir hatten zuviel Grauen, zuviel

Furchtbares gesehen… keiner von uns würde als der nach Hause zurückkehren, als der er von dort aufgebrochen war. Auch die körperlichen Strapazen hatten uns zugesetzt… die Moral sinkt, wenn man Hunger und Durst hat, von Moskitos zerstochen ist und der Himmel einer glühendheißen Kupferplatte gleicht, der man nicht entkommen kann. Es war heiß, so verflucht heiß, und wir schleppten uns durch den Dschungel, wir konnten das Fieber, die Fäulnis förmlich riechen, wir atmeten sie, und wir fühlten uns bereits krank und am Ende unserer Kräfte. Wir – das waren fünf Männer, Gipsy und ich. Ein Kundschaftergang, Routine im Grunde, aber gefährlicher als sonst, denn wir hatten nur noch zwei Gewehre, und die neuen Waffen, die am Morgen hätten eintreffen sollen, waren nicht gekommen. Unser Kompanieführer hatte uns trotzdem losgeschickt. Ich hatte das eine Gewehr und ging an der Spitze des Zuges, Gipsy hatte das andere und ging am Ende. Wir führten säbelartige Messer mit uns, mit denen wir den Weg freikämpften. Riesenfarne, Schlingpflanzen, Baumstämme… uns lief der Schweiß in Strömen am Körper herunter. Gerade sagte einer –ich glaube, Fred war es, dieser ellenlange Kerl, der so furchtbares Heimweh nach Alabama hatte – also Fred sagte, er würde gern mal einen Moment verschnaufen, und die Idee fanden alle gut. Im gleichen Moment krachten rechts und links Schüsse. Wir waren in einen Hinterhalt der Vietkong geraten, und plötzlich kamen sie von allen Seiten. Sie waren weit in der Überzahl, ich schätze, gegen uns sieben standen etwa dreißig.«

John schwieg einen Moment; er blickte über die Jahre zurück, zu einem heißen Nachmittag, jenseits des Pazific, zu einem Drama, das sich unter dem undurchdringlichen, grünen Dach des Dschungels abgespielt hatte.

Gina nahm einen Schluck von ihrem Wein. John schaute sie an. »Wir hatten im Grunde keine Chance. Das heißt, Gipsy und ich hatten eine winzigkleine, denn wir hatten die Gewehre. Die anderen kämpften mit Messern und bloßen Fäusten, und es war nur eine Frage der Zeit, wann sie alle tot im Gestrüpp liegen würden. Gipsy und ich schossen uns den Weg frei, es war reines Glück, das keine der umherfliegenden Kugeln uns traf, und dann…« Er brach ab.

Gina sagte: »Und dann habt ihr euch aus dem Staub gemacht.«

John zuckte zusammen. »Ja. Während unsere Kameraden niedergemetzelt wurden, suchten Gipsy und ich unseren Weg zum Lager zurück.«

Ein Kellner wechselte diskret die Aschenbecher aus.

Gina fragte: »Hätte es denn etwas geändert, wenn ihr geblieben wäret, du und Gipsy?«

»Geändert? Nun, ich säße heute mit Sicherheit nicht hier. Und Gipsy nicht in New York. Wir wären im Urwald vermodert wie die anderen. Wir hätten unsere Gegner weder in die Flucht schlagen noch uns länger als fünf Minuten halten können. Mit Sicherheit nicht.«

»Also seid ihr nicht schuld am Tod eurer Kameraden. Warum hättet ihr aus Freundschaft mit ihnen sterben sollen? Wem wäre damit gedient gewesen?«

»Niemandem, natürlich nicht. Aber ich will dir nichts vormachen: Ich bin um mein nacktes Leben gerannt, und ich habe in diesen Momenten nicht allzuviel darüber nachgedacht, ob ich den anderen noch helfen kann oder nicht. Und dann haben Gipsy und ich dummerweise beschlossen…« Er hörte auf zu sprechen, denn soeben wurde die dampfende Suppe serviert. Als der Kellner gegangen war, fuhr John fort: »Also, wir beschlossen, die Geschichte zu tarnen, um keine unangenehmen Fragen des Kompanieführers beantworten zu müssen. Wir wollten behaupten, daß zwei unserer Kameraden Gewehre trugen und von den Vietkong sofort erschossen wurden, so daß die Waffen in die Hände der Feinde fielen. Wir entkamen als einzige Überlebende nach heftigem Kampf… nun, genauso erzählten wir es auch. Wir vergruben die Gewehre tief unter den Zweigen eines Farns, dann liefen wir ins Lager zurück. Niemand zweifelte daran, daß wir die Wahrheit sagten. Gipsy und ich schworen uns, daß diese Geschichte unser Geheimnis bleiben würde, und so ruhte es in der Versenkung… bis jetzt…«

Draußen war die Sonne im Meer versunken.

Johns Gesicht sah sehr verstört aus. Sacht berührte Gina seinen Arm. »Wenn es dich quält, weiterzusprechen, dann…«

»Nein, im Gegenteil, es tut mir gut. Du bist der erste Mensch, mit dem ich darüber reden kann.«

»Du sagst, Gipsy ist an dem Krieg zerbrochen.«

»Er kehrte nach Amerika zurück und fing an zu trinken. Er brach seine Offizierslaufbahn ab, versuchte sich in diesem und jenem Beruf, aber nichts funktionierte, weil er die meiste Zeit betrunken war. Anfangs versuchte ich Kontakt zu halten, aber er verhielt sich so abweisend und feindselig, daß ich schließlich aufgab. Jahrelang habe ich nichts von ihm gehört. Erst kurz bevor wir beide uns kennenlernten, rief er mich eines Abends an. Mit dieser seltsam röchelnden, heiseren Stimme, die du ja auch gehört hast. Und ich erfuhr: Gipsy ist ein todkranker Mann. Lungenkrebs. Der ganze Körper voller Metastasen. Ich war erschrocken, ich fragte ihn, ob er gute Ärzte hätte, ob er Hilfe brauchte, ob ich etwas tun könnte. Er lachte nur. Geld will ich, John, sagte er, soviel verdammtes Geld, daß ich in meinen letzten Monaten leben kann wie ein König. Ich will in Champagner baden und den Tag mit Kaviar beginnen, und im Rolls-Royce zu meinen Bestrahlungen fahren. Ich dachte, er ist wieder betrunken, aber er war stocknüchtern. Und dann sagte er mir, was er tun würde, wenn er das Geld nicht bekäme. ›Du willst hoch hinaus in der Politik, John, habe ich gehört. Wäre es nicht unangenehm, wenn die Leute von der kleinen Sauerei damals in Vietnam erführen?‹ Ich bekam Angst. Ich flog zu ihm nach New York.«

»War das im Dezember, als wir uns kennenlernten?«

»Ja. Als wir uns in dieser Kirche zum ersten Mal sahen, kam ich gerade von Gipsy. Er wohnte in einem Loch von einer Wohnung am Hafen, Blick auf Miss Liberty. Er ist jünger als ich, aber er sieht zwanzig Jahre älter aus. Ein Wrack, zerstört vom Alkohol, zerfressen vom Krebs. Kaputt, durch und durch kaputt. Verstehst du, auch geistig und seelisch kaputt. Ein Mensch ohne Moral, der dahinvegetiert, haßerfüllt, rachsüchtig. Ich erkannte nichts mehr von dem früheren Gipsy in ihm, und ich begriff, es würde keinen Sinn haben, mit ihm zu reden. Ich schrieb ihm einen Scheck aus, dann ging ich, floh geradezu, und ich fand mich in dieser Kirche wieder… letzthin ist es fast makaber, daß gerade Gipsy uns zusammengeführt hat!«

Sie dachte, was sie damals immer gedacht hatte: Diese seltsamen, undurchschaubaren Wege, die das Schicksal nimmt…

»Natürlich«, sagte John, »war ich überzeugt davon, daß Gipsy… nun, ich dachte, vielleicht zwei Monate noch, mehr hat er nicht, mehr kann er gar nicht haben, er sah ja schon aus wie ein Toter. Aber – er lebt. Es ist ein Wunder, aber er lebt und lebt, ein Mann, der nach menschlichem Ermessen gar nicht mehr leben kann… wahrscheinlich hält ihn der Haß aufrecht, den er auf die Welt hat… ich weiß es nicht.«

»Könnte er dir wirklich gefährlich werden?«

»O ja. Wenn ich allein daran denke, wie ein Gegner in einem Wahlkampf die Geschichte ausschlachten würde, wird mir schwindlig. Ich wäre als Feigling gebrandmarkt, für alle Zeiten, ich könnte erzählen, was ich wollte. Es ist absolut klar, Gina: Wenn Gipsy redet, kann ich meine politische Karriere begraben.«

Schweigend aßen sie das Hauptgericht.

»Wünschen Sie die Dessertkarte?« fragte der Ober, als sie fertig waren. John sah Gina an. Die schüttelte den Kopf. Sie lehnte sich vor und flüsterte geheimnisvoll: »Ich könnte Popcorn daheim machen. Dazu gibt's ein Glas Wein und einen Western!«

»Ich liebe dich, Gina«, sagte John leise. Arm in Arm verließen sie das Restaurant. Am Eingang wartete ein Reporter von »People«, hob sofort seinen Fotoapparat und schoß ein Bild von den beiden. »Mr. Eastley, ist es wahr, daß Sie im nächsten Wahlkampf für das Amt des Gouverneurs von Kalifornien kandidieren wollen?«

»Das wird noch zu überlegen sein.«

Der Reporter wandte sich an Gina. »Miss Loret, wann werden Sie und Mr. Eastley heiraten?«

»Wann auch immer, ›People‹ werden die ersten sein, die davon erfahren.«

»Ist es wahr, daß Sie immer noch nicht die amerikanische Staatsbürgerschaft angenommen haben, Miss Loret?«

»Ich werde das demnächst tun.«

John zog sie weiter. »Komm, der fragt uns noch Löcher in den Bauch!«

Als sie im Auto saßen, sagte er: »Siehst du, alles aus unserem Leben interessiert sie, und wenn ich tatsächlich kandidiere, wird es sie noch mehr interessieren. Was meinst du, wie die sich auf eine Story wie die von Gipsy stürzen werden!«

In der nächsten Ausgabe von »People« prangte ein Bild von ihnen. Die Überschrift lautete: *John Eastley: »Ich befinde mich jetzt auf dem Marsch ins Weiße Haus!«*

2

Steve kam etwas zu spät ins Büro, nicht viel, aber immerhin zehn Minuten. Am Abend vorher war er mit einem sehr netten jungen Mädchen, das er auf Mrs. Grays Geburtstagsparty kennengelernt hatte, essen gegangen. Mrs. Gray hatte letzte Woche gefeiert, und jeden eingeladen, ob er mit ihr oder für sie arbeitete. Steve hatte ziemlich weit unten am Tisch gesessen, was ihn zunächst ärgerte, aber als er merkte, wie hübsch seine Tischnachbarin aussah, besserte sich seine Stimmung. Sheila Willard war neunzehn Jahre alt und engagierte sich in einem Komitee für krebskranke Kinder. Sie hatte weiches, braunes Haar und sanfte, dunkle Augen. Steve fand sie sehr attraktiv. Er hatte sie zum Essen eingeladen gestern, weil er plötzlich das Gefühl gehabt hatte, den Abend auf keinen Fall allein überstehen zu können. Mittags hatte er bei seinen Eltern in Atlanta angerufen, ein Wahnsinn im Grunde, denn diese Transatlantiktelefonate verschlangen Unsummen, aber da seine Eltern nie bei ihm anriefen, mußte er es tun, wollte er überhaupt einmal mit ihnen sprechen.

»Mum, ich bin es, Steve!«

Sekundenlanges Schweigen. Dann: »Oh... Steve...« Seine Mutter sprach wie immer, leise und gedehnt, etwas schläfrig. Sie sprach so, wie sich eine Katze räkelt.

»Mum, geht es euch gut?«

»Ja... ja, danke. Uns geht es gut.«

Wieder war dieser Kloß in seiner Kehle. Jedesmal, wenn er in Atlanta anrief, mußte er irgendwann abrupt den Hörer auflegen, weil ihm die Tränen kamen. Warum fragte Mum nie, wie es ihm ging? Sie, die früher einen Riesenzirkus veranstaltet hatte, wenn er nur mit einer Schramme am Arm von der Schule zurückgekehrt war. Dann nannte sie ihn ihren »Einzigen«, ihren »Engel«, ihr »Lämmchen«. »Sag Mummie, was passiert ist! Wer hat dir weh getan? Möchtest du ein Stück Schokolade? Komm, wir gehen und kaufen dir etwas Schönes, ich habe bei Harrod's so einen schönen Pullover gesehen, Cashmere, weiß...« Mum, hätte er heute am liebsten manchmal geschrien, war es denn wirklich so schlimm, was ich getan habe?

Obwohl sie wieder nicht danach gefragt hatte, sagte er jetzt am Telefon: »Mir geht es auch recht gut, Mum. Ich verdiene mehr Geld.«

»Wie schön.«

Es interessiert sie nicht im mindesten, dachte er. Seine Augen schwammen bereits. »Habt ihr... habt ihr etwas von Alan gehört?«

»Wie bitte?«

»Alan! Ob ihr etwas von Alan gehört habt?«

»Nein.« Das klang beinahe verwundert. Wieso sollten wir etwas von Alan gehört haben? *Wer ist Alan?*

»Na gut, Mum, es wird ziemlich teuer, fürchte ich. Grüß Dad von mir, ja? Ich melde mich wieder.« Er legte den Hörer gerade noch auf, bevor ihm die Stimme brach. Er lief in seinem Zimmer herum, kämpfte mit den Tränen, rückte sinnlos ein paar Dinge zurecht und blieb schließlich vor einem Stück bedruckten Papiers stehen, das in einem Bilderrahmen an der Wand hing. Es handelte sich um einen Zeitungsartikel, eine kurze Meldung nur, die berichtete, Andreas Bredow habe seine Schußverletzungen überlebt, sei jedoch dabei erblindet. Steve hatte gejubelt. Pech gehabt, David! Kein Erbe, jetzt jedenfalls noch nicht. Was hast du gezittert, gehofft, daß der Alte abschrappt! Aber diese Generation ist zäh. Wird's noch eine Weile machen, der Knabe aus Deutschland.

Er drehte sich um und trat entschlossen noch einmal ans Telefon. Daneben lag ein Zettel. Die bezaubernde Sheila Willard hatte ihm ihre Nummer gegeben.

Sie waren ins »Cembalo« gegangen, ein erstklassiges Restaurant im Westen Londons. Gedämpfte Musik, Kerzenlicht, dezent umherhuschende Kellner, schwarzbefrackt, versteht sich. Steve trug seinen besten Anzug aus früheren Tagen, den er von einem zweitklassigen Hinterhofschneider modisch hatte auf Vordermann bringen lassen, und Sheila hatte ein wadenlanges Streublumenkleid von Laura Ashley an, in dem sie aussah wie eine zarte Porzellanpuppe. Steve bestellte den besten Wein, und dann aßen sie sich durch ein Menü von fünf Gängen. Der Ober bekam ein großzügiges Trinkgeld, dann stand Steve auf, nahm Sheilas Arm und sagte: »Jetzt gehen wir tanzen.«

Im Nachtclub spendierte er eine ganze Flasche Champagner, Taittinger, und dem Boy, der herumlief und hellrosa Rosen anbot, kaufte er gleich drei Sträuße ab, machte sie zu einem und überreichte ihn Sheila. Er genoß ihren überraschten Blick, dachte dabei aber voller Unbehagen: Das bist doch nicht du, Steve, der hier so protzt, der hier den großen Mann spielt! Wie widerlich du dich aufführst!

Um ein Uhr standen sie wieder auf der Straße, Sheila mit ihrem Rosenstrauß im Arm, Steve in seinem alten Anzug, und während er noch unschlüssig überlegte, ob er sie einfach küssen sollte oder ob es besser wäre, lässig vorzuschlagen, sie könnten doch noch zu ihm gehen, sagte Sheila leise: »Es war ein sehr schöner Abend, Steve, ich danke dir dafür. Ich… möchte dir noch sagen, daß… nun, es klingt dumm jetzt…« Sie lachte hilflos.

»Sag es mir«, sagte Steve sanft. Gleich werde ich sie küssen, dachte er.

»Ich bin verlobt, Steve. Ich denke, du sollst das wissen. Mein Verlobter hat ein Stipendium an der Sorbonne in Paris, aber an Weihnachten kommt er nach Hause, und dann werden wir heiraten.«

Aus. Vorbei der Traum. Ein kurzer, allzu kurzer Traum. Da hätte es endlich einen Menschen gegeben, für den zu leben einen Sinn gehabt hätte, für den man vielleicht den Kampf aufgenommen hätte, den Kampf darum, nicht mehr ganz unten am Tisch, sondern ganz oben zu sitzen. Aber das Schicksal wollte ihn weiter deckeln, und das gelang ihm ja auch großartig.

»Sie kommen zu spät«, bemerkte Miss Hunter spitz und deutete auf seinen Schreibtisch. »Da liegt eine Menge Post, die Sie noch durcharbeiten müssen.«

Giftschlange, dachte er. Wie seltsam sie ihn anstarrte, durchdringend, lauernd. Ach was, Einbildung! Ob sie mich überwacht? Ob sie insgeheim mitrechnet? Unsinn, dann hätte sie längst zugeschlagen, wäre schon hundertmal zu der alten Gray gerannt und hätte Alarm gegeben.

Seit einem halben Jahr unterschlug er regelmäßig Spendengelder. Am Anfang hatte es sich nur um kleine Beträge gehandelt. Es waren nicht immer Schecks, die über seinen Schreibtisch gingen, manchmal kamen auch Briefe, in denen lose Pfundnoten lagen, rührende Briefe von alten Damen, die in der Zeitung von Mrs. Grays Lebenswerk gelesen und spontan beschlossen hatten, sie zu unterstützen. Briefe von Kindern, die etwas von ihrem Taschengeld abgezweigt hatten. Oder von Hausfrauen, die irgend etwas veranstaltet hatten, einen Basar oder eine Tombola, und die den Gewinn nun Mrs. Grays Stiftung zugute kommen lassen wollten. Manchmal waren fünf Pfund in den Briefen, manchmal auch zehn, hin und wieder sogar hundert. Steve schrieb die Dankesbriefe – es gab da einen einheitlichen Text, sehr rührend, von Mrs. Gray in schönster Allgemeingültigkeit verfaßt – er brauchte im Grunde nur noch Datum, Adressaten und Betrag einzusetzen und ihn im Auftrag von Mrs. Gray zu unterschreiben. Normalerweise wurden von den Briefen natürlich Kopien gemacht, ein Exemplar ging in die Post, das andere in die Büroablage. Außerdem bekamen die Spender eine Bescheinigung für die Steuer. Hier lag die Gefahr: Wenn Steve Gelder für sich behielt, tauchte der Betrag logischerweise nicht auf dem Konto der Gray-Stiftung auf, sondern verschwand in den Tiefen seiner Hosentasche. Einer Steuerprüfung könnten Unregelmäßigkeiten auffallen, denn die Spender setzten Beträge ab, die nirgendwo registriert worden waren. Selbstverständlich fertigte Steve in allen Fällen, in denen er sich selbst bereicherte, keine Kopien von den Dankschreiben an.

Zum ersten Mal hatte er im März Geld an sich genommen. Es war ein kalter, windiger Tag gewesen, über der Themse kreischten die Möwen schrill und hungrig, und Steve fühlte sich so deprimiert, daß er zwischen der Arbeit immer nur aus dem Fenster starrte und dumpf vor sich hinbrütete. Als er den Brief einer alten Dame öffnete und ihm eine Fünf-Pfund-Note entgegenpurzelte, dachte er plötzlich fast feindselig: Ich bin auch ein Bedürftiger. Ich brauche auch Hilfe! Ich bin auch jemand, der vom Schicksal benachteiligt wurde.

Er schob die Fünf-Pfund-Note in die Innentasche seines Sakkos. Fünf Pfund! Auf die kommt es nicht an, das tut keinem weh!

Er wußte nicht, daß er in diesem Augenblick etwas begann, was er bald nicht mehr würde steuern können.

Natürlich ging er vorsichtig vor: Wenn die widerliche Miss Hunter ihre lange Nase doch einmal in seine Papiere steckte, durfte ihr nicht auffallen, daß auf einmal keine Kleckerbeträge dort mehr zu finden waren, sondern nur noch die großen Eingänge. Deshalb ließ er nur dann und wann etwas verschwinden. Heute einen Brief mit zwei Pfund, morgen einen mit zehn Pfund. Dann drei Tage überhaupt nichts, schließlich wieder einmal sechs Pfund. Das Geld kam in eine abschließbare Stahlkassette, die er sich kaufte und in seinen Kleiderschrank stellte. Den Schlüssel trug er Tag und Nacht um den Hals.

Im Sommer wurde er dann gieriger. Miss Hunter machte für drei Wochen Urlaub, er fühlte sich unbeobachtet und ging an größere Schecks. Fünfzig Pfund, hundert Pfund … er wußte, von jetzt an wurde die Sache ein Drahtseilakt. Mit den Schecks mußte er zur Bank, mußte sie auf sein Konto buchen lassen; das gestohlene Geld trat aus der verschwiegenen Heimlichkeit von Hosentasche und Stahlkassette hinaus in die Öffentlichkeit. Die Wahrscheinlichkeit, daß er irgendwann auffliegen würde, wuchs.

Er faßte einen Plan: Er würde England verlassen. Dieses Land, in dem ihm keiner mehr eine Chance gab, in dem er nur noch Dreck war. Wenn er genug Geld beisammen hatte, würde er nach Australien gehen. Nach Sydney. Vielleicht würde ihn dort eine Bank anstellen, er mußte nur Geld haben, um sich eine Zeitlang über Wasser halten und so seriös wie möglich auftreten zu können. Solche Eskapaden wie die gestern abend mit Sheila rissen natürlich ein gewaltiges Loch in seine Ersparnisse. Schön blöd war er!

Er wartete, bis Miss Hunter sein Büro verlassen hatte – was schlich diese Hexe auch immer um ihn herum! –, dann begann er die Post zu öffnen. Spenden, Spenden, Spenden, viele Bittbriefe – aber für die war er nicht zuständig –, Lobeshymnen, seitenlange Beweihräucherungen von Pat Grays guten Taten … oh, wie ihm das alles zum Hals heraushing! Noch ein Brief, noch ein Brief … nahm das denn kein Ende?

Er hielt ein Kuvert in den Händen, blaßgrau, sehr schmal, sehr fein und sehr teuer. Seidenfutter knisterte, als er es öffnete. Ein Scheck fiel heraus – eintausend Pfund!

Steve starrte auf das blaue Papier, das mit Schreibmaschine beschrieben war. Unterschrieben hatte ein Sir Charles Aylesborough. Eintausend Pfund, das kam ganz selten einmal vor. Alle paar Monate vielleicht. In solchen Fällen unterschrieb Pat Gray die Dankesbriefe selber und lud oft sogar den Spender zu sich auf ihr Gut ein, wo sie ihm stundenlang von ihrer Arbeit und ihren Erfolgen erzählte.

Steve hatte von solchen Summen bisher die Hände gelassen. Das Eisen war ihm zu heiß. Er ging genug Risiken ein, er mußte das Wagnis nicht auf die Spitze treiben. Aber an diesem Morgen, übernächtigt, frustriert und verbittert wie er war, glaubte er, diesmal nicht verzichten zu können. Er spürte, er stand an einer Grenze. Gelang es ihm nicht bald, ein neues Leben zu beginnen, rutschte er ab und kam vielleicht nie mehr auf die Füße. Für ein neues Leben aber brauchte er Geld.

Er schob den Scheck in die Innentasche seines Jacketts.

3

Derselbe Morgen im Osten Londons. Mary kam vom Einkaufen zurück. Sie kaufte immer für eine Woche im voraus ein, dann war zwar das Geld weg, aber damit auch vor Peters Zugriff sicher: Er konnte es nicht mehr in die Kneipe tragen. Und sie hatte die Chance, eine Woche lang jeden Tag etwas Anständiges zu kochen.

Eigentlich hatte sie vorher noch zum Zahnarzt gewollt, war fest überzeugt gewesen, einen Termin zu haben. Aber als sie abgehetzt vor der Praxis ankam, stellte sich heraus, daß sie den Termin erst morgen hatte. Typisch, dachte sie. Immer häufiger passierten ihr solche Dinge, sie verwechselte alles, brachte alles durcheinander, erschien am falschen Ort zur falschen Zeit, schüttete Zucker in die Suppe statt Salz, wusch Cathys Pullover so heiß, daß sie nachher ihren Puppen paßten und griff zur Zahnbürste, wenn sie sich eigentlich die Haare kämmen wollte. Mit dem Kind haben die mir auch den Verstand herausgekratzt, ging es ihr oft durch den Sinn. Sie war nicht mehr dieselbe seither, das wußte sie. Irgendwie lebte sie wie unter einer Glocke.

Alles schien ihr gedämpft, weit weg. Es war ein Gefühl, als lebe sie nur halb. Das Warme, das Lebendige, das Junge, oder weiß der Teufel, was es war, gab es nicht mehr in ihr. Es schien ihr, als fließe das Blut gemächlicher seither, als schlüge ihr Herz langsamer. Alles reduzierte sich. So wie die Farben eines alten Bildes langsam verblassen.

Nur – ich bin nicht alt!

Langsam stieg sie die Treppen zu ihrer Wohnung hinauf, die

304

Einkaufstüten wogen schwer, und sie hatte sie schon von der Bushaltestelle durch die Straßen bis zur Haustür geschleppt. Im Briefkasten war ein Brief von Natalie gewesen. Mary freute sich darauf, ihn zu lesen. Hoffentlich war Peter – der immer noch keine Arbeit gefunden hatte – schon in die Kneipe gegangen, dann hätte sie ihre Ruhe. Sie würde sich eine Tasse starken Kaffee machen, sich gemütlich in die Küche setzen und lesen.

Als sie die Wohnungstür aufschloß, bemerkte sie sofort, daß Peters Jacke noch an der Garderobe hing. Verdammt, dachte sie erschöpft, dann ist er noch da! Ruhe und Gemütlichkeit rückten in weite Ferne. Sie brachte die Tüten in die Küche und wunderte sich, daß nicht wie sonst Cathy sofort angelaufen kam und sie begrüßte.

»Cathy?« rief sie in den Flur. »Wo bist du Schätzchen?«

Keine Antwort. Sie ging hinaus und wollte die Tür zum Kinderzimmer öffnen, aber die war verschlossen. Der Schlüssel steckte. Verwundert drehte sie ihn um und trat ein. Cathy saß mit angezogenen Beinen auf ihrem Bett, das Gesicht auf den Knien, so daß die langen, dunklen Haare wie ein Schleier nach vorne fielen. Sie zitterte vor Schluchzen. Mary eilte auf sie zu und nahm sie in die Arme. »Cathy, was ist denn? Was ist passiert? Wer hat dich eingeschlossen?«

Cathy hob den Kopf, ihre Augen waren rot verschwollen. »Daddy«, schluchzte sie, »Daddy war es!«

»Daddy? Warum hat er das getan?«

»Die fremde Frau ist wieder gekommen, und da hat er gesagt, er muß mich wieder einschließen, und er schlägt mich tot, wenn ich es dir erzähle.«

»Eine fremde Frau?« Mary spürte, wie ihr kalt wurde, kalt vor Entsetzen, aber auch vor Wut. Sie strich Cathy über die Haare. »Keine Angst, Kleines. Daddy wird dich nicht totschlagen. Ich bin ja auch noch da!« Ihre Knie zitterten, als sie aus dem Zimmer hinaus über den Gang zum Schlafzimmer ging. Eine andere Frau! Obwohl das Kind da war, ließ er eines dieser ordinären Weiber, die in der Kneipe herumhingen, in die Wohnung kommen! Sie riß die Tür auf.

Peter stand in der Mitte des Raumes und schlüpfte gerade in seinen Morgenmantel. Er hatte verstrubbelte Haare – er war seit Monaten nicht mehr beim Friseur gewesen, weil er es auf einmal schick fand, »verwildert« auszusehen –, und an seinem Hals prangte ein großer roter Fleck. Er starrte Mary so blöd an, als sei plötzlich ein Geist vor ihm aufgetaucht.

Auf dem Bett lag eine blonde Frau, rosagesichtig und mit falschen Wimpern, mit einem kleinen, dunkelroten Mündchen und zuviel Rouge auf den Wangen. Sie lag nackt auf dem Bauch, und das erste, was Mary dachte, war: Sie hat weiß Gott den fettesten Hintern, den ich je gesehen habe! Ihre Füße sahen aus wie die von Miss Piggy; sie quollen aus zu engen Silbersandalen mit zehn Zentimeter hohen, spitzen Absätzen.

Die Blonde machte den Mund als erste auf. Sie sagte: »Hey …, ist das deine Frau, Peter?« Sie sprach einen wüsten Dialekt, schien aus dem hintersten Dorf von East Anglia zu kommen.

»Mary, verdammt!« sagte Peter. Er strich sich über die Haare, es war ihm offenbar klar, daß er einen ungünstigen Anblick bot. »Ich denke, du bist beim Zahnarzt!«

»Nein, wie du siehst, bin ich hier. Der Zahnarzttermin ist erst morgen.«

Sie drehte sich um, schmetterte die Tür hinter sich ins Schloß. Draußen, im Flur, sank sie auf einen Stuhl und brach in Tränen aus.

Im Zimmer wuchtete sich die Blonde aus dem Bett. Etwas wackelig kam sie auf ihren zu kleinen und zu hohen Schuhen zum Stehen. »Das ist ja die absolute Scheiße«, sagte sie. Sie schlüpfte in ihren roten Slip und angelte nach ihrem roten BH. »Darauf steh' ich überhaupt nicht, auf diese Art von kleinen Überraschungen!«

»Sie hat gesagt, sie geht zum Zahnarzt. Ehrlich, Lue, das hat sie gesagt!«

Lue schnaubte. »Männer, die alles glauben, was ihre Frauen ihnen erzählen, sind die größten Idioten. Ich hätte gedacht, du hast ein bißchen mehr Grips. Aber damit ist es genausowenig weit her wie mit allem sonst!« Lue stieg in ihren hautengen, schwarzen Strickrock, streifte ihn dann über die Hüften hoch, um ihre Strümpfe an den Strumpfhaltern zu befestigen. Sie war sauer. Dieser Peter würde sie jetzt höchst eilig aus der Wohnung katapultieren, weil er dann gleich einen Riesenkrach mit seiner Alten haben würde. Lue schob die Unterlippe vor, zerrte den Rock wieder über ihre gewaltigen Schenkel hinunter und schlüpfte in einen grünen Wollpullover, der sie so eng umschloß, daß bei jedem Atemholen die Nähte zu platzen drohten.

Peter war natürlich hellhörig geworden. »Wie meinst du das, Lue? Womit ist es nicht weit her?«

»Dreimal darfst du raten! Wo ist meine Handtasche?«

»Es war doch für dich auch toll! Du hast doch gesagt, daß …«

Lue machte eine verächtliche Miene und blies sich eine Haarsträhne aus der Stirn. »Peter, Herzchen, ich hab' dir schon mal gesagt, glaub nicht alles, was dir Frauen erzählen. Ach, da ist sie ja!« Sie hatte ihre Handtasche entdeckt, Krokodilleder, ein betuchter Verehrer hatte sie ihr vor vielen Jahren geschenkt, und sie hatte dafür sogar nur einmal mit ihm schlafen müssen. Sie öffnete die Tür und stöckelte vorbei an der schluchzenden Mary – Heulsuse, dachte sie verächtlich, ich würde nicht heulen, ich würde dem Kerl rechts und links eine schmieren –, und hinaus ins Treppenhaus. Ihre Absätze hallten – klack, klack, klack. Von draußen erklangen die schrillen Pfiffe, mit denen die auf ihren Motorrädern herumlungernden Jugendlichen im Hof auf Lues Anblick reagierten.

Peter kam aus dem Zimmer. »Verdammt!« sagte er wütend. »Wieso platzt du einfach so herein, ohne anzuklopfen?«

Mary hob den Kopf, ihre Augen waren dick verschwollen vom Weinen. »Am hellichten Vormittag«, stieß sie hervor, »werde ich doch wohl mein Schlafzimmer betreten dürfen, ohne anzuklopfen! Oder sollte ich ahnen, daß du mit einer fremden Frau im Bett liegst?« Die Stimme brach ihr schon beinahe wieder. »In unserer Wohnung! In meinem Bett!«

»Das ist immer noch meine Wohnung, verstanden?« brüllte Peter. Lue hatte ihn tief gedemütigt, er mußte jetzt irgendwohin mit seinem Zorn. »Und in meiner Wohnung kann ich tun und lassen, was ich will! Mit wem ich will! Du hast überhaupt nichts zu sagen!«

»Ich bin deine Frau! Ich lasse mich nicht so behandeln!«

»Ach nein! Willst du dich vielleicht scheiden lassen?« Peter tat ganz cool, aber in Wahrheit stellte er die Frage mit ein wenig Angst. Wenn Mary sich scheiden ließe, bekäme er kein Geld mehr von ihrem Alten.

»Ich weiß nicht… ich habe darüber noch nicht nachgedacht…«

»Wo wolltest du auch hin mit dem Kind?« trumpfte Peter auf. »Du kannst doch von Glück sagen, daß du hier bei mir hast unterkriechen dürfen!«

»Das Kind! Mein Gott, Peter, daß du dich nicht einmal schämst, vor den Augen des Kindes diese vulgäre Schlampe in die Wohnung zu bringen!«

»Lue ist keine Schlampe! Sag das nicht noch mal! Lue ist ein nettes Mädchen, das weiß, wie man einen Mann glücklich macht! Nicht so eine prüde Zicke wie du! Mit Lue komme ich wenigstens auf meine Kosten, und ich kann dir nur sagen, mit dir hat es mir nie Spaß gemacht! An dir ist ja auch nichts dran, wo man hinlangt nur Rippen und Knochen, und überhaupt wird mir ganz schlecht, wenn ich dich nur anschaue!«

»Nicht so laut! Du kannst doch nicht…«

»Ich kann verdammt alles!« schrie Peter. »Alles, was ich will! Oh, Gott, wie satt ich dich habe!«

Sie starrten einander an, und Mary dachte: Ich werde es nicht mehr lange aushalten. Ich kann nicht mehr!

»Wenn du mich schon betrügst«, sagte sie schließlich, »dann tu das in Zukunft bitte wenigstens woanders. Geh mit dieser Schlampe in irgendeine Absteige, oder…«, ihre Stimme war voller Abscheu, »oder vielleicht führt sie sowieso ihr eigenes Bordell, und dann müßte sie ja bestens eingerichtet sein auf Freier wie dich!«

In der nächsten Sekunde erstarrte sie, denn Peter hatte plötzlich ausgeholt und ihr ins Gesicht geschlagen. Das kam so plötzlich und unerwartet, daß Mary zuerst glaubte, sie habe sich getäuscht. Aber ihre Wange brannte, und sie sah, daß Peter ganz weiß geworden war.

»Wenn du so mit mir redest, brauchst du dich nicht zu wundern, wenn mir irgendwann die Hand ausrutscht!«

»Mich nicht wundern? Nicht wundern? Weißt du, was du da getan hast?« Das Entsetzen ergriff vollends Besitz von ihr. Sie stand im Dreck, tiefer und endgültiger, als sie geglaubt hatte. Nun trennte sie kein Fußbreit mehr von dem Leben, das ihr Vater in seinen düsteren Prophezeiungen für sie ausgemalt hatte. Und eine ganze Welt lag zwischen ihr und ihrem Traum... Das kleine Haus, ein Garten voller Blumen, eine glückliche Familie... Nie war sie weiter davon entfernt gewesen.

Sie stand auf und wankte ins Wohnzimmer, setzte sich mit angezogenen Beinen in einen Sessel, kuschelte sich in eine Decke, versuchte sich in ihr Inneres zurückzuziehen, wie sie es als Kind getan hatte. Nur hatte sie damals ihre Träume von einer besseren Zukunft gehabt – wenn ich erst groß bin... Sie konnte nicht mehr an die Zukunft glauben. An gar nichts mehr konnte sie glauben.

Sie saß stundenlang so da, und erst als es schon dunkel wurde im Zimmer, fiel ihr Natalies Brief ein. Sie erhob sich – jeder Knochen tat ihr weh vom langen, verkrampften Sitzen – und ging in die Küche hinüber. Sie öffnete ihn. Natalie teilte ihr mit, sie werde England verlassen und nach Amerika gehen.

4

»Wir befinden uns im Landeanflug auf New York und werden in etwa einer halben Stunde auf JFK landen«, sagte der Kapitän. Natalie, die vor sich hingedöst hatte, schreckte auf. Sie schaute aus dem Fenster. Wolken, nichts als Wolken.

Sie erinnerte sich an das letzte Wochenende daheim, als sie sich von ihren Eltern hatte verabschieden wollen. Obwohl sie keinerlei Bedürfnis gehabt hatte, ihre Mutter zu sehen, war sie

pflichtbewußt am Samstag spätnachmittag nach Somerset gefahren. Wenn Mum genug geredet hatte, würde sie vielleicht Gelegenheit haben, ganz allein einen Spaziergang über das Gut zu
machen. Der Rosengarten, die Pferdekoppeln, der Wald, der
kleine Tümpel, durch den silberne Fische pfeilschnell schossen.
Fast freute sie sich darauf, das alles noch einmal zu sehen. Trotz
allem, im Innersten hing sie an ihrem Zuhause. Sie summte leise
vor sich hin, als sie die Auffahrt hinauffuhr.

Als sie die vielen Autos im Hof stehen sah, schwante ihr schon
übles. Rolls-Royce, Bentley, Mercedes, ein großer Schlitten neben dem anderen. Hatte sich die High Society der Grafschaft
versammelt? Aus allen Fenstern fiel helles Licht in die Dunkelheit.

Oh, nein, dachte Natalie, Mum!

Ihre Mutter kam ihr an der Haustür entgegen, sie trug ein
bodenlanges Kleid aus schwarzer Spitze, hatte ihren Saphir-
schmuck umgelegt, und in der Hand hielt sie ein Glas Champagner. »Liebling, endlich! Du hast aber lange gebraucht! Wir
warten schon alle auf dich! Jeder will dich sehen. Ich bin ja so
stolz!« Sie umarmte ihre Tochter, und Natalie erstickte fast in der
süßlichen Parfümwoge, die dabei über sie hinflutete.

»Mum, was geht denn hier vor?«

»Ich habe eine kleine Party für dich arrangiert, Liebling. Als
du mich anriefst und mir erzähltest, daß ein amerikanischer
Fernsehsender dich für eine Talk-Show als Moderatorin gewinnen will, mußte ich das natürlich gleich unseren Freunden erzählen.«

Natürlich! dachte Natalie.

»Eine Mutter ist ja so stolz, wenn ihr Kind Erfolg hat!«

Auf einmal, Mum. Da habe ich aber schon ganz andere Töne
gehört!

»Wir waren alle ganz aufgeregt. Du wirst doch jetzt sicher
mit den berühmtesten Leuten der Welt zusammentreffen! Vielleicht interviewst du auch einmal Prinzessin Diana, meinst du
nicht?«

»Keine Ahnung, Mum.« Sie fühlte sich elend. Warum mußte

man ihr das stille, leise Auf-Wiedersehen-Sagen verderben? Ihre Mutter nahm sie an der Hand und zog sie in den großen Salon, aus dem Gelächter, Gläserklirren und Musik erklangen. Eine kleine Party, von wegen! Hier tummelten sich mindestens fünfzig Leute, viele in Frack und Abendkleid, und der Duft teurer Parfums wehte durch den Raum. Natalie stand vor ihnen, sie trug eine olivfarbene Bluse, Jeans und Turnschuhe, und alle Blicke wandten sich ihr zu.

»Ah!« rief ein älterer Herr. »Da kommt der amerikanische Fernsehstar!« Alle applaudierten. Natalie merkte, daß Mum fast platzte vor Stolz. Sie schaute sich um und entdeckte ihren Vater, der sich mit ein paar anderen Herren in die Kaminecke zurückgezogen hatte und wahrscheinlich gerade aufgeregt von seiner neuen Zuchtstute erzählte. Armer Daddy, dachte Natalie. Sie wußte, er fand Parties gräßlich, und es war sein einziger Trost dabei, wenn er auf ein paar Leute stieß, mit denen er über Hunde und Pferde reden konnte. Sie durchquerte den Raum, trat auf ihren Vater zu und gab ihm einen Kuß.

»Daddy! Ich freue mich so, dich zu sehen!« Sie freute sich wirklich. Früher waren ihr seine schnapsgerötete Nase, seine derben Flüche, das ewige Gerede über Tiere auf die Nerven gegangen, aber jetzt empfand sie das alles als liebenswert und sah ihn als das, was er war: ein gutmütiger, älterer Mann, der es liebte, mit den Bauern der Umgebung einen Schluck zu trinken, und der an jedem Grashalm seines Besitzes mit abgöttischer Liebe hing.

Er strich ihr zärtlich über die Haare. »Natalie! Wie hübsch du aussiehst!« Leiser fügte er hinzu: »Ich konnte es nicht verhindern. Du kennst Mum...« Sie lächelten einander in stillem Einverständnis zu.

Das Fest dauerte bis um ein Uhr in der Nacht. Natalie war völlig erschöpft, als sie endlich ins Bett gehen konnte. Jeder hatte mit ihr anstoßen wollen, jeder hatte ihr versichert, wie phantastisch es war, daß sie eine so steile Karriere machte.

»Und da heißt es immer, nur hübsche Frauen kommen nach oben«, zwitscherte Lady Crawl, Mrs. Quints beste Freundin.

Dann ging ihr auf, daß mancher diese Bemerkung für taktlos halten könnte, und fügte eilig hinzu: »Nicht, daß Sie nicht hübsch wären, Natalie, aber…«

»Ich weiß, ich bin keine blendende Schönheit«, sagte Natalie lächelnd. Aber zum Glück bin ich intelligenter als ihr alle zusammen, dachte sie bei sich.

»Natalie hat es verdient, vom Schicksal gut behandelt zu werden«, rief eine Dame. »Nach dem Schrecklichen, was sie damals erlebt hat!«

»Es ging ja durch alle Zeitungen…«, meinte eine andere, und das wohlige Schaudern, das durch den Raum wehte, war beinahe spürbar.

Ja, es war ein gelungenes Fest. Mrs. Quint konnte stolz darauf sein. Die Bombe platzte am darauffolgenden Montag: Ein Reporter der »Sun« hatte herausgefunden, daß die junge französische Schauspielerin Claudine Combe, die England als die Entdeckung der letzten zwanzig Jahre feierte, ihr Engagement in London nicht verlängert hatte, sondern statt dessen mit der bekannten Fernsehjournalistin Natalie Quint nach Amerika gehen würde, wo diese eine Talk-Show bei ABC übernehmen sollte. Findig, wie ein Reporter der »Sun« sein soll, bekam er auch noch heraus, was schon zu viele wußten, als daß es noch sehr viel länger hätte geheimbleiben können: die Combe und die Quint lebten miteinander. Die »Sun« behandelte diese Tatsache natürlich nicht gerade diskret.

Es war die Schlagzeile zum Wochenbeginn.

In Tränen aufgelöst rief Mrs. Quint bei ihrer Tochter an. »Ich bin blamiert bis auf die Knochen. Wie konntest du mir das antun? Alle, die auf unserem Fest waren, haben die ›Sun‹ gelesen, und du kannst dir vorstellen, mit welch höhnischem Mitleid sie bei mir angerufen haben. Nat, du mußt das dementieren! Das ist üble Nachrede. Wir müssen die ›Sun‹ verklagen, und die müssen eine Gegendarstellung drucken, und…«

»Alles, was sie schreiben, stimmt«, sagte Natalie ruhig.

Sekundenlanges Schweigen. Dann fing Mrs. Quint an, leise zu röcheln. Natalie blieb unbeeindruckt. Solange sie lebte, hatte ihre Mutter versucht, Asthmaanfälle vorzutäuschen, wenn ihr etwas nicht paßte.

Japsend stieß Mrs. Quint hervor: »Dein Vater und ich können uns nirgendwo in der guten Gesellschaft mehr blicken lassen!«

Daddy wird das nur recht sein, dachte Natalie. Laut sagte sie: »Mum, ihr müßt euer Leben leben, ich meines. Mir tut leid, was passiert ist. Ich mag es auch nicht, daß meine privaten Angelegenheiten an die Öffentlichkeit gezerrt werden. Aber Zeitungen wie die ›Sun‹ leben von Klatschgeschichten, und man wird sich nie dagegen wehren können. Im übrigen«, fügte sie boshaft hinzu, »lieben deine Freundinnen und du dieses Blatt doch so sehr, und ihr findet es ganz in Ordnung, daß Journalisten über Dinge schreiben, die niemanden etwas angehen.«

»Entschuldige, wenn ich das Gespräch unterbreche«, sagte Mrs. Quint und rang nach Atem. »Aber ich… fühle mich nicht wohl. Ich muß mich hinlegen.«

Natalie hätte sich gern im Frieden von ihrer Mutter verabschiedet, aber offenbar war das nicht möglich. Sie hatten immer gestritten, und sie stritten auch jetzt.

Die Stewardeß forderte die Passagiere auf, sich anzuschnallen. Natalie stupste Claudine an. »Claudine, wach auf. Wir landen gleich!«

Sie mochte es, wenn Claudine erwachte. Sie liebte den schläfrigen, verwirrten Blick, mit dem sie sich umsah, sie betrachtete sie gern, wenn ihre Haut so blaß war und die Augen schmal und sehr grün. »Du mußt dich anschnallen.«

Claudine zog den Gurt fest. Sie hatte die zartesten, feinsten Finger, die Natalie kannte. Dezenter Goldschmuck blitzte daran, jedes einzelne Stück sorgfältig ausgewählt und sehr kostbar. Wie hübsch und elegant sie heute wieder aussah in ihrer Pumphose aus schwarzer Seide, die blaßgrüne Seidenbluse dazu, hellrosafarbener Lippenstift, die blonden Haare aus der Stirn gekämmt und im Nacken mit einer grünen Samtschleife zusammengebunden. Während sie schlief, hatte sich eine Strähne gelöst und fiel ihr ins Gesicht; es sah rührend aus und ein wenig kindlich.

Natalie erinnerte sich der heftigen Auseinandersetzungen, die zwischen ihnen stattgefunden hatten. »Du kannst jetzt nicht aufhören, in London Theater zu spielen, Claudine. Du bist dicht davor, ein ganz großer Star zu werden!«

»Ich kann auch in Amerika spielen!«

»In Amerika bist du noch nicht so bekannt. Du gehst drei Schritte zurück. Wenn du in Europa *die* Combe bist, dann kannst du in die USA gehen. Aber es ist noch zu früh.«

»Ich gehe dahin, wo du hingehst.«

»Du kannst dein Talent nicht wegwerfen. Bitte, Claudine, mir zuliebe.«

»Ich gehe mit dir.«

»Dann verzichte ich auf Amerika und bleibe in England.«

»Das tust du nicht. Außerdem habe ich schon gekündigt. Es ist alles passiert.«

Hin und her, hin und her. Am Ende gab Natalie nach, im Grunde hatte sie gleich gewußt, daß sie das tun würde. Sie konnte nicht auf Amerika verzichten, nicht auf diese Chance, mit oder ohne Claudine. Für sie würde wohl immer die Karriere an erster Stelle stehen, für Claudine die Liebe.

Die Maschine kam weich auf, rollte aus. »Bitte bleiben Sie so lange angeschnallt sitzen, bis wir unsere Parkposition erreicht haben und die Triebwerke ausgeschaltet sind.«

Claudine suchte nach ihrem Paß. »Wenn wir im Waldorf sind, nehme ich zuerst ein langes Bad. Und dann lege ich mich einen Moment hin. Mußt du heute schon die Leute von ABC treffen?«

»Nein, morgen erst. Heute darf ich noch meinen Jet-lag pflegen. Ich … will nur einen alten Freund anrufen.«

Claudine machte ein neugieriges Gesicht, aber Natalie hüllte sich in Schweigen. In der Handtasche krampfte sich ihre Hand um einen Zettel. Dr. Harper hatte ihr darauf den Namen eines New Yorker Kollegen geschrieben. »Dr. Brian ist ein wirklich sehr guter Therapeut, und ich hoffe, er wird nicht zu nachsichtig mit Ihnen sein, Natalie. Nachdem ich Ihre tägliche Dosis schon wieder erhöht habe … mein Gott!« Harper war noch im nachhinein verzweifelt, daß er nachgegeben hatte. Natalie lächelte. Sie wollte das auf keinen Fall mit Claudine diskutieren, aber sie würde Dr. Brian bitten, ihr noch mehr zu verschreiben. Sie brauchte das, nur so war sie ihrem neuen Job gewachsen.

Das, dachte sie etwas bitter, wird meine erste Tat in New York sein.

Davids funkelnagelneuer Porsche, dunkelblau metallic mit schwarzen Sitzen, hielt mit quietschenden Bremsen vor dem Waldorf Astoria. David, sehr elegant im schwarzen Anzug, stieg aus und gab dem Hotelboy den Schlüssel. Er würde das Auto für ihn parken.

Blitzlichter flammten auf. Journalisten umringten ihn. David lächelte freundlich in die Kameras. Er liebte es, seinen eigenen Auftritt zu haben. Deshalb war er auch im Porsche gekommen und hatte Andreas allein in seiner Limousine vorausfahren lassen. Er brauchte keinen Chauffeur, er steuerte gern selbst.

»Mr. Bellino«, fragte eine junge, hübsche Journalistin, die höchst amüsiert seine Anfahrt im Porsche beobachtet hatte, »wird Bredow Morgan Industries kaufen?«

»Wenn Morgan einen anständigen Preis nennt, wird man sich bei dem heutigen Abendessen hier im Waldorf sicher einigen können.« David erklärte das ganz kühl, aber innerlich bebte er vor Stolz. Morgan Industries war *sein* Geschäft. Er hatte herausgefunden, daß das Unternehmen in den roten Zahlen steckte, zu tief, um jemals wieder herauszukommen. Er hatte Andreas überredet, Kredite zu gewähren, immer höher, immer mehr, bis Morgan Industries gewissermaßen schon zu drei Vierteln Bredow gehörte. Der Rest war ein Kinderspiel. Ein feudales Abendessen im New Yorker Waldorf Astoria, man würde ein paar Nettigkeiten austauschen, hinter denen sich die knallharte Frage verbarg: Verkaufen Sie freiwillig, Morgan, oder sollen wir die Daumenschrauben ansetzen?

David beantwortete geduldig noch einige Fragen, dann betrat er das Foyer. An der Rezeption stand Natalie, die gerade von ihrem Besuch bei Dr. Brian zurückgekehrt war und ihren Zimmerschlüssel verlangte. Sie drehte sich um und sah David sofort. Ihre erste Begegnung seit Crantock.

Natalie erholte sich als erste von der Überraschung und ging hocherhobenen Hauptes zu den Fahrstühlen hinüber. David folgte ihr. »Natalie!«

Sie antwortete nicht. Er hatte sie erreicht und griff nach ihrem Arm. Sie machte sich los. »Würden Sie mich bitte nicht belästigen, Mr. Bellino«, sagte sie sehr scharf und sehr laut. Einige Umstehende wurden aufmerksam. David trat einen Schritt zurück. »Ich wollte dich nur begrüßen, Natalie. Nach so vielen Jahren…!« Auf einmal war er nicht mehr der selbstbewußte, siegessichere Geschäftsmann, als der er eben noch in seinem Porsche vorgefahren war und zu den wartenden Journalisten gesprochen hatte. Auf einmal hatte er etwas von einem kleinen Jungen, der Natalie bettelnd ansah. »Nat, bitte, hör mir zu…«

»Wir haben einander nichts zu sagen.« Sie wäre gern auf der Stelle verschwunden, aber der verdammte Aufzug ließ wieder einmal auf sich warten. Es blieb ihr nichts anderes übrig, als dazustehen und wie hypnotisiert die holzgetäfelten Türen anzustarren.

»Bleibst du länger in New York, Nat? Bitte, sieh mich doch an!« Als hinge sein Leben davon ab, daß sie ihm jetzt antwortete und ihm eine Chance gab! Auf einmal war Cornwall wieder lebendig, und alles, was er damals gesagt hatte, klang in ihren Ohren. Sie begriff, was in ihm vorging. Da war seine alte Sehnsucht nach Freundschaft und Anerkennung, da war wieder das Werben um die Gunst der anderen… *aber da war auch Crantock!* Da waren wieder die Männer, die Maxine die Kehle durchschnitten und Duncan erschossen, die sie, Natalie, vergewaltigten. Wieder spürte sie die würgende Angst jener Nacht, ihr alptraumhaftes Entsetzen, die Ungläubigkeit, mit der sie David abhauen und sie im Stich lassen sah. Alles war ihr zerstört worden in jener Nacht, und von ihren Wunden würde sie sich nie erholen. Und sie würde David nicht vergeben, jetzt nicht und nicht in Zukunft, und sie wollte es auch nicht. Sie konnte nicht!

»Könnten wir nicht einmal zusammen essen? Nat?«

Herr im Himmel, schick endlich den Fahrstuhl!

»Oder wenigstens irgendwo zusammen einen Drink nehmen? Nur eine halbe Stunde! Natalie, kann ich dich morgen hier anrufen?«

Der Aufzug hielt, lautlos öffneten sich die Türen. Natalie stieg ein, doch ehe sie entschwebte, zischte sie David zu: »Ein für allemal, David, laß mich in Ruhe! Laß mich meinen Frieden finden, und komm mir nie wieder in den Weg!«

Solange sie lebte, hatte noch kein Mensch sie je so angeschaut: so verletzt, so getroffen und so verzweifelt.

5

Der Flug nach Los Angeles war aufgerufen. Die letzten Passagiere strömten dem entsprechenden Gate zu. La Guardia, New York, an einem Freitagmorgen, ganz normaler Betrieb, keine besonderen Vorkommnisse. Die Reisenden, die auf ihren Flug mit Delta Airlines nach Los Angeles warteten, betrachteten neugierig den kleinen Mann im schlechtsitzenden grauen Anzug, der eine blaue Reisetasche um die Schultern hängen hatte. Er ging krumm, als habe er Schmerzen, und sein Gesicht war verzerrt zu einer häßlichen Fratze. Bei jedem Schritt schwollen die Adern auf seiner Stirn an. Seine Haut war übersät mit häßlichen Ekzemen, und er stank barbarisch nach Schweiß. Eine Frau, neben die er sich stellte, drehte sich um und ging fort. »Das ist ja eine Zumutung«, murmelte sie.

Eine mitleidige Stewardeß näherte sich dem Gnom. »Kann ich Ihnen helfen? Vielleicht, wenn ich ihre Tasche ins Flugzeug trage...«

»Nein!« fauchte er und sandte ihr einen Blick zu, so haßerfüllt, daß sie davor zurückwich. Davor, und vor seinem Mundgeruch. Konnte ein Mensch so stinken?

Gipsy grinste böse vor sich hin. Seitdem er trank, seit zehn Jahren also, putzte er sich nicht mehr die Zähne und ging auch nicht mehr unter die Dusche. Wozu auch? Konnten ihn doch alle am Arsch lecken, alle, solche wie die Ziege, die vor ihm davonlief und solche wie diese ekelhafte Samariterin, die seine Tasche tragen wollte. Er war todkrank, er konnte sie alle zum Teufel jagen, ihm half doch niemand mehr. Aber ganz schön dumm gucken würden sie, wenn er sich in der ersten Klasse niederließe. Ja, ein First-Class-Ticket hatte er, das erwartete bestimmt niemand. Drecksbande… ließen einen verrecken und sahen in aller Seelenruhe dabei zu. Für wen hatte er denn seinen Kopf hingehalten, damals in Vietnam? Für sie alle doch, für die ganze verdammte eingebildete Nation! Wir Amerikaner! Stars and Stripes forever… Präsident Reagan war ja eifrig dabei, den Nationalstolz wieder populär zu machen. Thronte im Weißen Haus und predigte Glanz und Gloria Amerikas… Ließ sich fein predigen, wenn man zu denen gehörte, die keine Not litten. Gipsy haßte Präsident Reagan. Noch mehr hatte er Präsident Johnson gehaßt, der das Drama um Vietnam angezettelt hatte.

Er langte eilig in seine Jackentasche, zog eine Schachtel heraus, entnahm ihr eine Tablette und schluckte sie ohne Wasser. Er atmete tief. Die verfluchten Schmerzen… die Attacken kamen immer häufiger, immer heftiger. Sein Verbrauch an Tabletten war in den letzten Wochen noch einmal drastisch gestiegen. Wenn das so weiterginge, würde er bald eine Packung pro Tag verschlingen. Aber letzthin war es egal, woran man verreckte. Wenn es nur nicht so bald wäre! Gipsy hatte seit Vietnam nicht ein einziges Mal mehr gebetet, aber in der letzten Zeit ertappte er sich manchmal dabei, wie er ein Stoßgebet zum Himmel sandte. Lieber Gott, gib mir Zeit, nur ein bißchen Zeit, laß meinen verfaulten Körper noch ein wenig atmen…

Morgen würde er Millionär sein. Er zweifelte nicht daran, daß John Eastley ihm das Geld geben würde… Eastley… er dachte an den großen, gutaussehenden Mann. Der exzellente Columbia-Student, der brillante Jurist – Eastley, immer der Schnellste, Größte, Beste. Getrieben von einem maßlosen, unersättlichen Ehrgeiz. Diesem Ehrgeiz würde Eastley alles opfern, davon war Gipsy überzeugt, auch eine Million Dollar.

Es entging ihm nicht, daß alle Passagiere ihn verstohlen musterten. Sollten sie nur, ihm konnte es gleich sein, denn bald wäre er ein reicher Mann. Wenn es ihm in Kalifornien gefiele, mal sehen, vielleicht blieb er dann dort und mietete sich ein schickes Appartement am Meer. Er würde Champagner und die besten Weine trinken, Kaviar, Hummer und Lachs essen. Wenn es dann dem Ende zuging, wenn er nicht mehr aufstehen könnte und täglich Morphium brauchte, dann müßte er nicht in ein schäbiges Krankenhauszimmer dritter Klasse, er könnte sich eine private Schwester leisten, die rund um die Uhr für ihn sorgte. Seine letzten Tage sollten würdevoll sein. Und das alles, weil ich eine schmutzige Geschichte aus dem Leben des Mannes weiß, den ihr vielleicht einmal zu eurem Präsidenten wählt, dachte er und schaute in all die Gesichter ringsum, die ihm leer und fad vorkamen. Armselige Bande!

Die Stewardeß sagte, man sei jetzt bereit zum Einsteigen, und Gipsy humpelte dem Ausgang zu. Alle wichen unwillkürlich zurück. Dieser Gestank nach Schweiß und Fäulnis, kaum auszuhalten war das. Gipsy grinste wieder. Ob ihr noch vor mir flieht, wenn ich erst Millionär bin?

John hatte es für zu riskant gehalten, Gipsy in sein Haus kommen zu lassen. Die Gefahr, daß einer der Dienstboten etwas aufschnappte, war zu groß, und dann hatte man einen zweiten Erpresser am Hals. Es mußte ein neutraler Ort gewählt werden.

Gina, die John noch nie so nervös erlebt hatte, dachte: Lieber Himmel, du hast aber eine Scheißangst vor diesem kranken Mann aus New York!

Nach langem Hin und Her kam John schließlich auf die Idee, das Treffen auf der Farm seines Freundes in den Bergen stattfinden zu lassen. Der Freund hieß Paul, und John meinte, man könnte Paul bitten, ihnen die Farm für eine Woche zu überlassen.

»Wir sagen, wir wollen ausspannen und einmal ganz für uns sein. Paul versteht das. Ich bin sicher, es gibt keine Probleme.«

Es gab auch keine. Paul war froh, seinem alten Freund einen

Gefallen tun zu können. »Klar könnt ihr da oben wohnen, so-lange ihr wollt. Da seid ihr wirklich einmal ganz ungestört. Max und seine Frau kommen morgens und abends, um sich um die Pferde zu kümmern, aber die brauchen euch nicht zu stören.«

»Morgens und abends«, sagte John zu Gina. »Wir müssen sehen, daß wir Gipsy dazwischen abfertigen!«

John hatte von verschiedenen Banken Geld abgehoben und erklärt, er brauche es aus privaten Gründen sehr schnell und dringend, es gehe um eine familiäre Angelegenheit. Da er großes Ansehen genoß und man ihm vertraute, wurde nirgends lange nachgefragt. Schließlich hatte er eine Million Dollar zusammen, die er in einem schwarzen Aktenkoffer verstaute. Gina, die ihn mit dem Ding durchs Haus laufen sah, fühlte sich in einen ame-rikanischen Gangsterfilm versetzt. Was führten die Männer hier auf? Die Straßen von San Francisco? Einsatz in Manhattan? Dort rannte man mit geldgefüllten Aktenkoffern umher und ver-einbarte geheime Übergabeorte. Warum nahmen die Männer immer ernst, was man ihnen im Fernsehen vorführte?

Am Tag bevor Gipsy eintreffen sollte, fuhren Gina und John, Lord auf dem Rücksitz, in die Berge. Es war ein wunderschöner, klarer Tag. Gina konnte sich nicht sattsehen an den Farben ringsum. Dieser herrliche, bunte, warme, kalifornische Herbst! Wilde Rosen blühten, Beeren schimmerten leuchtendrot aus den Hecken. Darüber stand der Himmel in beinahe fanatischem Blau. Die Sonne schien heiß, Gina trug nichts weiter als Shorts, T-Shirt und Sandalen. Freiheit und Schönheit der Natur wirkten auf sie stets entspannend, und sie hätte sich glücklich gefühlt, wäre ihr Blick nicht immer wieder auf Johns verkrampftes, an-gestrengtes Gesicht gefallen. Sie fuhren über eine einsame Land-straße, aber er sah so konzentriert aus, als chauffiere er den Wa-gen durch die Rush Hour von Los Angeles. Sie berührte sacht seinen Arm. »Es wird schon gutgehen!«

Der Ausdruck seiner Augen war gehetzt.

Am späten Nachmittag kamen sie an. Die Farm erwies sich als überraschend groß, ein weitläufiges Gelände, umgeben von Wäldern und Wiesen. Lord sprang sofort aus dem Auto und jagte laut bellend umher. Die Pferde – zwölf zählte Gina – tänzelten aufgeregt hin und her; sie hatten sich von der Weide kommend in einem Gatter gesammelt und schienen darauf zu warten, gefüttert zu werden. Kurz darauf tauchten auch schon Max und seine Frau Clarisse auf, zwei sympathische ältere Leute, die sich während Pauls Abwesenheit um die Farm kümmerten.

»Alle zwölf Pferde versorgen Sie allein?« erkundigte sich Gina ungläubig.

Max nickte stolz. »Klar. Morgens und abends. Pferde sind meine Leidenschaft, Ma'am. Und diese hier sind besonders schön, herrliche Tiere sind das. Der Schwarze da«, er wies auf einen großen Rappen mit weißem Stern auf der Stirn, »der ist besonders edel. Aber ein bißchen gefährlich. Vor dem müssen Sie sich in acht nehmen, Ma'am. Sie sollten nicht, ohne daß ich dabei bin, das Gatter betreten. Wenn der Schwarze durchdreht, drehen die anderen vielleicht auch durch, und dann …« Max machte ein bedenkliches Gesicht.

»Ich geh' bestimmt nicht einfach 'rein«, versicherte Gina.

»Hab' ja manchmal Angst um meine Pferde. Ist zwar alles mit Alarm gesichert, und wenn einer versuchen würde, in den Stall oder auf die Weide zu kommen, würde das so bei mir läuten, ich sage Ihnen, daß Tote davon aufwachen könnten. Ich wohne nicht weit, ich wäre ruck, zuck hier. Aber wenn's mal nicht läutet … ich meine, wie weit kann man sich auf die Technik verlassen …« Max kratzte sich am Kopf.

John lächelte ungeduldig: »Jaja.« Weder über Pferde noch über Alarmanlagen wollte er jetzt ein längeres Gespräch führen.

Clarisse hatte ihnen ein Huhn und einen ganzen Korb mit Gemüse fürs Abendessen gebracht. Als sie und Max fort waren, briet Gina das Huhn und machte einen Salat aus Gurken und Tomaten. Lord bekam eine Dose Hundefutter geöffnet. Im Schein der Petroleumlampe saßen sie auf der Veranda, aßen und tranken, lauschten den tausend wispernden Stimmen aus Wäldern und Bergen. Irgendwo plätscherte leise eine Quelle.

»Dein Huhn schmeckt sehr gut«, sagte John. Erschien ein wenig ruhiger. Nach zwei Gläsern Bier hatte sich seine Gemütslage ausgeglichen. Schließlich zündete er sich sogar eine Zigarette an, lehnte sich zurück und rauchte entspannt.

Es war kühl geworden, Feuchtigkeit kroch aus den Wiesen die Veranda herauf. Gina ging ins Haus, um sich lange Hosen und einen Pullover anzuziehen. Auf dem Bett im Schlafzimmer stand, noch unausgepackt, Johns Reisetasche. Plötzlich hatte sie Lust, einen von seinen Pullovern zu nehmen. Sie liebte es, sich in die viel zu großen Kleidungsstücke zu kuscheln und den vertrauten Duft seines Aftershave zu riechen. Sie wühlte in der Tasche. Den aus hellgrauer Wolle hatte er doch bestimmt eingepackt… Zu ihrer Verwunderung hielt sie auf einmal einen Revolver in den Händen. Einen Moment lang starrte sie ihn an, als habe sie so etwas noch nie gesehen, dann rannte sie, nur in Jeans und BH, hinaus auf die Veranda und hielt John die schwarzglänzende Waffe unter die Nase.

»Warum schleppst du so ein Ding mit dir herum?« fragte sie scharf.

John war keineswegs aus der Fassung gebracht. »Ich halte das während eines Aufenthalts auf einer einsamen Farm in den Bergen durchaus für angebracht«, erwiderte er, »besonders, wenn man so wie wir mit einer Million Dollar in bar reist!«

»Aber ich will nicht, daß du das Ding morgen in den Händen hältst, wenn Gipsy kommt!«

»Himmel, glaubst du, ich erschieße ihn?«

Gina legte den Revolver vor ihn auf den Tisch und fühlte sich auf einmal sehr müde. »Ich möchte, daß morgen alles glatt über die Bühne geht. Ich möchte, daß Gipsy das Geld nimmt und dann für immer verschwindet.«

John lachte, es klang zynisch und nicht im mindesten fröhlich. »Er wird nicht für immer verschwinden, fürchte ich. Das tun Erpresser nie. Sie kommen wieder und melken die Kuh, solange sie können. Was Gipsy angeht, so kann ich nur hoffen, daß ihn, wie man so schön sagt, der Herrgott demnächst zu sich nimmt.«

Sie schliefen beide unruhig in dieser Nacht. In aller Frühe standen sie auf und frühstückten. In atemberaubender Schönheit ging die Sonne hinter den Bergen auf, ließ die herbstlichen

Wälder aufglühen und den Tau auf den Gräsern glitzern. Gina beschloß, einen Spaziergang mit Lord zu machen. Das Laufen durch die frische, klare Luft, die sich nur langsam erwärmte, tat ihr gut. Das seltsame Gefühl der inneren Angespanntheit löste sich etwas. Sie blieb stehen und sah Lord zu, der aus einer klaren Quelle gierig Wasser schlabberte. Johns Verhalten beunruhigte sie sehr. Sie hatte ihn immer nur ruhig und beherrscht erlebt, und jetzt kam er ihr auf einmal fremd vor. Wenn er in Angst um seine Karriere geriet, nahm er einen Ausdruck an, der ihr nicht gefiel. Verkrampft, übernervös, zu allem bereit.

»Lord!« rief sie und kehrte um. Solche Gedanken führten zu nichts.

Zurück auf der Farm, fand sie einen aufgeregten John vor. »Max und Clarisse waren da«, berichtete er, »und ich dachte schon, sie wollten überhaupt nicht mehr gehen. Max fing an, einen endlosen Vortrag über Pferde zu halten, und Clarisse machte Anstalten, das Haus zu putzen. Ich sagte ihr, das sei wirklich nicht nötig, und ich glaube, sie ist jetzt gekränkt. Sie hat einen riesengroßen Obstkuchen für uns gebacken, er steht in der Küche. Die beiden sind rührend, aber ...« Er fuhr sich mit allen zehn Fingern durch die Haare. »Hoffentlich war ich nicht zu unfreundlich mit ihnen«, murmelte er.

Genau das befürchtete Gina. Sie ging ins Haus und rief Clarisse an, um sich für den Kuchen zu bedanken und ein paar freundliche Worte zu sagen. Als sie in die Küche trat, sah sie, wie John an dem Kasten mit Sicherungen herumfummelte.

»Was tust du?«

»Ich setze die Alarmanlage außer Betrieb. Stell dir vor, Gipsy berührt aus Versehen den Zaun der Pferdekoppel! Innerhalb der nächsten fünf Minuten hätten wir Max hier, das Gewehr im Anschlag, bereit, seine Rösser zu verteidigen.«

Im gleichen Moment klingelte das Telefon. Es war Max, der es bei sich im Haus läuten hören konnte, wenn auf der Farm die Anlage ausgeschaltet wurde. Argwöhnisch erkundigte er sich, was los sei. Mit Engelsgeduld erklärte ihm John, er sei der Ansicht, der Alarm müsse nicht ständig eingeschaltet sein, solange er und Gina sich auf der Farm aufhielten. »Unser Hund streift ständig am Zaun entlang. Ich möchte nicht, daß er aus Versehen den Mechanismus auslöst…«

»Natürlich. Ich habe mir auch nur Sorgen gemacht, weil ich dachte, Sie wollten vielleicht zu den Pferden gehen. Mit dem Schwarzen ist nicht zu spaßen…«

»Ja, Sie sagten es bereits«, entgegnete John mühsam beherrscht. »Vielen Dank, Max. Auf Wiedersehen.« Er hängte ein und wandte sich an Gina. »Man dürfte nicht im Zeitalter der Elektronik leben! Alles ist überwacht. Warum konnten wir nicht im Wilden Westen steckenbleiben? Ich…« Er brach ab und lauschte hinaus. »Ein Auto! Hörst du es? Das muß das Taxi sein!« Er war sehr blaß geworden.

»Das ist Gipsy«, sagte er.

6

»Und Sie sind also die Frau, mit der John lebt«, sagte Gipsy lächelnd und musterte Gina ungeniert von Kopf bis Fuß. »Was für ein schönes, schönes Mädchen! John ist ein Glückskind, das habe ich immer gesagt.«

Gina versuchte durch den Mund zu atmen, um dem Gestank dieses Menschen zu entgehen. Trotz der Hitze des Tages spürte sie eine Gänsehaut auf Armen und Beinen. Sie verstand auf einmal, warum John mit solchem Grauen von Gipsy gesprochen hatte. Dieses haßzerfressene kleine Gesicht. Das höhnische Lächeln. Die absurde Häßlichkeit, der Gestank dieses Menschen. Mensch? So konnte man ihn kaum noch nennen, das war ein… nimm dich zusammen, Gina, befahl sie sich. Er ist todkrank, das Leben hat ihn zerstört. Hör auf, ihn so zu verachten.

»Möchten Sie sich nicht setzen, Mr. …« Wie hieß er noch? Hatte John seinen Namen überhaupt genannt?

»Gipsy. Sagen Sie Gipsy zu mir. Ja, wo wollen wir uns setzen? Dort?« Er wies auf die schattige Veranda und setzte sich gleich darauf in Bewegung. Gina sah sich nach John um, der noch immer mit dem Taxifahrer verhandelte. Sie hatten beschlossen, den Fahrer in die Gaststätte des nächsten Ortes zu schicken, dort sollte er auf ihre Kosten essen und trinken und warten, bis sie ihn wieder anriefen. Dann konnte er Gipsy gleich wieder mit zum Flughafen nehmen.

Gipsy ließ sich in einen der Korbsessel fallen und streckte die Beine von sich. »Haben Sie 'was zu trinken für mich, junge Frau?«

»Natürlich. Was möchten Sie? Wasser? Saft?«

»Ein schönes, kaltes Bier, wenn es geht, das wäre jetzt das Richtige.« Er wollte Lord streicheln, der vorsichtig an ihn herangekommen war, aber der Hund knurrte und wich zurück. Sofort war Gipsy wieder voller Wut. »Hunde, die beißen, gehören erschossen!« fuhr er Gina an.

»Er hat Sie ja gar nicht gebissen!« Und in Gedanken setzte sie hinzu: Das arme Tier hat eben eine sehr empfindliche Nase.

Als sie mit dem Bier und den drei Gläsern wieder auf die Veranda kam, war der Taxifahrer weg, und John kam gerade die Stufen hinauf, langsam und gequält. Für einen Moment stand er im Zwielicht, hob sich als dunkler Schatten gegen den Hintergrund des strahlendhellen Tages ab. Sie warf ihm einen Blick zu, der sagte: Ich bin bei dir, John. Wir schaffen das!

Sie hoffte, er habe den Blick bemerkt.

Gipsy trank ein halbes Glas in einem Zug, dann bekam er einen Schluckauf, den er nicht zu unterdrücken versuchte. »Mein Magen ist im Arsch«, erklärte er, »kann nichts dagegen tun.«

Weder John noch Gina erwiderten etwas darauf. Gipsy kramte seine Schmerztabletten hervor und schluckte eine davon. »Scheußlich, diese Schmerzen. Bin schon ein armes Schwein! Muß doch ein schönes Gefühl für euch sein, daß ihr einem armen, todgeweihten Mann die letzten Wochen mit eurer Kohle versüßt!« Seine Augen schienen John fressen zu wollen, obwohl sein Mund grinste. »Im Flugzeug hab' ich Champagner bekommen. Und was Feines zu Essen. Ist mir allerdings nicht bekommen, mein Magen spinnt seitdem!« Er trank das Glas leer, dann holte er zum Tiefschlag aus. »Jaja. Wir waren beide jünger und gesünder damals in Vietnam, was, John?«

Niemand sagte etwas. Schließlich, nach einer Weile, erklang Johns Stimme, leise und gepreßt. »Ich habe das Geld hier, Gipsy. Nimm es und verschwinde.«

»Warum so unfreundlich, John? Wir haben uns mal ganz gut verstanden, vor Jahren, in dieser verflucht heißen Hölle da drüben.«

»Vor Jahren, Gipsy, du sagst es. Das alles ist sehr lange vorbei. Vergiß es und laß uns auseinandergehen!«

Gipsy grinste. Er hatte bis auf die beiden oberen Eckzähne nur braune Stümpfe im Mund, und das, so dachte Gina, war es wahrscheinlich, was sein Lächeln so unangenehm machte. Sie hätte gern Johns Hand genommen, aber die Geste hätte ihn vielleicht in Gipsys Augen schwach erscheinen lassen, und so tat sie es nicht.

»Das wäre natürlich das Beste für dich, John«, sagte Gipsy, »wenn ich einfach vergessen würde. Ja, ich kann mir denken, daß du dir das wünschst! Aber ich muß dich enttäuschen. Mein Kopf funktioniert noch ganz gut. Ist zwar sonst nicht mehr viel an mir dran, und ich beiße schon bald ins Gras, aber mein Gedächtnis, das ist in Ordnung. Das ist so glasklar, als ob es gestern gewesen wäre, als wir beide durch den Dschungel rannten und unsere Gewehre unter einem Busch vergruben, tief unter den Zweigen. Ob sie da heute noch liegen? Wahrscheinlich hat keine Menschenseele sie je gefunden!«

John preßte die Lippen aufeinander. Gipsy fuhr fort: »Die Schreie unserer Kameraden werden mir immer im Ohr tönen. Manche haben sie nicht einmal erschossen, erinnerst du dich? Sie haben sie mit ihren Gewehrkolben erschlagen. Ein Mensch schreit erbärmlich, wenn er erschlagen wird. Wie ein Kaninchen. Manchmal, wenn ich nachts wach liege, weil meine Schmerzen mich nicht schlafen lassen, höre ich die Schreie.« Er schwieg und sah hinaus auf den sonnigen Hof. Die Pferde waren von der Weide gekommen und drängten sich im vorderen Gatter; die

Anwesenheit von Menschen brachte ihren üblichen Rhythmus durcheinander, und sie warteten ständig darauf, gefüttert zu werden.

»Schöne Pferde habt ihr hier. Gehören sie alle dir, John?«

»Einem Freund. Die ganze Farm gehört einem Freund.« John verkrampfte seine Hände ineinander. So ruhig wie möglich sagte er: »Hör zu, Gipsy, laß es uns kurz machen. Ich rufe jetzt in der Wirtschaft an und lasse dem Fahrer ausrichten, er soll in einer halben Stunde hier sein. Bis dahin hat er eine Kleinigkeit essen und trinken können. Du nimmst das Geld, und dann fahrt ihr zum Flughafen. Du wirst die Maschine nach New York noch kriegen!«

»Oh, ich fliege nicht nach New York zurück«, erklärte Gipsy gelassen.

John starrte ihn an. »Was heißt das? Ich habe dir ein Rückflugticket geschickt!«

»Ja, ich weiß. Aber ich habe mir überlegt, daß es hier viel schöner ist als in New York. Besonders jetzt, wo es Winter wird. Die Winter im Osten sind so entsetzlich kalt! Nein, ich werde mir hier ein schönes Appartement mieten, mit einem Balkon, auf dem ich in der Sonne liege. Außerdem bin ich dann in deiner Nähe, und wenn es mir schlechtgeht, habe ich einen guten Freund, auf den ich mich verlassen kann!«

Johns Augen wurden schmal. »Vergiß es, Gipsy! Mit der einen Million sind wir quitt. Du wirst mich nicht wiedersehen und ich dich auch nicht. Ganz gleich, wo du lebst!«

»Du wirst doch einen Kumpel, der noch zudem ein so gutes Gedächtnis hat, nicht im Stich lassen?« fragte Gipsy lauernd.

»Ich würde ihn notfalls wegen Erpressung anzeigen«, entgegnete John kalt.

»Glaubst du, das macht mir etwas aus? Ich bin ein Toter, der nur zufällig noch lebt. Ich fürchte mich vor nichts und niemandem mehr. All die Jahre hat der Alkohol meine Qual und Angst betäuben müssen, aber jetzt bin ich frei. Ja, John. Ich fürchte mich nicht. Nicht mehr.«

Das häßliche, zerstörte Gesicht trug beinahe einen Ausdruck

von Würde während dieser Worte. Verwundert dachte Gina: Ich kann ihn nicht hassen. Nein – ich habe Mitleid. Mitleid und ein bißchen Angst vor ihm.

John erhob sich. »Ich rufe den Fahrer an. Du kannst dich bringen lassen, wohin du willst.«

»Das Geld«, erinnerte Gipsy.

Zorn und Verachtung sprachen aus Johns Zügen. »Natürlich. Das Geld hole ich auch.«

Er verschwand im Haus. Gipsy räkelte sich behaglich. Lord, der unter dem Tisch gedöst hatte, stand auf und ging davon. Der Gestank war ihm einfach zuviel.

»Eines Tages wird er Gouverneur von Kalifornien sein«, sagte Gipsy, »und vielleicht lebt er eines Tages wirklich im Weißen Haus. Sein Ehrgeiz ist eine Flamme, die brennt und brennt und immer neue Nahrung braucht. Schade, daß ich seinen Triumphzug nicht mehr werde verfolgen können.«

»Das werden Sie wohl nicht«, stimmte Gina ruhig zu.

»Sonst würde ich vor dem Fernseher sitzen und zusehen, wie sie ihn vor dem Capitol vereidigen, und ich würde denken: Jaja, da steht er nun, der neue Präsident, den ihr gewählt habt, und er hat es nur deshalb geschafft, weil der gute, alte Gipsy seinen Mund gehalten hat.«

»Bilden Sie sich nicht zuviel ein, Gipsy. Sie werden schließlich sehr gut bezahlt.«

Er warf ihr einen kurzen, schlauen Blick zu. »Ja, ich weiß. Eine Million Dollar opfert er für seine Karriere. Aber er würde alles opfern, alles! Er würde sogar Sie opfern, Gina, und das wäre ein verdammter Fehler von ihm, aber er würde es tun.«

»Ich fürchte, Sie wissen nicht, wovon Sie reden.«

»Doch, ich weiß es. Und Sie wissen, daß ich recht habe. Sie sind ein viel zu kluges Mädchen, um Hirngespinsten nachzujagen oder sich irgendwelchen Illusionen hinzugeben. Sie haben einen klaren, vernünftigen Verstand.«

»Das geht Sie nichts an, Gipsy.«

»Nein«, entgegnete er friedlich. Dann stand er auf und schlenderte über den Hof zu dem Gatter hin, in dem sich die Pferde hinter dem Zaun drängelten. Sie sah ihm nach, war aber ganz in eigene Gedanken versunken.

Gipsy hatte ja recht. Mit jedem seiner Worte hatte dieser todkranke, verrückte, stinkende Erpresser recht.

Verflucht noch mal, dachte sie, und plötzlich fühlte sie sich sehr erschöpft.

Sie zuckte zusammen, als John auf die Veranda trat. Er hielt den Koffer mit dem Geld in den Händen. »Der Fahrer ist in zwanzig Minuten hier«, sagte er. Er schaute sich suchend um. »Wo ist Gipsy?«

»Er ging zu…« Plötzlich fuhr Gina hoch. »Er ist bei den Pferden! John, er ist im Gatter! Das ist gefährlich, hat Max gesagt. Wir müssen…«

John legte eine Hand auf ihren Arm. »Laß ihn. Das ist seine Sache.«

Fassungslos schaute sie ihn an. »Er hat keine Ahnung, daß er sich in Gefahr befindet, John!« Sie lief die Stufen hinab und rannte über den Hof. Sie wollte nicht rufen, denn das hätte die nervös tänzelnden Pferde vielleicht erst richtig erschreckt.

Auf halbem Weg fiel plötzlich ein Schuß. Im ersten Moment dachte sie, es kann nicht sein, ich habe mich geirrt. Aber dann sah sie die Pferde. Der große Schwarze bäumte sich auf und wieherte schrill. Die anderen taten es ihm nach. Im Nu war Panik im Korral. Ein Knäuel aus tobenden Pferden. Und mittendrin ein Mensch.

»Gipsy!« Sie schrie, so laut sie konnte. »Gipsy!«

Gipsy hatte den Schuß auch gehört, und instinktiv brachte er ihn sofort mit sich selber in Zusammenhang. Er fühlte nichts außer den Schmerzen, die er ohnehin ständig hatte, daher glaubte er nicht, daß er von einer Kugel getroffen worden war. Aber im selben Moment drehten die Pferde durch, und er begriff den Sinn des Schusses. Wenn es ihm nicht gelänge, das Tor zu erreichen, würde er von den verfluchten Gäulen zu Tode getrampelt werden.

Er versuchte sie zu beruhigen. »Psst! Ganz ruhig! Ist ja alles gut! Ruhig!«

Aber die Pferde steigerten sich in eine Hysterie, in der sie nicht mehr erreichbar waren. Der Schwarze hatte nur darauf gewartet. Überzüchtet und hochgradig nervös wie er war, langweilte er sich auf der stillen Farm zu Tode, und er befand sich in einer Stimmung, in der ihn das Ritschen eines Streichholzes explodieren lassen konnte. Hoch aufgebäumt stand er da und wirbelte mit den Beinen. Gipsy wich zurück, als die Hufe hinuntergesaust kamen, aber er stieß gegen ein anderes Pferd. Schützend hielt er die Arme vors Gesicht. Ein Schlag traf seine Hand, er brüllte laut auf vor Schmerz. Der nächste streifte seine Schulter und riß sein Hemd in Fetzen. Er versuchte auf das Pferd zu klettern, das hinter ihm stand, aber das bäumte sich ebenfalls auf, und er war mit seiner kaputten Hand nicht schnell genug. Er rutschte kraftlos wieder hinunter. Der Schwarze hatte sich umgedreht und schlug mit den Hufen nach hinten aus. Er zerschmetterte Gipsys linkes Knie und versetzte ihm gleich darauf einen Tritt in den Unterleib, der ihn halb bewußtlos vornüberkippen ließ. Im Fallen empfand er plötzlich Todesangst, überwältigend heftig. Das verwunderte ihn, denn sein Tod stand seit langem fest, und er verstand nicht, weshalb er noch an diesem schmerzvollen, kaputten, krebszerfressenen Leben hing. Aber er hing daran, mit jeder Faser seines Wesens hing er daran. Er schluchzte auf, der ganze Wahnsinn der letzten Jahre glitt blitzschnell durch sein Gedächtnis, und am schlimmsten war der Kummer darüber, daß sein Leben sinnlos und verpfuscht gewesen war, daß er es umnebelt vom Alkohol, eingesponnen in seinen Haß hatte vergehen lassen. Warm lief ihm das Blut aus der Nase, gleichzeitig füllte es von innen her seinen Mund, trat sprudelnd über seine Lippen.

Von weither hörte er seinen Namen; er wußte, es war das dunkelhaarige Mädchen, das nach ihm rief. Diese wunderschöne, junge Frau… und John würde sie zum Teufel gehen lassen. So wie ihn. Ein Hufschlag traf seinen Kopf. Er war in derselben Sekunde tot.

»Hafer!« brüllte John. »Schütte ihnen Hafer in den Trog! Das lenkt sie ab!«

»Wo ist der Hafer?«

»Mein Gott, ich weiß es auch nicht. Im Stall wahrscheinlich. Schau halt nach!«

Sie rannte in den Stall, suchte fluchend nach dem Lichtschalter, fand ihn endlich und knipste die schummrige Beleuchtung an. Gehetzt blickte sie sich um und entdeckte endlich einen großen Sack mit der Aufschrift »Hafer«. Sie schnappte sich einen herumstehenden Eimer, tauchte ihn tief in die Tüte, zog ihn zur Hälfte mit Hafer gefüllt wieder heraus und lief auf den Hof. Der Eimer war schwer. Sie biß die Zähne zusammen.

Lieber Gott, laß Gipsy am Leben bleiben!

Die Pferde tobten noch immer. Von Gipsy keine Spur, er mußte irgendwo inmitten des wütenden Knäuels zu Boden gegangen sein. John riß Gina den Eimer aus der Hand und jagte zum Zaun, an dessen Innenseite die Rinne für den Hafer verlief. »Hey!« rief er, so laut er konnte. »Hey, ihr verdammten Viecher, ihr habt hier etwas zum Fressen!«

Die Pferde begriffen sofort und kamen eilig heran. Im Nu herrschte Stille. Einträchtig standen sie in Reih und Glied und fraßen ihren Hafer.

Gina rannte sofort ins Innere des Gatters. Sie entdeckte Gipsy als blutigen, leblosen Klumpen Mensch. Den Tränen nahe beugte sie sich zu ihm hinunter und versuchte vorsichtig, das ineinander verschlungene Gewirr von Armen und Beinen zu lösen. »Gipsy! Gipsy, hörst du mich?«

Krank und entkräftet, wie er gewesen war, wog sein Körper doch noch schwer. Gina schaffte es kaum, ihn von der Stelle zu bewegen. John erschien neben ihr. Gemeinsam schleiften sie Gipsy an den Armen aus dem Gatter hinaus in den Hof. Dort ließen sie ihn fallen. Eine dünne Blutspur markierte den Weg.

»Er ist tot«, sagte John, nachdem er Gipsy untersucht hatte.

Gina starrte ihn entsetzt an. »Bist du sicher?«

»Ja – oder hast du schon mal einen Lebenden gesehen, dem weder Puls noch Herz schlägt?« fauchte John. Er betrachtete die Blutspur und sagte: »Irgendwo müßte es doch hier einen Gartenschlauch geben, mit dem ich das wegspritzen kann!«

331

»Wir müssen einen Arzt holen«, drängte Gina, »er soll Gipsy noch einmal…«

»Bist du wahnsinnig? Damit er dann möglichst noch die Polizei verständigt?«

»Ja, was willst du denn sonst machen? Wenn Gipsy tatsächlich tot ist, willst du dann seinen Tod unterschlagen?«

»Soll ich ihn in die Zeitung setzen?«

»Du kannst ihn doch nicht einfach im Wald verscharren, oder was bildest du dir ein?« rief Gina außer sich.

Sie schwiegen beide. Still und heiß senkte sich die mittägliche Ruhe wieder über die Farm. Mücken schwirrten durch die Luft. Aber in die Idylle hatte ein Schuß gekracht; sie wußten es beide. Jetzt war nur noch das leise, gleichmäßige Kauen der Pferde zu hören, im Hintergrund das Plätschern der Quelle. Lord lief in einem großen Kreis um das kleine Grüppchen herum, an den stinkenden Gipsy wagte er sich noch immer nicht heran.

»Der Taxifahrer kann jeden Moment kommen«, sagte John nervös.

»Dann schicken wir ihn gleich los, einen Arzt holen.« Ginas Stimme klang zu ihrer eigenen Verwunderung ruhig und bestimmt. »John, es war ein Unfall, was hier passiert ist. Gipsy ist eigenmächtig zu den Pferden hineingegangen. Max kann jedem bestätigen, wie gefährlich das ist.«

»Wenn der Alarm nicht ausgeschaltet gewesen wäre…«

»Wenn wir hier eine Woche Urlaub machen, ist es wohl mehr als wahrscheinlich, daß wir den Alarm tagsüber ausschalten. Wir befinden uns auf einer Farm, nicht in Fort Knox.«

»Oh, Gott!« Wie immer, wenn John sich aufregte, fuhr er sich mit allen zehn Fingern durch die Haare. »Was sage ich denn, wenn die wissen wollen, warum Gipsy hier war?«

»Ein alter Kriegskamerad von dir. Du hast jetzt erst erfahren, wie krank er ist, und hast ihn zu dir eingeladen, um ihm ein paar schöne Tage zu machen. John«, sie nahm seine beiden Hände, und es kam ihr schmerzhaft zu Bewußtsein, wie grotesk die Situation war: Sie knieten im Staub unter brennender Sonne und reichten sich die Hände über einen Toten hinweg. »John, niemand wird das merkwürdig finden. Glaub mir. Kein Mensch weiß, daß du auf der Veranda einen Koffer mit einer Million Dollar hast, und es wird auch keiner je erfahren. Niemals!«

Er hob seinen Blick von dem toten Gipsy, und in seinen Augen dämmerte das Erstaunen darüber, wie schnell sie sich gefaßt hatte, wie bedingungslos sie bereit war, ihm zu helfen, und wie fair sie sich verhielt, indem sie mit keinem Wort den Schuß erwähnte. »Wenn du ihn einfach… verschwinden läßt«, fuhr sie fort, »begibst du dich in weit größere Gefahr. Zumindest der Taxifahrer weiß, daß er hier war.«

»Er wird sich nicht an jeden Fahrgast erinnern.«

»An diesen, fürchte ich, schon. Möglicherweise wird kein Mensch je nach Gipsy forschen, aber weißt du genug von seinem Leben, um das vollkommen ausschließen zu können? Du solltest kein Risiko eingehen.«

Das waren Worte, die er verstand. »Ja«, sagte er, »ja, du hast recht. Wir müssen…«

Ein fröhliches Hupen klang von der Einfahrt des Hofes her. Das Taxi bog um die Ecke. John war jetzt weiß wie die Wand. »Gina…« Wenn alles gutgegangen ist, wirst du dich zu seinem Tod beglückwünschen, dachte sie bitter. Laut sagte sie: »Alles wie besprochen. Verstanden?« Das kam so scharf, daß er zusammenzuckte. Sie war bereits aufgestanden und dem Taxifahrer entgegengelaufen.

Dieser betrachtete die Leiche mit einer Mischung aus Neugier und Grauen, und beglückwünschte sich ganz offensichtlich dazu, daß am Flughafen gerade dieser Mann in sein Auto gestiegen war. Erst wäre er ja beinahe in Ohnmacht gefallen, so hatte der häßliche Kerl gestunken, und es hatte nicht einmal etwas genützt, alle Fensterscheiben und das Verdeck aufzukurbeln. Aber dann war es eine lange Fahrt geworden, bis in die Berge hinein, das brachte viel Geld. Zurück sollte er ihn auch noch bringen, das brachte noch einmal soviel Geld. Dazwischen ein freies Mittagessen – und jetzt war der Kerl auch noch tot! Die schöne junge Frau bat ihn ganz aufgeregt, er möge doch gleich einen Arzt holen, und er schaute in ihre flackernden Bernsteinaugen und fragte sich, warum er solche Frauen nie kennenlernte.

»Klar«, sagte er, »ich mach das. Ich treibe einen Arzt auf und verständige die Polizei. Armer Kerl, der Alte da! Hat man so was schon erlebt? Von Pferden totgetrampelt!« Er schauderte wohlig.

Gina gebärdete sich, als sei sie vollkommen durcheinander, und sie tat das so überzeugend, daß John sie bewundernd anstarrte. Wenn die Polizei erschiene, würde sie hilflos und entsetzt herumflattern, und am Ende würden die Beamten mehr Mitleid mit ihr haben als mit dem Toten. Er dachte an seine eigene Kopflosigkeit und wußte, er hätte es Gina zu verdanken, wenn das alles gut ausginge.

Ich brauche sie, ging es ihm durch den Kopf, ich brauche sie mein Leben lang.

»Ich werde Max anrufen«, sagte sie. Durch das geöffnete Fenster vernahm er ihre aufgeregte Stimme. »Max, hier ist Gina Loret. Es ist etwas Furchtbares geschehen. Sie müssen gleich herüberkommen…«

Es hatte furchtbar viel Aufregung und Wirbel gegeben, und als dann der Abend hereingebrochen war und endlich wieder Stille herrschte, kam es Gina vor, als müsse ihr Kopf platzen. Wirr und wild zogen Bilder und Stimmen des Tages durch ihr Gedächtnis: Clarisse, die fassungslos weinend mitten im Hof stand und schließlich zwei Schnäpse brauchte, weil sie umzukippen drohte.

Max, der wieder und wieder sagte: »Aber ich hatte doch ausdrücklich vor dem Schwarzen gewarnt!« Bis es John reichte und er ihn anfuhr: »Ja, verdammt, das haben Sie, und nun ist es trotzdem passiert, deshalb seien Sie endlich still!«

Die zwei Beamten, von denen der eine mit unbewegter Miene den Geschehenshergang zu Protokoll nahm, sehr sachliche Fragen stellte und sich über gar nichts zu wundern schien. Sein Kollege hatte es sich in den Kopf gesetzt, Gina zu trösten. Er stand ständig neben ihr, hielt ihr etwas zu ausgiebig die Hand und sagte: »Kommt alles wieder in Ordnung, junge Frau, kommt alles in Ordnung!«

Dann war da noch der Taxifahrer, den John längst bezahlt und dem er mindestens dreimal ›Auf Wiedersehen‹ gesagt hatte, der sich aber nicht vom Ort des Geschehens losreißen konnte.

Ein Arzt – mit angewidertem Gesichtsausdruck – stellte den Tod fest. Er nahm danach dankbar einen Schnaps, den Gina ihm anbot, leerte die halbe Flasche und hatte einen etwas schwankenden Gang, als er schließlich davonging.

Ein Reporter tauchte plötzlich auf, ein kleiner, schmächtiger Mann, der heftig lispelte und lange, dünne blonde Haare hatte. Gina mutmaßte, der Taxifahrer habe ihn verständigt. Er besaß ein kleines Tonbandgerät, dessen Rücklaufmechanismus nicht funktionierte, weshalb er ständig mit der Kassette im Kampf lag und mit den Fingern an ihr herumdrehen mußte. Er ging jedem auf die Nerven, wurde nur angeschnauzt und fand das einzige willige Opfer in der armen Clarisse, die aber vor lauter Schluchzen kein Wort hervorbrachte und sich daher als ungeeignete Interviewpartnerin erwies.

Und John schließlich, er war so bleich gewesen. Gina hatte immer nur gedacht, hoffentlich steht er es durch. Einmal schien es, als wolle er die kleine Ratte von einem Journalisten am liebsten vom Grundstück jagen, aber er beherrschte sich zum Glück. Sie mußten so harmlos wie möglich wirken, verstört natürlich, weil ein guter Freund auf schreckliche Weise ums Leben gekommen war, aber weder Polizei noch Presse fürchtend. John durfte sich nicht in Mißkredit bringen, indem er einen Journalisten zusammenschlug.

Wo war John überhaupt? Gina hatte sich elend und erschöpft in einen der Korbsessel auf der Veranda fallen lassen, noch so weit kontrolliert, daß sie ängstlich jenen Stuhl vermied, auf dem Gipsy gesessen hatte. Jetzt stand sie auf und lauschte ins Haus. Tatsächlich, sie hatte es sich gedacht. Sie hörte das vertraute Geräusch von Eiswürfeln, die in ein Glas fielen. Also machte sich John schon wieder einen Drink, den wievielten eigentlich in den letzten Stunden? Sie ging ins Wohnzimmer. John stand an der

335

Bar und schob gerade die Wodkaflasche von sich. Der Aschenbecher auf dem Tisch quoll beinahe über. Johns Gesichtsfarbe war von einem gespenstischen Grau.

»Du mußt Hunger haben«, sagte Gina sanft, »soll ich etwas zu essen machen?«

John erschrak, er hatte sie nicht kommen hören. »Nein«, sagte er, »ich bringe jetzt nichts hinunter.«

»Oh – von diesem Zeug da schon eine ganze Menge, oder nicht?« Gleich darauf tat ihr diese Bemerkung leid. Sie hatte nicht zynisch sein wollen. »Entschuldige. Du hattest einen harten Tag. Vielleicht solltest du dich zu mir auf die Veranda setzen, wir könnten… über alles reden?«

Er trank ein paar Schlucke. »Das nützt doch nichts mehr.«

»Es nützt auch nichts, wenn du dich betrinkst.«

»Mir nützt es etwas. Ich denke dann nicht mehr so genau an alles, was war.«

Du denkst nicht mehr daran, daß du einen Mann umgebracht hast!

Sie schwiegen beide. In die Stille hinein schrillte das Telefon. Gina wollte abheben, aber John war schneller. Sie sah, daß sein Gesicht einen gehetzten Ausdruck annahm.

»Wo haben Sie das gehört?« fragte er. Dann, nach einer Weile, sagte er heftig: »Jaja, es stimmt. Und jetzt lassen Sie mich bitte in Ruhe. Es ist eine Unverschämtheit, um diese Zeit anzurufen!« Er knallte den Hörer auf die Gabel. »Dieser Schmierfink von heute nachmittag war es. Wollte wissen, ob ich der Eastley bin, den die Republikaner bei der nächsten Gouverneurswahl in Kalifornien möglicherweise als Spitzenkandidaten aufstellen wollen. Es blieb mir nichts anderes übrig, als es zuzugeben. Oh, verdammt!« Wieder raufte er sich die Haare, sie standen nun schon in alle Richtungen, was ihm etwas rührend Kindliches gab. »Nun wird es durch die Presse gehen!«

Er leerte sein Glas, setzte sich in einen Sessel und schien auch vom letzten Rest Energie verlassen.

Gina trat zu ihm und strich ihm sacht über den Kopf. »Du überstehst die Sache leicht, John. Es ist eine unangenehme Angelegenheit, aber dir wird niemand die Schuld daran geben. Du hast sofort die Polizei verständigt. Max hat jedem, ob er es hören wollte oder nicht, erzählt, wie gefährlich der schwarze Hengst ist. Und es weiß ja niemand, daß...« Sie brach ab.

John sah sie an. »Sprich es doch aus, Gina. Es weiß niemand, daß erst durch meinen Pistolenschuß die Pferde panisch wurden, das wolltest du sagen, nicht?«

Sie nickte. Es kostete sie ihre ganze Selbstbeherrschung, ihn nicht anzuschreien: »Ja, das wollte ich sagen, John, und erklär mir, verflucht noch mal, warum du das getan hast? Warum, warum, warum?«

Aber sie schwieg und hörte John leise flüstern: »Ich weiß nicht, was über mich gekommen ist. Ich weiß es nicht...«

Du weißt es schon, dachte sie hart, deine ewige Angst um deine Karriere ist über dich gekommen, diese Karriere, für die du über Leichen gehen würdest...

»Kein Mensch«, sagte sie fest, »wird je erfahren, was hier geschehen ist. Niemals.«

»Gina, ich...« Er hielt ihre Taille umschlungen und preßte sein Gesicht in ihren Schoß, und sie wußte, sie liebte ihn trotz allem.

»Ich mach jetzt doch was zu essen«, sagte sie, aber John stand auf und nahm ihre Hand. »Nein. Laß uns ins Bett gehen.«

Aha, das Allheilmittel der Männer in schwierigen Situationen.

Sie gingen hinüber ins Schlafzimmer, zogen sich jeder alleine für sich aus, abgewandt vom anderen, konzentriert auf sich selber. Gina ging ins Bad und putzte die Zähne. Im Spiegel betrachtete sie ihr Gesicht. Hauchfein zeigten sich auf der Nase ein paar Sommersprossen. John hatte heute einen Mann getötet, sie hatte zugesehen und geholfen, es zu vertuschen. Wie sah eine Frau aus, die das tat? Nicht anders als vorher, stellte sie fest. Sie verteilte ein paar Spritzer Parfum an Hals und Armen, bürstete sich über die Haare und kehrte ins Schlafzimmer zurück. John lag schon im Bett, er wirkte verletzlich und schutzlos. Sie kroch zu ihm unter die Decke wie in eine Höhle, dabei war sie es, die ihm heute Schutz und Trost geben mußte. Sie schlang beide Arme um ihn. »Du bist mir das Liebste, John«, flüsterte sie, »für immer.«

Sie hatten einander nie so lange, so zärtlich, so innig geliebt. Sie lagen und hielten sich in den Armen, einer den anderen streichelnd, ihn festhaltend, sehnsüchtige Worte flüsternd. Sie liebkosten einander mit ihren Lippen, leckten sich wie junge Katzen, kugelten übereinander wie Kinder, lachten leise und waren gleich darauf wieder von feierlichem Ernst. Sie waren ganz verzückt, als entdeckten sie zum ersten Mal etwas, was sie nie gekannt hatten. Sie bewegten sich vorsichtig, steigerten ihre Lust, um dann wieder still zu werden und nur mit Händen und Lippen den anderen zu berühren. Und plötzlich wurde ihre Lust zu unhaltbarer Leidenschaft.

Nachher lagen sie ineinander verschlungen da, schliefen, wie kleine Tiere einschlafen, mitten im Spiel überrascht. Sie wachten auf und kuschelten sich noch enger aneinander, und es war, als seien sie ein Herzschlag, ein Atem. Sie dämmerten, träumten…

John dachte, sie liebt mich um nichts weniger als vorher, und ich bin in Sicherheit.

Gina dachte, seltsam, es ist nicht anders als früher, es ist schöner, wir sind nicht nur Liebende, wir sind Komplizen.

Über diesen Gedanken schlief sie schließlich ein.

April 1983

Der Aprilabend war kühl und regnerisch. Ein ungemütlicher Wind wehte durch Londons Straßen. Von wegen Frühling, dachte Steve, der mit hochgeschlagenem Mantelkragen, die Hände tief in den Taschen seines Mantels vergraben, die Regent Street entlanghastete, es wird Zeit, in ein wärmeres Land zu kommen.

Er hatte das Flugticket! London-Sydney. Für Freitag, den 15. April. Also morgen.

Wenn die Hunter, diese alte Hexe wüßte, daß heute sein letzter Tag in ihrem blöden Büro gewesen war! Zum letzten Mal: »Ja, Miss Hunter.« »Nein, Miss Hunter.« Er hatte sie sehr freundlich angelächelt, als er ging. »Auf Wiedersehen, Miss Hunter. Bis morgen dann!« Bildete er es sich ein, oder sah sie ihn tatsächlich lauernd an? Aber von Anfang an hatte er das Gefühl gehabt, daß sie um ihn herumschlich wie eine Katze um die Maus. Wahrscheinlich war das einfach ihre Art. Flüchtig tat ihm der arme Trottel leid, der sein Nachfolger werden würde.

Während er die Regent Street entlanglief, überlegte er, wie der morgige Tag im Büro aussehen würde. Er war in der letzten Zeit öfter zu spät gekommen, so daß es die Hunter nicht als besonders ungewöhnlich empfinden würde, wenn er um acht Uhr nicht an seinem Schreibtisch saß. Sie würde vor sich hin schimpfen und wahrscheinlich beschließen, Mrs. Gray endgültig davon zu überzeugen, daß sie diesen unzuverlässigen Burschen unbedingt hinauswerfen müßte. Aber sie jagte bestimmt nicht gleich zur Polizei. Irgendwie hegte er noch immer eine unbestimmte Furcht, diese Frau könnte ihm in letzter Sekunde eine Falle stellen. In Sicherheit konnte er sich erst fühlen, wenn das Flugzeug in der Luft war – noch besser, wenn er in Sydney ohne Schwierigkeiten die Paßkontrolle passiert hätte. Die Maschine startete um acht Uhr. Er konnte England seit einer Stunde verlassen haben, ehe die Hunter anfing, sich zu wundern. Zuerst rief sie sicher bei ihm zu Hause an. Wahrscheinlich würde seine Wirtin das Telefon abnehmen. »Nein, Miss Hunter, Mr. Marlowe ist nicht da. Ist er nicht zur Arbeit gekommen?«

Natürlich durfte die Wirtin nicht merken, daß er das Haus viel zu früh verließ, schon gar nicht, daß er einen Koffer bei sich hatte. Aber da hatte Steve wenig Bedenken: Die Wirtin hatte einen gesegneten Schlaf und fand ohnehin meistens erst spät am Vormittag aus dem Bett.

Er besaß fast fünftausend Pfund. Das machte ihn nicht zum reichen Mann, gewiß nicht, aber er konnte eine ganze Weile damit auskommen. Wenn ihn nur eine Bank anstellte! Natürlich würde man auch in Australien auf jenen Vermerk in seinen Papieren stoßen, der auf seine Gefängniszeit hinwies, aber er war überzeugt davon, man würde das dort nicht so eng sehen. Er dachte daran, woraus sich die erste weiße Bevölkerung auf dem fernen Kontinent im Südpazifik rekrutiert hatte: britische Strafgefangene, die man im 19. Jahrhundert auf Schiffen dorthin gebracht hatte, wo sie arbeiten und sich irgendwie durchschlagen mußten. Viele, die heute dort leben, waren Nachfahren von Dieben, Hehlern, Mördern. Fast eine Ironie, daß er sich gerade dort einzureihen gedachte. Aber sehr passend. Wäre er nur erst da!

Ein Instinkt hatte ihm eingegeben, daß es höchste Zeit wäre, jetzt wegzugehen. Keine Woche länger. Das Glück war ihm schon zu lange hold. Natürlich, es kam auf jeden Pence an, und jede Woche, die er länger bliebe, machte ihn reicher. Aber es wuchs auch die Gefahr. Er durfte jetzt nicht leichtsinnig werden, durfte nichts riskieren. Fünftausend Pfund müßten reichen. Damit würde er ein anständiges Leben beginnen. Er sehnte sich so danach. Angepaßt an die bürgerliche Gesellschaft, von denen geachtet, die auf Ehre und Anstand hielten. Das hatte er immer gewollt, nichts sonst.

In einem Herrenbekleidungsgeschäft erstand er einen leichten, weißen Mantel. Gutes Auftreten war jetzt wichtig. Er zögerte, als er die Uhren in der Auslage eines Juweliers entdeckte. Wenigstens ein neues Lederarmband… Aber dann schüttelte er den Kopf. Alles zu teuer. Er mußte so auskommen.

Je näher er seiner Wohnung kam, desto nervöser wurde er, und er konnte sich das eigenartige Gefühl von Unruhe nicht erklären. Er hatte doch alles sehr genau geplant, nun mußte er seinen Plan nur noch langsam Schritt für Schritt in die Wirklichkeit umsetzen.

Kurz vor dem Trafalgar Square kehrte er um und beschloß, noch irgendwo etwas zu essen. In einer kleinen Pizzeria, deren Besitzer ihn mochte, weil er oft hierherkam, aß er eine Pizza mit Thunfisch, Artischocken, Zwiebeln und Oliven und trank einen Viertelliter Rotwein dazu. Er rauchte langsam zwei Zigaretten und lauschte einem hingehauchten Liebeslied aus der Musicbox. Der Wein ließ ihn sich besser fühlen. Es war kurz nach zehn Uhr.

Der Wirt näherte sich dem Tisch. »Noch einen Kaffee vielleicht?«

»Ja, gern.« Er trank sonst nie abends Kaffee, weil er dann die ganze Nacht wach lag. Aber diesmal – er wußte beim besten Willen nicht warum – suchte er einen Aufschub nach dem anderen. Um kurz vor elf schließlich verließ er das Lokal.

Das Haus lag ruhig und still, nirgends ein Licht. Gut so, die Wirtin schlief also. Sie würde ihn nie mehr zu Gesicht bekommen, denn um sechs Uhr am nächsten Morgen würde er das Haus bereits verlassen. Er kramte seinen Schlüssel hervor und steckte ihn gerade ins Schloß, als sich zwei Schatten aus den Forsythiensträuchern rechts und links der Tür lösten.

»Steve Marlowe?« Es handelte sich um zwei Männer in hellen Trenchcoats, der eine von ihnen trug einen Hut, der andere hatte einen Regenschirm über dem Arm hängen. »Sind Sie Mr. Steve Marlowe?«

Im ersten Moment schoß ihm der Gedanke durch den Kopf, »Nein« zu sagen, aber dann wurde ihm klar, wie absurd es gewesen wäre, und er sagte: »Ja.« Gleichzeitig hatte er das Gefühl, jemand habe ihm in den Magen geschlagen.

»Polizei«, sagte der mit dem Hut und zückte seinen Ausweis.

»Mr. Marlowe, gegen Sie liegt eine Anzeige vor wegen Unterschlagung. Wir müssen Sie leider bitten, mit uns zu kommen.«

»Das kann nicht sein«, behauptete Steve, aber es war ihm dabei, als sei nicht er es, der diese Worte sprach, sondern als habe ein Automat in ihm die Aufgabe übernommen, Sätze und Gedanken zu formen. Er merkte, wie seine Handflächen feucht wurden.

»Eine gewisse Miss Lydia Hunter behauptet, Sie hätten Unterschlagungen in Höhe von mindestens 15000 Pfund begangen.«

»Wie kommt sie denn darauf?« Oh, Gott, die Hunter! Das falsche, alte Weib! Er hatte gespürt, daß sie ihn belauerte, ihn umschlich, ihn ansah, als wisse sie alles von ihm. Warum hatte er seinem Instinkt nicht getraut?

»Miss Hunter hat Beweise. Aber darüber sollten wir hier nicht sprechen. Wenn Sie möchten, begleiten wir Sie hinauf in Ihre Wohnung, damit Sie ein paar Sachen einpacken können.«

Nur das nicht, dachte er panisch, am Ende finden sie das Flugticket. Und mein gepackter Koffer steht in der Ecke!

»Ich brauche nichts mitzunehmen«, sagte er, »denn ich gehe davon aus, daß ich ohnehin bald zurückkehre. Es kann sich nur um einen Irrtum handeln.«

»Wie Sie möchten. Dann kommen Sie bitte mit.«

Während er den beiden Beamten die Straße entlang folgte, fing es an zu regnen. Der Schein der Laterne spiegelte sich im Asphalt. Hier und da brannte Licht in den Häusern, warme, sanfte Helligkeit. Die Regentropfen schlugen Steve ins Gesicht. Warum, dachte er verzweifelt, bin ich nicht schon heute früh geflogen?

Er dachte an die Warnungen seines Unterbewußtseins, daran, wie er seine Rückkehr den ganzen Abend über hinausgezögert hatte. Du Narr! Du verdammter Narr!

Sie hatten das Auto erreicht, es stand in einer Seitenstraße. Natürlich, die waren ja keine Anfänger, und ein Auto vor dem Haus hätte sein Mißtrauen erregen können. Er mußte sich auf den Rücksitz setzen, einer der Männer nahm neben ihm Platz,

der andere am Steuer. Gleichmäßig streiften die Scheibenwi-
scher über die Windschutzscheibe. Nur wenige Autos kamen
ihnen entgegen. Es war nicht viel los in London, in dieser verregneten Nacht.

Steve starrte auf seine Hände, die ineinander verkrampft in
seinem Schoß lagen. *Wenn ich wieder ins Gefängnis muß, bringe ich
mich um!*

Er merkte nicht, daß ihm die Tränen über das Gesicht liefen.

August 1983

1

Natalie überlegte, wie das amerikanische Publikum wohl reagierte, wenn sie die Gelegenheit nutzen und ihm reinen Wein einschenken würde. »Ich kann jeden einzelnen Tag meines Lebens nur überstehen, wenn ich 30 mg Valium schlucke. Ich bin gut, weil ich vollkommen zugepumpt bin mit dem Zeug. Was meinen Sie, was passiert, wenn ich es weglasse? Ich fürchte, keiner von Ihnen würde mich wiedererkennen...«

Eigenartig, dachte Natalie, selbst einmal Gast einer Talkshow zu sein. Ein dreiviertel Jahr hatte sie im amerikanischen Fernsehen Berühmtheiten interviewt und war damit zu einer bekannten Person in den USA geworden. Sie hatte Einschaltquoten von 30%. »Mehr kriegt Ronald Reagan auch nicht«, hatte ihr Produzent einmal gesagt. Natalie empfand es als Ehre, bei Amerikas berühmtestem Talkmaster eingeladen zu sein, aber natürlich war sie durch sämtliche Höllen des Lampenfiebers gegangen.

»Sie kennen sich in Fernsehstudios ja bestens aus«, hatte Carson zu ihr gesagt, als sie vor der Sendung miteinander telefonierten. »Ihnen muß ich nicht viel erklären, und ich nehme an, Sie werden nicht allzu nervös sein!«

»Oh, täuschen Sie sich nicht!« Sie lachte gezwungen. »Es ist schon etwas anderes, wenn man selber plötzlich in die Mangel genommen wird!« In Wahrheit fühlte sie sich viel elender, als sie zugeben mochte. Bei ihren eigenen Sendungen war sie immer von der gleichen Crew umgeben, man kannte dort ihre Schwächen, hatte gelernt, sich darauf einzustellen. Sowie die obligatorische Musikeinlage kam, stand die Maskenbildnerin schon mit der Puderquaste bereit, jemand brachte ein Glas Wasser, der Produzent – ein netter, junger, schwuler Mann von fünfunddreißig Jahren – legte ihr den Arm um die Schultern und sagte: »Ganz ruhig, Nat. Tief durchatmen. Es läuft alles ganz großartig!« Sie hatte zwar niemandem erzählt, daß sie Tabletten nahm, aber sie vermutete, daß man in ihrer unmittelbaren Umgebung etwas ahnte. Sie hatte einmal durch Zufall zwei Leuten zugehört, die sich am Mischpult unterhielten. »Verdammt begabt, das Mädchen aus England. Schade, daß sie…«

Der Rest verlor sich in einem Flüstern. Natalie war überzeugt, daß sie über Drogen gesprochen hatten.

Hier bei Johnny Carson bewegte sie sich auf fremdem Terrain. Hier leistete ihr keiner Hilfestellung. Sie trug ein Kleid von Valentino, grüne Seide, sehr schmal geschnitten, mit einem breiten, bunten Gürtel um die Taille. Ihre Haare waren inzwischen länger, glatt und glänzend fielen sie bis auf die Schultern. Natalie wußte, daß sie gut aussah, und das verlieh ihr ein wenig Sicherheit. Aufmerksam hörte sie Johnny Carsons nächster Frage zu.

»Hat es in Ihrem Leben zu irgendeinem Zeitpunkt den Augenblick gegeben, von dem Sie heute sagen würden, es war eine Wende in Ihrem Leben?«

»Nein. Es hat keinen Wendepunkt in meinem Leben gegeben. Nicht, was meine Arbeit, meinen Beruf angeht. Ich habe immer genau gewußt, was ich wollte, und ich bin darauf zugegangen – einigermaßen geradlinig, wie ich glaube.«

»Und wie ist es mit Ihrem Privatleben?«

Sie sah ihn fest an. »Auch da kann ich nicht sagen, daß es jemals einen Wendepunkt gegeben hätte.«

»Natalie«, sagte Johnny. »Sie haben bei Ihrem Fortgang von England für nicht unerheblichen Wirbel in der Presse gesorgt. Denn Sie gingen damals nicht allein. Sie wurden begleitet von einer jungen Schauspielerin, die Ihretwegen eine glänzende Zukunft in London aufgab. Ihr Name: Claudine Combe. Man sagt, Ihr Verhältnis zu Madame Combe sei sehr intimer Art.«

Er sah sie abwartend an, sie erwiderte seinen Blick schweigend. Er hatte keine Frage gestellt, also antwortete sie nicht.

»Es belastet Sie nicht«, sagte Johnny Carson, »in aller Öffentlichkeit als Lesbierin dargestellt zu werden?«

Sollte sie es abstreiten? Ausweichen? Die Klippe geschickt umschiffen?

Der gestrige Abend kam ihr ins Gedächtnis: Claudine war aus Philadelphia, wo sie gerade einen Film drehte, nach New York gekommen, um die nervöse, fiebrige Natalie nicht allein zu lassen.

»Laß uns essen gehen, Nat. Es ist nicht gut, wenn du den ganzen Abend in deiner Wohnung verbringst. Du brauchst jetzt ein bißchen Ablenkung!«

»Ich kann nicht. Ich kann heute abend nicht weggehen. Mir ist schlecht und...«

»Dir ist schlecht, weil du wahrscheinlich seit Stunden nichts gegessen hast. Komm mit!«

Natalie ließ sich schließlich überreden. Sie hatte inzwischen ein kleines Appartement in der 72. Straße East, das sie eigentlich zusammen mit Claudine bewohnte. Aber Claudine war seit einiger Zeit ständig beruflich unterwegs. Etwas in ihrer Beziehung hatte sich gewandelt. Zu Anfang, in London, war es Claudine gewesen, die heftiger liebte und beständig darum warb, soviel Zärtlichkeit zurückzuerhalten, wie sie gab. Sie litt unter dem Heimweh nach ihrer Familie und Paris, und Natalie hatte eindeutig die Füße fester auf dem Boden. In Amerika wendete sich das Blatt. Claudine gewöhnte sich daran, nicht mehr bei ihren Eltern zu sein, fand auf einmal Gefallen an ihrem selbständigen Leben. Natalie hingegen brauchte immer mehr Valium, kam mit ihrem Therapeuten nicht zurecht und reagierte daher auf das Babylon Manhattan ängstlich und nervös. Es kam zu gereizten Auseinandersetzungen zwischen ihr und Claudine, wenn Claudine wieder für einige Wochen ihre Koffer packte. »Immer läßt du mich allein! Ich frage mich, warum du überhaupt mitgekommen bist nach Amerika!«

Sie landeten in einem chinesischen Restaurant, das wegen seiner wunderbaren Peking-Ente weit über den Big-Apple-Bereich hinaus berühmt war. Dazu tranken sie heißen Sakewein. Claudine erzählte von ihrem neuen Film und brachte es fertig, daß sich Natalie im Laufe des Abends ein wenig entspannte.

Arm in Arm gingen sie schließlich durch die warme August-
nacht nach Hause. Im Central Park leuchteten die Laternen, und
es hielten sich viele Menschen in den Straßen auf. Claudine sah
sich mit erwartungsvollen Augen um, so, als erwarte sie hinter
jeder Ecke ein neues Ereignis, und Natalie merkte, daß ihre Nerven vibrierten. Zum erstenmal gestand sie sich ein: Amerika war
nichts für sie. Zu laut, zu groß, zu geschäftig. Wäre sie gesund,
hätte sie die Herausforderung beherzt angenommen und be-
wältigt, aber in ihrem Zustand schmetterte dieses Land sie wieder und wieder zu Boden. Wenn es für sie irgendeine Chance
gab, gesund zu werden, dann nur in Europa. Sie blickte die belebte Fifth Avenue hinauf und hinunter, und die alte Panik regte
sich in ihr. Weg, nichts wie weg!

In dieser Nacht schmiegte sie sich an Claudine, als wolle sie
sich an ihr festhalten. Die unendliche Zärtlichkeit ihrer ersten
Zeit kam für Stunden noch einmal zurück. Als sie einschlie-
fen, lagen sie ineinander verschlungen, und dort, wo sich ihre
Haut berührte, brach der Schweiß aus, denn die Nacht brachte
keine Abkühlung, und die Hitze des Tages lag noch im Zimmer.

Johnny Carson sah sie erwartungsvoll an. »Es belastet Sie
nicht, in aller Öffentlichkeit als Lesbierin hingestellt zu werden?«

Ihre Stimme klang überraschend fest und klar, als sie vor laufenden Kameras ihre Antwort gab: »Es belastet mich nicht, nein.
Denn sehen Sie, es stimmt ja!«

Als sie nach Hause kam, flatterte ihr Claudine schon aufgeregt
entgegen. »Du warst großartig« rief sie und umarmte die Freundin. »Aber ... findest du nicht, daß ...«

»Ich weiß«, unterbrach Natalie, »ich war etwas offenherzig.«

»Es gibt viele Menschen, die Vorurteile haben«, sagte Claudine vorsichtig. »Und wenn man eine Karriere aufbauen will ...«

Das Telefon klingelte. Natalie hob ab. Es war der Produzent
ihrer eigenen Show. »Nat, bist du von allen guten Geistern verlassen?« rief er. »Wieso hast du nicht deinen Mund gehalten?«

»Es ist nach Mitternacht«, entgegnete Natalie müde. »Können wir morgen reden?«

»Bei uns hier laufen die Telefone heiß! Alle deine Fans – deine ehemaligen Fans – alle, die Natalie Quint als kühle, elegante Dame kennen, als…«

»Als Frau ohne Unterleib, ich weiß.«

»Mein Gott, Nat, es ist nun mal dein Image. Du hast diese unterkühlte Ausstrahlung, bei der man glaubt, von der Taille an abwärts habest du keine Gefühle. Du weißt, das ist Quatsch, ich weiß es auch, aber man will dich nun einmal so sehen, und das Publikum verzeiht es dir nicht, wenn du ihm seine Illusionen nimmst. Tut mir leid, wenn ich dir das so hart sage, aber du hast heute abend die größte Scheiße gebaut.«

»Ich habe die Wahrheit gesagt.«

»Die Wahrheit! Wer ist schon interessiert an der Wahrheit? Hör zu, Nat, mir ist es vollkommen egal, ob du mit Männern oder Frauen vögelst, ich mach' das auch so, wie es gerade kommt, aber du mußt es nicht jedem unter die Nase reiben. Schon gar nicht in Amerika! Sie sind hier viel rückständiger und prüder, als du dir das vorstellen kannst, in mancher Beziehung sind die hier sogar konservativer als ihr Engländer! Oh, Mann!«

Der Produzent war ihr Freund, das wußte Natalie, vermutlich regte er sich deshalb so auf. »Da hättest du besser aufpassen müssen, Nat, wirklich!«

»Kein Problem«, sagte Natalie ruhig. »Ich gehe sowieso nach Europa zurück.«

»Was?« kam es ungläubig aus dem Telefon und gleichzeitig von Claudine.

»England oder Frankreich. Das überlege ich mir noch.«

Nun redeten sie von zwei Seiten auf sie ein, aber Natalie erwiderte nichts als: »Ich bin müde. Ich will jetzt schlafen.« Sie beendete das Gespräch mit einem kurzen »Gute Nacht« und legte auf.

»Du meinst das nicht im Ernst!« sagte Claudine schockiert.

»Doch.« Natalie sah rasch die Post durch, die Claudine ihr auf den Wohnzimmertisch gelegt hatte. »Oh! Ein Brief von Mary!«

»Nat, hast du dir das wirklich überlegt?«

Natalie antwortete nicht, sondern öffnete Marys Brief und las. Sie schrie leise auf. »Oh, nein! Steve ist schon wieder im Gefängnis! Für eineinhalb Jahre ohne Bewährung. Wegen Unterschlagung!«

»Der Bruder von dem Attentäter, nicht?«

»Ja. Mein Gott! Ausgerechnet bei einer wohltätigen Stiftung hat er mehrere tausend Pfund unterschlagen, wurde aber offenbar von einer Vorgesetzten schärfer beobachtet, als er dachte. Sie haben ihn geschnappt, einen Tag, bevor er nach Australien fliegen wollte. Armer Steve!« Sie blickte auf, starrte zum Fenster hinaus in die Nacht. »Was ist nur aus uns allen geworden? Wir hatten tausend Träume, tausend Pläne, und wir waren überzeugt, daß uns nichts passieren kann. Aber jetzt…«

»Du bist noch immer jung«, erinnerte Claudine sanft.

Natalie fuhr herum, und für einen Moment ihrer Beherrschung beraubt, rief sie: »Ich bin nicht mehr jung! Schau mich an! Ich habe gesehen, wie sie einer Frau die Kehle durchgeschnitten haben. Ich bin vergewaltigt worden, nicht nur einmal, nein, zweimal, dreimal, viermal! Ich bin seit Jahren in psychotherapeutischer Behandlung und kann ohne Unmengen von Valium nicht mehr aus dem Haus gehen. Ich renne Karriereträumen hinterher, die ich nicht verwirklichen kann, weil meine Nerven nicht mitspielen. Ich bin nicht jung, Claudine, ich fühle mich wie eine wahnsinnig alte Frau!«

2

Niemand hatte sich damals vor einem Jahr länger um Gipsys Tod gekümmert, niemand zweifelte daran, daß alles so gewesen war, wie es John und Gina dargestellt hatten: Ein tragischer Unfall in den Bergen Kaliforniens. Es gab keine Freunde oder Verwandten, die intensivere Nachforschungen verlangt hätten. Johns Name ging natürlich durch die Zeitungen, aber fast konnte er das als willkommene Publicity bezeichnen. Ausnahmslos kam er gut bei der Sache weg. Seine Vietnam-Vergangenheit wurde noch einmal aufgerollt, er stand da als einer der patriotischen Helden, die in den dunklen Zeiten der späten sechziger Jahre ihren Kopf für Amerika hingehalten hatten. Seine Freundschaft zu dem alten, kranken Gipsy machte ihn sympathisch. Alles in allem hatte die Angelegenheit einen guten Ausgang für ihn genommen.

Nachdem er den ersten Schrecken überwunden hatte, ging John mit einer gewissen Kaltblütigkeit daran, Kapital aus der Sache zu schlagen. Er inszenierte ein pompöses Begräbnis, Gipsy bekam sogar einen Marmorstein und einen Eichenholzsarg. Man fotografierte John am Grab des einstigen Kameraden und schrieb dazu etwas von »stiller Trauer« und »wehmütigen Erinnerungen«. John las die Zeitungen, zerknäulte sie, warf sie in den Papierkorb. »Mich kotzt das genauso an wie dich«, sagte er zu Gina, obwohl sie sich überhaupt nicht geäußert hatte. »Aber wenigstens ist nun alles gut über die Bühne gegangen. Ich wünschte wirklich, das alles wäre nicht passiert! Warum mußte Gipsy wieder auftauchen und so eine idiotische Geschichte beginnen?«

Warum mußtest du ihn umbringen? dachte Gina. Der Mord stand zwischen ihnen, ein großer unheilvoller Schatten. Vorbei die Zeit, da Gina geglaubt hatte, ihre Komplizenschaft werde sie enger aneinanderfesseln. Es gab da einen Unterschied zwischen ihnen: John hatte geschossen, nicht sie. Er war auf ihr Schweigen angewiesen, nicht sie auf seines. Die Situation, so wie sie war, verunsicherte ihn. Mehr denn je drängte er auf eine Heirat und fing an, Gina unter Druck zu setzen.

»Du willst mich nicht heiraten, weil diese Sache auf der Farm passiert ist. Wahrscheinlich siehst du in mir einen Mörder.«

»Es war ein Unglück«, entgegnete Gina und dachte zurück an den stillen, heißen Tag in den Bergen, als ein Schuß die Ruhe unterbrach. »Du hast aus einem Reflex heraus gehandelt.«

Stimmte das wirklich? Manchmal glaubte sie es, manchmal wieder nicht. Aber sie liebte ihn, sehnsüchtig, schmerzhaft und voller Angst, es könnte vorbei sein, irgendwann. Am Tag war sie fröhlich und strahlend, lachte ihr lautes Lachen und verströmte ebenso viel Energie wie Lebenslust. Nur John kannte die dunklen Nächte, in denen sie sich an ihn preßte wie ein frierendes Kind. Oft, wenn sie in den frühen Morgenstunden erwachte und das Gefühl der Einsamkeit über sie herfiel, kam sie zu ihm, kuschelte sich an ihn und schlief mit einem tiefen, zufriedenen Seufzer wieder ein.

Irgendwann, in einer dieser Nächte, gab sie nach. Sie hatten einander geliebt, sie lag in seinen Armen, und er sprach wieder vom Heiraten.

»Bitte, Gina. Ich wünsche mir nichts so sehr, wie daß du meine Frau wirst!«

»John…« Die Angst war wieder da.

»Warum wehrst du dich dagegen? Hast du kein Vertrauen zu mir, oder zu uns? Ist es wegen der Sache mit Gipsy?«

»Nein. Ich schwöre dir, nein!«

Er zog sie noch enger an sich. Sie entspannte sich wieder, atmete seinen Geruch und spürte, wie ihr Widerstand zerbrach. Als sie einwilligte, küßte er sie, dann lag er die halbe Nacht wach und schmiedete Pläne. Sie sagte kaum etwas, starrte nur in die Dunkelheit und fragte sich, wovor sie Angst hatte.

Sie beschlossen, noch im August zu heiraten. John mußte für zwei Wochen nach Europa, und er meinte, Gina sollte ihn begleiten. Er hatte gerade mit einem sehr interessanten Fall im Zusammenhang mit der OPEC zu tun und wollte sich mit einigen Mitgliedern dieser ölexportierenden Vereinigung in Wien treffen. Da er gleich nach seiner Rückkehr in einer anderen Sache nach Seoul würde fliegen müssen, hielt er es für das beste, in Wien zu heiraten.

»Immerhin ist es auch eine sehr romantische Stadt«, meinte er. »Bist du einverstanden, Gina?«

»Natürlich. Aber was machen wir mit unseren Freunden und Bekannten? Meinst du nicht, sie sind uns böse, wenn wir alles ohne sie stattfinden lassen?«

»Wir könnten kurz vor unserer Abreise hier noch eine große Verlobungsparty geben. Dann kann sich keiner beklagen.«

»In Ordnung.« Nachdenklich rührte Gina in ihrer Kaffeetasse. Sie saßen beim Frühstück auf der Terrasse, vor ihnen lagen knusprige Brötchen, standen Töpfe mit Marmelade. Ein überwältigender Blumenduft strömte aus dem Garten herauf.

»Die Zeitungen sind übrigens voll von deiner Freundin Natalie«, sagte John und schob ihr die »Sun« über den Tisch. »Offenbar war sie gestern zu Gast bei Johnny Carson. Und sie muß vor Gott und der Welt erklärt haben, mit einer anderen Frau intime Beziehungen zu unterhalten. Das Publikum läuft Sturm.«

Gina blickte in die Zeitung. »Amerikas beliebteste Fernsehmoderatorin bekennt sich öffentlich dazu, lesbisch zu sein« sprang ihr die Schlagzeile ins Auge. Und darunter stand: »Die als kühl und konservativ geltende TV-Journalistin Natalie Quint, bekannt und beliebt durch ihre Sendung ›Famous Faces‹, gestattete zum erstenmal Einblicke in ihr Intimleben. War es bislang nur ein vages Gerücht, daß zwischen ihr und der französischen Schauspielerin Claudine Combe sexuelle Beziehungen bestehen, so erklärte die junge Frau gestern abend in der Talkshow von Johnny Carson, diese Gerüchte entsprächen voll und ganz der Wahrheit.

Sie löste damit mehr Wirbel aus, als ihr lieb sein dürfte. Hunderte von empörten Zuschauern blockierten noch in der Nacht die Telefonleitungen von ABC. Es sollen sogar Morddrohungen eingegangen sein. Gegenüber Reportern erklärte die junge Frau inzwischen, sie werde die USA verlassen und nach Europa zurückgehen.«

»Großer Gott«, sagte Gina, »ich verstehe wirklich nicht, warum sich die Leute so aufregen. Nats Privatleben geht sie einen Scheißdreck an!«

»Wer in der Öffentlichkeit steht, hat nicht in dem Sinne ein Privatleben«, erklärte John. »Das war etwas, was auch Veronique nie einsehen wollte.« Zum erstenmal in ihrer langen gemeinsamen Zeit erwähnte er von sich aus seine verstorbene Frau.

Gina runzelte die Stirn. »Einsehen wollte sie es vielleicht

schon«, meinte sie, »aber womöglich konnte sie nicht damit leben.«

»Man muß aber damit leben«, beharrte John. »Die Menschen wollen eine prominente Person nicht nur auf der Bühne erleben. Sie wollen hinter die Kulissen schauen. Ob es sich um einen Politiker, einen Schauspieler oder einen Wirtschaftsboss handelt – das Publikum will sich identifizieren können, und dazu braucht es Einblicke ins Private. Und das muß dann auch noch den allgemeinen Vorstellungen entsprechen. Wehe, sie werden enttäuscht!«

»Und Natalie hat sie enttäuscht?«

»Schwer sogar. Natalie hatte ein bestimmtes Image, das nun vollkommen erschüttert wurde. Natalie war nun einmal die kühle Intellektuelle mit Charme, Eleganz und Zurückhaltung. Eine gutaussehende Frau – aber ohne Sex.«

»Es gibt keinen Menschen ohne Sex. Was wäre, wenn sie mit einem Mann schliefe? Das würde das Publikum akzeptieren, oder?«

»Das wäre normal. Nicht anrüchig.«

»Was ist anrüchig daran, wenn Frauen miteinander schlafen?« rief Gina aufgebracht. »In welchen Zeiten leben wir denn?«

»Liebling, mich mußt du nicht überzeugen. In diesem Fall finde ich die Leute genauso dumm wie du. Aber es ist nun mal so, und wir können es nicht ändern. Deine Freundin hätte unbedingt aufpassen müssen, was sie sagt!«

Ginas Stimme klang bitter. »Ja, immer aufpassen, was man sagt! Um Gottes willen der breiten Masse gefallen, dem allgemeinen Geschmack entsprechen! Nur keine Eigenheiten entwickeln, nur nicht so sein, wie man ist! Du ahnst nicht, wie ich das zum Kotzen finde. Ich glaube nicht, daß ich damit zurechtkommen könnte!«

»Ein bißchen wirst du es müssen!« John lachte ein wenig verkrampft. »Als Frau des zukünftigen Gouverneurs... Apropos«, er war sichtlich bemüht, das Thema zu wechseln, »ist es dir recht, wenn wir zu unserer Party auch deinen Freund David Bellino einladen?«

»David? Wieso den denn?«

»Bredow Industries ist eines der erfolgreichsten Unternehmen Amerikas, zudem eines der finanziell gesündesten. Ich will die Verbindung, die wir durch dich dorthin haben, unbedingt nützen. Ich brauche Finanziers, wenn ich tatsächlich einmal in den Wahlkampf trete.«

»Dann lade doch den Alten ein. Andreas Bredow, oder wie er heißt. Ihm gehört das alles schließlich.«

»Der alte, blinde Mann nützt mir nicht viel, so brutal das klingt. Er ist schwer herzkrank, sagt man, und im wesentlichen werden die Geschäfte ohnehin schon von seinem Nachfolger gelenkt. Nein, ich brauche David.« John legte die Zeitungen weg und stand auf. »Ich muß gehen, Schatz. Mach nicht so ein besorgtes Gesicht! Ich weiß, diese Party ist ein einziger Streß, aber denk an die schöne Zeit, die wir danach in Wien vor uns haben!« Er verschwand zwischen Hibiskus und Bougainvillea. Sie sah ihm nach und dachte, ich wollte David nie wiedersehen.

Am Tag der Verlobung war es fast zu heiß, um eine Party zu feiern. »Es wird ein furchtbares Gewitter geben«, sagte der Mann vom Delikatessengeschäft, der am Morgen zur Vorbereitung des kalten Buffets kam. »Sie sollten sich darauf einstellen, daß Sie mit allen Gästen plötzlich ins Haus fliehen müssen!«

»Der Himmel ist strahlend blau!« protestierte Gina.

»Aber merken Sie nicht, wie schwül es ist? Sie sehen übrigens auch ein bißchen elend aus!«

Man merkte es also tatsächlich. Schon den ganzen Tag über hatte sie sich elend gefühlt, zuerst sogar geglaubt, sie brüte womöglich eine Erkältung aus. Sie lächelte etwas mühsam. »Wahrscheinlich liegt es wirklich am Wetter.«

Gegen Mittag bekam sie Kopfschmerzen, und obwohl sie zwei Aspirin nahm, klangen sie bis zum frühen Abend nicht ab. John musterte sie besorgt. »Du bist so blaß, Gina. Als wäre das heute dein Begräbnis, nicht deine Verlobung.«

»Ich habe Lampenfieber. Irgendwie liegt mir dieses Fest im

Magen. Ich wünschte, wir könnten alles noch abblasen und den Abend allein verbringen.«

»Das geht wirklich nicht.« John fühlte sich ein wenig unbehaglich. So hatte er Gina noch nie erlebt. Sie standen gerade im Schlafzimmer und zogen sich um, Gina war noch im weißseidenen Unterrock und sprühte sich gerade Festiger in die Haare. »Es ist vielleicht wegen David«, sagte sie, »ich wollte nicht, daß er kommt.«

»Aber du mußt doch einsehen, daß ...«

»Ja!« Ihre Stimme klang gereizt. »Ich sehe ja ein, daß er für deine Karriere wichtig ist!«

Gleich darauf tat ihr der schroffe Ton leid. Sie schlüpfte in das kurze Cocktailkleid aus nachtblauer Seide, zupfte die gebauschten Ärmel zurecht, eilte zu John hin und legte beide Arme um ihn. »Tut mir leid, John. Ich bin nervös heute, aber ich sollte das wirklich nicht an dir auslassen. Entschuldige!«

»Schon gut. Kein Problem, Schätzchen. Wir haben alle einmal einen schlechten Tag.«

An der Tür wurde geklopft. Es war eines der Hausmädchen. »Die ersten Gäste sind da. Mr. Bellino und Begleiterin.«

»David? Er ist eine halbe Stunde zu früh!«

Das Hausmädchen zuckte hilflos mit den Schultern.

»Na gut«, sagte Gina, »wir müssen ihn dann wohl begrüßen. Mach dich in Ruhe fertig, John, ich gehe schon hinunter.«

David stand in der Halle, er trug einen goldfarbenen Anzug – wie geschmacklos, dachte Gina – und hielt einen prächtigen Rosenstrauß in den Händen. Neben ihm stand eine sehr große, schlanke Frau mit etwas einfältigem Gesicht und zuviel Schmuck an Armen und Händen. David lächelte. »Hallo, Gina!« Er sprach mit schwerer Zunge.

Gina erwiderte sein Lächeln nicht. Sie sah ihn und dachte: Mein Gott, der Kerl ist besoffen wie ein alter Seemann!

3

Es hätte David gekränkt, wäre er nicht zu der Verlobungsparty eingeladen worden, aber nun, da das Ereignis tatsächlich bevorstand, fühlte er sich sehr unbehaglich. Seine Begleiterin, die etwas dümmliche Lorraine, hatte er im Hotelzimmer in Verwirrung gestürzt, weil er einen Schnaps nach dem anderen hinunterkippte – was für ihn keineswegs typisch war. Lorraine hatte entsprechend nervös angefangen, um ihn herumzuflattern und das kleine Mädchen zu spielen, das mit gespitztem Mündchen fragt, ob es etwas falsch gemacht habe. »Bist du böse auf mich, David? Hast du Lorraine nicht mehr lieb?« Sie plinkerte ihn mit ihren sorgfältig getuschten Wimpern traurig an. David haßte es, wenn sie so war. Sie ging ihm überhaupt furchtbar auf die Nerven in letzter Zeit, und außerdem war er immer mehr davon überzeugt, daß sie es im wesentlichen auf sein Geld abgesehen hatte.

»Es ist alles okay«, entgegnete er, eine Spur Verärgerung in seiner Stimme. »Ich brauch' nur ein paar Schlucke.«

Lorraine beobachtete ängstlich, wie er zunehmend betrunkener wurde.

David hätte selber nicht recht zu erklären gewußt, was mit ihm los war. Irgendwie hatte er ein ungutes Gefühl, wenn er an das Fest dachte. Es hing mit Gina zusammen. Er hatte Angst, daß sie etwas Böses, Gehässiges in ihm provozieren könnte, was ihm nachher sehr leid tun würde. Er wollte unbedingt alles richtig machen, der vollkommene Freund sein, auch derjenige, der das teuerste Geschenk überreichte – was ihm mit dem echten Picasso, den er von New York nach Los Angeles hatte schaffen lassen, zweifellos gelingen würde. Gina sollte gar nicht anders können, als ihn für seine Großzügigkeit bewundern; außerdem hatte er vor, ihrem zukünftigen Mann zu fortgeschrittener Stunde noch einmal seine Unterstützung für einen möglichen Wahlkampf anzubieten. Nachdem der Demokrat Edmund Gerald Brown seit 1975 Gouverneur von Kalifornien gewesen war, hatte

seit November des vergangenen Jahres endlich wieder ein Repu-
blikaner, George Deukmejian, dieses Amt inne. Warum sollte der
Kandidat der republikanischen Partei bei den Wahlen 1986 nicht
John Eastley heißen?

Das würde er John sagen. Und John würde es Gina erzählen.
»David hält es durchaus für möglich, daß ich der nächste Gouverneur von Kalifornien werde, Gina. Er hat mir seine Hilfe zugesagt.«

Und Gina würde denken, was für ein guter Freund David
doch ist!

Aber so sehr er alles gut und richtig und perfekt machen
wollte, er traute sich selber nicht über den Weg. Gina weckte
seine boshafte Ader – nicht, wenn er an sie dachte, aber wenn er
ihr gegenüberstand. Es hing wohl mit der Bewunderung zusammen, die er für sie hegte. Von allen Freunden war sie dieje-
nige, auf deren gute Meinung er am meisten Wert legte – und die
am unbestechlichsten darauf beharrte, keine gute Meinung von
ihm zu haben. Steve, Mary und die kluge Nat verloren zu haben,
tat ihm weh, aber die kühle Verachtung und abweisende Distanz
der schönen, starken, selbstsicheren Gina peinigte ihn mehr als
alles andere. Es hatte ihm Vergnügen bereitet, damals bei seinem
ersten Besuch in Los Angeles die alte Geschichte von St. Brevin
zu erwähnen und das Erschrecken zu bemerken, das ihre Über-
legenheit für ein paar Momente aufweichte. Er hatte es genossen, sie zu verunsichern, und nachher hatte er es bitter bereut.
Aber inzwischen reizte es ihn schon wieder – ja, er wollte sie ver-
letzen und ängstigen, so sehr, daß sie ihn immer in ihrem Gedächtnis behalten würde.

Nein, das wollte er nicht. Er war verliebt in sie, das war es, er
war immer in sie verliebt gewesen. Man tut jemandem nicht
weh, den man liebt. Der Schnaps benebelte sein Hirn, seine Gedanken verwirrten sich, er wußte nicht mehr, was er wollte und
was nicht, und ironischerweise war das irgendwie der Zustand,
in dem er schon immer gelebt hatte.

Er kippte einen weiteren Schnaps, vielleicht, wenn er betrunken genug war, würde er nichts tun, was ihn nachher reute, er

würde sich müde und schwerfällig fühlen und den Mund halten. Er nahm Lorraines Arm. »Komm, Lorraine. W… wir müssen jetzt gehen.« Er schob sie zur Tür hinaus und dachte, ich werde mich bald von ihr trennen. Sehr bald.

Unbegreiflicherweise schlug die Stimmung auf dem Fest trotz der stickigen Luft hohe Wellen. Vielleicht auch deshalb, weil alle Gäste wegen der Hitze reichlich tranken und der Alkohol sofort eine beachtliche Wirkung zeigte. Alles, was in Los Angeles Rang und Namen hatte, war gekommen: Schauspieler, Filmproduzenten, Schriftsteller, hohe Juristen, Politiker, Journalisten, ein beliebter Friseur, ein berühmter Gastronom, sogar ein ehemaliger Bankräuber, dessen Präsenz inzwischen als schick galt. Überall im Garten leuchteten Lampions, silberne Tabletts mit Champagnergläsern wurden herumgetragen, aus den Lautsprecherboxen erklang Musik. Je fröhlicher es wurde, desto öfter fühlte sich einer der Anwesenden bemüßigt, eine Rede auf das glückliche Paar zu halten. Im wesentlichen wurde ständig dasselbe gesagt – wurden dieselben Witze gemacht über immer das gleiche Thema.

»Lange genug habt ihr euch ja Zeit gelassen, aber nun, John, ist die Falle zugeschnappt!«

Gelächter.

»Laß es dir von uns alten Ehemännern gesagt sein: Ein Martyrium steht dir bevor!«

Wieder Gelächter. Warum müssen sie immer so tun, als ob wir Frauen uns darum reißen zu heiraten, dachte Gina, John wollte es unbedingt, nicht ich! Sie versuchte in das Lachen einzustimmen, schon deshalb, weil sich die Kameras der Fotografen auf sie richteten und sie nicht auf allen Bildern so ernst aussehen wollte. Ihr Blick fiel auf David, der mindestens sein zehntes Glas Wein trank. Er hatte die ganze Zeit an ihr geklebt, war abwechselnd sentimental und aggressiv gewesen.

»Weißt du noch, früher…«, fing er immer wieder an, und dann sagte er angriffslustig: »Wirklich nicht schlecht, wie schnell du dich nach oben katapultiert hast, Gina! Alle Achtung! Ich trinke auf dich und deinen Erfolg!«

»Du solltest besser gar nichts mehr trinken, David! Du hast genug. Und laß solche Anspielungen, du hast wirklich keine Ahnung von mir und meinen Angelegenheiten!«

Sie hielt sich dicht an John, um David keine Gelegenheit mehr zu geben, sie in ein Gespräch zu ziehen. Mit der Frau eines Senators unterhielt sie sich über die Kleider von Nancy Reagan, mit einem Börsenmakler über ihre letzte Kriminalgeschichte, mit einem Richter über Umweltschutz. Sie lachte, plauderte wie immer, aber die ganze Zeit hatte sie das Gefühl, in einem Theaterstück mitzuspielen. Diese drückende Schwüle! Diese vielen, vielen Gesichter. Die dumpfe Angst, die in ihrem schmerzenden Kopf auf der Lauer lag...

Und dann plötzlich zuckte ein Blitz über den Himmel, gleich darauf folgte ein krachender Donner. Alle schrien entsetzt auf, als sich in derselben Sekunde der Himmel öffnete und einen wahren Sturzbach zur Erde sandte. Im Nu waren alle durchweicht.

»Ins Haus!« rief John. »Schnell! Lauft alle ins Haus!«

Die meisten ließen alles stehen und liegen und rannten hinein, einige nahmen ihre Gläser mit, ein paar griffen sogar schnell nach ein oder zwei Tellern vom kalten Buffet. Triefend schaukelten die Papierlampions zwischen den Bäumen. Der Swimming-Pool schien plötzlich aus lauter kleinen Fontänen zu bestehen. Drinnen im Haus waren sofort sämtliche Bäder blockiert, weil jeder versuchte, sich mit einem Handtuch einigermaßen trockenzurubbeln. Die Frau eines Washingtoner Abgeordneten erschien sogar plötzlich im Bademantel von Gina. »Ehe ich mich erkälte, tu ich lieber etwas Unkonventionelles«, erklärte sie burschikos. »Wen es stört, der kann ja wegschauen!«

Die Stimmung war empfindlich gestört worden, der heitere Small talk wollte sich nicht so rasch wieder einstellen. Man mußte sich erst neue Plätze, neue Gesprächspartner suchen. Gina nahm unauffällig ein drittes Aspirin. In die Stille hinein fragte Mrs. Brown, Anwältin aus Santa Monica: »Habt ihr von dem Skandal gelesen? Diesem Skandal um Natalie Quint...«

»Ich habe es nicht nur in der Zeitung gelesen«, rief ein kleiner dicker Mann, von dem Gina im Moment nicht wußte, wo sie ihn einordnen sollte, »ich habe sogar das Drama life am Bildschirm verfolgt. Ziemlich peinlich, muß ich sagen!«

»Ich habe es auch gesehen«, sagte Lucia Drake, Stuntgirl und Fotomodell mit pikanten Beziehungen nach Washington. »Und ich fand Nat Quint sehr mutig. Warum soll sie nicht sagen, wie sie ist? Jeder hat das Recht, zu lieben, wen und wie er will!«

»Aber es ist eine Geschmacklosigkeit, sich im Fernsehen darüber auszulassen.«

»Johnny hat sie darauf angesprochen. Wenn überhaupt, dann war das geschmacklos von ihm. Was sollte sie machen? Dementieren? Vielleicht belastet es sie, immer und überall ihre Liebe verleugnen zu müssen.«

»Ich finde Liebe zwischen Frauen außerordentlich abstoßend«, meinte der kleine, dicke Mann, und Gina dachte unwillkürlich, daß Liebe mit *ihm* abstoßend sein müsse. »Wenn ich mir das vorstelle… unangenehm. Höchst unangenehm!«

»Viele Männer stellen sich das ganz gerne vor«, sagte nun Mrs. Brown, »sie empfinden es als ästhetisch.«

»Wie soll das überhaupt gehen?«

Lucia Drake lachte. »Das geht ganz gut. Man braucht ja nicht für alles einen Schwanz. Lesbische Frauen behaupten sowieso, daß Schwänze die unsensibelsten Liebemacher der Welt sind. Plump und roh.«

»Hört, hört!« Das war David. Er schob sich nach vorne, seine Augen glänzten unnatürlich. »Warum brechen Sie die Lanze für die Lesben, Mrs. Drake? Und das mit solcher Vehemenz? Einschlägige Erfahrungen?«

»Natürlich nicht.« Jetzt wurde es Lucia unbehaglich zumute. »Ich meine, ich habe wirklich schon viel in meinem Leben ausprobiert, aber mit einer Frau? Nein. Da steh' ich überhaupt nicht drauf!«

Sie hatte ihren Kopf aus der Schlinge gezogen. David schaute sich um, sein Blick blieb an Gina hängen. »Wie fandest du es? Damals mit Natalie?« Einen Moment lang herrschte absolute

Stille im Raum; man hätte die berühmte Stecknadel fallen hören können. Dann erklang die Stimme von Davids Begleiterin: »Du hast zuviel getrunken heute abend, David. Wir sollten jetzt besser gehen.«

»Warum denn? Ich unterhalte mich ganz harmlos mit Gina!«

Lucia Drake lachte schrill. »Die Boulevardblätter haben morgen wenigstens etwas zu berichten.«

John erwachte aus seiner Erstarrung. »Mr. Bellino«, sagte er so höflich wie möglich, »ich glaube, die junge Dame hat recht. Sie sollten jetzt wirklich besser gehen!«

Der kleine, dicke Mann schaute Gina mit hängender Unterlippe an. »Was meint Mr. Bellino?«

Dieser fette Gnom, das Krachen des Donners draußen und Lucia Drakes schrilles Lachen – für alle Zeit verband sich das zu einem Alptraum in Ginas Gedächtnis.

Gedämpft und wie aus weiter Ferne hörte sie sich sagen: »David, Natalie und ich kennen uns seit frühester Jugend. Wir gingen gemeinsam zur Schule. Natalies Neigungen waren keinem von uns bekannt.«

»Wirklich nicht?« David griff nach dem nächsten Glas, seine Freundin entwand es ihm. »Laß uns gehen!« flüsterte sie.

»Warum sollten Gina und ich nicht ein paar Jugenderinnerungen auffrischen? Wir haben doch viel miteinander erlebt! Denkst du noch manchmal an Saint Clare, Gina?«

»Ja!« Lieber Gott, laß ein Wunder geschehen. Laß David aufhören zu reden!

Keiner sagte etwas. Alle starrten von Gina zu David und von David zu Gina. John sah aus, als habe ihn der Blitz getroffen. Er schien unfähig, auf irgendeine Weise zu reagieren.

»Nach unserem Abschlußexamen machten wir alle zusammen Urlaub in Frankreich«, fuhr David fort, »die ganze Clique. Nein, halt, die arme Mary war nicht dabei. Wir waren zu viert. Steve, Natalie, Gina und ich. Erinnerst du dich an St. Brevin, Gina? An diese langen, heißen Tage? Wir waren sehr jung und sehr frei. Wirklich – außerordentlich frei. Besonders du, Gina. Und Natalie.«

»Werfen Sie ihn doch hinaus, Gina«, sagte Mrs. Brown. »Dieser Mann redet eindeutig zuviel.«

»Verlassen Sie sofort mein Haus!« sagte John scharf. »Auf der Stelle!«

»Das ist nicht klug von Ihnen, Mr. Eastley!«

»Gehen Sie!« wiederholte John leise.

»Okay.« Auf unsicheren Beinen näherte sich David der Tür. »Ich bin schon weg. Aber Tatsachen bleiben, und nicht einmal Sie, Mr. Eastley, können sie so einfach davonwedeln. Die Frau, die Sie heiraten wollen, hatte in ihrer Jugend ein Verhältnis mit der berühmten und seit kurzem geächteten Journalistin Natalie Quint. Sie sollten sich überlegen, ob das gut ist für Ihre Karriere!«

»Ich gebe nichts auf schmutzige Verleumdungen«, entgegnete John, aber er war weiß wie eine Wand.

»Halleluja«, sagte Lucia.

Lorraine legte ihre Hand auf Ginas Arm. »Es tut mir leid, Miss Loret. Wären Sie so freundlich, uns ein Taxi zu bestellen?«

Am nächsten Morgen regnete es immer noch, aber es wehte ein warmer Wind. Um sieben Uhr früh klingelte das Telefon. John, der keine Minute in der Nacht geschlafen hatte, nahm den Hörer ab. Es war sein Vater, und er kochte vor Wut.

»Hast du heute schon die Zeitung gelesen?« brüllte er.

John verzog das Gesicht. Er hatte ohnehin Kopfschmerzen, und das Geschrei seines Vaters, das so laut klang, als säße er neben ihm und nicht in San Francisco, machte die Sache nicht besser. »Nein, Vater, ich habe noch überhaupt keine Zeitung heute gelesen. Ich kann mir aber denken, was drinsteht.«

»Das ist ein Skandal!« John mußte den Hörer ein Stück von seinem Ohr weghalten, denn jetzt überschlug sich die Stimme des alten Eastley. »Das kann dich ruinieren, John! Das ist schlimmer als alles, was man über Gina sonst hätte schreiben können. Du mußt dich sofort von ihr trennen!«

»Vater, weil ein betrunkener Mann eine bösartige Verleumdung ausgesprochen hat...«

»Was heißt Verleumdung? Wo Rauch ist, muß auch Feuer sein, so denken die Leute! Verdammt, ich habe es gewußt, ich habe es *gespürt*, daß es einen dunklen Punkt in ihrer Vergangenheit geben muß! Habe ich es dir nicht gesagt? Habe ich nicht gleich…«

»Vater«, unterbrach John den Redefluß, »es ändert sich durch diese Geschichte überhaupt nichts. Gina und ich fliegen übermorgen nach Europa, wie geplant. Und wir werden am 20. August in Wien heiraten.«

Schweigen aus San Francisco. Dann kam es krächzend: »Was sagst du da?«

»Glaubst du, ich gebe etwas auf das Gerede eines New Yorker Emporkömmlings oder auf das eines Zeitungsschmierfinken?«

»Du wirst etwas auf das Gerede der Leute geben *müssen*, wenn du hochkommen willst!« schrie Eastley und warf den Hörer auf die Gabel.

Zehn Minuten später rief er wieder an. »Du wirst nicht heiraten! Ich verbiete es dir!«

»Ich lasse mir von dir nichts verbieten, Vater«, erwiderte John, und diesmal war er es, der abrupt auflegte.

Er ging ins Schlafzimmer zurück, wo eine übernächtigte Gina im Sessel kauerte, die Beine angezogen, eine Wolldecke um die Schulter gelegt. Mit müden Augen starrte sie in den gleichförmig fallenden Regen hinaus. Die durchwachte Nacht, in der sie und John Stunde um Stunde geredet hatten, war ihr anzusehen. Ihr Make-up hatte sich verschmiert, die Haare waren zerwühlt. Sie fing gerade an, das dritte Päckchen Zigaretten zu rauchen.

»Liebling«, sagte John zärtlich, »ich muß jetzt leider in die Kanzlei. Du solltest duschen oder ein Bad nehmen und dann in aller Ruhe frühstücken. Trink einen starken Kaffee, und dann mach dir einen gemütlichen, faulen Tag. Oder pack schon ein paar Sachen ein für die Reise. Und geh nicht ans Telefon.«

Sie blickte hoch. »John, wir können nicht so tun, als wäre nichts passiert.«

»Wir haben auch nicht so getan. Wir haben die ganze Nacht darüber geredet. Du hast mir erzählt, wie das damals war, und ich glaube es dir, und ich finde es auch überhaupt nicht schlimm.

David Bellino hat nur einen sehr ungünstigen Zeitpunkt gewählt, um seinen großen Auftritt zu inszenieren, weil im Moment jeder von Natalie Quint redet.« Nach einer kurzen Pause fügte John hinzu: »Er ist ein Verbrecher.«

Das Telefon schrillte ohne Unterlaß.

»Vielleicht sollten wir doch…«, meinte Gina.

»Nein. Das ist nur Dad, der Dampf ablassen will. Das können wir uns ersparen.«

»John, ich will nicht, daß du dich meinetwegen mit deinem Vater zerstreitest. Und ich will nicht, daß du meinetwegen…«

»Darling, jetzt mach dich doch nicht verrückt. Solche Dinge werden erst aufgebauscht und dann ganz schnell vergessen. Komm, schau nicht so traurig! Ich komme heute früher aus der Kanzlei, und wir haben den ganzen Abend für uns!« Er gab ihr einen Kuß und lächelte, aber als er das Zimmer verließ, dachte er: Verfluchte Scheiße!

Gina raffte sich endlich auf, ging ins Bad, duschte und zog sich an. Während sie versuchte, ihr bleiches Gesicht ein wenig zurechtzumachen, ging der Abend durch ihr Gedächtnis und die Nacht. David. Seltsam, sie hatte gewußt, was kommen würde. Von dem Tag an, wo er sie hier besucht hatte, hatte sie es gewußt. War es David Bellinos Bestimmung, alles kaputtzumachen, was er anfaßte? Jetzt auch sie?

John hatte sich fabelhaft verhalten. »Es ist nicht schlimm«, hatte er ihr die ganze Nacht über versichert. »Ich liebe dich, Gina. Ein Mann wie David Bellino kann unsere Liebe nicht zerstören. Wenn wir als Mr. und Mrs. Eastley aus Europa zurückkehren, haben sich hier die Wogen geglättet und alles ist vergessen.«

Sie verließ das Bad, Rouge auf den Wangen, die Lippen geschminkt, die Haare frisch gefönt. Sie sah wieder halbwegs normal aus. Auf dem Gang begegnete ihr das Hausmädchen Emmy. Sie schien verlegen und neugierig.

Natürlich, dachte Gina, sie hat die Zeitung ja auch gelesen.

»Mr. Eastley sagt, wir sollen nicht ans Telefon gehen«, sagte sie, »aber das dauernde Klingeln macht einen ganz verrückt!«

Offenbar fürchtete John, es könnten Journalisten anrufen und das Personal zum Plappern verleiten. Wer wußte, was ein Mädchen wie Emmy alles erzählte, wenn es sich damit wichtig machen konnte?

»Vielleicht kann man die Klingel leiser stellen«, sagte Gina, »und wer immer anruft, er wird es irgendwann aufgeben.«

Nach zwei Tassen Tee und einem Rührei fühlte sie sich bereits besser. Sollte sie an ihrer neuen Kriminalgeschichte arbeiten? Später, entschied sie. Erst würde sie einen Spaziergang mit Lord machen. Es regnete zwar noch immer, aber die frische Luft würde ihr guttun. Während sie ihren Ölmantel und die Gummistiefel suchte, fing das Telefon wieder an zu klingeln. Gestärkt wie sie jetzt war, nahm sie den Hörer ab.

»Ja?«

»Gina?« Es war David.

Sie atmete tief. »Ja, hier ist Gina.«

»Mein Gott, ich versuche schon seit Stunden, dich zu erreichen! Ich müßte eigentlich längst am Flughafen sein. In einer dreiviertel Stunde geht mein Flieger nach New York!«

»Dann laß dich nicht aufhalten.«

»Gina!« Es klang flehend. »Ich wollte mich entschuldigen. Ich habe mich unmöglich aufgeführt gestern abend. Ich kann es nur dadurch erklären, daß ich vollkommen betrunken war, und…«

»David, ich wollte gerade spazierengehen«, unterbrach Gina.

»Ich verstehe, daß du böse auf mich bist. Ich weiß auch nicht, warum… es kann wirklich nur am Alkohol gelegen haben. Ich habe viel Ärger gehabt in der letzten Zeit. Und die junge Frau, mit der ich gestern abend bei euch war, möchte unbedingt…«

»Das interessiert mich alles wirklich nicht!«

»Sie ist wie eine Klette, redet von nichts anderem als vom Heiraten, und ich weiß nicht, was ich…«

»Ruf die Kummerkastentante von Cosmopolitan an«, riet Gina kühl. »Ich kann dir nicht helfen.« Sie legte auf. Idiotischerweise nahm sie noch einmal ab, als es gleich darauf wieder klingelte. »Was denn noch?« fragte sie gereizt. Es war jedoch nicht David. Es war Johns Vater.

»Ah – Miss Loret selber.« Er hatte sie sonst immer Gina genannt. »Gut, daß ich Sie erreiche. Ist John da?«

»Er ist in seiner Kanzlei.«

»So. Vielleicht sollten wir dann miteinander reden. Was ist dran an dem, was in der Zeitung steht?«

»Nichts.«

»Aha. Dann hat David Bellino sich das aus den Fingern gesogen!«

»Er hat eine harmlose Sache, die zudem Jahre zurückliegt, aufgebauscht. Er war betrunken und wußte nicht, was er redet.«

»Alles sehr unschön. Für John kann das gefährlich werden.«

»John sieht das anders.« Nur nicht aufregen, Gina, beschwor sie sich im stillen, ganz ruhig!

Die Stimme des alten Eastley klang drohend. »Ja. John ist leichtsinnig. Das ist er immer gewesen, schon zu Veroniques Zeiten. Er begreift nicht, was auf dem Spiel steht. Heute früh erklärte er mir, sie beide hätten noch immer die Absicht, am 20. August zu heiraten. Stimmt das?«

»Ja.« Sie fing leicht an zu zittern.

»Das ist unmöglich. Unmöglich! Ich hoffe, Sie verstehen mich. John hat eine glänzende Zukunft vor sich. Wir alle, seine ganze Familie, haben viel in ihn investiert. Wir lassen uns das nicht zerschlagen. Wenn Sie auch nur eine Spur von Verantwortungsgefühl haben, sehen Sie das ein und lassen ihn gehen!«

Ihn gehen lassen? Was redete der Alte?

Gina merkte, wie die Wut in ihr emporkroch. »John und ich«, sagte sie so beherrscht wie möglich, »sind die einzigen, die darüber zu entscheiden haben. Und wir haben uns entschieden. Wir werden heiraten.«

Leise erwiderte er: »Glauben Sie nicht, das wird sich eines Tages rächen? Wenn John seine Zukunft, seine Karriere verliert, dann wird er Sie irgendwann dafür verantwortlich machen. Er wird es Ihnen nicht verzeihen.«

»Das können Sie meine Sorge sein lassen.«

»Ich will Ihnen etwas sagen, Miss Loret. *Das* lasse ich auch Ihre Sorge sein. Was aus Ihnen wird, ist mir vollkommen gleichgültig. Aber meinen Sohn lasse ich von Ihnen nicht kaputtmachen. Ich werde alles tun, um diese Heirat zu verhindern!«

»Tun Sie, was Sie wollen«, sagte Gina. Auf der anderen Seite wurde aufgelegt. Idiot, dachte sie wütend und verletzt. Als es wieder klingelte, schrie sie fast in den Hörer. »Ja?«

Es war Natalie. Sie rief aus New York an und schien ziemlich aufgeregt. »Gina! Ich habe die Zeitung gelesen und wollte mich gleich bei dir melden. Was hat dieser Scheißkerl David jetzt schon wieder verbrochen?«

In kurzen Worten berichtete Gina von den Ereignissen des vergangenen Abends. Sie merkte dabei, wie müde und bedrückt ihre Stimme klang. »Ich hoffe, das alles hat keine Folgen für John. Wir wollen am 20. August heiraten. Aber ich bin mir nicht mehr sicher, ob wir das wirklich tun sollten.«

»Wie kommt David auf seine Anschuldigungen?«

Gina zögerte. »Erinnerst du dich an St. Brevin? Damals, gleich nach dem Examen?«

Auf der anderen Seite des Kontinents wurde hörbar die Luft angehalten. »Du meinst…«

»Er hat uns beobachtet. Und seit er mir das erzählt hat, hatte ich Angst, er würde eines Tages davon reden. Irgendwie ahnte ich, daß es passieren würde.«

»Eines Tages«, sagte Natalie, »wird einer von uns ihm den Hals umdrehen, und diesen Menschen werde ich beglückwünschen, das sage ich dir.«

»Es würde ihm jedenfalls recht geschehen!«

»Hör mal, Gina, kann ich irgend etwas tun? Eine Erklärung in den Zeitungen abgeben, die alles richtigstellt? Ich würde dir wirklich gerne helfen!«

»Nein, Nat, besser nicht. Es rührt die Sache noch einmal auf, und es klingt, als müßte ich mich verteidigen. Laß es ruhen. Sag mal, stimmt es, du willst weg aus Amerika?«

»Ja. Ich bin nicht glücklich hier, und Johnny Carson hat mir den Rest gegeben. Ich habe ein Angebot in Frankreich. Ich werde nach Paris gehen.«

»Viel Glück, Nat!«

»Danke. Wenn etwas ist, dann melde dich bei mir. Sobald wir eine Wohnung haben, schreibe ich dir die Adresse.«

»Wir?«

»Claudine und ich. Sie kommt mit mir. Auf Wiedersehen, Gina!«

Es hatte gutgetan, Nats vertraute Stimme und ihre freundlichen Worte zu hören, aber die Angst lag noch auf der Lauer. Plötzlich hatte Gina keine Lust mehr, spazierenzugehen. Sie ließ sich ein heißes Bad einlaufen und tauchte mit einem Glas Champagner in den weißen, duftenden Schaum. Lord saß daneben und sah ihr mit schiefgelegtem Kopf zu. Auf einmal mußte sie weinen, und es war ihr, als könne sie nie wieder aufhören. Sie weinte und weinte, und als die Tränen endlich versiegten, war das Wasser kalt geworden und der Champagner schmeckte schal.

4

Sie taten, was alle Touristen in Wien tun: Sie ließen sich mit dem Fiaker durch den 1. Bezirk kutschieren, sie besichtigten den Stephansdom, stiegen sogar zu der Pummerin hinauf, sie schauten den Lipizzanern in der Spanischen Hofreitschule zu und gingen danach zum Demel, wo Gina zum ersten Mal in ihrem Leben die Original-Sachertorte kostete. Sie war begeistert davon, ebenso wie von den milden, fast süßlich schmeckenden Peperoni, die sie auf dem Naschmarkt entdeckten. Sie bewunderten die prachtvollen Gemächer der Hofburg, standen lange vor der Anker-Uhr und aßen im Stadtheurigen »Figlmüller« das obligatorische größte Schnitzel der Welt, wobei Gina zehn Dollar an John verlor, da sie vorher gewettet hatte, sie werde selbstverständlich ihren Teller leeressen, dann aber lange vor dem letzten Bissen die Waffen strecken mußte.

Sie bummelten zur Hofburg zurück, begeisterten sich an der Schönheit des Prunksaals der Nationalbibliothek und nahmen zuletzt an einer Führung durch die Staatsoper teil, denn wegen der Theaterferien gab es keine andere Möglichkeit, einen Blick in das Innere zu werfen.

Keiner von ihnen spielte auf die Ereignisse kurz vor ihrer Abreise an. Es war alles so weit weg. Wo lag Amerika? Fern von allem nahmen sie gleichsam die Flitterwochen vorweg.

»Ich liebe dich, Gina«, sagte John tief in der Nacht, als sie einander in den »3 Husaren« gegenübersaßen. Das Kerzenlicht zeichnete sein Gesicht weich. Gina hob ihr Glas und prostete ihm zu. Sie dachte an die kommende Nacht mit ihm, so wie sie am Tag an die vergangene Nacht gedacht hatte. Die Nächte in Wien würden lebendiger in Erinnerung bleiben als die Tage, weil sie und John noch nie so fanatisch ihrer Liebe gelebt hatten.

»Noch drei Tage«, sagte John, »dann sind wir verheiratet. Freust du dich?«

»Das müßtest du mir ansehen.«

Über den Tisch hinweg griff er nach ihrer Hand. »Bist du glücklich, Gina?«

»Ja«, sagte sie, und nur ganz flüchtig und unbewußt fragte sie sich, ob sie log.

Am Abend vor der Hochzeit sollte es einen Empfang in der amerikanischen Botschaft geben, zu Ehren der OPEC-Gäste in Wien. Den ganzen Tag über hatte John wichtige Besprechungen, aber er bot Gina an, ihr den Leihwagen zu überlassen, damit sie ein wenig in der Gegend herumfahren konnte.

»Wir treffen uns um halb sechs im Cafe hier im Haus«, schlug er vor, »dann haben wir noch genügend Zeit, um uns in Ruhe umzuziehen. Paß gut auf dich auf, Liebling!«

»Natürlich. Du aber auch.« Sie begleitete ihn ins Foyer hinunter und winkte ihm nach, als er vor dem Sacher in ein Taxi stieg. Der Tag war golden und warm, ein erster leiser Anflug von Herbst lag in der Luft. An der Rezeption stand ein großer Strauß gelber Chrysanthemen. Der europäische Herbst ist auch schön, dachte Gina, das ganze Leben ist schön! Die ganze Welt!

Sie hatte strahlende Laune. In Jeans und einem blauen Hemd

von John, die Sonnenbrille im Haar, machte sie sich auf den Weg. Sie fuhr hinaus in einen der Vororte, ging ein wenig spazieren und kehrte dann in einem Heurigenlokal ein, wo sie Wein trank und Buchteln aß; sie kannte das Gericht nicht, aber es stellte sich heraus, daß es sich um eine köstliche Mehlspeise handelte. Am frühen Nachmittag kehrte sie in die Stadt zurück. Sie hatte vorgehabt, nur ein bißchen zu bummeln und nichts zu kaufen, aber dann kam sie an einer Boutique vorbei, die Abendkleider im Schaufenster ausstellte, und eines davon stach ihr besonders ins Auge. Es war knöchellang und bestand aus einem schwarzen Spitzenrock mit einem moosgrünen Oberteil aus Samt, hatte einen tiefen Rückenausschnitt und leicht gebauschte Ärmel, die zur Hand hin schmal zuliefen und sich eng um die Gelenke schlossen.

Ich kann es ja mal anprobieren, dachte sie und betrat zögernd den Laden, wahrscheinlich kostet es ein Vermögen, aber es ist wunderschön.

Es paßte wie angegossen und versetzte sowohl die Verkäuferin als auch zwei anwesende Kundinnen in Entzücken. »Das ist Ihr Kleid, Madame! Ich bestehe darauf, daß Sie es mitnehmen, denn es würde keiner anderen Frau so gut stehen!« Der Preis war gesalzen, aber das Kleid war ihn wert, und so zahlte Gina ohne mit der Wimper zu zucken. Sie wußte, John mochte sie besonders in Grün. Beschwingt verließ sie das Geschäft wieder. Ein warmer Wind, in dem sie den Geruch von Blumen und Heu wahrzunehmen vermeinte, wehte durch die Straßen. Um fünf Uhr betrat sie das Cafe Sacher, nachdem sie das Kleid auf ihr Zimmer gebracht hatte. Gutgelaunt bestellte sie sich einen Kaffee. Sie trank in kleinen Schlucken und schaute dabei hinaus auf die Straße, wo die Passanten in hellen Sommerkleidern vorbeiliefen. Sie war so glücklich wie noch nie nach Gipsys Tod.

John hatte ein empfindsames Ohr dafür, in welchem Ton andere Menschen mit ihm sprachen, und er fragte sich, ob es Einbildung war oder ob sich manche Botschaftsangehörige tatsächlich kühler ihm gegenüber benahmen. Er war natürlich von vielen herzlich und erfreut begrüßt worden, aber irgendwo war da bei einigen eine seltsame Distanz zu spüren. Schaute man ihn neugierig von der Seite an? Paßte man auf mit dem, was man sagte? Vermied man allzu persönliche Fragen? Und wenn ja, weshalb? Er stand im Begriff, einer der wichtigsten Verbindungsmänner Amerikas zur OPEC zu werden. Er konnte seine Wiener Gespräche nur als außerordentlich erfolgreich betrachten. Eigentlich hätte er erwartet, daß man ihm einen roten Teppich ausrollte, nicht, daß man ihn schräg anschaute.

Alles Einbildung, sagte er sich. Er schaute auf die Uhr. Es wurde Zeit, daß er sich auf den Weg zum Sacher machte.

Im Botschaftsgebäude wimmelte es wegen des bevorstehenden Empfangs von noch mehr Polizisten und Sicherheitsbeamten als sonst. Von irgendwoher klangen ein paar Töne Musik, offenbar probte das Orchester. Die letzten Blumenarrangements wurden getroffen. Zwei einsame Herren im Smoking standen in der Gegend herum und schienen sehnsüchtig auf ein Glas Sekt zu warten. Spannung lag in der Luft. John freute sich auf den Abend.

Er wollte gerade das Gebäude verlassen, als er hörte, wie sein Name gerufen wurde. Hinter ihm stand Oberstleutnant Munroe, Angehöriger des Beraterstabes um den Militärattaché. Munroe galt als eingefleischter Republikaner, war vielleicht einer der treuesten Anhänger, die Ronald Reagan hatte, verfügte jedoch für eine politische Karriere über zu wenig Charisma. Er war aufrichtig und loyal, mischte sich aber beständig in die Angelegenheiten anderer. Es gehörte zu seiner Mentalität, immer und überall für Ordnung sorgen zu müssen. Man konnte ihm kaum absprechen, daß er es gut meinte und sein Bestes tat, aber niemand war scharf darauf, allzuviel mit ihm zu tun zu haben.

So ließ auch John durchblicken, er habe es eilig. »Ja … Oberstleutnant?« fragte er hastig.

»Kann ich Sie einen Moment sprechen, Mr. Eastley?«

»Ich muß eigentlich weg. Ich habe um halb sechs eine Verabredung.«

»Es ist sehr wichtig.«

John seufzte und ergab sich. Es hieß sowieso, daß Munroe nie lockerließ, wenn er sich einmal festgebissen hatte.

Die beiden Männer begaben sich in einen kleinen Nebenraum, ein Büro, in dem sich niemand aufhielt und das durch eine Klimaanlage so unterkühlt war, daß John den Eindruck hatte, er betrete einen Gefrierschrank. »Nun«, fragte er, »worum geht es?«

Munroe zündete sich eine Zigarette an, nachdem er John die Schachtel hingestreckt und dieser dankend abgelehnt hatte. »Wir machen uns Sorgen um Sie«, sagte er.

»Wer ist wir?« fragte John sofort zurück.

Munroe setzte sich, aber John blieb stehen; er hatte keine Lust, die nächsten Stunden hier zu verbringen. »Wer?« wiederholte er.

»Ihre Freunde in der Republikanischen Partei. Jene, die Sie gerne als Gouverneur sähen. Alle, die glauben, daß Sie es schaffen könnten.«

»Aha. Und weshalb machen sie sich Sorgen um mich?«

»Nun…« Munroe schien nach Worten zu suchen. Offenbar hatte er eine heikle Mission übernommen. »Es hat da vor einer Woche diesen Skandal um Ihre Verlobte gegeben. Sie wissen, was ich meine? Es ging durch alle Zeitungen.«

»Natürlich weiß ich, was Sie meinen. Diese Geschichte, die ein Betrunkener aufgebracht hat. Sie werden nicht im Ernst erwarten, daß ich über diesen Unsinn noch einmal rede!«

»*Man* redet darüber, Mr. Eastley, und das ist der springende Punkt. Sie können das nicht ignorieren. Ich kann Ihnen nicht verhehlen, daß Sie unter diesen Umständen keine allzu großen Aussichten haben, bei der nächsten Gouverneurswahl als Kandidat aufgestellt zu werden.«

»Wie bitte?« John nahm nun doch Platz, etwas verwirrt und erschreckt. Das Schlimme war, daß man Oberstleutnant Munroe immer jedes Wort, das er sagte, glauben mußte. Er war kein Tratschweib. Wenn er etwas sagte, dann hatte er sich hundertmal vergewissert, daß es stimmte.

»Möchten Sie vielleicht doch eine Zigarette?« fragte er.

Jetzt nahm John eine, zündete sie an und tat einen langen, kräftigen Zug. »Das ist doch alles vollkommen absurd«, sagte er.

»Miss Loret und ich wollen morgen heiraten. Was wirft man ihr vor?«

Munroe war das ganze Thema sichtlich peinlich. »Ihre … äh … zukünftige Frau ist … äh, in Beziehung gestellt worden zu dieser Fernsehjournalistin, die …« Er brach ab und setzte taktvoll hinzu: »Sie wissen doch, worum es geht, Mr. Eastley!«

»Sicher. Aber ich verstehe nicht, wie man hier das Geschwätz eines Betrunkenen, das von der Presse auf die übliche unerträgliche Weise hochgeputscht wurde, ernst nehmen kann. Wirklich, Oberstleutnant, für gewöhnlich hat man doch in unseren Reihen etwas mehr Format.«

»Die Frau eines Gouverneurs muß makellos sein.«

»Es gibt keinen makellosen Menschen.«

»Sie wissen, was ich meine. Natürlich hat jeder eine Vergangenheit, und natürlich wird es da immer den einen oder anderen dunklen Punkt geben. Aber in Maßen! Ich meine, bei der Frau eines Gouverneurs sollte nicht plötzlich herauskommen, daß sie irgendwann einmal abgetrieben hat. Oder daß sie Rauschgift genommen hat. Oder eben, daß sie …« Wieder sprach er nicht weiter.

John musterte ihn ironisch. »Warum sagen Sie es nicht? Die Frau eines Gouverneurs sollte keine lesbische Vergangenheit haben.«

Munroe errötete sanft. »Ja«, murmelte er verlegen.

»Tatsache ist: Gina Loret hat keine.«

»In Ordnung. Das will ich ihr auch nicht nachsagen. Aber die Presse hat ihr diesen Mantel umgehängt. Es tut mir leid, Eastley, aber wir können es nicht riskieren, deshalb Stimmen zu verlieren.«

»Die Wähler sind nicht so rückständig, wie ihr immer alle glaubt!«

»In mancher Hinsicht«, entgegnete Munroe ruhig, »sind sie sogar noch viel rückständiger.«

John hatte das Gefühl, als ziehe ihm jemand den Boden unter den Füßen weg. »Ich glaube, ich brauche mir das nicht anzuhören.«

»Nein. Aber das wird nichts ändern.« Munroe betrachtete sein Gegenüber mitleidig. »Sie sind ein bekannter und bedeutender Rechtsanwalt. Das werden Sie immer sein. Sie haben Geld und Einfluß. Wenn Sie sich damit zufriedengeben, sind Sie trotzdem ein Mann, der es zu etwas gebracht hat im Leben. Sie müssen ja nicht Gouverneur werden!«

John starrte ihn an. »Stellt man mich ganz klar vor die Wahl? Wenn ich eine Chance haben will, von der Partei für die Gouverneurswahlen aufgestellt zu werden, muß ich mich von Gina Loret trennen?«

»Kraß formuliert: Ja.«

»Was heißt ›kraß formuliert‹? Ja oder nein?«

»Ja.«

»Und wer verlangt das?«

»*Man* verlangt das. Verstehen Sie nicht? Man redet über Sie und Miss Loret. Man sagt, mit dieser Frau an Ihrer Seite verschenken Sie Wählerstimmen.«

»Mein Gott, als ob nicht auch die Frauen anderer Politiker zu allen Zeiten irgendwelche Makel gehabt hätten! Wenn ich nur an Betty Ford und ihre Alkoholtragödie denke, oder an…«

»Betty Ford«, unterbrach Munroe sanft, »hatte nicht während des Wahlkampfes ihres Mannes mit Alkohol zu tun. Das kam erst später. Es tut mir wirklich leid, Mr. Eastley, man hält Sie für einen sehr guten Mann, aber man sieht Ihre Verbindung mit Miss Loret als problematisch und riskant an. Sie wissen doch, wie das ist, man redet einfach, und eine allgemeine Meinung entsteht. In Ihrem Fall ist sie entstanden.«

»Warum hat man mir das nicht drüben in Los Angeles gesagt? Warum erfahre ich das jetzt in Wien?«

Munroe lächelte zynisch. »Es hat sich weiß Gott niemand darum gerissen, Ihnen etwas so Unangenehmes zu sagen. Schon gar nicht ihre Parteifreunde in den Staaten. Man will sich durchaus weiter gut mit Ihnen stellen, Eastley!«

»Wie nett!«

»Sie wissen, daß ich mit Ihnen nicht gesprochen habe, um mich wichtig zu machen. Auch nicht aus Lust am Tratsch. Sondern weil irgend jemand es sagen mußte, Nun, das habe ich getan, alles weitere liegt bei Ihnen.« Munroe erhob sich, er sah das Gespräch als beendet an.

Auch John stand auf. »Unter diesen Umständen«, sagte er, »werde ich natürlich nicht an dem Empfang heute abend teilnehmen.«

»Es wäre in jedem Fall besser, wenn Sie ohne Begleitung erschienen.«

»Was natürlich nicht in Frage kommt.« Verhaltener Zorn klang in Johns Stimme. »Sie gehen hoffentlich nicht davon aus, daß ich mich in dieser Weise unter Druck setzen lasse?«

»Ich gehe von überhaupt nichts aus«, sagte Munroe reserviert. Er reichte John die Hand. »Auf Wiedersehen, Mr. Eastley. Ich wünsche Ihnen noch einen angenehmen Aufenthalt in Wien. Ich persönlich«, er schüttelte sich angewidert, »mag diese Stadt nicht. Zuviel Kitsch, zuviel Verlogenheit. Aber das ist Geschmacksache.« Fort war er. Mit einem leisen Klicken fiel die Tür hinter ihm zu. John ließ sich auf einen Stuhl fallen. Er hätte dringend fahren müssen – es war beinahe halb sechs –, aber im Augenblick schien es ihm, als habe ihn alle Kraft verlassen. Er fühlte sich zu schwach, um aus dem Botschaftsgebäude zu gehen und ein Taxi zu winken. Er sah um sich herum einen Haufen Scherben und wußte nicht, wie er ihn beseitigen sollte. Seine erste Gefühlsaufwallung war Trotz: Was bildeten sich diese Schwachköpfe ein? Was glaubten sie eigentlich, wie weit sie gehen konnten? Was glaubten sie, wie sie über Gina reden durften? Diese Frau hat mehr Format als sämtliche führenden Köpfe der Republikanischen Partei zusammen, und nur weil ein versoffener Schwätzer …

Mit der Wut kam seine Energie zurück. Entschlossen stand er auf. Viertel vor sechs. Gina wartete auf ihn. Und er ließ sie warten, weil ein paar großkotzige Politprofis meinten, sie sei nicht die richtige Frau für ihn. Sie sollten ihren blöden Empfang heute abend allein geben! Ein Gefühl von … ja, beinahe Erleichterung durchflutete ihn. Der Kampf hatte ein Ende, er würde alles hinwerfen. Von nun an brauchte er nicht mehr in irgendwelchen

Botschaften zu irgendwelchen Festen anzutanzen. Er mußte nicht mehr darauf achten, daß er die aufgetakelte Frau eines wichtigen Mannes auch genügend umschmeichelte und mußte keine Angst haben, in einer Zeitung einen Artikel über sich zu finden, der womöglich karriereschädigend sein könnte. Er begriff, unter welchem Druck er gelebt hatte, all die Jahre. Angst, etwas Falsches zu sagen. Angst, eine unpopuläre Meinung zu vertreten. Angst, eine wichtige Party zu versäumen. Angst, nicht immer dort zu sein, wo *man* war. Warum nur hatte er sich diesem Zwang gebeugt, Jahr um Jahr?

Er trat aus der Botschaft, und warmer Abendsonnenschein empfing ihn. Der blaue Himmel, der würzige Duft im Wind kündigten den Herbst an. Wie schön war das Leben. Sie würden essen gehen heute abend, in ein schönes, gemütliches Restaurant. Der Schein der Kerze würde sich in Ginas Augen spiegeln. Er konnte sich das Lächeln auf ihrem Gesicht vorstellen, dieses bezaubernde, warme Lächeln, das ihm Ruhe und Kraft gab. Er würde nie ohne dieses Lächeln leben können.

Als er im Taxi saß und durch Wien fuhr, kam ihm plötzlich sein Vater in den Sinn. Ungerufen und ungewollt. So, wie er immer dagewesen war, um das Leben seines Sohnes in die Richtung zu dirigieren, in der er es haben wollte.

»Eines Tages«, sagte Dad mit klarer, fester Stimme, »eines Tages wird mein Sohn zum Präsidenten der Vereinigten Staaten von Amerika gewählt werden. Und ich werde sehr stolz auf ihn sein.«

Die Bilder glitten jetzt rasch durch Johns Gedächtnis. Da war er als Junge, er hatte Schulsportwettkämpfe gewonnen, und Dad sagte zu ihm: »Du wirst mich nie enttäuschen. Ich weiß es.«

»Diesmal muß es die richtige Frau sein. Es *muß*! Du mußt dich sofort von dieser Frau trennen.«

John lehnte sich ins Polster zurück. Das erste Gefühl der Entspannung war verschwunden. Er begann zu grübeln.

Gina merkte sofort, daß etwas nicht in Ordnung war. John lächelte ihr zwar zu, als er wenige Minuten nach sechs Uhr das Cafe Sacher betrat, aber sie spürte, daß dieses Lächeln verkrampft war.

Irgend etwas heute nachmittag ist schiefgelaufen, dachte sie.

»Liebling, es tut mir furchtbar leid, ich bin aufgehalten worden. Bitte sei mir nicht böse.« Er setzte sich.

»Ich habe mir eine gemütliche Wartezeit gemacht«, sagte Gina betont munter, »nur meiner Figur ist es wahrscheinlich nicht bekommen. John, warum gibt es hier so herrliche Süßspeisen? Ich kann einfach nicht aufhören zu essen!«

Er neigte sich vor und gab ihr einen leichten, hingehauchten Kuß auf die Wange, seine Lippen fühlten sich dabei kühl an. »Es freut mich, wenn es dir schmeckt. Möchtest du noch ein Stück Torte?«

»Ich glaube, wir sollten uns jetzt lieber umziehen, was meinst du?«

Er zögerte. Sah sie nicht an. Sie griff nach seiner Hand. »Was ist los? Irgend etwas ist passiert. Du bist ja ganz blaß. Und nervös!«

»Gina … es hat ein bißchen Ärger gegeben.«

Eine Kellnerin näherte sich dem Tisch. »Hat der Herr einen Wunsch?«

»Ja, eine Tasse Tee, bitte. Gina?«

»Kaffee. John, was ist los?«

»Wir werden heute abend nicht zu diesem Empfang gehen.«

»Nein?«

»Nein. Mir wurde nämlich heute nahegelegt, mich … von dir zu trennen.«

Seltsamerweise gab es keine Explosion, kein Erdbeben, keinen Blitz. Sie saßen immer noch auf ihren weichgepolsterten Stühlen in dem kleinen freundlichen Cafe, das jetzt schon in das sanfte Dämmerlicht des Abends getaucht dalag. Mit leisen Schritten bewegte sich die Kellnerin zwischen den Tischen. Nur noch ein Paar saß im Raum, zwei sehr junge Leute. Gina hatte sie schon die ganze Zeit beobachtet. Sie schienen Zeit und Ort völlig vergessen zu haben, hielten einander an den Händen, tauchten einer in die Augen des anderen. Sie waren wie Kinder, die etwas Neues, Wunderbares erleben. Die ganze Zeit war es Gina durch den Kopf gegangen: So ist es mit mir und John auch. Immer noch, nach all der Zeit. Es ist immer noch etwas Einmaliges und Wunderbares.

Auf einmal war es ihr, als sterbe diese Empfindung, als bliebe ihr Körper leer und kalt zurück.

Die Kellnerin brachte Tee und Kaffee. Gedankenverloren rührte John in seinem Glas, obwohl er weder Milch noch Zucker hineingetan hatte. »Es war eine häßliche Unterredung«, sagte er. Er hatte zwei Falten über der Nase, die er immer bekam, wenn er sich Sorgen machte.

»Mit wem hast du gesprochen?«

»Oberstleutnant Munroe. Ein verknöchertes Fossil, durch und durch ehrlich und loyal. Ich meine: Loyal der Partei gegenüber. Das Schlimme ist, er ist ein Mann, dem man glauben muß, was er sagt.«

»Was genau hat er gesagt?« fragte Gina, erstaunt, wie ruhig ihre Stimme klang. Sie nahm einen Schluck Kaffee und verbrannte sich den Mund, aber sie merkte es kaum.

»Er sagt, daß ›man‹ unsere Beziehung mit Sorge beobachtet und fürchtet, diese Geschichte von dir und Natalie Quint könnte mich Stimmen kosten. Das kann schon so sein.«

»Im 20. Jahrhundert? In Amerika?«

John lächelte müde. »Denk daran, wer die ersten Siedler in diesem großartigen Land waren. Die Puritaner, die mit der Mayflower kamen. In mancher Hinsicht haben sich ihre Nachfahren kaum verändert.«

»Verstehe. Dann… müssen wir uns also trennen.«

»Gina…«

»Es ist doch klar, wenn wir zusammenbleiben, wirst du nicht für die Gouverneurswahlen aufgestellt. Denn ganz gleich, wieviel Zeit vergeht, deine Gegner würden diese Geschichte immer wieder auskramen und gegen dich verwenden. Und einen Stimmenverlust kann sich niemand leisten.«

»Du klingst so zynisch.«

»Wirklich?« Worauf habe ich gewartet? fragte sie sich. Darauf, daß er meine Hand nimmt und sagt: Aber natürlich interessiert mich das alles überhaupt nicht. Wir bleiben zusammen, und wenn ringsum die Welt einstürzt. Was bedeutet es mir noch, Gouverneur zu werden, wenn ich dich verliere!

Er neigte sich vor, und nun griff er tatsächlich nach ihrer Hand. »Gina, ich weiß im Moment einfach nicht, was ich sagen, denken oder tun soll. Seit ich klein war, habe ich für den Traum von einer großen Karriere gelebt. Ich habe so viel investiert…«

Bitter sagte sie: »Dann war es mein Pech, daß ich für dich gelebt habe. Idiotisch, so etwas zu tun!«

»Gina…« Er überlegte, ob er ihr von seinem ersten Gefühl der Befreiung erzählen sollte, das er vorhin im Botschaftsgebäude verspürt hatte, aber dann dachte er, es sei besser, das noch nicht zu tun. Tausend Gedanken gingen ihm durch den Kopf… er war verwirrt, durcheinander… er brauchte Zeit. Ja, das war es. Zeit. Er mußte die Chance haben zu überlegen, vielleicht mit dem einen oder anderen seiner Freunde in Los Angeles sprechen. »Gina, würdest du es verstehen, wenn ich dich bitte, daß wir die Hochzeit verschieben? Ich muß ein paar Dinge klären, und es würde mir die Sache erleichtern, wenn wir nicht gleich morgen heirateten. Es ist…« Er merkte, wie seine Worte für Gina klingen mußten. »Verdammt, es tut mir alles so leid.«

»Warum? Ich habe die unsaubere Vergangenheit, nicht du!«

Ich bin ein Feigling, dachte er.

»Gib mir Zeit«, bat er.

In ihren Augen standen Wut und Traurigkeit, die nicht zu ihrer frostkalten Stimme paßten. »Findest du nicht, daß du ein bißchen viel verlangst, John? Was meinst du wohl, wie das Warten für mich aussieht, während du hin und her überlegst, wie du am besten deine Karriere rettest? Was mutest du mir zu?« ihre Stimme wurde lauter, neugierig blickte die Kellnerin zu ihnen herüber.

»Leise«, mahnte John.

Gina nahm sich zusammen. »Der Mann, den ich liebe, erbittet von mir eine Frist, in der er überlegen kann, ob er mich oder seine Karriere opfert. Sag mir, wie ich das aushalten soll!« Zu ihrem Entsetzen merkte sie, daß ihr Tränen in die Augen stiegen. Verzweifelt kämpfte sie dagegen an. Alles – nur jetzt nicht weinen. Sie griff nach ihrer Handtasche. »Vielleicht erlaubst du, daß ich unter diesen Umständen eine räumliche Trennung brauche. Ich kann jetzt nicht hierbleiben.«

John, der sein Gesicht in den Händen vergraben hatte, blickte auf. »Wo willst du denn hin?« fragte er beunruhigt.

»Das kann dir doch gleich sein, oder? Du brauchst ja Zeit und Ruhe, um nachzudenken. Ich fürchte nur, ich kann dir jetzt schon sagen, wie deine Entscheidung ausfallen wird!«

»Nein, das kannst du nicht.«

»O doch. Du wirst dich für deine Karriere entscheiden. Warum auch nicht? Nach all den Mühen, nach allem, was du dafür schon getan hast. Irgendwie, weißt du, habe ich das alles immer gewußt. Man hat oft im Leben eine Vorahnung, und ich hatte die Ahnung, daß David mir etwas zerstören würde und du mich verlassen würdest. Auch Gipsy hat…« Sie brach ab, als sie Johns Blick bemerkte.

»Ich habe mich schon gefragt«, sagte er, »wann du dieses Gewicht in die Waagschale werfen würdest.«

Erst verstand sie nicht. Aber dann begriff sie und wurde blaß. »Du hast schon eine ungeheuer schlechte Meinung von mir, John Eastley«, sagte sie, »und vielleicht hast du recht: Heirate keine Frau, der du zutraust, sie könnte dich verraten!«

Sie stolperte zwischen den Tischen und Stühlen hindurch zur Tür. Draußen blieb sie keinen Moment stehen, sondern eilte weiter, hinein in die Operntiefgarage gegenüber dem Hotel. Im Laufen kramte sie in ihrer Handtasche nach den Autoschlüsseln. Sollte John sich doch einen anderen Wagen mieten. Als sie anfuhr, hatte sie keine Ahnung, wohin sie wollte, aber das war ihr in diesem Moment auch völlig gleichgültig. Nur fort, so weit sie konnte. Rasch fädelte sie sich in den fließenden Verkehr ein. Sie dachte an ihr schönes Abendkleid, das ausgebreitet auf dem Bett im Hotel lag. Oh Gott, wie sie diese Stadt haßte!

Sie sah das Schild, das die Aufschrift »Eisenstadt« trug; der Name sagte ihr nichts, aber sie beschloß, ihm zu folgen.

Gegen neun hielt sie in einem kleinen Dorf – sie hatte keine Ahnung, wo sie war – kramte ihre spärlichen Deutschkenntnisse aus der Schule hervor und fragte einen älteren Mann, der die eintönige Straße entlangkam, nach einem Hotel.

»Ein gutes Hotel«, fügte sie hinzu. Der Mann betrachtete das große Auto und den schweren Goldschmuck, den Gina am Handgelenk trug. Sie hatte deutsch gesprochen, jedoch mit unüberhörbar ausländischem Akzent. Zweifellos eine reiche Frau.

»Da fahren Sie am besten nach Rust«, meinte er, »ins ›Seehotel‹. Das feinste, was es in der Gegend gibt!«

»Und wie komme ich dahin?«

»Immer die Straße entlang. Dann sehen Sie schon die Schilder.« Neugierig fügte er hinzu: »Sie kommen aus Amerika?«

»Ja.«

»Von wo da?«

»Aus Los Angeles.«

»Ich habe einen Onkel in Amerika. In Green Swallows. Kennen Sie den Ort?«

»Leider nein.«

Gina, die ihm ansah, daß er auf ein längeres Gespräch aus war, beeilte sich, die Scheibe ihres Autofensters wieder hochzukurbeln. »Vielen Dank!« Schon fuhr sie weiter. Rust. Sie mußte sich bereits dicht an der ungarischen Grenze befinden. Wie einsam und verlassen es hier war. Trotz der Dunkelheit konnte sie das weite, flache Land ringsum noch schwach erkennen. Ob das schon so etwas wie die Puszta, die ungarische Steppe, war? Sie dachte an hohes Gras, Salzseen, an einsame Reiter und sehnsuchtsvolle Zigeunermusik. Erbarmungslos fiel Melancholie über sie her. Warum hatte sie sich ausgerechnet hierher verirrt?

Hier kann man sich ja das Leben nehmen, dachte sie schaudernd.

Sie fand Rust, und dann auch ziemlich schnell das »Seehotel«. Ein großer, moderner Bau mit vielen Erkern und Türmen. Auf dem Parkplatz drängelten sich die Autos, sie mußte ihren Wagen ein ganzes Stück weit entfernt parken. Hoffentlich hatten sie ein Zimmer frei. Sie war müde und sie fror. Wie kühl die Abende jetzt schon waren! Als sie das Foyer betrat, fragte sie sich, welchen Sinn es hatte, daß sie hier war, und welchen Sinn das Leben überhaupt machte.

»Wir haben tatsächlich noch ein Zimmer frei«, sagte das Mädchen hinter der Rezeption. »Geben Sie mir Ihre Wagenschlüssel? Dann kümmern wir uns um Ihr Gepäck.«

Gepäck! Jetzt erst wurde Gina bewußt, daß sie absolut nichts mitgenommen hatte. Phantastisch. So etwas machte immer einen besonders guten Eindruck.

»Ich habe kein Gepäck«, erklärte sie, »ich weiß auch nicht, wie lange ich bleibe.«

Das Mädchen schaute sie mißtrauisch an. Gina zog ihren Ausweis und ihre Kreditkarten aus der Tasche und legte alles auf den Tisch. »Hier. Damit Sie sehen, daß ich keine Hochstaplerin bin. Und jetzt geben Sie mir bitte meinen Zimmerschlüssel, ich bin entsetzlich müde.«

»Natürlich. Sie haben Zimmer 217. Dort hinten sind die Fahrstühle.«

Während sie hinauffuhr, überlegte sie, ob sie Hunger hatte, aber ihr wurde klar, daß sie keinen Bissen würde hinunterbringen können. Dieses nagende, leere Gefühl im Magen war eine Täuschung. Sie schloß die Tür 217 auf und knipste das Licht an. Ein sparsam möbliertes, aber gemütliches Zimmer mit Doppelbett, zwei Sesseln, einer Anrichte, Fernseher und Einbauschränken. Im Bad fand sie Zahnpasta, Shampoo, Seife, Schaumbad, Wattebäusche und Kosmetiktücher. Sie ließ ihre Handtasche auf das Bett fallen und trat hinaus auf den Balkon. Vor ihr lag Wildnis – sie konnte sie nicht sehen, aber spüren. Tief atmete sie die herbstliche, kühle Luft. Schon konnte man den Geruch nach welkem Laub, würzigen Beeren und Nebel in ihr ahnen.

Ich werde sterben, dachte sie, während ihre Augen in Tränen schwammen, ich werde einfach sterben.

Sie fröstelte, ging ins Zimmer zurück. Sie trug ja immer noch das dünne, blaue Hemd von John. Sein Geruch hing in dem Stoff, das teure Rasierwasser von Oscar de la Renta, das sie ihm zum letzten Weihnachtsfest geschenkt hatte.

Ich bin so einsam. Ich bin so entsetzlich einsam!

Im Nebenzimmer wurden offenbar Kinder gebadet, sie konnte das Planschen, Lachen, das fröhliche Geschrei durch die Wände hören. Wahrscheinlich hatten sie eine Gummiente, gelb mit rotem Schnabel, die sie zwischen den Schaumwellen schwimmen ließen. Auf einmal tauchte eine Erinnerung aus längst vergangenen Tagen in ihrem Gedächtnis auf: Großmutter Lorets holzverkleidetes Badezimmer mit dem großen eisernen, immer gluckernden, knackenden Ofen und dem kleinen Fenster über der Badewanne, die tatsächlich noch auf vier verschnörkelten Füßen stand. Das Fenster hatte sich zum Wald hin geöffnet, und der Geruch nach Rinde und Moos hatte immer den ganzen Raum erfüllt. Die kleine Gina hatte mit ihrem roten Gummifisch gebadet, den sie heiß liebte. Merkwürdig, daß er ihr heute wieder einfiel, all die Jahre hatte sie ihn ganz vergessen gehabt. Wo er sich wohl befand? Wie viele Jahre waren vergangen, seitdem sie ein Kind gewesen und alle Zärtlichkeit der Welt über ihr ausgeschüttet worden war? Voller Grauen erinnerte sie sich der langen, dunklen Tage ihrer Jugend. Sie schienen ihr wie in Nebel getaucht – Saint Clare, Tante Joyce, Charles Artany – sie alle blickten wie durch eine graue Wand zu ihr herüber. Dann war John in ihr Leben getreten und hatte die Wärme wiedergebracht. Wie sollte es weitergehen ohne ihn?

Sie öffnete die Zimmerbar, warf ein paar Eiswürfel in ein Glas und schüttete Mineralwasser darüber. Im Fernsehen lief gerade irgendein Film, aber Gina sprach zu schlecht deutsch, um zu verstehen, worum es ging. Sie machte das Gerät wieder aus und kauerte sich auf ihr Bett, die Beine eng an den Körper gepreßt.

Das Glas war kalt in ihrer Hand. Nebenan kreischten die Kinder vor Vergnügen. Draußen auf dem Flur ging jemand vorbei und lachte laut.

Ich werde in der ganzen Nacht kein Auge zutun, dachte Gina.

Sie rief bei der Rezeption an und bat um Schlaftabletten. Kurz darauf brachte ihr ein junger Mann zwei Tabletten.

»Vielen Dank.« Sie drückte ihm ein paar Geldstücke in die Hand, schluckte die Tabletten und ging ins Bad, um sich für die Nacht fertig zu machen. Sie hatte nichts zum Abschminken dabei, also reinigte sie ihr Gesicht mit Wasser und Seife, putzte sich die Zähne, zog sich aus und legte sich ins Bett. Hoffentlich wirkten die Tabletten schnell. Sie war plötzlich wach, hellwach. Als hätte sie ein Aufputschmittel genommen. Mit weit geöffneten Augen starrte sie in die Dunkelheit. Wo waren Johns Hände, die ihren Körper sanft streichelten? Sie waren immer einer in den Armen des anderen eingeschlafen, ihr Rücken an seinem Bauch, sein Atem an ihrem Hals. Seine leise Stimme in der Nacht: »Ich liebe dich so sehr, Gina.«

Sie merkte, daß ihr Gesicht naß war von Tränen. Hatte sie richtig gehandelt, als sie ihrem ersten Impuls gefolgt war – weg, nichts wie weg? Im nachhinein erkannte sie: Ja. Wenn es überhaupt eine winzige Chance für sie gab, dann diese. Wäre sie geblieben, hätte um John geworben, hätte versucht, ihm ihre Bedeutung klarzumachen, er hätte geschwankt wie ein Grashalm im Wind, und die Qual hätte sich dahingeschleppt. Sie mußte Klarheit haben. Er mußte sofort wissen, wie es ohne sie war. Nur dann konnte er sich entscheiden.

Aber die Gefahr war groß. Und sie hatte solch entsetzliche Angst. Verzweifelt warf sie sich hin und her. Als sie endlich weit nach Mitternacht einschlief, hielt sie ihr Kissen in den Armen und drückte es an sich wie einen Geliebten.

Als Gina am nächsten Morgen aufwachte, lag noch Nebel über der Landschaft. Schwach schimmerte die Schilfwüste des Neusiedler Sees durch die weißen Schwaden. Schreiend hoben sich die Vögel empor, glitten als einsame, dunkle Punkte über den Himmel. Gina, die, ein Handtuch um den Körper geschlungen, am Fenster stand, empfand den Schmerz im fahlen Morgenlicht noch heftiger. Sie hatte sich im Spiegel betrachtet und gefunden, daß sie entsetzlich aussah, bleich und elend. In ihrer Handtasche fand sie einen Kajalstift, etwas Puder und einen Lippenstift. Es gelang ihr, sich einigermaßen zurechtzumachen, ehe sie in die Sachen vom gestrigen Tag schlüpfte. Sie brauchte unbedingt frische Wäsche – wenn sie noch länger bliebe. Wieder und wieder wollte sie nach dem Telefonhörer greifen, die Nummer des Hotel Sacher in Wien wählen. Sich mit John verbinden lassen.

»John, Liebling, ich bin in Rust. Das liegt irgendwo in einer gottverlassenen Einöde, und ich weiß überhaupt nicht, was ich hier soll. Ich will zu dir zurückkommen. Ich kann nicht leben ohne dich.«

Aber sie wußte, es hatte keinen Sinn. Wenn sie jetzt bettelte, dann würde er vielleicht kommen, aber gleich darauf wieder zu zweifeln beginnen. Sie biß die Zähne zusammen und verließ das Zimmer.

Nach dem Frühstück erkundigte sie sich an der Rezeption, wo sie größere Einkäufe tätigen könnte. »Es gibt Probleme mit meinem Gepäck, und ich brauche ein paar Sachen zum Anziehen.«

»Da fahren Sie am besten nach Eisenstadt.«

Wieder diese neugierigen, forschenden Blicke. Sie dankte und ging zu ihrem Auto. Der Nebel hatte sich inzwischen gelichtet, fast sommerlich heiß strahlte die Sonne vom wolkenlosen Himmel. Gina fühlte sich ein klein wenig besser, als sie nach Eisenstadt fuhr. Ihre Zuversicht stieg mit der Wärme der Sonne. Konnte eine Liebe wie die zwischen ihr und John einfach so zerbrechen?

In Eisenstadt kaufte sie als erstes Wäsche, dann zwei warme Pullover für die kühlen Abende. Dazu ein paar T-Shirts, Shorts, Sandalen und einen Badeanzug, einen schmalen schwarzen Rock, eine gelbe Seidenbluse und Pumps für den unwahrscheinlichen Fall, daß sie einmal ausgehen wollte, Strumpfhosen und Kosmetik. So konnte sie ein paar Tage überstehen. Sie beschloß, noch ein wenig herumzufahren und sich die Gegend anzusehen.

Es war der 20. August 1983, der Tag, der ihr Hochzeitstag hätte sein sollen.

31. August 1983. John hatte zum dritten Mal an diesem Tag im Hotel Sacher in Wien angerufen. »Mrs. Loret hat sich immer noch nicht gemeldet?«

»Nein, Mr. Eastley. Es tut uns leid.«

Erschöpft hängte er ein. Er saß in seiner Kanzlei in Los Angeles und wußte nicht, wo er nach Gina suchen sollte. Hielt sie sich noch in Wien auf? An einem anderen Ort in Österreich? War sie nach Deutschland oder in die Schweiz gefahren oder heim nach England? Er wünschte, er hätte einen Anhaltspunkt.

Er selber war am nächsten Tag nach Los Angeles geflogen, in der Absicht, mit seinen engsten Parteifreunden über alles zu sprechen. Wie sich herausstellte, hatte Munroe mit seinen düsteren Prophezeiungen recht gehabt: Unmißverständlich erklärte man John, im Falle seiner Eheschließung mit Gina Loret könne er kaum damit rechnen, als Kandidat für die Gouverneurswahlen aufgestellt zu werden. Clay Anderson, Johns bester Freund, sagte: »John, das ist von niemandem böse gemeint. Wir alle mögen Gina. Es ist eine verdammt unangenehme Sache, daß sie mit dieser... dieser Quint in Verbindung gebracht wurde. Hast du mitbekommen, was noch in der Nacht von Carsons Talkshow passierte? Die Zuschauer haben fast zum Sturm auf ABC geblasen. Die Wogen der Empörung gingen haushoch. Natalie Quint verläßt nun sogar die Vereinigten Staaten. Stell dir vor, das passiert dir mitten im Wahlkampf mit Gina! Die Partei kann sich das nicht leisten!«

»Verstehe.«

»John!« Clay hatte ihn sehr gerade angesehen. »Du mußt dich entscheiden, ob es dir das wert ist. Ob dein Herz so sehr an einer politischen Karriere hängt, daß du Gina Loret dafür hergibst. So oder so – ich bin dein Freund.«

Gina hergeben...

Da waren die vielen Bilder, die er immer im Gedächtnis mit sich herumtrug: Der Tag, an dem er Gina kennengelernt hatte. Dieses schöne Mädchen mit den taillenlangen dunklen Haaren, das diese grauenhaften Kitschgemälde eines alten Malers durch Manhattan schleppte. Wie sie da gesessen hatte in dem kleinen

Cafe und ihre Pancakes verschlungen hatte. In einer Zeit, in der fast alle Frauen hysterisch von ihrem Übergewicht sprachen und sich nur von Salatblättern und Körnern ernährten, war es ihm ein Vergnügen gewesen, diesem Mädchen zuzusehen, das mit Heißhunger alles in den Mund steckte, was es auf dem Tisch finden konnte.

Die erste Nacht mit ihr fiel ihm ein. Hatte sie bemerkt, wie heftig sie sich an ihn klammerte? Und all die folgenden Nächte, in denen sie einander in den Armen hielten und alles, was böse, kalt und feindlich in dieser Welt war, von sich wiesen. Er hatte ihr Bild vor Augen, wie sie aussah, wenn sie morgens aufwachte, ihr Blick noch nicht klar und etwas verwirrt. Konnte er je wieder leise vor sich hinpfeifend in die Kanzlei fahren, wenn Gina ihm nicht vorher am Frühstückstisch gegenübergesessen hatte? Manchmal blickte sie gedankenverloren an ihm vorbei, dann neckte er sie: »Hallo, Agatha Christie!«

Ihre Augen blitzten: »John, wie schnell wirkt Zyankali?«

»John, ich habe mir ein traumhaftes Kleid gekauft, du mußt es dir gleich anschauen!«

»John, ich platze gleich vor lauter Liebe zu dir!«

»John? Ist alles okay?« Das war Clay.

John riß sich zusammen. »Alles okay. Hör zu, Clay, ich liebe Gina. Ich liebe sie mehr als irgend etwas sonst auf der Welt. Wenn ihr glaubt, ihr könnt mich nicht zum Gouverneur machen, weil ich mit Gina verheiratet bin, dann ist das euer Pech, denn ihr verliert einen guten Mann, aber ich werde deshalb nicht den Menschen aufgeben, den ich brauche, um überhaupt leben zu können. Gina ist alles für mich, aber ich Idiot habe das nicht gleich erkannt.«

»Bist du sicher, John?«

»Vollkommen sicher. Und jetzt werde ich in der Welt herumtelefonieren, denn irgendwo muß dieses Mädchen schließlich stecken.«

Nachdem Clay gegangen war, rief John in halbstündigem Abstand in Wien an, um zu erfahren, ob Gina sich gemeldet hatte. Kein Mensch wußte etwas. Sekundenlang überfiel ihn eine heftige Unruhe: Sie würde sich doch nichts angetan haben? Dann aber sagte er sich, daß sie stark war, eine Kämpfernatur, nicht eine, die sich aus dem Leben stahl.

Schließlich gab er es auf, im Sacher anzurufen; die Leute dort konnten Gina schließlich nicht aus dem Boden stampfen. Er überlegte hin und her, und nachdem er ein paar Telefongespräche geführt hatte, stand sein Plan fest. Statt Mitte September nach Seoul zu fliegen, würde er es jetzt so rasch wie möglich tun. Dann konnte er in drei oder vier Tagen zurück sein, und bis dahin wäre Gina möglicherweise wieder aufgetaucht. Sie würden heiraten und dann in die Flitterwochen fahren – nach Mexiko vielleicht, oder nach Brasilien. Oder wohin immer Gina wollte.

Seine Gesprächspartner in Seoul hatten sich nach einigem Hin und Her damit einverstanden erklärt, die Gespräche vorzuverlegen. Brent Cooper, der New Yorker Anwalt, den er zuvor konsultieren mußte, gab ebenfalls grünes Licht. Einen Platz in der Mittagsmaschine nach New York hatte er schon. Nun brauchte er bloß noch einen Flug für morgen von New York nach Seoul. Er rief bei der Auskunft an. »So früh wie möglich, wenn es geht.«

»Einen Moment.« Das Mädchen am anderen Ende der Leitung befragte seinen Computer. Dann erklang die geschäftige Stimme wieder. »Sind Sie noch da, Sir? Ich hätte noch einen Platz an Bord eines Jumbos von Korean Airlines. Start 9 Uhr in New York, Zwischenlandung in Anchorage. Wäre Ihnen das recht?«

»Wunderbar.« Soweit ging alles gut. Er rief noch einmal im Sacher in Wien an. »Wenn Mrs. Loret sich meldet, richten Sie ihr doch bitte aus, ich sei bereits nach Seoul geflogen. Ich möchte, daß sie nach Los Angeles kommt. Nach meiner Rückkehr werde ich dort auf sie warten.«

Lieber Gott, gib mir noch eine Chance!

Er blickte auf seine Uhr. Es blieb nicht viel Zeit, schließlich mußte er noch packen. Als er sein Büro verließ, fiel sein Blick auf die gerahmte Fotografie seines Vaters.

Tut mir leid, Vater, dachte er. Es wird nicht leicht werden, für dich nicht, aber für mich ganz bestimmt auch nicht.

Gina kehrte von einem Ausflug an den See zurück. Den ganzen Tag über hatte sie abwechselnd gebadet und in der Sonne gelegen. Jetzt war sie müde und hungrig. Durch den warmen Abendsonnenschein ging sie auf das Hotel zu. Der Geruch von Seewasser hing noch in ihren Haaren, der von Sonnenöl war in ihrer Haut. Ein paar Männer hatten sie angesprochen, sie hatte sich nur abgewendet. Sie fragte sich, ob man ihr nicht ansah, daß sie halb krank war vor Sehnsucht nach John.

Im Hotel bestellte sie ein paar Sandwiches aufs Zimmer und trank ein Glas Wein. Danach nahm sie den Telefonhörer ab und wählte die Nummer des Sacher in Wien. »Hier spricht Gina Loret. Ist Mr. Eastley noch im Haus?«

Am anderen Ende schien man äußerst erleichtert, von ihr zu hören. »Endlich! Mr. Eastley hat schon ständig angerufen! Er ist vor einer Woche bereits nach Los Angeles zurückgeflogen und befindet sich jetzt von dort aus auf dem Weg nach Korea. Er hat folgende Nachricht für Sie hinterlassen…« Es folgte der Text, den John diktiert hatte.

»Danke«, sagte Gina, »vielen Dank.«

Sie ging ins Bad und betrachtete sich im Spiegel. Der lange Tag am Wasser hatte ihre Haut getönt, überhaupt sah sie sehr gesund und kräftig aus.

»Er wartet auf mich in Los Angeles«, sagte sie laut, »und er ist zwei Wochen früher nach Seoul geflogen, als er wollte. Um früher zurück und bei mir zu sein?« Sie wagte nicht, die Freude wirklich hochkommen zu lassen, aber es hörte sich so an, als habe John eine Entscheidung getroffen.

»Ich werde in Los Angeles auf sie warten.«

»Und ich werde nach Los Angeles fliegen.« Sie war wie elektrisiert, wie ausgewechselt. Draußen lag die Puszta in goldgetöntem Abendsonnenschein. Wieder klangen in Ginas Ohren die melancholischen Zigeunerweisen, aber diesmal kamen ihr nicht die Tränen. Sie kramte ihre Sachen aus den Schränken, warf sie alle aufs Bett, lief ins Bad, um sich zu duschen und anzuziehen, rannte zurück nach Wäsche und Strümpfen, und dann fiel ihr ein: sie hatte überhaupt keinen Koffer. Sie hatte auch noch keinen Flug. Es war gleich sieben Uhr. Heute abend würde sie kaum noch nach Amerika fliegen können.

1. September 1983

Gleichmäßig brummte die Boeing 747 der Korean Airlines über den blauen Himmel. Tief unter ihr lag der Pazifische Ozean. Vor mehr als fünf Stunden war die Maschine nach der Zwischenlandung in Anchorage gestartet. Die Stewardessen hatten Kaffee, Tee und Gebäck serviert, und die meisten Passagiere dösten jetzt vor sich hin. Die Klimaanlage sorgte für kühle Luft in der Kabine, daher hatten viele ihre Jacken aus der Gepäckablage gekramt oder sich Wolldecken geben lassen. Die Zeit wurde lang.

John hatte einen Platz am Fenster, aber das nützte ihm nicht viel, denn es gab nur Wolken ringsum. Auf dem Flug von New York hatte er noch einmal die Prozeßakten seines Falles studiert und ein paar Notizen gemacht. Er hatte inzwischen eine klare Vorstellung davon, wie er mit der koreanischen Gegenseite reden wollte. Als er das Brent Cooper beim Abendessen in New York erklärt hatte, war dieser voller Bewunderung gewesen.

»Du bist ein verdammt guter Jurist, John«, hatte er gesagt, »und das beginnen die Leute zu merken. Du bist brillant und scharfsinnig. Ich prophezeie dir eine große Zukunft. Die OPEC-Sache und Korea sind nur der Anfang. Eines Tages wirst du der berühmteste Anwalt der Vereinigten Staaten.«

»Übertreib mal nicht, Brent.«

»Ich übertreibe nicht. Wenn du so weitermachst, hast du es bald geschafft.«

Die Worte saßen. Warum nicht? fragte er sich. Ich bin Jurist. Meine Professoren haben mir früher eine große Begabung bescheinigt. Warum soll ich nicht an dieser Karriere arbeiten?

Seine Zuversicht belebte ihn wie ein wärmendes Feuer. Das Gefühl der Befreiung, jenes allererste Gefühl, das damals gleich nach dem Gespräch mit Munroe in Wien über ihn gekommen war, hatte wieder Besitz von ihm ergriffen. Wie hatte er es gehaßt, sein Leben lang, immer und ewig daran denken zu müssen, was er tun durfte und was nicht…

Freiheit. Er und Gina würden so frei sein, wie er es noch in keinem Moment seines Lebens gewesen war. Nie wieder mußte er darauf achten, ob die Mehrheit der Bürger Kaliforniens ihn so lieber mochten oder so. Ob er dieses oder jenes sagen sollte, oder es besser bleiben ließ. Oder die ständige Frage des letzten Jahres: Sollte er sich die grauen Strähnen an den Schläfen dunkel färben lassen, weil ein erfolgreicher Politiker möglichst jung und dynamisch aussehen mußte, oder sollte er es so lassen, wie es war, weil es ihn älter machte und er so möglicherweise mehr Vertrauen erweckte? Nach allem hatte er gefragt – nur nie nach sich und seinen Empfindungen.

Wie wollen die Menschen mich haben, statt: Wie will ich sein?

Seit er ein kleiner Junge war, hatte ihm sein Vater eingeschärft, daß er für eine große Karriere bereit sein müsse, einen Teil seiner persönlichen Freiheit aufzugeben. Mit zusammengebissenen Zähnen hatte er sich gefügt. Aber mit Gina würde er nicht nur einen Teil seiner persönlichen Freiheit aufgeben: Er würde diesmal sich selber aufgeben.

Diesen Preis war er nicht bereit zu zahlen.

Erfüllt von einem friedlichen, inneren Glück fühlte er sich am Beginn eines neuen Lebens.

Als das Flugzeug explodierte, geschah das so plötzlich, daß es für die meisten der Passagiere keine Schrecksekunde, keinen Moment des Begreifens gab. Alles war auf einmal gleißende Helligkeit, und ein ohrenbetäubendes Krachen zerriß die Stille. Eine Feuerkugel, bestehend aus Flugzeugtrümmern, toten und sterbenden Menschen stürzte ins Meer.

»Das Ziel ist zerstört«, meldete der Pilot eines sowjetischen Abfangjägers an die Bodenkontrolle.

Wenig später schrie die Welt entsetzt auf, als der Vorfall durch die Nachrichtensender aller Länder ging: Der südkoreanische Jumbo Jet mit 269 Passagieren an Bord war auf seinem Flug von New York nach Seoul vom Kurs abgekommen und hatte sowjetisches Hoheitsgebiet überflogen. Er näherte sich der Insel Sachalin, auf der sich eine sowjetische Raketenabschußrampe befindet, als die Abfangjäger Befehl bekamen, den Flug zu stoppen. Sie feuerten zwei Raketen auf den Jumbo. Japanische Flugzeuge und Patrouillenboote, die kurz darauf das Meer auf der Suche nach Überlebenden durchkämmten, hatten keinen Erfolg. Alle 269 Passagiere des Flugzeuges waren tot.

IV. Buch

New York, 29. 12. 1989

»Ja«, sagte Gina, »so war das. Ein verfluchter sowjetischer Abfangjäger hat alles kaputtgemacht.«

Inspektor Kelly musterte sie eingehend. »Hatten Sie damals das Gefühl, es sei eigentlich David Bellino, der alles kaputtgemacht hat? Der die Kette von Ereignissen ins Rollen brachte, die dazu führte, daß John Eastley schließlich an diesem Tag in diesem Flugzeug saß? Haben Sie ihn sehr gehaßt?«

Es war Nacht geworden inzwischen. Ein Diener hatte frisches Holz im Kamin nachgelegt, knisternd und prasselnd fraßen die Flammen die Scheite. Es brannte nur die pastellfarbene Tiffanylampe neben der Tür, so daß man an den Wänden den Feuerschein tanzen sehen konnte. Niemand hatte Lust auf ein Dinner gehabt; es wurden nur ein paar Cocktails serviert, und der Butler stellte eine Schale mit Nüssen auf den Tisch. Ein süßer, fast weihnachtlicher Duft erfüllte den Raum, aber keiner konnte sich gegen ein Gefühl inneren Fröstelns wehren. Draußen schneite es noch immer. Irgendwo in der Wohnung schlug eine Standuhr elfmal.

»Ich hätte ihn umbringen können«, erwiderte Gina auf Kellys Frage. »Damals hätte ich ihn umbringen können. Wäre er nicht gewesen, dann hätte John an diesem 1. September 1983 nicht in dem Flugzeug nach Seoul gesessen; ich hätte ihn nicht verloren und damit nicht die Chance, zu wissen, wie er sich entschieden hat. Aber inzwischen ... Mein Gott, David hat ihn nicht vorsätzlich ermordet. Und er konnte nicht voraussehen, was geschehen würde.«

Kelly nickte.

Er blickte um sich und betrachtete die Gesichter der Anwesenden. Natalie Quint wirkte in sich gekehrt, fast apathisch. Sie kauerte auf dem Sofa, starrte in die Flammen im Kamin. Auf eine merkwürdige Weise schien es ihr gleichgültig, was sich um sie herum abspielte.

Steve aß eine Nuß nach der anderen. Er wirkte abgekämpft, seine Nervosität war Müdigkeit gewichen.

Der Mann hat zu viele eigene Sorgen und Probleme, dachte Kelly, als daß er sich übermäßig über den Mord an Bellino aufregen würde. Er hatte gehofft, Geld zu bekommen, aber das hat sich zerschlagen. Wahrscheinlich sucht er verzweifelt nach einem anderen Weg.

Mit Mary, auch das bemerkte Kelly, war in den letzten Stunden eine Veränderung vorgegangen. Sie blickte nicht mehr ganz so verängstigt, sondern trug einen Ausdruck der Entschlossenheit in den Augen. Ihr Mann wird vielleicht ein paar Probleme mit ihr kriegen, wenn sie nach Hause kommt, überlegte Kelly.

Gina ging schon wieder an die Bar und schenkte sich einen Schnaps ein. Den wievielten eigentlich in der letzten Stunde? Ihre Erinnerungen an John Eastley hatten sie aufgewühlt. Es war ein unnatürlicher, fiebriger Glanz in ihren Augen.

Merkwürdig verhielt sich Laura. Heute mittag hatte sie noch ziemlich kühl gewirkt, jetzt wurde sie langsam nervös. Irgend etwas beschäftigte sie. Als die Uhr geschlagen hatte, war sie zusammengezuckt. Ihre Hände hielt sie ineinander verkrampft. Was beschäftigte das Mädchen so sehr?

»Mich würde interessieren«, sagte Inspektor Kelly, »in welcher Lage sich jeder einzelne von Ihnen befand, als ihn die Weihnachtseinladung von David Bellino erreichte.«

»Sie meinen, ob wir gerade auf dem Klo saßen, als der Briefträger klingelte, oder unsere täglichen Gymnastikübungen machten?« fragte Gina spitz.

Kelly fand das nicht komisch. »Natürlich möchte ich es so genau nicht wissen«, sagte er ungeduldig. »Es geht um Ihre derzeitige Lebenssituation. Die allgemeine Lage, in der Sie sich befanden, als jene Briefe kamen. Und es interessiert mich natürlich auch das Motiv, das Sie bewog, der Einladung Folge zu leisten.« Er sah sich in der Runde um. »Lady Artany, fahren wir gleich bei Ihnen fort? Sie haben damals ,1983, nach John Eastleys Tod, Ihren treuen Verehrer Lord Charles Artany geheiratet.«

»1984«, berichtigte Gina, »im Februar 1984«.

Die kleine, steingemauerte Kirche am Ende des Parks. Artany Manor, viele Morgen Land, ein graues, efeuumranktes Herrenhaus, Stallungen, Wälder. Alles ein bißchen verwunschen, verwildert und – hochverschuldet.

»Gehört im Grunde alles der Bank«, hatte einer der Hochzeitsgäste, eine dicke Dame im Reinseidenen, Gina anvertraut. »Eine gute Partie machen Sie mit Charles nicht!«

An Gina glitten die Bilder der Hochzeit wie unwirkliche Schatten vorüber. Charles im dunklen Frack, ungläubig vor Glück, immer wieder nach ihrer Hand tastend, sanft, schüchtern, rotwangig in seiner Verlegenheit. Seine Onkel und Tanten, in reicher Zahl erschienen, sagten gerührt: »Der gute Charles, endlich hat er die Frau fürs Leben gefunden.«

Dem Pfarrer, er mußte mindestens hundert Jahre alt sein, lief während der Trauungszeremonie ein dünner Speichelfaden aus dem Mund, die ganze Zeit über, und nach jedem Satz hüstelte er. Beim Abendmahl wäre ihm um ein Haar der silberne Kelch aus den Händen gefallen.

Gina sah nach wohlhabender Frau aus in ihrem grünen Kleid und dem Smaragdschmuck, wohlhabender als sie war. Ihre Kleider und der Schmuck waren ihr geblieben, nichts sonst auf der Welt. Sie hatte es zunächst gar nicht begriffen, als Johns Freund Clay ihr behutsam klarzumachen versuchte, daß John kein Testament hinterlassen hatte. »Typisch John. Die Möglichkeit, auch er könnte sterblich sein, hat er nie zur Kenntnis genommen. Wenn Sie wenigstens noch geheiratet hätten, dann würde Ihnen sein Vermögen von Rechts wegen zustehen. Aber so …«

Sie starrte ihn an, betäubt in ihrem Kummer, und dachte: Glaubt er, mich interessiert Geld?

»Ich fürchte, die Familie wird sich wenig großzügig zeigen«, fuhr Clay bekümmert fort. »Im Gegenteil. Der alte Eastley hat gedroht, er werde eher vor jedes Gericht des Landes ziehen, als Ihnen auch nur einen Cent zukommen zu lassen.«

»Er soll sein Geld behalten. Ich will es nicht. Ich wollte John, sonst nichts.«

»Ich könnte Ihren Fall übernehmen, Gina. Nur habe ich wenig Hoffnung.«

»Nein«, wehrte sie spröde ab, »ich streite mich nicht mit der Familie Eastley um Johns Geld.«

Neben dem Schmerz konnte sie nichts anderes empfinden, weder Sorge um ihre Zukunft noch Bitterkeit, weil niemand in der Familie sie als Johns Frau akzeptierte. Es interessierte sie nicht, ob sie etwas erbte oder nicht. Durch ihren Panzer von Traurigkeit drang nichts.

Zurück in England stellte sie fest, daß Tante Joyce an einem Blinddarmdurchbruch gestorben war, daß Onkel Fred das Haus verkauft hatte und in einer Trinkerheilanstalt saß. Sie besuchte ihn dort und sah sich einem traurigen, kranken, alten Mann gegenüber, der in einem muffigen Zimmer saß und dumpf vor sich hin starrte. »Gina, wie schön«, murmelte er. »Wo warst du so lange? Wann sind wir zuletzt in eine Kneipe gegangen?«

»Das ist schon eine Weile her, Onkel Fred.«

»Ja ... Wir hatten eine gute Zeit, nicht? War doch lustig, wenn wir losgezogen sind, ein Bier trinken, ja?« Hoffnung flackerte in seinen trüben Augen. Bei einem Bier ist es nie geblieben, dachte Gina, und nach Hause konntest du keinen Schritt mehr alleine tun. Du hast geweint, wenn du besoffen warst; und nachher hast du gekotzt; wenn ich Glück hatte, erst auf dem Klo, meistens schon im Treppenhaus.

Sanft sagte sie: »Es war eine gute Zeit, Onkel Fred, natürlich.«

»Wo warst du so lange?« fragte er noch einmal, und ohne eine Antwort abzuwarten, fügte er hinzu: »Arme Joyce. Sie ist zu früh von uns gegangen.« Durch das kleine quadratische Fenster seines Zimmers starrte er hinaus in den trostlosen Hinterhof, in dem Pfützen zwischen den Pflastersteinen standen. In seinen blaßblauen Augen glänzten Tränen. Überrascht erkannte Gina, daß sein Herz an der verknöcherten, humorlosen Frau gehangen haben mußte, mit der er dreißig Jahre seines Lebens geteilt hatte. Und noch etwas begriff sie: Von ihm konnte sie keine Hilfe erwarten. Es wäre illusorisch gewesen zu glauben, er werde ihr mit etwas Geld über die Runden helfen. Was der alte Mann hatte, brauchte er für sich, er würde es schwer genug haben, sein Leben zu Ende zu leben.

Sie neigte sich zu ihm und gab ihm einen Kuß. »Ich besuche dich bald wieder, Onkel Fred. Und ich werde dir sobald wie möglich mitteilen, wo du mich erreichen kannst, wenn etwas ist.«

»Jaja.« Er schaute an ihr vorbei ins Leere. Als sie ging, hörte sie ihn leise vor sich hin murmeln. Wahrscheinlich hatte er schon vergessen, daß sie dagewesen war.

Charles Artany blieb der einzige, an den sie sich in diesem Moment wenden konnte. Sie hatte kein Geld, keine Unterkunft, sie besaß nur drei Koffer mit Kleidern und Schmuck, aber von diesen Sachen wollte sie nichts verkaufen, denn John hatte sie ihr geschenkt. Sie stand da mit nichts in den Händen, aber mit einem fast zu Tode verwundeten Herzen, erstarrt vor Kummer, unfähig, ihr Leben in die Hand zu nehmen. Als sie an einem kalten, windigen Februarnachmittag in der kleinen Kirche von Artany Manor mit Charles getraut wurde, fragte sie sich verwundert und verwirrt, wie es dazu hatte kommen können. Sie hatte John Eastley heiraten wollen, nun wurde sie die Frau eines Mannes, den sie nicht liebte. Der gute, treue Charles! Wahrscheinlich hatte sie seinem ständigen Drängen schließlich aus einem gewissen Anstandsgefühl heraus nachgegeben. Er war dagewesen, als sie ihn brauchte, er hatte sich um sie gekümmert, sie in seiner kleinen Wohnung aufgenommen, selber auf dem Sofa im Wohnzimmer geschlafen, damit sie das Schlafzimmer haben konnte. Er hatte nicht einmal protestiert, wenn sie sich während ihrer depressiven Phasen über Stunden im Bad einschloß und auf sein schüchternes Klopfen an der Tür nicht reagierte. Ich brauche mich ja heute nicht zu duschen, hatte er gedacht und war zu seiner Orchesterprobe getrottet.

Ihr Widerstand zerbrach an Weihnachten; in trostloser Einsamkeit war sie den ganzen Tag im St. James Park herumgelaufen, im Schneematsch und bei Nieselregen, und zähneklappernd saß sie abends in Charles' Wohnung vor dem Kamin. Er hatte einen kleinen Baum aufgestellt und geschmückt, eine Platte mit Weihnachtsmusik aufgelegt und sich stundenlang in die Küche gestellt, um ein fünfgängiges Menü zu zaubern. Im Kerzenschein saßen sie einander gegenüber, Gina stocherte in ihrem Avocadosalat; erschöpft dachte sie, er hat schon wieder gekocht und alles so schön gemacht, ich muß ihn nun endlich heiraten. Um Mitternacht, als er sie zum hundertsten Male fragte, ob sie seine Frau werden wollte, sagte sie »ja« und brach gleich darauf in Tränen aus.

Die Hochzeit hatte etwas von einem Alptraum, aber noch viel schlimmer wurde es am Abend, als die Gäste gegangen waren. Auf den ersten Blick haßte Gina das Schlafzimmer, einen hohen, zugigen, ungemütlichen Raum, in dessen Mitte ein altes französisches Bett mit Seidenbaldachin stand. Noch mehr haßte sie die Vorstellung, mit Charles in einem Bett schlafen zu müssen. Sie hatte keinen anderen Mann als John gehabt, und sie wollte nie einen anderen haben. Die Nächte mit ihm waren noch lebendig in ihrem Gedächtnis; sie mochte sich die Erinnerung durch nichts zerstören lassen. Als sich Charles neben sie legte und schüchtern die Hand nach ihr ausstreckte, zuckte sie zusammen und sagte mit erstickter Stimme: »Ich… ich fühle mich nicht wohl. Wahrscheinlich habe ich mich erkältet.«

Charles war sofort voller Besorgnis. »Dein Kleid war zu leicht für einen so kalten Tag. Ich habe mir das schon gedacht. Und die Kamine heizen so schlecht.«

»Ich habe furchtbar gefroren die ganze Zeit…« Nimm die Hände weg! Ich werde sonst um Hilfe schreien!

»Warum hast du denn nichts gesagt? Du Arme! Geht es dir schlecht?«

»Ich muß einfach ein bißchen schlafen. Dann wird es sicher besser.« Sie zog sich an den äußersten Rand des Bettes zurück und lauschte angespannt, bis sie von Charles ein leichtes Schnarchen vernahm. Dann erst entspannte sie sich, und da es ein anstrengender Tag gewesen war, schlief sie schließlich ein.

Am nächsten Morgen stand Charles in aller Frühe auf und machte mit Lord – er war die einzige Hinterlassenschaft Johns, die Gina aus Los Angeles mitgebracht hatte – einen Spaziergang über die neblig kalten Felder. Er war so verliebt in sein Land, daß ihn Schneematsch und Nieselregen nicht störten. Gina wartete, bis er fort war, dann stand sie auf, zog einen Morgenmantel an und ging hinunter in die Küche, wo ein warmes Feuer im Ofen brannte. Viola, die Haushälterin, stellte einen Becher mit heißem Kakao auf den Tisch. »Lord Artany sagt, Sie seien erkältet. Trinken Sie das. Es wird Ihnen guttun.«

»Danke.« Gina nahm einen Schluck. Der Kakao schmeckte köstlich. Ein Regenschauer prasselte plötzlich gegen die Fensterscheiben, in den Schornsteinen heulte der Wind.

»Es wird noch kälter«, prophezeite Viola düster, »und Sturm kriegen wir auch. Ein Wetter ist das hier immer …« Unvermittelt fügte sie hinzu: »Ein besonders warmes Nest haben Sie sich nicht ausgesucht. Hier beginnt alles zu bröckeln.«

»Ich weiß. Das Gut ist ziemlich verschuldet, nicht?«

»Ziemlich verschuldet ist gut. Es ist belastet bis unters Dach. Das werden noch harte Jahre.«

»Wovon lebten Sie mit Lord Artany?« erkundigte sich Inspektor Kelly. »Die Stelle in dem Londoner Orchester hat er ja wohl aufgegeben?«

»Ja. Dafür fand er eine in Edinburgh. Aber die war sehr schlecht bezahlt. Ich versuchte Kriminalgeschichten zu verkaufen, aber das funktionierte nur hin und wieder und brachte wirklich nicht viel Geld. Auf jeden Fall nicht soviel, wie das verdammte riesengroße Anwesen verschlang. Geld, Geld, Geld; unsere Gespräche kreisten um nichts anderes. Aber vielleicht war das ganz gut, denn ein anderes Thema hätten wir sowieso nicht gehabt, und wir mußten wenigstens nicht das glückliche, heitere Paar spielen.«

»Sie haben Lord Artany nie geliebt?«

Gina warf die Haare zurück. »Nein, das habe ich nicht. Aber ich habe eine gewisse Achtung vor ihm. Er ist durch und durch ein guter Mensch.«

Kelly nickte. »Sie waren damals eine ziemlich unglückliche Frau?«

»Ich war so unglücklich, wie man es nur sein kann, und ich war keine große Stütze für den armen Charles. Besonders dann nicht, als er auf die unselige Idee kam, das Haus als eine Art Hotel zu vermieten.«

»Das hat Sie gestört?«

»Es hat mich absolut entnervt! Eine Horde fettgefressener Geldprotze stapfte herum und spielte sich auf. Eine Menge Amerikaner, die es toll fanden, in einem echten alten, englischen Herrenhaus ihre Ferien zu verbringen. Nicht einmal der elende Regen konnte sie vertreiben. Sie stolperten ungeniert in jedes Zimmer und stellten hunderttausend Fragen. Charles und ich waren in einen Seitenflügel gezogen, was immerhin den Vorteil hatte, daß dort die Räume kleiner waren und man besser heizen konnte. Aber Charles wollte unbedingt, daß wir an dem großen, allabendlichen Dinner im Herrenhaus teilnahmen, die Gäste wollten es auch, und wahrscheinlich gehörte es auch dazu, aber ich haßte es. Meistens ließ ich Charles alleine hinübergehen.«

»Trotzdem liebt er sie unvermindert?«

»Ich glaube nicht«, sagte Gina, »daß mich je ein Mensch mehr geliebt hat als er.«

Kelly nickte. Ein paar Sekunden herrschte vollkommene Stille im Raum. Alle schauten Gina an, die an der Bar lehnte und bildschön aussah, einen Ausdruck leiser Traurigkeit in ihren Augen. Natalie, aus ihrer Schweigsamkeit erwacht und plötzlich lebendiger, sagte: »Wißt ihr, was uns alle verbindet? Es ist das Gefühl einer großen, inneren Einsamkeit. Wir alle waren ungeliebte Kinder.«

»Und wir hatten so viel Pech im Leben«, ergänzte Steve.

»Irrtum«, widersprach Gina, »Pech war das nicht. Wir sind alle über David gestolpert.«

»Wenn man stolpert, kann man auch wieder aufstehen.«

Natalie zündete sich eine Zigarette an, warf das abgebrannte Streichholz in den Kamin. »Nur – wir fanden es bequemer, vor uns hinzujammern.«

»Was hätte ich denn zum Beispiel tun sollen?« fragte Gina aggressiv. »im Pazifischen Ozean tieftauchen, um herauszufinden, ob John den Flugzeugabsturz überlebt hat?«

»Natürlich nicht. Aber ich glaube, wir alle machen einen Fehler: Wir suchen ständig nach Schuld. Wer ist woran schuldig, wem haben wir es zu verdanken, wenn wir etwas verpfuscht haben, wo, um Gottes willen, finden wir denjenigen, dem wir das alles ankreiden können? Wir sollten vielleicht einmal mehr über uns reden.«

»David hat…«, begann Gina, aber Natalie unterbrach sie sofort: »David hat John nicht getötet, das hast du selber schon eingeräumt. Weißt du, als du vorhin sagtest, daß ohne Davids Zutun John nie an dem betreffenden Tag in diesem Flugzeug gesessen hätte, mußte ich an einen sehr berühmten Roman denken, an Thornton Wilders ›Brücke von San Louis Rey‹. Eine Brücke stürzt ein, und sechs Menschen, die nichts miteinander zu tun haben und die sich zufällig in jenem Moment auf der Brücke befinden, sterben. Ihre Geschichten werden nun aufgerollt, und es wird klar, warum sie alle an diesem Tag, in dieser Minute, auf dieser Brücke ums Leben kommen mußten. Es ist viel von Schuld die Rede in diesem Roman, denn im Leben der Gestorbenen sind Menschen, die sich Vorwürfe machen, die glauben, daß irgend etwas, was sie gesagt oder getan haben, ursächlich dafür ist, daß der Betreffende auf dieser Brücke sterben mußte. Aber am Ende des Buches steht die Erkenntnis, daß die Frage nach der Schuld falsch ist. Fragen können wir nur nach dem Schicksal, und wahrscheinlich werden wir keine Antwort bekommen. Nein, wir werden sogar sicher keine bekommen. Aber damit müssen wir leben. Du auch, Gina.«

Gina erwiderte nichts, aber Natalie las in ihren Augen, daß sie begriffen hatte, daß sie es lange wußte, aber daß sie nichts dazu sagen würde, weil die Geschehnisse ihr noch zu weh taten.

»Gina«, fuhr Natalie fort, »hat sich in eine Ehe geflüchtet und sich eingeredet, daß David an allem schuld ist, eine bequeme Lösung, wenn man eigene Fehler nicht sehen will. Aber das war mit uns anderen genauso. Nehmt mich: Anstatt mich in eine Klinik zu begeben und einen Entzug zu machen, bin ich von einem Therapeuten zum nächsten gerannt, habe mir immer mehr Tabletten verschreiben lassen und David dafür aus ganzer Seele gehaßt. Oder was ist mit Steve? Kaum kommt er aus dem Gefängnis, begeht er Unterschlagungen im großen Stil, weil er glaubt, sowieso keine andere Chance zu haben, und verantwortlich ist nicht er, sondern David.

Und Mary: Du lieber Himmel, es wird einem ja ganz elend bei der Vorstellung, wie sie da in ihrer gräßlichen Wohnung sitzt und sich von ihrem Mann schikanieren läßt. Mary zieht den Kopf ein, hält aus und sagt sich, das sei eben die lebenslange Strafe für eine Dummheit, die sie mit siebzehn Jahren begangen hat und die um fünf Ecken herum von David angezettelt worden ist. Versteht ihr, was ich meine? Wir haben uns alle aus unserer eigenen Verantwortung geschlichen und verbissen auf ein Feindbild gestarrt, dessen Existenz uns die Möglichkeit gab, die Dinge nicht in die Hand nehmen und uns aufrappeln zu müssen.«

»Sie sprechen die Dinge sehr deutlich aus, Miss Quint«, bemerkte Kelly.

»Ich sage nur die Wahrheit. Über uns alle.«

»Nicht über alle.« Kelly sah auf einmal sehr wach und unbestechlich aus. »Sie sagen nichts über David.«

»Ich sage ständig etwas über David. Er ist der Angelpunkt. Ich habe ...«

»Sie bemühen sich nicht ein einziges Mal darum, in ihn hineinzusehen. Sie loten Ihre Seele aus und die der anderen, und Sie tun das mit sehr viel Sorgfalt, aber nicht ein einziges Mal fragen Sie nach David Bellinos Innenleben. Das haben Sie nie getan. Ihre Freunde genausowenig.«

Mary riß die Augen auf. Gina ließ das Glas sinken, das sie gerade hatte zum Mund führen wollen. Inspektor Kelly ignorierte die allgemeine Überraschung. »Sie alle besuchten zusammen ein

Internat. Sie verbrachten viel Zeit gemeinsam, Sie redeten miteinander, fuhren gemeinsam in Urlaub. Sie waren einander vertraut, und Sie nannten sich Freunde. Trotzdem hat keiner von Ihnen versucht, David Bellino zu verstehen.«

»Jetzt sind Sie ein bißchen ungerecht«, widersprach Natalie scharf. »Die meisten Dinge haben wir doch auch erst sehr viel später erfahren – zu spät. Damals in Crantock hat David mir zum erstenmal von seinen Problemen erzählt, davor hatte ich keine Ahnung. In Saint Clare gab er sich nicht wie jemand, der Schwierigkeiten hat. Er machte uns verrückt mit seiner ewigen Prahlerei wegen des vielen Geldes, das er eines Tages haben würde, und davon, daß er unsere Freundschaft gesucht hat, konnten wir wirklich nichts merken.«

»Auch Prahlerei kann ein Versuch sein, sich Sympathien zu erbetteln. Aber wie dem auch sei, mißverstehen Sie mich nicht: Ich will mich nicht zum Richter über Ihr Tun aufschwingen, ich weiß sogar, daß Ihr Verhalten ganz normal war. Teenager gehen nicht so furchtbar sensibel miteinander um, und Sie haben nichts getan, was andere in Ihrem Alter nicht auch getan hätten. Aber wenn wir nun schon hier sitzen und uns bemühen, alles so wunderbar objektiv zu betrachten, sollten wir diesen Aspekt der Geschichte eben auch erwähnen. Keiner von Ihnen hat sich auch nur bemüht, diesen jungen Mann zu verstehen – etwas von dem zu erfahren, was er an Belastungen mit sich herumgetragen und was ihn zu so einem schwierigen Menschen gemacht hat, was ihn in diese Verwirrung gestürzt hat, in der er lebte.«

Niemand erwiderte etwas. Inspektor Kelly wartete einige Augenblicke, dann fuhr er sachlich fort: »Aber wir waren gerade dabei, herauszufinden, was Sie taten, als Bellinos Einladung Sie erreichte. Miss Quint? Sie waren in Paris, als der Brief kam?«

»Ja, ich …« Natalie schüttelte den Kopf, als wollte sie Gedanken abwerfen, die sie bedrängten; es kostete sie Mühe, die Frage des Inspektors vernünftig und konzentriert zu beantworten. »Ja. Ich kam gerade von einer Stunde mit meinem Therapeuten zurück. Mit dem Taxi. Meine Phobie erlaubte es mir nicht, mit der Metro zu fahren. Ich war ziemlich niedergeschlagen an diesem Tag...«

Natalies Therapeut wohnte in der Avenue de Montaigne, und als sie sein Haus verließ, stolperte sie beinahe über einen Clochard, einen uralten, verhutzelten Mann, der auf dem Gehsteig kauerte. Er hielt sie am Mantelsaum fest, wollte sie zwingen, stehenzubleiben. Sie geriet in Panik und schrie hysterisch. Ein paar Passanten blieben stehen, irgendwo im Haus ging ein Fenster auf. Dem Clochard fehlten beide oberen Schneidezähne, es war ein häßliches, gutmütiges Grinsen, mit dem er zu der entsetzten Frau aufblickte.

»Laß mich los!« stieß sie hervor. »Laß mich sofort los!«

Er ließ sie los, und sie lief weiter, rannte beinahe, und atmete erst auf, als sie im Taxi saß. Sie ließ sich zu Chanel fahren, und holte ein schwarz-weißes Kostüm ab, das sie vor einer Woche anprobiert und noch hatte ändern lassen. Sie wurde gefragt, ob sie es noch einmal anprobieren wollte, aber sie lehnte ab. Nur schnell wieder raus. Daß es ihr ausgerechnet heute so schlechtgehen mußte. Sie war für den Abend zum Essen mit Isabelle Adjani verabredet; sie hatte sie für ein Fernsehinterview gewonnen und wollte nun ein Vorgespräch mit ihr führen. Sie mußte fit sein. Wach, konzentriert. Wenn sie die ganze Zeit über einen geeigneten Fluchtweg aus dem Restaurant nachdachte, würde sie kaum richtig mitbekommen, was die Adjani sagte.

Daheim fand sie zwei Briefe im Briefkasten. Der eine kam von der Agentur Isabelle Adjanis, und man teilte Natalie darin höflich mit, Madame Adjani sei derzeit nicht in der Lage, Interviews zu geben. Man bedaure dies sehr, hoffe aber auf Verständnis.

Natalie fluchte, knäulte den Brief zusammen und feuerte ihn in eine Ecke.

Der zweite Brief trug einen New Yorker Poststempel. Zuerst dachte Natalie, der Absender sei einer ihrer Freunde aus der amerikanischen Zeit, aber dann fiel die Einladung aus dem Umschlag. »Glaubt David im Ernst, daß ich mich von ihm einladen lasse?«

Am späten Nachmittag kam Claudine von einem Besuch bei ihrer Familie zurück. Aus irgendeinem Grund schienen ihre Eltern und zahllosen Onkel und Tanten immer zu glauben, sie nage am Hungertuch, denn sie wurde jedesmal mit Bergen von Lebensmitteln eingedeckt, wenn sie einen Tag in der eleganten Wohnung in der Avenue Foch verbrachte. Natürlich nur feinste Delikatessen. Sie baute sie vor Natalie auf dem Wohnzimmertisch auf.

»Tarte aux six légumes, Paté de Madame Bourgeois, Poulet de Bresse, Langoustines grillés und sauce tartare... Und eine frische Baguette hab' ich auch noch mitgenommen.« Claudine strahlte. »Im Kühlschrank steht noch eine Flasche Champagner. Weißt du was, ich könnte ein Luxus-Buffet machen, nur für uns beide!« Sie unterbrach sich. »Ach nein, du mußt ja heute abend mit der Adjani essen!«

»Vergiß es«, sagte Natalie müde, »Madame hat abgesagt.«

»Was? Dieses Biest! Aber das ist genau ihre Art. O Liebling, das tut mir leid. Ich weiß, du bist jetzt sehr enttäuscht.«

»Schon gut, Claudine – was hieltest du davon, wenn ich eine Einladung von David Bellino annehmen würde, eine Einladung nach New York?«

»David Bellino? Du wolltest ihn nie wiedersehen!«

»Ich weiß. Aber etwas an dieser Einladung... ich kann dir nicht sagen, was es ist... übrigens, die anderen kommen auch alle.«

»Wer?«

»Meine Freunde von früher. Steve, Mary und Gina, das behauptet er jedenfalls. Aus irgendeinem Grund möchte David uns alle in New York versammeln, und ich würde gerne den Grund herausfinden.«

»Glaubst du, das ist klug? Meinst du nicht, es wühlt alles wieder auf? Du warst bisher immer felsenfest entschlossen, David nie im Leben wiederzusehen!«

»Ich wollte keine Aussprache. Ich wollte ihm nicht zuhören, wenn er versucht, sein Verhalten von damals zu erklären und zu rechtfertigen. Aber dazu kommt es diesmal nicht. Die anderen sind dabei...«

»Natalie!« sagte Claudine warnend. Natalie stand auf, trat ans Fenster und blickte hinaus in den Novemberabend. »Claudine, ich weiß nicht, warum, aber ich werde nach New York fliegen.

»Sie haben tatsächlich im Grunde kein Motiv?« fragte Kelly.

Natalie sah ihn an. »Ich könnte Ihnen nicht sagen, warum ich gekommen bin, Inspektor.«

Er musterte sie einen Moment lang ebenso offen wie sie ihn, dann nickte er. »Ich verstehe. Ja, ich kann mir das vorstellen. Sie wurden von einem Gefühl geleitet… ganz im Gegensatz zu Mr. Steve Marlowe.«

Abrupt hatte er den Gesprächspartner gewechselt. Steve schrak zusammen.

»Wie meinen Sie das?«

»Nun, ich denke mir das. War das nicht möglicherweise auch der Grund, weshalb Sie Mary Gordon in der Mordnacht zu einem Gespräch unter vier Augen aufsuchten? Sie suchten einen Mitstreiter für Ihren Vorstoßversuch bei Mr. Bellino. Was wollten Sie ihm sagen? ›Du hast mein Leben zerstört, nun mach es gut mit zehntausend Dollar? Mit hunderttausend Dollar?‹ Sie kamen hierher, um Geld zu erbitten, Mr. Marlowe, davon bin ich überzeugt.«

Steve war blaß geworden, aber zum erstenmal seit langem trug sein Gesicht einen Ausdruck von Würde. »Ja. Meine Lage ist ziemlich verzweifelt. Sie wissen, ich bin ein zweites Mal im Gefängnis gewesen, und der Job, den ich nach meiner Entlassung gefunden habe – als Kassierer in einem Londoner Parkhaus – war bedroht. Ich lebte wieder zur Untermiete, in einem winzig kleinen Zimmer, und ich wußte an keinem Tag genau, ob ich am nächsten noch Arbeit haben würde. Können Sie sich das vorstellen, was für ein Leben das ist?« Er sah sich im Kreis um, und dann sagte er plötzlich heftig: »Sie suchen ein Motiv für den Mord an David Bellino? Ich sage Ihnen, jeder von uns hätte eins gehabt. Und ich sage Ihnen noch etwas: Es ist keiner hier, der nicht irgendwann einmal gedacht hätte, es müßte ein gutes Gefühl sein, David Bellino eine Kugel in den Kopf zu jagen. Wir haben ihn alle gehaßt!«

Auf einmal schien der ganze Raum voller Emotionen. Fast greifbar schienen Wut, Schmerz und Enttäuschung. Wie um einem inneren Druck zu entfliehen, stand Natalie auf. Sie atmete schwer. »Wir sitzen hier seit Stunden. Können wir nicht endlich aufhören mit alldem? Ich möchte raus, ich will die kalte Luft atmen, den Schnee riechen und Sterne am frostkalten Himmel sehen…« Sie dachte plötzlich an das Haus ihres Vaters im Winter, Rauhreif über den Wiesen, und in allen Kaminen knisternde Feuer. Auf einmal war der Wunsch übermächtig, die Zeit zurückzudrehen und noch einmal ein Kind zu sein, geborgen unter dem Dach des großen, alten Hauses, eingehüllt in Sicherheit und Wärme. Könnte sie nur die Erinnerungen an alles Schreckliche loswerden, was in der Zwischenzeit geschehen war… Könnte sie nur aufhören, vor ihrer Angst davonzulaufen!

»Wenn Sie die Sterne sehen und den Schnee riechen wollen, müssen Sie zuerst helfen, einen Mord aufzuklären«, sagte Inspektor Kelly scharf. »Ich will wissen, wer den toten David Bellino auf dem Gewissen hat, und wenn wir das ganze nächste Jahr hier sitzen!«

»Viel Spaß«, murmelte Gina.

»Mrs. Gordon«, sagte Kelly zu Mary gewandt, »ich nehme an, Ihr Mann war sehr ärgerlich, als sie ihm mitteilten, Sie würden nach New York fliegen?«

»Ja. Er war nicht nur ärgerlich, sondern wütend. Er hat getobt. Ich hatte noch nie solche Angst vor ihm…«

»Warum sind Sie trotzdem geflogen? Für gewöhnlich zogen Sie Ihrem Mann gegenüber doch den Kopf ein. Was hat Sie bewogen, sich diesmal durchzusetzen? Hatten Sie das gleiche Motiv wie Steve Marlowe? Wollten Sie Geld?«

Mary wurde flammendrot. »Nein! Ich wollte kein Geld. Nie. Das habe ich Steve auch gesagt, als er mich bat, gemeinsam mit ihm zu David zu gehen und Geld zu fordern. Ich habe nie in meinem Leben um Geld gebettelt.«

»Warum kamen Sie hierher?«

Marys Hände umschlossen das kleine Täschchen, das sie ständig mit sich herumtrug. »Wissen Sie, wie meine Ehe aussah? Ja, Sie wissen es, aber ich glaube nicht, daß Sie es sich vorstellen können. Das Schlimmste war nicht, daß Peter mich betrog, daß er nur noch betrunken nach Hause kam, daß er mich beschimpfte und ich ihm nichts recht machen konnte. Das Schlimmste war die Trostlosigkeit, in der ich lebte. Diese entsetzliche Wohnung. Manchmal glaubte ich, ich würde schreien, wenn noch einmal dieser Zug vorbeiführe. Das ewige Fluchen, Schreien, Schimpfen aus den anderen Wohnungen. Und kein Sonnenstrahl, verstehen Sie? Ich sah mein Kind zwischen Mülltonnen spielen, und es begann schon im Gassenjargon zu reden, den es überall aufschnappte. Als mich der Brief von David erreichte, dachte ich an nichts anderes als daran, daß es eine Möglichkeit wäre, für kurze Zeit dem allen zu entkommen. Ich wollte weg, nur weg!«

Sie erinnerte sich an den schrecklichen Vormittag, als sie in einer eleganten Boutique Kleider für die Reise kaufen wollte. Sie hatte ihr Konto geplündert – das bißchen Geld, daß sie mit Putzen und Babysitten verdient hatte – und zusätzlich einen Kredit aufgenommen, den ihr der Bankbeamte nur widerwillig mit langem Gesicht gewährt hatte. Trotz des kalten Herbstwetters, trotz Regen und Nebel war sie beschwingt zu dem Geschäft gegangen, aber ihr Mut verließ sie, als sie die Verkäuferin auf sich zukommen sah, eine perfekt gestylte Enddreißigerin im pinkfarbenen Mohairpullover, mit schmalem, schwarzen Rock und üppigem Straßschmuck. Ihr Gesicht bedeckte eine dicke Schicht Make-up, und ihr Haar leuchtete eher violett als rot.

»Sie wünschen?« fragte sie geschäftig.

Mary spürte die Verachtung, die ihr entgegenschlug. In einem der vielen hohen Spiegel ringsum konnte sie einen Blick auf ihre Erscheinung erhaschen, und es wurde ihr ganz elend, so ungünstig nahm sie sich neben der anderen aus. Ihre Haut war blaß und fleckig, den Lippenstift hatte sie vor Nervosität abgeleckt. Der unmögliche, uralte Mantel, den sie trug… am liebsten hätte sie die Flucht ergriffen.

»Sie wünschen«, wiederholte die Verkäuferin noch einmal.

»Ich... ich...« Mary nahm all ihren Mut zusammen, »ich suche ein Kleid, das man zu guten Gelegenheiten tragen kann, ich meine, zu etwas... festlicheren Anlässen. Bei einem großen Dinner...« Sie verstummte.

»An was haben Sie denn etwa gedacht?«

»Etwas Dunkles vielleicht?«

»Wir hätten ein sehr schönes Kleid in Moosgrün da. Es müßte zu Ihrer Haarfarbe passen. Probieren Sie es einmal an.« Sie dirigierte Mary in eine Kabine und nahm ihr mit spitzen Fingern den Mantel ab. In der Kabine strahlte ein kristallener Leuchter, und es ertönte leise Musik. Mary zog sich aus, aber natürlich zog die Verkäuferin plötzlich den Vorhang zurück, um zu fragen, ob sie helfen könne, gerade, als Mary in ihrer nicht gerade repräsentativen Unterwäsche dastand. Die perfekte Verkäuferin versuchte nicht, ihre Verachtung zu verbergen. »Natürlich brauchen Sie die passenden Schuhe zu diesem Kleid«, sagte sie eilig. Sie zauberte ein paar hochhackige Pumps, bezogen mit moosgrünem Samt, hervor. »Und die richtigen Strümpfe.« Hauchfein waren sie, mit feinen Straßapplikationen an den Fesseln. »Damit wären Sie richtig angezogen.«

Das Kleid saß wie angegossen und betonte Marys zarte Figur. Und die Schuhe... nie hatte sie etwas Eleganteres besessen.

Nun endlich kam Mary auf die Idee zu fragen, was das alles kostete, und der Preis, den die Verkäuferin nannte, verschlug ihr den Atem. Wenn sie das bezahlte, war ihr ganzes Geld weg, und sie brauchte dringend noch einen Mantel und Winterstiefel. In New York sollte es doch oft so heftig schneien... Aber wenn sie jetzt sagte, daß sie nicht genügend Geld hatte, war sie endgültig unten durch, und sie konnte ohnehin schon den lauernden Blick spüren, mit dem die andere sie ansah. Sie konnte es nicht, nein, sie konnte sich nicht noch mehr erniedrigen. Als sie bezahlte, hatte sie Tränen in den Augen, und als sie mit einer wunderschönen Tüte am Arm das Geschäft verließ, verschwamm bereits die gegenüberliegende Häuserzeile. Sie haßte das Kleid, die Schuhe. Sie haßte die Reise zu David, denn dorthin gehörte sie nicht. Aber sie wußte, sie würde verrückt werden, wenn sie noch lange in derselben Wohnung bliebe. Sie wankte in das nächste Cafe, ließ sich auf einen Stuhl fallen und bestellte eine Tasse Tee. Etwas muß anders werden, dachte sie verzweifelt. Etwas muß ganz dringend anders werden.

»Ist denn etwas anders geworden?« fragte Kelly sanft.

Mary schaute ihn ruhig an. »Ich glaube schon«, sagte sie gelassen. Der Klang in ihrer Stimme ließ alle aufhorchen. Steve drehte sich zu ihr um. Sekundenlang sahen sie einander an.

»Fassen wir zusammen«, sagte der Inspektor. »Steve Marlowe kam in der Absicht, David Bellino um Geld zu bitten. Er war entschlossen, sich eine Art Schadenersatz für die Jahre im Gefängnis zu holen. Mary Gordon flog nach New York, weil sich ihr zum erstenmal seit vielen Jahren die Chance bot, ihrem Mann und der ganzen Trostlosigkeit ihres Daseins zu entfliehen. Sie fürchtete sich vor dem reichen David Bellino, vor all dem Glanz, in dem er lebte, aber ihre Situation war so unerträglich geworden, daß sie alles getan hätte, um sich für ein paar Tage zu befreien.

Miss Natalie Quint weiß bis heute nicht, weshalb sie einwilligte, den ihr verhaßten David Bellino wiederzusehen. Etwas an der Einladung reizte ihre Neugier, die typische Neugier vielleicht einer Journalistin. Dabeisein ist alles. Wie man sieht, hat es sich gelohnt.«

»Ich weiß nicht«, sagte Natalie, »es ist ein Unterschied, ob man einen Mord mit der Distanz einer Journalistin erlebt oder ob man plötzlich als eine der Verdächtigen dasitzt. Als Journalistin kann ich gehen, wann ich möchte.« Sie sah den Inspektor feindselig an, dann sagte sie unvermittelt: »Sie haben Gina vergessen!«

»Gina hat ihr Motiv noch nicht genannt«, antwortete Kelly, »aber es angedeutet. Ich nehme an, es war dasselbe wie bei Steve Marlowe – Geld.«

»Erraten.« Mit gekreuzten Beinen lehnte Gina an der Bar. »Uns steht das Wasser bis zum Hals. Haben Sie von Charles' riesengroßer Pleite gehört? Vor anderthalb Jahren investierte er sein ganzes Geld – dazu leider auch eine Menge Kapital, das ihm nicht gehörte – in ein entsetzlich schlechtes amerikanisches Musical. Ein Freund von ihm hatte es komponiert, und der gute, naive Charles glaubte diesem Freund, der behauptete, es sei ungefähr das Beste, was es je gegeben hätte, und Webber könne gleich seinen Hut nehmen. Nun, tatsächlich wurde es dann ein Desaster. Charles stand mit gigantischen Schulden da – besser gesagt: Er schleppt sie noch heute mit sich herum. Von dem Gut gehört uns ohnehin schon nichts mehr, und die Gläubiger rennen uns die Türen ein. Charles steht mit hängenden Armen da, begreift nichts, tut nichts, schaut mich nur an wie ein Kind, das auf Hilfe wartet. Er leidet wie ein Hund. Ich für mich hätte David um keinen halben Cent gebeten, aber für Charles beschloß ich es zu tun. Um den armen Kerl irgendwann einmal wieder lächeln zu sehen.«

»Aber Sie lieben ihn bis heute nicht?«

»Nein, und ich werde ihn auch nie lieben. Aber ich habe ihn nun einmal geheiratet. Kennen Sie die Worte von Exupéry, die sinngemäß lauten, man verliere sein Leben lang nicht die Verantwortung für etwas, das man einmal kennengelernt hat? So ist es mit Charles. Er ist ein Kind, das sich an mich klammert, und es wird mir nichts anderes übrigbleiben, als ihn mit mir herumzuschleppen und für ihn zu sorgen. Ob ich will oder nicht.«

Sie schwieg, und Kelly dachte, sie ist eine starke Frau, eigensüchtig und besitzergreifend, aber im Innersten loyal und mutig. Sie wird für Charles immer dasein, sie wird ihn bei Gott nicht glücklich machen, aber sie wird ihn über Wasser halten – ganz gleich, wie schwer es ihr fallen mag.

»Sie wissen, daß Sie sich sehr verdächtig gemacht haben durch Ihr Gespräch mit David Bellino am Mordabend?« fragte er.

Gina nickte. »Ja – ich fürchte, ich habe den falschen Ort und die falsche Stunde gewählt.«

Kelly schien nachzudenken, einen Moment lang wirkte er in

sich gekehrt. Dann drehte er sich um, und plötzlich war sein Gesichtsausdruck hellwach, seine Augen blickten angriffslustig und unbestechlich. Sie blickten auf Laura Hart.

»Und nun zu meiner Hauptverdächtigen, Miss Laura Hart! Ich behaupte, daß Sie an den Ereignissen des gestrigen Abends keineswegs so unbeteiligt waren, wie Sie vorgaben. Würden Sie mir jetzt vielleicht die Wahrheit sagen?«

Die Attacke war so unverhofft gekommen, daß alle zunächst einmal sprachlos waren. Laura faßte sich schließlich. »Wie meinen Sie das?«

»Nun – es mag zunächst ein überzeugender Anblick gewesen sein, wie Sie da gefesselt im Wohnzimmer lagen, hilflos, von den Tätern überwältigt. Aber ich habe nie so recht daran geglaubt, daß das echt war.«

»So?« Sie versuchte ihre nervösen Hände ruhig zu halten, bekam schmale, lauernde Augen. »Was glauben Sie denn, Mr. Kelly?«

»Sie sind in der Bronx aufgewachsen, Miss Hart. Sie müssen dort mit gewissen Kreisen in Berührung gekommen sein – das konnte sich bestimmt nicht vermeiden lassen.«

»Ach, wissen Sie, ich habe mich schon gefragt, wann das kommen würde. Natürlich, in mir haben Sie endlich die ideale Mörderin gefunden. Es kann ja nur das Mädchen aus der Bronx gewesen sein.«

»Ich habe nicht gesagt, daß ich glaube, Sie haben David Bellino erschossen«, korrigierte Kelly, »ich glaube nur, Sie haben mit den Einbrechern gemeinsame Sache gemacht.«

Mary schnappte hörbar nach Luft. Gina lächelte. Etwas Ähnliches vermutete sie die ganze Zeit.

»Was Sie glauben, interessiert mich nicht, Inspektor.«

»Sie können Ihre Lage nur verbessern, wenn Sie offen reden.«

»Ich wüßte nicht, worüber.«

Kellys Gesicht nahm einen väterlichen Ausdruck an. »Miss Hart, ich beobachte Sie nun schon eine ganze Weile. Sie werden mit jeder Minute nervöser. Es zuckt in Ihren Beinen, Sie wollen unbedingt fortlaufen. Warum? Wo zieht es Sie hin? Zu wem? Zu Ihren Freunden?«

»Ich habe keine Freunde!«

»Miss Hart, ich nehme Ihnen die Geschichte mit dem angeblichen Überfall auf Sie nicht ab. Irgendwie... kommt mir diese Einbrecherstory zu glatt vor. Ich verspreche Ihnen, wir bekommen heraus, was wirklich passiert ist, und dann ist Ihre Lage viel prekärer, als wenn Sie mir gleich reinen Wein einschenken.«

»Ich habe Ihnen nichts zu sagen.«

Kelly seufzte. »Okay. Dann versuchen wir es andersherum. Wir haben jetzt sehr viel Zeit damit verbracht, die Lebensgeschichten der Anwesenden zu rekonstruieren. Die einzige, von der wir noch nichts wissen, sind Sie, Miss Hart. Ich würde gerne auch Ihre Geschichte hören.«

»Die lange oder die kurze Version? Wie hätten Sie's denn gern? Und wo darf ich beginnen?« fragte sie schnippisch.

»Wo Sie möchten.« Kelly ging auf ihren Ton nicht ein. »Vor allen Dingen möchte ich Ihre Beziehung zu dem toten David Bellino begreifen, die mir nicht ganz unkompliziert scheint, und ich nehme an, dazu müssen wir ein bißchen in die Vergangenheit zurückgehen.«

»In meine herrliche Kindheit? Ich kann Ihnen nur sagen, wenn Sie Gruselmärchen mögen, dann bekommen Sie jetzt eines geliefert. Ich kann mir zwar nicht vorstellen, daß es irgend jemanden brennend interessiert, aber wenn Sie darauf bestehen, werde ich Ihnen meine unsägliche Geschichte erzählen.

Wir lebten in einer ausgebrannten Ruine, Mum, Dad, meine Schwester June und ich. Alles war dunkel und kalt...«

Laura

1

»Mummie! Mummiiiie!« Der Schrei zerriß die Stille der Nacht. Laura wachte davon auf. Ihr Herz raste, ihr Nachthemd war feucht von Schweiß. Hatte sie selbst geschrien? Sie lauschte in die Dunkelheit, hoffte, die Atemzüge ihrer Schwester June zu hören. Es herrschte Totenstille. Als Lauras Augen sich an die Dunkelheit gewöhnt hatten, konnte sie erkennen, daß Junes Bett leer war. Seit ungefähr einem halben Jahr ging das so. Die Dreizehnjährige kam nur noch selten nach Hause. Laura, zwei Jahre jünger, hatte sie gefragt, wo sie denn hingehe, aber June hatte nur gelacht. »Das verstehst du noch nicht, Baby!«

June sagte immer »Baby« zu Laura, was die keineswegs als herabsetzend, sondern als liebkosend empfand. June spielte ihre Ersatzmutter. Früher, wenn sie in den dunklen Nächten erwacht war und sich vor ihren eigenen Träumen gefürchtet hatte, war sie aus dem Bett geklettert, auf bloßen Füßen durch das Zimmer gestapft, zu June unter die Decke gekrochen. Hier war es herrlich warm. June hatte eine kerngesunde, robuste Natur, und unter der dünnen Wolldecke, unter der Laura stets erbärmlich fror, schaffte sie es, eine wahre Backofenhitze zu entwickeln. Mit einem Knurren duldete sie es immer, daß Laura sich neben sie legte.

»Okay, Laura, komm her zu mir. Aber halt still, verstanden?«

Laura kuschelte sich an sie und schlief friedlich bis zum Morgen.

Aber die Zeiten waren vorbei. Ohnehin hatte sich June sehr verändert, fand Laura. Sie trug ihr Haar jetzt in kleinen Locken, zwängte sich in ein hautenges, kurzes Lederkleid, hatte eine straßbesetzte Lederjacke um die Schultern hängen und stöckelte auf hohen Absätzen durch die Gegend. Sie malte sich die Lippen dunkelrot und züchtete sich wahre Krallen von Fingernägeln. Von ihren nächtlichen Ausflügen brachte sie Geld mit, und Dad verlangte, daß sie es vollständig bei ihm ablieferte. Einmal hatte es eine furchtbare Szene gegeben; Dad hatte wieder zuviel getrunken und plötzlich hatte er geschrien, June habe Geld unterschlagen. Er zerrte sie in die Küche, die anderen hörten ihn draußen toben und schreien. June hatte später ein blaues Auge, und Dad schwenkte triumphierend eine Zehn-Dollarnote. »Wollte zehn Dollar an mir vorbeischaffen, das Luder! Zehn Dollar, aber die hab' ich förmlich gerochen! Jeff Hart legt so schnell keiner rein!«

Dann hatte er, direkt zwischen Tür und Angel, sein Frühstück erbrochen, und Laura mußte es aufwischen. Sie tat es widerwillig, aber ohne Gegenrede, schließlich wollte sie nicht auch ein Veilchen davontragen.

In dieser Nacht nun also stand sie alleine mitten in ihrem dunklen Zimmer, geplagt von dem immer wiederkehrenden Alptraum, in eine tiefe, rabenschwarze Schlucht zu fallen, auf deren Grund es von Schlangen, Krokodilen und anderen Reptilien wimmelte. Laura hatte eine panische Angst vor Echsen aller Art. In Chinatown hatte sie als kleines Mädchen einmal einen Schreikrampf bekommen, als sie in einem Geschäft einen Mann beobachtete, der Schnaps aus einer Flasche ausschenkte, in der ein toter Gecko schwamm. Dergleichen galt als Delikatesse.

Der Traum war diesmal besonders eindringlich gewesen; Laura zitterte noch immer am ganzen Körper. Sie tastete zur Tür, trat in den Gang. Aus der Küche konnte sie lautes Schnarchen vernehmen. Sie spähte hinein. Auf einem Hocker am Tisch saß Dad, hingegossen wie ein Mehlsack. Bartstoppeln bedeckten sein Kinn, die Unterlippe war heruntergefallen, was ihm einen dämlichen Ausdruck verlieh. Seine rechte Hand umfaßte eine leere Bierflasche. Zigarettenqualm hing in der Luft. Laura bekam Angst: Wenn Mum zu Hause war, fand Dad meistens den Weg ins Bett, wenn sie die Nacht über fortblieb, hockte er bis zum frühen Morgen schnarchend am Küchentisch. Also war Mummie heute offensichtlich nicht da. Schnell huschte Laura hinüber ins Wohnzimmer, das ihren Eltern auch als Schlafzimmer diente; man konnte die durchgesessene, geblümte Couch ausziehen und damit in ein Bett verwandeln. Das Zimmer war leer.

Mummie pflegte abends durch die Kneipen zu ziehen, und nicht immer schaffte sie danach noch den Heimweg. Meistens brach sie in irgendeinem Rinnstein zusammen, schlief dort ihren Rausch aus und kehrte am nächsten Morgen nach Hause zurück. Im Sommer mochte das angehen, im Winter konnte diese Angewohnheit gefährlich werden. Ein Nachbar hatte Mrs. Hart einmal halb erfroren in die Wohnung geschleppt, man hatte sie anschließend mit schweren Unterkühlungen in ein Krankenhaus bringen müssen.

»Die wacht eines Morgens mal nicht mehr auf«, prophezeite der Nachbar düster.

Der Satz ging Laura nicht mehr aus dem Kopf. Mummie sollte eines Morgens nicht mehr aufwachen? Sie würde in ihrem ganzen betrunkenen Elend da draußen erfrieren? Laura empfand eine furchtbare Angst, sooft sie daran dachte. Sie hing sehr an ihrer Mutter, auch wenn die oft schlechte Laune hatte und ständig über ihre Kopfschmerzen jammerte. Sie hatte weniger Angst vor ihrem Vater, wenn die Mutter da war, und außerdem gab Mum ihr manchmal etwas Gutes zu essen oder strich ihr über die Haare.

Laura hatte ein Gespür dafür entwickelt, zu ahnen, an welchen Abenden ihre Mutter vorhatte, in die Kneipen zu gehen. Ihre Unruhe war dann beinahe greifbar. Sie irrte durch die Wohnung, als sei sie in einem Käfig gefangen, klagte über Anfälle von Migräne, bekam einen gehetzten Ausdruck in den Augen und schenkte sich einen Schnaps nach dem anderen ein. Irgendwann griff sie dann nach ihrem abgewetzten Fellmantel. »Ich geh' rasch noch einen Schluck trinken, Kinder. Bin bald zurück.« Schon fiel die Tür hinter ihr ins Schloß. Laura ging dann daran, die Küche aufzuräumen und das Abendessen vorzubereiten, gleichzeitig lauschte sie ängstlich nach draußen, ob sie schon die Schritte ihres Vaters auf der Treppe hören konnte.

Dad ging keiner geregelten Arbeit nach, aber an manchen Tagen fand er einen Gelegenheitsjob; entweder wurde im Schlachthof jemand gebraucht, oder eine Tankstelle suchte eine Aushilfe, oder in einer Kneipe mußten Tische und Stühle geschleppt werden.

»Jeff Hart ist sich für keine Arbeit zu schade!« prahlte er oft, und tatsächlich war er ein kräftiger Kerl, der gut zupacken konnte, nur leider war er an vielen Tagen zu betrunken, um einen einzigen Schritt zu tun. Mum kam natürlich nie »bald« zurück. Laura hatte es sich angewöhnt, wach zu bleiben und auf ihre Heimkehr zu warten. Manchmal schaffte sie es nicht, so wie heute. Dann wachte sie erst von ihren Träumen wieder auf.

Sie ging in ihr Zimmer zurück, schlüpfte in ihre Jeans und einen Pullover, zog ihre Winterstiefel an, ihren Mantel und Handschuhe. Durch das Fenster konnte sie die windstille, frostklare Nacht draußen sehen. Am Tag zuvor hatte es geschneit, und der weiße Teppich verschönte selbst die häßliche Bronx. Düster ragte die ausgebrannte Ruine des gegenüberliegenden Hauses in den schwarzen Himmel. Laura klapperte mit den Zähnen vor Kälte, außerdem war sie entsetzlich müde, denn sie hatte schon die letzten drei Nächte damit verbracht, durch die Straßen zu laufen und ihre Mutter zu suchen. Als sie die Wohnung verließ, holte sie tief Luft. Es war nicht ungefährlich, was sie tat, das wußte sie. Aber immer noch besser als die Angst, Mum könnte in dieser eisigen Kälte erfrieren.

Die Familie Hart lebte in einem abbruchreifen Haus in der östlichen Bronx, das ursprünglich fünf Stockwerke hoch gewesen war. Bei einem Feuer waren jedoch die obersten drei Etagen völlig ausgebrannt, die beiden unteren blieben bewohnbar – für bescheidene Ansprüche zumindest. In der Wohnung der Harts gab es eine Küche, in der sich ein verbeulter Schrank ohne Türen, ein Tisch und zwei Stühle und ein an die Wand geklebtes Waschbecken mit verrostetem Wasserhahn befanden. Ein Kachelofen sorgte für Wärme, auf einem kleinen Gaskocher, wie er zu Campingausrüstungen gehört, wurde das Essen bereitet.

Dann war da das Wohnzimmer, ein kleines, finsteres Loch, mit der ausziehbaren Couch, einem flachen Tisch, zwei Stühlen und einem Fernsehapparat, der auf einer alten Apfelsinenkiste stand. Über dem Sofa war ein Poster mit Reißzwecken an der Wand befestigt, es zeigte das europäische Schloß Neuschwanstein, hinter dessen Türmen die Sonne unterging und einen herbstlich bunten Wald beschien.

Die beiden Mädchen schliefen in einer Kammer, die nach Norden ging und keinen Ofen hatte. Hier wurde es im Winter mörderisch kalt. Laura wurde viele Nächte hindurch von einem quälenden Husten wach gehalten. In der Kammer wurde es nicht einmal im Sommer warm, höchstens wenn eine Hitzewelle herrschte. Für alle Zeiten würde Laura ihre Kindheit mit Eiseskälte in Verbindung bringen. Ein Bad gab es nicht in der Wohnung, die Harts teilten sich mit der Familie, die über ihnen wohnte, ein Klo, das sich in einer fensterlosen Zelle auf dem Treppenabsatz befand. Es handelte sich um den schmutzigsten Ort der Welt.

Als Laura das Haus verließ, warf sie noch einen raschen Blick hinauf zu den Fenstern, um zu sehen, ob Dad vielleicht wach geworden war. Aber es blieb alles dunkel. Das Haus sah absurd aus mit seinen eingefallenen drei Stockwerken, den verkohlten Wänden und Balken, die noch hoch in die Luft ragten. Die Gebäude rechts und links hatte man vor einem Jahr abgerissen, daher waren die Außenwände der übriggebliebenen Ruine nun kahl und unverputzt. Eine grausame Trostlosigkeit lag über allem. Wie so oft, wenn sie vor ihrem Zuhause stand, dachte Laura: Warum mußte ich gerade hierher geboren werden?

Sie wandte sich nach links, lief die Straße entlang, beide Hände tief in ihren Manteltaschen vergraben. Die Kälte brannte in ihrem Gesicht. Es war bestimmt die kälteste Nacht des Jahres, diese Nacht kurz vor Weihnachten 1980. Eine einsame Straßenlaterne brannte, eine Seltenheit in der Bronx, wo die meisten Lampen demoliert wurden, sobald sie länger als eine Stunde standen. Im hellen Schein funkelte der Schnee, fein zeichneten sich die Umrisse von Lauras Schuhen ab. Sie lief schnell, obwohl die Kälte in ihren Lungen stach. Warum war sie nur eingeschlafen? Hoffentlich kam sie für Mummie nicht zu spät. Und wenn

Mum irgendwo zusammengebrochen war, dann vielleicht wenigstens am Straßenrand und nicht in irgendeinem Hinterhof, wo es reines Glück war, daß man sie fand.

Laura kannte die Kneipen, die ihre Mutter bevorzugt aufsuchte. In der ersten brannte schon kein Licht mehr, die Türen waren fest verschlossen. In der zweiten hingen noch ein paar Gäste am Tresen, der Wirt verkündete gerade brummend, er werde jetzt nichts mehr ausschenken.

»Hallo, Laura!« rief er, als er das bleiche, verfrorene Kind in der Tür stehen sah. »Suchst du wieder deine Mutter?«

»Ja. War sie heute abend hier?«

»Klar war die Sally hier. Ist aber bald wieder gegangen. Wollte noch woanders hin.«

»Danke.« Laura lief wieder hinaus. Die Angst trieb sie vorwärts. Straße um Straße suchte sie ab, spähte in Hauseingänge, hinter Mülltonnen, unter Treppen. Sie wagte nicht, laut zu rufen, denn damit lockte sie unter Umständen andere Trunkenbolde herbei, aber manchmal flüsterte sie: »Mummie? Bist du hier?«

Einmal antwortete ihr ein Hund, sonst blieb alles still.

Sie fand Mum auf dem Gelände einer Autowerkstatt, zwischen Autowracks, Reifen, Öllachen und einem toten Schaf. Sally Hart hatte offenbar in einem letzten Anflug von Klarheit versucht, in einem ausgeschlachteten blauen Ford Schutz vor der Kälte zu suchen, aber in der Tür war sie bäuchlings zusammengebrochen. Kopf und Oberarme lagen im Inneren des Wagens, der Rest ragte hinaus in den Schnee. Gleich neben ihren Füßen lag die Leiche des Schafs, dem jemand die Kehle durchgeschnitten hatte. Noch im Tod war seine Oberlippe schmerzhaft über die Zähne hinaufgezogen, lag der Ausdruck von Angst in seinen Augen. Laura kniete neben ihrer Mutter nieder. »Mum«, sie faßte sie vorsichtig an den Schultern. »Mum! Wach auf!«

Sally grunzte leise. Sie verströmte einen durchdringenden Geruch nach Alkohol. Ihr unmöglicher, uralter, verzottelter Fellmantel stank wie eine Bierlache und fühlte sich vollkommen verklebt an; irgend jemand mußte ein Glas über ihr ausgekippt haben. Arme Mum, sie galt als komische Figur, mit der sich alle ihre derben Späße erlaubten. Die arme, ewig besoffene Sally Hart mit den langen, strähnigen Haaren und dem ehemals hübschen, jetzt vom Alkohol aufgedunsenen Gesicht, sie war so dankbar, wenn man sich überhaupt um sie kümmerte, daß sie sich jeden noch so bösen Scherz bereitwillig gefallen ließ.

Wenigstens lebte sie noch, wie ihr leises Stöhnen bewies. Laura versuchte sie aufzurichten. »Mum, steh auf, bitte! Wir müssen nach Hause. Es ist zu kalt hier!«

Sally kam tatsächlich langsam zu sich. Sie stützte sich mit den Unterarmen ab und richtete sich halb auf. Mit verschwommenem Blick sah sie ihre Tochter an. »He?« machte sie.

»Ich bin es, Laura. Ich bin gekommen, um dich ins Bett zu bringen, Mum. Du wirst krank, wenn du hier liegenbleibst.«

»Ich bin müde«, murmelte Sally und wollte sich wieder fallenlassen. Laura zerrte verzweifelt an ihr. »Nicht einschlafen! Du mußt erst in dein Bett, Mum!«

Auf irgendeine Weise schienen die Worte schließlich in Sally Harts Bewußtsein zu dringen. Fluchend und zeternd kam sie auf die Füße. Sie stützte sich dabei so schwer auf ihre Tochter, daß die meinte, ihr würden die Beine wegknicken. Trotzdem gelang es ihnen beiden, ein paar wackelige Schritte zu machen.

»Scheiße«, murmelte Sally, »alles Scheiße.« Sie starrte das tote Schaf an. »Das da is' auch tot. Wir sind alle tot, Laura, alle zusammen sind wir mausetot. Wir sind schon vor langer Zeit krepiert, wie das arme Schaf da!« Sie fing an zu weinen. Laura hörte kaum hin, sie wußte, wie Mum war, wenn sie zuviel getrunken hatte. Es war jetzt wichtig, daß sie rasch ins Bett kam, mit einer heißen Wärmflasche und zwei dicken Wolldecken. Hoffentlich hatte sie sich noch nichts geholt. Sie durfte auf keinen Fall wieder unterwegs umkippen, vom Schlaf übermannt, denn wer konnte wissen, ob sie danach wieder hochzubringen war. Deshalb redete Laura unablässig auf ihre Mutter ein, erzählte ihr Geschichten, irgend etwas, ohne Sinn und Verstand, rempelte sie hin und wieder an, zwickte sie in den Arm und trat ihr einmal sogar kräftig auf den Fuß.

»Au!« schrie Sally wütend, brach gleich darauf wieder in Tränen aus und schluchzte, jeder wolle ihr immer nur weh tun. Laura war zufrieden: Fürs erste schlief Sally jedenfalls nicht ein.

Kurz bevor sie zu Hause ankamen, begann es zu schneien. Schaudernd dachte Laura daran, wie schnell ihre Mutter von dem weißen Teppich zugedeckt und nie mehr lebend geborgen worden wäre. Sie war im letzten Moment gekommen.

Beide froren sie zum Gotterbarmen, als sie die Wohnung betraten. Aus Angst, ihren Vater zu wecken, beschloß Laura, auf die Wärmflasche zu verzichten; statt dessen holte sie noch Junes Decke, denn es war nicht anzunehmen, daß die Schwester heute nacht nach Hause kommen würde.

»So, Mum, komm, du mußt dich ausziehen. Erst die Stiefel. Jetzt mach schon!«

Sally Hart faßte sich stöhnend an den Kopf. »Ich hab' so Schmerzen«, murmelte sie.

»Es wird besser, wenn du liegst!« Laura zerrte ihrer Mutter den stinkenden Fellmantel von den Schultern, schälte sie dann aus Hose, Pullover und Wäsche und zog ihr ein Nachthemd über den Kopf. Darüber kam eine Strickjacke und ein Schal um den Hals. »Jetzt wird es dir hoffentlich gleich wieder warm, Mum. Leg dich hin!«

Sally sank ins Bett und war in der nächsten Sekunde fest eingeschlafen. Ihr Schnarchen erfüllte den ganzen Raum, der Schnapsgeruch, den sie verströmte, hätte jedem den Atem verschlagen. Aber – für diese Nacht war sie in Sicherheit. Todmüde kroch Laura in ihr eigenes Bett; für heute würden sie keine Alpträume mehr plagen.

2

In der Bronx wurden die Kinder schnell erwachsen, es blieb ihnen auch gar nichts anderes übrig, wenn sie überleben wollten. Von allen Seiten lauerten Gefahren: Alkohol, Drogen, Prostitution. Raubüberfälle, Messerstechereien, Vergewaltigungen waren an der Tagesordnung. Entweder man verstand es, sich zu wehren, oder man blieb auf der Strecke. Zehnjährige Jungen waren bereits in der Lage, einem anderen ohne mit der Wimper zu zucken, die Kehle durchzuschneiden, achtjährige spritzten sich kaltlächelnd ihre tägliche Dosis Heroin. Mit zwölf gingen viele Mädchen bereits auf den Strich. Es galt, sich den brutalen Gesetzen der Stadt anzupassen. Es gab wenige, die es durchhielten, gegen den Strom zu schwimmen.

June war sechzehn, als sie ihren Zuhälter, den dreißigjährigen Sid Cellar, heiratete. Bei Sid handelte es sich um einen Riesen von Mann, der ziemlich viel Geld haben mußte, denn er fuhr einen Mercedes, trug seidene Hemden und maßgeschneiderte Anzüge, hatte gewaltige goldene Ringe an allen Fingern und kleine Diamanten in den Ohren. Er saß im Wohnzimmer der Familie Hart und soff mit Jeff um die Wette. June hockte neben ihm, in Ledermini, Jeansjacke, Netzstrümpfen und silbernen Sandalen. Ihre Haare leuchteten inzwischen kupferrot. Ihr grell geschminkter Mund verzog sich nur mühsam zu einem Lächeln, ihr ganzes Gesicht hatte etwas Maskenhaftes. Trotzdem behauptete sie nachher in der Küche bei Mum und Laura, wahnsinnig glücklich zu sein.

»Alle beneiden mich!« Das klang fast trotzig. »Sid hat unheimlich viel Geld. Er schenkt mir tolle Sachen. Außerdem wollen wir von hier fortgehen, nach Greenwich Village.«

»Das nimmt kein gutes Ende«, murmelte Sally und holte sich ein Bier aus dem Kühlschrank. Es war August, New York stöhnte unter der feuchten Hitze, und Sally fing bereits am frühen Morgen an, sich zu betrinken. »Mit den Männern kommt man nie zurecht. Verbrecher, alle miteinander. Sollte sich keiner mit einlassen.«

Sie trank das Bier aus der Flasche, merkte nicht, daß große Teile danebengingen und auf ihren Rock tropften. Dieser scheußliche braungrünkarierte Rock, der um ihre breiten Hüften herum spannte, dessen Reißverschluß sie offenstehen ließ, weil ihre Taille inzwischen umlagert war von Speckringen. Laura betrachtete ihre Mutter, wie sie da auf dem Stuhl saß, rechts und links quollen die Schenkel über den Rand, und ihr schwarzes Haar hing ölig und strähnig bis fast zum Kreuz hinab. Sie hatte es lieblos hinter die Ohren gekämmt und auf ihrem dunkelblauen, verfilzten Pullover häuften sich die Schuppen. Es war nicht Abscheu, was Laura empfand, wenn sie die großporige, aufgedunsene Haut der Trinkerin sah, das faltige Doppelkinn, wenn sie den scharfen Gestank nach Schweiß und Bier roch. Es war eher Angst. Würde sie einmal denselben Weg gehen wie ihre Mutter? Auf dem Foto, das Sally als Achtzehnjährige zeigte, war sie ein billig gekleidetes, aber sehr hübsches Mädchen, schlank und zart, mit einem frischen Teint und glänzenden Augen. Laura sah ihr sehr ähnlich. Noch zwanzig Jahre, dachte sie manchmal schaudernd, noch zwanzig Jahre, und ich biete dasselbe Bild wie sie.

»Zwischen Sid und mir geht alles gut«, sagte June, »ihr werdet es schon sehen.« Aber sie wirkte nervös, verängstigt. Sie hatte immer ein vorwitziges Mundwerk gehabt und eine bewundernswerte Respektlosigkeit an den Tag gelegt, aber irgendwann war das alles verlorengegangen. Die Art, wie sie andere ansah, erinnerte an einen halb furchtsamen, halb verschlagenen Hund. Im übrigen hätte es Laura durchaus verstanden, wenn sich June vor Sid fürchtete; sie selber fand ihn ausgesprochen abstoßend. Er lachte zu laut und wirkte brutal. Wenn er mit June kam oder ging, hielt er sie am Arm fest, eine Geste, die an einen Polizisten erinnerte, der einen Gefangenen abführt. Wenn er den Arm losließ, blieben tiefe, rote Abdrücke von seinen Fingern zurück. Oft, wenn June zu sprechen anfing, sagte er: »Halt's Maul!« oder warf ihr einen Blick zu, der sie sofort verstummen ließ. Die meisten Männer behandelten ihre Frauen so, das wußte Laura, aber sie dachte oft, daß sie es einmal anders haben wollte. Sie hatte einen Liebesroman von Barbara Cartland gelesen, ein zerfleddertes Buch, das eine Freundin ihr geliehen hatte, und einen Mann wie den dort beschriebenen Helden erträumte sie sich. Galant, liebevoll, zärtlich, immer bereit, für sie zu sorgen. In den Nächten, in denen sie nach ihrer Mutter suchte, an den langen, trostlosen Nachmittagen, da sie angstvoll lauschte, ob ihr Vater nach Hause käme, wenn sie hinunter in den schmutzigen Hof starrte, wo lederbekleidete Halbstarke die kleinen Kinder tyrannisierten, wurde sie nur von einem einzigen Gedanken beherrscht: Ich muß hier fort! Ich muß hier fort!

An jenem heißen Augusttag machte sie übrigens ihre erste nähere Bekanntschaft mit Sids zweifelhaftem Charme. Sally hatte sie geschickt, Zigaretten zu holen, und als sie vom Automaten zurückkam und die Haustür mit der halb zerbrochenen, staubblinden Glasscheibe aufstieß, stand plötzlich Sid vor ihr. Riesig wie er war, schien er den ganzen Flur auszufüllen. Er trug enge, verwaschene Jeans und ein Unterhemd aus Netzstoff. Auf den muskulösen Oberarm hatte er sich ein Schwert tätowieren lassen, von dessen Spitze Blut tropfte. Seine goldenen Ringe blitzten. »Hallo, Laura«, sagte er und grinste.

»Hallo, Sid«, erwiderte Laura nervös und wollte rasch an ihm vorbeihuschen.

Er machte einen Schritt zur Seite und versperrte ihr so den Weg. »Wohin willst du denn?«

»Nach oben. Mum wartet auf ihre Zigaretten.« Laura fühlte sich bedroht, aber sie bemühte sich, keine Furcht zu zeigen.

»Deine Mum wird sicher nicht traurig sein, wenn du ein bißchen später kommst«, sagte Sid. Er drängte Laura an die Wand. Sie konnte sein widerliches, viel zu süßes Aftershave riechen, das sich in der Hitze des Tages besonders stark verströmte. »Du bist ein verdammt hübsches Mädchen, Laura. Viel hübscher als June. Wußtest du das?«

»Nein.« Ihre Stimme klang gepreßt.

Sid kam noch näher. Seine goldenen Armbänder klirrten. »Möchtest du auch so schöne Sachen haben, wie June sie bekommen hat? Silberne Schuhe und Lederröcke? Und für den Winter einen Mantel aus Leopardenfell?«

»Nein. Ich möchte das lieber nicht.«

»Du bist doch ein gescheites Mädchen, und alle gescheiten Mädchen wissen, wann ihnen ein wirklich gutes Angebot gemacht wird. Also wirst du nicht so dumm sein, mich abzulehnen!« Sein Gesicht war plötzlich ganz nah an ihrem, er lehnte sich gegen sie und drückte sie mit seinem Gesicht an die Wand.

»Laß mich los, Sid!« Sie versuchte ihren Kopf wegzudrehen, aber schon war sein Mund auf dem ihren, und grob schob sich seine Zunge zwischen ihre Zähne.

»Nein, nein…« Sie wehrte sich verzweifelt, aber er war stärker als sie, zudem geübt in dem, was er tat. Seine Zunge bewegte sich schnell in ihrem Mund, sein heißer Atem schlug gegen Lauras Gesicht. Halb erstickt, wie sie war, konnte sie nicht einmal einen Schrei ausstoßen. Sie hob ein Bein, und dann trat sie Sid mit aller Kraft auf seinen Fuß.

Wegen der Hitze trug er nur dünne Stoffschuhe, und es klang, als krachten seine Knochen. Er heulte auf, sprang zur Seite und schlug nach Laura, aber seine Faust traf ins Leere, denn flink wie ein Wiesel war sie ausgewichen.

»Ich schlag dich tot, du Hure!« Noch einmal wollte er nach ihr greifen, aber sie rannte schon die Treppe hinauf. Die Zigarettenschachtel hatte sie unten verloren, aber nun würde sie bestimmt nicht noch einmal umkehren und sie holen. Ihr war übel; noch immer meinte sie, seine Zunge zwischen ihren Zähnen zu schmecken.

Nie, dachte sie, nie werde ich mich mit einem Mann einlassen!

Sie fühlte sich einsam und verloren. Eine Angst senkte sich über ihr Gemüt, die sie nie wieder verlassen, der sie die wichtigsten Entscheidungen ihres Lebens unterordnen würde.

Ken Stuart und Laura begegneten einander an einem nebligen Novembermorgen in der Subway. Laura hatte einen Job als Kassiererin in einem Supermarkt gefunden, eine Tätigkeit, die sie zwar langweilte, die ihr aber wenigstens die Möglichkeit gab, tagsüber der trostlosen Umgebung in der Bronx zu entkommen. Der Supermarkt lag in Chinatown, Lauras Schicht begann um sieben Uhr morgens. Um halb sechs stand sie auf. Im Winter fiel es ihr besonders schwer, außerdem fürchtete sie sich vor der Dunkelheit, vor der Subway, vor den sie anstarrenden Kerlen dort. Seit dem Erlebnis mit Sid im Treppenflur war ein halbes

Jahr vergangen, aber noch immer wurde ihr übel bei der Erinnerung daran. Sie vermied es, sich in irgendeiner Weise auffällig zu kleiden; ohnehin hätten ihr dazu die Mittel gefehlt, denn das Geld, das sie verdiente, mußte sie daheim abliefern. Jetzt im Winter trug sie einen schäbigen Wollmantel, um den Hals einen roten Schal, die dunklen Haare hatte sie zu einem Pferdeschwanz zusammengebunden. Sie lief schnell, ohne nach rechts und links zu blicken. In der Bahn versuchte sie sich immer neben eine Frau zu setzen, so fühlte sie sich sicherer. Wenn die Zeit reichte, kaufte sie vorher eine Zeitung, wobei es ihre ursprüngliche Absicht war, sich dahinter zu verbergen, aber es hatte den guten Nebeneffekt, daß sie sich tatsächlich über das alltägliche politische, wirtschaftliche und kulturelle Geschehen in den USA und der Welt informierte. Niemand hatte sie zum Lesen angeleitet, ihre Eltern konnten es nicht einmal, sie konnten nur gerade ihren Namen schreiben. Laura fraß nun jede Information in sich hinein, sie las über aktuelle Gesetzesverabschiedungen des Senats ebenso wie über die letzte Rede des Präsidenten an die Nation, über Atomforschung, medizinische Entdeckungen und Umweltverschmutzung, über die Kriege in der Welt und über neugeborene Kinder in den europäischen Adelshäusern. Sie las über Bücher, Theateraufführungen, über Kunstausstellungen. Sie war über die Schwankungen des Dollarkurses ebenso unterrichtet wie über den aktuellen Preis für argentinisches Rindfleisch. Sie las die Zeitungen von der ersten bis zur letzten Zeile, in der Hoffnung, eine in die »New York Times« vertiefte Frau werde weniger oft angesprochen, und Jahre später sollte sich die High Society an der Ostküste wundern, warum es auf all ihren Parties und Empfängen kaum ein Thema gab, bei dem das junge Mädchen aus der Bronx nicht mithalten konnte.

An jenem Morgen im November jedoch wurde Laura von einem hartnäckigen Verehrer bedrängt, der schon versucht hatte, sie in ein Gespräch zu ziehen, als sie noch vor der Sperre im Bahnhof stand und nach einer Münze kramte. Laura hatte sich dann neben eine dicke alte Frau gesetzt, die nach Knoblauch stank, aber immerhin einen Schutzwall bildete. Unglücklicherweise stieg sie gleich an der nächsten Station aus. Sofort saß der Betrunkene neben Laura. Er preßte sich an sie. »Haste 'ne Zigarette?« fragte er.

Laura sah nicht hoch. »Nein.« Kalt breiteten sich Angst und Widerwillen in ihr aus. Sie versuchte weiterzulesen, aber die Buchstaben verschwammen vor ihren Augen. Der Mann neben ihr gab nicht auf. Er ließ sich gegen sie fallen.

»Hau ab«, sagte sie rauh, aber er grabschte nach ihren Beinen. Wollte er sie hier mitten in der Subway vergewaltigen? Hilfesuchend blickte sich Laura um. Ein paar vor sich hindämmernde müde Frauen, Männer, die teilnahmslos in eine andere Richtung blickten. Ein Junge nur schaute zu ihr hin, er war totenblaß, hatte tiefe, dunkle Ringe unter den Augen, einen empfindsamen, ernsten Mund. Der Mann versuchte jetzt, den Reißverschluß von Lauras Jeans zu öffnen, er hing halb über dem Mädchen und keuchte heftig. Laura versuchte nicht mehr, sich hinter ihrer Zeitung zu verschanzen, sie wehrte sich jetzt aus Leibeskräften, geschüttelt von Entsetzen. »Laß mich los, verdammt noch mal, laß mich los!«

Der bleiche Junge stand auf und trat heran. Er war viel größer, als er im Sitzen gewirkt hatte und dünn wie ein Skelett. »Laß sie in Ruhe«, sagte er leise.

Der Mann ließ von Laura ab, wandte sich um und starrte den anderen an. »Was is'?« lallte er.

»Hau ab. Verpiß dich! Laß das Mädchen los!«

Zu Lauras Überraschung reagierte ihr Bedränger auf die sanfte Stimme. Einen Fluch murmelnd, ließ er Laura los und trollte sich ans andere Ende des Waggons. Mit zitternden Fingern strich Laura ihren Pullover glatt, zog ihren Mantel enger um sich. »Vielen Dank.«

»Ist schon okay. Ich heiße Keneth. Ken.«

»Laura.« Zum ersten Mal schaute sie ihn richtig an. Sanfte blaugrüne Augen, eingefallene Wangen. Ein grobgestrickter dunkelgrauer Wollpullover mit Rollkragen und zu kurzen Ärmeln. Dürre Handgelenke sahen daraus hervor und große, knochige Hände. Laura hatte genügend solcher Gesichter, solcher

Gestalten gesehen, um fast sicher zu sein, daß Ken an der Nadel hing. Mitleid stieg in ihr auf, und sie wußte nicht, daß sich ihre Gesichtszüge entspannten, sanfter und weicher wurden.

»Ich fahre oft morgens mit der Subway«, sagte er, »es ist warm hier drinnen.«

»Ich fahre immer um diese Zeit«, erwiderte Laura.

Von da an trafen sie einander jeden Morgen. Laura achtete darauf, immer im selben Wagen zu sitzen, und auch Ken war pünktlich am richtigen Ort. Sie erfuhr, daß er drei Jahre älter war als sie – achtzehn – und seit fünf Jahren regelmäßig Heroin spritzte. Sein ganzes Leben drehte sich Tag und Nacht nur um die Droge, darum, wie er sich neuen Stoff beschaffen konnte. Das Problem seiner Abhängigkeit stürzte ihn in einen verzweifelten Kampf. Es ging nicht darum, sich die Bedürfnisse zu erfüllen, nach denen andere Menschen verlangten, Essen, Kleider, ein Zuhause, es ging einzig um das feine Pulver. Geld, Geld, Geld... er brauchte jeden Cent, den er kriegen konnte. Hin und wieder fand er Arbeit, aber das waren nur Gelegenheitsjobs, die ihn zwei oder drei Tage über Wasser hielten, um ihn dann in dieselbe aussichtslose Lage zurückfallen zu lassen, in der er sich vorher befunden hatte. Laura beschwor ihn: »Du mußt aufhören, Ken! Hör auf!« und er sah sie an, trostlos und ohne Auflehnung gegen das Schicksal wie es war. »Ich kann nicht. Ich werde daran sterben, aber sterben ist sowieso besser als leben.«

Sie wurde seine Geliebte, in dem feuchten Keller, in dem er lebte. Es gab eine Matratze auf dem Steinfußboden und eine mottenzerfressene Wolldecke. Laura und Ken lagen stundenlang unter dieser Decke, liebten sich, streichelten einander, schliefen für eine Weile ein, wachten warm und zusammengekuschelt wie kleine Tiere auf. Ken umarmte Laura mit seinen mageren, zerstochenen Armen und sagte ihr, wie schön er sie fand. »Du bist so schön, Laura, so wunderschön. Du mußt dich in Sicherheit bringen, bevor die Bronx dich kaputtmacht. Geh nicht meinen Weg, Laura!«

»Ich lasse dich nicht im Stich, Ken.«

»Das mußt du aber. Ich werde bald sterben, und dann ist von

mir nichts mehr übrig, nur ein zerfallener Körper, den die Würmer fressen. Aber du, Laura, mußt leben. Du bist zu schön, um zu verkommen.«

Sie hielt ihn fest an sich gepreßt und streichelte ihn sanft. Ich werde dich nie vergessen, dachte sie, voller Schmerz darüber, daß sie ihn verlieren würde, nie, solange ich lebe.

3

Laura traf den Fotografen Barry Johnson an einem eiskalten Januarabend des Jahres 1987. New York versank im Schnee. Bläulich glitzerte das Wasser im Hudson, dann versank die Sonne, warf für ein paar Momente ein warmes, rotes Licht über die eisige Stadt und machte dann der schnell einfallenden Dunkelheit Platz. Klirrender Frost ließ den Schnee harsch werden und den Glanz der Sterne am Himmel klar und schimmernd.

Laura lief ein wenig ziellos die Park Avenue hinauf. Sie bummelte manchmal nach der Arbeit noch herum, denn es zog sie nicht zu ihrer jammernden Mutter und ihrem ewig betrunkenen Vater. Manchmal war auch June da, und dann wurde alles noch trauriger. Es ging ihr nicht gut in ihrer Ehe. Sie hatte zwei Fehlgeburten gehabt und war danach auseinandergegangen wie ein Hefekloß. Vorbei die Zeit der engen Lederminis und tief ausgeschnittenen Pullover. Sid sagte ihr offen ins Gesicht, er finde sie scheußlich, und er denke nicht im Traum daran, ihr schöne Kleider zu schenken. Sie lief meistens in ausgebeulten Trainingshosen und fleckigen Pullovern herum, hatte fettiges Haar und benutzte kein Make-up. Auf fatale Weise fing sie an, ihrer Mutter zu ähneln.

Laura liebte ihre Schwester, aber sie mochte sie nicht aufgequollen und elend bei Mum in der Küche sitzen sehen. Auch die Treffen mit Ken in dem finsteren Keller schob sie inzwischen vor sich her. Sein Dahinsiechen bedrückte sie, es entnervte sie, über nichts anderes als über Heroin zu reden. »Ich brauche Stoff,

Laura, hilf mir doch, bitte, gib mir Geld, du bekommst alles zurück, aber hilf mir jetzt, ich brauche das Zeug!«

Einmal war sie, beide Hände auf die Ohren gepreßt, hinausgelaufen. Manchmal mußte sie tief durchatmen und all ihre Kraft zusammennehmen, ehe sie die Stufen zu ihm hinabstieg. Dann gingen ihr seine Worte durch den Kopf. »Du bist so schön, Laura. Bring dich in Sicherheit.«

Der Mann sprach sie an der Ecke 73. Straße an, und etwas in seiner Stimme ließ Laura, die sonst stets mit gesenktem Kopf an den Männern vorbeihastete, innehalten. Der Mann sah sie kühl an, seine Worte klangen sachlich. »Ich bin Fotograf. Ich würde gern ein paar Bilder von Ihnen machen. Sie sind sehr schön, Miss.«

»Wie bitte?«

»Ich fotografiere«, wiederholte er ungeduldig. »Und ich ziehe durch die Straßen, um Gesichter zu finden, die es wert sind, festgehalten zu werden. Also, was ist?« Er betrachtete sie wie ein Künstler sein Objekt, nicht wie ein Mann eine Frau, das spürte Laura.

»Wo machen Sie Ihre Aufnahmen?«

»In meinem Studio. 80. Straße, Ecke Avenue of the Americas. Wenn Sie nicht wollen, sagen Sie es, ich habe nicht viel Zeit.«

»Ich bin unmöglich angezogen. Und meine Haare…«

»Mich interessieren weder Ihre Kleider noch Ihre Haare. Ich bin scharf auf Ihr Gesicht. Wenn ich herausgefunden habe, ob Sie wirklich fotogen sind, können wir uns mit dem übrigen Firlefanz beschäftigen.«

Fast gegen ihren Willen ging sie mit. Als sie später überlegte, warum sie es getan hatte, begriff sie, daß es tatsächlich der Wunsch gewesen war, die allabendliche Begegnung mit Ken und ihrer Familie hinauszuschieben; jedenfalls hatte sie nicht die Vorstellung gehabt, sie könne über Barry Johnson berühmt werden.

In dem Studio befanden sich ein Stuhl, zwei große Lampen und die Kamera. Es war nicht geheizt. Nachdem Laura ihren Mantel ausgezogen hatte, begann sie erbärmlich zu frieren, aber das kümmerte Barry nicht. Er hantierte mit seinen Lampen, murmelte vor sich hin, konzentrierte sich auf den technischen Ablauf der Dinge. Dann richtete er sich wieder auf. »So. Wir können anfangen.«

»Soll ich lächeln?« erkundigte sich Laura schüchtern.

Barry schnaubte. »Machen wir hier Reklame für Zahnpasta? Schauen Sie mich mit dem melancholischen Ausdruck an, den Sie vorhin trugen, als Sie durch die eisige Kälte die Park Avenue hinaufkamen.«

Laura schüttelte jeden Gedanken an die Situation, in der sie sich befand, ab, versuchte die Lampen zu vergessen, die Kamera, Barry Johnson, und versenkte sich in ihre eigene düstere, einsame Welt. Barry legte einen Film nach dem anderen ein. Jedesmal, wenn er ihr befahl, eine neue Position einzunehmen, von rechts im Profil, von links, das Kinn in die Hand gestützt oder mit freier Kopfhaltung, machte er zuerst ein Polaroidfoto und studierte es eingehend.

»Du hast das Gesicht eines Engels, Laura«, sagte er, »eines Engels voller Traurigkeit. Du strahlst Unschuld und Reinheit aus, und das tätest du selbst dann noch, wenn du auf Stöckelschuhen und mit grellrot beschmierten Lippen als weiße Superhure für die schwarzen Gangster durch Harlem stolzieren und dich für einen halben Dollar die Stunde an jeden dreckigen Kerl verschleudern würdest. Kapiert? Verstehst du, warum mich dein verdammtes Gesicht so verrückt macht?«

Laura brach in Tränen aus, wegen der derben Worte und aus Verwirrung, vielleicht auch, weil sie trotz der Lampen so fror. Barry reichte ihr seufzend sein Taschentuch. »Um Gottes willen, wir können jetzt wirklich keine verschwollenen Augen gebrauchen! Geh ins Bad, und wasch dein Gesicht mit viel kaltem Wasser, und bei der Gelegenheit kannst du dich auch gleich ausziehen. Ich möchte ein paar Aktfotos von dir machen.«

Laura rutschte von ihrem Stuhl und ging hinüber ins Bad. Im Gegensatz zum Studio war das Bad luxuriös eingerichtet, mit flauschigem Teppich, blitzend weißen Kacheln, einem Kranz von kleinen Lampen um den riesengroßen Spiegel. Auf einem altmodischen Frisiertisch in der Ecke – vermutlich eine kostbare Antiquität – lagen ausgebreitet sämtliche Kosmetikartikel, die man nur brauchen konnte, Lippenstift und Puder, Lidschatten, Rouge, Kajal, Cremes und Salben, Haarspray und Wimperntusche. Laura besaß daheim nur einen einzigen Lippenstift. Vorsichtig probierte sie ein paar von diesen verlockenden Dingen aus. Ein bißchen goldbraunen Puder ins Gesicht, rosafarbenes Rouge auf die Wangen, hellen Lippenstift. Mit viel Sorgfalt tuschte sie sich die Wimpern. Wie ausdrucksvoll ihr Gesicht auf einmal aussah. Hellblau und glänzend wurden ihre Augen in den dunklen Kajalumrandungen. Die Haare … zerzaust und wirr fielen sie über ihre Schultern. Aber sie würde keine Zeit haben, sie jetzt zu waschen. Na ja … sie zuckte mit den Schultern. Wozu auch. War ja alles bloß Spaß.

Barry hatte gesagt, sie solle sich ausziehen. Etwas zögernd schlüpfte sie aus ihren Jeans, zog ihren Pullover über den Kopf. Wenigstens war das Bad geheizt, aber in diesem Studio würde sie sich den Tod holen. Von draußen konnte sie Barrys ungeduldige Stimme hören. »Brauchst du noch lange? Ich will hier nicht die ganze Nacht auf dich warten!«

Sie kam heraus, bekleidet mit ihrem Slip, BH und weißen Socken an den Füßen. Barry starrte sie an. »Ich hatte gesagt, ausziehen, um Himmels willen! Du bist doch hoffentlich nicht prüde?«

»Nein, ich dachte nur …«

»Zieh die Sachen aus!«

Ohne ihn anzusehen, zog sie die Socken aus, stieg aus ihrem Slip, öffnete den BH. Sie kam sich bloßgelegt vor, bis auf die Knochen.

Barry musterte sie eindringlich. »Wir lassen dich, wie du bist. Einschließlich dieser völlig chaotischen Haarmähne. Setz dich auf den Stuhl!«

Laura setzte sich, und Barry begann erneut mit den Aufnahmen. Weich fielen vor den Fenstern die Flocken zur Erde. Nach einer Stunde – oder war noch mehr Zeit vergangen? – begehrte Laura auf. »Mir ist kalt. Und ich bin entsetzlich müde!«

»Das ist gut. Du siehst verfroren und schläfrig aus, und das gibt dir eine ungeheuer sinnliche Ausstrahlung.«

»Kann ich nicht wenigstens eine Tasse Kaffee haben?«

Barry seufzte. »Solltest du jemals ein professionelles Fotomodell werden wollen, mußt du dich dran gewöhnen, daß zu diesem Job vor allem Disziplin gehört. Na, komm schon. Wir trinken einen Kaffee.«

Sie zog einen Bademantel von ihm an, der ihr viel zu groß war, und folgte ihm in die Küche. Während er den Kaffee kochte, kauerte sie auf einer Eckbank und aß gedankenverloren die Schale mit den Keksen leer, die auf dem Tisch stand. Sie verspürte einen schreienden Hunger, aber sie wagte nicht, es auszusprechen. »Was passiert mit den Fotos?« fragte sie.

»Ich werde sie einer Zeitschrift anbieten. Dem ›Penthouse‹ vielleicht. Oder dem ›Hustler‹. Mal sehen. Ich meine, du mußt dir jetzt nicht zuviel versprechen. Kann sein, ich sehe etwas in deinem Gesicht, was sonst kein Mensch sieht. Kann sein, die Leute wollen im Moment das gelackte Blondchen, nicht das Naturkind mit den ungekämmten Haaren.« Er stellte die Tassen und den Kaffee auf den Tisch. »Man wird sehen.«

Der Kaffee schmeckte heiß, süß – und vollkommen fad. »Davon werde ich bestimmt nicht wach«, murmelte Laura.

Barry nickte. »Sollst du auch nicht. Komm, wir machen weiter.«

Irgendwann – sie mußte gerade verführerisch auf einem Klappbett liegen – konnte Laura sich einfach nicht länger gegen ihre Müdigkeit wehren. Sie versank in einen tiefen, traumlosen Schlummer. Als sie aufwachte, fragte sie sich sekundenlang verwirrt, wo sie war. Sie zitterte vor Kälte, obwohl eine Wolldecke über sie gebreitet lag. Fahles Morgenlicht sickerte in den Raum. Eine Kamera stand dort, Lampen, die nicht mehr brannten. Jetzt erinnerte sie sich … Barry Johnson, der Fotograf … Mit einem Satz sprang sie auf, stellte dann fest, daß sie splitternackt dastand. Wo waren ihre Kleider? Über einer Stuhllehne entdeckte sie Slip, BH und Strümpfe. Eilig zog sie die Sachen an, lief dann ins Bad, wo sie Jeans und Pullover in eine Ecke geknäult fand. Vor dem Spiegel entwirrte sie ihre Haare. Sie sah blaß aus, die Schminke hatte sich verwischt. Plötzlich dachte sie entsetzt: Ich müßte längst bei der Arbeit sein! Aber dann fiel ihr ein, es war Sonntag, sie hatte frei. Sie zog ihren Mantel an, wickelte den Schal um den Hals. Als sie die Wohnung verlassen wollte, traf sie auf Barry.

»Wohin so eilig? Ich dachte, wir frühstücken zusammen?«

»Tut mir leid, Barry. Ich muß schnell nach Hause. Wie spät ist es?«

»Neun Uhr.«

»Neun Uhr? Ich habe eine Ewigkeit geschlafen. Auf Wiedersehen, Barry!« Sie wollte an ihm vorbei, aber er hielt sie zurück. »Falls Sie nun eine Berühmtheit werden – wo kann ich Sie erreichen?«

Sie nannte ihm ihre Adresse, und er zog die Augenbrauen hoch. »Ein Mädchen aus der Bronx! Mit einem solchen Gesicht! Wie haben Sie sich diesen Ausdruck bewahrt?«

Sie hob die Schultern; sie wollte nichts hören von ihrem Gesicht, sie wollte nach Hause. Als sie auf die Straße trat, schauderte sie vor der Kälte zurück. Mit den Füßen versank sie im Schnee. Einen Moment überlegte sie, während sie der nächsten Subway Station zustrebte, ob sie zuerst zu ihren Eltern oder zu Ken gehen sollte, aber eine innere Stimme plädierte für ihre Eltern. Sie beschloß, dieser Stimme zu folgen.

In der Wohnung war es kalt und still. Laura warf einen Blick ins Wohnzimmer. Auf dem Sofa lag Dad und schlief, und alles stank durchdringend nach Schnaps. Von einer plötzlichen Furcht ergriffen, rannte Laura in die Küche. »Mum?«

Aber Mum war nicht da. Auch Whiskyflasche und Glas, die Requisiten, mit denen Sally Hart den Tag zu beginnen pflegte, standen nicht wie üblich auf dem Tisch. Laura machte kehrt, lief wieder ins Wohnzimmer. Sie rüttelte ihren Vater an den Schultern. »Dad! Dad, wach auf! Wo ist Mum? Wo ist sie?«

Dad schlug die Augen auf, starrte seine Tochter verschwommen an. »Was is'?«

»Ich will wissen, wo Mum ist! Ist sie fortgegangen gestern abend? Du mußt das doch wissen! Ist sie fortgegangen?«

Dad schien unter allen Umständen wieder einschlafen zu wollen, aber das ließ Laura nicht zu. Sie schüttelte ihn wieder. »Dad! Ist sie gestern abend fortgegangen?«

»Ist wohl so. Schlampe! Treibt sich rum, kommt nicht nach Hause. Weiß nicht, wo sie ist!« Sein Kopf fiel in die Kissen zurück, sein Mund öffnete sich. Er stieß leise Schnarchlaute aus. Laura fluchte, während ihr gleichzeitig die Tränen in die Augen schossen. Verdammte Scheiße, warum nur war sie gestern abend bei Barry Johnson und seinen blöden Fotos hängengeblieben? Und dann auch noch dort eingeschlafen! In dieser eisigen, schneedurchwehten Nacht war Mum fortgegangen, und sie hatte nicht nach ihr gesucht. Weil sie Fotomodell spielen mußte.

Ohne ein weiteres Wort verließ sie die Wohnung. Es schneite noch immer.

4

Das »Old Tale« war eine heruntergekommene Kneipe im Herzen der Bronx. Verwahrlost, verdreckt, abbruchreif, Treffpunkt trostloser und einsamer Gestalten. Sally Hart ging nur selten dorthin, sie kam selten so weit, denn auf dem Weg lagen zuviele Spelunken. Es war an diesem Sonntagmorgen die letzte, die Laura aufsuchte. Ihre Wangen glühten trotz der Kälte, ihre Seiten stachen vom schnellen Laufen. Auf den ersten Blick sah sie das Polizeiauto im Hof, daneben einen Krankenwagen. Gaffende Menschen, die gern dem scharfen Wind und der schneidenden Kälte trotzten, wenn sich ihnen dafür nur eine Sensation bot. Laura drängte sich zwischen ihnen hindurch. »Was ist geschehen? Ist jemand verletzt?«

Mike Taylor, der schwarze Inhaber des »Old Tale«, trat ihr entgegen, ein baumlanger Kerl mit einem schwermütigen Gesicht. Aus melancholischen dunklen Augen sah er sie an. »Deine Mum, Laura…«

»Mum? Was ist mit Mum?« Die Leute starrten sie an, machten jedoch bereitwillig Platz, als sie sich nach vorne drängte. »Mum!« Es war die verängstigte Stimme eines kleinen Kindes. Sie starrte die Tote an, den fetten aufgedunsenen Leib, die seitlich weggespreizten Arme und Beine, die schwarzen dünnen Haarsträhnen ausgebreitet im Schnee. Mum lag auf dem Bauch, bedeckt von ihrem fleckigen Mantel, der an den Kniekehlen endete und ihre grotesk dicken Waden unbarmherzig enthüllte. Bläulich zeichneten sich die Krampfadern unter den laufmaschenübersäten Strümpfen ab. Laura neigte sich über sie. »Mum!« sagte sie flehend. Einer der Beamten sagte kalt: »Die Alte ist tot. Erfroren. Muß völlig betrunken hier eingeschlafen sein. War total zugeschneit: Kinder haben sie gefunden.«

»Wenn ich das geahnt hätte!« Mike war inzwischen herangetreten. »Da liegt Sally bei mir im Hinterhof, und ich weiß es nicht. Die arme Sally! Es mußte ja eines Tages so kommen!«

Laura berührte die Fingerspitzen ihrer Mutter. Sie waren eiskalt. Sie hatte das Ende gefunden, das sie immer gesucht hatte... Jahrelang war sie dem Tod in einer Winternacht nachgelaufen, jahrelang hatte Laura versucht, dem Schicksal in die Arme zu fallen... Aber es erfüllt sich, was bestimmt ist...

Es hat sich für Mum erfüllt, dachte Laura, und es wird sich für mich erfüllen.

Sie dachte, sie müßte weinen, aber es wollten keine Tränen kommen. Leer und ohne Empfindung sah sie ihre Mutter an.

Die Trostlosigkeit der Szenerie machte sie starr; so wie bei einem Verwundeten, der unter Schock steht, gelangte die Erkenntnis dessen, was geschehen war, nicht bis in ihr Bewußtsein. Sie nahm Abschied mit einem letzten Blick, Abschied nicht nur von der toten Frau im Schnee, sondern auch von einer Angst, die sie allzu lange gequält, ihr ungezählte dunkle Stunden bereitet hatte. Die kalten Nächte, in denen sie zitternd und frierend durch die Bronx geirrt war, hatten sich für immer in ihr Gedächtnis eingegraben und schmerzende Wunden hinterlassen; sie waren außerdem Wegbereiter einer neuen Angst: Sie würden in besseren Zeiten ihre Alpträume füllen, und sie würden es sein, woran sie voller Entsetzen dachte, wenn eine Rückkehr in die Armut drohte.

Sie drehte sich um und stapfte durch den Schnee davon, die Hände fest vergraben in ihren Manteltaschen. Mike rief ihr etwas nach, aber sie hörte es nicht. Ihre Schritte wurden immer größer, immer schneller, und schließlich rannte sie durch die Straßen. Wäre sie Barry nicht begegnet, dann lebte Mum vielleicht noch...

Nicht daran denken, befahl sie sich, überhaupt nicht denken. Nie wieder. Sie langte vor dem Haus an, in dessen Keller Ken wohnte. Rachitische Kinder lungerten im Flur herum. Laura öffnete die Kellertür, wie immer im ersten Moment erschlagen von der gähnenden Schwärze und dem modrigen Geruch. Dann drehte sie am Lichtschalter, und die nackte Glühbirne an der Decke brannte in hellem Weiß. Sie lief die Stufen hinunter. Ken! Ken mußte sie jetzt in die Arme nehmen und trösten... sie wollte nicht denken, er sollte sie nur festhalten, ihr ganz nah sein.

Er lag auf seiner Matratze, auf dieser dünnen, klammen Matratze, die ihnen in ungezählten Stunden als Liebeslager gedient hatte. Kerzen brannten im Raum. Ken hatte glasige, verzückte Augen. »Oh, das ist gut«, murmelte er, als er Laura sah, »es ist so gut!«

Er wiegte sich leise im Rhythmus einer Musik, die nur er hörte.

Laura ging auf ihn zu. »Ken, Mum ist tot! Hörst du? Meine Mum ist tot!«

»Es ist so schön«, seufzte Ken, »Laura, die Welt ist eine leuchtende Farbe. Das ganze Leben ist eine Farbe!«

Laura begriff, er hatte wieder Stoff bekommen. Nachher würde es ihm schlechtgehen, und er würde Zuflucht in ihren Armen suchen, aber jetzt war er high. Er schwebte in himmlischen Sphären, und er verstand nicht im mindesten, was sie ihm sagte.

Laura ließ sich langsam neben ihm auf der Matratze nieder. Sie griff nach seiner Hand und sagte leise: »Ja, Ken. Die Welt ist eine Farbe. Das Leben... eine blutrote Farbe.«

Sie wußte, er brauchte sie, mehr als sie ihn. Immer würde es so sein. Wo war der starke Arm, der sie schützte? Sie war allein.

5

»Messer rechts, Gabel links, Schatz«, sagte David leise, »kannst du dir das denn gar nicht merken?«

Laura vertauschte das Besteck und erwiderte trotzig: »Ich kann's mir schon merken. Aber ich kann so nicht essen!«

»Du mußt das lernen. Wenn du Mrs. Bellino bist und an einer großen Tafel dinierst... stell dir vor, was für Augen die Leute machen, wenn du das Besteck falsch hältst!«

Sie starrte auf ihren Teller, tat, als sei sie völlig konzentriert auf ihr Fleisch, aber bei sich dachte sie feindselig: Wenn du wüßtest, wie kalt es mich läßt, was die Leute denken!

Zwischen dem Tag, da Mum gestorben war, und heute lagen sieben Monate. Vor sechs Monaten waren ihre Bilder im »Hustler« erschienen. Bis heute verstand sie nicht, warum das nackte Mädchen mit der Löwenmähne und den schläfrigen Augen einen solchen Rummel ausgelöst hatte. Sie fand alle anderen Frauen in dem Magazin schöner, blond und niedlich, mit kleinen Stupsnäschen und vollen Lippen.

»Pah!« hatte Barry gemacht, als sie ihn darauf ansprach. »Das sind Zuckerpuppen, eine so fad wie die andere. Da sieht jede gleich aus. Und übertreffen können sie einander nur in der Dummheit ihres Gesichtsausdruckes. Du hast ein Gesicht, Laura, und abgesehen davon auch einen vollendet schönen Körper.«

Plötzlich hatte sie Angebote von anderen Fotografen und von anderen Zeitschriften bekommen. Eine Model-Agentur hatte sich gemeldet und ein Produzent, der erotische Filme drehte. Laura hatte, völlig benommen, erst einmal abgewehrt.

»Ich muß mir das noch überlegen... ich weiß nicht, was ich tun soll...«

Es schien, als überwältige sie das neue Leben. Auf einmal sorgte man für sie, sie wurde eingeladen, beschenkt, in Kreise eingeführt, von deren Existenz sie gehört, die sich vorzustellen sie jedoch nicht in der Lage gewesen war. Irgendein Verlag –

Laura hatte keine Ahnung, ob er mit dem »Hustler« zu tun hatte – lud sie zu einer Party ein, und sie erschien dort in einem Kleid, das Mum in ihrer Jugend getragen hatte, und alle starrten sie an. Noch nie war Laura etwas so peinlich gewesen. Das Kleid hing wie ein Sack an ihr, es bestand aus einem dunklen Stoff, der mit kleinen Streublumen bedruckt war und hatte einen viereckigen Ausschnitt, einen Lackgürtel und kleine Puffärmel. Dazu trug sie ihre schwarzen, etwas derben Straßenschuhe. Alle anderen Frauen hatten teure, schicke Partykleider an, trugen kostbaren Schmuck und dufteten nach guten Parfums. Laura litt den ganzen Abend über Höllenqualen, hielt sich an ihrem Sektglas fest und bildete sich ein, jeder würde über sie tuscheln. Als sie gerade beschlossen hatte, sich unauffällig davonzustehlen, trat ein Mann an ihre Seite, ein kleiner, dicker, der sich ständig mit einem Taschentuch die Schweißperlen von der Stirn wischte und seine Gläser immer halb ausgetrunken abstellte, ehe er sich ein neues nahm.

»Miss Hart, ich habe Ihre Bilder im ›Hustler‹ gesehen«, sagte er ohne Umschweife. »Sie sind eine sehr schöne Frau. Sie müssen nur etwas ausgestattet werden für das neue Leben, das Sie jetzt führen.« Er sah an ihrem Kleid hinunter, schüttelte sich, als er bei den Schuhen anlangte. »Würden Sie mir erlauben«, Ihnen ein paar Sachen zu schenken?«

»Ich weiß nicht... ich...«

»Größe 38 nehme ich an? Okay. Wo kann ich Ihnen das Zeug hinschicken?«

Zögernd nannte Laura ihre Adresse. Der Dicke schüttelte sich wieder. »Das ist natürlich nicht die richtige Umgebung für Sie. Ich werde Ihnen eine Suite im Plaza mieten.«

»Das geht nicht«, protestierte Laura.

Der Dicke schnaubte. »Hören Sie, Miss Hart, Sie brauchen jetzt ein bißchen exklusiven Lebensstil. Für den Anfang war das eine ganz hübsche Geschichte, das naive Mädchen aus der Bronx, völlig mittellos und arm, mit nichts ausgestattet als mit einem hinreißenden Gesicht und einem höchst sinnlichen Körper...«

Sinnlicher Körper, dachte Laura verächtlich, wenn der wüßte, wie wenig sinnlich ich bin!

»Aber das hat sich schnell ausgereizt, und dann ist ein Auftritt wie der heutige in einem solchen Kleid nicht mehr originell, sondern nur noch unmöglich. Man wird Sie blitzschnell abschieben, und über Nacht sind Sie vergessen. Also, was ist?«

Laura hätte am liebsten geantwortet, daß sie sich in der New Yorker High Society völlig fehl am Platz und äußerst unwohl fühle, aber aus irgendeinem Grund bekam sie den Mund nicht auf.

Ihr Gegenüber schien das als Zustimmung zu werten. »Morgen abend können Sie ins Plaza umsiedeln, Miss Hart. Eine Suite wird auf Sie warten.«

Ich werde das morgen entscheiden, dachte Laura und verschwand erleichtert.

Vielleicht war es Neugier, was sie am nächsten Abend tatsächlich zum Central Park South laufen ließ, vielleicht war es auch ein Versuch, der Trostlosigkeit zu entfliehen, die seit Mummies Tod noch düsterer über der Wohnung lastete als früher. Manchmal konnte sie das Gestammel ihres Vaters, seine gelallten, unverständlichen Äußerungen kaum mehr ertragen. Sein Schnarchen ließ die Wohnung erzittern. Sie hatte die Hände auf die Ohren gepreßt und plötzlich gedacht: Warum gehe ich eigentlich nicht ins Plaza? Wahrscheinlich dauert es nicht lange, und ich muß sowieso zurück, aber für kurze Zeit könnte ich es doch ausnutzen.

An der Rezeption wurde sie freundlich empfangen. »Miss Hart? Mr. Baker hat schon alles arrangiert. Dürfen wir Sie zu Ihrer Suite geleiten?«

Die Suite bestand aus einem Wohn- und einem Schlafzimmer und einem luxuriösen Bad mit großer, in den Boden eingelassener Marmorwanne. Auf dem Bett – in dem leicht fünf Menschen nebeneinander Platz gehabt hätten – lagen viele Päckchen, große und kleine, alle mit glänzendem Papier und großen bunten Schleifen umwickelt. Auf dem Tisch in der Mitte des Zimmers leuchtete ein gewaltiger Blumenstrauß, daran lehnte eine Karte.

»Liebe Laura, ich hoffe, es ist alles zu Ihrer Zufriedenheit. Es macht mir Spaß, Sie ein wenig zu verwöhnen, und ich wünsche mir, daß Sie meine Geschenke annehmen. Jason Baker.«

»Ich wüßte zu gern, wer Mr. Baker ist«, murmelte Laura. Der dicke Mann hatte nach ziemlich viel Geld ausgesehen. Das Mädchen, das sie aufs Zimmer begleitet hatte, machte große Augen. »Sie wissen nicht, wer Mr. Baker ist? Das ist einer der reichsten Männer hier im Osten. Ihm gehört eine Fastfood-Kette.«

»Oh…« Laura hatte keine Ahnung, daß das Mädchen ein Trinkgeld erwartete, und nickte ihm nur freundlich zu. Die andere wartete noch einen Moment, dann verließ sie mit schnippischer Miene das Zimmer.

Laura machte sich daran, die Pakete auszupacken. Seidene Strumpfhosen kamen zum Vorschein, Abendschuhe mit goldgefärbten Riemchen und bleistiftdünnen Absätzen, cremefarbene seidene Unterwäsche, ein dunkelgrünes Negligé, das nur aus Spitzen bestand, ein kurzes, schwarzes Cocktailkleid, ein langes Abendkleid aus nachtblauem Samt, ein paar seidene Tageskleider und zwei helle Kostüme. In einer samtgepolsterten Schmuckschatulle lag ein schweres goldenes Collier. Laura ließ ihren abgetragenen Mantel auf den Boden fallen, zog ihre Kleider aus und schlüpfte in das Negligé. Noch nie zuvor hatte sie etwas so Feines auf ihrer Haut gespürt. Sie stieß einen leisen Laut der Überraschung aus, als sie sich im Spiegel erblickte. Dieses schöne, zarte Geschöpf… weiß schimmerte die Haut durch die Spitzen… auch ihr Gesicht schien verändert, so viel vornehmer. Mit zitternden Händen legte sie das Collier um ihren Hals. Wie schwer, wie kühl das Gold war! Jetzt sah sie aus wie die Frauen auf dem Fest neulich. Unnahbar und edel. Sie ließ eine ihrer langen Haarsträhnen durch die Finger gleiten. Sie könnte ein Bad nehmen, mit viel Schaum, und sich dann die Haare waschen.

In diesem Moment wurde an die Tür geklopft. Laura dachte, es sei noch einmal das Zimmermädchen und öffnete, ohne zu zögern. Vor ihr stand Jason Baker.

»Ich sehe, Sie freunden sich bereits mit den schönen Seiten des

Lebens an«, sagte er und tupfte sich den Schweiß von der Stirn. »Hier, bitte sehr.« Er reichte ihr eine große, weiße Schachtel.

Als Laura die Schnüre löste, kam ihr ein schimmernder dunkelbrauner Nerz entgegen. »Mr. Baker...«

»Jason.«

»Jason, das ist alles... ich meine, dieser Pelz, das Collier, die Kleider, das kostet ein Vermögen. Und dieses Zimmer...«

»Für mich ist das kein Vermögen. Ich werde Ihnen noch viel mehr schenken. Autos, Häuser, Reisen in die ganze Welt. Was Sie wollen.«

»Jason, das kann ich doch nicht annehmen. Das alles hier...« Sie blickte an dem hauchfeinen Negligé hinunter und zum erstenmal wurde ihr bewußt, wie nackt sie vor dem fremden Mann stand. »Das belastet mich! Es ist zuviel!«

»Es ist nicht zuviel. Nicht für eine so schöne Frau. Nicht für eine Frau mit solch einem Körper.« Er legte plötzlich beide Arme um sie und zog sie zu sich heran. »Ich habe eine Frau, Liebling, aber sie bedeutet mir nichts mehr. Dich habe ich begehrt, seitdem ich deine Bilder gesehen habe. Ich möchte alles für dich tun, dir jeden Wunsch erfüllen. Wir könnten ein wunderbares Leben haben. Ich habe Geld, und du hast deine Schönheit. Gib mir deine Schönheit, und du kannst all mein Geld haben. Ich...«

»Nein. Nein, bitte, Jason...«

»Ich bin verrückt nach dir, Laura. Ich brauche dich. Ich will dir die Welt zeigen und...«

»Laß mich los!«

»Ich will mit dir schlafen. O bitte, Liebste, schlag es mir nicht ab! Ich brauche es so sehr! Du...« Seine Hände griffen gieriger zu, taten ihr weh in ihrer Hast und Ungeduld. Laut tönte sein Atem an ihrem Ohr.

Sie machte sich von ihm frei. »Es geht nicht, Jason. Ich liebe einen anderen.«

Er hielt inne, starrte sie an, und dann lachte er plötzlich, als habe sie einen Witz gemacht. »Ach, du großer Gott! Das ist ja bühnenreif! Die Unschuld, mit der du das sagst! Ich liebe einen anderen! Und damit gibt es für dich nur den einen!«

»Ja.«

Jason trat einen Schritt zurück. »So etwas habe ich schon seit langem nicht mehr gehört. Weißt du, daß du damit absolut gegen die Mode gehst?«

»Das ist mir egal. Es ist mir auch egal, wenn Sie mir das alles hier wieder wegnehmen. Ich lasse mich nicht kaufen, Mr. Baker. Und jetzt gehen Sie bitte, ich möchte mich anziehen und dann sofort dieses Hotel verlassen!«

Baker schaute sie nachdenklich an. »Ich habe kein Wort gesagt, daß Sie das Hotel verlassen müssen, oder? Und die Kleider können Sie auch behalten. Sie gefallen mir, Laura.«

Überraschung malte sich auf ihr Gesicht. Er nickte. »Ja, das tun Sie. Sie sind etwas Besonderes. Hoffentlich bleiben Sie immer so – durch nichts zu korrumpieren. Wer ist der Mann, den Sie lieben?«

»Ein Junge aus der Bronx.« Sie dachte an den feuchten Keller, an Ken auf seiner Matratze. Etwas wie Angst und Erschöpfung schien sich in ihren Augen zu spiegeln, denn Baker sagte: »Es ist eine andere Welt, nicht?«

»Ja. Ken ist heroinabhängig. Er braucht immer mehr Stoff, Tag für Tag. Er denkt überhaupt nichts anderes mehr als daran, wie er zu Geld kommen kann. Das alles hier«, sie lächelte bitter, als sie mit einer Handbewegung die elegante Suite umschrieb, »das hier, was das kostet, das würde Ken für Wochen von seinen Sorgen befreien.«

»Aber das ist keine Lösung, das wissen Sie so gut wie ich. Was er braucht, ist ein Therapieplatz.«

»Die sind knapp gesät. Und für einen aus der Bronx schon überhaupt kaum zu ergattern.«

»Hören Sie, ich kann Ihnen nichts versprechen, aber ich werde sehen, ob ich etwas tun kann. Geld öffnet eine Menge Türen.«

»Warum tun Sie das, Mr. Baker?«

Über das dicke, weiße Gesicht glitt ein Schatten von Wehmut. »Weil Sie so verdammt hübsch sind, Laura. Weil ich mich in Sie verliebt habe. Nein«, er hob abwehrend die Hände, »keine Angst! Kein neuer Annäherungsversuch! Ich weiß, wie weit ich bei Ihnen gehen darf. Leider. Also, was ist, bleiben wir Freunde?«

»Schätzchen, woran denkst du?« Davids Stimme klang warm und besorgt. »Du starrst vor dich hin, und dein Essen wird kalt.«

»Tut mir leid. Ich habe mich nur ... an etwas erinnert ...«

»Woran denn? An uns etwa und wie es begann?«

»Ja.« Das war geschwindelt, aber sie wußte, was er gern hörte. Über den Tisch hinweg betrachtete sie sein schönes, glattes Gesicht. Gebräunt, makellos. Wo lagen David Bellinos geheime Abgründe? Seine Züge jedenfalls gaben sie nicht preis. Wenn sie herauszufinden suchte, was sie an ihm gefesselt hatte, damals, als sie einander auf einer Party trafen und er sie danach zum Plaza fuhr, so kam sie mit ihren Überlegungen nicht weit. Es mußte etwas mit dem abgegriffenen Begriff »Leidenschaft« zu tun haben. Irgendeine geheimnisvolle Kraft hatte sie unwiderstehlich zu ihm hingezogen. War es vielleicht auch das Gefühl des Alleinseins in einer unbekannten Welt gewesen? Ken hatte seinen Therapieplatz bekommen, er war in Sicherheit und brauchte sie nicht. Sie fragte sich, ob sie jemals etwas anderes als mütterliche Liebe, ein Gefühl der Sorge und Verantwortung ihm gegenüber empfunden hatte. David riß sie hin. Mit ihm entdeckte sie, daß ihr Körper verrückt spielen konnte vor Lust. Sie hatte nie dieses Herzklopfen gefühlt, den rasenden Puls; eine Berührung durch David, der bloße Klang seiner Stimme machten sie wehrlos. Das Leben mit ihm stürzte sie in einen tiefen, inneren Zwiespalt: Sie fühlte sich ihm ausgeliefert, halb krank vor Sehnsucht, wenn er nicht bei ihr war, gleichzeitig sträubte sie sich gegen ihn, versuchte mit allen Mitteln, sich selbst treu zu bleiben, sich nicht zwischen Parties und Modenschauen, Cocktails und Abendkleidern zu verlieren. David beschenkte sie großzügig, aber manchmal, wenn sie die nächste Perlenkette in den Händen und den nächsten Pelzmantel um die Schultern spürte, wünschte sie, ihm zurufen zu können: »Hör auf! Hör auf, ich ersticke! Ich bin das Mädchen mit dem Gesicht eines Engels, und mit einem Körper, von dem man sagt, er sei vollkommen, und ich habe eine wunderschöne Wohnung über dem Central Park und Kleider und Schmuck, und ich gehe auf jede Party in dieser Stadt, aber unter all dem Glitzer und Glanz fühle ich mich einsam und krank, und wenn du doch meine Seele streicheln anstatt sie mit Gold behängen würdest!«

»Du bist schon wieder in Gedanken ganz woanders, mein Liebling«, sagte David sanft, »und du hältst das Besteck falsch herum!«

Ohne es zu merken, hatte sie Messer und Gabel erneut vertauscht. David schien ihren unterdrückten Ärger zu bemerken, mit dem sie auf die Zurechtweisung reagierte, denn er strich ihr über die Hand. »Ich will dich nicht quälen, Laura. Aber irgendwann bist du meine Frau, und dann…«

Sie sah ihn nicht an, sie mochte nicht, daß er merkte, wie es in ihr aussah. Sie haßte ihn, wenn er so mit ihr sprach. Immer behandelte er sie wie ein kleines Kind, ständig erzog er an ihr herum.

»Laura, zieh nicht immer Turnschuhe an, so bekommst du nie einen damenhaften Gang.« »Laura, kämm bitte dein Haar, so sieht es unmöglich aus.« »Laura, um Himmels willen, wisch diesen Lippenstift ab, das ist ja ordinär!« »Laura, eine Dame hat immer ein Taschentuch in ihrer Handtasche.« »Laura, eine gute Gastgeberin muß wissen, wie sie die Leute unterhält und keine langen Gesprächspausen am Tisch entstehen läßt!«

Er sagte das sanft und freundlich und immer wieder. Laura hätte manchmal schreien können. Wenn sie am Morgen das Frühstückszimmer betrat, wo David bereits am Tisch saß und Zeitung las, kam wie das Amen in der Kirche eine Kritik an ihrer Kleidung.

»Laura, in dem T-Shirt kannst du heute nicht herumlaufen! Es ist viel zu kalt!«

»Mir ist ganz warm.«

»Schätzchen, die Sonne täuscht. Es ist nicht warm draußen.«

»Ich bin ja hier drinnen.«

»Hier ist es auch nicht warm genug. Sei ein braves Mädchen,

und zieh dir etwas Wärmeres an. Du willst dich doch nicht erkälten!«

Leck mich am Arsch, dachte sie, ebenso erschöpft wie wütend.

Sie fragte sich, woher er das Recht dazu nahm. Weil sie aus der Gosse kam? Ein Aschenputtel, das er in sein Schloß geholt hatte und zur Prinzessin dressieren wollte? Ausgerechnet er! Neurotisch bis in die letzte Haarspitze, unfähig, mit Menschen umzugehen, sich Freunde zu machen. Nach den ersten Wochen, in denen sie ihn für phantastisch gehalten hatte, war ihr das nach und nach immer klarer geworden. Er war bei Gott nicht der tolle Kerl, als der er sich verkaufen wollte. Sie bekam seine Angstträume mit, seine Kopfschmerzen, seine trostlose Einsamkeit. Er hatte den alten Andreas Bredow – und sie. Niemanden sonst. Diese Erkenntnis rief sie sich stets ins Gedächtnis, wenn sie meinte, über seinen fortdauernden Gängeleien noch wahnsinnig zu werden. Er wollte sie vollkommen vereinnahmen und beherrschen, weil er Angst hatte, sie zu verlieren. Das machte diesen Zustand für sie nicht erträglicher, aber es half ihr, ruhiger zu werden, wenn die Wut sie wieder packte. Sie schwankte dann zwischen Mitleid und Zorn. Manchmal siegte das Mitleid.

»Ich weiß«, sagte sie nun auf seine Vorhaltungen hin. »Wenn ich erst deine Frau bin, soll niemand merken, daß du dir eine Schlampe aus der Bronx genommen hast.«

»Laura...«

»Außerdem heiraten wir sowieso nie. Dein lieber Andreas ist schließlich dagegen, und da du es nie riskieren wirst, von ihm enterbt zu werden, werde ich wohl ein Leben lang in dem von dir gemieteten netten Appartement sitzen und auf deine Besuche warten.«

»Ich wußte nicht, daß dir das Appartement nicht gefällt«, sagte David gekränkt. »Und warten mußt du überhaupt nie. Du siehst mich jeden Tag.«

»Schon gut, David.« *Sei still, ich bekomme Kopfweh!*

»Es wäre äußerst unklug, jetzt einen Krach mit Andreas zu provozieren«, fuhr David fort, und es war klar, er würde nicht still sein, ehe er Laura nicht überzeugt hatte. »Denn das könnte mich tatsächlich mein ganzes Erbe kosten. Was hätten wir davon? Laura, er wird nicht ewig leben. Sein Herz macht ihm jeden Tag mehr zu schaffen. Er ist…«

»David, wirklich, vergiß, was ich gesagt habe. Ich weiß, wie die Dinge liegen und daß es nicht anders geht.«

»Liebling, ich bin froh, daß ich dich habe«, sagte David, »und um dir meine Freude zu beweisen…« Er zauberte eine kleine, samtbezogene Schachtel aus seiner Jackettasche und reichte sie Laura. Sie öffnete sie, und vor ihr lag eine weißgoldene Uhr, verziert mit kleinen Saphiren und Diamanten.

»Cartier«, erklärte David, »und zwar natürlich eine von den signierten.«

»David…«

»Du sollst wissen, wie kostbar du mir bist, kleine Laura. Aber bitte – du hast schon wieder das Besteck vertauscht. Könntest du…«

»Ja, David.« *O Gott, eines Tages werde ich davonlaufen!*

New York, 29. 12. 1989

1

»Wann haben Sie Ken wiedergesehen?« erkundigte sich Gina.

Laura wandte sich um. »Wie kommen Sie darauf, daß ich...«

»Sehr einfach«, mischte sich Kelly ein, »da Sie und Ken gemeinsam den Einbruch hier in der Wohnung geplant haben, müssen Sie einander ja irgendwann gesehen haben.«

»Das ist eine Unterstellung, Inspektor!« fauchte Laura.

»Das hatte ich nicht gemeint«, erklärte Gina, »nach allem, was Laura erzählt hat, ist mir klar, daß sie Ken liebt. Sie liebte ihn auch noch, als sie mit David zusammenlebte und völlig in seinen Bann gezogen wurde. Sie waren abhängig von David, nicht wahr, Laura? Keineswegs in ihn verliebt!«

Laura schaute niemanden an, sie sah zum Fenster hinaus. »Ich wollte nicht so enden wie meine Mutter und June.«

»Und was verband Sie mit Ken?« erkundigte sich Kelly.

Laura antwortete nicht.

Ein Januartag war es gewesen, am Anfang dieses Jahres, ein Tag, an dem ein wärmerer Wind durch die Straßenschluchten von Manhattan brauste und den Schnee schmelzen ließ. Nur zwei Wochen zuvor hatten sie Andreas Bredow beerdigt, der in der Neujahrsnacht einem Herzinfarkt erlegen war, und Laura war mit Sack und Pack in das feudale Penthouse in der Fifth Avenue umgesiedelt. Sie schlug sich seitdem mit dem Gefühl herum, ersticken zu müssen, denn hatte sie in ihrem eigenen Appartement noch völlig unbehelligt ihren eigenen Rhythmus leben können, so sah sie sich hier auf Schritt und Tritt von Hausmädchen und anderen Dienstboten verfolgt und beäugt. Früher hatte sie gern stundenlang auf dem Sofa gesessen und Musik gehört, hier hatte sie den Eindruck, die schnippischen jungen Mädchen schauten sie verachtungsvoll an, wenn sie sie bei einer derart nutzlosen Tätigkeit ertappten. David arbeitete den ganzen Tag, aber was sollte sie tun? Als sie mit ihm darüber sprach, lachte er. »Weißt du, was die Frauen anderer reicher Männer machen? Die sitzen den ganzen Tag bei der Kosmetikerin oder beim Friseur, oder sie engagieren sich für irgendeine gute Sache. Ich weiß, auf die Dauer füllt dich das bestimmt nicht aus, aber bis wir uns etwas überlegt haben, könntest du es dir doch richtig schön machen. Laß dich verwöhnen, bade ein bißchen im Luxus. Du hast es verdient.«

Sie war darauf nicht näher eingegangen, aber das Käfiggefühl hatte sich verstärkt, und besonders schlimm war es an dem Morgen gewesen, als sie den Anruf bekam. Ein Hausmädchen – eine kleine Person, mit spitzer Nase, namens Lily – brachte ihr den Apparat ins Bad, wo sie vor dem Spiegel stand und ihr schönes Gesicht betrachtete. Ob sie doch eines der vielen Angebote annehmen und als Fotomodell arbeiten sollte? Noch gab es Angebote von Agenturen. Aber David mochte das nicht. »Dein Gesicht und dein Körper gehören mir, Laura. Kannst du nicht verstehen, daß ich etwas, was ich liebe, nicht mit anderen teilen möchte?«

»Ich müßte ja keine Nacktbilder machen. Es gingen auch Modefotos ...«

»Ich möchte es nicht.«

»Ein Anruf für Sie, Madame. Der Herr hat seinen Namen nicht genannt. Ich soll nur ausrichten, er sei ein Freund von Ken.« Lily sagte es mit einem anzüglichen Unterton. Sie machte nie einen Hehl daraus, daß sie dieses junge Ding aus der Bronx, das durch Nacktfotos im »Hustler« zu zweifelhaftem Ruhm gelangt war, absolut nicht als Respektsperson empfand.

»Es ist gut, Lily. Sie können gehen.« Ihre Stimme klang heiser, als sie in den Hörer sprach. »Ja?«

»Laura Hart?« Der Anrufer war mindestens ebenso heiser wie sie. »Hier spricht Joe. Ich bin ein Freund von Ken. Sie kennen ihn?«

»Ja. Ja, natürlich.« Joe ... Joe ... der Name sagte ihr nichts.

»Ken und ich haben uns beim Entzug kennengelernt. Wir sind Freunde.«

»Wie geht es Ken?« Schon während sie diese Frage stellte, hatte sie ein komisches Gefühl, mehr noch: Sie hatte Angst.

»Schlecht. Um nicht zu sagen, beschissen.« Joe hustete, es klang, als zerreiße es ihm die Brust. »Er hängt wieder an der Nadel.«

»Nein! Nein, um Gottes willen! Seit wann?«

»Seit drei Monaten ungefähr. Irgendwelche Kumpels von früher haben ihm wieder Stoff beschafft. Er vegetiert nur vor sich hin und hat nie Geld für den nächsten Druck.«

»Oh, Scheiße!«

»Können Sie ihm helfen?«

»Wo ist er?«

»Wo er immer war. In diesem entsetzlichen Keller.«

»Ich weiß nicht, ob...«

»Laura! Soviel ich verstanden habe, hattet ihr etwas miteinander, Sie und Ken. Er kann Ihnen nicht gleichgültig sein. Sie müssen ihm helfen, er hat niemanden sonst. Er braucht Geld, und er...«

»Das ist nicht der richtige Weg.«

»Einen zweiten Entzug übersteht er nicht. Er braucht Geld, und Sie haben Geld.«

»Ich habe eine Kreditkarte. Kein Bargeld.«

»Laura!« Joes Stimme klang gereizt und erschöpft. »Ihr derzeitiger Lover ist einer der reichsten Männer hier im Land. Sie werden doch wohl in der Lage sein, in seiner Wohnung an etwas Bargeld heranzukommen!«

»Im Augenblick weiß ich wirklich nicht...«

O Ken, warum mußtest du das tun? Ich wollte ein neues Leben anfangen, ohne dich. Ich wollte alles vergessen. Ich wollte nie wieder zurücksehen!

»Aber Ken zwang Sie zurückzusehen«, sagte der Inspektor, »und natürlich gingen Sie auch zu ihm. Sie gaben ihm Geld.«

»Ja. Es war falsch, das wußte ich, aber wenn Sie einmal einen

Abhängigen erlebt hätten, der um den nächsten Druck bettelt, würden Sie mich verstehen. Ich konnte es nicht ertragen, Ken vor mir auf den Knien liegen und vor Verzweiflung weinen zu sehen. Es machte mich krank. Ich flehte ihn an, noch einmal einen Entzug zu machen, ich sagte, ich würde alles versuchen, ihm einen Platz zu beschaffen, aber er antwortete nur immer, er würde nie wieder so etwas machen, lieber wollte er sterben. Ich konnte ihn nicht zwingen, oder? Ich konnte ihm nur seine Situation erleichtern. Also gab ich ihm Geld.«

»Woher nahmen Sie das Geld?«

Laura begegnete Kellys Blick offen. »Ich stahl es von David. Sehen Sie, ich hatte eine Kreditkarte, und konnte damit Tag und Nacht einkaufen, was immer ich wollte. Aber natürlich keinen Stoff für Ken. Dafür brauchte ich Bargeld. Ich nahm, was ich fand.«

»Ist es Mr. Bellino aufgefallen?«

»Nein. Er hatte überhaupt keinen Überblick darüber, was an Bargeld in der Wohnung herumlag. Er hatte viele Fehler, aber er war nicht kleinlich. Es kam ihm nicht in den Sinn, jeden Cent zu kontrollieren, den er irgendwann irgendwohin legte.«

»Gingen Sie oft zu Ken?«

»Ziemlich häufig. Ich machte mir große Sorgen um ihn, weil es ihm zeitenweise sehr schlecht ging. Schließlich war ich fast jeden Tag bei ihm.«

»Und das«, fragte Kelly, »fiel David Bellino auch nicht auf?«

Laura zögerte. »Anfangs nicht. Er hatte viel zu tun, er war viel unterwegs. Ich sagte ihm, ich würde durch die Stadt bummeln, mir die schönen Geschäfte anschauen, im Central Park joggen oder am East River spazierengehen. Das schien ihm alles einzuleuchten.«

»Aber es gab dann doch Spannungen zwischen Ihnen?« fragte Kelly beharrlich.

»Mein Gott, Inspektor! Ja, es gab sie! Wir hatten Krach. David spürte, daß etwas los war. Er merkte es an meinem Verhalten. Es war eine furchtbare Zeit ... ich hatte so zwiespältige Gefühle David gegenüber. Ich hing an ihm, gleichzeitig konnte ich seine… nun, seine Nähe kaum ertragen, verstehen Sie? Und das merkte er. Er begriff ja sonst wenig von anderen, weil er 24 Stunden am Tag damit beschäftigt war, sich um sich selbst zu drehen, aber meine Distanz konnte selbst ihm nicht verborgen bleiben.«

Natürlich nicht. Sie hatte auf einmal Probleme, mit ihm zu schlafen. Speziell an Tagen, an denen sie Ken besucht hatte, und da sie das schließlich beinahe täglich tat, wurden ihre Schwierigkeiten immer massiver. Sie konnte die Gedanken an ihn, an den feuchten Keller, an seinen erbärmlichen Zustand nicht verdrängen. Die Sorgen um ihn machten ihr so schwer zu schaffen, daß sich ihr ganzer Körper verkrampfte. Sie begann unter Migräne zu leiden, hatte Asthmaanfälle und brach häufig grundlos in Tränen aus, und all diese Dinge benutzte sie, um nicht mit David schlafen zu müssen.

»Ich habe schon wieder solches Kopfweh, David, mir ist ständig zum Weinen zumute.«

Eines Abends, als sie wieder mit abgewandtem Gesicht neben ihm im Bett lag, starr und bewegungslos, und seine Hände ignorierte, setzte er sich plötzlich auf und knipste das Licht an. Laura blinzelte, geblendet von der Helligkeit. »Was ist los?«

»Was ist los? Das fragst du?«

»David…«

»Hör mal, glaubst du, ich bin ein Idiot? Ich merke nicht, daß sich zwischen uns etwas verändert hat? Es ist dir zutiefst unangenehm, wenn ich in deine Nähe komme, und du erwartest, daß ich das einfach so hinnehme, ohne Fragen zu stellen? Glaubst du nicht, daß du da zuviel verlangst?«

»Ich habe dir ja gesagt, es geht mir einfach nicht gut in der letzten Zeit.«

»Dafür würde ich gern den Grund wissen. Bist du krank? Brauchst du einen Arzt? Dann sag es, du weißt, ich verschaffe dir sofort den besten, den es gibt. Allerdings glaube ich nicht, daß deine zahlreichen neuen Leiden organische Ursachen haben. Das sieht eher nach seelischen Komplikationen aus.«

»Es ist nichts.«

»Und warum schläfst du dann seit Wochen nicht mehr mit mir?«

»Ich bin kein Automat. Keine Puppe, die du Nacht für Nacht bereitwillig in deinem Bett vorfindest. Ich habe doch auch ein eigenes Leben und...«

»Von deinem Leben spreche ich ja. Irgend etwas belastet dich.«

Laura schwieg eine Weile. Ihre Finger griffen in die Seide, mit der das Bett bezogen war. Unweigerlich kehrte die Erinnerung an die kalte, einsame Kammer zurück, in der sie früher geschlafen hatte. Es überraschte sie, wie deutlich ihr noch immer die Erinnerung im Nacken saß. Das war genau der Punkt, an dem David sie fest im Griff hatte. Ihre Angst vor dem früheren Leben. Sie fing an zu weinen, dachte an Ken und weinte noch heftiger. David seufzte. »Man kann mit dir kein vernünftiges Gespräch führen«, sagte er verärgert. »Jedesmal heulst du los. Was ist denn jetzt schon wieder?«

»Du würdest nie verstehen, was mich belastet«, schluchzte Laura. »Und es würde dich nicht einmal interessieren, wenn du nicht Angst hättest, es gäbe da etwas, was mich dir entfremden könnte. Du bist doch nur damit beschäftigt, mich immer mehr zu deiner Sklavin zu machen. Du würdest am liebsten noch meine Träume überwachen.«

»Was ist denn das für ein Unsinn? Tue ich nicht alles für dich? Ich glaube kaum, daß es irgendwo eine Frau gibt, die alle Wünsche so schnell und zu ihrer völligen Zufriedenheit erfüllt bekommt wie du. Ich möchte wirklich wissen, worüber du dich beklagst!«

»Ich weiß manchmal selber nicht mehr, was ich denken soll. Ich fühle mich so furchtbar eingesperrt. Und das alles, dieser unglaubliche Luxus, in dem du lebst, diese viel zu teuren Geschenke, die du mir machst... das bedrückt mich und macht mir Angst.«

David musterte sie kalt, aber hinter seiner eisigen Miene lauerte Furcht. »Angst hast du davor? Was du nicht sagst! Ausgerechnet du! Soll ich dir mal sagen, wovor du in Wahrheit Angst hast? Vor der Armut! Davor hast du eine solche Angst, daß dein ganzes Denken und Sinnen damit beschäftigt ist. Und du weißt ganz genau, daß du mich brauchst... nicht wahr, du weißt, was aus dir wird, wenn ich dich fallenlasse?«

Laura hörte auf zu weinen. »Aber du besitzt mich nicht«, sagte sie leise.

David lächelte zynisch, seine Züge bekamen etwas Brutales, und wer ihn nicht sehr genau kannte, hätte nie geahnt, daß seine Grausamkeit seiner Unsicherheit entsprang. »Doch, mein Schatz«, sagte er. »Ich besitze dich, weil du leider käuflich bist, und wer sich kaufen läßt, ist nicht frei. Du weißt, wie erbärmlich das Leben sein kann, niemand weiß das besser als du. Wenn du klug bist, riskierst du es nicht, das noch einmal zu erleben.«

Lauras Stimme war leise geworden, während sie erzählte, sie ging am Ende über in ein Flüstern, so daß alle Anwesenden Mühe hatten, sie zu verstehen.

Eine Weile sagte niemand etwas, dann brach schließlich Gina das Schweigen. »Sie waren nicht glücklich mit David, weiß Gott nicht!« sagte sie.

Laura antwortete: »Ich war sehr unglücklich. Und ich hatte Angst. Ich wußte, daß David toben würde, wenn er von meinen regelmäßigen Besuchen bei Ken erführe, und davon, daß ich für ihn Geld gestohlen hatte.«

»Verständlich«, meinte Kelly, »davon wäre kein Mann sonderlich begeistert, oder?«

»David hat es verdient«, sagte Laura hart.

Kelly fixierte sie wie die Schlange das Kaninchen. »Hat er es auch verdient, erschossen zu werden?«

Laura brach in Tränen aus.

»Einspruch, Euer Ehren«, sagte Gina. »Sie schüchtern die Zeugin ein!«

Laura wischte sich die Tränen ab. »Irgendwie ist jetzt alles egal«, sagte sie. »Fragen Sie, was Sie fragen möchten, Inspektor. Ich werde Ihnen antworten.«

Kellys Gesicht nahm einen väterlichen, wohlwollenden Ausdruck an. »Sie wollen uns also reinen Wein einschenken, Miss Hart? Wie schön! Sie haben Ken und seine Freunde in die Wohnung gelassen. Sie wurden zum Schein von ihnen gefesselt, Sie täuschten vor, selber Opfer zu sein, dabei waren Sie in Wahrheit Täter. Geben Sie das zu?«

Laura atmete tief durch, dann stand sie auf. Sie war sehr klein, dennoch wirkte sie imponierend. Die vielen Rubine, das teure Kleid schienen zu schwer für sie, es war, als erdrückten sie das zarte Gesicht. Aber gerade das verlieh ihr einen Ausdruck von Würde, von dem sie selber wohl nicht einmal etwas ahnte.

»Okay«, sagte sie, und es klang gelassen, »okay, Inspektor, damit Sie heute noch zu einem Erfolgserlebnis kommen. Ja, ich habe alles arrangiert. Ich habe die als Lieferanten getarnten Einbrecher in die Wohnung gelassen und mich zum Schein von ihnen fesseln lassen. Es tut mir weder jetzt leid, noch hatte ich zuvor irgendwelche Skrupel, denn David erstickt im Geld, und es schadet ihm nicht im mindesten, etwas davon abzugeben. Allerdings habe ich es nicht aus freien Stücken getan. Kens Freunde haben mich gezwungen.«

»Kens Freunde?«

»Kumpels, Typen aus seinem Milieu, nennen Sie es, wie Sie wollen«, erklärte Laura ungeduldig. »In der Bronx, wissen Sie, geht es auch unter sogenannten Freunden nicht so fein zu wie in Ihren Kreisen. Jeder von diesen Typen hat ein Ziel, ein einziges: an Geld zu kommen, um sich den nächsten Druck setzen zu können. Verstehen Sie? Sonst ist überhaupt nichts wichtig. Und die lassen jeden über die Klinge springen, wenn sie dafür einen Vorteil haben. Da kann man sich keine vornehmen Gefühle leisten, Treue und Freundschaft und Loyalität, Liebe… wenn Sie einen Druck brauchen, dann scheißen Sie auf alles.«

»Kens Freunde hatten etwas davon gemerkt, daß Sie ihm regelmäßig Geld brachten?«

»Klar hatten die das gemerkt. Irgendeiner war immer da, außerdem erzählte es Ken überall herum. Ich war bekannt wie ein bunter Hund.«

»Und Sie fürchteten nicht, das könnte Sie einmal in Schwierigkeiten bringen?«

»Fürchten? Ich habe gezittert vor Angst! Hunderttausendmal habe ich mir gesagt: Du gehst da nicht mehr hin. Du siehst Ken nie wieder. Du hältst für niemanden den Kopf hin. – Aber dann bin ich doch wieder hingegangen. Ich konnte ihn nicht in seinem Elend allein lassen. Jeden Tag dachte ich, vielleicht ist das heute sowieso das letzte Mal. Es ging ihm so schlecht, wissen Sie.«

»Und außerdem liebten Sie ihn«, sagte Kelly sachlich.

Darauf erwiderte Laura nichts, denn sie empfand es als überflüssig – sie hatte ihn mehr geliebt als irgend etwas sonst auf der Welt, aber das würde keiner hier verstehen. Sie hatte alles an ihm geliebt, seinen täglichen Kampf gegen den Tod, seine Sehnsucht nach ewigem Frieden, seine mageren, zerstochenen Arme, die Zartheit seiner knochigen Finger. Wer würde begreifen, daß sie seinen Verfall gehaßt und verflucht, daß sie seinen Tod gleichzeitig ersehnt und gefürchtet hatte? Es gab wenig Menschen, die Widersprüche verstanden. Sie hatte Ken geliebt, sich von David abhängig gefühlt, sie hatte beide gefürchtet und sich von ihnen zu befreien versucht. Wer würde das je begreifen, diesen inneren Zwiespalt, den sie hatte aushalten müssen? Sie blickte sich um, und zu ihrer Verwunderung entdeckte sie in den Augen der drei anderen Frauen einen Ausdruck, den sie zunächst nicht zu deuten wußte – bis ihr dann aufging, daß es Solidarität war, ein freundschaftliches Verstehen. Sie wissen, dachte sie erstaunt, sie begreifen, wie alles gekommen ist, und was ich empfunden habe.

2

Bis heute kannte sie nicht die Namen von den Leuten, die ständig um Ken herumhingen. An dem Tag, an dem sie zum ersten Mal von ihnen bedrängt wurde, hatte sie Ken gerade hundert

Dollar gebracht. Ken war außer sich vor Glück. »Du bist ein Schatz, Laura. Ich weiß nicht, was ich ohne dich täte.«

Es ging ihm ein wenig besser als in den Tagen vorher, aber Laura hatte gelernt, darauf nichts zu geben. Es konnte sich von Stunde zu Stunde ändern. Er hockte auf seiner Matratze, in seinen uralten Jeans, die steif waren von Dreck, im dunklen Rollkragenpullover, über dem sein Gesicht sehr bleich war. Mit geschickten Fingern drehte er sich eine Zigarette.

»Mein Gott, Laura«, sagte er, »wenn ich hier irgendwann mal rauskäme. Weg von der ganzen Scheiße. Irgendwohin, wo es schön ist, und wo man sich keine Sorgen zu machen braucht. Dahin, wo du bist!« Er starrte sie an. »Wie hübsch du aussiehst, Laura!«

Sie trug ein moosgrünes Wildlederkostüm unter ihrem Mantel, weiche Lederhandschuhe an den Händen, kleine Diamanten in den Ohren. Sie empfand sich selber als provozierend.

»Ich habe auch Sorgen, Ken. Mehr als du denkst!«

Von der Tür her kam ein leises Lachen. Laura drehte sich um und sah einen hübschen, dunkelhaarigen Jungen, den sie schon zwei- oder dreimal bei Ken getroffen hatte. Er war ganz in schwarzes Leder gekleidet und hatte im Stiefelschaft ein Messer stecken. In seiner Gesellschaft befanden sich zwei blonde, magere Kerle, von denen zumindest einer mit Sicherheit auch an der Nadel hing. Sie sahen aus wie schmallippige, pickelige Vorstadtzuhälter.

»Sieh an«, sagte der Dunkelhaarige. »Madame hat auch Sorgen. Genau wie die armen Schweine in der Bronx. Dabei läßt sie sich doch von einem Multi ficken! Machen die das eigentlich besser als wir?«

»Halt deinen Mund, Joe«, sagte Ken, aber es klang keineswegs verärgert. Alles, was Ken sagte oder tat, war von einer gewissen Emotionslosigkeit. Die Drogen nahmen ihm jegliche Energie. Er regte sich über nichts wirklich auf, noch freute er sich über irgend etwas. Seine Apathie nahm mit jedem Tag zu.

Laura erhob sich. »Ich gehe dann wohl besser«, sagte sie eisig. Als sie durch die Tür wollte, vertrat Joe ihr den Weg. »Nicht so eilig – Laura!« Er sprach ihren Namen mit Betonung aus. »Es gibt ja vielleicht noch ein paar Dinge, die wir bereden könnten.«

»Ich will jetzt gehen.«

»Wartet dein reicher Lover auf dich?«

»Laß mich vorbei, Joe!«

»Das sind meine Freunde Ben und Jay.« Joe verwies auf die blonden Jungs, die anzüglich und dümmlich grinsten. »Wir drei haben uns etwas überlegt.«

Er schüchterte Laura ein. Dieser Joe verfolgte einen Plan.

»Ken...« sagte Laura bittend.

Ken fühlte sich wohl etwas unbehaglich. »Laß dir doch von Joe erzählen, was er vorhat, Laura.«

»Ach so. Du bist also schon vollkommen im Bilde. Phantastisch, Ken, wirklich. Vielleicht hättest du schon einmal vorher deinen Mund aufmachen können.«

»Paß auf, Mäuschen«, sagte Joe, »dein Lover ist ein verdammt reicher Kerl. Der schwimmt im Geld. Wahrscheinlich habt ihr ein unheimlich feines Appartement da in der Fifth Avenue, was? Goldene Löffel, Schmuck, Bilder und Teppiche. Liegt da haufenweise herum, was? Wahrscheinlich muß man es nur einsammeln.«

Laura schwieg. Sie blieb auf der Hut, schaute Joe mißtrauisch und abwartend an. Jay zog ein Springmesser hervor, ließ es vor- und zurückschnappen.

»Hör auf mit deinem Unsinn«, fuhr Joe ihn an. Dann zauberte er wieder ein Grinsen auf sein Gesicht. »Weißt du was, Laura-Baby? Ich gehe jede Wette ein, daß dein Lover sauwütend wäre, wenn er wüßte, daß du dich hier fast jeden Tag mit deinem Ex-Freund in 'nem schmuddeligen Keller triffst und ihm dabei noch jede Menge Kohle zusteckst. Was meinst du?«

Laura musterte ihn kalt. »Was willst du, Joe?«

»Ken, deine Maus kapiert schnell. Cleveres, kleines Ding.«

»Was willst du, Joe?«

Joe hob abwehrend die Hände. »Nicht so feindselig, Maus. Ich hab' mir gedacht, wir könnten Freunde werden, und dann etwas gemeinsam machen.«

»Und was?«

»Du magst mich nicht, wie?«

»Ich werde nicht gern erpreßt.«

»Nicht frech werden, ja?« fauchte Joe. Jay ließ sein Messer wieder aufspringen. Jetzt schaltete sich Ken ein. »Laura, versteh das doch. Der Mann hat soviel Geld. Der merkt es ja überhaupt nicht, wenn etwas fehlt.«

Laura fuhr herum, Zorn blitzte in ihren Augen. »Und das gibt jedem das Recht, ihn zu bestehlen? Glaubt ihr denn selber, was ihr sagt? Ken, ich bestehle David nur für dich, für dich ganz allein! Für niemanden sonst!«

»Wie rührend«, bemerkte Joe spöttisch. Jay warf sein Messer in die Luft und fing es wieder auf. Seine Begabungen schienen sich auf diese Tätigkeit zu beschränken.

»Joe, laß uns allein«, befahl Ken. »Ich spreche mit Laura.«

Joe zögerte. »Aber sag ihr alles!«

»Klar. Ihr könnt gehen. Ich bring das in Ordnung.«

»Da bin ich aber gespannt«, warf Laura ein.

Nach einigem Hin und Her erklärte sich Joe bereit, zumindest vorläufig das Feld zu räumen. Ben, der bislang kein Wort gesagt hatte, begehrte noch einmal auf. »Es ist aber auch unsere Geschichte, Ken!«

»Okay, okay. Wenn ich euch brauche, sage ich es. Jetzt laßt mich doch erst einmal mit ihr allein.«

Die drei zogen ab. Laura setzte sich. »Hast du eine Zigarette für mich?« fragte sie. Ken schüttelte den Kopf. Sie seufzte. »Na gut. Hör zu, Ken, soweit ich das verstanden habe, wollen deine sogenannten Freunde mich erpressen, und ich habe das Gefühl, du machst mit ihnen auch noch gemeinsame Sache!«

»Nein, Laura, ich kann nur nichts verhindern.« In seinen schmalen, blaugrünen Augen war kein Bedauern.

»Was verhindern?« fragte sie. »Was haben Joe und die anderen vor?« Eine leise, erste Angst stieg in ihr auf.

»Wir haben nur so ein paar Sachen überlegt«, erwiderte Ken ausweichend, »weißt du, wenn man irgendwie in die Wohnung kommen könnte… einige Dinge mitnehmen…«

»Stehlen!«

»Gut, stehlen. Aber es ist doch nicht gerecht, daß die einen alles haben und die anderen nichts.«

»Du redest wie ein Kind, Ken. Ich mache da nicht mit.«

»Kunststück! Du hast ja auch alles, was du brauchst. Du mußt dir keine Gedanken um den nächsten Tag machen. Du hast es geschafft.«

»Glaubst du?«

Er musterte sie von Kopf bis Fuß. »Schau dich doch an«, sagte er bitter.

Laura lächelte, es war ein gleichzeitig zynisches und sehr verletzliches Lächeln. »Du kennst mich überhaupt nicht, Ken. Sonst würdest du auf diese kunstvolle Verpackung nicht hereinfallen. Kleider, Schmuck, feine Schuhe – glaubst du, das ändert etwas? Ken, ich sage dir, es ändert überhaupt nichts. Unter all dem Geklimpere bin ich dasselbe Mädchen, das ich immer war, das Mädchen, das nachts durch die Straßen irrt und seine betrunkene Mutter sucht, das sich einsam fühlt, verfroren und allein. Ken, es wird nie anders werden. Ich werde immer Angst haben, mein Leben lang. Ich werde immer allein sein. Niemand und nichts kann mir das nehmen.«

Ken kam auf sie zu, nahm ihre beiden Hände. »Du hast mich, Laura.«

Dich, dachte sie hoffnungslos. Dieses intelligente, empfindsame Gesicht. Und die zerstochenen Arme... Ken, du Idiot, ohne das Heroin hättest du es schaffen können! Du hättest eine Chance gehabt!

»Liebst du diesen anderen Mann?« fragte Ken leise. Diese zarten, goldenen Punkte in seiner Iris... da war eine Spur von Leben, von Gefühl und Anteilnahme.

Laura fiel etwas ein, was June gesagt hatte, irgendwann vor sehr langer Zeit: »Keine Frau vergißt ihren ersten Mann.« Sentimentaler Unsinn, hatte sie gedacht, aber heute ging es ihr durch den Kopf: Ich werde ihn nie vergessen...

Später wußte sie nicht mehr zu erklären, woher plötzlich die Sehnsucht gekommen war, ihm ganz nah zu sein. Der eiskalte, feuchte Keller, in den nur ein Streifen trüben Herbstlichtes sickerte, hatte nichts Einladendes. Die Matratze mit der dünnen zerfransten Wolldecke darauf stank nach Bier. Vielleicht war es wirklich nur Erinnerung an etwas, was vor langer Zeit hier zum ersten Mal geschehen war. Laura dachte nicht mehr nach. Sie zitterte vor Kälte, nachdem sie ihren Mantel und ihr Kostüm abgelegt hatte, und ihre Zähne schlugen aufeinander, als sie sich auf die Matratze legte; sie starrte auf die kahlen Wände ringsum und lauschte dem leisen Pling-Plong, mit dem irgendwo Wasser auf den steinernen Fußboden tropfte. Und dann war alles wie einst: die Kälte, die Finsternis, und Laura lag in Kens Armen, diesen zerstochenen Armen, und sie roch seinen schlechten Atem, der bereits den Tod versprach. Sie war wieder in der Welt, die sie nie verlassen hatte, nie verlassen würde.

So schweigend, wie sie sich hingelegt hatten, standen sie auf. Während sie sich anzogen – Ken seine uralten Jeans, Laura ihre Strumpfhose mit dem Straß-Emblem YSL für Yves Saint Laurent – sagte Ken: »Laura, Joe meint es ernst. Er will bald David Bellino alles über uns erzählen, wenn du ihm und seinen Freunden nicht Eintritt in das Penthouse verschaffst. Ich kenne Joe. Er hat uns anderen etwas Entscheidendes voraus – er ist clean. Wenn er sich etwas in den Kopf gesetzt hat, führt er es auch durch.«

»Ich kann ihm nicht helfen, und ich will es auch nicht.«

»Dann liebst du diesen Mann doch?«

Mit einer heftigen Bewegung zog sie ihren Rock über die Hüften. »Ich brauche ihn, Ken, verdammt noch mal, verstehst du das denn nicht? Ich will nie wieder arm sein! Ich habe Angst vor der Armut, mehr Angst als vor allem anderen. Solange ich David habe, kann ich das hier verdrängen. Ich wache nachts nicht mehr schreiend auf und fürchte mich nicht, abends einzuschlafen. Es ist nicht das Zeug, das ich an mir habe, tolle Kleider, Parfums, Schmuck; darauf scheiße ich, wenn du es genau wissen willst! Aber auf die Sicherheit, in der ich lebe, kann ich nicht verzichten. Ich weiß, daß ich genug zu essen bekomme. Daß ich nicht frieren muß. Daß ich gute Ärzte habe, wenn ich krank werde. Daß ich… daß ich…« Ihre Stimme brach; während ihr die Tränen über die Wangen liefen, schrie sie: »Daß ich nicht wie meine Mutter enden werde! Als aufgedunsene, versoffene, stinkende Leiche im Schnee! O Ken, ich werde meine Sicherheit nicht aufs Spiel setzen, nie, ich werde sie nicht riskieren!« Sie weinte und weinte, und Ken zog sie an sich. Sie hörte ihn sagen: »Du bist viel unsicherer als früher, Liebling, merkst du das nicht?« Sie weinte heftiger, weil sie wußte, er hatte recht, und weil ihr klar war, er würde sterben, so wie Mum, und auf dieser ganzen gefährlichen, schwankenden, unberechenbaren Welt würde ihr als letztes nur David Bellinos Geld bleiben – das Geld, das sie abhängig machte und käuflich und erpreßbar. Sie würde ihre Seele geben für Davids Geld. Nie war ihr das so bewußt gewesen wie in diesem Moment, in diesem Keller, in Kens Armen.

3

Mary wählte ihre Londoner Nummer, und sie tat es mit einer an ihr ungewohnten Aggressivität. Mit einem Blick auf die Uhr stellte sie fest, daß es fast Mitternacht war. Sie riskierte es bewußt, Peter zu wecken.

Inspektor Kelly hatte sie endlich gehenlassen. Vermutlich war ihm klargeworden, daß er heute nichts mehr herauskriegen würde. Rote Augen hatte sie vom Zigarettenrauch, eingefallene Wangen vor Erschöpfung. Gina hatte es ausgesprochen: »Wir mußten erst noch den Mord verdauen, da haben Sie uns schon im Galopp durch unser Leben gejagt. Was glauben Sie, wie es in uns aussieht? Wir sehnen uns danach, allein zu sein. Wir sind aufgewühlt und völlig fertig mit den Nerven.«

Kelly gab schließlich nach. Alle standen auf und streckten ihre schmerzenden Glieder. Keiner sprach ein Wort, während sie über den Gang in ihre Zimmer gingen. Nur Natalie hatte sacht Marys Arm berührt. »Können wir uns einen Moment unterhalten, Mary?«

»Natürlich. Komm mit in mein Zimmer.«

Das Ergebnis des Gesprächs war, daß Mary nun ihren Mann Peter anrief. Sie ließ es so lange klingeln, bis schließlich am anderen Ende jemand abnahm. Zuerst hörte sie nur ein Stöhnen und Grunzen. Dann kam Peters leise, gequälte Stimme. »Ja?«

»Peter? Hier ist Mary.«

Eine Sekunde verging, in der Peter wahrscheinlich ungläubig staunend den Telefonapparat betrachtete. Dann brach es aus ihm heraus. »Bist du wahnsinnig geworden? Du kannst doch nicht schon wieder... Verdammt noch mal, ich habe noch geschlafen! Es ist sechs Uhr morgens! Ich...«

Mary blieb ebenso ruhig wie kalt. »Peter, hör mir bitte zu. Bei mir ist es fast Mitternacht, ich bin sehr müde, und ich möchte mir nicht dein Geschrei anhören. Es ist mir gleich, ob du geschlafen hast oder nicht.« Sie machte eine kurze Pause und sah sich nach Natalie um, die hinter ihr stand und ihr beruhigend zunickte. Mary atmete tief durch und fuhr fort: »Peter, es haben sich hier ein paar Komplikationen ergeben. David ist erschossen worden...« Während sie das sagte, dachte sie: er muß glauben, ich sei übergeschnappt! »... und wir werden möglicherweise länger in New York bleiben müssen.«

»Wie bitte?« fragte Peter ungläubig.

»David ist tot. Vorläufig darf keiner von uns New York verlassen.«

»Das gibt's ja gar nicht!«

»Doch. Weshalb ich anrufe, Peter: Ich werde nicht zu dir zurückkehren. Ich werde zusammen mit meiner Tochter nach Frankreich gehen – zu Natalie. Sie hat mir angeboten, daß ich bei ihr wohnen kann. Ich möchte dann sobald wie möglich die Scheidung. Du kannst deine eigenen Wege gehen.«

Peter konnte nichts anderes denken, als daß er sich in einem bösen Traum befände. »Was redest du da für einen verdammten Unsinn?« brachte er schließlich heraus.

»Halt es ruhig für Unsinn, Peter, das ist mir gleich. Mir wird von nun an ganz gleich sein, was du tust oder denkst. Du kannst den ganzen Tag in deinen Kneipen herumhängen und dich besaufen anstatt auf Arbeitssuche zu gehen. Du...«

»Was bildest…«

»Du kannst auch jede Hure mit nach Hause bringen, die du irgendwo auf der Straße findest. Weder mein Kind noch ich werden das miterleben, daher kann es uns auch ganz kaltlassen.«

»Du bist völlig verrückt geworden.«

»Nein, Peter. Verrückt war ich all die Jahre, in denen ich mich von dir habe demütigen lassen, in denen ich mich vor dir gefürchtet und jeden Tag von neuem um ein Lächeln oder ein freundliches Wort von dir gebuhlt habe. Es war die Hölle, mit dir zu leben, und ich habe nicht vor, den Rest meines Lebens in einer Hölle zu verbringen. Du hast mir Zeit und Freude und Selbstvertrauen gestohlen, und das werde ich dir nie verzeihen! Ich will mit dir nie mehr etwas zu tun haben, und versuch ja nicht, mich zurückzugewinnen! Du widerst mich an!« Damit legte sie den Hörer auf und sofort schossen ihr die Tränen in die Augen. »Tut mir leid, Natalie, ich weine bestimmt nicht aus Kummer, sondern nur, weil mir das alles so an die Nerven geht. Weißt du, ich… ich hab' noch nie so mit jemandem geredet…«

Natalie trat an die Zimmerbar, nahm ein Glas und schenkte einen Schnaps ein. »Hier, trink das erst mal! Mary, es war unbedingt nötig, daß du dich deiner Haut gewehrt hast. So konnte das nicht weitergehen.«

Marys Tränen versiegten so rasch, wie sie gekommen waren; in einem Zug leerte sie das Glas. »Ich fühle mich stark, Natalie. Und frei. Sag mir, warum habe ich so viele Jahre mit diesem Auftritt gewartet?«

»Du hast das Unglaubliche in Peters Verhalten nie richtig kapiert. Wenn man mitten drinsteckt in einer Geschichte, überschaut man sie oft nicht. Insofern war alles, was hier passiert ist, sehr gut für dich. Du mußtest deine Vergangenheit aufrollen, um zu erkennen, daß die Zukunft nur anders aussehen darf.« Natalie zündete sich eine Zigarette an und setzte sich aufs Sofa. »Ich bin überhaupt nicht müde. Komisch, nicht? Vorhin dachte ich, ich schlafe auf der Stelle ein. Aber jetzt…« Sie blies nachdenklich ein paar Rauchkringel in die Luft. »Was meinst du, wer David erschossen hat?«

Mary zuckte mit den Schultern. »Die Einbrecher.«

Natalie schüttelte langsam den Kopf. »Das glaube ich nicht. Nein, ich fürchte, so einfach ist die Sache nicht.«

Inspektor Kelly und Sergeant Bride fuhren durch das nächtliche Manhattan. Bride gähnte jetzt ohne Unterbrechung, und er gab sich nicht die geringste Mühe, seine Müdigkeit zu verbergen. Er hoffte, Kelly werde die Fortsetzung der Verhöre für den nächsten Morgen nicht zu früh ansetzen, obwohl das fast zu erwarten war.

Als könnte er Gedanken lesen, sagte Kelly genau in diesem Moment: »Ich möchte in aller Frühe diesen Ken aufsuchen, den Freund von Miss Hart. Am besten, Sie holen mich um spätestens halb sieben in meiner Wohnung ab. Danach fahren wir dann in die Fifth Avenue zurück. Einverstanden?«

Bride knurrte etwas. Er war nicht im mindesten einverstanden, aber er bezweifelte, daß Kelly sich davon stören ließ. Seine ganze Hoffnung war dieser heroinsüchtige Junge, der vielleicht die Geschichte ein Stück weiterbringen konnte.

»Halten Sie dort an dem Supermarkt«, sagte Kelly, »ich möchte noch etwas Brot und Käse für mein Frühstück kaufen. Soll ich Ihnen etwas mitbringen?«

»Nein«, brummte Bride. Seine Frau war eine perfekte Hausfrau, die darauf achtete, daß sich immer genügend Vorräte im Kühlschrank befanden. Er schaute auf seine Armbanduhr. Kurz vor Mitternacht! Typisch für die verschlampte, ungeordnete Lebensart von Inspektor Kelly, daß es ihm um diese Zeit einfiel, was er fürs Frühstück brauchte. Wahrscheinlich hatte er keinen Krümel Brot mehr, höchstens ein bißchen angesäuerte Milch und verstaubte Kekse. Bride kannte das, es gab solche Leute, und er verstand sie nicht im geringsten.

Mit offenem Mantel und flatterndem Schal rannte Kelly in den Supermarkt, schnappte sich einen Wagen und ließ seine Blicke durch die Regale gleiten. Eine Packung Knäckebrot – für die schlanke Linie –, etwas verpackten Käse, eine Teewurst… was wollte er noch… ach ja, Butter!

Vor dem Regal standen ein Mann und eine Frau und verbauten jedem anderen Kunden den Zugriff. Sie waren in eine hitzige Debatte verstrickt.

»Du weißt überhaupt nichts«, sagte der Mann. »Du wirfst mit Verdächtigungen um dich, und keine einzige davon kannst du beweisen! Frag doch meine Freunde, sie werden dir alle ganz genau sagen können, wo ich gewesen bin!«

»Oh, davon bin ich überzeugt, daß sie das können, nachdem du sie ganz genau präpariert hast!« entgegnete die Frau höhnisch. »Ihr haltet doch felsenfest zusammen, und ich kann mir gut vorstellen, wie ihr eine perfekte Strategie entwickelt habt, mit der ihr mich hinters Licht führen könnt. Ich hätte euch keine Sekunde mehr zusammenlassen dürfen, nachdem ich den ersten Verdacht gefaßt hatte.«

Kelly starrte sie an. Ihrem Mann fiel das plötzlich auf; etwas zu grob packte er sie am Arm und zog sie mit sich fort. »Wir sind hier nicht allein. Daß du immer unsere Auseinandersetzungen in die Öffentlichkeit zerren mußt!« Zeternd entfernten sie sich. Kelly schaute dem streitbaren Paar sinnend nach. Eine Glocke hatte in seinem Kopf geschlagen, als er die Worte hörte. »Ihr haltet felsenfest zusammen ... ich hätte euch keine Sekunde mehr zusammenlassen dürfen ...«

Etwas hatte ihn den ganzen Tag über während der Verhöre irritiert, nun wußte er, was es gewesen war: Die Beziehung zwischen den Verdächtigen, zwischen den vier Gästen und Laura, hatte sich gewandelt. Noch am Morgen, das war Kelly klar, hätte keiner für den anderen seinen Kopf hingehalten. Aber während die Lebensgeschichten aufgerollt wurden, während sie alle im Geiste noch einmal die Jahre durchgingen, die vergangen waren, während der tote David noch einmal lebendig wurde, wuchs das Gemeinschaftsgefühl zwischen ihnen. Kelly begriff, was er am Abend instinktiv empfunden hatte: die geballte Solidarität, die ihm plötzlich entgegenschlug. Auf einmal saßen ihm nicht länger fünf Einzelpersonen gegenüber, von denen jede nur ihre eigenen Interessen im Kopf hatte, sondern eine verschworene Gemeinschaft. Eine völlig veränderte Situation ...

Ohne die Butter trabte Kelly zur Kasse, zahlte und verließ das

Geschäft. Irgendwie hatte er das Gefühl, es war nicht richtig gewesen, Natalie und Gina, Steve, Mary und Laura allein zu lassen, irgendwie sagte ihm eine innere Stimme, er sollte zurückfahren.

Oder sollte er wenigstens diesen Ken jetzt gleich aufsuchen?

Durch das Seitenfenster des parkenden Wagens konnte er Brides Profil sehen. Himmel, blickte der Mann mißmutig drein! Er gähnte schon wieder, gleich darauf noch einmal. Wenn er dem jetzt sagte, er wolle zurückfahren in David Bellinos Appartement oder zu dem drogensüchtigen Ken, er würde wahrscheinlich das Auto vor Wut gegen die nächste Hauswand steuern. Kelly seufzte, öffnete die Beifahrertür und ließ sich auf den Sitz fallen. »Die Butter«, sagte er resigniert, »ich habe die Butter vergessen.«

Bride warf ihm einen Blick zu, als wolle er ihn ermorden. Kelly machte eine ungeduldige Handbewegung. »Okay, okay, ist nicht so wichtig. Fahren Sie weiter. Ich brauche ja nicht unbedingt Butter aufs Brot!«

Er hatte allein sein wollen, nichts als allein sein. Er war müde, und sein Leben lag vor ihm ausgebreitet wie eine einzige große Mixtur aus Chaos und Angst, aus vergeblicher Hoffnung und zerschlagenen Träumen. Alles hätte so schön sein können, sein Leben war ihm vorgekommen wie ein weicher, hübscher, gepflegter Teppich, der die Füße streichelt, die über ihn gehen. Zum erstenmal an diesem Abend, in diesen Minuten fragte sich Steve, ob man das Recht hatte, so ungeniert durchs Leben zu gehen, wie er das bis zu jenem Tag im Gerichtssaal getan hatte. Hatte er zu gut gelebt, war zu sehr verwöhnt und gehätschelt worden? »Du wirst nie ein Rückgrat haben«, hatte Gina oft zu ihm gesagt, die stählerne Gina, die an allen Schwierigkeiten nur immer stärker wurde. Er hatte sie beobachtet, als Kelly über Johns Tod sprach. Ihre Augen hatten verraten, daß diese Wunde unvermindert heftig in ihr brannte. Aber sie zeigte keine Schwäche. Als sie die Nachricht bekam, John sei mit dem Flugzeug abgestürzt, hatte sie am Boden gelegen, aber sie hatte die Zähne zusammengebissen und war aufgestanden.

Wann habe ich je die Zähne zusammengebissen? fragte sich Steve. Und wann bin ich je aufgestanden?

Er betrachtete sein Gesicht im Spiegel. Sein graues Gefängnisgesicht. Das Schlimme an einem Gefängnisgesicht war nicht einmal diese furchtbare Blässe, dieses Fehlen jeglicher Farbe auf den Wangen. Das Schlimme war, die Poren wurden so groß! Früher hatte er nie festgestellt, daß seine Haut überhaupt Poren hatte, und jetzt war sein Gesicht aufgedunsen, ständig leicht schwitzend, glänzend. Steve bildete sich ein, jeder werde es ihm sofort am Gesicht ansehen, daß er im Gefängnis gewesen war.

Diese IRA-Bombe! O Gott, diese verdammte IRA-Bombe! Wie oft hatte er an sie gedacht, wie oft sie verflucht. Alles hatte sie ihm kaputtgemacht. Mit der Nase zuerst in den Dreck hatte sie ihn gestoßen, und dann war er nie wieder aufgestanden. Er besaß nicht Ginas Kraft. Auch nicht Natalies Zähigkeit, mit der sie sich verbissen durchs Leben schlug, ihr Scheißvalium schluckte und dachte, sie werde draufgehen eines Tages, und trotzdem nicht aufhörte, jeden Morgen von neuem den Kampf gegen ihre Ängste aufzunehmen. Nein, er hatte keine Kraft mehr, und wenn er sie hatte, so fand er sie nicht in sich. Am Spiegel vorbei starrte er zum Fenster hinaus, hinter dem still und schweigend die eisige Nacht lag. Es hatte aufgehört zu schneien. Steve erinnerte sich an früher – als Kind hatte er einmal mit seinen Eltern und Alan den Winter in der kanadischen Wildnis verbracht. Auf einer Farm, die sein Vater gemietet hatte. Sie waren tagelang eingeschneit gewesen, aber das hatte keinen gestört, weil es ein so wundervolles Leben in dem alten hölzernen Haus gewesen war. In den Nächten sanken die Temperaturen weit unter den Gefrierpunkt, und wenn Steve morgens aufwachte, konnte er nicht hinausschauen, weil alle Fenster mit dicken Eisblumen bedeckt waren. In den Abendstunden saßen sie alle vor dem gewaltigen, steinernen Kamin im Wohnzimmer, hörten zu, wie sich die Flammen knisternd in die Holzscheite fraßen, tranken heißen Kakao aus großen Bechern und aßen Weihnachtsgebäck. Draußen fiel Schnee… und Steve versuchte sich vorzustellen, wie es sein mußte, wenn man sein ganzes Leben in dieser Einsamkeit verbrachte, wie man hinauslauschte und lernte, die Sprache der Natur zu verstehen, wie man das Rauschen des Tauwindes nach den langen Wintern ersehnte, diesen warmen, stürmischen Wind, der durch die Kiefern jagte und den Schnee zum Schmelzen brachte.

Warum dachte er gerade jetzt so intensiv daran? Mit demselben wehmütigen Herzen, mit dem er sich im Gefängnis ständig an das rosenumrankte Ferienhäuschen auf den Scillyinseln erinnert hatte? Wieso gingen ihm gerade diese Bilder immer wieder im Kopf herum, Bilder von Rosen und Schnee, von blauem Sommerhimmel und kristallenen Eisblumen, von Meeresrauschen und warmen Kaminfeuern? Irgendwo dämmerte in ihm eine seltsame Erkenntnis: Dieses Leben war immer seine geheime Sehnsucht gewesen, nur hatte er das nicht gewußt. Der junge, eitle Mann, der in teuren Aftershaves und schicken Pullovern schwelgte, der achtlos an der kleinen Mary Brown vorüberging und von einer steilen Bankkarriere träumte, dieser Mann hatte seine wirklichen, seine tiefsten, seine wahren Wünsche nicht erkannt. Was hatte er stets verkündet? »Ich will einen Porsche. Ich will ein superschickes Appartement. Ich will eine Uhr von Cartier. Ich will Mitglied im feinsten Londoner Club sein. Ich will nur maßgeschneiderte Anzüge tragen. Ich will, ich will...«

Jetzt auf einmal, jetzt fiel es ihm wie Schuppen von den Augen: Das alles hatte er ja überhaupt nie gewollt! Zum Teufel mit einem Porsche und den maßgeschneiderten Anzügen! In Wahrheit ließen sie ihn so kalt wie nichts sonst. Wahrheit... die Wahrheit war, er hatte sich immer nur nach Wärme gesehnt und nach Geborgenheit. Und nach einer Frau wie Mary. Was hatte sie noch gesagt von ihren Träumen aus Kindertagen? Ein Haus inmitten einem Garten voller Blumen... Er hoffte, daß sie noch wach war. Leise verließ er sein Zimmer.

Gina setzte sich in ihrem Bett auf. Sie hatte nicht das Gefühl, daß irgend jemand in dieser Wohnung schlief. Vor fünf Minuten erst hatte sie draußen an ihrer Zimmertür etwas vorbeihuschen gehört. Und jetzt lief schon wieder jemand den Gang entlang. Entschlossen stand sie auf, griff nach dem weißen Morgenmantel. Als sie am Spiegel vorbeikam, merkte sie, daß sie vergessen hatte, sich abzuschminken, und daß sich die Wimperntusche verschmiert hatte. Das gab ihr ein dramatisches Aussehen. Im Dämmerlicht der einzigen brennenden Lampe glänzte ihr Hals weiß und schimmerte ihr Haar sehr dunkel. Plötzlich war es ihr, als sähe sie im Spiegel John, der hinter ihr aus dem Schatten des Raumes auftauchte, sich über ihre Schulter neigte und sie mit beiden Armen umfaßte. Durch die Fenster wehte die Wärme des kalifornischen Sommers. Sie war jung und ihr Leben war ein Traum. Der Geruch des Salbei, der aus den Bergen kam … der süße Duft der Bougainvillea, der sich bei Nacht noch heftiger verströmte als am Tag … das Rauschen des Meeres in Pacific Palisades … das rote Licht der untergehenden Sonne – und Johns Körper dicht an ihrem. Sie roch seinen Pfefferminz-Zahnpastaatem, und sie spürte den Anflug von Bartstoppeln auf seinen Wangen. Der Schmerz fiel so jäh und heftig über sie her, daß sie sich zusammenkrümmte, als habe sie körperliche Schmerzen. Sie erinnerte sich, wie sie am Anfang, kurz nach Johns Tod, verzweifelt gedacht hatte: Es wird nichts mehr wirklich schön sein! Im Herbst werden sich die Wälder nicht mehr bunt färben, und Lords Fell wird nicht mehr so zauberhaft in der Sonne glänzen. Ich werde keine Sehnsucht mehr nach dem Frühling haben, und ich werde nie mehr glauben, daß ich sterbe vor Glück. Ich werde nie wieder in einem Restaurant einem Mann gegenübersitzen und ihn durch den Schein einer brennenden Kerze beobachten und mir wünschen, die Hand auszustrecken, um mit den Fingern die Linien seines Gesichtes nachzuzeichnen. Sie würde nur halb leben von jetzt an. In diesem Moment erkannte sie, daß der Kummer unvermindert lähmend in ihr lag, daß sie sich jedoch zu ihrem eigenen Erstaunen von einer Kraft erfüllt sah, die sie im Allerinnersten unverwundbar machte. Deshalb – weil sie stark war – hatte sie auch jetzt das Kind Charles an sich hängen. Mein Leben lang werde ich für ihn sorgen müssen, hatte sie oft erbost gedacht – um jetzt zu begreifen, daß sie für ihn sorgen mußte, weil sie für ihn sorgen konnte. Sie war zu zäh, zu lebendig, als daß ihr der liebe Gott lange Zeit gegeben hätte, sich zu verkriechen und zu jammern. »Steh auf und mach weiter«, hatte ihr das Schicksal befohlen, und wütend und fluchend war sie aufgestanden.

Sie zog den Gürtel ihres Bademantels fester zusammen. Sie konnte nicht schlafen in dieser Nacht, vielleicht konnten es die anderen auch nicht. Leise trat sie hinaus auf den Gang, wo sie Laura sah, die, gehüllt in ein elegantes Negligé, unschlüssig herumstand.

»Ach, Gina«, sagte sie, »ich überlege gerade, ob ich mir eine Schlaftablette hole. Komisch, nicht? Vorhin dachte ich, ich muß unbedingt alleine sein, und ich war todmüde, und jetzt bin ich hellwach und habe das Gefühl, ich kann nicht allein sein.«

»Mir geht es genauso. Und ich wette, den anderen auch. Erst vorhin hörte ich schon einmal jemanden hier vorbeigehen.«

»Das war Steve. Er ist in Marys Zimmer verschwunden.«

Gina pfiff leise durch die Zähne. »Sieh mal an! Die beiden fixieren sich ja schon die ganze Zeit ohne Unterlaß. Wer weiß, welch romantische Szenen sich gerade abspielen.«

»Nicht allzu romantisch, nehme ich an«, erwiderte Laura, »soviel ich mitbekommen habe, ist auch Natalie bei Mary.«

Gina überlegte eine Sekunde. »Ich werde mal kurz vorbeischauen. Kommen Sie mit, Laura?«

»Ich weiß nicht ...«

»Kommen Sie schon. Es tut Ihnen jetzt auch nicht gut, allein zu sein. Oder wollen Sie die halbe Nacht vor sich hin grübeln?«

New York, 30. 12. 1989

1

Sie schwiegen zunächst alle verlegen, als sie im Kreis in Marys Zimmer saßen. Mary hatte vor jeden ein Glas hingestellt und ihre Bar geplündert: Jeder hatte sich etwas eingeschenkt. Außer Marys Nachttischlampe brannte kein Licht.

Gina lachte laut auf. »Alles wie gehabt. Wir kommen nicht voneinander los, was? Wenn der Inspektor uns so sähe, er würde glauben, wir hätten den armen David alle gemeinsam ermordet. Nichts eint ja bekanntlich so sehr wie zusammen begangenes Unrecht.« Sie lachte wieder und fing dabei einen mißbilligenden Blick von Steve auf. »Jaja. Steve schüttelt schon wieder den Kopf. Du hast immer den Kopf geschüttelt über mich, erinnerst du dich? Du fandest, ich lache zu laut und trage zu kurze Röcke und male mir die Augen zu sehr an. Stimmt's?«

»Wir konnten uns nie besonders gut leiden, Gina, du mich auch nicht.«

»Stimmt. Wir sind ziemlich verschieden. Wir alle sind es. Im Grunde ist es überhaupt nicht zu verstehen, warum wir Freunde waren.«

»Waren?« fragte Natalie leise.

Gina sah sie nachdenklich an. »Heute sind wir eher Komplizen.«

»Aber es ist alles wie früher«, meinte Mary. »So wie jetzt haben wir in Saint Clare viele Nächte zusammengesessen. Genau so.«

Natalie dachte: Ja. Wir waren so jung. So furchtbar viel jünger als jetzt.

»David war bei uns«, fuhr Mary fort.

Laura zuckte zusammen. »David ist jetzt tot«, sagte sie hart.

»Wie wir alle wissen«, fügte Gina zynisch hinzu.

Mary hob fröstelnd die Schultern. »Ich bin froh, daß der Inspektor fort ist. Er wollte alles so genau wissen, und ich hatte dauernd das Gefühl, man kann ihm nicht entkommen.«

»Das ist sein Job«, erwiderte Gina. »Ein Inspektor muß im Privatleben der Leute herumstochern, je tiefer desto besser. Aber ich finde es auch angenehm, daß er sich verzogen hat!« Mit beiden Händen hob sie ihre Haare aus dem Nacken und ließ sie langsam wieder fallen. »Jetzt, wo wir unter uns sind, könnte der Täter doch gestehen. Wir schwören, wir verraten ihn nicht. Also – wer war es?«

»Du kannst alt und grau werden, Gina, du wirst immer geschmacklos bleiben«, sagte Steve.

Er und Gina sahen einander an. Die alte Feindseligkeit war auf einmal wieder da, Emotionen, von denen sie geglaubt hatten, sie seien längst verschüttet.

Mary wirkte ganz erschreckt. »Nicht streiten jetzt. Bitte nicht jetzt!« Sie nahm einen sechsarmigen Kerzenleuchter, der auf einem Beistelltischchen stand, und stellte ihn mitten auf den Fußboden. Langsam zündete sie alle Kerzen an, dann löschte sie die Lampe. »Jetzt ist es wirklich wie früher. Damals hatten wir auch immer Kerzen brennen.«

»Und hörten Musik von Bob Dylan.«

»Und rauchten. Hunderte von Zigaretten.«

»Heute wird in den Schulen nur noch wenig geraucht«, sagte Natalie, »alle leben gesundheitsbewußt. Rauchen nicht, trinken nicht, ernähren sich von Salat, Sojasprossen und Milchshakes. Und joggen täglich ihre Runden.«

»Wir haben immer Drogen gebraucht«, meinte Steve düster, »Milchshakes hätten uns nicht weitergeholfen.«

»Milchshakes hätten uns zu Tode frustriert. Wir glaubten eher an ein bißchen Marihuana«, sagte Gina. »Und außer, daß wir inzwischen auch joggen, sind wir schon irgendwie die Alten geblieben.«

Natalie lächelte. »Ganz die Alten. Nur, daß es unter uns jetzt einen Mörder gibt.«

»Hör doch auf!« bat Mary schaudernd.

»Warum?« Gina neigte sich vor, um sich ihre Zigarette an einer

Kerze anzuzünden. »Warum sollen wir es nicht aussprechen? Ich finde ja ohnehin, wir könnten einander längst reinen Wein einschenken.«

»Vielleicht warst du es ja selber, Gina«, sagte Steve. »Schließlich warst du zuletzt noch bei David und hast mit ihm über Geld gesprochen. Vielleicht hast du plötzlich die Beherrschung verloren.«

»Eine interessante Theorie, Steve«, entgegnete Gina, und ihre Augen wurden schmal.

Laura lachte; es klang leicht hysterisch. »Erzählen Sie Ihren Freunden doch, was sich bei David abgespielt hat. Es war schließlich eine bühnenreife Szene.«

»Oh! Haben Sie Mäuschen gespielt, Laura?«

»Ich habe Sie beobachtet, wie Sie in Davids Büro gingen, Gina. Und ich bin Ihnen gefolgt. Sie sahen aus wie auf einem Raubzug – sehr schön und leicht bekleidet. Ich dachte mir, es ist besser, ich behalte Sie im Auge.«

»Und dann haben Sie an der Tür gelauscht?«

»Sie haben es mir sehr leicht gemacht. Sie haben nur die äußere Tür geschlossen. Nicht die innere, die schalldicht gepolstert ist. Ich konnte jedes Wort verstehen.«

Laura und Gina sahen einander an. Ihre Blicke waren eher abschätzend als feindselig. »Ihnen war jedes Mittel recht, um von David Geld zu bekommen, Gina«, sagte Laura. »Sie hätten sich mit dem Teufel verschworen, um an Geld zu gelangen, und zur Not verschworen Sie sich eben auch mit David Bellino.«

»Vielleicht dürften wir anderen auch erfahren, was sich an jenem Abend zugetragen hat«, sagte Natalie. »Offenbar sind ja einige interessante Dinge besprochen worden.«

»Gina«, sagte Laura, »trug ein Nachthemd aus schwarzer Spitze und darüber den Bademantel, den sie auch jetzt anhat. Sie war stark geschminkt. Und sie sah schön aus wie keine Frau, die ich je gekannt habe. Schön und sehr entschlossen. Sie ging schnurstracks zu Davids Büro.«

»Schön und sehr entschlossen«, wiederholte Gina. »Eines haben Sie offenbar übersehen, Laura: Ich war auch sehr verzweifelt. Hat Ihnen jemals eine Horde von Gläubigern im Nakken gesessen? Wissen Sie, wie es ist, wenn man Ihnen alles, alles was Sie haben, Stück um Stück wegpfändet? Und Sie dabei auch noch einen Mann an sich hängen haben, der jeden Tag mehr zusammenbricht, von dem Sie wissen, daß er es nicht aushalten wird, zu verlieren, was seiner Familie seit Generationen gehört hat? Oh, Laura, in einem haben Sie recht: Jedes Mittel hätte ich genutzt, um von David Geld zu bekommen. Jedes. Ich ging zu ihm, gehüllt in den Duft eines teuren Parfums, und ich dachte, wenn ich könnte, ich würde ein Messer nehmen und ihm das Geld aus den Rippen schneiden.«

»Herein«, sagte David ruhig. Gina öffnete die Tür, schlüpfte ins Zimmer, schloß die Tür sofort wieder und lehnte sich von innen dagegen. Zu ihrem Erstaunen sah sie eine Pistole auf sich gerichtet. David saß kerzengerade in seinem Schreibtischsessel und hielt die Waffe mit kaum merklich zitternder Hand. »Ach, du bist es«, sagte er.

»Ja, ich bin es, Gina. Kein Mafiaboss, oder was immer du erwartet hast. Ich meine, wegen dieses schwarzen Dinges da, mit dem du auf mich zielst.«

David ließ die Waffe sinken. »Man kann nicht vorsichtig genug sein.«

»Richtig. Du denkst ja, daß einer von uns dich ermorden will.« Gina grinste. »Also, ich bin es nicht. Darf ich näher kommen?«

»Bitte.« David wies auf den Sessel, der seinem Schreibtisch gegenüberstand. »Setz dich!«

Gina setzte sich. Der Bademantel klappte auseinander, schwarze Spitze umhüllte ihre übereinandergeschlagenen Beine.

David betrachtete sie genau, dann fragte er: »Was willst du?«

Gina erwiderte, ohne zu zögern und ebenso direkt: »Geld.«

»Du machst nicht viel Umschweife.«

»Brauch' ich auch nicht. Wir beide kennen uns zu gut.«

»Richtig.« David legte nun endlich die Pistole aus der Hand, aber er schien noch immer angespannt. »Ich kenne deine

479

schwarze Seele, und du meine. Wir brauchen einander nichts vorzumachen.«

Nur daß deine Seele um ein Hundertfaches schwärzer ist, dachte Gina, sofern du überhaupt eine hast! Aber sie lächelte. »Du hast ein paar hübsche Sünden auf deinem Gewissen, David. Möchtest du nicht ein bißchen davon wiedergutmachen?«

»Ich weiß nicht, was du meinst!«

»Du weißt es schon. Es gab einmal einen Abend, da warst du betrunken und hast zuviel geredet. Erinnerst du dich?«

»O Gott, wenn ich mich an jeden Abend erinnern wollte, an dem ich betrunken war ... Da erinnere ich mich lieber an die Momente, die ich bei klarem Bewußtsein erlebt habe. Gina, Liebste, Augen hast du, die können jeden Mann verrückt machen. Ich weiß, daß dir das Wasser bis zum Hals steht, aber du gibst nicht klein bei, nicht? Nie! Genau wie ich. Ich habe dir schon mal gesagt, von dieser ganzen Bande hier sind wir die Sieger. Die, die immer gewinnen. Wir fallen auf unsere Füße, aus welcher Höhe auch immer.«

Er ist schon wieder betrunken, dachte Gina, er prahlt wie ein besoffener Pferdekutscher. Sie merkte, wie Zorn in ihr aufstieg. David, du verdammter Narr, wie lange wirst du dir einbilden, der Größte zu sein? Wie lange wirst du durchs Leben gehen, unberührt von den Trümmern, die du hinter dir zurückläßt? Und wann wirst du begreifen, daß dein Geld dir gar nichts nützt, und du dir weder Freundschaft noch Liebe kaufen kannst? Wer bist du denn schon? Ein einsamer Mann, der in seinem Luxusappartement mit einer Pistole herumläuft, weil er niemandem mehr über den Weg traut! Und dessen Hände zittern, wenn sie eine Waffe halten! Schau dich doch an!

Aber sie lächelte schon wieder, trotz ihrer finsteren Gedanken, und es war das Lächeln, von dem John einmal gesagt hatte, so grinsen die Schurken in den Spielhöllen von San Remo einander beim Pokern zu.

»Sehr schmeichelhaft, daß du uns in einem Atemzug nennst. Denn für eine Siegerin stehe ich nicht allzu glorreich da. Charles und ich segeln gerade in den perfekten Bankrott. Uns wird nichts mehr bleiben, verstehst du, absolut nichts! Charles hat gigantische Schulden gemacht, um sein verdammtes Musical zu finanzieren, und wir werden vermutlich ein Leben lang nichts anderes tun, als das abzubezahlen. Und wenn wir sterben, werden immer noch Schulden dasein. Genauso habe ich mir mein Leben immer erträumt!«

»Spring ab«, sagte David gleichmütig. »Was hast du mit Charles' Schulden zu schaffen? Komm nach New York, ich beschäftige dich jederzeit bei Bredow. Ich mache dich zur Pressesprecherin, wenn du willst. Lieber Himmel, Gina, du wirst doch nicht so blöd sein und gemeinsam mit dem guten Lord Charles Artany am Ende in den Schuldturm gehen! Du doch nicht!«

»Gerade ich, David. Das ist genau der Unterschied zwischen uns, den du nie begriffen hast. Du hast nicht einen Funken Verantwortungsgefühl, und andere Menschen scheren dich einen Dreck. Hauptsache, du ziehst deinen Kopf aus der Schlinge. So war es immer, und so wird es immer sein. Es ist das Geheimnis deines Erfolgs. Und ich werde immer irgend jemanden mit mir herumschleppen, für den ich sorge und den ich nicht im Stich lasse. Charles kann nicht auf eigenen Füßen stehen, also werde ich ihm vermutlich mein Leben lang meinen Arm reichen. Ich tu's nicht gern, weiß Gott nicht, aber ich kann nicht anders. Die Zeiten werden auch wieder besser.«

»Wie edel!«

»Ich bin nicht edel. Edle Menschen lieben ihre guten Taten. Ich hasse sie. Wenn du es wissen willst, ich fühle mich einsam und allein. Alle halten sich an mir fest, nur ich hab' niemanden. Manchmal denke ich, ich werde närrisch vor Einsamkeit. Eines Tages werde ich um Hilfe rufen, und es wird keiner da sein. Es war auch keiner da nach Johns Tod. Nur Charles. Charles, das große Baby, das mich braucht...« Ihre Stimme verklang.

David stand auf, kam um den Schreibtisch herum und neigte sich über sie. »Ich bin auch einsam, Gina. Viel einsamer, als ihr alle denkt. Im Grunde genommen habe ich niemanden.«

»Du hast Laura!« Das kam rasch, aber der kurze Seitenblick, der ihn dabei streifte, verriet David, daß Gina es besser wußte.

»Laura«, sagte er, »mein Gott, Laura! Laura betrügt mich.«

»Sicher?«

Davids Mund zeigte auf einmal einen fast brutalen Ausdruck. »Eine Ratte bleibt immer eine Ratte. Sie gehört in die Abwässerkanäle unter der Stadt. Du kannst sie in einen goldenen Käfig setzen, es wird sich nichts daran ändern, daß ihr Zuhause woanders ist. Und so ist es mit Laura. Sie kommt aus der Bronx, und sie wird dort immer ihre Wurzeln haben. Unsere Welt ist ihr fremd.«

»Deshalb muß sie dich doch nicht betrügen!«

»Sie geht eigene Wege, über die sie eisern schweigt. Ich spüre, daß da ein anderer Mann ist. Ich werde daraus meine Konsequenzen ziehen. Ich werde ihr eine hübsche Überraschung bereiten.«

»So?«

»Ich werde mich morgen mit meinen Anwälten in Verbindung setzen. Wir müssen ein neues Testament machen. Laura wird darin von jeglicher Erbschaft ausgeschlossen. Sie soll nicht einen Cent bekommen.«

»Glaubst du, sie ist nur deines Geldes wegen mit dir zusammen?«

»Darauf kannst du Gift nehmen. Laura haßt mich. Sie weiß das vielleicht selber nicht genau, aber sie würde mich lieber tot als lebendig sehen. Es macht sie krank, in Abhängigkeit von mir zu sein. Und sie ist abhängig, weil sie eine Heidenangst hat, plötzlich ohne Geld dazustehen. Sie fürchtet das alte Leben mehr als die Hölle!« Er lachte, und Gina fand, sein Lachen klinge häßlich. »Aber sie wird dort wieder landen. Sie wird dort landen, weil sie von irgend etwas nicht loskommt. Die Beziehung mit mir war dann eben nur ein kurzer Ausflug in die schöne Glitzerwelt der High Society.« Er lachte wieder. Dann auf einmal wurde er von einer Sekunde zur anderen ernst. Er griff nach Ginas Händen und sagte atemlos: »Bleib bei mir, Gina! Ich habe dich bewundert, solange wir uns kennen. Gina, auch wenn du es nicht zugeben willst, wir sind einander gleich, wir verstehen uns, wir kennen jeder die Geheimnisse der Seele des anderen. Bleib bei mir, und wir werden ein wunderbares Leben haben …« Er zog sie hoch, so daß sie dicht an ihn gepreßt stand, so nah, daß ihr Wimpernschlag seine Wangen streifte. Seine Lippen fühlten sich warm und weich an, seine Hände lagen ruhig auf ihrem Rücken.

»Bitte«, flüsterte er, »bleib bei mir!«

Diese Wende hatte sie nicht einkalkuliert. Sie hatte geglaubt, sie müsse ihn umschmeicheln, damit er ihr das Geld gäbe, das sie brauchte, um den totalen Bankrott von sich und Charles abzuwenden, aber nun stand er da, küßte sie und bat sie zu bleiben. Fast unbewußt preßte sie sich an ihn und erwiderte seine Zärtlichkeit; dabei überlegte sie fieberhaft. Sie brauchte etwa hunderttausend Dollar, und er konnte sie ihr geben.

»Ich kann nicht«, sagte sie leise und ließ einen Anflug von Verzweiflung durch ihre Worte klingen. »Was soll dann aus Charles werden?«

»Charles, ach Charles«, erwiderte er ungeduldig. »Ich gebe ihm, was er braucht! Er kriegt das Geld. Aber, nicht wahr, Liebling, du bleibst hier?«

Gina dachte: Ich hätte keine Skrupel, dich rücklings in einen Abgrund zu stoßen – *Merkst du das eigentlich nicht?*

»Du würdest Charles das Geld schicken, David? Du würdest das wirklich tun?«

David starrte sie an. »Ja. Aber ich tue es nicht umsonst. Ich will dich dafür.«

Gina erwiderte seinen Blick. Die Kraft ihres stahlharten Willens lag in ihren Augen.

Diesmal, dachte sie, bin ich es, die dich aufs Kreuz legt, David!

»Und das alles haben Sie mitangehört, Laura?« fragte Mary. Laura sah im Schein der flackernden Kerze sehr jung und zart aus. »Jedes Wort. Ich hörte, daß er mich enterben will und daß meine Zeit mit ihm abgelaufen ist. Wie sagte er? Eine Ratte bleibt immer eine Ratte. Es gab keine Chance für mich. Ich hatte David verloren.«

»Was auch für Ihren Freund Ken verhängnisvoll würde«, ergänzte Gina.

»Ich verstehe dich nicht, Gina, warum du diese Geschichte nicht dem Inspektor erzählt hast!« sagte Natalie. »Du kommst damit kaum mehr als Täterin in Frage. Es konnte weiß Gott nicht in deinem Interesse liegen, daß David zu diesem Zeitpunkt starb. Selbst wenn er dir bereits einen Scheck ausgestellt hätte, wären sein Tod und eine unklare Erbschaftslage für dich problematisch gewesen.«

»Stimmt. Aber ich sehe nicht ein, daß ich das alles vor diesem Kelly, dieser Schildkröte, ausbreiten soll. Ich weiß sowieso, daß ich es nicht war, deshalb kann ich in Ruhe abwarten, was kommt.«

»Das hat schon manch unschuldig Verurteilter gesagt«, meinte Steve.

»Aber irgend jemand war es doch«, sagte Mary.

»In der Tat«, bestätigte Gina, »und meiner Ansicht nach könnte dieser jemand jetzt endlich ruhig offen reden. Ich glaube wirklich nicht, daß einer von uns ihm daraus einen Strick drehen würde.«

Alle sahen sie an. Gina blieb ernst und gelassen. »Wer auch immer David Bellino war, was auch immer wir falsch gemacht haben – jeder von uns müßte trotz allem Verständnis haben für denjenigen, der ihn erschossen hat. Man kann David gerecht werden *und* seinem Mörder, das ist in diesem Fall kein Widerspruch. Wenn wir ehrlich sind, trauert keiner besonders um diesen Toten!«

»O Gott, ich habe ihn so gehaßt«, sagte Natalie leise. »Ich habe ihn so sehr gehaßt. Immer hab' ich ihn vor mir gesehen, wie er mich damals in Crantock im Stich ließ, und jedesmal wurde mir übel vor Haß.« Auf einmal liefen ihr die Tränen über die Wangen. »Ich werde es nie vergessen können, nie, in meinem ganzen Leben nicht. Aber heute bin ich mir nicht mehr so sicher wie damals, daß David mich wirklich gesehen hat. Versteht ihr – daß er mich wirklich erkannt hat. Vielleicht stimmt es, was er sagte, daß er in Panik war, daß er die Nerven verlor. David war kein Engel, aber er war auch kein Teufel, er hatte seine eigenen Lasten zu tragen, und der Inspektor hat recht, wir waren ihm keine guten

Freunde. Er hatte sich mir anvertraut, aber nachdem das Furchtbare passiert war, wollte und konnte ich ihn nicht verstehen. Ich war so kaputt, so völlig am Ende, und alles, woran ich mich festhalten konnte, war mein grenzenloser Haß... wie vergiftet war ich davon...« Sie kauerte sich zusammen und schluchzte, alles brach noch einmal auf, aber ihr Weinen hatte etwas Befreiendes.

Auf einmal redeten sie alle, schwirrten Stimmen durcheinander. Kummer und Angst, fehlgeschlagene Hoffnungen, schmerzliche Enttäuschungen, lange gehegter und gepflegter Haß – alles, was an diesem langen Tag in ihnen aufgewühlt worden war, floß aus ihnen heraus.

»Vielleicht hätten wir David ändern können!«

»Du kannst einen Menschen wie David nicht ändern. Aber wir hätten es ihm leichter machen können.«

»Wir hätten es uns vielleicht auch leichter gemacht.«

»Ich hab' euch alle so vermißt. Wirklich!«

»Wir hätten uns viel früher wiedersehen sollen.«

»Damals haben wir unsere Probleme auch gemeinsam gelöst, wißt ihr noch?«

»Nachts bei Kerzenlicht...«

»Es ist alles so anders gekommen als wir dachten.«

»Das ist immer so im Leben.«

»Dafür braucht man ja Freunde.«

»Wir müssen von jetzt an zusammenhalten. Laura, das gilt auch für Sie. Sie haben so viel mitgemacht.«

»Ja, Laura. Und Sie waren klüger als wir. Sie haben David viel früher durchschaut.«

Laura lächelte müde. »Bloß hat das weder mir noch ihm etwas genützt.«

»Ich glaube wirklich nicht«, sagte die beharrliche Gina, »daß einer von uns den Täter verraten würde. Wie auch immer das Drama sich abgespielt hat, es war Schicksal und nicht zu verhindern. Keiner von uns strebt doch danach, irgend jemanden zu überführen. Wir können den gestrigen Abend in aller Ruhe aufrollen, und wenn wir dabei über den Mörder stolpern, würde das nichts ändern.«

»Ich nehme an, Sie sind in Ihr Zimmer zurückgegangen, nachdem das Gespräch zwischen David und Gina beendet war, Laura?« fragte Natalie. Sie klang so kühl und souverän wie in ihren Interviews.

Laura nickte. »Ich ging zurück, verwirrt und verletzt. Irgendwie… betäubt. Mir war klar, daß David das alles nicht aus einer Laune heraus gesagt hatte. Er war fertig mit mir, und er würde mich so schnell wie möglich abschieben. Wahrscheinlich würde ich ein paar Kleider und Schmuck mitnehmen dürfen und bekäme im übrigen die eindeutige Anweisung, mich nie wieder in seiner Nähe blicken zu lassen. Ich setzte mich auf mein Bett und grübelte. Sollte ich es als Fotomodell versuchen? Aber nachdem David überall unmißverständlich abgesagt hatte… außerdem war ich wahrscheinlich schon wieder aus der Mode… ja, und während ich dort saß, klingelte das Telefon. Der Portier meldete, es sei jemand aus dem Restaurant da, um das Geschirr abzuholen.«

»Und Sie wußten, das waren Kens Freunde«, fügte Natalie hinzu.

»Ja. So war es geplant. Das heißt, der ganze Plan war längst durcheinandergeraten. Wissen Sie, wir hatten es so vor: Gegen elf sollte ich, als Gastgeberin, die Tafel aufheben und Sie alle ins Wohnzimmer bitten, um noch einen Kaffee zu trinken. Kurz darauf wollten Joe und die anderen eintreffen, getarnt als Boten des Restaurants, die das Geschirr abholen. Wir wußten, mit möglichen echten Boten konnten sie nicht zusammenstoßen, denn die würden, wie das üblich ist, erst am nächsten Morgen eintreffen. Sie würden uns im Wohnzimmer überraschen und mit einer Waffe in Schach halten, mich aber zwingen, ihnen den Safe in der Bibliothek zu zeigen und zu öffnen. Ich würde keine andere Wahl haben, als zu tun, was sie verlangten, denn sie würden mir ein Messer oder einen Revolver an den Hals halten. Nachher sollten wir alle gefesselt werden, und dann konnten sie sich in aller Ruhe aus dem Staub machen.«

»Kein schlechter Plan«, bemerkte Gina, »aber Sie hatten ihn natürlich schon durchbrochen, als Sie nach Davids Zurechtweisung das Eßzimmer verließen. Mit dem Kaffee im Wohnzimmer war es dann nichts mehr.«

»Ja, das war ein grober Fehler von mir. Aber ich konnte nicht mehr. Als David mich anfuhr, vor versammelter Mannschaft, kam alles hoch, worunter ich bei ihm immer gelitten hatte. Als ich dann in meinem Zimmer saß, kam mir der ganze Plan ohnehin absurd vor. Es würde schiefgehen, und nachher säßen wir alle im Gefängnis... ja, und dann bekam ich mit, wie Gina zu David ging, und ich begriff, die Gesellschaft hatte sich aufgelöst. Ich war fast erleichtert, weil sich nun die ganze Geschichte ohnehin von selbst verbot. Und dann rief eben der Portier an. Er fragte, ob er die Leute hinaufschicken dürfte.«

»Warum sagten Sie nicht nein?«

»Ich hatte Angst. Vor allem vor Joe. Vor dem hat ja sogar Ken Angst. Ich beschloß, die Tür zu öffnen und ihnen blitzschnell zu erklären, daß alles anders gelaufen war als geplant und daß die Geschichte nun nicht mehr durchführbar war.«

»Unterwegs trafen Sie erst Steve, dann Gina.«

»Steve kam aus Marys Zimmer, ja, und Gina machte eine anzügliche Bemerkung.«

Steve und Mary warfen einander einen Blick zu. Gina seufzte. »Wieviel Uhr war es denn nun, als Sie die Diebe in die Wohnung ließen?«

Laura zögerte. »Ich weiß nicht... ich glaube... irgendwann zwischen elf und halb zwölf...«

Der Aufzug fuhr direkt von der Eingangshalle ins Penthouse. Man konnte ihn nur verlassen, wenn man einen Schlüssel für die Tür besaß und außerdem eine Codenummer kannte, die in einen kleinen Apparat an der Wand eingetippt wurde. Sonst war man darauf angewiesen, die Tür geöffnet zu bekommen.

Ken, Joe, Jay und Ben trugen Jeans, darüber Pullover und Anoraks. Sie hatten rote Nasen von der Kälte, und auf ihren Haaren schmolzen Schneeflocken. Sie sahen nicht besonders gefährlich aus. Ken hatte glasige Augen.

»Guten Abend, Laura«, sagte Joe leise und grinste. Sofort war der Eindruck von einem netten Burschen davongefegt. In Joes Grinsen kam seine ganze Brutalität zum Ausdruck.

Statt einer Begrüßung gab Laura zurück: »Ein Wunder, daß der Portier nicht eure Ausweise sehen wollte.«

»Dann hätte er eins über den Schädel bekommen«, meinte Joe lässig. Mit federnden Schritten kam er aus dem Fahrstuhl. »Okay, also …«

»Aus der Sache wird nichts«, sagte Laura, »es ist alles total anders gelaufen. Kein Mensch sitzt im Wohnzimmer und trinkt Kaffee. Die Gesellschaft hat sich aufgelöst.«

»Wo sind die alle?«

»In ihren Zimmern, glaube ich.«

»Was heißt, du glaubst?« fauchte Joe. Er war nervös.

»Mein Gott, ich kann nicht kontrollieren, ob jeder wirklich in seinem Zimmer ist und auch dort bleibt. Die Sache ist zu gefährlich. Ihr müßt sehen, daß ihr wegkommt. Sagt dem Portier, ich habe mich geirrt, wir sind noch nicht fertig!«

»Du spinnst wohl!« Joe sah blaß aus. »Wenn ich einmal eine Chance habe, an das große Geld zu kommen, dann vertue ich sie nicht. Wir müssen eben umdisponieren. Wo ist Bellino?«

»In seinem Arbeitszimmer. Joe, du bist wahnsinnig, wenn du …«

»Okay, du zeigst uns jetzt den Safe. Und nachher lassen wir dich gefesselt liegen. Du hast uns geöffnet, wurdest dann von uns gezwungen, das Geld herauszugeben und bliebst dann unfähig, um Hilfe zu schreien oder dich zu bewegen, zurück. Los jetzt!«

»Joe …«

Er warf ihr einen Blick zu, der sie verstummen ließ. Sie ging voran und dachte: Ein fremder, böser Traum.

Die Bibliothek, im oberen Stockwerk des Penthouses gelegen, war der Stolz des alten Rudolf Bredow gewesen. Bücher, teilweise bis zu dreihundert Jahre alt, standen in den Regalen. Prunkstück war eine Bibel aus dem Jahr 1601, die unter Glas aufbewahrt wurde. Bredow hatte an seiner Bibliothek mehr gehangen als an irgend etwas sonst, Andreas hatte diese Liebe später

übernommen. Bezeichnenderweise waren die goldenen Buch-
stützen erst von David angeschafft worden, der dem hohen
Raum mit den unter die Decke reichenden Regalen ein wenig
mehr Glanz verleihen wollte.

Laura betätigte einen verborgenen Schalter und entsicherte
den Alarm. Dann griff sie an den oberen Rand einer zehnbändi-
gen Reihe in Leder gebundener Lexika. Die Bücher schwangen
zur Seite, sie waren Attrappen gewesen. Dahinter kam ein
Wandfach zum Vorschein, gesichert durch eine Stahltür.

»Mach es auf!« drängte Joe.

Vorsichtig drehte Laura an dem Schalter, um die Nummern
einzustellen. Nicht, daß David ihr die Kombination verraten
hätte, aber er ging unvorsichtig mit Zetteln um, auf denen er sich
solche Dinge notierte. Laura hatte ihn irgendwann einmal in seinem Schreibtisch gefunden.

Die Stahltür öffnete sich. Sofort drängten die Jungen Laura
beiseite.

»Beeilt euch!« sagte sie nervös. »Die Wohnung ist voller Menschen. Ich will nicht, daß noch jemand auf euch aufmerksam
wird!«

»Immer mit der Ruhe, Lady«, entgegnete Joe, »wir räumen
alles ab, ehe wir verschwinden, klar?«

»Ich habe nur gesagt, ihr sollt schnell machen!« Unruhig
blickte sie sich um und fragte plötzlich scharf: »Wo ist Ken?«

Alle erstarrten.

»Verdammt!« sagte Joe. »Verdammt noch mal! Ich wollte ihn
von Anfang an nicht mitnehmen!«

»Das war auch nicht ausgemacht!« fauchte Laura. »Ich habe
gleich gedacht, ihr seid wahnsinnig, ihn hierherzubringen!«

»Er hat einen Riesenzirkus gemacht. Außerdem ist er ziemlich
high im Moment, also auch berechenbar.«

»Und wo ist er?«

Ratlos blickten sie einander an. Dann lachte Laura auf, es klang
schrill, und gleichzeitig stiegen ihr die Tränen in die Augen.
»Phantastisch! Wißt ihr, was mit uns allen passiert, wenn das hier
auffliegt?«

Joe packte sie an den Schultern und schüttelte sie. »Fang jetzt nicht an zu lachen oder zu weinen, oder was immer du vorhast! Du suchst jetzt Ken und bringst ihn so schnell wie möglich hierher. Beeil dich!« Auch in seinen Augen flackerte Angst.

Laura drehte sich um und lief ins Schlafzimmer zurück. »Ken?« Sie schaute ins Ankleidezimmer, in die Bäder. Alles blieb still. Atemlos lauschte sie in die Dunkelheit des Eßzimmers, des Salons, wo die Gäste zuletzt gesessen hatten. Kein Laut war zu vernehmen. Wo, verflucht, war Ken? Er war nicht zurechnungsfähig heute abend... wahrscheinlich war er genau dorthin gegangen, wo es am gefährlichsten war... wahrscheinlich war er...

Sie ging den Gang entlang zu Davids Büro, zum zweitenmal an diesem Abend, und als sie aus dem Inneren Stimmen hörte, straffte sie die Schultern und trat ein. Überscharf, wie durch ein Vergrößerungsglas, nahm sie die Szene wahr, die sich ihr bot: David stand am Bücherregal, ein Lexikon in der Hand, sehr blaß, beinahe grau. Ken befand sich in der Mitte des Zimmers, zwischen David und seinem Schreibtisch; er starrte ausdruckslos auf den Teppich zu seinen Füßen. Auf dem Schreibtisch lag Davids Pistole. David konnte sie nicht erreichen, ohne an Ken vorbeizumüssen.

»Oh«, sagte Laura.

David sah sie nicht an. »Schaff diesen Bastard hinaus«, sagte er leise und drohend.

»David!«

Jetzt wandte er ihr sein Gesicht zu, und sie sah, daß seine Augen ganz klein waren vor Wut. »Du kennst ihn doch? Das ist doch einer von deinesgleichen. Schaff ihn hinaus, und geh gleich mit ihm fort! Du brauchst dich hier nie wieder blicken zu lassen!«

»Weil du jetzt Lady Artany hast?«

»Ach – Madame lauscht an fremden Türen?« Jetzt war es nur noch blanker Haß, der ihr entgegenschlug. »Hör zu, Laura, es ist mir gleich, was du von mir hältst oder denkst, wahrscheinlich glaubst du sowieso, ich bin ein Idiot, weil es so lange gedauert hat, bis ich erkannt habe, was für eine Hexe du bist! Du hast meine Gutmütigkeit ausgenutzt, meinen Wunsch, dir ein gutes und schönes Leben zu ermöglichen. Du und dein sauberer Freund – ihr verdient einander!« Er warf Ken einen höhnischen Blick zu. »Was tut der überhaupt hier? Was macht dieser drekkige Fixer in meiner Wohnung?«

»David! Hör auf!«

»Ich höre nicht auf, verstanden? Du wirst mir hier nicht noch vorschreiben, was ich sagen darf und was nicht. Und du wirst mir nicht das asoziale Pack ins Haus schleppen, mit dem du deine Jugend verbracht hast. Entferne dieses minderwertige, stinkende Etwas, das hier...«

»Sir, es reicht!« sagte Ken. Seine Sprache klang schleppend, und er hatte deutlich Mühe, sich zu konzentrieren, aber er tat einen Schritt zur Seite, und plötzlich hielt er Davids Pistole in der Hand. Der Lauf schwankte wie ein Grashalm im Wind. »Ich mag nicht, wie Sie reden!«

»Ken, Leg sofort die Pistole hin!« sagte Laura scharf.

»Ich warne Sie. Das Ding ist geladen!« sagte David. »Laura, mach ihm klar, was passiert, wenn er schießt! Er kommt nicht mehr hier 'raus! Man wird ihn festnehmen. Man...« Schweiß glänzte auf seiner Stirn, seiner Nase. Ein Mann, der seinem Alptraum gegenübersteht, einer geladenen Waffe... Die Angst war Wirklichkeit geworden. Das Grauen, das ihn begleitete, seit er die Drohbriefe bekam, hatte plötzlich ein Gesicht. Ein eingefallenes, krankes, vom Tode gezeichnetes Gesicht. Tod... wenn es sein Schicksal war, jetzt zu sterben, würde er diesmal nicht weglaufen, nicht ausweichen können.

Mit den Fingern der linken Hand griff er an den goldenen Ring, den er am rechten kleinen Finger trug. Er griff wie hilfesuchend danach, so als wolle er Andreas beschwören, ihm jetzt beizustehen, und es schien, als begreife er in diesem Moment zum erstenmal, was Andreas ihm bedeutet hatte – er hatte den alten Mann gehaßt, geliebt, verehrt, verwünscht, hatte sich auflehnen wollen und hatte doch verharrt. Und nun ging ihm auf, wie geborgen er sich gefühlt hatte in seiner Liebe und in der seiner

Mutter, wie beschützt und behütet er gewesen war von diesen beiden Menschen, wie ruhig er hätte sein können in diesem weichen, warmen Nest, das man ihm bereitet hatte.

Mehr aus einem Reflex heraus als aus dem Wunsch, sich zu verteidigen, machte er einen Satz auf Ken zu und versuchte, ihm die Pistole zu entreißen. Ken wollte ausweichen, stolperte dabei, schlug mit dem Hinterkopf gegen ein Regal und ging zu Boden. Laura war sofort neben ihm, entwand ihm die Waffe, und als sie David auf sich zukommen sah, schoß sie; sie schoß, ohne zu überlegen, schoß instinktiv, aber auch aus einer heißen, wilden Wut.

Sie sah, wie David sie anstarrte, fassungslos, er glaubte nicht, was passierte, er hatte nicht im Traum daran gedacht, sie könnte es sein, die seinem Leben ein Ende setzte, und während sich der rote Fleck auf seinem Hemd schneller und schneller ausbreitete und David zusammengekrümmt nach vorne in die Knie sank, dachte Laura: Du hast mich immer unterschätzt, mein Lieber, und das war dein Fehler!

Dumpf krachte Davids Kopf auf den Boden, und Laura merkte nicht, wie ihr die Tränen über das Gesicht liefen, und sie hörte nicht, daß Ken schrie…

»Sie waren es also«, sagte Steve, »Sie haben David erschossen.« Laura saß zusammengekrümmt in ihrem Sessel. Ihre Wangen glänzten naß.

»Wie bitte?« fragte sie.

Gina ging auf sie zu und legte den Arm um sie. »Nicht weinen, Laura. Sie haben nicht kaltblütig gemordet. Sie wollten Ken schützen, und es ging alles viel zu schnell.«

Der Kerzenschein huschte flackernd über die Gesichter der anderen. Die Mienen spiegelten Ernst und Betroffenheit.

»Ich weiß nicht«, sagte Laura, »ob es ein Reflex war. Ich denke die ganze Zeit darüber nach… warum habe ich ihn erschossen? Vielleicht wirklich, weil ich vorher das Gespräch zwischen ihm und Gina belauscht habe. Vielleicht aus Eifersucht… Oder aus Angst, ich würde in mein altes Leben zurückkehren müssen… eines Tages so enden wie meine Mutter…«

Sie schwieg, und keiner sagte etwas. Es war keine Feindselig-keit im Raum, aber Erschrecken und Ratlosigkeit. Die zarte Laura mit den langen Haaren und den großen Augen hatte David erschossen. Irgendwie konnte es keiner so recht fassen.

Laura sah von einem zum anderen, und sie dachte, ihr werdet es schon noch begreifen. Sie fühlte sich elend, ausgepumpt und erschöpft. Und sie wußte, daß sie sich in Gefahr befand. Sie kam aus einer Welt, in der täglich Verbrechen geschahen, und ihr war klar, daß Inspektor Kelly sie verdächtigte, daß er zäh an dem Fall bleiben und ihn eines Tages lösen würde. Es wäre naiv gewesen, sich etwas vorzumachen. Zudem gab es Ken, den Zeugen der Tat, es gab seine Kumpels, denen er sich möglicherweise anver-trauen würde. Laura hatte ein großes Erbe angetreten und war von einer Minute zur anderen eine reiche Frau geworden, aber sie gab sich keinen Illusionen hin: Es konnte ebenso schnell vor-bei damit sein.

Die vernünftige Natalie brach das Schweigen und fragte: »Wie ging es weiter? Wie kommt es, daß niemand den Schuß hörte?«

»Die Pistole hatte einen Schalldämpfer«, erklärte Laura. Ihr Gesicht nahm einen angestrengten Ausdruck an. »Ich erinnere mich so schlecht… ich glaube, ich habe David angeschaut und kaum kapiert, was geschehen war, dann ließ ich diese ver-dammte Pistole fallen und wollte aus dem Zimmer, aber Ken sagte: ›Halt!‹. Er zog ein Taschentuch hervor und wischte die Waffe sorgfältig ab.«

»Ganz schön clever für jemanden, der voll ist mit Heroin«, be-merkte Gina.

»Er tat alles so langsam. Seine Bewegungen liefen ab wie in Zeitlupe. Ich habe ihn angefahren, er solle sich beeilen. Ich habe am ganzen Körper gezittert. Als er endlich neben mir stand, habe ich ihn mitgezerrt. Ich wußte gar nicht, wohin ich wollte, nur fort, so schnell wie möglich. Gleich neben dem Eßzim-mer trafen wir Joe, der war sauwütend. ›Wo zum Teufel steckt ihr denn?‹ zischte er, und Ken sagte: ›Bellino liegt tot in seinem Arbeitszimmer. Wir haben ihn gerade gefunden. Wir müssen weg!‹

Joe schaute uns natürlich an, als wären wir verrückt geworden. ›Habt ihr ihn erschossen?‹ fragte er, und da erwachten irgendwie meine Lebensgeister wieder, ein Rest von Verstand, und ich sagte: ›Quatsch! Bist du verrückt geworden? Ich weiß nicht, wer ihn erschossen hat, aber er ist tot, und ihr müßt so schnell wie möglich verschwinden!‹ Joe wollte auf dem Absatz kehrtmachen, aber ich erinnerte ihn an den ursprünglichen Plan, daran, daß ich gefesselt zurückbleiben sollte. Gott weiß, woher ich in diesem Moment die Nerven nahm... Joe war fix und fertig, er zerrte mich in ein Zimmer, stieß mich zu Boden, schlang den Strick um mich – verabredungsgemäß trug er ihn bei sich –, und dann verschwand er, und ich lag da und lauschte dem Dröhnen meines Herzens.«

»Mir war von Anfang an klar, daß etwas an der Geschichte nicht stimmte«, sagte Gina, »denn als ich Sie befreite, Laura, merkte ich, daß Sie sich ganz leicht selber hätten entfesseln können. Dieser Joe hat sich nicht die Zeit genommen, auch nur einen Knoten festzuziehen. Ich hatte gleich den Verdacht, daß Sie mit den Dieben unter einer Decke stecken.«

»Das haben Sie dem Inspektor gegenüber nicht erwähnt!«

»Nein. Ich bin nicht seine Helfershelferin.«

»Wir sind es alle nicht«, sagte Laura leise.

Jeder hatte sich inzwischen mehrmals nachgeschenkt, der Alkohol begann seine Wirkung zu zeigen. Eine eigenartige Stimmung breitete sich aus: Ein Gefühl von Solidarität, von Freundschaft und Vertrauen. Diese blasse junge Frau dort, die gerade zugegeben hatte, einen Mord begangen zu haben, weckte Mitleid und Verständnis. Im Kerzenlicht, im eigenartigen Fieber der Nacht verschwamm alles ein wenig. Was geschehen war, was geschehen würde, schien unwirklich.

»Wirklich, Laura«, sagte Gina noch einmal, »Sie dürfen sich nicht zu viele Vorwürfe machen. Es war eine Tat im Affekt.«

»Keiner von uns wird Sie verraten«, fügte Steve hinzu und griff zum viertenmal nach dem Wodka.

Mary preßte die Hände gegen die Stirn. »Ich komme mir vor wie losgelöst«, sagte sie. Alle lächelten einander zu.

Nur Natalie, die wie immer ihre Sinne noch am ehesten beieinander hatte, fragte plötzlich: »Wie weit können Sie sich auf Ken verlassen, Laura?«

»Soweit man sich auf einen Drogenabhängigen verlassen kann«, erwiderte Laura. Alkohol und tröstende Worte vermochten ihre angstvollen Gedanken kaum zu beschwichtigen. Sie war weiß wie die Wand.

2

Pling-Plong… das ständige Geräusch, mit dem das Wasser in einer finsteren Ecke des Kellers auf den Boden tropfte. Ken bewegte sich unruhig auf seiner Matratze. Er hatte kurz geschlafen und wilde, böse Träume gehabt, von Schlangen und Maden, die an seinen Beinen hinaufkrochen. Trotzdem hatte er im Schlaf ein wenig Erlösung von seinen Qualen gefunden. Nun aber war alles wieder da: die Übelkeit, das Frieren, der kalte Schweiß am ganzen Körper, der brennende Durst, die krampfartigen Schmerzen im Magen. Er hatte sich schon zweimal übergeben, aber es wurde nicht besser. Sein Kiefer und seine Zähne taten weh. Er brauchte unbedingt einen Druck. Jetzt sofort, denn er hatte das Gefühl, er werde es gleich kaum noch aushalten können.

»Laura«, murmelte er. Die Zunge klebte ihm am Gaumen. Ein stechender Schmerz breitete sich in seinen Schläfen aus. Geblendet blinzelte er in das helle Licht, das ihm ins Gesicht schien. Auf einmal war der Keller keine Höhle mehr. Etwas Fremdes, Helles, Unheilvolles hatte sich eingeschlichen. »Laura«, murmelte er noch einmal mühsam.

»Laura ist nicht da«, sagte eine Stimme über ihm. Er kannte die Stimme und versuchte sich zu konzentrieren. Wenn nur das helle Licht nicht wäre… und die Schmerzen… Kraftlos bemühte er sich, die Hand vor die Augen zu halten, aber es wollte ihm nicht gelingen.

»Joe…«

»Ja, ich bin es. Joe. Und Ben ist auch hier. Und Jay. Dir geht's dreckig, Ken, was?«

»Hast du einen Schuß für mich, Joe?«

Pling-Plong tropfte das Wasser in der Ecke. Die Magenschmerzen schwollen wieder an, es war, als nagte eine Ratte an seinen Eingeweiden, erbarmungslos, mit scharfen Zähnen. Stöhnend rollte sich Ken zur Seite, zog die Beine an und preßte sie eng an den Körper. Er atmete den feuchten, modrigen Geruch der Matratze, auf der er lag. Seine Gelenke und Knochen fühlten sich an wie aus Gummi und taten grausam weh. Leise wimmernd wiederholte er: »Einen Druck, Joe, bitte!«

Joe neigte sich über ihn. Seine Augen waren sanft, als er sagte: »Ich habe etwas für dich, Ken. Etwas sehr Schönes. Eine Spritze…« Er hielt die Spritze in die Höhe. Im Schein von Jays Taschenlampe konnte Ken sie erkennen. Sein Atem ging stoßweise, der Schweiß ließ seine Nase glänzen. »Joe… bitte…«

»Schönes, sauberes Heroin«, sagte Joe langsam. »Was meinst du, wieviel besser du dich damit fühlst. Möchtest du es haben? Möchtest du, daß ich es dir spritze?«

Ken versuchte sich aufzusetzen. »Joe…« Ein Speichelfaden hing aus seinem Mund.

Joe wich zurück. »Du bekommst es ja, Ken. Aber nicht sofort. Du mußt mir erst die Wahrheit sagen, verstehst du? Schön die Wahrheit… Wer hat David Bellino erschossen?«

Kens Hände verkrallten sich in der Matratze. »Joe…« Die Übelkeit stieg in ihm auf, er mußte sich wieder übergeben, und als er erschöpft zurücksank, lag er in seinem eigenen Erbrochenen. Die Tränen traten ihm in die Augen. Was wollte Joe? Wenn es ihm nur nicht so schwerfiele, seine Gedanken zusammenzuhalten, er konnte sich kaum konzentrieren auf das, was geschah.

»Wer hat David Bellino umgebracht?« fragte Joe ruhig. Die Spritze glänzte im Licht. Ken schluckte trocken; er brauchte einen Schluck Wasser, aber er hatte sich nicht mehr so weit unter Kontrolle, daß er diesen Wunsch hätte formulieren können.

»Ich… ich.«

»Ja? Was willst du sagen, Ken?«

»Die Briefe«, flüsterte Ken kaum hörbar, »meine… Briefe… Ich… er hatte mir Laura weggenommen…«

Joe hatte keine Ahnung von den Drohbriefen, die David Bellino erhalten hatte, und sie interessierten ihn auch nicht weiter.

»Wer hat Bellino ermordet?« Joe legte die Spritze zur Seite und griff nach dem Tuch, mit dem sich Ken immer den Arm abband. Er schlang es um seinen Oberarm und zog es fest zusammen. Ken liefen die Tränen über die Wangen. »Bitte, Joe, bitte…« In der Erwartung der Droge begann sein Körper zu vibrieren, schwollen die Schmerzen zur Unerträglichkeit an.

»Mich interessieren deine Briefe einen Dreck, Ken. Wer hat Bellino erschossen? Wie war das an jenem Abend?«

Undeutliche Bilder zogen durch Kens Gedächtnis. Es fiel ihm schwer, sich zu erinnern… er sah Laura vor sich, die schöne Laura, sie hob eine Pistole und schoß… David Bellino brach zusammen, sank zu Boden, seine Hände preßten sich auf seine Brust, alles war voller Blut… das Schwein, das ihm Laura genommen hatte…

»Laura«, sagte er mühsam, »Laura hat ihn erschossen.«

»Genau das habe ich mir gedacht«, erwiderte Joe zufrieden.

Jay gluckste begeistert. »Da wird sie uns aber eine Menge Geld geben müssen, damit wir die Schnauze halten«, sagte er, wobei das zweifellos ursprünglich Joes Idee gewesen war und nicht seine. »Nicht wahr, Joe? Wir gehen jetzt hin zu ihr und lassen uns schön viel Geld geben.«

»Halt deinen Mund«, brummte Joe. Er beugte sich über Ken und stach ihm die Nadel in die Vene am Unterarm. Angewidert verzog er dabei das Gesicht. Alles voller Einstichstellen, alles narbenübersät. Wie ekelhaft!

Unter Joes Händen wurde Kens Körper schlaff und entspannte sich. Joe richtete sich auf. »Okay, Jay. Laß uns hier verschwinden. Ken wird jetzt erst einmal ein paar Stunden schlafen, und wir können solange überlegen, was wir als Nächstes tun.«

Er dachte an Laura und an das Geld, das sie bekommen

würde. O ja, er würde sich ein fettes Stückchen aus dem Kuchen schneiden, da sollten sie nur alle sicher sein. Von Anfang an war er der Überzeugung gewesen, es könne nur sie gewesen sein, die Bellino ins Jenseits befördert hatte. Hatte sich ja auch gelohnt für sie, weiß Gott! Nun würde sich herausstellen, ob sie auch teilen konnte.

Er betrachtete Ken, dessen geschlossene Lider über den eingesunkenen Augen leise zuckten. Ein Instinkt sagte ihm, daß er es nicht mehr lange machen würde. Um so besser. Einer weniger, der auch noch seinen Anteil haben wollte. Er wußte nicht, daß er Ken eben seine letzte Spritze gegeben hatte.

Leise tropfte in der Ecke das Wasser auf den Boden.

3

Steve wachte davon auf, daß ihm die Sonne ins Gesicht schien.

Einen Moment lang fragte er sich, wo er war – auf den Scilly-inseln? In London? Im Gefängnis? Dann fiel es ihm ein, und er setzte sich auf. Manhattan lag im hellsten Licht, unter leuchtend blauem Himmel, unter einer Decke funkelnden und glitzernden Schnees. Der Kontrast zu der vergangenen Nacht, die voller Kerzenschein, Schatten, leiser Stimmen und verborgener Zärtlichkeit gewesen war, hätte nicht größer sein können. Es gab Nächte, in denen konnte man glauben, das Leben sei nur ein harmloses Spiel. Aber das stimmte nicht, harmlos war das Leben nie. Aber in gewissen Momenten hatte man das Gefühl, darüberzustehen und es beherrschen zu können. Letzte Nacht waren alle ein bißchen verrückt, dachte Steve, während er im Bad stand und sich rasierte. Aus der Zimmerbar hatte er sich eine Flasche Champagner genommen und sich ein Glas eingeschenkt; genüßlich trank er es nun nebenher. Gehüllt in einen flauschigen Bademantel mit den goldfarbenen, auf der Brust eingestickten Initialen Davids. Wie schön hier alles war, wie luxuriös, wie edel und gepflegt. Man konnte sich verdammt schnell daran gewöhnen, so zu leben, zwischen Champagner, eleganten Möbeln, feinen Kleidungsstücken.

Sie hat schon Glück, diese Laura, dachte Steve. Er war fertig mit dem Rasieren und trat ans Fenster. Der herrliche Ausblick auf das schneebedeckte Manhattan verschlug ihm zum zweitenmal an diesem Morgen fast den Atem. Wie schön mußte es sein, ein eigenes komfortables Penthouse in dieser Stadt zu besitzen. Laura brauchte nur einmal mit dem Finger zu schnippen, schon könnte sie ihm diesen Wunsch erfüllen. Unglaublich, wieviel Geld diesem Mädchen aus ärmsten Verhältnissen nun zufallen würde. Soviel Geld konnte sie in ihrem ganzen Leben nicht ausgeben. Wenn sie jedem von uns eine Million gäbe, würde sie das kaum spüren, dachte Steve mißmutig. Das gleißend helle Licht des Tages hatte tatsächlich alles verändert. Dieses stürmische, glückliche, tiefe Gefühl von Freundschaft und Vertrautheit, das sie alle in der letzten Nacht erfüllt hatte – vorbei! Da war nichts Heiliges und Erhabenes mehr. Gestern nacht war er überzeugt gewesen: Ich könnte in bitterster Armut leben, solange ich nur mit Mary zusammen bin.

Heute erwachten schon wieder die allzu irdischen Wünsche in ihm: ein Appartement, ein Auto, Champagner soviel er wollte...

Diese Laura geht hin, schießt einen Mann über den Haufen und bekommt das große Geld! Und wir anderen gehen leer aus. Dabei haben wir nichts als Ärger durch die ganze Angelegenheit gehabt! Geistesabwesend schlüpfte er in Hose und Pullover, dann schaute er auf die Uhr. Zehn nach acht... ein bißchen früh noch, aber wahrscheinlich schlief Laura in dieser Nacht nicht besonders gut und war schon wach. Ein Gespräch unter Freunden, mehr wollte er gar nicht. Leise trat er auf den Gang. Kein Laut unterbrach die morgendliche Stille.

Inspektor Kelly neigte sich über den toten Ken und betrachtete ihn forschend, so, als könne er ihm jetzt noch eines seiner Geheimnisse entlocken. »Armer Junge«, murmelte er.

Pling-Plong tropfte das Wasser in der Ecke. Kelly sah sich in dem düsteren Keller um. Durch das Fenster unter der Decke drang ein heller Lichtschein und malte eine staubdurchwirbelte sonnige Straße in die Dunkelheit, die in einem goldenen Fleck auf dem steinernen Fußboden endete. Daneben der Tote auf der Matratze, der Geruch nach Fäulnis.

In diesem Keller also, dachte Kelly, dies also ist Lauras heimliches Liebesnest gewesen.

Er sah sie vor sich mit den Juwelen, die sie gestern abend getragen hatte, und empfand diese Diskrepanz zwischen dem Schmuck auf der einen Seite und diesem Keller auf der anderen als kraß, aber er wunderte sich nicht. Das Leben hielt solch absurde Möglichkeiten bereit, und Laura war genau der Mensch, der sich in solchen Konstellationen verfangen konnte – und unter Umständen daran zerbrach.

»Überdosis Heroin«, sagte der Arzt, den Kelly sofort gerufen hatte, kaum daß er des Toten ansichtig geworden war. »Ganz klarer Fall. Der Tod ist in der vergangenen Nacht eingetreten. Zwischen Mitternacht und zwei Uhr, würde ich sagen.«

»Spuren von Gewalteinwirkung?« erkundigte sich Kelly. »Ich meine, ist es möglich, daß er sich nicht selber gespritzt hat?«

»Er hat sich mit Sicherheit nicht selber gespritzt«, entgegnete der Arzt, »denn die Spritze wurde ja am anderen Ende des Raumes auf einem Regal gefunden. Es ist mehr als unwahrscheinlich, daß er noch die Kraft hatte, selber aufzustehen und sie dorthin zu legen. Im übrigen: Wozu auch?«

»Ja, richtig.« Kelly biß sich auf die Lippen. Der Gedanke hätte ihm auch selber kommen können.

»Gewalt«, fuhr der Arzt fort, »war aber nicht im Spiel, zumindest gibt es dafür keinerlei Anhaltspunkte.«

»Hm.« Kelly nickte. Laut überlegte er: »Wer gab ihm die Spritze? Laura kann es nicht gewesen sein!«

Der Arzt sah ihn fragend an.

»Schon gut«, sagte Kelly rasch, »mir gingen nur ein paar Dinge durch den Kopf. Ich komme gleich wieder, Doktor. Ich muß nur rasch oben von meinem Auto aus telefonieren.« Er lief die Treppe hinauf, trat hinaus in den Schnee. Selbst diese häßlichste Gegend der Bronx mit ihren halb verfallenen Häusern, den blinden Fensterscheiben und abgewrackten Autos in den Höfen wurde durch die glitzernde, weiße Pracht verschönt. Das Licht war beinahe unerträglich hell, Kelly blinzelte geblendet. Er setzte sich in seinen Wagen und wählte eine Nummer. Als das Klingelzeichen ertönte, nahm er den Hörer ab. Es dauerte eine Weile, bis sich jemand meldete.

»Ja?« Es klang verschlafen und heiser, aber er erkannte Laura gleich.

»Miss Hart? Hier ist Kelly. Es tut mir leid, wenn ich Sie geweckt habe...«

»Schon gut, Sie haben mich nicht geweckt. Es... es geht mir nur nicht besonders gut. Ich habe eine Schlaftablette genommen heute nacht, und das erledigt mich immer gleich für den nächsten Tag.«

»Trinken Sie ein bißchen Kaffee, vielleicht hilft das.«

»Hab' ich schon. Inspektor...« In Lauras Kopf schien Klarheit einzukehren. »Ist was passiert? Oder warum rufen Sie so früh an?«

»Laura, ich bin hier bei Ken...«

»Bei Ken? Mein Gott, wie geht es ihm? Er hat seit vorgestern keinen Stoff, er muß doch wahnsinnig werden...«

»Laura...« Nichts an seinem Beruf haßte Kelly so sehr wie diese Situationen.

»lnspektor, geht es Ken sehr schlecht?«

»Laura... Miss Hart... Laura...« Kelly gab sich einen Ruck. »Ken ist tot, Laura. Es tut mir sehr leid.«

»Was?«

»Ich fand ihn tot im Keller auf seiner Matratze.«

»Das kann doch nicht wahr sein!«

»Doch. Leider.«

»Und Sie sind sicher, es ist Ken?«

»Die Leute aus dem Haus haben es bestätigt.«

Sekundenlanges Schweigen. Dann fragte Laura gefaßt: »Woran ist er gestorben?«

»An einer Überdosis Heroin.«

»Das kann nicht sein«, sagte Laura noch einmal, »er hatte ja gar kein Geld für Heroin. Er ist absolut nicht in der Lage, sich Stoff zu kaufen. Und umsonst gibt's den nicht, da können Sie sicher sein!«

»Ich weiß. Er hat es sich auch nicht selber gespritzt. Das hat jemand anderes getan. Irgend jemand hat ihm heute nacht zwischen zwölf und zwei Uhr das Heroin gegeben.«

»Man wollte ihn ermorden?«

»Nicht unbedingt. Der Arzt sagt, er war in einem erbarmungswürdigen körperlichen Zustand. Morgen oder übermorgen wäre es wahrscheinlich ohnehin soweit gewesen. Der Körper hatte keine Widerstandskraft mehr.« Er schwieg und wartete, daß Laura etwas sagte, aber vom anderen Ende der Leitung kam nichts. Er räusperte sich. »Laura?«

»Ja?«

»Ich komme jetzt zu Ihnen. Wir müssen noch einmal über alles reden.«

»Ja.« Das klang müde und ergeben.

Kelly sagte: »Bis gleich dann, Laura!« und legte auf. Er mußte noch einmal hinunter zum Arzt. Noch einmal in diese Höhle. Zu denken, daß Laura und dieser ausgemergelte Junge einander dort geliebt hatten ... Was hatte er Laura wirklich bedeutet? Für ihn würde das wohl eines der unlösbaren Geheimnisse in diesem Fall bleiben. Seufzend stieg er aus dem Auto.

Laura schaute über Manhattan hin, verfolgte mit den Augen die Linie der Wolkenkratzer, sah hinunter auf kleine Häuser aus rotem Backstein mit verschnörkelten, eisernen Feuerleitern vor den Fenstern. Spielzeughäuser, Spielzeugautos, Spielzeugmenschen. Vom Schlafzimmer aus konnte man bis zum East River blicken, blau und glänzend lag der Fluß unter der Wintersonne. Alle paar Minuten hob sich drüben von Queens ein Flugzeug in den wolkenlosen Himmel. Silbern, schlank und lautlos. Sie machten es einfach, von Kontinent zu Kontinent zu gelangen, Meere zu überqueren, Länder zu erreichen, die am anderen Ende der Welt lagen. So schnell ging das alles heute; schon legte die

Concorde den Weg zwischen Amerika und Europa in weniger als vier Stunden zurück. War das der Traum der Menschen? Immer schneller zu werden, immer vollkommener, immer perfekter? Und höher hinaufzukommen, der Sonne näher, dem Himmel, die Erde weit unter sich lassen? Sie ließen ihre Häuser ins Unendliche wachsen, bauten himmelhohe Paläste aus Glas und Stahl. Schon verschwamm die Skyline von Manhattan an manchen Tagen im Dunst der Wolken. Wolkenkratzer... man betrachtete sie staunend und sehnsüchtig, denn man glaubte, dort oben müsse man sich leichter und freier fühlen, und dann fuhr man hinauf, von Stockwerk zu Stockwerk, so wie man das ganze Leben darum bemüht war, Stufe um Stufe hinaufzuklettern. Und wenn man dann oben stand, ganz oben in den Wolken, dann war die Luft wie Sekt, und der Atem ging rascher... bis man begriff: In Wahrheit war man klein und unvollkommen geblieben, und vergänglich wie eh und je.

Ken war in der letzten Nacht gestorben.

Laura wandte sich vom Fenster ab. Sie betrachtete den Raum, das Zimmer, in dem sie seit einem Jahr mit David geschlafen hatte. Überscharf nahm sie alle Einzelheiten wahr: Die großen Kleiderschränke mit den Spiegeltüren. Die bunten Lampen rechts und links des Bettes. Die Fresken an der Wand, Kriegsszenen aus dem alten Byzanz, ein Vermögen wert. Der künstliche Pfirsichblütenbaum – David hatte ihn aus China mitgebracht, als gäbe es so etwas nicht auch billiger bei Bloomingdale's – war behängt mit ihren Ketten: Perlen, Straß, Jade, Granate, Türkise, ihr ganzer vergleichsweise billiger Schmuck. Aber auch die Rubine, die sie gestern nachmittag getragen hatte, lagen wie achtlos hingestreut auf dem kleinen dunkelblauen Sofa, in das goldene Sterne und eine Mondsichel eingestickt waren. David hatte es ihr geschenkt. Laura fand es zwar kitschig, aber sie hatte sich trotzdem gefreut, es war ein Gefühl gewesen, als werde ihre Seele gestreichelt. Nun würde niemand je wieder ihre Seele streicheln. Nie wieder. Alles um sie herum war kalt und grau. Sie selber war kalt und grau. Sie fühlte sich wie tot, so tot wie Ken, der leblos auf seiner dreckigen Matratze im Keller lag. Er hatte allein sterben müssen, ohne sie.

Sie trug seidene Wäsche und Schmuck und schöne Kleider, und er war elend und einsam gestorben. Nie hätte sie den Platz an seiner Seite verlassen dürfen.

Ich habe ihn geliebt. Ich liebe ihn noch jetzt. Ich werde ihn immer lieben.

»Ken!« Sie schrie seinen Namen. Es gab so vieles, was sie ihm gern erklärt hätte – die Sache mit David, daß sie diesen Mann nicht geliebt, aber gebraucht hatte, daß sein Geld ihr die einzige Sicherheit im Leben gegeben hatte; wo sonst hatte sie sich jemals sicher fühlen dürfen? Sie fragte sich, was Ken in seinen letzten Minuten über sie gedacht hatte. Daß sie ihn verraten hatte? Daß sie eine korrupte Person war, die für David Bellinos Dollars ihrer Liebe untreu geworden war? Daß sie sich verkauft hatte, um fortan in Samt und Seide gehen zu können? Welchen Grund gab es für ihn, etwas anderes anzunehmen? Die Tatsache, daß sie ihm Geld gebracht hatte, das sie von David stahl, was bedeutete das schon! Almosen statt Liebe; und dabei hatte sie ihn doch so sehr geliebt. Die mageren Finger, die zerstochenen Arme, den dahinsiechenden, verfallenden, sterbenden Körper, die Augen mit dem Wissen um die Nähe des Todes. Ken war Wirklichkeit und Wahrheit gewesen, *ihre* Wirklichkeit und Wahrheit. Er hatte sie gebraucht, und sie hatte ihn im Stich gelassen. Reue, Schmerz, die Unfaßbarkeit, daß sie nichts würde wieder in Ordnung bringen können, überfielen sie gleichermaßen heftig. Die Erstarrung, die über ihr gelegen hatte, gleich nach Kellys Anruf, löste sich.

»Ken!« schrie sie, und wie sie es als kleines Kind getan hatte, wollte sie sich zusammengekrümmt in eine Ecke legen und weinen. Aber von draußen erklang eine Stimme: »Ich bin es – Steve. Darf ich … darf ich reinkommen?«

Sie mußte sein Klopfen überhört haben. Rasch zog sie den Gürtel ihres Morgenmantels fester. Ein Blick in den Spiegel, sie sah grau aus, blaß bis in die Lippen. Auch egal, mochte sich Steve seinen Teil denken.

»Ja. Kommen Sie herein, Steve.«

Er trat ein, schloß nachdrücklich die Tür hinter sich. »Guten Morgen, Laura. Ich hoffe, ich störe Sie nicht?«

»Nein. Was gibt es?«

»Darf ich mich einen Moment setzen?«

»Bitte.« Sie selber blieb stehen. Ihre Geistesabwesenheit verunsicherte ihn. Die Frau war überhaupt nicht ganz da. Und sie sah entsetzlich elend aus – lieber Gott, wie konnte ein Mensch so bleich sein? Nun, vielleicht lag das auch an der überhellen Wintersonne, die ließ jeden fahl aussehen. Steve beschloß, sich nicht weiter darum zu kümmern.

»Laura, wegen der letzten Nacht....«

»Ja?«

»Es... es sah alles so einfach aus, nicht?«

Letzte Nacht... das war so lange her. In der letzten Nacht war Ken gestorben. Mit beiden Händen griff sich Laura an die Schläfen. »Was meinen Sie, Steve?«

»Ich, nun... ich dachte in der letzten Nacht, alle meine Probleme hätten sich gelöst. Ich glaube, wir alle dachten das. Wissen Sie, ich liebe Mary, und in der letzten Nacht war ich überzeugt, daß es nur diese Liebe ist, was wirklich zählt. Alles andere kam mir unwesentlich vor. Bedeutungslos. Erst jetzt... es ist nicht mehr Nacht und nicht mehr dunkel...« Sie muß glauben, ich bin verrückt, dachte er. »Auf einmal sind meine Sorgen wieder da. Meine Zukunftsangst... das Gefühl, keinen Boden unter den Füßen zu haben...«

»Ich verstehe«, sagte Laura ausdruckslos, »es geht mir genauso.«

Ein Mensch, der ein bißchen weniger auf sich konzentriert gewesen wäre als Steve, hätte den Schmerz in ihren Augen erkannt. Steve aber fragte sich nur verwundert: Wie kann sie mich verstehen? Sie hört mir doch gar nicht zu!

»Wenn ich jetzt nach England zurückkehre, wird alles dort weitergehen, wo es aufgehört hat«, fuhr er fort. »Ich werde keine Arbeit haben und kein Geld. Ich werde immer der Mann sein, der im Gefängnis war. Man gibt mir keine Chance, deshalb kann ich es nicht schaffen.«

Immer noch lag diese seltsame Teilnahmslosigkeit in Lauras Blick. Sie wirkte so müde, so sterbensmüde.

»Laura, ich habe gedacht, Sie könnten mir helfen. Ihnen ist doch nun alles zugefallen, was David gehört hat. Sie besitzen mehr Geld, als Sie in Ihrem ganzen Leben ausgeben können. Und Sie herrschen allein über ein Imperium. Meinen Sie nicht, es gäbe etwas – irgend etwas –, was Sie für mich tun können?«

Zum ersten Mal seit Beginn der Unterhaltung erwachte in Laura ein Funken Leben. Ihre Augen wurden um eine Spur schmaler. »Was meinen Sie?« fragte sie lauernd.

»Nichts als das, was ich sage.« Steve erhob sich. Es irritierte ihn, von unten zu ihr hinaufsehen zu müssen. Vom Couchtisch her lächelte ihn Davids Foto aus breitem Silberrahmen an – ein kaltes Lächeln. So, als wollte er sagen: Paß auf, ich habe auch jetzt noch alles unter Kontrolle!

»Ein Job bei Bredow Industries. Eine hübsche Wohnung hier in Manhattan. Es würde meinem Leben eine Wende geben, Laura. Ich hätte endlich die Chance, neu anzufangen. Und Sie würden wahrscheinlich kaum eine Bewegung auf Ihren Konten registrieren!«

»Sie meinen, die lächerlichen anderthalb Millionen Dollar, die eine ›hübsche Wohnung‹ in Manhattan kostet, sind ein Klacks für mich?«

»Sie besitzen eine Milliarde!«

»Und was wollen Sie dann später? Ein Ferienhaus an der Côte d'Azur? Eine Ranch in Kalifornien? Eine Yacht? Einen eigenen Jet? Nicht zu vergessen eine Sammlung schöner Autos und ein komplett ausgestattetes Fitness-Studio? Fällt Ihnen noch etwas ein? Sie müssen es nur sagen!«

»Laura, ich glaube, Sie haben mich mißverstanden. Ich will nicht…«

»Ich habe Sie richtig verstanden, Steve. Und im Grunde ist es genau das, was ich hätte erwarten müssen.« Laura sprach jetzt klar und scharf. Ihre Benommenheit hatte sie abgeschüttelt. »Sie und Ihre Freunde wissen, daß ich einen Mord begangen habe. Ich habe David Bellino erschossen, und ich habe Ihnen das in der vergangenen Nacht gestanden. All das Gerede von Freundschaft und Zusammenhalt… ach, wir hatten ein bißchen viel Champagner getrunken, und dann das ganze Kerzenlicht... bei Tag sieht man schon klarer, nicht? Da haben die Dinge eine ganz andere Dimension. Was heißt schon Freundschaft? Davon hat sich noch keiner was kaufen können! Aber Schweigen kann man sich teuer bezahlen lassen.«

»Lieber Himmel, das war es wirklich nicht, was ich sagen wollte... nein, Laura, das haben Sie völlig in den falschen Hals gekriegt. Das hört sich ja an wie... wie...«

»...wie Erpressung, richtig. Sprechen Sie es doch aus. Ich war eine Närrin, daß ich mir das nicht gleich in der letzten Nacht gedacht habe. Ich hätte wissen müssen, daß die Angelegenheit genau diesen Verlauf nehmen würde. Allerdings, daß Sie so schnell Ihren ersten Schachzug machen würden... na ja, egal. Ich bin für den Rest meines Lebens erpreßbar. Vier Menschen können mir hemmungslos die Daumenschrauben anlegen. Eine phantastische Situation! Sie brauchen Geld! Die gute Gina braucht Geld, und zwar verdammt dringend. Mary wird Geld brauchen, falls sie sich von ihrem grauslichen Mann trennt. Na ja, und Natalie, wenn sie mit ihrem Valium mal endgültig ins Schleudern gerät, wird sie sich wahrscheinlich auch meiner entsinnen. Und ich werde zahlen, zahlen, zahlen...« Sie lachte. Es war ein verzweifeltes, schrilles Lachen. »Wie absurd!«

»Laura, ich wünschte, Sie würden mich verstehen. Uns alle. Wir haben David gehaßt, und irgendwie fühlen wir uns jeder an der Tat beteiligt. Vielleicht nur deshalb, weil wir sie moralisch nicht verurteilen können. Wir halten zu Ihnen, weil...«

Wut blitzte auf in Lauras Augen. »Hören Sie auf mit dem Unsinn! Ich kann dieses verlogene Gerede nicht mehr ertragen. Würden Sie das so auch einem Staatsanwalt sagen? Mit Sicherheit nicht! Wenn es hart auf hart kommt, bin ich die einzige, die für die Tat geradezustehen hat. Sie nicht, und keiner Ihrer teuren Freunde. Und jetzt verschwinden Sie! Lassen Sie mich allein, ich muß nachdenken.«

»Bitte, ich...«

»Ich sagte, verschwinden Sie! Gehen Sie raus!« Und als er immer noch zögerte, schrie sie: »Raus!«

Steve verließ fluchtartig den Raum. Die Tür schlug hinter ihm zu. Laura griff nach einer kristallinen Vase und schmetterte sie zu Boden. Die Scherben flogen in alle Richtungen, bedeckten den marmornen Fußboden. Sie sank zwischen ihnen auf die Erde, blieb dort liegen. Noch immer lächelte David ihr höhnisch zu.

Auf dem Gang vor Lauras Schlafzimmer traf Steve auf Gina und Natalie. Beide waren angezogen, frisiert und geschminkt und sahen wesentlich erholter aus als am Abend zuvor. Ihre morgendliche Dosis Valium mußte Natalie schon geschluckt haben, denn sie wirkte ruhig und ausgeglichen.

»Guten Morgen, Steve«, sagte sie.

Gina hingegen stieß einen kleinen Schrei aus. »Ist das nicht Steve? Und wenn mich nicht alles täuscht, kommt er geradewegs von der lieben Laura! Was wolltest du denn bei Laura, Steve?«

Steve wurde blaß. In seinem Gesicht stand unverblümt Abneigung. »Was tut ihr denn hier?« fragte er angriffslustig zurück.

»Wir sind auf dem Weg ins Eßzimmer, in der Hoffnung, daß es da ein Frühstück für uns gibt.« Ginas Augen lauerten. »Komm, sag schon, Steve, was wolltest du bei Laura? Sie doch nicht etwa anpumpen?«

Steves Gesichtsfarbe wechselte in flammendes Rot. »Quatsch!« sagte er heftig. »Abgesehen davon bin ich dir keine Rechenschaft schuldig, Gina!«

»Wir sind doch so gute und enge Freunde! Wir vertrauen einander und können uns alles offen sagen.« Gina grinste ironisch. »Gib es zu. Du hast versucht, aus Laura ein bißchen Kapital zu schlagen!«

»Nicht so laut!« mahnte Natalie,

»Wer hat denn versucht, aus David Kapital zu schlagen in den letzten Minuten seines Lebens?« fauchte Steve. »Das war doch unsere hübsche, clevere, ganz und gar nicht zurückhaltende Gina! Schnurstracks bist du zu ihm marschiert und warst bereit, deine Seele zu verkaufen, wenn er dafür deinen und Lord Artanys Kopf aus der Schlinge des Gerichtsvollziehers zieht!«

»Deshalb bin ich schließlich nach New York gekommen!«

»Ich auch!«

Sie starrten einander an. Dann sagte Gina kühl: »Aber ich habe niemanden erpreßt!«

»Was meinst du damit?«

»Was ich damit meine? Das war ein hübsches Schauspiel letzte Nacht, nicht? Freiheit, Gleichheit, Brüderlichkeit. David ist tot. Auf eine gewisse Weise fühlen wir uns alle erleichtert. Die Schuld war gesühnt. Uns erfüllte etwas Feierliches, Erhabenes. Laura und wir alle bildeten eine Einheit. Es hätte ein Happy-End sein können. Ein wunderschönes Happy-End.«

Natalie und Steve schwiegen. Schließlich sagte Natalie leise: »Es gibt keine Happy-Ends!«

»Nein«, sagte Gina. »Schon deshalb nicht, weil es nie ein Ende im Leben gibt. Das Ende ist erst der Tod, und was wissen wir, was dann noch alles kommt. Auf Nächte wie die gestrige folgt immer unweigerlich der nächste Morgen. Und im hellen Licht sieht alles ganz anders aus.«

Seltsam, dachte Steve, genau das empfand ich heute früh. Und Laura sagte auch etwas in der Art. Ist uns allen ein Schleier vom Gesicht gezogen?

»Im hellen Licht«, fuhr Gina fort, »denkt sich der liebe, kleine Steve: Jetzt weiß ich so viele Geheimnisse von Laura Hart, die für gewisse Leute außerordentlich interessant wären. Was würde die reiche Laura Hart wohl an Dollars auf den Tisch blättern, wenn ich dezent andeutete, ich würde andernfalls meine Geheimnisse da und dort ausplaudern?«

»Du redest ja Unsinn!«

»Müssen wir das alles hier auf dem Gang besprechen?« fragte Natalie. »Man weiß nie, wer hier alles zuhört!«

Steve entschloß sich zum Gegenangriff. »Wie lange hätte es denn gedauert, und du wärest zu Laura gegangen, Gina? Und wann Mary? Und auch unserer edlen Natalie wäre es irgendwann aufgegangen, daß hier vielleicht etwas zu holen ist! Das war doch nur eine Frage der Zeit!«

Ein Hausmädchen kam vorbei, musterte die kleine Gruppe schüchtern, grüßte leise. Als sie verschwunden war, murmelte Gina: »Wir haben uns sehr verändert. Als wir noch ganz jung waren, Kinder beinahe – ich hätte meine Hände dafür ins Feuer gelegt, wir wären alle bei der Stange geblieben. Eisern.«

»Das Leben gewöhnt einem die Loyalität ab«, sagte Natalie. »Wie ist es – würdet ihr gern die Zeit noch einmal zurückdrehen?«

»Nein«, erwiderten Steve und Gina aus einem Mund, und beide dachten sie dabei sehnsüchtig: Ja. Ja. Ja.

Ein Sonnenstrahl tanzte durch das ovale Deckenlicht und beleuchtete eine Bronzestatue, die auf einem Glastisch stand. Sie stellte einen muskulösen, schlanken Mann dar, der einen Speer hoch über dem Kopf hielt, so, als wolle er ihn gleich von sich schleudern. Im ganzen Penthouse wimmelte es von solchen Szenen, als Plastiken und auf Bildern. David hatte Kriegsmotive geliebt.

Wenigstens, dachte Gina, hat er keine kitschigen Jagdbilder aufgehängt, erlegte Hirsche im Abendsonnenschein und ein Rudel kläffender Hunde drumherum.

Wer war David Bellino wirklich gewesen?

Auf einmal müde und erschöpft gab Gina es auf, dieses Rätsel zu ergründen. Zwei Dinge beschäftigten sie: zum einen die Enttäuschung darüber, daß Freundschaft so rasch und spurlos verblassen konnte wie Sterne am Morgenhimmel – nichts blieb, wenn sich das Leben von seiner rauhen Seite zeigte und blanker Egoismus sich als lohnender erwies. Und dann dachte sie an Charles. Auf einmal drängte es sie zu ihm zurück. Solange sie ihn kannte, hatte sie nie Sehnsucht nach Charles Artany gehabt, aber plötzlich fehlte er ihr, sein vertrauensvoller Blick aus großen, dunklen Augen, seine sanfte Stimme, sein scheues Lächeln, das um Zärtlichkeit warb. Sie dachte an ihn mit jener Mischung aus Gereiztheit und Liebe, mit der eine Mutter an ihr quengeliges, schwieriges, aber anhängliches Kind denkt.

Ich will zurück. Nach Hause. Zu Charles. Weg von New York, dem toten David, dem Inspektor, weg von Verdächtigungen, Intrigen, unverhohlenen Erpressungsversuchen. Ich habe alles so satt!

In ihrer unsentimentalen Art wandte sie sich ab von ihren eigenen Gedanken und sagte lebhaft: »Ich könnte jetzt ein paar richtig schöne, zynische Bemerkungen über Freundschaft machen, aber ...«

»Davon sind wir überzeugt!« warf Natalie ein.

»... aber wir waren ja eigentlich auf dem Weg zum Frühstück, und vielleicht sollten wir diesen Plan weiterverfolgen. Ich verhungere gleich. Was ist, kommt ihr mit?«

»Sollten wir nicht Laura fragen, ob sie auch mit uns frühstücken will?« meinte Natalie zögernd.

»Besser nicht. Sie würde denken, wir wollen uns bei ihr einschmeicheln, oder wir wollten ihr diskret klarmachen, was wir zu tun gedenken, wenn sie uns nicht ein paar Dollar zufließen läßt.« Gina grinste. »Mit bestimmten Menschen ist es schwierig, normal und unbefangen umzugehen: Mit solchen, die sehr reich sind und mit solchen, die einen Mord begangen haben. Unglücklicherweise vereint unsere liebe Laura das auf grandiose Weise in sich!«

4

»Liebe Gina, liebe Natalie, liebe Mary und lieber Steve. Ken ist heute nacht gestorben. Inspektor Kelly rief mich vorhin an, um mir das zu sagen. Todesursache war das Heroin. Ich habe hin und her überlegt, wie er an den Stoff gekommen sein kann – er hatte kein Geld, keinen Job, war körperlich am Ende – ich meine damit, er hatte auch keine Chance, sich das Heroin gewaltsam zu besorgen. Jemand hat ihm die Spritze gegeben, und ich weiß, umsonst ist nichts dort, wo ich herkomme. Ich kann mir nur denken, daß es seine Freunde waren – Joe und Ben und Jay.

Und daß sie dafür die Information bekommen haben, die sie wollten.

Wahrscheinlich wissen sie nun, wer der Mörder von David Bellino ist. Ken hat sein Geheimnis bestimmt nicht mit ins Grab genommen. Ich kannte ihn, wie er war, wenn er das Zeug nicht bekam, wenn er vor Schmerzen wimmerte, wenn er vor mir auf dem Boden lag, mich anflehte um einen Druck. In diesen Momenten hätte er seine eigene Mutter verraten.

Wir haben also wahrscheinlich drei Mitwisser mehr – acht Menschen, die von einem Mord Kenntnis haben, sind ein bißchen viel, finden Sie nicht? Allerdings erscheint Ihnen das sicher weniger bedrohlich als mir, denn schließlich haben Sie alle miteinander saubere Hände. Für mich liegen die Dinge komplizierter. Solange ich lebe, bin ich vom Wohlwollen dieser sieben abhängig.

Steve, Sie wollten heute früh eine Arbeit bei Bredow Industries und ein Appartement in Manhattan. Sie wissen wohl, daß ich kaum eine andere Wahl habe, als Ihnen diesen Wunsch zu erfüllen. Was möchten die anderen? Ich bin sicher, sie werden mir das schon noch dezent und freundlich mitteilen, auch wenn sie, im Gegensatz zu Steve, höflicherweise ein paar Tage damit warten. Und nicht zu vergessen Joe, Ben und Jay. Den Jungs werden eine ganze Menge unerfüllter Wünsche einfallen. Ich glaube, daß Jay und Ben an der Nadel hängen, damit sind sie sowieso ein Faß ohne Boden. Und Joe hat sicher einige hochfahrende Pläne.

Wissen Sie, ich fühle mich so entsetzlich elend. Nicht, weil mich Heerscharen von Erpressern umgeben. Nein, es ist dieses Gefühl, das ich hatte, wenn ich in den dunklen, kalten Nächten aufwachte und nach meiner Mutter rief. Oder wenn ich durch die Straßen irrte und nach ihr suchte. Jede Nacht dachte ich: Jetzt ist Mum tot! Diesmal ist es passiert! Als es schließlich soweit war, habe ich kaum begriffen, daß die dicke, alte Frau, die leblos vor mir im Schnee lag, tatsächlich meine Mutter war.

Ich kann es nicht fassen, daß Ken tot ist. Ich habe es auch nicht fassen können, als David in seinem Arbeitszimmer blutend zusammenbrach. Im übrigen ist mir bis jetzt nicht ganz klar, warum ich geschossen habe. Ich weiß nur, ich wünschte, ich hätte es nicht getan. Es war wohl auch meine Angst. Was sagte David über die Ratte, die zurückkehren soll in die Kanäle unter der Stadt? Diese furchtbare Angst, wieder dort zu stehen, wo ich hergekommen bin!

Ich habe mal in einem Buch den Satz gelesen: Die Angst sprang sie an. Mir hat dieser Ausdruck sehr gefallen. Genau das gibt es nämlich. Es gibt die Angst, die ganz langsam in einem erwacht, irgendwo im Bauch, und dann kriecht sie durch den ganzen Körper, breitet sich mehr und mehr aus, so wie Nebel sich ausbreitet oder Rauch, und dann ist man schließlich ganz erfüllt von ihr, und man denkt, man ist gelähmt. Und es gibt diese Angst, die einen anspringt, plötzlich und unerwartet, sie hat scharfe Krallen und reißende Zähne. Sie lähmt den Körper nicht, sie macht ihn wach und panisch – und unvorsichtig. Es war diese Angst, die über mich herfiel, als ich David und Gina belauschte.

Ich habe das Gefühl, ich drücke mich ziemlich verworren aus, aber ich fühle mich so entsetzlich elend. Dieses Penthouse ist so kalt, so steril, so protzig. Heute kommt es mir besonders abweisend vor, in dieser furchtbar hellen Wintersonne. Ich denke dauernd, ich müßte anfangen mit den Zähnen zu klappern, dabei läuft die Heizung auf vollen Touren. Ich friere von innen, das kenne ich schon mein Leben lang. In unserer Wohnung in der Bronx war es im Winter meistens so grausam kalt, daß es mich noch heute wundert, warum wir nicht erfroren sind, aber ich erinnere mich, daß mir nicht die Frostbeulen an den Fingern weh taten, sondern die Einsamkeit in meinem Herzen.

Während ich das hier schreibe, trinke ich einen Walnußschnaps nach dem anderen. David hat ihn aus Europa kommen lassen. Ich glaube, das ist etwas ganz Exklusives, nur sehr schwierig zu kriegen. David hatte immer einen Hang zu solchen Dingen.

Ich bin schon ganz durcheinander. Ich fürchte, ich habe ein bißchen viel von dem herrlichen Getränk erwischt. Mein Kopf dreht sich. Nein… es dreht sich in meinem Kopf, so muß es heißen. Ich bin sehr müde, lebensmüde wahrscheinlich. Ich kann nicht sagen, wie groß meine Trauer um Ken ist. Wann habe ich ihm zuletzt gesagt, daß ich ihn liebe? Und hat er es mir überhaupt geglaubt? Er hätte anderes von mir gebraucht als mein Geld. Noch jetzt schäme ich mich, wenn ich daran denke, wie ich auf ihn gewirkt haben muß in diesem Keller, in den von Gott weiß woher das Wasser tropfte, wo das Moos an den Wänden wuchs und die Kakerlaken aus allen Ritzen krochen – wie muß ich gewirkt haben in meinen verdammten feinen Kleidern und teuren Schuhen und dem Duft von ›Giorgio‹ um mich herum! Ich bin ausgebrochen aus unserer Welt und habe ihn zurückgelassen. Warum weiß man so oft nicht, was man wirklich will? Ich hätte David mitsamt seinem Gerede und seinem Scheißgeld kühl lächelnd stehen lassen und mein eigenes Leben führen sollen. Ich wäre mir selbst treu geblieben, das ist die wichtigste Treue, und ich wäre ein Mensch geblieben, der innerlich frei ist. Aber ich weiß genau, hätte ich die Möglichkeit, das alles noch einmal zu erleben, ich würde dieselben Fehler begehen, denselben Irrtümern unterliegen, denselben Kummer haben müssen. Man wird sicher klüger durch Erfahrung, aber manchmal weiß man, daß man trotz allem keine andere Möglichkeit hätte.

Wie sieht mein Leben denn jetzt aus? Irgend jemand wird mich verraten, soviel ist sicher. Ich werde alles verlieren und für zwanzig Jahre ins Gefängnis gehen. Wenn ich herauskomme, bin ich nicht mehr jung. Vielleicht findet sich irgendein abgewrackter Kerl, der mich heiratet, ein Witwer, dessen Brut ich aufziehe, dessen Launen ich ertrage, dem ich abends sein Bier bereitstelle und der dann im Bett grunzend über mir einschläft. Noch wahrscheinlicher ist, es findet sich keiner. Ob ich dann in einem Supermarkt an der Kasse sitze? Oder die Klos in einem Krankenhaus putze? Was auch immer, es wird alles leer und trostlos sein ohne Ken. Es wird nichts geben, worüber ich mich freue, worüber ich lache oder traurig bin. Alles ist von einer trostlosen Leere. Ich bin nicht bereit, diese Traurigkeit zu ertragen, ich glaube, ich kann sie nicht ertragen. Lebte Ken noch, gäbe es

irgendwo eine Hoffnung. So aber mündet alles nur in Trostlosigkeit.

Ich bin jetzt ziemlich besoffen. Da ich nicht mehr genau weiß,
was ich tue, tue ich am besten etwas Drastisches. David, der po-
tentielle Selbstmörder, hatte immer Zyankali in der Wohnung. Er
braucht es nicht mehr, also werde ich mich bedienen. Ich sterbe
an einem schönen, strahlenden Dezembertag in New York. Gehüllt in Seide, wenigstens das. Diesen Brief gebt Inspektor Kelly,
unserem Freund. Er ist ein Schuldgeständnis; somit läßt er euch
dann hoffentlich endlich nach Hause fliegen.

Tut mir leid, daß ich euch so viele Umstände gemacht habe.
Lebt wohl.

Eure Laura.«

New York, 3. 1. 1990

»Letzter Aufruf für den Flug 707 der Air France nach Paris!«

»Scheiße«, sagte Natalie. »Fällt dieser Abschied nur mir so schwer, oder geht es euch auch so?«

»Manchmal sind Flughäfen widerlich«, murmelte Gina, »und JFK ist unter Umständen der widerlichste.«

»Gibt es hier eigentlich kein besseres Café als das, in dem wir gelandet sind?« fragte Natalie. Ein paar verklebte Tische und harte Bänke, mehr oder weniger mitten auf dem Gang. An einer Theke konnte man sich etwas zu essen oder zu trinken holen. Gina hatte Baked Potatoes mit Pilzen organisiert. Jeder hatte vorher erklärt, genau darauf Lust zu haben, und jeder hatte seine Portion nach dem ersten Bissen von sich geschoben.

»Das sind keine Pilze, sondern eine Soße!«

»Eine ekelhafte Soße.«

»Eine Pilzpampe ist das, mehr nicht!«

Auf dem mit Cola verklebten Tisch standen nun vier Teller mit angegessenen Kartoffeln, ein Glas Sekt von Gina und drei Gläser Mineralwasser. Eine grelle Deckenlampe beleuchtete die triste Szenerie. Natalie und Gina paßten am wenigsten in diese Umgebung; sie waren viel zu elegant gekleidet. Gina erinnerte sich, daß sie mit Natalie schon als Teenager die Überzeugung geteilt hatte, bei Flugreisen müsse man immer so hergerichtet sein, als werde man todsicher seinem Traummann begegnen.

»Stell dir vor, Jean Paul Belmondo setzt sich neben dich, und du hast eine uralte Jeans und ein ausgeblichenes T-Shirt an«, hatte Nat gesagt.

»Sag mal, hat eigentlich jemals Jean Paul Belmondo im Flugzeug neben dir gesessen?« erkundigte sich Gina nun.

Natalie stutzte, dann grinste sie. »Nein. Neben dir?«

»Nein.« Sie lachten beide.

»Wir geben die Hoffnung nicht auf.« Natalie erhob sich. Sie sah sehr hübsch aus in ihrem Kostüm aus dunkelgrünem Samt. Das blonde Haar glänzte im Schein der Lampen. Zum ersten Mal fielen den anderen die zarten Fältchen um Natalies Augen auf. Sie machten die Freundin weniger älter als schöner. Zu ihrem klugen Gesicht paßten die feinen Linien besser als die glatte Haut des Teenagers. Natalie gehörte zu den Frauen, die mit jedem Jahr attraktiver werden.

Nun suchte sie in ihrer Handtasche nach ihrem Ticket. »Wo hab ich es denn nur? Meine Güte, ich werde es doch nicht in meinem Zimmer liegengelassen haben! Noch einmal gehe ich nicht in dieses Penthouse zurück … ah, da ist es ja!« Sie zog den Umschlag heraus. Gleichzeitig purzelte eine Schachtel auf den Tisch. Es waren ihre Tabletten. Alle starrten darauf, dann nahm Steve die Schachtel und gab sie Natalie zurück.

»Ich werde eines Tages Stammgast in allen nur denkbaren Sanatorien sein, wenn ich nicht Schluß mache mit dem Zeug«, murmelte sie, während sie die Packung verstaute.

»Du wirst es schon jetzt nicht mehr ohne ärztliche Hilfe schaffen«, sagte Gina, »aber je eher du anfängst, desto leichter geht es.«

»Okay.« Natalie ließ das Schloß ihrer Chaneltasche zuschnappen und verwandelte sich nach dem sekundenlangen Eingeständnis ihrer Schwäche wieder in die kühle, souveräne Blonde, die niemandem Einblick in ihr Inneres erlaubt. »Hör zu, Mary, du bist nur in London, um deine Tochter abzuholen. Dann kommst du sofort nach Paris. Laß dich von dem Schuft Peter bloß nicht bequatschen. Wenn Männer verlassen werden, ziehen sie alle Register an Sentimentalitäten, und es gibt leider genügend Frauen, die sich davon beeindrucken lassen.«

»Ich nicht«, versicherte Mary, und wer ihr kleines, herzförmiges Gesicht sah, mochte nicht unbedingt überzeugt sein; ein scharfer Beobachter hätte jedoch den glimmenden Funken der Entschlossenheit in ihren Augen wahrgenommen. »In spätestens einer Woche bin ich in Paris, Nat!«

Wie sich das anhörte! Paris! Von New York über London nach Paris! Irgendwie versprach das ein neues Leben.

»Claudine und ich freuen uns auf dich«, sagte Natalie. Sie neigte sich vor und gab jedem einen Kuß. »Auf Wiedersehen. Wir werden nicht wieder so lange den Kontakt abreißen lassen, ja? Haltet mich ein bißchen auf dem laufenden.«

Auf einmal war der Abschiedsschmerz da, den sie alle die ganze Zeit über zu verdrängen versucht hatten. Keiner sagte etwas, aber jeder empfand ihn. Sie waren einander wieder so nah wie früher, als sie jeder die Seelengeheimnisse des anderen gekannt und ein unzerreißbares Band unbedingter Solidarität zwischen sich gespürt hatten.

Als Natalie davonging, hätten die Zurückbleibenden weinen mögen. Auf JFK war der Teufel los an diesem Abend, aber trotzdem kamen sie sich vor, als sei ein jeder von ihnen auf eine einsame Insel verbannt.

»Unser Flug geht erst in einer Stunde«, sagte Gina. Sie sagte das eher deshalb, um auszuprobieren, ob ihre Stimme noch funktionierte, denn natürlich wußten die anderen, wann der Flug ging.

»Ja«, sagte Mary.

»Ja«, sagte Steve.

Gina nahm ihren Löffel und gab der Soße in ihrer Kartoffel eine letzte Chance, aber erwartungsgemäß hatte sich nichts gebessert. Um ein Haar wäre noch etwas davon auf ihren kurzen schwarzen Rock getropft. Sie fluchte leise und schob den Teller an das äußerste Ende des Tisches.

»Ich glaube, ich brauche noch einen Sekt«, sagte sie.

Um die Traurigkeit anzuheizen, fragte Mary mit ihrer Piepsstimme: »Warum nur hat Laura sich umgebracht? Ich kann es immer noch nicht begreifen.«

Sie hatte damit die stillschweigende Übereinkunft gebrochen, Laura nicht mehr zu erwähnen. Auf einmal hatten sie wieder die schreckliche Szene vor Augen, das Frühstückszimmer in Davids Wohnung, Kaffee, Brötchen, Marmelade, Käse und Schinken, Cornflakes... der Haushalt lief noch so reibungslos wie zu Davids Lebzeiten. Sie aßen mit gutem Appetit, als Helen, das junge, blaßblonde und bemerkenswert emotionslose Hausmädchen den Raum betrat. »Miss Hart liegt in ihrem Schlafzimmer auf dem Fußboden. Ich glaube, sie ist tot.«

Lauras Gesicht wirkte leicht verkrampft, ihre Lippen standen offen, hatten sich bläulich verfärbt. Natalie neigte sich über sie und nahm den Geruch von Bittermandeln wahr, der aus ihrem Mund drang. Leise sagte sie: »Das war Zyankali, glaube ich.«

Der Arzt bestätigte diese Diagnose. »Sie muß eine Kapsel geschluckt haben. Zyankali lähmt sofort die Atmung. Es ist ein schneller Tod.«

In fassungslosem Erschrecken umstanden sie alle die Szene: Die tote junge Frau auf dem Fußboden, der grauhaarige Arzt, der neben ihr kniete.

»Wie lange ist sie schon tot?« fragte Gina. »Es kann ja erst passiert sein, nachdem Steve bei ihr war.«

»Eine Viertelstunde vielleicht«, meinte der Arzt. »Jedenfalls bestimmt nicht viel länger.«

Inspektor Kelly kam an, als man Laura gerade auf einer Bahre aus dem Haus trug. »Was ist passiert?« rief er entsetzt.

»Aus dem Weg!« herrschte ihn einer der Träger an.

Sergeant Bride, der gleich hinter ihm ging, dachte voll verhaltener Wut, jetzt wird diese verdammte Geschichte noch komplizierter! Er hatte sich geirrt. Eine halbe Stunde später händigte eine ziemlich blasse Natalie dem Inspektor einen mehrseitigen Brief aus.

»Also doch«, sagte er, nachdem er ihn gelesen hatte, »Laura hat ihn erschossen. Vorausgesetzt, das Schreiben ist echt.«

»O nein«, entgegnete Natalie sarkastisch, »wissen Sie, Inspektor, wir vier anderen haben Laura gewaltsam Zyankali eingeflößt, und dann haben wir diesen Brief geschrieben, um uns von allem Verdacht, sowohl was Laura, als auch was David betrifft, freizusprechen. Ein raffinierter Plan, aber wir hätten wissen müssen, daß ein Mann wie Sie ihn sofort durchschaut.«

Er warf ihr einen vernichtenden Blick zu und vertiefte sich wieder in das Schreiben.

In Lauras Schlafzimmer hing noch der Geruch ihres Parfums, über einer Sessellehne lagen ihre Kleider vom Vortag. Überall die Scherben der Kristallvase, Ausdruck der Verzweiflung, durch die Laura während ihrer letzten Minuten gegangen sein mußte. Inspektor Kelly sah um Jahre älter aus, als er sagte: »Kaum hatte ich den Telefonhörer aufgelegt, da wußte ich, daß ich ihr die Nachricht von Kens Tod besser persönlich überbracht hätte.«

Schon am Nachmittag entspann sich zwischen Nat, Gina, Mary und Steve eine Diskussion darum, wo man Laura beerdigen sollte. Es war, als versuchten sie durch betonte Sachlichkeit ihr eigenes Entsetzen zu überlisten. Steve, konservativ wie er war, plädierte für Davids Grab. »Die beiden lebten zusammen. Also müssen sie auch gemeinsam beerdigt werden.«

»Hör mal zu, Steve, alle beide würden sie dich steinigen, wenn sie dich jetzt hören könnten«, erwiderte Natalie. »Keiner von ihnen hätte sich das gewünscht.«

»Sie muß bei Ken beerdigt werden«, meinte die romantische Mary, und alle wollten bereits zustimmen, da sagte Gina in ihrer oft überraschend hellsichtigen Art: »Nein. Begrabt sie bei ihrer Mum. Sie hat so an ihrer Mum gehangen.«

»Auf einem Armenfriedhof?«

»Sie ist dann bei ihrer Mutter! Es wird ihr gleich sein, ob das ein Armengrab ist oder eine Königsgruft. Ich bin sicher, sie hätte es so gewollt!«

Sie nahmen alle teil an Lauras Beerdigung, am 2. Januar, an einem frostkalten, klaren Tag auf einem schneebedeckten, ärmlichen Friedhof in der Bronx. Ein scharfer Wind wehte über die öde Fläche mit den verstreut liegenden Grabsteinen. Feiner, kristallener Schnee wirbelte auf. Außer Inspektor Kelly, Gina, Nat, Steve, Mary und einem Pfarrer gab niemand Laura das letzte Geleit. Der einfache Sarg verschwand leise und schnell in der Erde, die wegen der Kälte kaum hatte aufgehackt werden können. Ein seltsamer Gedanke, daß Laura darin lag – die anderen, die frierend, mit hochgeschlagenem Mantelkragen um das Grab herumstanden, hatten das Gefühl, eine sehr gute Freundin zu verlieren. Sie war unerwartet in ihrer aller Leben getreten, hatte ein paar Tage darin verweilt und war dann rasch und ebenso unerwartet wieder verschwunden. Laura Hart, in einem Seidenkleid von Valentino, auf einem Armenfriedhof von New York. Bis ins Grab hinein verfolgte sie dieser Zwiespalt ihres Lebens.

»Warum hat sie es getan?« fragte Mary noch einmal, an dem klebrigen Tisch auf dem lauten, überfüllten Flughafen. Die erkaltete Pilzsoße begann zu stinken. Am Nachbartisch hatte sich eine Gruppe von Geschäftsleuten niedergelassen, Südstaatler dem Akzent nach, aus Kentucky vermutlich. Kräftige, muskulöse Körper, hineingezwängt in etwas zu enge Nadelstreifenanzüge. Die Männer tranken Bier und unterhielten sich lautstark über die geilen Weiber, mit denen man es sich ja sogar in dem verfluchten New York noch ganz gemütlich hatte machen können, und darüber, daß man jetzt den eigenen Frauen daheim wieder einigermaßen cool gegenübertreten müßte.

Über den Gang kam eine alte Negerin, gehüllt in ein bodenlanges, kaftanähnliches Gewand, auf dem Kopf einen Turban. Sie reiste nicht mit Koffern, sondern mit unzähligen Plastiktüten. Ihre riesigen, nackten Füße steckten in offenen Ledersandalen.

Irgendwo stand schreiend ein Kind; die Mutter war schon vor geraumer Zeit in der Toilette verschwunden, und nachdem der kleine Junge die ganze Zeit still geblieben war und sich nur aus großen, neugierigen Augen umgesehen hatte, schien er sich plötzlich seiner Verlassenheit bewußt zu werden und schrie wie ein junges Tier, das sich plötzlich in der freien Wildbahn stehen sieht und Angst hat, weil keine Wärme, keine zärtliche Stimme, kein vertrauter Geruch da ist.

Wieviel Angst haben wir, wenn uns das Liebste genommen wird, dachte Gina. Laut sagte sie: »Laura hat wohl einfach geglaubt, sie kann das Leben nicht mehr ertragen.« Und damit war alles gesagt, was man über Lauras Tod sagen konnte, und die anderen nickten, weil jeder wußte, man konnte an einen Punkt kommen, von dem man glaubt, er sei das Ende.

Die Herren am Nebentisch wurden immer lauter, und Gina schlug schließlich vor, schon an das betreffende Gate zu gehen, denn inzwischen waren es nur noch vierzig Minuten bis zum Abflug. Gerade als sie alle aufgestanden waren, sagte Steve plötzlich: »Ich fliege nicht mit nach London.«

Die beiden Frauen starrten ihn an. Mary sagte leise: »Steve…«

Er schien auf geheimnisvolle Weise in den letzten Tagen erwachsener geworden zu sein. Wie er so dastand in seinem uralten Anzug, einen abgetragenen Mantel über dem Arm, einen Schal auf die frühere lässige Steve-Weise um den Hals geschlungen, hatte er etwas Überzeugendes, das ihm früher immer gefehlt hatte. »Mary, du mußt das jetzt mit deiner Ehe in Ordnung bringen. Reich die Scheidung ein, schnapp dir Cathy und geh zu Nat nach Paris. Ich weiß noch nicht, was dann wird, aber jetzt möchte ich zuerst zu meinen Eltern. Ob es ihnen paßt oder nicht, ich werde vor ihrer Haustür stehen. Sie hatten nie das Recht, mich aus ihrem Leben zu streichen. Ich habe damals für Alan meinen Kopf hingehalten, und Alan ist ihr Sohn, und mit der ganzen Geschichte können sie mich nicht allein lassen. Ich werde ihnen, verdammt noch mal, so lange auf die Nerven gehen, bis sie mich aufnehmen.«

»Alle Achtung, Steve«, sagte Gina und grinste, aber es war ein freundschaftliches Grinsen.

Steve gab beiden Frauen einen eiligen Kuß. »Ich werde versuchen herauszufinden, ob heute noch ein Flug nach Atlanta geht. Mary, ich rufe dich bei Nat an!« Schnell wie der Blitz war er im Menschengewühl untergetaucht.

»Erstaunlich«, sagte Gina. Noch immer etwas perplex bahnten sich die Frauen den Weg zu ihrem Gate.

Mary blieb plötzlich stehen. »Irgendwie denke ich, das alles hat doch einen Sinn gehabt.«

»Was?«

»Daß David uns eingeladen hat. Daß der Inspektor noch einmal alles aufrollen mußte. Es hat sich etwas geändert, oder nicht?«

»Vielleicht«, sagte Gina zögernd, »sind wir ein bißchen klüger geworden.«

»O ja, das sind wir«, erwiderte Mary. »Wir sind klüger. Was

uns angeht, was David angeht. Wir wissen mehr, Gina. Und wir machen nicht länger die Augen zu vor unserem Wissen. Wir sind um ein gutes Stück Selbstgerechtigkeit erleichtert, und wir nehmen unser Leben wieder in die Hand. Schau dir Steve an, er wird…«

»Wir wissen nicht, was Steve tun wird. Kann sein, seine Eltern werfen ihn sofort wieder hinaus. Und du… wissen wir, ob du es schaffst, dich von deinem Mann zu trennen? Wird Nat je frei sein von den Pillen? Und was, um Gottes willen, mach ich mit Charles Artanys Schulden? Wir wissen nichts, Mary. Gar nichts!«

»Ja, aber es ist doch etwas in Bewegung geraten«, beharrte Mary schüchtern, aber nachdrücklich. »Wir alle versuchen doch wenigstens, einen Weg zu finden. Als du vorhin sagtest, Laura hat gedacht, es ist alles zu Ende, habe ich überlegt, daß es uns allen so ging. Wir fühlten uns am Ende und in einer ausweglosen Lage. Auch mit David muß es so gewesen sein, und es tut mir in der Seele weh, daß wir nicht einmal versucht haben, ihm zu helfen. Was jetzt noch bleibt, ist, uns selber zu helfen. Wir müssen immer daran denken, daß… ich meine«, sie hielt ihre Handtasche an sich gepreßt wie ein Schulmädchen, und die grünen Augen waren weit aufgerissen, »ich meine, mir ist eingefallen, wie ich vor langen Jahren einmal, es war noch in Saint Clare, an einem Novembermorgen die letzten Rosen aus dem Garten holte und in eine Vase stellte. Die Rosen waren schon etwas verblüht, sahen müde und erschöpft aus. Während ich sie in die Vase ordnete, war ich traurig, weil ich wußte, ich tat es zum letzten Mal in dem Jahr. Aber dann sagte ich mir, ich werde es im nächsten Jahr wieder tun, und im Jahr darauf, und mein Leben lang, denn es würde immer neue Rosen geben. Und es… es ist jetzt auch so, oder?«

Philadelphia, Detroit, Rom, Katmandu, Johannesburg, Hongkong, Kairo blinkte es von den elektronischen Anzeigetafeln. Menschenmassen drängten sich in den Hallen. Schwerbewaffnete Polizisten kontrollierten die Eingänge zu den Maschinen. Lautsprecheransagen hallten durch die Luft. Durch die Dunkelheit sah man die Lichter der Rollbahn. Von JFK aus starteten

Flugzeuge in die ganze Welt, aus der ganzen Welt kamen sie hier zusammen. Unermüdlich, jede Minute, Start und Landung. Ein perfekt organisiertes, verwirrendes, grandioses Schauspiel.

Wir leben in einer herrlichen Zeit, dachte Gina, und wie immer auf Flughäfen hatte sie das Gefühl, am ganzen Körper elektrisiert zu sein. Sie lachte plötzlich ihr zynisches, lautes Lachen. »Als ich vor einer Woche auf diesem Flughafen ankam, war ich so arm wie eine Kirchenmaus, und jetzt, wo ich von hier abfliege, bin ich um keinen Cent reicher. Und dafür bin ich nun in dem schwarzen Negligé zu David geschlichen… das Leben kann so grotesk sein! Was meinst du, Mary, hat er über uns alle im Innern nur gelacht?«

Mary zuckte mit den Schultern. »Wann hat man schon je gewußt, was in David vorging?«

Beide schwiegen, gaben sich noch einer kurzen Erinnerung an den toten David hin. Dann fuhr Mary leise fort: »Wir sehen uns alle wieder, ja?«

Die beiden Frauen blickten einander an. Gina nickte. »Natürlich. Spätestens nächstes Weihnachten. Bei dir und Nat vielleicht.«

Mary lächelte. »Ich würde mich so freuen!«

»Wir sollten jetzt wirklich zu unserem Gate gehen«, sagte Gina sachlich, denn sie hatte das Gefühl, Mary werde über kurz oder lang in Tränen der Rührung ausbrechen. Sie kramte ihre Bordkarte aus der Tasche. »Also dann, Mary, bleiben wir dabei – Weihnachten in Paris!«

Charlotte Link
bei Blanvalet

Schattenspiel
Roman. 528 Seiten

Sturmzeit
Roman. 532 Seiten

Wilde Lupinen
Roman. 544 Seiten

Die Stunde der Erben
Roman. 544 Seiten

SCHMÖKERSTUNDEN
BEI GOLDMANN

Nicholas Evans
Der Pferde-flüsterer
Roman

43187

Charlotte Link
Die Sünde der Engel
Roman

43256

Marlo Morgan
Traumfänger
Roman

43740

Hans Bemmann
Stein und Flöte
Roman

44717

GOLDMANN

JUNGE AUTORINNEN
BEI GOLDMANN

Freche, turbulente und umwerfend komische Einblicke in die Macken
der Männer und die Tricks der Frauen.

Helen Fielding
Hummer zum Dinner
Roman
44687

Maeve Haran
Fang noch mal von vorne an
Roman
Von der Autorin des Bestsellers
»Liebling, vergiß die Socken nicht!«
43584

Jane Heller
Fahr zur Hölle, Liebling
Roman
43619

Janet Evanovich
Vier Morde und ein Hochzeitsfest
Roman
»Diese funkensprühenden Krimis lassen
die gesamte Konkurrenz hinter sich!«
Booklist
54135

GOLDMANN